KB135845
PERIPHERY
BANDIT CAMP II
THE LONG GAP
CAVERN POOL
NORTH WOOD
THE LONG ROAD
GREAT HALL
Gap Br.
THE COUNCIL TREE
WILD WOOD
CAROL'S COTTAGE
WASTES
UNTHANK HOME
WILLAMETTE RIVER
THE BLUFF
St. JOHNS
PRUE'S HOUSE

언더 와일드우드

UNDER WILDWOOD : The Wildwood Chronicles, BOOK Ⅱ
by Colin Meloy illustrated by Carson Ellis

This Korean edition was published by Taurus Books in 2013 by arrangement with Unadoptable Books, LLC c/o Writes House LLC, New York through KCC(Korea Copyright Center Inc.), Seoul.

언더 와일드우드

와일드우드 연대기, BOOK II

콜린 멜로이 지음 | 카슨 엘리스 그림 | 이은정 옮김

황소자리

CONTENTS

PART ONE

PART TWO

PART THREE

컬러 그림 설명

1. 낯선 늑대는 말없이 난롯불을 응시했다.
2. 우드의 상호연결성을 상징하듯 만다라에 놓인 각각의 물체들이 연한 황금빛 줄로 연결돼 있었다.
3. 세 아이는 말없이 언덕 꼭대기에 이르렀고, 발아래 좁다란 계곡을 내려다보다 그곳에 자리잡은 오래된 오두막을 발견했다.
4. 프루는 두더지 도시를 향해 조심스럽게 발걸음을 뗐다. 유혈이 낭자한 대혼란에 피를 더 보태고 싶지는 않았다.
5. 불우한 아이들을 위한 언생크 고아원의 원생들은 폭동을 일으켰다.

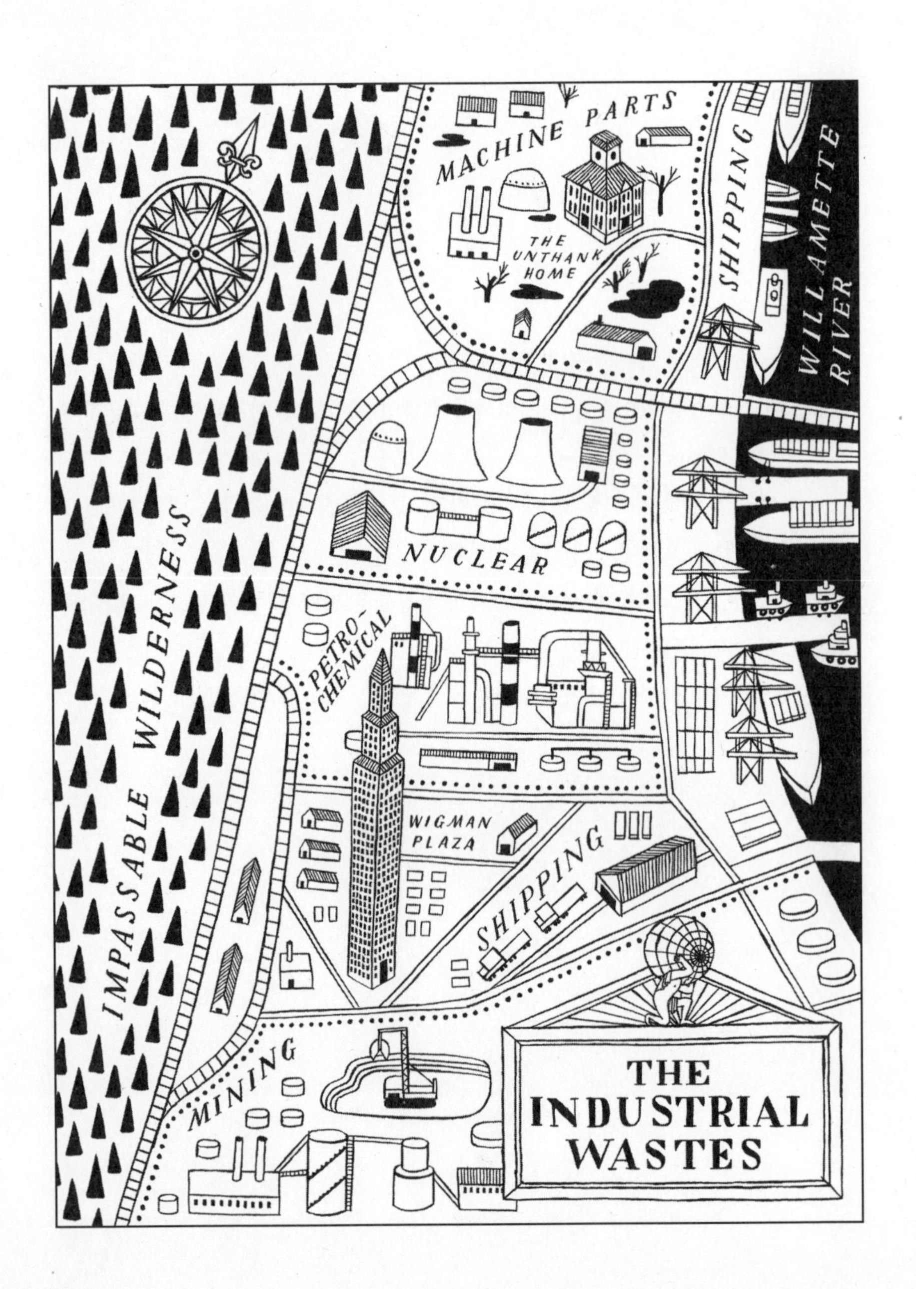
MACHINE PARTS
THE UNTHANK HOME
SHIPPING
WILLAMETTE RIVER
NUCLEAR
PETRO-CHEMICAL
IMPASSABLE WILDERNESS
WIGMAN PLAZA
SHIPPING
MINING
THE INDUSTRIAL WASTES

PART ONE

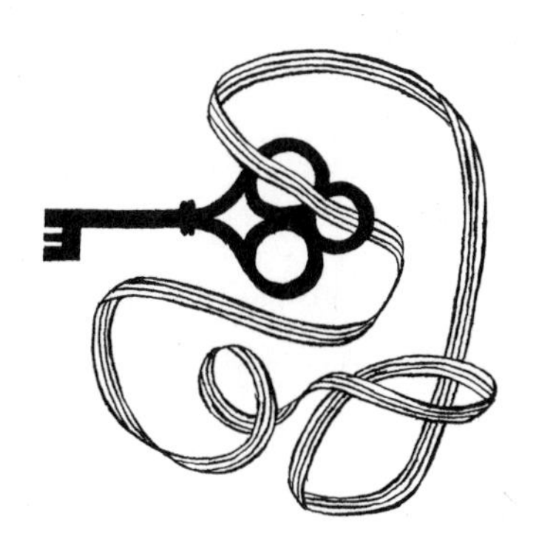

CHAPTER 1

소년과 쥐

눈이 내린다.

백조 날개처럼 부드럽고, 연령초 꽃처럼 하얀 눈. 주변 숲의 짙은 초록과 갈색으로 인해 그 빛은 눈이 부실 지경이다. 눈은 조용히 겨울잠을 자는 담쟁이와 검은딸기나무 넝쿨 사이에도 보송보송 쌓였다. 키다리 전나무 밑동과 널따란 삼나무 뿌리 둘레에도 작은 연못처럼 엷게 뒤덮였다.

깊은 숲 사이로 난 길 위에도 순백의 눈이 펼쳐졌다.

눈 아래 수 세기 동안 쌓인 발자국과 말발굽, 비바람에 부식된 판석이 수 미터씩 깔린 사실을 모르는 이에게는 이곳이 어쩌다 무성한 초록 잎 하나 떨어지지 않은 평범한 숲길처럼 보이리라. 그 길에는 마차 바퀴 자국도, 자동차 타이어 흔적도 없다. 섬세한 흰 눈을 흐트러뜨린 누군가의 발자국도 없다. 어쩌면 사람들은 평범한 사냥길이라 생각할지도 모른다. 사슴이나 엘크, 곰 등 침묵의 보행자가 끊임없이 지나다니는 바람에 어떤 나무도 뿌리내리지 못한 길 말이다. 하지만 세상으로부터 한참 떨어진 이곳에는 동물의 발자국조차 눈에 띄지 않는다. 눈이 내리면서 길은 그저 끝없이 펼쳐진 광활한 숲의 일부가 된다.

들어보라.

길이 조용하다.

귀 기울여보라.

멀리서 들려오는 덜거덕 소리가 잠잠한 정적을 깨뜨렸다. 마차 바퀴 소리와 힘의 한계까지 밀어붙인 말의 히힝 우는 소리였다. 말발굽이 광란에 가까운 박자로 바닥을 때렸지만 눈으로 인해 그 소리는 둔탁했다. 자세히 살펴보니, 마차가 길모퉁이를 돌아 날아갈 듯 달려오고 있었다. 마차의 바퀴 네 개 중 두 개가 공중으로 떠올랐다. 마차를 끄는 두 마리 흑마는 땀에 젖어 번지르르했고, 굴뚝 연기 같은 콧김을 연신 뿜었다. 낡아빠진 실크해트를 쓰고 검은 양모로 몸을 감싼 덩치 큰 남자가 마부석에 앉아 말이 발을 뗄 때마다 걸걸한 목소리로 "이랏! 더 빨리!"라고 외쳤다. 가차 없이 채찍을 휘두르는 그의 얼굴에는 깊은 실망이 어렸고, 채찍을 휘두르는 사이사이 경계하는 눈으로 주변 숲을 흘끔거렸다.

마부 뒤로는 단순한 모양의 검은 마차가 달렸는데, 고급 실크 드레스를 입고 하늘하늘한 분홍색 베일을 얼굴에 드리운 여인이 그 안에 앉아있었다. 그녀는 반짝거리는 연한 색 보석 반지를 낀 손가락으로 섬세한 종이부채를 초조하게 펼쳤다 접었다 했다. 그러면서 마치 누군가를 찾는 듯, 마차를 벽처럼 에워싼 숲속을 연신 두리번거렸다. 그녀의 맞은편에는 금은색으로 화려하게 장식해 이중으로 자물쇠를 채운 상자가 놓여있었다. 여인의 목에는 가느다란 금색 줄로 연결한 열쇠가 매달려있었다. 그녀는 부채로 마차 천장을 톡톡 치며 안절부절못했다.

그 소리를 들은 마부가 들썩거리는 말의 옆구리를 더욱 세차게 채찍질했다. 그때 길에서 뭔가 날쌔게 움직이며 마부의 시선을 잡아끌었다. 내리는 흰 눈이 어찌나 빛나는지 마부의 눈이 가늘어졌다.

길 한가운데 한 소년이 서있었다.

그런데 전혀 평범해 보이지 않았다. 흡사 크리미아 전쟁에 참전한 보병인 듯, 양단으로 된 장교복 차림새에 검정색 곱슬머리카락이 꼬질꼬질한 우샨카(러시아 방한모자. — 옮긴이) 아래로 비어져나왔다. 느긋하게 빈 투석기를 흔드는 소년의 어깨에는 쥐 한 마리가 앉아있었다.

"멈춰! 총기강도다!" 소년이 기세등등하게 소리쳤다.

"멈추라는 소리 못 들었느냐! 고삐를 당기라니까, 뚱보야!" 쥐가 거들었다.

마부는 숨죽여 욕설을 내뱉은 뒤 손목을 재빨리 틀어 채찍을 내려놓고, 두 손으로 고삐를 잡았다. 그가 고삐를 움직이자 말들은 앞으로 기울어질 듯 질주를 시작했다. 마부의 얼굴에 잔인한 미소가 떠오른 것도 잠시, 그는 포위된 말들에게 "이랏! 이랏!" 하고 고함쳤다.

"난, 난 진지하게 말하는 거다!" 조금 전까지 의기양양했던 소년이 고개를 떨구고 힘겹게 숨을 삼킨 뒤 입을 뗐다.

마부의 갈라진 입술이 귀 쪽으로 당겨지자, 놀라울 정도로 누런 이빨이 드러났다. 마부는 속도를 늦추기는커녕 눈 덮인 길을 미친 듯 질주했고, 마차 속

숙녀는 움찔했다. 소년은 재빨리 돌멩이 하나를 주워 눈을 바지에 쓱쓱 닦은 뒤 투석기 받침에 올렸다.

"나도 이러고 싶지 않아." 소년이 경고했지만 마부가 그 말을 들었는지 아닌지는 확실하지 않았다.

마부가 위협하듯 마차를 계속 몰아오자 소년은 평소 익힌 대로 투석기 위의 돌멩이를 날렸다. 훈련받은 솜씨임에 틀림없었다. 돌은 제대로 날아갔지만 마부는 아슬아슬하게 몸을 숙여 피했고, 돌멩이는 숲속 눈 덮인 고사리밭으로 툭 떨어졌다. 소년에게는 돌멩이를 더 주울 시간이 없었다. 말의 땀 냄새가 전해질 정도로 마차가 가까이 와있었다.

그때 쥐가 조그맣게 *얍!* 하고 외친 뒤 길 옆 계곡으로 몸을 날렸다. 소년도 뒤따라 풀숲으로 굴러떨어졌다. 이윽고 마차가 요란하게 덜컹거리며 지나갔고, 두 산적을 해치울 수 있는 기회를 놓쳐버려 아쉬운 말들이 시끄럽게 히힝 울었다.

창밖으로 이 모습을 지켜본 마차 속 여인은 본능적으로 목에 건 열쇠를 움켜쥐었다. 그녀는 겁에 질려 높고 불안정한 목소리로 알 수 없는 말을 중얼거렸다. 한편 자신의 대담함에 흡족해진 마부는 어깨 너머로 소년과 쥐를 힐끗 바라다보며 "녀석들, 다음번엔 더 잘해라!" 하고 외쳤다. 하지만 그러느라 정신을 딴 데 판 나머지 삼나무 가지를 발견하지 못했다. 나무 세 그루가 도미노처럼 차례로 *쿵! 쿵! 쿵!* 쓰러지며 마차 앞을 가로막았다.

놀란 여인이 비명을 질러댔고, 마부는 몸이 앞으로 튀어나갈 듯 흔들리면서도 고삐를 거칠게 잡아당겼다. 말들이 큰 소리로 히힝 울며, 미끄러운 눈 위에서 균형을 잡으려고 안간힘을 썼다. 마차가 기우뚱 좌우로 흔들리며 오싹한 신음을 내뱉었다. 재빨리 상황을 판단한 마부는 간절한 마음을 담아 "*이랏!*" 외치며 능숙하게 말과 마차를 부려 쓰러진 나무들 사이를 빠져나갔다.

그때 숲에서 웬 남녀들이 나타났다. 소년과 비슷하게 입었지만 어쩐지 제복이 어울리지 않았다. 누구는 떨어진 셔츠를 입었고, 누구는 얼굴에 복면을 썼다. 모두 아이들로, 많아봤자 열다섯 살쯤으로 보였다. 그들은 겁에 질린 말 두 필로 무거운 마차를 요리조리 몰아 장애물을 빠져나가는 마부의 능력을 못 믿겠다는 듯 넋 놓고 바라보았다.

한편 길 옆 도랑에서는 소년과 쥐가 몸을 일으켜 옷에 묻은 눈을 털었다. 쥐는 다시 소년의 어깨 위로 쪼르르 기어올랐다. 소년이 손가락을 입에 대고 날카롭게 휘파람을 불자, 빽빽한 관목 숲에서 흰색과 갈색의 얼룩덜룩한 조랑말 한 필이 달려나왔다. 소년은 얼른 말에 올라탄 뒤 옆구리를 발로 차 말을 내달리기 시작했다. 소년은 말과 함께 쓰러진 삼나무 위를 펄쩍펄쩍 뛰어넘었다. 말발굽이 땅에 닫는 순간 눈과 흙먼지가 날렸다. 숲속의 아이들도 충격을 털어내고 자신들의 말을 불렀다. 이윽고 길은 도망치는 마차를 뒤쫓는 말들의 질주로 가득 찼다.

앞서 가던 마부가 이 사실을 눈치채고 무모한 산적들에게 마구 욕설을 퍼부었다. 바람이 그의 얼굴을 세차게 때렸고, 눈은 얼음이 되어 휘날렸다.

말을 탄 추격자들 가운데에서도 쥐를 어깨에 태운 소년이 단연 빨랐다. 대부분이 속도를 내지 못하고 마차에서 한참 뒤처지는 바람에 몇 분 뒤에는 단 네 명만 남았다. 나이가 많은 편인 소년 한 명과 두 명의 소녀가 그와 함께했다. 그들은 질주하는 마차에 따라붙어 각각 두 명씩 양쪽으로 갈라졌다.

"네 금을 주면 살려주겠다!" 소년의 털모자 아래 어깨를 단단히 그러쥔 쥐가 마부에게 경고를 날렸다.

마부는 이렇게 열띤 순간에도 소년의 얼굴이 붉어질 만큼 무시무시한 욕설로 되받아쳤다. 소년은 마차와 나란히 달리면서 베일 쓴 여인과 목에 매달린 열쇠, 단단히 잠긴 상자를 발견했다. 하늘하늘한 천 사이 소년을 바라보는 여인의 호기심 어린 갈색 눈동자가 번뜩였다. 그 순간 쥐가 "조심해!"라고 소리쳤다.

마부가 추격자를 말에서 떨어뜨리려 마차를 왼쪽으로 튼 것이다. 마차 방향대로 자신의 조랑말을 몰던 소년은 비명을 삼키며 간신히 길 밖으로 방향을 돌렸다. 말발굽이 길가 관목 숲 아래 부드러운 흙을 차고 비틀거렸다. 이쪽은

푹 꺼진데다, 저 아래 물살이 급한 개울까지 내리막 경사였다. 소년은 말에서 떨어질 각오를 했지만 다행히도 녀석은 동작이 꽤 민첩했다. 소년이 말의 귀에 대고 고맙다고 속삭인 뒤, 다시 추격을 시작했다.

마차는 말 두서너 마리 정도의 거리를 앞서 달렸다. 다른 산적 세 명도 따라잡으려고 애썼다. 그중 짚 색깔의 금발 소녀는 단단히 집중한 표정으로 마차 지붕 위로 올라가려는 위험한 전략을 펴고 있었다. 나머지 소년 두 명과 소녀는 마차의 말들과 나란히 달리려고 박차를 가했다. 마침내 금발 소녀가 낑낑대며 마차 지붕의 가장자리 격자 장식을 잡으려는 순간, 말이 방향을 틀었다. 소녀의 몸이 흔들리며 마차 옆면에 부딪혔고, 그 바람에 마차 승객이 화들짝

놀라 비명을 내질렀다. 하지만 소녀는 기어코 몸을 가누어 지붕에 안착했고 승리의 함성을 지르며 동행한 산적들을 내려다봤다. 여전히 쥐와 함께 달리는 소년은 뒤처져 있었다.

"최고의 산적이……." 소녀가 입을 열려는 찰나, 마차가 낮게 드리운 나뭇가지 아래를 지나갔고 소녀는 지붕 위에서 눈 깜짝할 사이 도약해 나뭇가지에 매달렸다. "이기길 바라!"

소년은 금발 소녀의 대롱거리는 다리를 피한 뒤, 쥐를 보며 결심한 듯 고개를 끄덕였다. 이제 남은 사람은 그와 다른 소녀뿐이었다. 또 다른 소년은 덤불숲으로 들어오면서 말 타는 속도가 느려져 추격을 포기했다.

"말을 잡아!" 소년이 다급하게 외쳤다.

마차의 오른쪽 말과 나란히 달리던 소녀가 그 고함을 듣고는 말의 고삐를 잡으려 했지만 마부는 채찍을 휘두르며 번번이 방해했다. "저리 가지 못해, 이 못된 강도야!" 마부의 가죽 채찍이 손등에 붉은 줄을 남길 때마다 소녀는 움찔했다.

"셉티무스, 네가 좀 도와줄 수 있겠니?" 소년이 쥐에게 귓속말을 했다.

"내가 할 수 있는 거라면 뭐든지!" 쥐가 빙그레 웃으며 답했다.

소년이 급박하게 마차와 나란히 달리는 사이, 여인은 공포감에 조그맣게 훌쩍거렸다. 같은 시각 쥐는 소년의 어깨에서 펄쩍 뛰어 마부의 목덜미에 사뿐히 내려앉았고, 마부는 피가 얼어붙는 듯 소스라치게 놀라며 비명을 내질렀다.

"쥐이이이이이! 쥐는 정말로 싫단 말이야!"

하지만 셉티무스는 벌써 마부의 셔츠 안으로 기어들어가 어깨뼈 사이에서 아일랜드 스텝 댄스를 췄다. 결국 마부가 채찍과 고삐를 떨어뜨리자, 말들이 당황해서 허둥댔다. 이 틈을 타 소년과 소녀가 눈길을 주고 받더니 마차의 말에 올라타 강제로 세웠다.

마부는 마부석에서 튕겨져 나와 길 아래로 굴러떨어졌다. 그가 자기 등을 마구 잡아뜯는 모습을 보며 소년과 소녀는 웃음을 터뜨리다 당장 처리해야 할 문제로 돌아갔다.

"네가 앞장 서." 소녀가 우아하게 손짓했다.

소년은 가볍게 목례를 하더니 한가롭게 선 마차 쪽으로 당당하게 걸어가 문을 열었다.

"자, 부인. 마차를 뒤엎어도 괜찮다면……."

순간, 소년은 멈칫했다. 뒤엉킨 적갈색 머리카락을 흩날리던 여인이 베일 사이로 의미심장한 표정을 지으며 소년을 향해 화승총 총열을 겨누었다.

"아니, 전혀 괜찮지 않아." 여인이 전혀 숙녀답지 않은 허스키한 저음으로 말했다.

"하지만……." 소년은 기가 죽어 다시 입을 뗐다.

"탕." 승객은 짧은 한 마디를 내뱉으며, 총열로 소년의 이마를 툭 쳤다.

소년은 머릿속으로 모든 장면을 재생하려는 듯 여인을 빤히 쳐다보며 관자놀이를 긁적였다. 그러다 갑자기 부츠 밑창으로 눈 바닥을 세게 찼다. 산적단의 동계 훈련이 시작되었다. 그리고 커티스는 방금 첫 번째 테스트에서 탈락했다.

❧

프루는 마치 이 광경이 벌어진 곳이 아닌 다른 세상(실은 4~5킬로미터 정도밖에 떨어져있지 않은 곳이었다)에 있는 듯, 멍하니 2층 창문으로 조지중학교 운동장 풀밭에 내린 눈이 녹는 모습을 바라보았다. *눈이 내리자마자 진창이 되는 전형적인 포틀랜드 겨울이군.* 눈송이가 떨어질 때마다 프루는 턱이 손바닥을 깊숙이 뚫고 들어가는 것처럼 느꼈다. 한 커플이 외투 깃으로 목을 단단히 감싼 채 길가의 물웅덩이를 열심히 피하며 걷고 있었다. 염분 섞인 잿빛 눈을 뒤집어쓴 차들은 질척한 도로를 씽씽 달리다 웅덩이의 얼음물을 마구 튀겼다. 바깥세상은 정말로 끔찍해 보였다.

"프루!"

그 목소리는 머릿속에서 들려왔다. 강풍에 휩싸인 배를 부르는 등대지기처럼 누군가 아주 멀리 떨어진 곳에서 자신을 부르는 것 같았다. 프루가 무시하기로 마음먹었을 때 다시 목소리가 희미하게 들렸다.

"프루 매킬!"

이번에는 아주 가까운 곳에서 들렸다. 더욱 현실적이었다. 마치 행사의 사회자가 인기 연예인을 무대로 불러들이는 소리 같았다. 프루는 손바닥으로 괴었던 턱을 천천히 들어올렸다.

"프루 매킬, 정신 차려!" 고함에 이어 이번에는 웃음소리가 터져나왔다. 프루는 퍼뜩 현실로 돌아왔다. 의자에서 벌떡 일어나 교실 안을 둘러보았다. 3교시 생명과학 시간이었다. 반 아이들이 모두 프루를 바라보며 키득거렸다. 소녀는 얼굴이 화끈거리는 듯했다.

"죄송해요. 잠깐… 딴 생각을 하느라." 프루가 주눅이 든 목소리로 말했다.

올리브색 피부에 헐렁한 꽃무늬 셔츠 차림인 달라 데니스 선생님이 교실 앞 연단 뒤에서 프루를 노려보았다. 그녀가 금속테 안경을 고쳐쓰며 까마귀처럼 까만 머리칼을 쓸어올렸다. 그러고는 손짓을 해서 아이들을 조용히 시켰다.
"숙제는 어떻게 됐니, 프루?"

머릿속에서 몇 개의 이미지가 연쇄적으로 스쳐 지나갔다. 엄마가 맨 위 선반에서 통조림 병을 꺼낸다. 프루는 남은 바게트 조각을 그 병에 넣어 창가에 올려둔다. 그날 아침 아빠는 곰팡이 핀 빵이 든 병을 갖다버렸다고 말하며, 왜 곰팡이 핀 병을 주위에 늘어놓느냐고 묻는다.

프루가 작게 중얼거렸다. "저희 아빠가, 아빠가 갖다버리셨어요."

아이들이 또 한 번 웃음을 터뜨렸다.

데니스가 아이들 너머로 프루를 쏘아보았다. "그런 변명은 별로다, 프루. 전혀 그럴듯하지 않아."

"아빠한테 그렇게 말씀드릴게요."

달라는 그 대답이 그냥 한 말인지 아닌지 알아내려 애쓰며 프루를 유심히 살폈다. 그녀에게는 이 아이들이 낯설었다. 원래 담임이었던 에스테베즈 선생님이 건강상 이유로 갑자기 사직을 한 터였다. 달라 데니스는 미국 오리건 주 서부에 자리한 공업도시 유진 출신으로 시원한 성격 덕택에 학생들과 눈높이를 잘 맞춘다는 자부심에 차있었다. 학생들에게는 자신이 팝음악을 얼마나 좋아하는지 누누이 일깨워주었다. 브림 교장선생님이 교실에 들렀다가 나갈 때면 요상하게 으르렁거리는 소리를 냈고, 짙은 파촐리 향수 냄새를 풍기며 복도를 돌아다녔다. 그녀가 콧등에 걸친 안경을 밀어올리며 교실을 둘러보았다.

"베서니?" 데니스가 한 학생에게 시선을 고정하며 말했다. "매킬의 아빠가 매킬의 숙제를 망쳐놓았다니 네가 대신 발표하겠니?"

베서니 브룩스턴은 잠깐 숨을 가다듬고는 으스대듯 프루를 흘끗 본 뒤 아이들의 시선을 의식하며 의자에서 일어났다. "네, 데니스 선생님."

"그래, 부탁한다. 참, 달라라고 불러주렴." 데니스가 부드러운 목소리로 호칭을 고쳐주었다.

베서니는 수줍게 웃으면서 대답했다. "네, 달라 선생님."

"그리고, 괜찮다면……." 달라는 베서니에게 앞쪽으로 나오라고 손짓했다.

베서니는 검정색 터틀넥 스웨터 단을 잡아당기며 걸어갔다. 교실 한쪽에는 학생들의 과제물을 전시해놓은 긴 테이블이 놓여있었는데, 베서니는 전등이 켜진 온실 문을 열고 키가 크고 무성하게 자란 토마토를 꺼내 교실 앞으로 가지고 나왔다.

"이번 학기에 저는 접붙이기를 실험했어요." 베서니가 토마토를 한 아름 껴안고 설명을 시작했다. "질병에 강한 토마토를 만들기 위해서인데 아주 맛있는 열매가 열릴 거예요."

흥, 잘난 체하기는! 프루가 속으로 비웃었다. 둘은 지난 가을 학기 체험학습 짝이었는데, 베서니는 언제나 프루를 따돌리고 자기 멋대로 했다. 심지어 프루 혼자 주운 황토색 참나무 낙엽을 가지고, 공동으로 낙엽 콜라주 작품을 만들어 높은 점수를 받기도 했다.

데니스는 베서니의 발표에 연신 고개를 끄덕였다. "베서니, 정말 근사하구나." 프루는 그 모습을 노려보았다.

"고맙습니다, 달라 선생님. 결과가 좋아서 저도 정말 기뻐요." 베서니가 계속 조잘거렸다. "그리고 접붙이기는 정말 흥미로워요. 아직 열매는 맺지 못했지만 몇 주만 지나면 예쁜 꽃을 볼 수 있을 거예요."

"이야, 진짜 멋지구나." 달라는 이렇게 칭찬하면서 다른 아이들도 동참하도록 유도했다. 생명과학을 배우는 1학년생들은 선생님의 유도에 일제히, 그러나 누가 봐도 심드렁하게 *우!* 하고 야유를 보냈다. 프루는 조용했다.

뭔가를 듣고 있었다.

토마토 나무가 화가 난 듯 나지막이 투덜거렸다.

프루는 다른 아이들도 이 소리를 들었을까 궁금해 교실을 둘러보았지만, 모두 베서니만 무심하게 바라보고 있었다. 토마토의 골난 소리가 점점 커지면서, 불쾌함과 불만의 표현이라는 게 분명해졌다.

미안해. 프루는 자신의 이런 생각을 식물에게 전달했다. 프루는 분명 공감할 수 있었다. 지금은 이 식물이 자라는 철도 아니거니와, 장소 또한 적당하지 않았다. 과학실의 온실이라니! 이 줄기에 토마토 가지를 접붙이다니, 상상할 수도 없었다. 너무도 야만적인 짓이었다!

토마토가 몸을 들썩이며 한숨을 쉬는 것 같았다.

프루에게 한 가지 묘안이 떠올랐다. *너 재미있는 거 보여줄까?* 프루가 눈빛을 반짝이며 속으로 생각했다.

크릉크릉. 토마토가 웅얼거렸다.

프루는 자신의 계략을 보여주었다.

베서니가 갑자기 머리를 뒤로 움찔하며 콧등을 찡그렸다. 학생들은 숨을 죽였다. 아주 잠깐 사이에 얼핏 보였는데, 토마토의 맨 꼭대기 잎이 베서니의 코를 때린 것 같았다. 하지만 데니스는 미처 못 본 듯했다. 그녀가 "자, 얘들아." 하며 교실의 주의를 환기시켰다.

헉! 교실이 다시 들썩였다. 다시 한 번 그 일이 일어났다. 토마토의 맨 위쪽 초록색 잔가지가 위로 뻗는 척하다 또 한 번 베서니의 콧등을 확실하게 후려친 것이다. 베서니는 어리둥절하고 겁먹은 얼굴로 화분을 잡은 팔을 얼른 밖으로 뻗었다. 학생들의 시선을 따라 데니스도 돌아보았다. 베서니가 온실 쪽으로 조금씩 움직이고 있었다.

"음, 시간이… 더 필요한 것 같아요." 백짓장처럼 창백해진 베서니가 가까스로 웅얼거렸다. 베서니는 온실의 유리 칸막이 뒤편에 식물을 조심조심 내려놓고 뒷걸음질쳤다. "오늘 아침만 하더라도 아주 싱싱했는데."

뿔난 듯 투덜거리던 토마토의 소리가 흡족하고 낮은 속삭임으로 바뀌었다.

데니스는 놀라고 황당한 표정으로 프루를 바라보았다. 프루는 웃으면서 창밖을 내다보았다. 떨어지는 눈과 젖은 도로의 물웅덩이가 보였다.

조지중학교 교장 리 브림 씀

날짜: 2월 15일

친애하는 프루 매킬의 부모님 앤과 링컨 매킬 씨.

지난해 이 학교에 입학한 후 프루는 스스로 영리하고 독립적인 사색가의 모습을 보여주었습니다. 장래가 매우 유망한 학생이었죠.

하지만 애석하게도 그런 자질이 최근 들어 다소 흐려졌다는 보고를 받았습니다. 이번 학기가 시작된 후 프루의 성적은 급속하게 떨어졌고, 수업 태도 또

한 전반적으로 예전과 같지 않은 줄로 압니다. 학업에 있어 이전만큼 흥미를 보이지 않으며, 선생님께도 부적절한 태도로 대합니다. 이런 내용을 전해온 달라 데니스 선생님이 친절하게도 직접 두 분을 찾아뵙고 상의드리겠다고 하니, 아무쪼록 흡족한 결론 내시기를 바랍니다.

학교 측에서도 학년 초 어린 동생이 실종되는 등 프루가 힘겨운 위기를 겪었다는 점을 잘 알고 있습니다. 그런 사건의 후유증이 아이들의 마음에 어떤 영향을 주는지도 이해합니다. 하지만 학교 측에서는 어떤 안타까운 문제가 있더라도 밑바닥까지 파고들어 문제의 싹을 아예 잘라버림으로써 전도유망한 학생이 지체되거나 그 이상으로 나빠지지 않기를 바랍니다. 퇴학이라는 얘기는 생각할 수도 없겠지요.

그럼, 안녕히.

조지중학교 교장 리 브림.

편지지를 밑으로 내리자 부엌에 있는 세 어른의 얼굴이 어느 먼 행성 주위를 도는 달처럼 위로 떠올랐다. 방안은 조용했다. 프루의 어린 동생 맥을 위해 문틀에 매어놓은 바운서에서 규칙적으로 나는 *삑삑* 소리 외에 아무것도 들리지 않았다.

프루가 어깨를 으쓱했다. "제가 뭐라고 말씀드려야 할지 모르겠네요."

삑삑.

프루의 부모가 말없이 걱정스러운 눈빛을 교환하더니 잠시 후 엄마가 입을 열었다. "여보, 아무래도 당신이……."

삑삑.

프루의 아빠는 아내에게서 눈길을 돌려 이 삼자회담 실무자 중 한 명인 헐렁한 셔츠 차림의 데니스를 쳐다보았다. 그녀는 냉장고에 몸을 기대고 있었다.

"저, 데니스 선……." 아빠는 어찌할 바를 모르겠다는 듯 말을 꺼냈다.

삑삑.

"달라라고 불러주세요." 선생님은 무표정한 얼굴로 바운서에 앉은 어린아이에게서 시선을 떼지 않은 채 대답했다. 마치 바운서에서 더 큰 소리가 나기를 기다리는 것 같았다.

삑삑.

"달라 선생님. 그 사건이 저희에게는 대단히 충격이었다는 점을 말씀드리지 않을 수 없군요. 그러니까…." *삑삑.* "요 몇 달 동안 정말 힘들었습니다. 이런 일이 일어난 게 어쩌면 당연한 것처럼 느껴질 정도로요. 그러니까 제 말은…." *삑삑.* "학년 초에 우리가 겪은 그 끔찍한 일을 생각하면 말입니다." *삑삑.* 아빠는 바운서가 위로 튀어오를 때마다 달라가 아기에게 신경 쓰고 있다는 사실을 깨닫고 말을 멈췄다.

이윽고 그는 아내에게 부탁했다. "여보, 맥을 잠깐만 다른 곳으로 데려가 주겠어요?"

맥이 바운서에서 내려지고 엄마가 부엌으로 돌아온 후 대화는 다시 시작됐다. 달라 데니스가 걱정하는 표정으로 말을 꺼냈다. "두 분이 어떤 일을 겪고 계신지 저도 잘 알아요. 프루 또래의 아이들에게는 지극히 정상적인 현상이죠. 다만 우리는 프루가 너무 뒤처지지 않기만 바랄 뿐이에요."

프루는 말이 없었다. 프루는 세 명의 어른을 찬찬히 살폈다. 그들은 프루를 그 자리에 없는 사람 취급하며 자신에 대해 얘기하고 있었다. 그래서 스스로도 그 자리를 벗어나고 싶었다. 프루는 코르크로 된 부엌 바닥을 톡톡 발로 차며 세 명의 심문자가 없어지는 상상을 했다. 지진이 나서 부엌 한가운데가 쩍 갈라지며 순식간에 어른들이 사라져버리는 광경도 그려보았다.

프루가 딴 생각 중이라는 사실을 눈치챈 달라가 제자를 불렀다. "프루, 너의 기말시험 성적은 정말 엉망이었어. 교실에 앉아있는데 머릿속으로는 어디 딴 데 가있는 것처럼 말이야. 어디 아주 먼 곳에."

맞아요. 프루는 속으로 대답했다.

"게다가 학교까지 빠져서 선생님을 놀라게 하고." 달라가 프루의 부모님을 흘끗 보았다.

"학교를 결석하다뇨? 무슨?" 엄마의 두 눈이 휘둥그레졌다.

달라가 프루를 정면으로 응시했다. "부모님께 말씀드려도 될까?"

신발을 내려다보던 프루가 고개를 들었다. "그냥 몇 번 그랬어요."

"몇 번이라니?" 아빠는 어안이 벙벙해져 딸을 바라보았다.

"몇 번인가 제 시간에 들어가지 않았을 거예요. 그러니까 제 말은, 조회시간을 빼먹었다는 뜻이에요. 조회를 빠져서 세계사 수업 준비를 하지 못했고, 세계사 수업을 못 들어갔으니…, 어떻게 수학 시간에 참여할 수 있었겠어요?" 프루는 짙은 안개를 걷어내려는 것처럼 얼굴 앞에서 손을 휘저었다. "그냥 길게 늘어놓은 도미노가 줄줄이 쓰러지는 것 같았어요. 수업을 빼먹고 카페에서 책이나 읽으려 했는데."

프루의 아빠는 어색하게 웃으며 데니스에게 이야기했다. "적어도 책은 읽었군요, 그렇죠?"

엄마는 그 말을 무시했다. "그러니까 이… 이… 도미노 같은 일이 여러 번

있었다는 건가요?" 풀 죽은 얼굴을 편리하게 가려주는 프루의 앞머리를 뚫어져라 바라보며 물었다.

"정확히 다섯 번이에요." 데니스가 대답했다.

"다섯 번이요?" 매킬 부부가 동시에 외쳤다.

"다셧버!" 거실에서 맥의 옹알이가 들려왔다. "프우! 다셧버!"

"으윽!" 프루가 짧은 신음을 내뱉었다.

사실 프루는 커피숍에서 책을 읽지 않았다. 게다가 '제 시간에 학교에 가지 않은 것'도 아니었다. 사실 열두 살 난 프루 매킬은 안락한 집, 따뜻한 가정, 포근한 침대에서 잠을 깼을 때조차 이따금 갑작스럽고도 격한 감정에 사로잡히곤 했다. 그럴 때면 침대를 박차고 일어나 이런 정체 모를 감정을 무시해버리고 반복되는 일상생활에 잘 적응하려 최선을 다했지만, 가끔씩 자전거를 타고 학교와 정반대 방향으로 페달을 밟고 싶은 충동을 느꼈다. 그리고 그런 충동이 이끄는 대로 움직였다. 그리하여 롬바르드 거리로 내려가 오프닝 숍을 지나고 윌라메트 강으로 간 다음 대학교를 거쳐, 끝내 강 건너 광대한 '지날 수 없는 숲'이 내려다보이는 낭떠러지까지 가곤 했다. 그곳에서 너른 초록 들판을 바라보며 하루의 대부분을 추억에 잠겨 보냈다. 그런 날엔 도저히 학교에 갈 수 없었다.

딱! 그때 손가락 부딪치는 소리가 들렸다. "바로 그거예요." 엄마가 끼어들었다. "틀림없어요. 그건 외계인인지 뭔지 하는 것에 정신이 팔린 것과 같은 증세 아닐까요!"

프루는 가만히 세 어른을 번갈아 바라보았다. "엄마, 아빠, 데니스 선… 아니, 달라 선생님. 걱정해주셔서 고마워요. 그리고 실망시켜드려서 죄송해요.

저 괜찮다면 지금 밖에 나가서 바람 좀 쐬고 싶어요. 지금까지 하신 말씀에 대해 잘 생각해볼게요.”

말을 끝낸 뒤 프루는 황당한 표정의 어른들을 남겨두고 뒷문으로 향했다.

CHAPTER 2

전령사;
또 하나의 '금지된 땅'

소년 둘에 소녀 둘, 실크해트를 쓴 덩치 큰 사내와 드레스 차림의 호리호리하고 수염을 기른 사내 그리고 쥐라니……. 참으로 기묘한 조합이었다. 그들은 눈 덮인 너른 길에 한 줄로 늘어서서 말 탄 두 사람이 다가오는 모습을 바라보았다. 이윽고 도착한 사람들이 말에서 내리자, 드레스 차림의 남자가 앞으로 걸어나갔다.

"브렌든." 사내는 반갑게 인사했지만, 눈에 띄게 떨고 있었다. 불어오는 찬 바람에 너덜너덜해진 실크 드레스에 주름이 졌다. 사내는 가슴 앞에서 팔짱을 낀 채 구부정하게 몸을 숙였다.

"윌리엄." 진지한 표정의 남자가 뒤엉킨 붉은 수염 깊숙이 파묻힌 턱을 끄덕이며 대답했다. 지저분한 장교복에 무릎을 기운 승마용 반바지 차림이었다. 이마 한쪽의 검푸른 문신이 위로 꿈틀거렸다. 그는 연어색 드레스 차림의 사내를 한동안 응시하다 입가에 능글맞은 미소를 띄우며 말했다. “분홍색을 입으니…, 그야말로 인물이 사는군!”

실크해트를 쓴 남자가 웃음을 참았다. 산적 윌리엄 바로 뒤에 서있던 커티스도 킥킥 웃었다. 브렌든이 커티스를 꿰뚫듯이 노려보았다.

“누가 이걸 재미로 한다더냐?” 브렌든이 다시 진지한 표정으로 돌아왔다. 소년의 얼굴에서 웃음기가 싹 사라졌다. 한 차례 돌풍이 불더니, 길 위에 남은 눈과 커티스 모자의 장식털에 끈질기게 붙어있던 눈송이까지 쓸어갔다.

“헨리, 윌리엄! 캠프로 돌아가게.” 실크해트 쓴 사내와 드레스 차림의 남자가 잽싸게 움직였다. 다만 후자는 움직이기 불편한지 급기야 털이 난 창백한 무릎 위로 치맛단을 들어올렸다. 브렌든이 남은 산적들을 둘러보았다. “콤, 넌 승마술을 더 익혀야겠다. 너무 힘이 들어갔어. 말을 탈 때는 감각이 중요해.” 그는 시범을 보이려 가죽 장갑을 꼈다. “고삐가 올라갈 때 가만히 있어. 말이 긴장하는 걸 느껴보라고. 제어할 힘이 있을 때 그냥 몰면 돼.”

“네, 대장.” 콤이 대답했다.

“자, 캠프로 돌아가거라. 가서 말의 정강이에 얼음 좀 올려놔주렴. 넌 승마술을 2주일쯤 더 익혀야겠다.” 축 처진 말에게 달려가는 소년을 향해 브렌든이 외쳤다.

이윽고 그가 남은 네 명을 돌아다봤다. “캐롤린, 안정적으로 잘했다. 지금까지 열심히 훈련하더니 그대로 발휘하더구나. 지난주 훈련으로 상당히 발전했어. 그리고 애슐링, 넌.” 브렌든이 싱긋 웃었다. 추격을 하다 삼나무 가지에 빨랫줄처럼 걸렸던 애슐링은 머리카락에 아직 잔가지와 이끼가 붙고, 얼굴은 나무 수액으로 얼룩져있었다. "다음번에는 너무 자만하지 마라. 알았지?"

"네, 대장." 기분이 좀 누그러진 애슐링이 자신감에 찬 목소리로 말했다.

"너희들도 캠프로 돌아가거라." 두 소녀는 출발 신호가 떨어지기만을 기다렸다는 듯 대열에서 튀어나갔다. 다만 애슐링은 달려가다가 뒤를 한번 돌아봤다. 그러고는 커티스를 보며 씩 웃었다. 소년은 철사처럼 빳빳한 브렌든의 수염이 바로 앞에 있는 탓에 그 순간을 즐길 틈도 없었다. 그의 수염에서 젖은 개 냄새가 났다.

"그리고 너." 브렌든이 낮게 으르렁거리며 장광설을 늘어놓기 시작했다. "난 지금까지 너처럼 행동하는 훌륭한 산적을 많이 잃었다. 그들은 모든 게 자기 뜻대로 된다고, 스스로 모든 상황을 통제할 수 있다고 생각했지. 그러다 빵!" 그는 손으로 총 모양을 만들어 커티스 이마에 겨눈 뒤 몸이 뒤로 젖혀지도록 발사하는 시늉까지 했다. "죽었다. 모두 뭣 때문에 죽었다고?"

"승객을 신경 쓰지 않았습니다."

"뭘 어떻게 하지 않았다고?"

"그들은 승객을 신경 쓰지 않았습니다!"

"그렇다, 그게 네가 저지를 수 있는 가장 큰 실수다. 승객도 다른 사람들처럼 무장할 수 있어. 내 평생 그런 사람이 가장 위험한 존재였다. 불을 뿜는 총을 들고 마차에서 튀어나오는 은행원을 여러 명 만났지. 하나같이 공포에 질려 허둥대며, 산적보다 많은 무장 경비원들을 데리고 나온단다. 그러니 함부로 문을 열어선 안 된다. 가까이 가도 안 되고. 알겠니?"

"네, 명심하겠습니다." 커티스가 우샨카를 초조하게 고쳐 쓰며 대답했다. 브렌든이 가까이 다가와 모자를 툭 쳤다. 모자 테두리가 커티스의 눈 밑으로 내려왔다.

"그래!" 산적왕이 한결 부드러워진 목소리로 설득했다. "난 앞길이 창창한 꿈나무를 잃고 싶지 않다."

커티스가 빙긋 웃었다. 요 몇 주일 집중 훈련을 받는 동안 산적왕에게서 칭찬을 들은 것은 이번이 처음이었다. 처음에는 말도 못하게 힘들었다. 땅바닥을 곁눈질하다 떨어질 뻔한 적이 수도 없고, 실수 없이 말에 오르는 방법을 익히는 데도 족히 2주일이 걸렸다. 게다가 브렌든은 커티스를 꾸중할 수 있는 기회를 한 번도 그냥 지나치지 않았다. 그럼에도 커티스는 스스로 조금씩 나아지고 있다고 느꼈다. 브렌든은 이런 칭찬도 가볍게 하는 사람이 아니었다.

셉티무스가 헛기침을 하며 끼어들었다. "흠! 흠! 저는 어때요? 그 동작 보셨어요? 커티스의 등을 타고 곧장 내려가는 거!"

브렌든이 쥐를 내려다보았다. "아주 잘했다, 셉티무스. 하지만 상대가 너무 쉬운 표적이었어. 알다시피 헨리는 설치류에 약하단다. 아마 그 친구 몇 주일 동안 후유증에서 벗어나지 못할 거야."

셉티무스가 손가락 관절을 뚝뚝 꺾으며 으스댔다. "아무튼 인간에게 그런 효과를 주었다니 기쁘네요."

산적왕이 껄껄 웃었다. "너희 둘은 환상의 마차 강도가 되겠다. 난 믿어 의심치 않는다." 하지만 그의 목소리는 이내 차갑게 변했다. "너희가 현실에서 얼마나 실습할 기회를 얻게 될지 장담할 순 없지만 말이다."

그것은 사실이었다. 지난 몇 달 동안 캠프에서 파견한 가축 도둑 일당은 번번이 빈손으로 되돌아왔다. 요즘 들어서는 길에 다니는 마차도 부쩍 줄었고,

그나마 언 길을 용감하게 다니는 사람들은 말린 양파라든지 데친 겨울 채소 따위를 운반하는 게 고작이었다. 커티스가 보기에도 심각했다. 하물며 나이든 산적들은 하나같이 이런 불경기는 평생 처음이라며 투덜거렸다. 그들은 최악의 시기가 도래할 불길한 전조라고 말했다.

바람이 거셌고, 내리는 눈발은 나무 사이를 헤집고 다녔다. 겨울의 위력이 한창일 때는 한낮에도 햇빛이 흐릿하게 느껴졌다. 하물며 지금처럼 저녁이 시작될 무렵에는 나뭇가지에 어둑한 안개가 내려앉아 멀리 롱로드의 길모퉁이도 잘 보이지 않았다. 브렌든은 외투 속에서 몸을 떨며 훈련생 산적 둘에게 손짓을 했다. "오늘은 이걸로 됐다. 캠프로 돌아가자. 검토해야 할 것도 많고, 내일을 위해 준비할 일도 있고……." 그가 말꼬리를 흐리더니 갑자기 대기해있는 말 쪽으로 걷기 시작했다. 무엇인가 그의 시선을 잡아챘다. 브렌든이 손을 쳐들고 낮게 속삭였다. "잠깐! 뭔가 오고 있다."

커티스와 셉티무스는 그 자리에서 동작을 멈췄다. 그들은 아직 아무 소리도 듣지 못했다. 셉티무스가 킁킁 공기 냄새를 맡은 뒤 커티스의 바짓가랑이와 외투를 잡고 어깨 위로 올라갔다. 그리고 다시 공기 냄새를 맡았다. "새인가?"

브렌든이 여전히 손바닥을 펼친 채 고개를 끄덕였다. "몸집이 크군."

갑자기 머리 위 지붕처럼 드리워진 나무에서 굉음이 울리더니 작은 새들이 한바탕 시끄럽게 짹짹거리며 사방으로 흩어졌다. 부러진 나뭇가지들이 길바닥으로 우수수 떨어졌다. 길에 있던 말들은 겁을 먹고 히힝거렸다. 브렌든의 손이 반사적으로 옆구리의 검 자루를 잡았다. 그때 푸른색과 잿빛을 띤데다 날개가 달린 쭈글쭈글한 물체가 하늘에서 뚝 떨어졌다. 바닥에 부딪히며 고통스러운 비명이 터져나왔다. 질척하게 녹은 눈이 사방으로 튀었다.

짧은 침묵이 흐른 후 브렌든이 외쳤다. "거기 누구냐? 이름을 말해라!"

쓰러진 몸뚱이에서 날개가 살짝 흔들렸다. 이윽고 기다란 목이 달 표면 탐사체의 관절 안테나처럼 쑥 올라오고, 그 위로 곧추 세운 왜가리의 부리가 보였다. 새는 고개를 흔든 다음 부리로 날개에 묻은 흙을 쪼았다.

"괜찮아요?" 놀라움에서 벗어난 커티스가 물었다.

왜가리의 반응은 뜻밖이었다. "고맙지만 난 괜찮아." 당황하면서도 쌀쌀맞은 대답이었다.

브렌든은 왜가리를 훑어보며 물었다. "넌 누구냐? 와일드우드에는 왜 온 거지? 물에 사는 새가?"

산적왕의 질문을 무시하듯 왜가리는 한참이나 걸려 기다란 몸을 꼿꼿이 일으켰다. 커티스는 위엄 넘치는 새의 자태에 경외심을 느꼈다. 이제 새는 훤칠한 모습이 되었고, 마치 변태가 일어난 것처럼 혈색이 돌았다. 땅바닥에 쓰러져있던 흙 묻은 잿빛 덩어리가 그가 지금껏 본 새들 중에서도 단연 멋지고 우아한 새로 바뀐 것이다. 길고 가느다란 부리를 가진 머리는 점잖게 S자로 휘어지는 목이 떠받치고, 긴 채찍끈처럼 생긴 목은 흰색과 회색 날개로 뒤덮인 커다란 달걀 모양의 몸뚱이로 연결되고, 마지막으로 막대기 같은 두 다리가 이 모든 것을 지탱하고 있었다. 새로운 환경을 탐색하기 위해 목을 한껏 늘인 새는 커티스만큼 키가 컸다.

"내 이름은 모드예요." 마침내 왜가리가 대답했다. "아비앙 공국의 공작이 보내서 왔습니다." 새가 고개를 한 바퀴 돌려 커티스의 눈을 정면으로 응시했다. "꼬마야, 난 너를 만나러 왔어. 네 친구인 매킬이라는 소녀가 중대한 위험에 빠졌단다."

자동차 바퀴가 익숙한 포장도로를 떠나 간선도로의 눅눅한 자갈길을 달그락거리며 달리기 시작하자 승객들의 말수가 줄어들었다. 아홉 살 난 엘시 멜버그는 안전벨트 끈으로 손장난을 치면서 부모님을 바라보았다. 부모님의 낯빛이 점점 어두워지고 근심이 어렸다. 엘시는 부모님이 자신들이 내린 결정 때문에 힘들어하고 있음을 알았다. 하지만 그분들이 달리 어떤 선택을 할 수 있을까? 엘시는 부모님을 원망하지 않았다. 처음 그 계획을 말했을 때 반발했던 레이첼도 결국은 마지못해 동의했다.

눈이 그치고 찬비가 세차게 내리기 시작했다. 차 뒷좌석 차창에 떨어진 빗방울이 굵은 물줄기로 바뀌며 위풍당당한 철제 건물을 불룩하고 찌그러진 모습으로 만들어버렸다. 그들은 조금 전에 경계선을 지나 산업폐기물장으로 들어섰다. 엘시는 처음 가는 곳이었다. 춥고 음산했다. 자갈길 옆에 늘어선 녹슨 흰색의 화학약품 탱크들 옆에는 휘어져 올라가는 계단이 있고, 그 곁에 뻣뻣한 머리카락 같은 전깃줄이 뒤얽혔는데, 마치 과학소설의 한 장면인 양 딴 세상으로 여겨졌다. 엘시는 덜컥거리는 기계실 깊숙한 곳 어딘가에서 작업 중인, 오랫동안 햇볕을 쬐지 못한 수염 난 난쟁이를 상상했다. 그는 칼날이 넓적한 검이나 전투용 도끼 대신 냉장고 문짝과 모터사이클의 캠축을 만들었다.

엘시는 운전석에 앉은 아빠를 다시 관찰했다. 산업폐기물장의 좁다란 숲속으로 가족용 세단을 몰고 있었다. 아빠의 관자놀이에 희끗희끗한 머리카락 몇 올이 내려와 있었다. 이마에 난 깊은 주름은 협곡을 떠오르게 했다. 그 또한 분명 낯선 모습이었다.

모두 오빠의 실종 때문에 일어난 일이었다.

처음에는 충격이 대단했다. 집안 전체에 숨막힐 듯한 안개가 낀 것 같았다. 예전에 지붕 밑에서 누렸던 기쁨은 무엇이든 이제 모두 사라졌다. 그래서 엘시는 오빠가 미웠다. 제일 먼저 들이닥친 사람들은 경찰이었다. 그들은 폴리에스터 헝겊으로 만든 코끼리처럼 거실 가구에 웅크리고 앉아 작은 수첩에 뭐라고 끼적였다. 그 사이에 엄마와 아빠는 눈물을 흘리며 아들을 마지막 본 후로 기억나는 일들을 되풀이해서 설명했다. 그 다음 기자가 오고, 신문사 카메라맨이 도착했다. 이웃 사람들은 고개를 빼고 큰 전망창 옆을 지나가며 절망에 빠져 박살난 가정을 훔쳐보았다. 마침내 엄마 리디아는 흘끔거리는 시선을 차단하기 위해 커튼을 쳤고, 그 상태로 몇 달이 흘렀다. 거실은 겨울 내내 어두침침했고, 온 가족의 마음에도 그림자가 드리웠다. 엘시의 아빠 데이비드는 몇 시간이고 서재에 틀어박힌 채 각종 인터넷 게시판에서 불침번을 서며 아들을 찾는 데 도움이 될 만한 사람들을 수소문했다. 밤이면 엘시는 침대에 기대앉아 옆방에서 부모님이 수군거리는 소리에 귀를 기울였다. 그러면서 오빠를 원망하다가 돌아오라고 간절히 애원도 했다. "제발, 오빠." 엘시가 침울한 목소리로 속삭였다. "그만 좀 해. 집으로 돌아와."

그러던 어느 날 아빠가 부엌으로 뛰어들어오며, 하고 많은 나라 중 하필이면 터키 이스탄불에 사는 어떤 사람이 그곳 고대도시 거리에서 커티스와 인상착의가 비슷한 미국 소년을 보았다는 소식을 전해왔다고 했다. 온 가족은 마음껏 축하의 환호성을 내질렀다. 하지만 항공료와 숙박비에 생각이 미치자 가족의 기쁨은 이내 사그라들었다. 부모님은 결국 두 딸, 엘시와 레이첼을 포틀랜드에 두고 떠나기로 했다. 그런데 두 아이를 어디에 맡기지? 이 도시에는 아이들을 맡아줄 만한 적당한 친척이 없었다. 유일한 해결책은 이 지역의 고아원뿐이었다. 비용도 적당하고 시간이 얼마나 걸리든 아이들을 맡아줄 수 있는 곳.

"제임스 아저씨도 스쿠버 여행을 떠날 때 아이들을 그렇게 맡기셨단다." 멜버그네 어린 딸들이 받은 위안은 이것뿐이었다.

그리고 지금 그들은 여기 산업폐기물장의 미로 같은 샛길을 천천히 돌아 말썽쟁이 아이들을 위한 조프리 언생크 고아원으로 가고 있었다. 고아원의 네온사인은 광고 내용만큼이나 어두운 빛을 내뿜었다. 네온사인 아래쪽에는 약한 전력 탓에 어쩔 수 없다는 듯 가물거리는 글자들이 부수적인 내용을 광고하고 있었다. 산업용 기계부품 회사.

여행 내내 말이 없던 레이첼은 고개를 들자마자 눈에 들어온 건물을 보고 깜짝 놀랐다. 길게 내려뜨린 검은 머리카락 사이로 레이첼의 창백한 얼굴이 잠깐 나타났다. 낡아서 올이 다 드러난 커로션 오브 컨퍼머티(1982년 노스캘리포니아에서 결성된 미국 메탈밴드. —옮긴이) 티셔츠 밑에서 가녀린 어깨가 가만히 떨렸다. "도저히 믿을 수가 없군." 레이첼이 조용히 중얼거렸다. 레이첼은 왼쪽 손목에 찬 가느다란 검정 끈을 초조하게 배배 꼬았다.

"자, 애들아." 앞자리 조수석에 앉은 엄마가 말했다. "여기까지 왔으니 우리에겐 다른 선택권이 없다." 그녀는 고개를 빼고 뒷좌석의 두 딸을 바라보았다. "이렇게 생각해. 너희는 너희만의 방식으로 커티스 오빠를 찾도록 도와주는 거라고."

"알아요." 레이첼이 뾰로통하게 대답했다.

"우와." 엘시가 부지런히 작동하는 앞 유리 와이퍼 사이로 밖을 내다보며 놀

JOFFREY
HOME for
WAYWARD YOUTH

라워했다. "정말 으스스해 보여."

침묵이 흘렀다. 차 안 사람들 모두 무언의 동의를 했다. 창문도 없는 철제 건물과 화학약품 탱크가 늘어선 자갈길이 끝나고, 차는 마침내 철사를 엮어 만든 울타리가 벽처럼 둘러진 공터에 도착했다. 공터 한가운데에 얼핏 다른 시대에서 옮겨온 듯한 칙칙한 건물이 자리잡고 있었다. 짙은 회색 벽토를 바른 벽에는 이끼와 검댕이가 묻어있고, 중간에 문설주가 위치한 높은 창문이 큼직하게 나있었다. 이판암 기와가 깔린 지붕엔 보는 각도에 따라 색이 변하는 이끼가 인상적으로 자라있었고, 경사진 지붕마루에는 시계탑이 솟아있었다. 뒤엉킨 검은딸기나무 넝쿨 너머로 육중한 참나무 문이 얼핏 보였다. 이 문 바로 위에 네온사인이 현란하게 반짝였는데, 19세기 외관의 건물에 현대적인 분위기가 나도록 묘하게 배치시킨 게 틀림없었다.

엘시는 초조해서 어쩔 줄 몰라하다 배낭의 지퍼를 열기 위해 두 다리 사이로 몸을 기울였다. 그러고는 배낭 안의 용감무쌍한 티나 인형 얼굴을 들여다보며 애써 다정한 미소를 지었다.

"괜찮아, 티나." 엘시가 두려움을 참으며 속삭였다. "모두 잘 될 거야." 목까지 내려오는 단발머리를 한 티나는 단단한 플라스틱 인형이었다. 엘시는 손가락으로 티나의 베이지색 '사파리 새스' 블라우스 뒷부분을 더듬어 견갑골 사이에 있는 작은 버튼을 찾아 눌렀다. 티나의 가슴에서 흘러나오는 녹음된 말을 들으며 마음을 가라앉히기 위해서였다. **용감한 소녀는 새로운 모험을 앞두고 절대 도망치지 않아!** 티나의 목소리는 목이 쉰 듯 거칠었다.

엘시는 언니의 한숨 소리를 듣고 고개를 돌렸다. 레이첼이 머리카락 틈으로 엘시를 곁눈질했다. 엘시가 용감무쌍한 티나의 목소리 상자를 작동시킬 때면

늘 그렇듯 이제 레이첼의 짜증 섞인 타박이 나올 차례였다. 하지만 아무 반응이 없었다. 레이첼이 티나의 목소리에도 아무 말 하지 않다니, 그런 상황이 더욱 심각하다고 엘시는 생각했다.

멜버그는 건물 앞에서 천천히 자동차를 세운 뒤 그대로 잠깐 기다렸다 열쇠를 돌렸다. 엔진소리가 잠잠해졌다. 폐기물장 건물들 사이로 불어오는 휘파람 같은 바람소리가 차창을 뚫고 들려왔다. 아빠는 뒤를 돌아보며 두 딸을 안심시키듯 타일렀다. "2주면 돼. 겨우 2주일만 지나면 엄마 아빠가 꼭 데리러올 거야."

엘시는 용감무쌍한 티나의 아마 색깔 인조 머리카락을 매만졌다. 2주일이면 지금까지 살면서 겪은 어느 시간보다도 절대로 긴 시간이 아니었다.

CHAPTER 3
식물의 비밀 언어;
와! 노스우드다; 소년의 경고

긴 뜨개 목도리를 얼굴까지 두른 프루는 순간 광막한 사막을 건너는 용감한 베두인 유목민이 된 것 같았다. 사실은 하릴없이 롬바르드 거리를 거닐고 있었지만 말이다. 지금 상황에서는 그들의 생활방식이 정말로 마음에 들었다. 베두인족 아이들도 억지로 학교에 가서 누가 목화 씨앗 빼는 기계를 발명했고, 페니실린은 어떻게 얻었는지 따위를 외울까 궁금했다. 아마 그렇지 않을 거라고 프루는 생각했다. 베두인족 아이들은 낙타 경주를 하고 야생의 사막에서 오아시스 찾는 법을 배우겠지. 프루는 집에 돌아가면 베두인에 관해 검색해보고 자원해서 베두인족이 되는 방법이 있는지 알아보겠다고 결심했다.

그러다 문득 자신이 오리건 주 포틀랜드 북쪽 끝, 자신의 집이 있는 세인트존스의 차가운 거리를 헤맨다는 사실을 깨달았다. 지금은 2월이었다. 겨우 4시쯤 되었을 뿐인데 벌써 햇빛이 흐려지고 있었다. 거리는 아침에 내린 진눈깨비가 녹아 축축했고, 한가롭게 걷는 프루의 발에 다 녹지 않은 눈덩이들이 채였다. 자전거를 타기에는 너무 추웠지만 어떻게 해서든 집밖으로 나와야 했다. 기대라든지 장래, 실망스러운 행동에 대해 이러쿵저러쿵 하는 말이 정말이지 기분을 엉망으로 만들었다. 부모님과 선생님이 원하는 것들로부터 아주 멀리 떠나고 싶었다. 난생 처음 어른들의 잔소리와 강요를 느꼈고, 그건 결코 좋지 않았다.

프루는 공터를 지름길로 가로질러 서쪽으로 걷다가 문득 자신이 불안하게 지낸 최근 몇 주일 사이 이곳에 얼마나 자주 왔는지 깨달았다. 낭떠러지 위에 서서 윌라메트 강과 강 건너의 '지날 수 없는 숲'을 내려다보았다.

프루는 혼자 속으로 피식 웃었다. 죽죽 뻗은 짙푸른 나무들이 두터운 담요처럼 뒤덮은데다 양쪽으로 잡아당긴 듯 길쭉한 땅, '지날 수 없는 숲.' 나뭇가지에는 낮은 구름이 걸려있고 강이 만든 협곡을 뚫고 찬바람이 불어왔다. 이 거리에서는 너무 멀어 목소리를 분별할 수 없었다. 나무의 목소리 말이다.

그동안 많은 변화가 있었다. 가을이 시작될 무렵, 엄청난 모험에 휘말렸던 우드에서 돌아온 후 프루는 자신의 삶이 이내 정상으로 되돌아올 줄 알았다. 맥은 집에 있고, 가족은 다시 한 집에 살게 되었다. 그러니 모든 게 좋아져야 했다. 그렇지 않은가? 하지만 그 상태는 오래가지 않았다. 프루는 무언가 속삭이는 소리를 듣기 시작했다. 익숙한 소리였다. 몇 달 전 그 광란의 순간에 들은 것과 똑같은 음색, 똑같은 음조의 소리였다. 미망인 여왕이 맥을 손에 들고 그의 생명을 끝내려던 찰나, 담쟁이가 세상을 피폐하게 만들려는 찰나에

들었던 그 목소리! 정상적인 세상에서도 그런 중얼거림이 들려왔다. 나무와 식물들한테서 흘러나오는 소리들…….

프루는 우드의 경계선을 벗어나면 이 불가사의하고 낯선 통찰력도 사라질 줄 알았다. 하지만 집에서 키우는 식물 중에 가장 비실비실하고 평범한 식물도 제대로 자극을 받자 프루에게 기쁘게 말을 걸었다. 물론 그들의 '말'은 전혀 알아들을 수 없었다. 단어가 아닌 무의미한 속삭임, 목이 반쯤 잠긴 듯한 소리가 귓속 깊고 후미진 곳에서 들려왔다. 게다가 얼마 후 프루는 그 소리를 뜻이 통하는 단어로 부호화하지 않더라도 식물의 감정을 직감적으로 알 수 있다는 사실을 깨달았다. 집에서 키우는 많은 식물들은 어지러울 정도로 다양한 성격을 보여주었다. 다육 식물은 성격이 까다로운지 쌀쌀맞게 *픗* 하는 소리를 냈다. 욕실의 종려나무는 패기만만하게 *크륵!* 소리를 냈다. 거실의 줄고사리는 고독한 휘파람을 불었고, 식당 책꽂이 윗단에 놓인 매일초 분재는 부모님이 물 주는 것을 잊지 않도록 프루가 늘 게시판에 분필로 적어두는데도 가까이 다가가면 건방지게 굴었다. *브릇! 브릇!* 게다가 크리스마스에 엄마가 들여놓은 담쟁이는 기분 나쁘게도 프루한테 노골적으로 *쉭쉭!* 야유를 보냈다.

그러나 대부분의 식물들은 밖으로 감정을 드러내지 않았다. 프루는 얼마 지나지 않아 자신이 이런 새롭고도 기묘한 현실을 이기지 못하고 미쳐버릴 거라는 확신이 들었다.

프루는 차가운 뺨에 목도리를 두르고 강 저편 굽이치는 나무 물결 틈 안개 장막을 바라보았다. 저곳이 와일드우드겠지. 프루는 생각에 잠겼다. 내가 떠나온 후 어떤 일이 일어났을까, 저 기적 같은 곳의 운명에 어떤 놀라운 이동과 변화가 생겼을까 궁금했다. 프루의 시선이 눈이 군데군데 남은 언덕마루를 따라 내려가다 산업폐기물장의 화학약품 탱크를 가로질러, 강 건너 절벽 바로 아래 있는 황갈색 밭으로 향했다. 그곳에서 뭔가 이상한 것을 발견했다.

처음에는 높이 나는 새라든지 뻐끔뻐끔 피어오르는 연기 때문에 생긴 기이한 그림자이겠거니 했다. 하지만 안개가 곱슬곱슬 말려 사라지자 그 그림자가 동물 형태를 띠었음을 알아챘다. 눈을 가늘게 뜰수록 더 선명하게 보였다.

그것은 칠흑 같은 여우였다.

녀석도 프루를 똑바로 응시했다.

갑자기 프루의 귀에서 격렬한 소음이 터졌다. 시끄러운 동물의 소리가 틀림없었다. 낭떠러지 아래 바위틈으로 빽빽하게 자라난 금작화 사이에서 들려왔다. 온전한 단어도 아니고 그저 추상적인 소음이 귀를 멍하게 할 정도로 거칠게 쉿쉿! 소리를 냈는데, 파도나 볼륨을 최대로 높인 텔레비전의 잡음처럼 다른 소리는 일시에 잠겨버렸다. 프루의 손이 반사적으로 귀를 막았지만 별 소용이 없었다. 프루는 허둥지둥 뒷걸음질쳤다. 소리를 지르고 싶었지만 묵음의 비명만 나왔다. 점점 커지는 소리의 강도에 온 신경이 충격을 받았다. 그때 뭔가 발뒤꿈치를 잡아챘고, 발 디딜 데를 잃은 프루는 아래로 떼굴떼굴 굴렀다. 꼬리뼈가 딱딱한 바닥에 세게 부딪히며 허리뼈에 격심한 통증이 찾아왔다.

이윽고 그 소리는 모든 것을 뒤덮었다. 프루는 의식을 잃었다.

사방이 캄캄했다.

❧

사방이 캄캄했다.

커티스가 있는 힘껏 눈을 감았기 때문이다. 한줌 햇빛도 눈꺼풀을 통과하지 못하게 하려고 어찌나 힘껏 감았는지 꾹 다문 입가가 일그러진 미소를 짓는 것처럼 보였다. 그런 식으로 하면 조금이라도 자신이 날고 있다는 사실을 실감하지 못할 수 있었다. 끈으로 매는 우샨카 모자테 털이 헝클어지고 옷이 펄럭이고 뺨이 언 것처럼 얼얼한 것은 비행이 아니라 바람 때문이었다. 그렇다, 단지 바람이 세게 불어서였다. 어쨌든 2월이지 않은가. 그런데 꽉 움켜쥔 손에 느껴지는 것은 솜털의 감촉인가? 아마 성질을 죽인 포근한 거위털 베개이리라. 그렇다면 가벼운 난기류는? 틀림없이 비행 때문은 아닌데. 그건…….

커티스가 눈을 떴다.

그는 날고 있었다.

"전속력으로!" 브렌든이 자신이 탄 백로에게 소리쳤다. 왜가리와 함께 온 나긋나긋한 백로는 돌연 하강해서 커티스의 우샨카 옆을 쌩하고 지나갔다. 커티스는 놀라서 왜가리의 목을 더 세게 그러쥐었다. 그들은 지금 나무보다 훨씬 높이 날고 있었다. 높은 곳에서 보니 그 큰 더글러스 전나무가 눈 쌓인 이파리를 매단 이쑤시개처럼 보였다. 그런 광경이 저 멀리까지 펼쳐져 있었다. 칙칙한 베일 같은 구름 뒤로 낮게 뜬 태양이 사위어가는 빛으로 이 고공 비행자들을 비췄다.

"아야!" 왜가리 모드가 소리쳤다. "목을 너무 세게 조르지 마."

"미안해요." 커티스가 눈물을 흘리면서 말했다. 바람 때문인지, 아니면 정말로 두려워서인지 알 수 없었다. "이렇게 높은 곳이 익숙하지 않아서 그래요."

"왜 날기 전에 말하지 않았니?" 새가 화난 목소리로 대꾸했다.

"말하면 안 될 것 같았어요."

"뭐라고?" 바람소리가 요란해 대화가 어려웠다.

"말하면 안 될 것……." 커티스가 다시 대답하려다 브렌든의 와아! 하는 시끄러운 함성에 말을 멈추었다. 새 두서너 마리 정도 앞선 거리에서 백로와 산적왕이 아슬아슬하게 원을 그리며 날고 있었다. 이윽고 그들은 곧장 커티스의 머리를 향해 돌진해왔다. 커티스는 왜가리의 몸 아래쪽에 얼굴을 묻었다.

"이런 짓 좀 안 했으면 좋겠는데." 커티스가 불평했다.

"마음 편히 가져!" 모드가 소리쳤다. "넌 너무 긴장했어. 너 때문에 내가 마음껏 날지 못하잖아!"

그때 안개가 지붕처럼 뒤덮인 곳에서 멧종다리 한 무리가 튀어오르는 바람에 모드가 오른쪽으로 날카롭게 선회했다. 커티스가 애원했다.

"꺅! 제발, 그것도 안 하면 안 돼요?"

"이것 말이니?" 모드가 짓궂게 묻더니, 더욱 격렬하게 몸을 좌우로 흔들며 선회했다. 그러고는 가장 높은 나무 꼭대기를 스치듯이 날았다. 이를 앙다문 커티스의 얼굴로 눈가루가 날렸다.

"그래요, 그거!" 커티스가 두려움에 소리를 꽥 내질렀다.

이윽고 장난에 싫증이 났는지 왜가리는 편안한 고도로 하강한 뒤 미끄러지듯 날기 시작했다. 난기류가 사라지자 커티스는 그제야 새를 움켜쥔 손에서 긴장을 풀 수 있었다. "우리 어디로 가고 있는 거죠?"

"노스우드 대회당으로! 비밀회의가 소집되었거든."

"누구를 만나는데요?"

모드가 한숨을 내쉬었다. "그걸 안다면 비밀회의라고 할 수 없겠지. 그렇지 않니?"

"그런데 우리는 왜?" 커티스가 영문을 몰라 자꾸 물었다.

왜가리 옆으로 백로가 따라붙었다. "그러게, 물새 친구." 잠자코 있던 브렌든이 거들었다. "왜 우리를 소집했지? 노스우드 주민들끼리 비밀회담을 하는데 왜 우리가 가야 하느냐고?"

왜가리가 브렌든을 흘끗하고는 책망했다. "플린스 전투의 교훈을 그렇게 빨리 잊다니요! 당신은 와일드우드 비정규군이 아니던가요?"

그 말이 브렌든의 성미를 긁었다. "나한테 플린스 전투 얘기를 하다니!" 산적왕은 버럭 호통을 쳤다. "나야말로 사방이 새들의 피로 물들었던 그곳에서 당신을 본 기억이 없는데."

"진정해요, 산적왕. 무례하게 굴 생각은 없었어요." 모드가 목청을 가다듬은 뒤 타이르듯 말했다. "신비주의자 어르신이 4개 지역의 대표를 각각 호출했어요. 지금까지 와일드우드를 기술적으로 '통치할' 만한 사람이 없었는데, 와일드우드 산적 출신 특사가 그걸 잘 하리라 여긴 거죠."

사슬처럼 연결된 주변 산들과 달리 흰 눈이 군데군데 쌓이고 그 끝이 희뿌연 구름에 가려 잘 보이지 않는 산봉우리가 눈에 띄었다.

"캐시드럴 봉우리란다." 모드가 긴장을 풀며 설명했다. "여기에서 그리 멀지 않아."

그 높은 산등성이를 타고 한가롭게 지그재그로 난 길은 바람을 등진 아래쪽으로 이어졌고, 거기에서부터 산악 풍경이 완만한 계곡으로 바뀌었다. 비행하는 무리 바로 아래 숲도 성겨지기 시작하면서 와일드우드 숲 여기저기에 습지와 들판이 보였다. 잠시 후 들판 가장자리에 작은 오두막들이 나타났다. 돌로 만든 짜리몽땅한 굴뚝이 내뿜는 하얀 연기가 안개 낀 대기로 번졌다. 그때 가축우리 같은 집 현관을 나온 남녀가 햇빛이 눈부신지 손으로 차양을 만든 채 새 두 마리와 거기에 탄 사람들을 신기하다는 듯 올려다봤다.

농촌은 활기가 없고 칙칙해보였다. 자라는 농작물도 보이지 않았다. 땅에 회갈색 겨울이 머무는 터라 드넓은 밭은 텅 비어있었다. 왜가리가 급강하를 하자 나는 새와 거기에 탄 사람들을 신발도 신지 않은 채 목을 길게 빼고 구경하는 아이들이 보였다. 커티스는 그들의 얼굴을 흘끔 살폈다. 여위고 지쳐 있었다.

모드는 커티스가 무엇에 집중하는지 눈치챘다. "노스우드 주민이라고 해서 누구나 잘사는 것은 아니란다." 새가 나직하게 말을 이었다. "남쪽에 협력했던 주민들이 힘들어지면서 예상보다 큰 영향을 받고 있단다. 우리 수출품을 찾는 이들도 줄어들고. 더욱이 겨울은 매우 고통스럽지. 심지어 우리의 넉넉한 창고도 이런 암흑기까지는 대비를 못 했고."

"전 몰랐어요." 커티스가 매서운 바람 너머로 말했다.

"네가 왜 알아야하는데?" 새가 비아냥거렸다. "와일드우드 산적이 언제 노스우드 주민들의 복지에 관심을 가졌다고?"

커티스는 잠깐 생각에 잠겼다. "제 말은… 저도 물동량이 줄었다는 얘기를 들었어요. 우리도 많이 쪼들리고 있죠. 나이 많은 산적들은 불황기라고 부르더라고요."

왜가리가 냉소했다. "말이 좋아 불황이지. 오늘 밤에도 많은 아이들이 배를 곯을 거야. 부엌 선반이 늘 텅 비어있지."

"왜죠?"

"곧 알게 될 거다. 때가 되면." 새가 하강하며 대답했다. "다 와간다. 자, 보렴. 회합 나무다."

새의 말대로 저 멀리 조각보 같은 밭과 덤불 위로 비죽 솟은 거대한 옹이투성이 나무가 보였다. 커티스는 숨이 막혔다. 작은 새들이 떼로 선회하거나 급강하하면서 앙상한 나뭇가지 위로 일종의 후광을 만들어내고 있었다. 나무 둘레에는 한 무리의 동물과 사람들이 빙빙 돌고 있는데, 엄청나게 웅장한 나무 주위를 도는 개미 떼 같았다. 그런 광경 너머로 헐벗은 높은 언덕이 있고 그 위에 나무로 만든 화재 경보탑이 우뚝 솟았다. 거기에서 더 가면 잿빛 단풍나무로 만든 계단식 의자가 놓여있고, 두 개의 작은 언덕이 만나는 좁다란 오솔길에 기다란 목재 건물이 아늑하게 자리했다. 이 모습을 본 모드가 목을 길게 빼고 날개 방향을 바꾸었다. 모드의 하강이 시작됐다.

거리가 더 가까워지자 커티스는 건물을 자세히 관찰했다. 흰 눈이 덮인 기다란 지붕은 가운데 커다란 굴뚝을 떠받치고, 비스듬하게 경사진 거무스름한 나무 기와는 세월의 때가 얼룩덜룩 묻어 낡아보였다. 거대한 들보 끝이 튀어나온 지붕 골조 바로 아래에는 납작한 철제 버팀목이 떠받치는 커다란 나무문이 나있었다.

모드는 우아하게 8자를 그리며 건물 앞 눈 덮인 길에 내려앉았다. 긴 옷을 입은 오소리가 판석 깔린 길 위의 눈을 쓸며 새에서 내리는 커티스와 브렌든을 흘끔거렸다. 커티스는 불안하게 발을 디뎠다. 오랜 비행 후 몸의 균형을 다시 잡느라 다리가 휘청거렸고, 땅은 파도처럼 출렁거렸다.

"안으로 들어가자." 힘들게 날아온 터라 숨을 헐떡이며 모드가 말했다. "지금 막 회의가 시작되었어." 왜가리가 날개로 대회당의 커다란 문을 가리켰다.

브렌든은 초조하게 주위를 살폈다. 그의 손이 반사적으로 허리춤의 검 자루를 잡았다. 이 모습을 본 모드가 다 안다는 듯 저지했다. "그걸 쓸 일은 없을 거예요, 산적왕. 이곳은 평화로운 나라니까."

"그건 내가 판단하게 될 거요." 브렌든이 차갑게 대꾸했다.

커티스는 등에 멘 배낭 속에서 뭔가 꿈틀거리는 것을 느꼈다. 배낭을 열자 셉티무스가 주둥이를 빼 신선한 공기를 들이마셨다.

"다 온 거야?" 그가 물었다.

"응. 비행은 즐거웠니?"

"덕분에." 셉티무스가 앙증맞게 굴었다. "하지만 돌아갈 때는 육로로 가면 어떨까 생각했어. 넌 어때?" 그가 발 하나를 앞으로 내밀어 귀 사이의 털을 빗어넘겼다. "겁먹지 마. 조금 토했을 뿐이야. 조금."

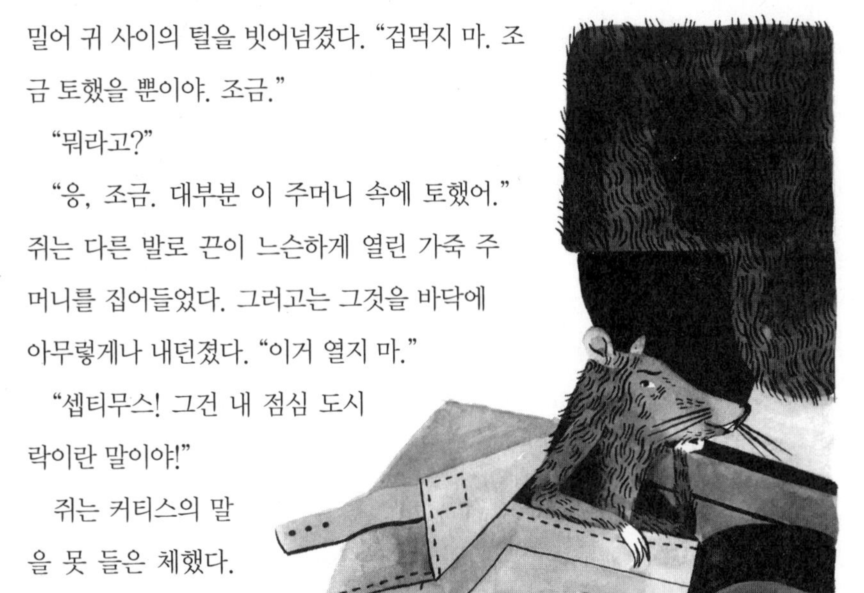

"뭐라고?"

"응, 조금. 대부분 이 주머니 속에 토했어." 쥐는 다른 발로 끈이 느슨하게 열린 가죽 주머니를 집어들었다. 그러고는 그것을 바닥에 아무렇게나 내던졌다. "이거 열지 마."

"셉티무스! 그건 내 점심 도시락이란 말이야!"

쥐는 커티스의 말을 못 들은 체했다. "그나저나 여기가 어디야?"

커티스는 숨죽여 투덜거렸다. "대회당. 비밀회담이 열리는데, 우리도 참석해달래."

그가 말을 마치자마자 대회당의 커다란 문이 덜컹거리며 열렸다. 문가에 선 이는 거대한 몸집에 안경을 쓰고 멋진 뿔이 난 올빼미 렉스였다. 여러 달 동안 통 본 적 없던 얼굴이었다. 초가을에 대저택에서 헤어진 후 처음이었다. 올빼미가 얼굴 가득 미소를 띠고 날개를 활짝 펼친 채 손님을 맞으러 좁은 길을 걸어 내려왔다.

"어서 오시오, 산적들!" 그가 우렁차게 말했다. "친애하는 산적 여러분! 비행이 고되지나 않았는지 모르겠소."

"공작님." 커티스가 그를 반겼다. "여기에서 뭐하시는 거예요? 공국에서 이렇게 멀리 떨어진 곳에서."

브렌든은 검 자루에서 손을 떼고 다가오는 새를 향해 당당하게 걸어갔다. "올빼미 공작님." 브렌든이 가볍게 목례를 하며 인사했다. "다시 만나서 반갑습니다."

"산적왕." 올빼미도 목례로 답한 뒤, 거대한 날개로 두 산적의 어깨를 감싸며 말했다. "우리 셋이 다시 만나게 될 줄은 몰랐소."

셉티무스가 헛기침을 했다.

"아, *넷이로군.*" 올빼미가 쥐에게 윙크를 하며 고쳐 말했다. 이윽고 그는 살짝 찡그린 얼굴로 말을 이었다. "우선 내 친구 산적 커티스의 물음에 답하자면, 감옥에서 나오자마자 이렇게 빨리 고국을 떠나고 싶지는 않았소. 아비앙 공국은 일년 중 이맘 때가 가장 아름답거든. 눈 쌓인 둥지가 햇빛에 반짝이는 모습이란.” 그가 긴 한숨을 짓더니 말을 이었다. “하지만 우드의 운명이 한 치 앞을 알 수 없는 지경이요. 우리 모두에게 새로운 위협이 도사리고 있소.” 그는 아직도 부리로 날갯죽지를 쪼고 있는 모드와 백로를 바라보았다. “뒤따라온 자는 없었겠지?”

모드가 고개를 가로저은 뒤 고개를 조아리며 답했다. “그럼요, 공작님. 우리만 왔습니다.”

“수고했네, 자.” 올빼미 렉스는 주위를 살핀 뒤 브렌든과 커티스를 중앙홀로 안내했다. “회의를 시작해야 하오.”

“멜버그 부부입니다.” 엘시의 아빠가 설명했다. “주초에 일찌감치 연락을 드렸는데.”

구식으로 보이는 컴퓨터 모니터에서 흘러나오는 불빛이, 어질러진 책상에 앉은 천박한 모습의 여자에게 묘한 음영을 드리웠다. 짙은 화장을 한 여자의 얼굴이 더욱 기괴해 보였다.

“멜붜그요?” 여자가 느릿느릿 말했다.

“아니오.” 데이비드가 고쳐주었다. “멜버그요. ‘버’.”

여자가 모니터에서 시선을 돌려 아빠를 위압적으로 노려보면서 쌀쌀맞게 대꾸했다. “제가 그렇게 말했잖아요. 멜붜그라고.”

그녀에게 영어는 외국어임이 틀림없었다. 용감무쌍한 티나 인형을 가슴에 껴안고 아빠의 다리 옆에 바짝 붙어선 엘시에게 여자의 목소리는 양파처럼 생긴 궁전과 다리를 쭉쭉 뻗는 코사크 댄스를 떠올리게 하는 머나먼 왕국의 울림과 같았다.

이 사실을 깨닫고 마음이 누그러진 아빠는 상냥하게 대답했다. "아, 그렇군요. 미안해요. 내가 잘못 들었어요." 그는 흠흠 헛기침을 했다. "그렇습니다. 우린 리디아 멜버그와 데이비드 멜버그입니다. 딸들을 맡기려고 왔죠. 엘시, 레이첼?"

딸들은 아무 말이 없었다. 아빠는 불편한 듯 신발 안의 발가락을 꼼지락거

리며 책상에 놓인 이름표를 내려다보고는 거기에 쓰인 이름을 소리내어 읽었다. "저… 무드락 양?"

여자는 대답하지 않았다. 그녀는 굼뜨고 무기력했다. 한참 멜버그 가족을 살핀 후, 손톱을 길게 기른 손가락으로 책상 모서리를 짚고 의자를 뒤로 밀었다. 그녀가 꽤 기다란 몸을 펼치며 의자에서 일어나자 앞에 서있는 가족 머리 위로 그녀의 얼굴이 비죽 솟았다. 엘시의 눈에 언제나 어마어마한 산처럼 보였던 아빠는 여자의 목 높이밖에 오지 않았다. 여자는 한 줌도 안 되는 아른아른한 원피스 차림에 손가락에는 무지갯빛 보석반지를 끼고 있었다. 그녀가 아빠에게 쾌활하게 한 손을 내밀었다. 그녀의 기다란 손가락이 구혼자를 맞는 백작부인처럼 극적으로 쫙 펼쳐졌다.

"제 이름은," 당밀 찌꺼기처럼 검붉은 입술에서 단어들이 흘러나왔다. "데스데모나예요." 그녀가 의미심장한 미소를 지었다.

아빠는 허겁지겁 속사포처럼 인사말을 쏟아냈다. 그가 데스데모나에게 악수를 청하려는데 엄마의 손이 쑥 나오며 남편의 손을 찰싹 때렸다. 엄마가 상대방을 노려보며 힘껏 악수했다.

"안녕하세요, 무드락 양." 그녀가 큰 소리로 말했다. "우리 아이들 좀 맡기려고 왔어요. 2주일 후에 데리러 올 거예요."

조금 전까지 밝았던 데스데모나의 얼굴이 그 순간 싹 돌변했다. 데스데모나는 멜버그 부인에게 주의를 기울였다. 그녀가 엄마에게서 손을 잡아뺀 뒤 천천히 의자에 앉아 등을 기댔다. "알겠어요. 텔레퓨터에 어떻게 기록돼 있는지 봐야겠군요." 그녀의 얼굴이 스크린 불빛에 다시 환해졌다. 데스데모나는 천천히 키보드의 화살표 키를 이리저리 누른 뒤 말했다. "아, 여기에 있네요. 여자

아이 둘, 엘시와 레이첼." 그녀가 가볍게 고개를 돌려 엘시와 날카롭게 시선을 맞췄다. 엘시는 얼어붙었다.

"이름이……?" 여자가 물었다.

"저, 저는 엘시예요."

"그래, 만나서 반갑다." 여자는 화면으로 고개를 돌리지 않은 채 레이첼을 바라봤다. "너는?"

레이첼은 머리카락 뒤에서 여자를 노려볼 뿐 대꾸하지 않았다. 게다가 도전적으로 가슴 앞에서 팔짱을 끼고 있었다. 레이첼의 티셔츠에 그려진 모호크족 형상의 해골이 쭈글쭈글해졌다.

엄마가 끼어들었다. "얘는 레이첼이에요." 그녀는 딸을 향해 얼굴을 찡그리며 대답했다. "가끔 이렇게 심술을 부려요."

데스데모나가 웃으면서 립스틱 바른 입술 사이로 기다란 치열을 드러냈다. 가운데에서 세 번째 금니 하나만 빼면 거의 완벽한 치열이라고 엘시는 생각했다. 금니가 컴퓨터 모니터 빛에 번쩍, 하고 빛났다. "괜찮아요. 우리에겐 익숙한 일이죠." 데스데모나가 무미건조하게 말했다.

엘시가 큰 소리로 침을 꼴깍 삼켰다.

"음, 멜뷔그 *가족분들*." 데스데모나 무드락이 다시 텔레퓨터를 보며 손가락으로 키보드를 톡톡 쳤다. "먼저 고집불통 아이들을 위한 조프리 언생크 보육원을 찾아주셔서 감사드려요."

그녀가 매니큐어를 칠한 손톱으로 책상에 놓아둔 사진 액자를 밀었다. 기름 흐르는 머리카락에 염소수염을 한 남자가 조잡한 아가일 무늬 스웨터를 입고 이를 드러내며 웃고 있는 사진이었다. 엘시는 그가 언생크 씨일 거라고 추측했다.

"1985년에 설립되었죠. 우리는 고아원과 소년원 기능을 겸하며, 각종 불우한 환경에 놓인 아이들을 백여 명쯤 수용하고 있어요." 여자는 유사시 튜브로 사용할 수 있는 좌석 쿠션을 설명하는 노련한 비행기 승무원처럼 단조롭게 중얼거렸다.

데스데모나가 행정상 절차를 설명할 때 그녀의 눈꺼풀은 반쯤 느긋하게 내려가 있었고, 엘시의 신경은 온통 사무실 벽에 걸린 장식물에 가있었다. 먼지는 언제나 아래에만 쌓이는 줄 알았는데 그렇지도 않다는 사실을 언생크 보육원의 칙칙한 초록색 벽이 증명했다. 엷게 빛나는 잿빛 먼지는 페인트를 한 번 더 칠한 것처럼 보였다.

먼지는 제멋대로 붙어있는 오래된 영화포스터도 뒤덮었다. 포스터에는 하나같이 외계 언어처럼 보이는 글자들이 가득했다. 포스터 속 턱시도 차림의 잘생긴 남자들은 담배를 피우며 흰색 난간에 느긋하게 기대 서서 늘씬하고 눈부시게 아름다운 여인들과 야릇한 눈길을 교환했다. 어느 색 바랜 인쇄물에는 한 남자와 여자가 입술이 닿을락 말락한 채 서로를 뜨겁게 마주하고 있었다. 사진 위에는 눈에 띄는 큰 활자체로 다음과 같은 화성의 상형문자가 적혀있었다. Ніч в Гавані. 엘시는 포스터를 자세히 들여다보다 포스터 속 여자가 놀랍게도 무드락 양의 젊은 시절 모습이라는 사실을 깨달았다. 엘시는 놀라움을 금치 못하며 책상 뒤에서 떠들고 있는 여인과 포스터를 번갈아 보았다. 분명히 닮았지만 지금 여자의 눈에는 영혼이 없었다. 엘시는 "저 사진 혹시 아줌마예요?"라고 물을 수밖에 없었다.

데스데모나는 순간 움찔하더니 몸을 꼿꼿이 세워 엘시가 가리키는 곳을 보며 희미하게 미소지었다. “그래, 나란다. 〈아바나에서 하룻밤〉이라는 오래된 영화지. 너도 아니?”

아무도 대답하지 않았다.

데스데모나는 얼굴을 찡그리며 한 손을 흔들어 침묵을 일축했다. “우크라이나에서 오래 전에 상영한 영화란다. 영어로 된 영화는 아니야. 저 남자는 세르게이 고노차렌코라고, 우크라이나 유명배우지. 지금은 샌프란시스코에서 택시운전을 한단다.” 그녀가 입술 사이로 바람을 뿜어냈다. “사는 게 다 그렇지 뭐. 우린 미국으로 왔단다. 그게 백 번 천 번 낫지, 그렇지 않니?” 그녀가 의자 뒤로 몸을 젖히더니 다시 책상에서 일어났다. “자, 너희에게 시설을 안내해주마.”

책상 뒤에서 미끄러지듯 걸어나온 데스데모나는 멜버그 가족에게 따라오라고 손짓했다. 앞에는 기다란 복도가 펼쳐졌고, 석고 바른 벽에는 사무실과 똑같이 희멀건 녹회색 페인트가 칠해져 있었다. 천장 근처의 페인트는 큼직하게 벗겨져 있었다. 복도 양 옆으로 문이 여러 개 나있었다. 그리고 엘시 나이 또래의 남자아이가 바둑판처럼 생긴 복도 바닥에서 걸레질을 했다. 아이는 그들을 보며 수줍게 미소지었다.

“여기는 중앙 복도, 이건 식당으로 가는 문, 여긴 공동휴게실이란다.” 그녀는 설명을 끝내자마자 각각의 문을 거칠게 밀쳤다. 다만 너무 빨리 열렸다 닫히는 바람에 멜버그 가족은 겨우 몇 초 정도 들여다볼 수밖에 없었다. “이곳은 벽장, 여긴 오락실, 그리고 욕실이에요. 아, 이 아이는 에드워드라고 해요.” 걸레를 쥐고 있던 소년이 다시 웃으며 손짓했다. “이 계단으로 올라가면 숙소가 나오죠.” 그녀가 말을 멈추고 개방식 출입구에 기대어서서 가족에게 앞장서라고 손짓했다. 멜버그 가족이 문을 지나 계단을 올라가자 그녀는 그들을 유심히 살폈다.

"무드락 양." 아빠가 계단을 오르다 궁금해하며 물었다. "기계부품 회사는 뭐죠? 밖에서 표지판을 봤어요."

"부업이에요." 데스데모나가 시큰둥하게 대꾸했다.

아빠는 설명을 기다렸지만 더 이상 어떤 대답도 돌아오지 않았다.

그들은 드디어 2층 층계참에 도착했다. 데스데모나는 여닫이문을 열어 캠프용 접이침대처럼 생긴 침대가 네 줄로 길게 늘어선, 체육관만한 방을 보여주었다. 침대는 잠을 자는 아이들 없이 가지런히 정돈되어 있고, 얄팍한 매트리스를 가로질러 담요가 구김살 하나 없이 팽팽하게 자리했다. 방 뒤편에 놓인 배불뚝이 난로가 그 방에 온기라고 할 만한 것을 공급해줬다.

"여기가 너희들이 잠을 잘 곳이란다." 데스데모나가 설명했다. 일렬로 늘어선 더럽고 기다란 창문으로 오후의 희미한 빛이 방안으로 들어왔다.

"다른 아이들은 어디 있죠?" 엄마가 불안하게 물었다. 그녀의 얼굴이 찡그려지며 근심의 빛이 떠올랐다.

데스데모나는 웃으면서 침대 난간을 따라 손가락을 놀렸다. "밖에 있어요." 그녀가 아빠를 돌아다보았다. "자, 이제 예치금만 넣어주시면 됩니다. 그리고 작별인사를 하시죠."

레이첼이 침묵을 깨고 부모님을 돌아다보며 애원했다. "제발, 여기는 싫어요." 엘시는 언니가 이렇게 마음 약하게 구는 모습을 본 적이 없었다. 레이첼이 베일처럼 늘어뜨렸던 머리카락을 옆으로 젖히고 부모님을 정면으로 노려보았다.

"2주면 돼, 레이첼." 아빠는 걱정스러운 표정을 지으면서도 애써 부드럽게 위로해주었다. "겨우 2주일이야. 2주일 후면 엄마 아빠가 데리러 올 거야."

엘시는 끼어들고 싶은 충동을 느꼈다. 하지만 자신들이 할 수 있는 게 아무것도 없음을 잘 알았다. 부모님은 그날 오후 비행기를 타야 했다.

엘시가 언니를 돌아다보며 웃었다. "2주일이야, 레이첼. 2주일만 지나면 돼. 그렇지 않아?" 엘시는 그 순간 적절한 응원가가 나오기를 기대하며 티나의 음성 상자 버튼을 눌렀다. "망원경을 잊지 마! 언제 원시림을 보러갈지 알 수 없어!" 진짜 안 도와주네, 엘시가 티나를 타박했다.

다만 걱정 가득했던 레이첼은 이제 짜증스럽다는 눈빛으로 엘시를 노려보았다. 이 정도만 되어도 성과가 아주 없지는 않았다.

"그게 뭐니?" 데스데모나가 엘시의 손에 들려있는 인형의 코를 내려다보며 물었다. 꼭 죽은 쥐를 바라보는 표정이었다. "언제나 말을 하니?"

엘시는 방어하듯 티나를 꼭 끌어안았다.

"용감무쌍한 티나예요." 엄마가 설명했다. "TV 프로에 나오잖아요?" 상대가 이 말을 알아듣지 못한다는 것을 알면서도 엄마는 계속했다. "엘시가 이 인형에 애착이 강해요. 다섯 살 이후로 죽 그러는데, 없으면 불안해하는 그러니까 일종의 위안 담요 같은 거죠."

무드락 양의 얼굴에 틀림없는 조롱의 빛이 스쳤다. "한 아이가 갖고 있으면 다른 아이들도 원하기 때문에 별로 좋은 일은 아니에요. 우린 아이들이 장난감을 가지고 보육원에 들어오는 것을 권하지 않습니다."

엘시는 자신의 어깨를 주무르는 아빠의 손을 느꼈다. 공포심이 등뼈를 타고 스멀스멀 기어올라왔다. 저 사람들이 티나를 빼앗아가지 않을까?

"무드락 양." 아빠가 나직이 불렀다. "이번 한 번만 예외로 할 순 없을까요? 우리 아이들은 잠깐만 머무를 거니까요. 만약 이것 때문에 차질이 생긴다면…, 상상하기도 싫군요."

침묵이 흘렀다. 데스데모나가 곰곰이 생각에 잠겼다. "좋아요, 대신 이번만이에요."

엘시는 휴! 하고 안도의 한숨을 내쉬었다.

데스데모나가 나긋나긋한 팔로 가족을 숙소 밖으로 나오게 한 뒤 계단을 내려가 1층 복도로 돌아왔다. 소년 에드워드는 여전히 걸레질을 하고 있었다. 아까 자리와 별반 차이가 없었다. 그들이 현관문 쪽으로 걸어갈 때 에드워드가 흠흠 헛기침했다. 엘시는 걸음을 멈추고 뒤돌아보았다. 에드워드가 조그맣게 접은 종이쪽지를 손에 쥔 채 엘시에게 물었다. "혹시 이거 네가 떨어뜨린 것 아니니?"

엘시는 다른 사람도 그 말을 들었을까 궁금해 돌아다보았다. 엄마와 아빠는 무드락 양과 함께 보육원에 내야 할 비용을 비롯해 구체적인 이야기를 나누고 있었다. 레이첼은 그저 제 운동화만 응시했다. 엘시가 다시 소년을 쳐다봤다. "내가?"

소년이 고개를 끄덕였다.

이상했다. 자신은 그 쪽지를 지닌 기억이 없었다. 엘시는 어쩔 줄 몰라하다

수줍게 손을 뻗어 소년에게서 종이쪽지를 건네받았다. 그때 엄마의 목소리가 들렸다. "엘시! 거기에서 뭐하니?"

엘시는 어리둥절했지만 고맙다는 듯 미소지으며 종이쪽지를 치마 주머니에 쑤셔넣었다. 그런 다음 얼른 엄마의 너풀거리는 옷자락 뒤로 뛰어가 무드락 양의 말에 귀를 기울였다. "그럼 작별인사 할 시간을 드리죠."

아빠가 무릎을 꿇은 채 두 딸을 힘껏 껴안았다. 목이 멘 듯했다. "얘들아, 얘들아. 엄마 아빤 이제 오빠를 찾으러 갈 거야. 오, 하느님, 저희를 도와주소서. 오빠를 데리고 와서 온 가족 모두 다시 모여 살자꾸나."

레이첼이 훌쩍거리기 시작했다. 엘시는 아빠의 코듀로이 재킷에 얼굴을 묻고 머스크향 로션 냄새를 맡으며 왜 나는 울지 않을까 생각했다. 그때 엄마의 손이 어깨를 만졌다.

엄마는 아무 말도 하지 않았다. 하지만 엘시는 엄마의 흐느낌을 알 수 있었다. 엄마의 팔이 경련하듯 조금씩 들썩였다.

"착하지, 우리 딸들." 엄마는 이 말뿐이었다.

이윽고 부모님은 딸들에게서 서서히 손을 뗀 다음 차를 타기 위해 발걸음을 옮겼다. 레이첼은 부모님과 떨어지지 않으려고 필사적으로 아빠의 옷자락을 잡으면서 몸부림쳤다. 그러나 부모님은 차에 올라탔고, 아빠의 검은색 세단은 자갈 깔린 진입로를 덜컹거리며 굴러가 어둡고 눈 덮인 산업폐기물장 통로를 빠져나갔다. 엘시와 레이첼은 현관 계단에 서서 부모님이 떠나는 모습을 지켜보았다. 그들의 입김이 머리 위쪽 허공에 작은 수증기 기둥을 만들었다.

그때 문득 엘시는 소년이 준 쪽지가 생각나 주머니에서 꺼냈다. 그리고 천천히 쪽지를 펼쳐 노란색 종이에 휘갈겨쓴 글자를 읽었다.

"어서 도망쳐!"

CHAPTER 4

상병의 이야기

"프루!"

프……

"프루!"

바람이 불었다. 나뭇잎이 바스락거렸다.

"프루 매킬! 내 말 안 들리니?"

어디선가 들어본 듯한 여자의 목소리였다. 마치 시끄러운 레스토랑의 현란한 연주 사이로 들리는 익숙한 노랫소리 같았다. 그 목소리에 프루는 자신이 무사하다는 걸 알았다. 세포분열, 파출리 향기……. 눈앞에 과학선생님인 달라 데니스가 서있었다.

낯선 늑대는 말없이 난롯불을 응시했다.

"괜찮니?" 달라가 물었다. 그녀의 얼굴이 어두컴컴한 하늘을 가렸다.

프루는 신음을 내뱉었다. "네, 네, 그런 것 같아요."

선생님은 프루가 눈 쌓인 바닥에 제대로 앉도록 부축했다. 다리가 얼얼했다. 젖어서 차갑게 언 바지는 다리에 끈질기게 달라붙었다. 자신이 이곳에 얼마나 누워있었는지 가물가물했다. 그렇게 많은 시간이 흐른 것 같지는 않았다. 기절하기 전까지의 사건들을 낱낱이 떠올려보았다. 낭떠러지로 걸어왔는데, 그때 무슨 소리가 들렸다. 뭔가 놀랄 만한 것을 봤던가? 갑자기 눈앞으로 뛰어든……. 맞다! 분명 검은 여우였다. 그러고 나서 귀청이 떨어질 것처럼 날카롭게 쉭쉭, 하는 소리가 났다. 프루는 고개를 빼고 낭떠러지 아래를 살폈다. 여우는 사라지고 없었다. 프루가 데니스 선생님을 바라보았다.

"선생님은 여기에서 뭐 하세요?" 정신이 돌아온 프루가 의아해하며 물었다.

"나도 똑같이 묻고 싶은 걸." 데니스가 두 손을 비비며 대답했다. 손톱 끝에 흙이 묻어 새까맸다.

"산책하기에 좋은 곳이지." 그녀가 지평선을 바라보며 말을 이었다. "금지된 숲에 뭐 볼거리라도 있니?"

"그냥 걷고 있었어요." 프루가 주변을 둘러보며 받아넘겼다. "그런데 혹시 그때……." 프루는 어디까지 말씀드려야 할지 몰라 말을 삼켰다. 식물이 내는 소리에 관해 누구에게도 털어놓은 적이 없었다. 틀림없이 머리가 이상한 애라는 취급을 받겠거니 생각했다. "살짝 현기증이 났어요."

"네게 힘든 하루였나보다." 쪼그려 앉아있던 선생님이 몸을 일으키며 다독였다. 그러고는 치마에 붙은 마른 풀을 털고, 프루에게 손을 내밀었다. "자, 따뜻한 우유 사줄게. 몸 좀 덥혀야지."

두 사람은 롬바르드의 커피숍으로 가서 창가 테이블에 마주보고 앉았다. 종업원이 달라에게 카푸치노를 내주었다. 꿀 탄 우유 잔에서 김이 올라와 프루의 얼굴 앞 공기를 데웠다. 그들은 포틀랜드의 음울한 겨울과 눈에 관해 한동안 이야기를 나누었다. 달라는 프루에게 어린시절 이야기를 들려주었다. 책과 음악을 좋아했던 때, 군인이던 아빠 때문에 방방곡곡 이사를 다녀야 했던 상황들. 게다가 고등학교 시절 자신이 '진짜 히피'였으며, 어쩌다 잼 밴드('그레이트풀 데드'라든지 '올맨 브라더스'처럼 1960년대 생겨난 팬 문화와 관련해 장르 구분 없이 앨범을 내거나 라이브 연주를 하는 음악단. ―옮긴이)를 따라 전국을 떠돌아다니며 그들이 쇼를 하는 동안 주차장에서 대마로 만든 액세서리를 팔았던 이야기도 들려주었다.

"음악 좋아하니?" 달라가 물었다.

"네. 몇몇 밴드를 좋아하긴 하는데, 잘 모르겠어요. 음악에 관해선 초보자나 마찬가지예요. 요즘 들어 케이준 음악Cajun(미국 루이지애나 주의 프랑스계 이민자들이 남긴 문화유산으로, 재즈의 뿌리가 되는 음악. ―옮긴이)을 많이 듣기 시작했어요. 그 음악 아세요?"

"아코디언으로 연주하는 음악?"

"네." 프루가 얼굴을 붉히며 대답했다.

"와, 대단한 걸!" 달라가 커피를 한 모금 마신 뒤 경탄했다. "초보자라면서!"

두 사람은 동시에 웃음을 터뜨렸지만 이내 잠잠해졌다. 둘은 창문 너머 쉭쉭 달리는 차들을 바라보았다. 한 남자가 신문 판매기를 열려고 안간힘을 쓰고 있었다. 프루는 고개를 돌려 말없이 맞은편에 앉은 선생님을 보았다. 선생님은 비인간적일 정도로 기품 있게 찻잔을 입가로 가져갔다.

사실 프루는 금지된 숲에서 겪었던 모험담을 바깥세상 친구들한테는 비밀로 해왔다. 엄마 아빠에게만 그곳에서 일어났던 참혹한 사건들을 들려주었을 뿐……. 두 분은 괴로운 듯 얼굴을 찌푸리면서도 귀 기울이셨다. 이야기의 처음부터 끝까지 잃어버린 아이들과 그 때문에 잠 못 들던 밤에 대한 기억을 상기시켰기 때문이다.

그래서 나중에는 프루가 나무장벽 너머에서 어떤 일이 일어나고 있을까 궁금해할 때, 맥만이 유일하게 아무 판단 없이 이야기를 들어주는 친구로 남았다. 게다가 맥은 도중에 이야기가 끊기면 거의 반사적으로 "푸우!" 하고 재촉하듯 웅알거렸다. 프루는 그런 사연을 가슴에 담고 사는 일이 굉장한 짐처럼 느껴졌다. 자신의 비밀을 세상과 나누고 싶었다.

달라는 프루의 생각을 읽기라도 한 듯 머그잔을 내려놓고 신뢰를 담뿍 담은 눈으로 그윽하게 바라보았다. "궁금하지?" 선생님이 넌지시 물었다.

프루는 선생님이 '지날 수 없는 숲'에 관해 말하고 있음을 직감했다. 한편으로 두 사람이 어떻게 똑같은 생각을 하고 있는지 신기했다. "뭐가요?" 프루가 아무것도 모른다는 듯 반문했다.

"지날 수 없는 숲 말이다. 그러니까, 저 너머는 어떻게 되었을까?"

"네, 그래요." 프루는 심장이 쿵쾅쿵쾅 뛰었다.

"나 역시 고등학교를 막 졸업했을 때 그런 아이들이랑 어울리곤 했단다. 부모님은 힐스보로에 살고 계셨고, 우리는 그 숲가에 서서 그냥… 바라보았지. 그러면서 궁금해했어. 네가 그런 것처럼 나도 마찬가지였단다. 낭떠러지로 갔지. 어릴 적 남자 친구가 있었는데, 그애는 약간 괴짜였지만 나무들 틈으로 그걸 봤다고 우겼단다. 거 있잖니, 똑바로 서서 걷는 동물. 심지어 어떤 동물은 자기한테 말을 걸었다고 했단다. 세상에 그런 일이 어디 있겠니." 선생님은 남자 친구의 정신 상태가 이상했다는 것을 몸짓으로 표현하려고 오만하게 손을 저었다.

"제가 무슨 얘기 들려드릴까요?" 프루는 더 이상 견딜 수가 없었다.

달라는 의아한 눈으로 프루를 바라보았다. "그래, 그러렴."

"미리 말씀드리는데, 정말로 이상하게 들릴지도 몰라요."

"괜찮아."

"이 이야기는 부모님 빼고 처음 하는 거예요."

"그게 교사의 역할이란다."

프루는 결심한 듯 깊이 한숨을 내쉬며 말했다. "저 거기 가봤어요." 달라의 눈이 휘둥그레졌다. "지날 수 없는 숲 말이에요."

"뭐라고? 정말이니?"

"네, 거기에서 일어난 일을 들으면 선생님도 못 믿으실 거예요."

프루는 어깨에서 엄청난 짐을 내려놓은 것처럼 느껴졌다.

❧

으리으리하게 큰 방으로 걸어들어가자 후끈한 바람이 커티스를 맞았다. 안경알이 순식간에 뿌예졌다. 커티스는 비틀비틀 걸으며 신발 밑창에 닿는 돌로 된 바닥의 차고 단단한 감촉을 느꼈다. 그러다 돌연 물컹한 것을 디뎠다.

"아악!" 발밑에서 무슨 소리가 들렸다. 셉티무스였다. "조심해서 걸어야지!"

"미안!" 커티스는 얼른 안경을 벗었다. 그리고는 외투 안의 셔츠자락을 잡아당겨 안경알을 닦았다. 안경을 쓰지 않아 시야가 흐렸지만 긴 복도에 온기와 빛을 전달해주는 화로의 거대한 불길이 어렴풋이 보였다. 그것은 방 한가운데에서 태양처럼 타오르고 있었다. 커티스는 화로 주위에 서있는 사람들을 윤곽으로만 분간할 수 있었다. 그들이 커티스를 향해 다가오기 시작했다. 커티스는 닦고 있던 안경알을 얼른 콧등에 걸쳤다. 이윽고 사람들의 모습이 시야에 들어오자 커티스의 입가에 미소가 떠올랐다.

"이피게니아! 여우 서장님!"

"오랜만이다, 커티스." 여우는 재주 좋게 이쑤시개를 이빨에 걸친 채 말했다. 그가 불그스름한 앞발을 내밀어 커티스와 유쾌하게 악수했다.

그 모습을 보고만 있던 이피게니아는 커티스가 자신을 돌아다보자 어깨를 안아주었다. 올이 거칠고 뻣뻣한 천으로 짠 그녀의 긴 옷에 희끗한 머리카락이 지푸라기처럼 드리워져 있었다. 어룽어룽한 초록색의 깊은 눈동자가 커티스를 바라보았다. "지난번 본 뒤로 꽤 의젓해졌구나, 산적 커티스. 도대체 어떻게 된 일이냐?"

그때 누군가 커티스의 등짝을 세게 쳤다. 브렌든이 뒤에 서서 웃고 있었다. "몇 달 더 고된 훈련을 받으면 청년이 될 겁니다."

"우리나라에 온 걸 환영해요, 산적왕." 커티스와 눈을 맞추고 있던 이피게니아가 브렌든을 확인하더니 그제야 안심한 듯 목례를 했다.

"흠, 흠." 이 모습을 본 여우 스털링이 무뚝뚝하게 내뱉었다. "맙소사, 우리 체스터 할아버지가 지금까지 살아계셨다면 노스우드를 방문한 와일드우드 산적을 보고 뭐라고 하셨을꼬?" 그의 얼굴에 옅은 미소가 번졌다.

"그러게 말이오!" 브렌든이 엉덩이에 양 손을 얹으며 대꾸했다. 그는 기다란 방안의 실내 장식을 둘러보는 척했다. "여기저기 숨겨둔 귀중품을 잘 챙기시기 바랍니다. 몰래 털 생각은 없지만 내 동료들한테까지 입 다물고 있을 순 없으니까요." 그가 장난스럽게 커티스를 쿡쿡 찔러댔다. "이 녀석이 소매치기의 고수랍니다. 술탄의 애첩한테서 입술 반지도 훔칠 수 있을 거요."

"아, 아녜요! 대장이 농담하는 거예요. 우린 아무것도 가져가지 않을 거예요." 커티스가 당황하며 손을 내저었다. 하지만 이내 표정을 자못 당당하게 바꾸며 이야기했다. "네, 하지만 도둑질은 꽤 익혔어요."

"대단하구나, 커티스. 열정적으로 산적 생활을 하고 있구나." 이피게니아가 흐뭇하게 거들었다.

"내가 알기로는 아직 승마술을 더 익혀야 할 걸." 올빼미 렉스가 커다란 날개로 커티스의 어깨를 감싸며 끼어들었다.

"어떻게 아셨어요?" 커티스가 머쓱해져서 되물었다.

"우리는 공중을 날아다니잖니." 렉스가 귀엽다는 듯 대꾸했다.

브렌든은 뿌듯한 얼굴로 신참 도둑을 바라보았다. "하지만 곧 잘하게 될 겁니다. 아무렴요, 저는 믿습니다."

"자, 자!" 이피게니아가 커티스의 손목을 잡아끌었다. "화로로 가자. 할 얘기는 많고 시간은 별로 없단다." 커티스는 이피게니아의 눈에 새로운 슬픔이 어려있음을 한눈에 알아챘다. 마지막으로 본 후 그녀는 부쩍 늙은 듯했다. 커티스의 손을 잡은 이피게니아의 손가락은 금방이라도 부러질 잔가지 같았다.

"프루한테 무슨 일이 있나요?" 커티스는 호기심을 누르지 못하고 용기를 내어 물었다. "왜가리 모드가 그랬어요. 프루가 위험하다고요."

이피게니아의 쪼글쪼글한 얼굴에 굵은 주름이 졌다. "그렇단다. 그게 우리의 가장 큰 걱정거리지. 하지만 더 중대한 문제의 징후이기도 하단다."

일동은 방 한가운데 돌로 만든 화로를 빙 둘러싸고 놓여있는 낮은 의자 쪽으로 걸어갔다. 화로 불빛으로 어두운 방에 그림자가 가물거렸다. 그때 불빛 너머로 어른거리는 으스스한 형상이 보였다.

"여기가 어디에요?" 커티스가 주위를 둘러보며 질문했다. 올빼미는 그에게 의자에 앉으라고 날갯짓을 했다. 잠시 후 그림자의 형상 중 하나가 물 잔과 물병을 들고 미끄러지듯 나타났다. 남자아이였는데, 이피게니아와 비슷하게 긴 옷을 입고 있었다. 아이는 말없이 커티스에게 물 잔을 내민 다음 맑은 액체를 가득 따랐다.

"노스우드 대회당이란다." 올빼미 렉스가 커티스로부터 조금 떨어진 화롯가에 앉으며 대답했다. "우리 할아버지 시대에 대저택 사람들의 눈과 귀가 미치지 않는 회의장소로 쓰였단다. 우드 각지의 종족들이 모였었지."

"그리고 오늘 이렇게 다시 모이게 되었단다." 이피게니아가 긴 옷을 입은 다른 시종에게 손짓하며 설명했다. 시종이 장작을 한 아름 안고 왔다. 나이든 신비주의자가 지시하자 시종은 화로에 장작을 넣었다. 불길이 점점 커져 나무 서까래에 매달린 커다란 구리 뚜껑을 날름날름 핥았다. 폭발하듯 커진 불빛에 방의 실제 크기가 드러났다. 방 모서리는 난로에서 꽤 멀었다. 방안을 오가는 사람들 머리 위로 둥근 천장이 높이 솟아있었다. 서까래 사이로 제비 몇 마리가 활기차게 하강하거나 몸을 비트는 재주를 펼쳤다.

"모두 참석했습니까?" 스털링이 참석자들을 둘러보며 물었다. 사람들은 그렇다고 대답하며 나무 의자에서 자신의 자리를 찾았다. 커티스는 앞으로 나온 사람들 수를 헤아렸다. 그와 브렌든, 올빼미 공작, 이피게니아, 스털링은 말려

올라가는 불길 너머로 서로 마주보며 일정한 간격으로 떨어져 앉았다. 커티스가 처음 보는 얼굴이 하나 있었다. 그는 하늘에서 내려온 유령처럼 어두컴컴한 방에 홀연히 나타나 마지막으로 합류했다. 회색 늑대로 사우스우드 경비대 제복 차림이었다. 고급 양모로 된 천에 황동 단추가 달리고 사우스우드 개혁의 상징인 초록색, 황금색, 검정색의 삼색 띠를 어깨에 두른 말쑥한 카키색 장교복이었다. 게다가 왼쪽 어깨에는 고위급임을 암시하는 갈매기 모양의 수장 두 개가 달렸고, 오른쪽 옷깃에는 깔쭉깔쭉하니 자전거 톱니바퀴처럼 묘하게 생긴 작은 브로치가 붙어있었다. 한쪽 눈은 검정색 안대로 가렸으며, 왼쪽 귀는 반쯤 물어뜯긴 것처럼 보였다.

이피게니아가 결연하게 나섰다. "동지 여러분! 지금은 어려운 시기입니다. 아주 어려운 시기예요. 전쟁을 치른 가난한 이웃들의 땅을 겨울이 움켜쥔 채 놓지 않고 있습니다. 심지어 이제는 노스우드의 부자들조차 식량을 배급받기 위해 줄을 서고, 그들의 창고에는 최악의 비상시를 위해 비축해놓은 식량도 별로 없어요. 내가 신비주의자가 된 후, 아니 어려서 수련생활을 시작한 이후로 이런 절망스러운 시절은 처음입니다."

커티스가 참석한 사람들을 둘러봤다. 올빼미는 진지하게 고개를 끄덕이고, 여우 스털링은 생각에 잠긴 표정으로 점토로 만든 파이프를 길게 빨았다. 낯선 늑대는 말없이 난롯불을 응시했다.

"무엇을 탓해야 할까요?" 나이든 신비주의자가 계속해서 이야기했다. "나무에게 물어보았지만 아직 만족할 만한 대답을 듣지 못했어요. 겨울이 가혹한 손길을 거둘 생각이 없는 게 분명해요. 물론 의심 가는 데가 있는데, 만약 나 혼자만 알고 말하지 않는다면 내 의무를 다하는 거라고 생각하지 않아요. 지금 이 땅에는 고약한 날씨보다 더 깊은 질병이 번지고 있어요. 사우스우드의 불안이 우리 모두에게 독이 되고 있습니다. 그 독을 반드시 근절해야 해요."

"불안이라뇨?" 커티스가 불쑥 튀어나왔다. "혁명은 어떻게 되고요? 혁명이 모든 것을 바로잡지 않았나요?"

정체 모를 늑대가 이 말을 듣고는 기를 꺾으려는 듯 과장된 웃음을 터뜨렸다. 모두의 시선이 그에게로 향했다.

"커티스, 브렌든." 이피게니아가 회색 늑대를 소개했다. "도널바인 상병이에요. 목숨을 걸고 여기까지 왔죠. 그가 아주 흥미로운 이야기를 들려줄 거예요."

상병은 씩씩대며 인사를 하고 나서 나무 파이프를 이빨 사이에 물고 길게 한 모금 빨았다. 회색 주둥이에서 담배 연기가 피어올랐다. 그는 파이프에 담긴 것을 손으로 툭툭 털어 땅바닥에 뿌렸다. "처음 뵙겠소." 성긴 자갈밭을 가는 철제 갈퀴 같은 목소리였다. "잭이라고 불러주시오." 그는 몸을 숙여 화로 구덩이 가장자리에 파이프를 걸쳐놓았다.

"도널바인 상병은 사우스우드에서 곧장 오는 길이에요." 이피게니아가 덧붙였다. "수 마일을 몰래 온 거죠. 그것도 걸어서요. 사령관은 그가 여기에 온 줄 몰라요. 그는 자기 직위를, 아니 목숨을 걸고 우리에게 소식을 전하러 왔어요. 양심 때문이죠."

"이 아인가요?" 잭이 커티스를 향해 주둥이를 쳐들었다. "너, 그 여자애랑 친구지? 혼혈아 여자애 말이다. 프루라고 하던가?"

"네." 커티스가 의자에 앉은 채 몸을 숙이며 답했다. "프루는 잘 지내나요?"

늑대는 한동안 침묵하다가 입을 열었다. "그 아이는 저녁이 되기 전에 죽을 거다. 그 점에 대해선 의심의 여지가 없다." 그가 빙 둘러앉은 사람들을 찬찬히 둘러보았다. "놈들이 암살자를 보냈어요."

커티스는 온몸이 굳어지는 듯했다. 입안이 바짝바짝 탔다.

왼쪽에 앉은 브렌든이 화를 내며 으르렁댔다. "도대체 누가 그런 짓을 한단 말이오? 당신네 남쪽 사람들은 자전거 소녀니 뭐니 하며 그애를 영웅으로 여기는 줄 알았는데. 프루가 여기 이 아이와 위대한 혁명을 일으키지 않았습니까?" 그의 목소리에 분노가 배어있었다. "게다가 당신네들이 아무 이유 없이 새들을 감옥에 가두는 동안 우리 비정규군은 당신들의 귀한 안전을 위해 칼에 베이고 피를 흘리지 않았습니까? 그런데 이게 당신들이 선택한 방법입니까?" 어찌나 화가 났는지 의자에서 굴러떨어질 뻔한 브렌든은 돌로 만든 화로 가장자리에서 가까스로 몸을 추슬렀다.

"진정해요, 산적왕. 당신들의 희생을 잊은 건 아닐 거요." 올빼미 렉스가 산적왕을 달래며, 상병이 앉아있는 방향으로 날개를 펄럭였다. 늑대는 느긋하게 몸을 젖히고 앉아 브렌든의 불평에 귀를 기울였다. "상병은 좋은 친구예요. 우리의 동지죠." 방안이 조용해지자 올빼미가 말을 이었다. "부탁이오, 도널바인 상병. 산적 친구들에게 '그들'에 대해 설명해주시오."

"음, 그건 좀 곤란합니다. 그렇지 않습니까?" 늑대가 냉담하게 잘랐다. "사실 어떤 일당의 책임인지도 알 수 없습니다. 제 말은… 짐작 가는 데가 있긴 한데 증명할 길이 없다는 겁니다. 책임을 전가하는 데 도가 튼 자들이라서요. 비상시국 이후로 줄곧 그랬죠."

커티스가 입술에 침을 묻힌 다음 물었다. "비상이요? 그게 뭐죠?"

"내가 독 얘기를 했지." 이피게니아가 끼어들었다. "이게 독이란다."

"여러분이 많은 것을 우리에게 맡기고 떠난 후 사우스우드 정부에 남은 게 그겁니다." 늑대가 계속했다. "물론 대부분은 그렇게 부르지 않지요. 반정부적이라고 비아냥대죠. 나요? 난 내가 보는 대로 부를 겁니다. 예전에 위대했던 국가의 실책을 설명할 때 이보다 좋은 방법은 없죠."

"도대체 무슨 일이 있었죠? 상세하게 얘기해주시죠." 브렌든이 자세를 가다듬으며 질문했다.

"전혀요. 아무 일도 일어나지 않았어요." 잭이 고개를 가로저으며 토로했다. "많은 사람들이 배상을 요구하며 몰려들었지만 아무도 책임을 지려고 하지 않았죠. 노동자들은 자전거 혁명에 대한 감상적인 생각이 사라지자 자신들을 돌봐줄 정부가 없었다는 현실을 깨닫기 시작했죠."

"하지만 과도정부는요?" 커티스는 화로에 둘러앉은 사람들과 함께 임시정부를 수립하기로 서명한 헌장을 떠올리며 궁금해했다.

"여전히 거기 있죠, 아주 잘." 늑대가 비꼬았다. "그저 매일 뱀 같은 신도들만 꾸역꾸역 몰려들고 있습니다. 올빼미 공작과 산적왕, 신비주의자 어르신이……." 잭은 그 이름들이 이야기책에 나오는 단어이기라도 한 듯 무덤덤하게 부르며 한 명 한 명과 눈을 맞췄다. "떠나기가 무섭게 정부쪽 사람들은 자기들이 가장 잘 하는 짓을 시작하더군요. 뒤통수치기와 아부죠. 아무개는 갑자기 충성심을 헌신짝처럼 버리더랍니다. 게다가 자기는 적어도 양귀비 맥주 상자라든지 뭐 그런 것들을 뇌물로 받은 적이 없다고 우깁니다. 그러자 또 다른 아무개는 많은 것을 깔보고 온통 자신에게만 관심을 갖게 되더군요. 변명하고 발뺌하는 것 말고, 나라가 어떻게 돌아가는지에 대해서는 관심도 없는 '과도정부'를 뚝딱 만들어낸 겁니다. 상황이 과열되고 있어요. 적들에 따르면 아무개는 충성도 하지 않을 뿐만 아니라 구체제에 협력한 사람인데도, 아마 손바닥 비비는 일을 잘 못했나봅니다. 그래서 철커덕 감옥에 갇혔죠. 그래서 짐작하시겠지만 감옥이 점점 비좁아지고 있습니다. 그런데 갑자기 그 지역에 새로운 '충성심'이 생겼습니다. 모두가 남보다 충성심이 뜨거운 척하고, 사람들은 '혁명의 유산'이라든지 뭐 그런 허튼소리를 들으면서 눈가가 촉촉해지기 시작했습니다. 그래서 요즘은 너나 할것없이 혁명의 어깨띠를 두르고, 이런 배지를 억지로 달죠." 그는 한쪽 앞발로 가슴에 단 톱니바퀴 모양의 브로치를 꾹 눌렀다. "위대한 자전거 혁명 덕분에 우리가 입은 은혜를 기억하기 위해서라나요? 그렇다고 이건 누가 시켜서 하는 게 아니고……. 사실 남에게 뭘 어떻게 하라고 강요할 순 없죠, 그렇지 않습니까? 왜냐하면 새로운 사회니까요, 그렇죠? 우리는 이제 모두 자유의 몸이니까요." 늑대가 숨죽여 흐흐 웃다가 발 하나를 가슴에 비스듬히 붙인 다음 정중하게 경례했다. "그런데 이런 배지를 달고 다니지 않으면 '시민 도널바인'은 스빅에게 협력한 반혁명주의자라고 합디다! 그래서 전 고개를 푹 숙이고 시키는 대로 어깨띠와 배지를 열심히 달고, 남이 보면 '감옥의 폭풍'이라든지 '*르 벨로 루즈*Le Vélo Rouge(빨간 자전거)' 같은 혁명가를 목청껏 부르죠. 그 빌어먹을 달콤한 노래들이 아무리 물려도요. 이만하면 혼자 힘으로 잘하고 있는 거죠, 그렇죠? 그런데 요즘은 법을 개똥처럼 여기고 말을 안 듣고 제멋대로 구는 아이 같은 사람들이 많아서, 밤길도 안전하지 않습니다." 늑대가 앞발에 입을 대고 기침했다. 그가 애원하듯 이피게니아를 바라보았다. "맛 좋은 노스우드 양귀비 맥주 좀 한 잔 청해도 될까요? 말을 많이 했더니 갈증이 나네요."

나이든 신비주의자는 고개를 끄덕인 뒤 돌아다니는 시종을 불렀다. 상병은 거품 나는 맥주를 큰 잔으로 받아서 게걸스럽게 핥은 다음 하던 이야기를 계속했다. "하지만 이건 최악도 아닙니다. 아무렴요, 절대로 아니죠. 잘 아시겠지만 감옥, 이게 의견을 조율해서 나온 건가요? 부당하게 투옥된 조류 시민들을 모두 석방시키기 위해 급습했던 곳이잖습니까? 그런데 그곳이 다시 사람들로 들어차고 있습니다. 웃기지 않습니까? 하지만 걱정할 일도 아닙니다. 인신공격하고 뒤통수치는 데 이골이 난 자들이 반정부주의자니, 구체제에 협력한 스빅 추종자라는 죄목으로 처형을 당하거든요. 음, 그거야 합법적이죠. *켁켁켁.*" 그는 앞발로 목덜미를 잡아당기고 목구멍 뒤쪽으로 괴로운 소리를 냈다. "그렇게 하면 상황이 깔끔하게 정리되죠, 그렇지 않아요? 하지만 뭐니 뭐니 해도 최악은… 오 하느님, 그중에서도 최악은 시노드(교회의 여러 가지 문제를 토의하고 결정하는 성직자들의 모임. —옮긴이)입니다." 이 말을 하고 난 후 늑대는 흥분을 가라앉히려는 듯 맥주를 길게 한 모금 마셨다. "남쪽의 신비주의자 단체인 칼리프 위원회는 세속적인 사회를 지향하던 스빅 통치하에서 완전히 뒷전으로 밀려났었는데, 지금 다시 전면에 등장하고 있죠."

이피게니아를 흘끗 돌아본 커티스는 그녀가 아주 걱정스러워한다는 것을 알았다.

늑대가 계속해서 이야기했다. "요즘 어디를 가든 길모퉁이에서 두건을 쓴 광대와 작은 종을 짤랑거리며 안식과 구원에 관한 글귀를 읊조리는 사람들을 보게 됩니다. 부엌 선반에 먹을 음식이 없을 때 그들의 안내책자와 번지르르한 약속은 솔깃하게 마련이죠. 그래서 '황폐한 나무'에 몰려드는 신자는 점점 늘고, 급기야 시노드가 생기게 된 겁니다. 그들은 자신만의 검고 긴 옷에 두건, 가면을 쓴 채 사우스우드 거리를 돌아다니면서 징을 치고 연기 나는 향료를 흔듭니다. 그러면 모두 밖으로 나와서 그들의 행동을 구경하죠. 게다가 여러분은 모르겠지만, 내가 이 두 눈으로 똑똑히 봤기 때문에 맹세하는데요. 몇몇 칼리프들이 피콕 대저택의 복도를 서성거리는 정치가들과 반갑게 악수를 나누고 위원이나 의원, 뭐 그런 사람들과 밀담을 나누기도 했습니다."

커티스는 브렌든의 낮은 신음소리를 들었다. 산적왕은 손으로 머리를 감싸고 있었다.

"그들의 영향력이 점점 커지고 있군요." 이피게니아의 표정이 엄숙했다. "언젠가 이런 일이 일어날 줄 알고 있었어요. 회합 나무가 귀띔해주었죠. 여러분, 이 독이 식물 뿌리에 침투해 있어요. 어서 잘라버리지 않으면 우리의 환경이 더욱 나빠지기만 할 거예요."

"그럼 프루는요?" 커티스가 걱정스럽게 물었다. "누가 이 암살자를 보낸 건가요? 칼리프들인가요?"

늑대는 남은 양귀비 맥주를 깨끗이 마시고 나서 빈 술잔을 난로 위에 시끄럽게 내려놓았다. 그는 맥주 거품까지 깨끗이 핥아먹었다. "그럴 수도 있지. 대저택의 어떤 분파일 가능성도 있고. 진짜 구체제 협력자인 스빅 추종자 말입니다. 그들은 아직까지 부스러기나마 권력을 쥐고 있거든요. 그 경우 물론 비밀리에 계획을 세웠겠죠."

"이런 정보는 어디서 얻게 된 거요?" 브렌든이 손으로 턱을 괸 채 캐물었다.

"아까 말씀드린 대로 전 혼자 힘으로 지금의 자리에 올라왔습니다. 머리가 어디에도 닿지 않게 조심해왔죠." 늑대가 검은 앞발로 관자놀이를 세 번 툭툭 쳤다. "늘 고개를 푹 숙이고 다니죠. 사실 전 대저택 정보부에서 사무원으로 일했습니다. 그런데 누군가를 감옥에 보내거나 사형선고를 내리는 서류뭉치가 오가는데 어떻게 안 보고 배깁니까? 내 한 몸은 스스로 지켜야하는데요. 아무튼 정보부원들은 북쪽 사람들처럼 식물의 말을 알아듣는 직감주의자들을 이용했습니다. 그들은 하루 종일 정원에 앉아 나무나 나뭇잎들 사이에 재잘거리는 소리를 들으며 정보를 얻죠. 그리고 매일 자신들이 들은 이야기를 우리 정보부에 보고합니다. 그런데 그들 중 한 명한테 자전거 소녀를 살해하기 위해 암살자 요괴를 보냈다는 이야기를 들은 겁니다. 엄청난 일 아닌가요? 그 소녀는 혁명의 영웅이잖습니까! 하지만 이 정보를 상관에게 보고했더니 그는 듣자마자 극비 도장을 찍어 서류철에 넣은 뒤 대저택 지하실 깊숙이 던져버렸습니다."

"왜죠?" 커티스는 황당했다.

"그걸 모르겠다니까. 게다가 난 거기에 대해 생각할 시간도 없었지. 사무실에서 상황이 점점 긴박하게 돌아가는데……. 어느 날 어떤 직감주의자가 올린 보고서에서 정보부 숙청에 관해 알게 됐습니다. 전 그게 절 겨냥한다는 것을 알아챘죠. 그들은 자전거 소녀에 대한 정보를 조금이라도 알 거라고 의심되는 사람들을 닥치는 대로 죽이는 중이었거든요. 어쨌든 전 그렇게 추측한 터라 오후 근무를 끝내고, 잠깐 요기 좀 하고 오겠다고 말한 뒤 최대한 빠르게 북쪽으로 달려온 겁니다. 여러분은 제가 북쪽과의 경계선인 노스월을 통과해 와일드우드로 발을 들여놓았을 때 얼마나 안도했는지 상상도 못할 겁니다. 프루가 그 소굴을 벗어났을 때 느낀 안도감과 비슷하겠죠." 상병은 술을 다 마셨다는 사실을 깜박 잊고 술잔을 향해 앞발을 뻗었다. 그러다 술잔이 이미 비었음을 확인한 그는 이피게니아에게 애원하는 미소를 지어보였다.

"딱 맞춰 왔군요, 상병." 이피게니아가 대답했다.

"발각되지는 않았소? 대저택은 당신이 이런 정보를 가져온 걸 압니까?" 올빼미 렉스가 뒤를 이었다.

늑대는 어깨를 으쓱했다. “저도 잘 모릅니다. 다만 관문은 별 어려움 없이 통과했죠. 어느 날 밤 고대의 숲을 통해 와일드우드로 들어왔습니다. 코요테 몇 마리가 보이더군요. 저를 이 꼴로 만들었죠.” 그는 찢어진 귀를 가리켰다. “도망치지 않았으면 제가 지금 어떻게 됐을지 아무도 모를 겁니다.”

“돌아가는 건 위험해요. 여기 숨어있어야 해요.” 이피게니아가 권유했다. 그러고는 모여앉은 사람들을 둘러보며 결론을 내렸다. “우리도 마찬가지예요. 우린 사우스우드 사람들에게 자전거 혁명을 치르게 했어요. 만약 그들이 누구든 간에 프루를 뒤쫓고 있다면, 우리도 뒤쫓을 가능성이 커요.”

“그럼 프루는 어떻게 하죠?” 여우 스털링이 물었다.

“안전한 곳으로 데려와야 합니다. 되도록 빨리.” 올빼미 렉스가 대답했다.

“어디 안전한 곳이요?”

올빼미 렉스는 커티스와 브렌든을 흘끗 쳐다보았다. “가장 험난한 지역에서도 가장 먼 보루. 롱갭의 깊숙한 협곡에 있는 와일드우드 산적들의 새 캠프가 적당할 것 같소만. 그야 브렌든 당신이 프루를 데려가겠다면 말입니다.”

“그야, 당연하죠.” 커티스가 외쳤다. “프루를 반드시 은신처로 데려와야 해요!” 커티스는 프루가 복수심에 불타는 암살자에게 쫓기고 위해를 당할지 모른다는 상상만으로도 불안했지만, 한편으로 온몸에 짜릿한 전율이 흐르는 것 같았다. 친구를 다시 만난다는 생각에!

“잠깐만요.” 브렌든이 이피게니아를 쏘아보았다. “우리 캠프가 거기에 있는지 어떻게 아셨습니까?”

“노스우드 신비주의자들에게는 비밀이 없죠. 나무는 모든 것을 알고 있어요. 중요한 것은 당신이 프루를 데려와 숨겨준다면, 우리도 그 은신처를 알아야 한다는 거예요. 우린 한 형제니까."

브렌든은 이 말을 어느 정도 체념하며 받아들이는 것 같았다. "형제라고 하시니 말씀인데, 만약 이 일로 우리 산적들이 위험에 빠진다면 안 될 노릇이죠. 그런데 아무도 그 얘기는 하지 않는군요. 그애는 위험한 도망자가 될 수 있습니다. 우리 캠프 전체가 위험에 빠질 수 있다는 말입니다."

"하지만 거기가 아니면 갈 데가 없어요." 이피게니아가 나직하게 타일렀다.

방안에 침묵이 흘렀다. 화로에서 타닥타닥 소리가 났다. 브렌든은 생각에 잠겼고, 다른 이들의 시선은 일제히 그를 향했다.

"음, 좋습니다." 그가 마지못해 응했다. "우리가 데려가죠. 프루가 제 생명을 구한 사실은 신도 아시니까요. 적어도 보답을 할 수는 있겠군요." 그가 나이든 신비주의자를 향해 손가락 한 개를 흔들었다. "그런데 만약 그 요개가 눈치채고 우리 캠프를 킁킁거리며 돌아다니면……."

"요괴요." 올빼미가 바로잡았다.

"어쨌거나, 그놈들이 몰려오면 여러분 중 누구라도 그 아이를 데려가야 합니다. 아셨습니까?"

나이든 신비주의자와 올빼미 렉스는 동시에 고개를 끄덕였다. 커티스는 얼른 도널바인 상병에게 다가갔다. 상병은 의자에 앉아 막 곯아떨어지려고 하고 있었다. "잭 상병님," 커티스가 속삭였다. "요괴가 대체 뭐죠?"

"으음?" 늑대가 막 잠들려다 놀라서 되물었다. "요괴? 음, 우드 변경 사원의 숲에 사는 동물이다. 자기 모습을 마음대로 바꿀 수 있지."

"모습을 바꿔요? 그게 무슨 말이에요?"

“어떤 이들은 아주 오래전 우드의 마법에 의해 우연히 생겨난 종이라고 하고, 또 누구는 반인반수라고 일컫는다. 하지만 어느 쪽이든 요괴는 검은 여우다. 대단한 둔갑술을 지녀서 마음만 먹으면 사람의 모습으로 바뀌기도 하지. 그럴 경우가 최악이야.” 늑대는 그 말을 하고 나서 주둥이를 외투 자락에 묻으며 말꼬리를 흐렸다. 그리고 깊은 잠에 빠져들었다.

CHAPTER 5
암살이 시작되다

머리를 땋아내린 바리스타는 양해를 구한 뒤 데니스 선생님의 머리 위로 팔을 뻗어 줄을 잡아당겼다. 카페 앞 창문에 '개점'이라고 적힌 네온사인을 끄기 위해서였다. 네온사인이 몇 번 깜빡거리다 꺼지자 프루는 미안한 표정을 지으며 말했다. "미안해요, 금방 나갈게요."

그러자 바리스타는 웃으며 손사래를 쳤다. "아니에요. 신경 쓰지 말아요. 진지한 대화를 나누는 것 같은데 계속하세요. 전 청소할 게 많아서요."

어둑해진 도로의 붉은색 신호등 불빛이 초록색으로 바뀌고, 지나가던 자동차 전조등이 카페 정면 유리창을 비췄다. 희미하게 사위어가는 석양이 강 너머에 늘어선 나무들 뒤로 빠르게 사라졌다. 프루는 카페의 바 위쪽 벽에 걸린 시계를 보았다. 5시 30분이었다.

"어머, 이제 정말로 가야 해요." 프루가 서둘렀다.

데니스 선생님은 박제한 사슴 머리 바로 아래에 앉아있었다. 그 전까지는 그 사실을 알지 못했다.

"그래." 데니스가 멍한 표정으로 중얼거렸다. "그래야지." 카푸치노의 우유 거품이 크리스마스 트리의 장식솜처럼 보였다.

프루는 선생님이 무슨 말이든 하기를 기다렸지만 아무 반응이 없었다. "선생님께 이런 일로 부담을 드려 죄송해요. 말도 안 되는 소리처럼 들린다는 거 잘 알아요."

"그래." 데니스는 똑같은 대답을 했다. 그러고는 고개를 가볍게 저으며 손가락으로 턱을 문질렀다. 작은 나무 구슬 팔찌가 손목에서 짤랑거렸다. "그러니까, 커티스는 네 친구이자 실종된 그 아이구나. 아직 거기 있고."

"네." 프루가 힘겹게 대답했다.

"산적단과 함께."

"네. 그러니까 그애 자신이 산적이에요."

"아하, 그렇구나. 걔 부모님은 어떻게 생각하시니?"

"그분들은 모르세요."

데니스의 얼굴이 창백해졌다. "그렇구나."

"비밀로 해주실 거죠, 선생님?" 프루는 다시 한 번 다짐을 받았다.

달라가 의자에서 몸을 뒤척였다. "그래. 한데 난 네 이야기가 실종된 그 아이와 관련 있는지 몰랐구나." 잠시 침묵이 흘렀다. "그러니까 커티스는 거기에 있단 말이지? 산적 캠프에?"

"네. 아주 안전한 곳이에요. 게다가 그곳에서 아주 행복해한다는 말씀도 드려야겠네요."

"거기가 어딘데? 그러니까, 캠프 위치가 어디지?"

"그건 중요하지 않아요." 프루가 손톱으로 머그잔 가장자리에 굳은 우유 거품을 긁어내며 대꾸했다. "말씀드린 것처럼 선생님은 무슨 수를 써도 갈 수 없으니까요."

"그래, 변방의 마법. 그럼 그 사람도 무사하니?" 데니스가 몸을 앞으로 기울이며 물었다. "산적왕 말이다. 그 브렌든이라는 사람도 은신처에 있니?"

"네, 거기가 그의 집인 걸요."

"음, 내가 너에게 말할 수 있는 건, 난 이 정도로만 듣고 모든 이야기를 이대로 묻어버리겠다는 거다. 내 머릿속에만 둘게." 그녀는 다시 몸을 뒤로 젖히며 얇게 비치는 꽃무늬 치마에 손을 닦았다. 이따금 바리스타가 내는 덜커덕 소리와 주전자나 찻잔을 곡예하듯 다루는 소리만 커피숍의 정적을 깨뜨렸다.

"꼭 그래주실 거죠? 선생님이 이해하기 어려우시다는 걸 알아요. 하지만 부모님 말고 다른 누군가에게 이 문제를 털어놓기가 얼마나 힘들었는지 몰라요. 그동안 저는 머리가 도는 줄 알았어요."

프루의 이야기에 달라가 선선하게 웃었다. "걱정 마라. 그런데 너 그만 가야 하는 거 아니니? 집까지 함께 걸어가 줄까?"

"네, 고맙습니다."

두 사람은 추워서 어깨를 잔뜩 움츠린 채 말없이 젖은 인도를 걸었다. 커피숍에서 자신이 쏟아낸 말과 감정이 머릿속에서 떠나지 않았다. 지나치게 기름진 디저트를 아무 생각 없이 마지막 한 숟가락까지 게걸스럽게 먹어치웠을 때

후회가 밀려드는 것처럼, 프루는 지금 금지된 숲에서 겪은 모험을 고백한 일이 정말로 최선이었는지 의심했다. 프루는 고개를 돌리지 않은 채 곁눈질로 선생님을 살폈다. 선생님은 내심 당혹스러워하며 자신만의 생각에 빠져 길을 걷고 있었다. 이제 어떻게 될까? 선생님은 내 바람대로 이 비밀을 혼자서 간직해주실까? 경찰에 알리는 건 아닐까? 아니면 커티스의 부모님에게? 매서운 바람에 코끝이 얼얼했다. 프루는 목도리를 당겨 뺨을 감쌌다. 어쩌면 차라리 잘된 일인지도 모른다. 커티스네 부모님이 아무것도 모르고 아들 잃은 슬픔에 빠지도록 내버려두는 것이 잘못일지도…….

커티스. 어쩌다가 커티스가 내 일에 끼어들게 됐지? 산적들과는 잘 살고 있을까? 그들은 커티스에게 충분히 부모 노릇을 해줄까? 브렌든은 남자아이에게 좋은 아빠일까…….

그때 갑자기 어떤 생각이 떠올랐다. 프루는 몇 시간째 해결방법을 찾지 못하고 고민해온 퍼즐의 답을 발견한 느낌이었다. 등줄기가 오싹했다.

"저, 선생님." 프루가 데니스를 불러세웠다.

"왜?"

"우리가 카페에서 얘기할 때 선생님이 그 사람 이름을 말씀하셨잖아요."

"누구?"

"브렌든이요. 산적왕."

"어머. 그랬니? 그게 그의 이름이었니?"

프루는 자신의 점퍼 주머니 깊숙이 손을 찔러넣었다. "네, 그런데……."

"그런데, 뭐?"

"전 그 이름을 말한 기억이 없어서요. 전에."

침묵이 흘렀다. 차 한 대가 스쳐갔다. 차 안에서 저음의 엇박자 음악 소리가 흘러나왔다.

“네가 말했겠지.” 선생님이 싱긋 미소지었다.

“전 말한 기억이 없어요.”

“오, 프루. 넌 너무 많은 일을 겪었어. 그래서 헷갈린 것뿐이야. 얼마든지 그럴 수 있다. 자, 여기가 너희 집 아니니?”

눈에 익은 현관 포치가 인도 저편에서 아른거렸다.

“선생님 말씀이 맞아요. 아무래도 제가 너무 긴장했나봐요.” 프루는 가로등 하나 없는 어둠 속에서 달라의 검고 텅 빈 듯한 눈을 가만히 응시하며 한 손을 내밀었다. “고맙습니다, 선생님. 제 얘기를 끝까지 들어주셔서.”

달라는 두 손으로 프루의 손을 꼭 쥐며 화답했다. “그래, 내일 보자꾸나.”

프루는 악수를 거두고 현관 계단을 올라갔다. 거실 불빛이 집 밖으로 새어나와 마당까지 흘러내렸다. 아직 치우지 않은 크리스마스 전구 불빛이 계단 난간에서 반짝거렸다. 프루는 계단을 오르다 왠지 모르게 불안해졌다. 현관 앞에 도착했을 때 손잡이를 잡다말고 고개를 돌렸다. 선생님은 여전히 길가에 서계셨다. 선생님의 얼굴이 깜깜한 어둠 속에서 흐릿해보였다. 그 물체가 손을 흔들었다. 프루도 손을 흔든 뒤 집 안으로 들어갔다.

무엇 때문에 불안했든 집에 발을 들여놓자마자 안도감이 밀려왔다. 대신 머릿속 다른 생각들을 완전히 몰아낼 정도로 톡 쏘는 냄새에 압도당했다. 피클이었다. 프루가 코를 찡그리며 소리쳤다. “그게 뭐예요?”

긴 고무장갑을 낀 아빠가 이끼로 뒤덮인, 푸성귀처럼 보이는 것을 쥐고 부엌에서 나타났다. “오! 어서 와라, 프루.” 아빠는 이렇게 말하고 다시 부엌으로 돌아갔다. 프루는 점퍼를 벗고 웰링턴 부츠를 벗어던진 뒤 아빠를 뒤따라 들어갔다. "무슨 냄새예요?"

엄마 아빠는 부엌에서 바닥 한가운데 놓인 커다란 갈색 항아리를 들여다보고 있었다.

"피클. 그동안 깜빡 잊었지 뭐니." 엄마가 당황스러운 표정으로 설명했다.

아빠가 순하게 웃었다. "작년 9월 말에 농가 시장에서 산 오이 생각나니? 그 사이 잊고 있었단다. 지금 열어보니 인류 역사상 최고의 피클, 아니면 독이 들어있구나." 아빠가 장갑 낀 손으로 기이한 초록색 덩어리를 높이 쳐들었다. "먹어볼래?"

"우웩! 우리집 언제 소독하실 거예요?"

"지금 당장!" 엄마가 항아리를 들고 싱크대 음식물 처리기에 쏟아부었다.

"잘 가라, 마법의 피클." 아빠는 울먹이는 흉내를 내며 말했다.

"저도 도울게요." 프루는 싱크대 밑으로 팔을 뻗어 레몬 탄산수를 찾았다. 그러고는 방 곳곳에 뿌리기 시작했다.

"산책은 어땠니?" 아빠가 고무장갑을 빼며 물었다.

"좋았어요. 좋았는데, 좀 이상했어요."

"뭐가 이상해?" 엄마가 물었다. 엄마는 개수대에 묻은 피클의 짠 물기를 헹구고 있었다.

"데니스 선생님을 우연히 만났어요."

"정말이니? 재미있구나. 선생님은 네가 나간 뒤에 우리 집을 떠났는데. 학교로 돌아가야 한다고 하셨어."

낭떠러지는 학교 가는 길에 있지 않았다. 그 점이 이상했다. "우연히 만났어요. 선생님이 커피숍에 데려가 데운 우유 한 잔을 사주셨어요." 프루가 대답했다. 기절한 이야기는 꺼내지 않았다. 그것까지 말할 필요는 없어보였다. 게다가 그 말을 하면 금작화에서 흘러나온 비명 이야기도 해야 하는데, 그러면 정말로 이상하게 들릴 것 같았다.

"성격이 시원시원하더라. 이번 학기에 새로 오셨니?" 엄마가 물었다.

"네." 프루는 아빠가 개수대에 놓아둔 혹투성이 오이 피클을 응시하며 대답했다. "유진에서 오셨대요."

"그랬구나."

"에스테베즈 선생님한테 무슨 일이 있니?" 아빠가 궁금해했다.

"저도 자세히는 몰라요. 건강상 이유로 사직하셨다고만 들었어요. 누가 그러는데 우리 때문에 그렇게 되셨대요."

아빠가 얼굴을 찌푸렸다. "맙소사."

프루는 핑그르르 돌아 계단을 올라가기 시작했다. "어쨌든. 전 제 방에 올라갈게요. 저녁식사 때 불러주세요."

"금방 먹을 거야!" 엄마가 프루의 뒤통수에 대고 소리쳤다. "네가 좋아하는 녹두 커리야."

아빠가 참지 못하고 끼어들었다. "학교에서 받은 그 쪽지에 대해 우리가 잊었다고 생각하지 마라." 침묵이 흘렀다. "도무지 잊을 수가 없구나."

프루는 침실문을 닫고는 혼자라는 사실에 새삼 감사했다. 책상 위에 놓아둔 테라륨의 노란색 불빛 아래, 넘어진 빨래바구니에서 쏟아져나온 옷들로 어지러운 방바닥 깔개의 무늬만 겨우 보였다. 프루는 불빛을 따라가 몸을 기울인 다음 테라륨의 유리를 톡톡 쳤다. 프루의 상자거북 에드먼드가 먹다 만 나무 이파리를 작은 머리통에 붙인 채 안으로 들어갔다. 프루는 손을 뻗어 스탠드 불을 켜고 책상 위에 흩어진 교과서를 확인했다. 가벼운 마음으로 맨 위에 있는 얇은 책을 들어 귀퉁이를 접어놓은 쪽을 펼쳤다. 책을 읽으며 어떻게 해서든 애티커스와 스카우트 핀치(하퍼 리의 소설 《앵무새 죽이기》에 등장하는 인물. ―옮긴이)의 세상에 빠져보려고 애썼지만 잠시 후 자신이 같은 구절을 반복해서 읽고 있다는 사실을 깨달았다. 프루는 좌절해서 책을 내려놓고 침대 속으로 기어들어갔다. 그러고는 반듯하게 누워 마당의 헐벗은 나뭇가지 사이로 새어든 옆집 불빛으로 인해 방 천장에 드리워진 기괴한 모양의 그림자를 바라보았다. 바람이 불자 나뭇가지들은 서로 후려치는 기다란 거미다리처럼 보였다. 그 순간 그림자 위로 커다란 검은 얼룩이 날아들더니 그림자를 온통 까맣게 덮었다.

뭐지? 프루는 침대에서 튀어나와 창가로 달려갔다. 뭔가 시커먼 물체가 이웃의 노간주나무 울타리로 사라지는 모습이 얼핏 보였다. 창문에 이마를 대고 아래 땅바닥을 살폈다. 살갗에 닿는 유리가 얼음처럼 차가웠다. 그때 아래층에서 엄마가 불렀다.

"프루!"

프루는 창문에서 돌아서서 나와 문밖으로 고개를 내밀었다. "왜요?"

"엄마가 난을 굽다 망쳤어." 엄마가 실망한 목소리로 외쳤다. "가게에 가서 좀 사다주겠니?"

프루는 뒷마당에서 본 시커먼 물체를 떠올리며 계단을 내려갔다. 엄마가 부엌에서 인스턴트 이스트 상자의 뒷면을 읽고 읽었다.

"연락해두셨어요?" 프루가 웰링턴 부츠에 발을 넣으며 물었다.

"당연하지. 여기 5달러. 가서 처트니(과일, 채소, 식초, 향신료 등을 넣고 섞어 버무린 달콤하고 새콤한 인도의 조미료. ―옮긴이)도 좀 얻어와라."

"그냥 만들어놓은 걸 주문해서 먹으면 될 텐데, 이유를 모르겠어요." 프루가 돈을 주머니에 넣으며 투덜거렸다.

거실에서 잡지를 읽고 있던 아빠가 꾸짖었다. "프루, 집에서 만든 음식이 너의 엄마 장기잖니."

맥은 바닥에 털썩 주저앉아 너덜너덜해진 나무젓가락 끝을 씹고 있었다. "프우우우!" 맥이 소리쳤다.

"금방 올 거야." 프루는 눈을 흡뜨며 말했다.

침실에서 느낀 대로 바깥바람은 상당히 세찼다. 그 사이 수은주가 몇 도쯤 뚝 떨어진 것 같았다. 프루는 더 효율적으로 목도리를 두르려고 이런저런 방법을 써보았지만, 추위를 완전히 막아낼 순 없었다. 결국 커다란 뜨개 목도리를 턱 밑에서 동여맨 뒤 점퍼 주머니 깊숙이 손을 찔러넣었다. 인도 배달 음식점은 여덟 블록 떨어진 거리에 있었지만 무시무시한 바람소리와 날리는 진눈깨비로 아득하게만 느껴졌다. 기껏해야 6시 30분쯤 되었을 거라고 추측했지만 벌써 사방이 어두웠다. 프루는 걸어가는 동안 뭔가 움직이는 게 없는지 찾으려고 덤불을 유심히 살폈다. 교차로에서 잠깐 걸음을 멈추었을 때는 줄지어 늘어선 참나무의 생각을 들으려고 귀를 기울였다. 프루가 들은 소리는 이를테면 커다란 진흙구덩이에 빠져 허우적대는 벌을 건져주었을 때 나는 소리와 비슷했다. 느린 파동이었다. 왠지 모르지만 그 소리를 듣자 발걸음을 재촉해야겠다는 느낌이 들었다. 그때 문득 어떤 생각이 스쳤다. 혹시 그 금작화가 내지른 비명은 나에게 경고하려던 것이 아닐까? 그런데 무엇을? 혹시 여우?

그때 머리 위에서 우지끈 소리가 들렸다. 프루는 얼른 고개를 쳐들었다. 두껍게 쌓인 눈 무게를 이기지 못한 나뭇가지가 부러져 아래로 떨어졌다. 나무는 큰 소리로 신음을 했다. 놀란 프루의 온몸에 짜릿한 전율이 흘렀다. 그 떨림은 반 블록쯤 걷고 나서야 잦아들었다.

앞에는 칠흑 같은 어둠이 펼쳐져 있었다. 멀리 따뜻한 불빛이 새어나오는 음식점이 보였지만 주변 가로등이 고장난 것 같았다. 프루는 잠깐 걸음을 멈추고 심호흡을 한 뒤 어둠의 베일 속으로 발걸음을 옮겼다. 그때 나무들이 비명을 지르기 시작했다.

히히히히히히히!!!!!

<u>프흐흐흐흐흐흐!!!!!</u>

프루는 심장이 덜컹 내려앉았다. 그리고 반사적으로 음식점을 향해 뛰기 시작했다. 공터의 나지막한 덤불을 빠져나온 뭔가가 자신의 뒤를 쫓고 있었다. 헐떡이는 숨소리와 미친 듯 달려오는 발소리가 들렸다. 성난 것처럼 프루를 향해 짖기까지 했다. 하지만 뒤돌아볼 엄두가 나지 않았다. 나무들은 여전히 목청껏 비명을 질러댔다. 마치 프루의 머릿속에서 간신히 억누른 무언가가 끓어오르는 듯한 소리였다. 게다가 낭떠러지에서 그랬듯이 그 비명은 프루의 머릿속을 꽉 채웠다. 프루가 할 수 있는 일은 정신을 똑바로 차리는 것뿐이었다. 나무들이 설령 프루를 보호하려 애쓴다고 해도, 자신들의 목소리가 어느 정도로 시끄러운지 나무들은 모르는 것 같았다.

결국 프루는 몸에서 힘이 빠지며 쓰러졌다.

그때 뭔가가 프루를 덮치고, 꼼짝 못하게 내리눌렀다.

그것은 차고 습한 대기로 인해 털이 납작하게 들러붙은 검은 여우였다. 여우의 주둥이가 프루의 얼굴을 툭툭 건드렸다. 주둥이에서 썩은 낙엽 냄새가 났다. 그리고 파촐리 냄새도…….

"잡았다." 검은 여우가 씩씩대며 말했다. 이 목소리는!

"저……." 프루가 쌕쌕거렸다. 여우가 가슴을 짓눌러 숨쉬기가 힘들었다. "데니스 선생님?"

여우가 차분하면서도 오싹한 목소리로 대꾸했다. "부탁이다. 달라라고 불러주겠니?" 프루는 만약 여우가 웃을 수 있다면 바로 이 모습일 거라고 생각했다.

나무들은 아직도 비명을 지르고 있었다.

"너에게 이런 짓을 하게 돼 유감이다. 아프지 않게 하도록 노력하마." 여우가 프루를 살살 구슬렸다.

프루는 눈을 질끈 감았다. 그 순간이 멈춰버린 영원처럼 느껴졌다. 이제 곧 이빨이 살갗을 파고들고 앞발이 할퀴리라.

바로 그때 무시무시한 돌풍이 불었다. 나무들도 놀란 듯 조용해졌다. 위쪽 어디에선가 고함 소리가 들렸다. "그아아아악!" 프루는 가슴을 짓누르던 무게가 갑자기 가벼워진 것을 느끼면서 숨을 쉴 수 있게 되었다. 고개를 돌리자 길 저편으로 내동댕이쳐진 검은 여우가 보였다. 프루가 있는 힘을 다해 몸을 일으켰고, 그 사이에 정신을 차린 여우도 비틀거리며 바닥에서 일어났다.

"뭐야!" 여우가 신경질적으로 소리쳤다. 하지만 그 말을 내뱉자마자 하늘에서 또 다른 것이 내려와 여우를 다시 텅 빈 도로로 자빠뜨렸다. 프루는 가슴에 손을 얹은 채 바로 앞 도로에 두 마리의 거대한 새가 내려앉는 모습을 바라보았다.

"프루!" 어느 소년의 다급한 목소리였다. 커다란 잿빛 새에서 내린 사람은 커티스였다. 프루는 말문이 막혔다.

"조심해!" 이번에는 다른 목소리가 외쳤다. 고개를 돌려보니 브렌든이었다. 그 역시 새 등에서 내렸다. "그 여자가 다시 덮친다!"

바닥에서 몸을 일으킨 여우가 프루를 덮치려고 달려왔다. 프루는 비틀비틀 뒷걸음질치다 두 팔을 들어 얼굴을 막았다. 이윽고 속수무책으로 어깨를 덮치는 여우의 무게를 느꼈다. 누런 이빨이 프루의 귀 바로 옆에서 딱딱 시끄럽게 부딪쳤다. 프루는 넘어진 상태에서 가까스로 발을 움직여 여우의 엉덩이를 걷어찼다. 여우가 비명을 지르며 콘크리트 바닥으로 떼굴떼굴 굴렀다.

"뛰어, 프루!" 커티스가 외쳤다. 프루는 빠르게 소리나는 쪽으로 고개를 돌렸다. 목에 커티스를 매단 채 허공으로 높이 날아오른 왜가리가 바닥에 널브러진 여우를 향해 하강했다. 두 산적을 태운 새는 여우가 무력해진 틈을 타 등 공격을 개시했다. 새들이 발로 공격하자 여우는 고통스러워서 깨갱거렸다. 하지만 그것도 잠시, 여우는 몸을 돌려 브렌든이 타고 있는 새의 부리를 냅다 후려쳤다. 프루는 그 틈을 타 어두운 거리를 쏜살같이 내달렸다. 여우도 뒤늦게 프루를 뒤쫓기 시작했다.

브렌든이 욕설을 퍼부었다. 새는 꽥꽥거렸다. 프루는 여우가 가까이 따라붙었음을 감지했다. 또 한 번 공격을 당하면 살아남을 자신이 없었다. 바로 그때 뭔가 날카로운 물체가 점퍼를 찔렀고, 프루는 고통에 비명을 질러댔다. 발이 땅바닥에서 들렸다.

고개를 들자 자신을 움켜쥔 왜가리의 발톱이 보

였다. 새는 밑에서 끌어당기는 무게 때문에 힘겨워하면서도 천천히 힘껏 날갯짓을 했다. 새의 날개 바로 위로 커티스의 얼굴이 보였다. 여우가 펄쩍펄쩍 몸을 날려 프루를 잡으려 했지만 바짓단만 스칠 뿐이었다. 프루는 짧게 안도의 한숨을 내쉬었다. 그러나 곧 왜가리가 신음을 하더니 걸걸한 소리로 울부짖었다. 프루의 발이 도로 콘크리트 바닥에 닿았다.

"어서요, 모드!" 커티스가 절박하게 소리쳤다.

새는 마지막 힘을 짜내며 미친듯이 날갯짓을 했고, 프루의 웰링턴 부츠 바닥은 트레드밀 위를 달리는 것처럼 포장도로 바닥을 마구 두드렸다. 프루는 왜가리가 제발 자신을 다시 공중으로 들어 올려주기만을 바랐다. 휙 돌아다보니 여우가 아슬아슬하게 뒤쫓아오고 있었다. 마침내 여우가 프루를 덮치려는 순간 브렌든을 태운 새가 어둠 속에서 나타나 여우의 엉덩이를 힘껏 찼다. 여우는 옆으로 나뒹굴었다. 프루의 발이 다시 도로와 점점 멀어졌다. 브렌든을 태운 새와 여우 사이에 잠깐 몸싸움이 벌어졌지만 프루가 무사히 도망쳤음을 확인한 새는 마지막으로 한 차례 더 여우의 주둥이를 후려친 후 하늘로 날아올랐다. 여우가 하늘을 향해 분하다는 듯이 울부짖었지만, 두 거대한 새가 우듬지 위로 날아올라 낮게 걸린 구름 속으로 사라지면서 그 소리는 이내 들리지 않게 되었다.

매서운 바람 속에서 프루는 자신의 어깨를 그러쥔 왜가리의 발을 꼭 잡으며 고함쳤다. “날 어디로 데려가는 거죠?”

바람에 얼굴이 일그러진 커티스가 외쳤다. “와일드우드!”

CHAPTER 6

위그먼에 맞춰 돌아가는 세상; 언생크 고아원에 오신 것을 환영합니다

땅딸막한 한 남자가 무릎에 중절모를 올려둔 채 소파에 앉아있었다. 그는 초록색 레모니 집 소다수 병을 손에 들고 정중하게 소다수를 홀짝거렸다. 눈으로는 커피테이블에 나란히 진열된 잡지의 제목을 훑었다. 〈경영자 위클리〉 〈덤프!〉 〈현대 광공업〉 그리고 〈1% 저널〉. 그가 구독하는 〈경영자 위클리〉 빼고는 어느 것도 흥미를 끌지 못했다. 하지만 2006년 10월에 출간된 터라 이미 읽은 내용이었다. 잡지 표지에는 굵은 활자체로 이렇게 씌어있었다. "담배 물부리: 정말 필요할까?" 그는 다시 소다수를 한 모금 마신 뒤 소파 맞은편 유리창 밖을 내다보았다. 그가 앉은 사무실은 초고층 건물의 꼭대기 층이라 거대한 굴뚝과 창고, 화학약품 탱크가 있는 풍경이 한눈에 들어왔다. 짙게 낀 연무가 반투명한 장막처럼 드리워져 꿈속 같았다. 그나마 이런 풍경은 인간의 시력이 허용하는 한계치 바로 너머에 턱 솟은 거대한 초록색 장벽에 가로막혔다. 그 모습을 본 남자는 뱃속이 뒤틀렸다. 매일 보는 모습이지만 볼 때마다 그를 절망시켰다.

띵! 소리가 들렸다. 고개를 들어 방 맞은편 엘리베이터 문을 보니 아래 위가 붙은 회색 작업복 차림의 뚱뚱한 사내가 나타났다. 그는 방 한가운데 놓인 둥근 책상으로 걸어와(책상은 소파와 멀리 떨어진 벽의 거대한 황동 문 사이에 놓인 유일한 장애물이었다) 비서가 건네준 종이에 이름을 적었다. 그러고 나서 소파에 앉은 남자에게 걸어왔다.

"언생크." 뚱뚱한 남자가 반갑게 이름을 불렀다.

"힉스." 소파에 앉은 남자가 대답했다.

두 사람은 말없이 앉아있었다. 힉스가 〈현대 광공업〉 잡지를 한 부 집어 책장을 넘겼다. 그에게서 도로 포장 냄새가 났다. 언생크는 레모니 집을 한 모금 마셨다.

띵! 엘리베이터가 열리고 키가 아주 큰 남자 두 명이 들어섰다. 언생크는 저들이야말로 '호리호리하다'라는 표현이 딱 들어맞는다고 생각했다. 한 명은 흰색 실험복 차림이었고, 다른 한 명은 헐렁한 방독의를 입고 있었다. 그들 역시 비서가 내민 종이에 이름을 적은 뒤 힉스와 언생크 근처에 앉았다.

네 남자는 서로 가볍게 목례를 했다. 그들은 서로의 성을 부르는 것으로 인사를 대신했다. "힉스," "텀슨," "언생크," "텀슨," "두벡," "힉스," "언생크," "두벡." 두벡은 방독의를 입은 남자, 텀슨은 실험복을 입은 남자였다.

조프리 언생크는 소다수를 한 모금 마시고 다시 창밖 멀리 떨어진 진초록

숲으로 눈을 돌렸다. 그것이 계속해서 심기를 건드렸다. 그는 손목을 가볍게 틀어 시계를 흘끔 보았다. 오전 9시 45분이었다. 데스데모나에게는 11시까지 돌아가겠다고 일러둔 터였다. 그는 다시 맞은편의 으리으리한 황금색 문을 바라봤다. 두 쪽으로 된 문 정중앙 거대한 바지선에 돋을새김을 새겨넣는 데 든 비용이 만만치 않았으리라……. 그때 배가 양 쪽으로 갈라지며 문이 활짝 열렸다. 그리고 몸에 착 달라붙는 쓰리피스 정장을 차려입은 근육질의 사내가 당당하게 방안으로 들어왔다.

"여러분, 그동안 잘 지내셨소!" 사내가 우렁찬 목소리로 말했다. 양옆으로 똑같은 밤색 비니를 쓴 덩치 큰 남자 둘이 호위하고 있었다.

다양한 의자와 소파에 앉아있던 남자 네 명이 일제히 자리에서 일어섰다. 그때 중절모가 바닥으로 굴러떨어지는 바람에 조프리는 어색하게 모자를 줍기 위해 엉거주춤 몸을 구부렸다. 그러다가 자신이 레모니 집 소다수를 아직까지 들고 있다는 사실을 퍼뜩 깨달은 그는 소다수 병을 서둘러 커피테이블에 내려놓았다. 정장 차림의 신사는 어정쩡한 미소를 지으며 그 행동을 지켜보았다.

"안녕하셨습니까, 위그먼 씨." 조프리가 당황한 기색으로 인사했다.

여닫이문이 나있는 방 저편에서 이 거대한 방을 표현하자면 호화롭다는 단어뿐이었다. 벽 한쪽은 통유리창이고, 나머지 벽은 커다란 크기의 위그먼 해운회사 광고판으로 뒤덮여있었다. 그리고 그 사이에는 "이달의 기업인!" "위그먼에 맞춰 돌아가는 세상!" 등의 문구에 둘러싸여 활짝 웃고 있는, 위그먼을 표지모델로 한 잡지가 액자에 걸려있었다. 번쩍거리는 강철로 만든 여러 개의 작은 기둥은 넓디넓은 방 한쪽 끝에서 저쪽 끝까지 일종의 장애물 코스 역할을 했다. 기둥마다 위대한 기업가에게 수여하는 상패뿐만 아니라 조프리가 보기에 부도덕하게 취득했을 게 뻔한 고미술품이 전시돼 있었다. 방 한가운데에는 거대한 고목을 깎아 만든 긴 회의테이블이 놓여있었다. 반질반질하게 광택을 낸 상판에는 옹이와 기다란 결이 그대로 드러났다. 위그먼은 테이블 상석에 앉으면서, 지시가 떨어지기를 기다리던 네 명의 남자에게도 앉으라는 손짓을 했다. 조프리는 모자를 내려놓고 아가일 무늬 스웨터 앞면을 손으로 반듯하게 폈다. 사람들이 자리에 앉는 동안 위그먼은 고개를 돌려 창밖 풍경을 바라보았다. 유리창 가장자리로 넓은 강과 그 너머 포틀랜드 시가지가 내려다보이는 점만 빼면 현관 로비에서 볼 때와 다르지 않은 풍경이었다. 가스와 연기, 불꽃 따위를 내뿜는 다양한 건물들이 넓고 단조롭게 펼쳐져 있었다.

"허허 참!" 위그먼이 혀를 찼다.

그의 목소리는 화가 나있었다. 밤색 비니를 쓴 하역인부 둘이 얼른 상관의 심기를 살폈고, 회의테이블에 앉은 네 남자는 잔뜩 긴장한 채 몸을 앞으로 기울였다.

위그먼은 코로 한껏 숨을 들이마셨다. 넓은 어깨가 팽팽한 양복 안에서 불룩해졌다. "아름답지 않소?" 그가 속삭였다. 방안의 모든 사람들이 안도의 한숨을 내쉬었다. 그러자 위그먼이 돌연 과장되게 몸을 돌렸다. 푸석푸석하고 검은 머리카락은 머리 오른편에서 완벽하게 가르마를 타고, 턱수염은 말끔하게 면도돼 있었다. 길쭉한 치아는 반짝거렸고, 턱은 열성 등산가의 도전심을 불러일으킬 만한 절벽의 돌출부처럼 얼굴에서 툭 튀어나와 있었다. "게다가 우리 모두의 것이오."

"그럼요. 당연합니다." 두벡이 주먹으로 테이블을 내리치며 말하자 다른 사람들도 목청을 높여 맞장구를 쳤다.

“이봐!” 위그먼이 소리치자 비니를 쓴 하역인부 한 명이 얼른 그를 바라보았다. 위그먼이 손뼉을 치자마자 인부는 주머니에서 푸른색 스쿼시 공을 꺼내 위그먼에게 던졌다. 위그먼은 한 손으로 공을 가뿐히 잡아챈 다음 힘껏 누르기 시작했다.

“자, 우리 5인 회담을 시작합시다! 우선 분기별 보고를 하시오.” 위그먼이 회의를 선포했다.

그의 지시가 떨어지자 테이블에 앉은 남자들이 바닥에 있던 가죽 서류가방을 테이블에 올리고 안에 든 무언가를 찾기 시작했다. 다만 조프리는 예외였다. 그는 초조하게 주변을 둘러보다 코듀로이 재킷 안주머니에서 몇 겹으로 접은 쪽지를 꺼냈다. 그러고는 조심조심 종이를 펼쳐 훑어 내려갔다. 그곳에는 번져서 얼룩이 진 연필로 *달걀 1/2 n 1/2. 아르굴라. 전구*라고 적혀있었다. 한편 다른 사람들은 멋진 서류가방에서 가지런히 제본한 두툼한 서류를 꺼냈다. 그들은 위그먼이 연설하는 동안 서류를 휙휙 넘겼다.

“자연! 바로 이 변덕스러운 녀석이 계절을 만듭니다. 수 세기 동안 인간은 이 계절에 구속을 받아왔습니다. 특정한 계절에는 특정한 것밖에 먹지 못하는 식으로 말이오. 어디 그뿐입니까! 적당한 계절이 오기 전에는 어떤 행위들도 하지 못하고 기다려야만 했소. 하지만 위대한 산업 황금기가 도래했고, 계절 따위는 인간에게 아무것도 아닌 것이 됐습니다. 허튼소리라고요? 우리 역시 괄목할 만한 4분기를 보내면서 그런 시절을 보내고 있다고 자부합니다. 우리는 하고 싶을 때 하고 싶은 일을 합니다. 먹고 싶으면 무엇이든 먹습니다. 그것도 잘 먹지 않습니까, 여러분?”

회의장에는 동의한다는 듯 웅성거림이 이어졌다.

"바로 이곳에 우리 5인의 거물은 이상적인 국가를 창조했습니다! 사람들은 산업폐기물장이라고 부르지만, 흥! 나는 콧방귀를 뀌고만 싶습니다. 이곳은 산업의 이상향이죠. 제조업자들이 꿈꾸는 완벽한 곳! 휘트니(미국의 유명한 방적업자이면서 발명가. —옮긴이)나 에디슨, J.P. 모건 같은 이들도 꿈꿨지만 우리가 여기서 이룬 것의 절반도 해내지 못했습니다. 하나의 걸출한 기업인 위그먼 해운회사의 용의주도한 지휘 아래 네 부문의 경쟁력 있는 기업으로 이루어진 산업제국! 우리는 그 누구도 무시할 수 없는 힘을 세상에 보여주었습니다. 우리는 여기에 도시 국가를 세웠습니다. 이른바 위대한 기업 국가!"

그는 말하면서 점점 자기 스스로에게 도취했다. 얼굴은 비트처럼 빨갛고, 이쪽 귀에서 저쪽 귀까지 얼굴 가득 웃음이 걸렸다. "자, 친애하는 동료 여러분! 여러분은 나를 위해 무슨 소식을 가져왔습니까? 간단히 발표해주시오. 우선 광업!"

그러자 위아래가 붙은 작업복 차림의 힉스가 등받이를 밀치고 몸을 일으켰다. "우리는 산출량을 20퍼센트까지 향상시켰습니다!"

"대단하군요. 자, 석유화학!"

텀슨 역시 자리에서 일어나 실험복 깃을 자랑스럽게 붙잡고 말했다. "대한민국 시장은 우리가 꽉 잡았습니다!"

"놀랍습니다, 놀라워요. 그 다음, 원자력!" 위그먼은 손에 쥔 스쿼시 공을 세게 눌렀다.

"그놈의 빌어먹을 규제 따위, 이제는 자유롭게 강물에 버릴 수 있게 됐습니다." 두벡이 방독의를 시끄럽게 바스락거리며 일어서 대답했다.

"반가운 소식입니다! 자, 마지막으로 기계부품!" 위그먼이 이번에는 조프리를 바라보았다.

방안이 조용했다. 조프리는 목청을 가다듬으며 의자를 뒤로 밀려고 했다. 그런데 우발적으로 의자의 높낮이를 조절하는 아래쪽 툭 튀어나온 레버를 발로 건드렸고, 그 바람에 의자가 쉭 소리를 내며 아래로 내려갔다. 얼굴이 홍당무가 된 그가 다시 의자를 올리려고 손으로 더듬거리며 레버를 찾았다. 하지만 곧이어 놀이공원의 카니발 기구 같은 일이 벌어졌다. 조프리가 의자를 원위치로 되돌리려고 하자 의자가 갑자기 아래로 푹 꺼졌다가 튀어오른 것이다. 그는 하는 수 없이 그냥 의자에서 일어섰다.

조프리는 방안의 사람들을 둘러보았다. 그들은 모두 당당하게 일어선 채 그를 주시하고 있었다. 조프리가 헛기침을 했다. "음, 저곳으로 들어가는 길이 좀더 가까워졌습니다." 그는 갑자기 손가락을 들어 현관 로비 쪽, 거대한 나무숲을 가리켰다.

짧은 정적이 흐르고, 조프리 귀에 누군가가 숨죽여 웃는 소리가 들렸다.

"뭐요, 금지된 숲 말입니까?" 뚱뚱보 힉스가 가장 먼저 입을 열어 조롱하듯 물었다.

"조프리, 조프리." 위그먼이 답답하다는 듯 고개를 가로젓다가 손으로 테이블을 쾅 내리치며 강한 어조로 말했다.

조프리가 허둥대기 시작했다. "제 말을 들어보십시오. 전 사람들이 뭐라고 부르든, 이러쿵저러쿵 무슨 얘기를 떠들든 신경 쓰지 않습니다. 뭔가 방법이 있을 것 아닙니까!"

호리호리한 텀슨이 불편한 듯 의자에서 몸을 뒤척였다. "언생크, 저긴 금지된 숲이오. 지날 수 없는 곳이라고요."

"그냥 두는 편이 나아요." 호리호리한 두벡이 거들었다.

"언생크, 도대체 무슨 말이오? 다소 기괴한 집착 같군요." 힉스도 가만 있지 않았다.

"하지만 알잖습니까? 어떻게 해서든 들어갈 수만 있다면 나무를 베어버리고 언덕을 평평하게 골라 적어도 세 배, 아니 네 배까지도 넓은 땅을 얻을 수 있습니다! 우리가 저 언덕에 세울 수 있는 화학약품 탱크가 몇 개나 될지 계산해보십시오! 게다가 공업용수는! 원자로를 냉각시키는 데 필요한 물도 얼마든지 얻을 수 있습니다! 힉스 씨, 존경하는 힉스 씨. 저 언덕이 깔고 앉은 땅속에 어떤 종류의 광물이 있는지 아시오? 구리 광맥만 해도 어림잡아……." 조프리는 거의 빌다시피 호소했다.

그러나 위그먼은 간단히 조프리의 장광설을 중단시켰다. "언생크 씨, 앉아주시오."

"하, 하지만……."

"앉으시오!"

제지를 당한 조프리는 지시에 따르며 의자의 높이를 조정했다.

"그건 그렇고, 4분기 보고서는 어디에 있소? 기계부품." 위그먼이 물었다.

"아, 여기에 있습니다." 조프리는 마지막으로 한 번 더 종이를 반듯하게 편 다음 위그먼에게 내밀었다. 위그먼이 고갯짓을 하자 하역인부는 냉큼 뛰어가 그 서류를 상관에게 전달했다.

"이거요?" 위그먼은 마치 사용하고 난 화장지라도 되는 듯 서류를 집어들었다. 그러고는 종이에 씌어진 내용을 슬쩍 훑었다. "이건 뭐, 기계부품 회사의 식료품 쇼핑 목록처럼 보이는군."

"거기 아래, 맨 아래쪽에 있습니다." 조프리가 한 손가락을 까닥거렸고, 위그먼은 종이의 아래쪽 여백 바로 위에 적힌 몇 줄을 자세히 읽었다.

"음, 3분기에는 꽤 좋았다고 기록되어 있군요."

"흠, 흠. 사실 보고할 게 별로 없습니다. 지난번과 아주 흡사하거든요. 생산량이 들쭉날쭉합니다. 어떤 부품은 증가했고, 어떤 부품은 감소했고. 제가 기계부품을 좋아하는 이유가 그 때문이죠. 전반적으로 큰 변화가 없습니다. 일정하달까요, 그렇지 않습니까?" 조프리는 동료 기업가들이 동조해주기를 바라며 주위를 둘러보았지만, 모두가 위그먼만 뚫어지게 보고 있었다. 위그먼의 얼굴이 경련을 일으키려 하고 있었다. 그때 *뻥!* 하고 큰 소리가 나 사람들은 몸을 벌떡 일으켰다. 위그먼이 조용히 손바닥을 펼치자 찢어진 스쿼시 공이 바닥으로 굴러떨어졌다.

"언생크, 당신네 기계부품 공장이 정확히 어떻게 돌아가고 있는지 관여하지 않겠소. 실은 관심도 없소. 고아들을 일꾼으로 부려먹는다고요? 잘하고 있군, 건투를 빌겠소." 위그먼은 흔들림 없는 어조로 언생크를 압박했다.

조프리는 멋쩍게 웃으며 동료 기업가들을 향해 손을 내밀어 보였다. 그러고는 손가락을 꼼지락거리며 입술을 움직여 "조금만 도와주십쇼."라고 말했다.

"하지만 앞으로 성장하는 모습을 보여주지 않으면……." 위그먼은 말끝을 흐리며 조프리를 노려보았다. 그러고는 테이블을 주먹으로 쾅쾅 내리치며 위협했다. "성장! 성장! 조만간 공장에 직접 찾아가겠소. 그때는 여기 이 친구들 몇 명을 데리고 가서 내가 직접 성장하게 만들 것이오. 알겠소?"

조프리는 위그먼 옆의 건장한 하역인부들을 쓰윽 쳐다보고는, 뒤뚝거리는 의자의 움직임만 주시했다. 그의 이마에 조그맣게 땀방울이 맺혔다.

“그리고 여가 시간에 원하는 일을 하는 건 좋소. 다만 5인회에 대한 헌신에 지장이 안 되도록 주의하시오. 예를 들면 난 ‘금지된 숲’에 대해 더 이상 어떤 말도 듣고 싶지 않소. 알겠소, 기계부품?”

“네, 알겠습니다. 위그먼 씨.”

“좋소.” 위그먼이 의자에 다시 앉은 뒤, 손뼉을 치자 하역인부 한 명이 냉큼 새 스쿼시 공을 가져왔다. “자, 난 실제 성과를 보여준 나머지 5인회 회원들과 시간을 더 보낼까 하오. 당신도 뭔가 보여줄 수 있을 때 다시 오시오.”

말이 끝나기가 무섭게 밤색 비니를 쓴 하역인부 한 명이 조프리의 의자를 테이블에서 잡아뺐다. 조프리는 어쩔 수 없이 의자에서 일어나 참석자들에게 목례를 한 뒤 방을 걸어나갔다. 현관 로비로 간 그는 중절모를 쓴 다음 커다란 유리창으로 밖을 내다보지 않으려고 애썼다. 하지만 얼마 가지 못해 그의 혈색 좋은 얼굴 앞에서 엘리베이터 문이 천천히 닫혔고, 그 바람에 폐기물장의 연무 사이로 어렴풋이 드러난 초록색 숲을 보게 되었다. 그는 마음이 아팠다.

❧

엘시와 레이첼은 옷가방을 열어 각자의 침대 발치에 놓인 조그만 회색 개인 사물함에 소지품을 넣고 나니 딱히 할 일이 없었다. 처음에 거대한 숙소에서 자신과 언니의 침대가 멀리 떨어져 정해지자 엘시는 기분이 울적해 무릎을 팔로 감싸고 침대 위에 오도카니 앉아 숨죽여서 훌쩍거렸다. 그러자 레이첼이 초록색 더플코트를 들고 엘시의 옆 침대로 옮겨왔다. 그리고 몇 시간이 흘렀다. 그들은 기껏해야 세 마디밖에 나누지 않았다. 이따금 숙소 문 위 고물 스피커에서 빽빽거리며 알아들을 수 없는 말소리가 나왔는데, 두 소녀는 그 소리에 깜짝 놀라곤 했다.

"뭐라는 거야, 언니?"

"나도 몰라."

얼마 후 레이첼은 얇은 베개를 베고 침대에 누워 조그만 아이팟으로 노래를 들었다. 엘시는 침대가에 무릎을 꿇고 앉아 파란색 담요를 가지고 용감무쌍한 티나가 탐험할 화산섬을 만들었다. 레이첼의 이어폰으로 양철 부딪히는 소리 비슷한 심벌즈 연주가 반복적으로 흘러나왔다. 둘은 이렇게 거의 한 시간을 보냈다. 마침내 지루해진 엘시가 손을 뻗어 레이첼의 바짓가랑이를 잡아당겼다. 레이첼이 한쪽 이어폰을 잡아뺐다. 음악이 시끄러웠다.

"다른 아이들은 모두 어디에 있지?" 엘시가 불안한 듯 물었다.

"내가 어떻게 알아!" 레이첼은 퉁명스럽게 대답한 뒤 얼른 이어폰을 귀에 꽂았다. 엘시가 다시 재촉하듯 언니의 바짓단을 잡아당기자, 레이첼이 눈을 홉뜨며 이어폰을 빼고서 신경질을 냈다. "왜에!"

"우리만 여기 있는 게 이상하지 않아? 여기는 고아원이잖아. 그런데 고아들은 모두 어디에 있느냐고?" 엘시는 숙소를 둘러보며 소곤거렸다.

"우리도 고아야." 레이첼이 신랄하게 되받아쳤다.

그러자 엘시가 입술을 삐죽 내밀었다. "난 고아 아니야."

"어쨌거나. 엄마 아빠가 돌아올 거라고 생각한다면 그건 착각이야. 엄마 아빠는 떠났어. 오빠도 사라졌잖아. 처음에는 그분들도 슬퍼했겠지. 엘시, 우리는 다른 아이들이 경험하지 못하는 이런 일을 겪으니 오, 얼마나 멋지니, 안 그래? 그분들은 우리를 버렸어. 이렇게 간단히." 레이첼은 다시 하얀 이어폰을 귀에 끼웠다. 그리고 밖으로까지 흘러나오는 드럼비트에 맞춰 손으로 무릎을 쳤다.

엘시는 분한 마음에 언니를 노려보다가 자기도 모르게 벌떡 일어나 레이첼의 이어폰 줄을 잡아당기고 옷 주머니에서 은색 아이팟을 잡아뺐다. 아이팟이 달그락 소리를 내며 바닥에 떨어졌다. 레이첼이 고함을 질렀다.

"취소해." 엘시가 악다구니를 썼다.

"너 미쳤니! 도대체 왜 그러는 건데!" 레이첼이 소리를 꽥 질렀다.

"엄마 아빠에 대한 말 취소하라고." 엘시는 벌떡 일어나 언니의 검은 머리를 한 움큼 잡아당겼다. 레이첼이 비명을 질렀다. 레이첼이 엘시의 어깨에 강펀치를 날리려고 할 때 문 위에 있는 스피커에서 삑삑 소리가 났다. 신경을 거스르는 소리가 계속해서 이어지더니 드디어 두 아이가 알아들 수 있는 여섯 마디가 흘러나왔다.

"숙소에서 폭력 행위를 하지 말 것!"

순간 자매는 놀라서 얼어붙었다. 엘시가 움켜쥐었던 레이첼의 머리카락을 놓았고, 레이첼은 치켜들었던 팔을 내렸다. 그러고는 시끄러운 스피커를 응시했다. 스피커는 몇 번인가 불길하게 탁탁 소리를 내더니 이내 잠잠해졌다. 엘시는 천천히 자기 침대로 가서 용감무쌍한 티나를 끌어안았다. 잔뜩 반항심이 커진 레이첼은 문가로 걸어가 커다란 스피커 밑에 서서 그것을 살펴보았다. 그 다음 방안을 빙 둘러보며 벽과 천장이 만나는 네 귀퉁이를 눈으로 확인했다.

"뭐하는 거야?" 엘시가 속삭였다.

"카메라 찾아. 그게 아니면 우리가 뭘 하는지 저 사람들이 어떻게 알겠어?" 레이첼이 문 손잡이를 돌렸다. 문은 잠겨있지 않았다. 레이첼은 문을 열고 복도를 내다본 다음, 엘시를 뒤돌아보며 손짓했다. "이리 와봐. 아무도 없어. 우리 돌아다녀 보자."

그들은 바둑판무늬의 리놀륨을 깐 복도를 발끝으로 조심조심 걸었다. 엘시가 언니에게 카메라를 보았느냐고 묻자 레이첼이 대답했다. "아니, 있다고 해도 초극비사항이라 우리 눈에는 안 보일 거야."

복도는 조용했고, 천장의 형광등 불빛은 침침했다. 왼편에는 1층으로 내려가는 계단이 있고, 오른편 문은 닫혀있어서 그 지점에서 복도가 끝났다. 두 아이는 혹시 다른 사람의 발걸음 소리가 들리는지 귀를 기울였다. 아무런 기척이 없자 레이첼은 오른편 문으로 걸어갔고, 엘시는 용감무쌍한 티나를 꼭 끌어안은 채 언니를 뒤따랐다. 삐그덕 소리를 내며 문이 열리자 위로 올라가는 나무 계단이 보였다. 계단을 올라가자 그들의 숙소와 실내 장식이 비슷한 거대한 다락방이 나왔다. 마루로 된 바닥에는 서른 개쯤 되는 침대가 가로 세로 줄맞춰 놓여있었다. 사방이 경사진 천장은 가장자리가 건물 밖으로 돌출된 지붕 모양에 맞춰 만들어진 것 같았다. 천장 가운데 들보에 매달려있는 전등이 작은 철제 갓 아래에서 희미하게 빛났다. 방안은 냉골이었다. 출입문에는 HERREN이라고 적인 표지판이 걸려있었다. 엘시가 그것을 가리키며 물었다. "저게 무슨 말이야?"

"소년. 아마 그럴 거야. 아니면 소녀. 둘 중 하나겠지. 헷갈려."

"틀림없이 소년일 거야. 왜냐하면 우리 방은 아래층이잖아. 우리는 소녀고. 그러니까 이 방은 남자아이들 방이지." 엘시가 동그란 눈을 빛냈다.

"그럴 듯하다, 셜록." 레이첼이 빈정거렸다.

그때 멀리 방 저편에서 금속 부딪히는 소리가 들렸다. 자매는 화들짝 놀라 소리나는 쪽으로 살금살금 가보았다. 소리에 근접해 살펴보니 문에서 가장 멀리 떨어진 침대 뒤편 바닥에 철망에 둘러싸인 통풍관이 나있었다. 먼 곳에서 가끔 들려오는 쨍그랑 소리는 건물의 다른 장소에서부터 통풍관을 타고 증폭되는 것 같았다. 주의 깊게 들어보니 다양한 금속음이 한데 뒤섞여 복잡한 당김음처럼 들렸다. 엘시는 등골이 오싹해서 용감무쌍한 티나를 꽉 쥐었다. 숙소를 나오지 말 걸, 하는 후회가 밀려왔다. 그 순간 레이첼이 "그만 가자!"라며 재촉하자 엘시는 마음 한편으로 안도감이 들었다.

두 아이는 계단을 조용히 내려와 아까 왔던 복도로 갔다. 자신들의 숙소 문이 보이자 엘시의 발걸음이 빨라졌다. 그때 레이첼이 당황스러운 듯 귓속말을 했다. "너 어디 가?"

엘시가 문설주에 DAMEN이라는 표지판이 붙은 소녀용 숙소를 가리키며 "돌아가려고."라고 대답했다.

"우린 탐험하는 중이야. 아까 그 소리가 뭔지 궁금하지 않아?"

"언니! 난 그깟 소리에 관심 없어. 난, 난 그냥……." 엘시가 무서움에 떨며 애원했다.

"엄마 아빠가 데리러 올 때까지 앉아서 기다리자는 말이야? 그때까지는 너무 길어, 엘시."

엘시가 가슴 앞으로 팔짱을 꼈다.

"자, 어서! 용감무쌍한 티나라면 이럴 때 어떻게 할까?" 레이첼이 뻣뻣한 머리카락 사이로 희미한 미소를 지었다.

나무 계단에 깔린 초록색 카펫은 가운데가 몹시 낡아서 아이들이 발 디딜 때마다 또각또각 소리가 났다. 레이첼이 앞장서서 180도로 휘어지는 계단 층계참으로 갔다. 그런데 먼저 도착한 레이첼이 동생에게 잠깐만 기다리라고 다급하게 손짓했다. 아래층에서 어떤 여자의 말소리가 들렸다. 단호하고 몹시 책망하는 말투였다. 어느새 레이첼 곁에 다가온 엘시도 층계참 난간에 바짝 기대어 서서 아래쪽에 귀를 기울였다.

"에드워드." 틀림없이 무드락 양이었다. 그녀의 음성은 건더기가 든 보르시치쉬borscht(폴란드나 러시아 사람들이 먹는 비트로 만든 수프. —옮긴이)처럼 걸쭉하고 진했다. "다 끝냈니? 조금 있으면 종료 벨이 울릴 거야."

"죄송해요. 다음에는 더 빨리 끝낼게요. 정말이에요." 엘시는 대답하는 소년이 아까 걸레질을 하던 소년일 거라고 생각했다.

"당연히 그래야지. 그렇지 않으면 다시 공장으로 돌아갈 줄 알아라."

그런 대화 중에 커다란 문이 열렸다 닫히는 소리가 났다. 그리고 아래층의 낡은 복도 바닥을 걷는 발소리가 들렸다. 데스데모나는 소년 에드워드에게 그만 가보라고 지시했다. 잠시 후 그녀가 방금 도착한 남자에게 상냥하게 말했다. "달링, 정말 피곤해 보여요."

"긴 하루였어. 제발 아무것도 물어보지도 말아줘요." 남자의 목소리는 맥이 탁 풀린 듯했다. 데스데모나의 눈썰미가 정확하다고 말로 확인시켜줄 필요도 없었다.

"비그먼 씨한테 말해봤어요?"

“물론이지. 사실 위그먼 씨는 말도 꺼내기 싫어했어. 아, 그만 집어치웁시다.” 남자는 실망한 목소리로 대꾸했다.

“오, 조프리, 조프리, 좀 쉬어요. 외투는 나한테 주고요.” 데스데모나가 안쓰럽다는 듯 남자를 위로했다. 버스럭 버스럭 시끄러운 소리를 내며 커다란 외투가 옷걸이에 걸렸다. “그래도 영화 얘기는 해봤겠죠. 네?”

짧은 침묵 후 조프리가 대답했다. “참, 영화… 아니, 못 했어요.”

“달링, 지금 이런 생활을 바꾸려면, 우린 반드시, 반드시… 수도적으로?”

“주도적이야, 데스데모나. 주도적이 맞는 말이오. 안 그래도 난 최대한 주도적으로 행동하고 있어요.” 조프리가 여자의 말을 고쳐주며 작게 웅얼거렸다.

두 사람의 목소리가 홀 쪽으로 움직이자 두 아이도 난간에 바짝 붙어 계단 맨 아래 층계참으로 자리를 옮겼다. 엘시는 계단의 큰 기둥 사이로 조프리와 데스데모나가 홀 저편 끝에 있는 커다란 문을 향해 걸어가는 모습을 훔쳐보았다. 데스데모나의 기다란 팔이 조프리의 구부정한 어깨를 감쌌다. 남자는 여자보다 족히 10센티미터는 작아보였다.

“참, 보제크 비자는 어떻게 됐어요? 언제 발급받게 되죠?” 데스데모나의 목소리가 체리시럽처럼 끈적끈적했다.

“비자? 아, 그 영화감독! 그런데 왜 직접 비자를 못 받는다고 했지?”

“아이참, 달링. 진짜 기억 안 나요? 그가 예술 영화를 찍다 자유의 여신상에 야광페인트를 한 양동이 떨어뜨렸잖아요. 정말 아름다웠어요! 하지만 그 일로 강제 추방당했잖아요. 이건 멍청한 미국의 손실이에요. 그는 정말이지 위대한 예술가예요. 우크라이나의 스필버그랄까요? 당신이 전에 말했잖아요. 비그먼 씨한테 말해보겠다고. 그 사람이 이민국을 꽉 잡고 있다면서요.”

"참, 내가 그랬지. 내 수첩에 적어놓겠어요." 조프리는 계속되는 대화를 귀찮아하는 듯했다.

어느새 계단 맨 밑까지 내려온 엘시와 레이첼은 난간 뒤에 숨어 문가에 다다른 조프리가 바지 주머니에 손을 넣어 커다란 열쇠 꾸러미를 꺼내는 모습을 지켜보았다. 그가 여러 개의 열쇠 중 하나를 골라 자물쇠에 넣고 문을 열었다. 엘시는 문 틈으로 방안을 들여다보았다. 사방 벽에 천장까지 닿는 선반이 늘어선 사무실이었다. 하지만 이상하게도 선반에는 책이 별로 없었다. 대신 크기가 서로 다른 유리병과 다양한 색깔의 액체나 가루가 담긴 용기들이 잔뜩 진열돼있었다. 두 남녀가 문가에서 서로 마주보았다.

"수첩이라고요? 이건 당신에게도 기회예요. 기계부품 따위는 잊어버려요. 어린시절 당신의 꿈을 이루는 거예요. 영화 제작자! 그게 당신이 원하는 일 아닌가요?"

"그래요, 데스데모나." 조프리가 건성으로 대꾸했다.

"산업계의 거물이 되어서 뭘 하려고요? 그보다 영화계의 거물이 되세요!"

"알았어요, 데스데모나."

"그럼 비그먼 씨한테 말할 거죠?"

"알았어요. 비그, 아니 위그먼 씨에게 말하겠소."

"좋아요, 그럼. 키스해주세요. 귀여운 *카푸스타*kapusta(양배추라는 뜻의 러시아어. —옮긴이)."

남자는 여자가 시키는 대로 했고, 데스데모나는 흡족한 듯이 남자의 뺨을 사랑스럽게 톡톡 친 뒤 몸을 돌렸다. "자, 이제 해야 할 일을 해야죠, 그렇죠?"

"그래요. 날마다 조금씩 더 가까워지고 있소."

무드락 양이 조프리에게서 몸을 돌리려다 말고 멈췄다. “지난번 팅크(알코올에 혼합하여 약제로 쓰는 물질. ―옮긴이) 작업 안 했죠?”

조프리가 깜빡했다고 말하자 데스데모나가 다시 물었다. “그럼, 견본은요?”

“없어졌소.” 조프리가 어깨를 으쓱하며 말하자 다시 침묵이 흘렀다.

“이런, 어쩔 수 없죠. 다시 처음으로 돌아갈 수밖에.”

“그래요, 처음으로 돌아가야지.” 조프리가 돌아서서 선반이 있는 방으로 걸어 들어가며 중얼거렸고, 그의 등 뒤로 문이 닫혔다.

이윽고 데스데모나가 돌아서서 이쪽으로 걸어오자 엘시와 레이첼은 그 자리에 꼼짝없이 얼어붙었다. 어른들의 대화에 얼마나 몰입했던지 도망칠 생각조차 못한 것이다. 만약 지금 갑자기 움직이면 보나마다 들킬 텐데……. 하지만 무드락 양은 곧장 그들 쪽으로 걸어오고 있었다. 엘시는 고아원에서 남의 말을 엿들으면 어떤 벌을 받게 될지 몰랐지만 꽤 가혹할 거라고 상상했다. 흘끗 보니 레이첼도 잔뜩 긴장하고 있었다. “언니, 우리 이제 어떻게…….”

이 말의 마지막 단어는 알아들을 수 없었다. 갑자기 큰 소리로 종이 울리면서 복도가 쨍그랑거리는 금속 음파로 가득 찼다. 종소리가 나는 곳을 찾기는 어렵지 않았다. 종은 복도 중앙의 벽 높은 곳에 달려있었다. 종소리는 영원히 계속될 것처럼 줄기차게 울렸다. 데스데모나조차 시끄러운 종소리에 놀라, 두 손을 엉덩이에 얹은 채 마치 종소리를 멎게 하려는 듯 쏘아보았다. 그녀가 잠시 난감해하는 틈을 타 재매는 허겁지겁 계단을 뛰어올라가 숙소로 돌아갔다.

그들이 막 침대로 기어 올라가 아무렇지도 않은 척 굴고 있을 때 (엘시는 담요로 만든 산 위에 용감무쌍한 티나를 올려놓고, 레이첼은 이어폰을 귀에 꽂았다) 놀랍게도 일정한 박자에 맞춰 쿵쿵 울리는 소리가 들려왔다. 시끄럽게 계단을 올라오는 수많은 발걸음 소리였다. 이윽고 숙소 문이 활짝 열리고 지쳐보이는 어린 여자아이들이 무더기로 쏟아져 들어왔다. 머리카락은 헝클어지고 얼굴에는 검은 기름때가 묻어있었으며, 손은 숯검정이었다. 엘시보다 어리거나, 열서너 살쯤으로 보이는 아이들도 있었지만 모두가 산전수전을 겪은 어른처럼 행동했다. 하나같이 아래위가 붙은 회색 작업복 차림에 어깨를 축 늘어뜨리고, 누렇게 뜬 얼굴은 푹 숙이고 있었다. 아이들은 숙소에 새로 들어온 자매에게 관심을 보이기는커녕 곧장 자기 침대로 가서 털썩 주저앉았다. 그러고는 들고 온 작은 철제 도시락통을 침대 프레임 밑으로 밀어넣었다. 많은 아이들이 옷을 입은 채 침대에 드러눕자마자 곯아떨어진 것처럼 보였다. 어떤 아이들은 두 손으로 머리를 감싸고 침대에 걸터앉았다. 또 다른 아이들은 옆 침대의 아이들과 소곤거렸다. 하지만 그때까지도 복도를 지나는 발소리는 잦아들지 않았다. 이윽고 길게 줄을 서서 걸어오는 남자아이들이 보였다. 역시 똑같은 작업복 차림의 아이들은 문을 지나 위층 숙소로 향했다. 레이첼과 엘시가 서로 바라보았다. 마치 방에 유령이 들린 느낌이었다.

"얘! 네 이름은 뭐니?" 엘시의 옆 침대에서 속삭이는 소리가 들렸다.

엘시 또래쯤 되어보이는 아시아계 여자아이였다. 그 아이가 눈에 쓴 플라스틱 고글을 이마 위로 올리자 까만 기름이 묻지 않은 곳에 하얀 줄이 생겼다. 고글의 고무밴드 아래 땀에 젖은 머리카락이 뒤엉켜있었다. 엘시가 자신의 이름을 말하면서 악수를 하려고 손을 내밀었다. 하지만 옆 침대 소녀는 웃으면서 손을 위로 쳐들고 고개를 저었다. 손 구석구석 기름때가 묻지 않은 곳이 없었다. 엘시는 내밀었던 손을 도로 물렸다.

"나는 마서라고 해. 마서 송. 공장에 온 걸 환영한다." 지쳤지만 자신감 넘치는 목소리였다.

"고아원 말이지?" 엘시가 고쳐주며 되물었다.

"앗, 맞다. 사람들이 그렇게 부른다는 걸 깜빡했네." 마서 송은 어색하게 웃으며 말했다.

"너도 고아 아니니?" 엘시가 어리둥절해서 물었다.

"고아? 하하하. 여기에서 입양 같은 건 하지 않아." 소녀의 웃음엔 어쩐지 무서운 비밀이 숨겨진 것만 같았다.

그때 문 위 스피커가 다시 짖어대기 시작했다. "치지직, 치지직, 숙소에선 조용히 할 것."

방안이 갑자기 고요해졌다. 잠깐 삑삑거리는 되먹임 소리가 난 후 스피커의 소음은 이어졌지만 이번에는 새로운 목소리가 흘러나왔다. 데스데모나였다. "여자 숙소의 아이들은 주목하세요. 오늘 새 친구가 왔어요. 이름은 레이첼과 엘시 멜버그. 23번과 24번 침대예요." 크게 딸깍 소리가 나고 스피커는 잠잠해졌다.

아이들의 눈이 레이첼과 엘시에게 쏠렸다. 레이첼은 머리카락 사이로 아이들을 노려보고는 신경질적으로 이어폰을 만지작거렸다.

다시 딸깍 소리와 되먹임 소리가 들렸다. "우리 언생크 보육원에 들어온 것을 열렬히 환영해주기 바랍니다." *딸깍.* 침묵.

엘시가 주위를 두리번거렸다. 아이들은 지치고 힘없는 손을 흔들었다.

스피커가 다시 윙윙거렸다. "여러분, 우리 공장의 4분기 생산량을 개선해야 합니다. 내일부터 다시 연장근무 실시입니다."

이 말에 일제히 탄식만 내뱉었다.

“다음은 원장님이신 조프리 언생크 씨의 말씀이 있겠어요.”

그때 마서가 엘시의 셔츠 소매를 잡아끌며 마치 음모라도 꾸미듯 속닥거렸다. “얘, 네 언니한테 연설 듣는 동안 아이팟 꺼야 한다고 말해. 안 그러면 입양부적격자가 될 거야, 틀림없이.”

엘시가 황당한 표정으로 마서를 쳐다봤다. 그때 스피커에서 딸깍 소리가 나고 위협적인 정보가 계속해서 흘러나왔다. 연설이 시작되기 전 엘시는 레이첼의 귀에서 이어폰을 잡아뺐다. “저 얘기 잘 들어야 한대.” 레이첼은 영문을 모른 채 동생의 말을 따랐다.

“안녕하세요, 소년소녀 여러분. 언생크 고아원의 원장입니다. 여러분이 얼마나 휴식을 취하고 싶어하는지 잘 압니다. 연장근무라는 말에 얼마나 실망했을지도요. 하지만, 여러분의 수고가 없다면 모든 남녀어른들이 생활하는 데 꼭 필요한 편리한 기계를 만들 수 없다는 점을 잊지 마세요. 사랑하는 원생 여러분, 여러분 없이는 세탁기나 교류발전기, 디지털 시계나 전기 파스타 제조기는 꿈도 꾸지 못합니다. 모두 우리 사회를 제대로 돌아가게 하는 기계들이죠. 우리가 시민들의 생활을 편리하게 해줄수록 그들은 그만큼 자기 아이들을 더욱 잘 보살필 수 있는 방법을 생각할 여유가 생깁니다.”

딸깍. 목소리가 멈췄다. 엘시는 그가 하는 말의 논리가 어딘지 이상하다고 생각했다.

“그리고 시민들이 아이들을 돌볼 방법을 많이 고민할수록, 현대생활이 제공하는 온갖 편의시설을 누리는 따뜻한 가정에서 여러분이 살 가능성이 높아집니다. 따라서 샤워를 하고 저녁식사를 하기 전에 온 마음을 다해 구호를 외칩시다. 자, 미국의 자녀 없는 어머니, 아버지들은 여러분 손에 달린 겁니다.”

숙소의 소녀들은 허리를 곧게 펴고 얼굴 없는 목소리가 촉구하는 대로 진초록색 스피커에서 흘러나오는 구호를 따라 외치기 시작했다.

"기계부품은 기계를 만든다.

기계는 편리함을 만든다.

편리함은 자유다.

자유는 가정이다."

"잘했습니다, 여러분. 내일도 함께 이야기 나누기로 해요." 남자의 목소리가 부드러워졌다.

마이크 달린 송수화기를 내려놓는 듯 딸깍 소리가 크게 들린 뒤, 엘시와 레이첼은 자동음성 장치에서 나오는 것처럼 간결하고 무뚝뚝한 소리를 다시 들었다. "옷 갈아입고 샤워하기 바람. 저녁식사는 18시다."

소녀들이 때 묻은 작업복을 벗고, 그 아래 똑같은 빨간색 내복을 드러내자 방안에 갑자기 활기가 돌았다. 아이들은 욕조와 샤워실처럼 보이는 곳을 향해 총알같이 뛰어갔다. 엘시와 레이첼은 놀라서 멍하니 앉아있었다. 잠깐 사이에 큰 숙소는 텅 비고, 타일 벽의 욕실 안에서 시끄럽게 떠드는 소리가 흘러나왔다. 그때 누군가 숙소로 들어왔다. 유니폼인 듯한 회색 작업복 차림의 노인이었다. 그는 엘시와 레이첼의 침대로 말없이 다가와 투명 비닐로 싼 짐꾸러미 두 개를 내려놓았다. 그러고는 말없이 돌아서서 구부정한 걸음걸이로 방을 나갔다. 레이첼이 비닐을 찢자 풀을 빳빳이 먹인 회색 작업복과 빨간색 긴팔 내복이 나타났다.

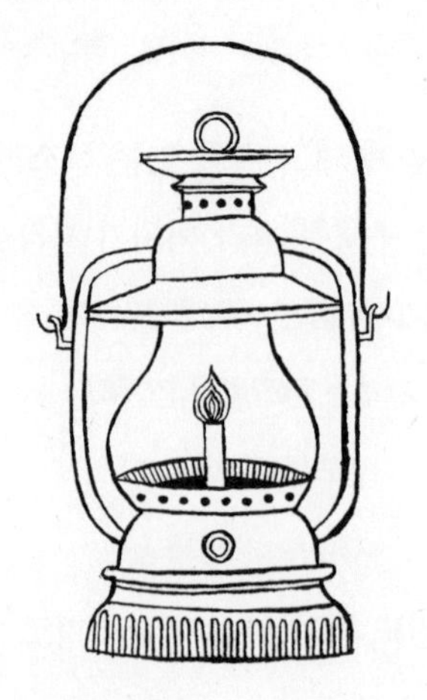

CHAPTER 7
와일드우드로 돌아가다

왜가리가 지붕처럼 옆으로 뻗은 눈 덮인 나뭇가지를 깊숙이 뚫고 내려와 숲 바닥을 스치듯 날 때까지도 프루는 충격에서 벗어나지 못했다. 비행 내내 다섯 마디밖에 하지 못한 채, 커티스의 몸통만 꼭 껴안았다. 그들은 낮게 걸린 구름을 스칠 만큼 높이 날았다. 깜깜한 밤하늘에 반짝이는 작은 별들을 볼 때는 놀라서 입을 다물 수 없었다. 그러나 프루의 심장은 여전히 꽁꽁 얼어있었다. 공격으로 온몸은 얼얼했고, 머릿속은 풀지 못한 의문들로 어지러웠다. 왜 내가 표적이 됐지? 데니스 선생님의 정체는 도대체 뭘까? 하지만 더 중요한 문제는 부모님께 자신이 또다시 실종된 일을 어떻게 설명하느냐는 점이었다. 이윽고 왜가리가 두 아이를 등에서 내려놓으며 힘겹게 숨을 몰아쉬었다.

"어이, 파트너." 커티스가 프루에게 손을 내밀었다.

프루는 거리에서 벌어진 몸싸움 이후 처음으로 미소를 지었다. 프루와 커티스는 악수를 나누고 긴 포옹을 했다. 이윽고 프루가 팔을 풀고 친구의 눈을 바라보았다. "어떻게 된 거야, 커티스?"

그때 다른 새가 근처에 브렌든을 내려놓았다. 그들이 선 곳은 쭉쭉 뻗은 삼나무로 둘러싸인 눈 쌓인 작은 풀밭이었다. 구름 사이로 비치는 희미한 달빛이 흰 눈을 오팔 색으로 물들였다.

산적왕이 프루에게 다가와 어깨에 손을 얹었다. 그의 붉은 턱수염에 서리가 맺혀있었다. "너의 안전을 위해서 우리가 잠깐 널 데리고 있기로 했단다."

"누가… 왜 그런 짓을 하는데요?" 프루가 조심스럽게 물었다.

"둔갑술에 능한 자들이래. 뜬금없이 무슨 말이냐고 할지 모르지만 그들이 널 죽이려고 한대." 옆에 선 커티스가 답했다.

"누가 시켰는데요?" 프루는 이제 더 이상 놀랍지도 않다는 듯이 질문했다.

"우리도 몰라. 중요한 것은 너를 숨겨야 한다는 사실이다. 우리가 흠씬 두들겨주기는 했다만, 언제까지나 안심할 순 없을 거야." 브렌든이 설명했다.

"데니스 선생님은 어떻게 된 거예요? 선생님께 무슨 일이 있었나요?"

커티스는 브렌든을 바라보다 대답했다. "데니스 선생님이 실제 존재하는지는 모르겠어. 어쨌든 그 여자는 요괴야. 사람으로 둔갑한 검은 여우."

프루는 놀란 표정으로 자신의 목덜미를 주무르며 지난 몇 주 동안의 일들을 떠올렸다. 에스테베즈 선생님이 학교를 갑자기 그만두고 낯선 데니스 선생님이 부임했다. 낭떠러지 위에서 마주쳤을 때, 선생님의 손톱 밑에 흙이 묻어있었다……. 그런 이상한 사건들을 떠올리며 프루는 "도대체 왜?"라고 물을 수밖에 없었다.

"아직 할 말이 많아. 어디 따뜻한 데로 가자." 커티스가 프루를 잡아끌었다.

세 사람은 녹초가 된 두 새에게 작별인사를 하고 풀밭 저편 어렴풋이 보이는 덤불로 향했다. 브렌든이 앞장서서 빽빽한 나무 사이를 요리조리 빠져나가고 커티스와 프루는 그 뒤를 바짝 따랐다. 프루는 걷는 동안 일행에게 쉬지 않고 질문을 해댔다.

"너희 가족은 무사할 거야." 브렌든은 프루가 가장 급하게 알고 싶어하는 질문에 답해주었다. "요괴에 관해 들었는데, 표적을 앞에 두고 좀처럼 한눈 팔지 않는 포악하고 잔인한 짐승이라고 하더구나. 녀석이 쫓는 표적은 네 부모님이나 동생이 아니라 오직 너야."

프루는 엄마 아빠가 초조하게 시간을 확인하며 가스레인지에서 끓는 녹두 커리를 들여다보는 모습을 그렸다. 어쩌면 딸의 실종의 직감했을지도 모른다.

"부모님께 제가 무사하다는 걸 알려야 해요."

"올빼미 공작님이 해결해주신다고 했어. 전령사를 보내겠다고 약속하셨지." 프루가 지나갈 수 있게 축 처진 단풍나무 넝쿨을 위로 올려주며 커티스가 대답했다.

"그거 멋진데요." 프루는 찌르레기 한 마리가 엄마의 무릎에 내려앉아 깜짝 놀라게 한 다음 당신의 실종된 딸은 잘 지낸다, 산적이 금지된 숲으로 데려갔다고 설명하는 모습을 상상해보았다. "우리 가족도 지금쯤 그런 것에 익숙해졌을 거야."

"바로 그거야! 매킬 씨네 가족은 기묘한 데가 있다니까." 커티스가 맞장구를 치며 웃었다.

쓰러진 거대한 삼나무가 좁은 계곡에서 다리 역할을 했다. 세 사람은 맞은 편으로 가기 위해 조심스럽게 눈 덮인 통나무 다리를 건넜다. 다리 아래에는 물이 세차게 흐르고 있었다.

“그런데 지금 어디로 가는 거예요?” 프루가 앞장선 브렌든에게 물었다.

“캠프로. 거기라면 안전할 게다. 거기에서 모든 상황이 끝날 때까지 기다릴 거야.”

커티스가 끼어들었다. “너도 거기에서 산적 훈련을 받을 수 있을지 몰라.”

그러자 브렌든이 툴툴거렸다. “하지만 캠프 밖으로 나가는 건 위험하다. 사실, 우리 모두 마찬가지지만.”

“그렇겠네요. 맞다! 늑대 상병도 그랬어요. 그 키츠넨가 뭔가 하는 게 자전거 혁명에 관여된 주요 인물을 모두 노릴 거라고 말예요.”

“자전거 혁명?” 프루가 아연실색했다.

“응, 넌 그렇게 부르면 잘 모를 거야. 플린스 전투 후 우리가 새들을 석방하고 라르스 스빅을 대저택에서 끌어냈을 때, 사우스우드 정부도 완전히 전복됐다고 해서 붙여진 이름이야. 당시에는 몰랐는데, 많은 사람들이 당시 쓰인 자전거라든지, 관계된 모든 것에 대해 애착을 갖고 있나봐. 모두 너를 자전거 소녀라고 부른대.” 커티스가 프루를 가리키며 답했다.

“자전거… 소녀?” 프루는 그 말을 조용히 되뇌었다. 그렇게 이름을 붙여주니 솔직히 멋져보였다. 그때 문득 어떤 생각이 스쳤다. “잠깐만. 만약 둔갑술이 뛰어나다는 짐승들이 혁명에 관여된 사람들을 뒤쫓고 있다면, 이피게니아 할머니는 어떻게 되는 거야? 올빼미 공작님은? 그분들도 위험하지 않아?”

“아마 그럴 게다. 우린 이 암살자들이나 그 녀석들을 부리는 자의 의도를 자세히 알지 못한단다. 그들 외에 어떤 배후가 또 있는지도 모르고. 아마 놈들은 모든 사람을 뒤쫓고 있을 거야. 그래서 우리는 널 안전하게 보호해야 할 임무가 있다. 바깥세상에는 너를 보호해줄 수 있는 게 아무것도 없거든."

그들은 한 줄로 서서 어디가 길이고 어디가 숲인지 명확히 구분되지 않는 사냥길을 걸었다. 커티스는 프루에게 늑대 도널바인 상병이 노스우드에서 열린 비밀 회담에서 보고한 내용을 들려주었다. 혁명을 둘러싼 충성의 변화라든지 시노드가 수면 위로 올라온 일, 과도정부의 영향력이 약화되고, 사회 불안과 혹독한 겨울로 사람들의 생활이 피폐해졌다는 따위의 이야기였다. 프루는 몹시 의아했다.

"휴, 겨우 몇 달 사이에 이렇게 많은 변화가 일어나다니, 믿기 어려워요!" 풀이 무성한 목초지를 둘러가고 있을 때 프루가 궁금해했다. "도대체 무슨 일이 있었던 거예요? 모든 게 더 나빠지고 있군요!" 프루는 불쑥 걸음을 멈추고 엉덩이에 두 손을 얹었다. "거기에 가보는 건 어때요? 어쨌거나 저는 자전거 소녀잖아요. 우리가 사우스우드 대저택으로 쳐들어가서 다시 제대로 돌아가게 할 순 없나요?"

"그건 위험해, 프루. 우리는 너를 해치려는 자들로부터 안전하게 보호할 의무가 있단다. 자, 어서 가자. 거의 다 왔다." 브렌든이 타이르며 재촉했다.

열다섯 걸음이나 갔을까, 키가 크고 빽빽하게 뒤엉킨데다 마치 양쪽으로 끝없이 펼쳐진 벽처럼 보이는 살랄나무 넝쿨이 나왔다. 브렌든은 걸음을 멈추고 나무를 유심히 살폈다. "여긴 모르는 곳인데. 아직까지 익숙하지가 않아서 말이야. 어디더라… 아!" 나무울타리에서 눈에 잘 띄지 않는 후미진 곳에 거미줄 같은 천 조각이 매달려있었다. 브렌든이 천 조각을 옆으로 잡아당기자 통로가 나왔다.

프루가 축 늘어진 나뭇가지에 머리카락이 걸리지 않게 몸을 낮춰 가장 먼저 들어갔다. 울창한 생 울타리를 빠져나가자 갑자기 땅이 푹 꺼지는 것처럼 느껴졌다. 프루는 비명을 지르며 허둥지둥 뒤로 몸을 뺐다. 달은 구름 뒤로 사라지고 앞쪽은 온통 깜깜한 베일에 싸여있었다.

그때 횃불을 든 브렌든이 나타났다. "거기 조심해라! 발 조심해." 산적왕은 그들 앞에 횃불을 비춰주었다. 프루는 암벽 낭떠러지 위에 서있었다.

"여, 여기가 어디에요?" 프루가 겁에 질려 말했다.

"롱 갭. 우리의 새 집이지." 브렌든은 커티스에게 횃불을 넘기고 근처 바위 뒤로 가서 감춰둔 커다란 밧줄 꾸러미를 꺼냈다. 그리고 재빨리 날카로운 휘파람을 불었다. 이어서 브렌든은 자신의 가죽 벨트에 달린 쇠고리에 밧줄의 U자 모양 갈고리를 건 다음 밧줄이 튼튼한지 점검했다. 그러고는 밧줄을 커다란 나무 밑동에 단단히 고정시켰다.

"자, 타라." 브렌든이 프루에게 손짓했다.

프루는 브렌든의 목에 팔을 둘렀다. 브렌든이 절벽을 마주보고 내려가기 시작하자 프루는 뱃속이 요동치는 것처럼 느껴졌다. 브렌든은 밧줄을 따라 장갑 낀 손의 위치를 차근차근 옮겨가며 아래로 내려갔다. 프루는 브렌든의 어깨에 얼굴을 묻고 눈을 질끈 감았다. 땀과 솔잎 냄새가 배어났다.

잠시 후 갈라진 바위의 거대한 틈새가 구름 낀 하늘을 삼킬 무렵 두 암벽타기 선수는 절벽에 설치한 널빤지 발판 위에 착륙했다. 붉은색의 작은 랜턴이 희미하게 빛나고 있었다. 브렌든은 자상하게 프루를 내려놓은 뒤 밧줄을 힘껏 잡아당겼다. 그 사이에 프루는 주위를 둘러보며 주변 환경을 익혔다. 다만 갈

라진 바위 틈새의 밑바닥은 어두워서 잘 보이지 않았다. 한편 절벽의 돌출된 발판에서부터 시작된 밧줄 다리는 어둠에 가려 보이지 않는 저편까지 연결돼 있었다. 저 멀리 불빛 몇 개가 반딧불처럼 깜빡거렸다. 두 사람에 이어 커티스도 발판으로 내려와 허리춤의 8자 모양 걸쇠에서 밧줄을 분리했다.

"밧줄을 이용해 하강하는 기술이야. 세 번째 단계지." 자신을 지켜보던 프루가 대단하다는 표정을 짓자 커티스가 웃으면서 말했다.

그때 암벽 골짜기에서 휘파람 소리가 들려왔다. 밧줄 다리 저편에서 누군가가 랜턴을 흔들고 있었다. 브렌든이 응답하듯 재빨리 휘파람을 두 번 불고 난 뒤 세 명의 여행자는 다리를 건너기 시작했다. 골짜기로 매서운 바람이 불어오더니 중간쯤 다다랐을 때는 다리가 크게 흔들리며 출렁거렸다. 프루는 난간 역할을 하는 밧줄을 단단히 붙잡고 아래를 내려다보지 않으려 애썼다. 이윽고 맞은편 발판에 도착하자 산적들이 반갑게 맞이했다.

프루는 다리 맞은편에서 본 가물거리는 불빛의 정체를 이제야 이해했다. 울퉁불퉁하고 가파른 절벽 표면에 점점이 달린 랜턴에서 나오는 빛들이었다. 암벽에서 쑥 들어간 후미진 곳에는 울퉁불퉁한 나뭇가지를 얽은 뒤 창문과 현관을 사슴가죽으로 덮은 집들이 있었다. 자세히 살펴보니 이런 동굴집 입구는 더 많은 밧줄 다리로 연결돼 있었다. 이런 암벽 골짜기는 안쪽으로 길게 이어졌는데 그곳에서도 랜턴 불빛이 반짝거렸다. 그리고 절벽과 절벽 사이 틈새 깊은 곳까지 나무로 된 계단이 자리했다. 프루는 어지러운 별자리처럼 보이는 랜턴 불빛이 육안으로 확인되지 않는 저 깊은 곳까지 계속되는 것을 보았다. 그때 브렌든의 휘파람 소리를 들은 산적들이 동굴 밖으로 모습을 나타내기 시작했다. 방금 도착한 여행자를 내려다보는 사람들의 얼굴이 굳어있었다.

“이사하셨네요.” 프루가 간신히 입을 열었다.

“그래. 전체 회의에서 캠프가 안전하지 않다는 결론이 나온 후 은신처를 옮겼단다. 코요테들 때문에 위험했지. 이사하는 것 말고는 다른 방법이 없었단다.” 브렌든은 발판 위에 서서 절벽을 손으로 죽 가리키며 자랑스럽게 둘러보았다. “캠프를 세우기에는 아주 기막힌 곳이었지만, 여기에서 얼마나 지낼 수 있을지 모르겠다.”

프루는 가장 먼 불빛과 그 빛이 비추는 동굴 입구를 찾으려 발판 너머를 열심히 살폈다. 하지만 칠흑같이 어두워 아무것도 볼 수 없었다. “저 아래까지 얼마나 멀어요?”

“그야 아무도 모르지. 절벽에서 살았던 옛 사람들의 흔적이 저 아래에서도 발견됐지만 내려갈수록 길은 더 험난하단다. 그러니 값비싼 귀중품을 떨어뜨리지 않도록 조심해라. 절대 찾을 수 없을 테니.”

금방이라도 무너질 듯 허술해 보이는 나무 계단이 절벽을 타고 저 아래 승강장 같은 곳까지 이어졌다. 심연까지 닿을 듯 길고긴 발판은 나무로 된 난간을 빙 돌아가면서 연결돼 있었다. 발판 한쪽 끝에는 절벽에서 솟은 울퉁불퉁한 나무가 널빤지를 뚫고 자라도록 길이 나있었다. 그 튼튼한 나무에 철선이 매여 컴컴한 아래로 드리워진 게 보였다. 그리고 이 철선에 네댓 명을 태울 수 있을 정도의 상자와 그 무게를 지탱하는 도르래 장치가 달려있었다. 브렌든이 앞으로 손을 젓자 커티스와 프루는 조심스럽게 그 안에 올라탔다. 그 다음 커티스가 상자를 고정시켜놓은 밧줄을 풀자마자 탈것은 랜턴 불빛이 빛나는 집들과 동굴 입구, 발판과 통로 따위가 아찔하게 이어지는 광경을 지나 아래로 내려갔다.

상자가 아래쪽 발판에 멈춰서자 다른 산적 부하들이 그들을 맞이했다. 대기는 구운 사슴고기 냄새로 진동했다. 절벽에 난 거대한 출입구 안에는 다채로운 복장의 산적들이 커다란 모닥불가에 모여있었다. 프루가 동굴로 들어가자 사람들의 시선이 일제히 새로 온 사람에게 쏠렸다.

"프루!" "바깥세상에서 온 소녀다!" "정말이네!" 사람들이 각기 소리쳤다.

브렌든은 재빨리 사람들의 호기심을 풀어주었다. "산적 동지 여러분. 우리의 친구이자 동지인 프루 매킬의 귀환을 환영해주기 바란다. 우리는 프루를 보호해달라는 요청을 받았다. 지금 아이의 생명이 위태롭다."

산적들이 동의한다는 듯 웅얼거렸다. 먹여야 할 입이 하나 더 늘었다는 따위의 푸념도 들려왔다. 하지만 이내 누군가에 의해 제지를 당했고, 푸념은 잦아들었다. 그때 누군가 목청을 높여 물었다. "무슨 위험입니까?"

브렌든은 필사적으로 노스우드까지 비행한 일, 바깥세상의 도로에서 소규모 접전을 벌인 일 등을 자세하게 들려주었다. 이야기가 끝날 무렵에는 더 많은 산적들이 몰려들었고, 부모의 다리 사이로 빠끔 내다보는 때 묻은 아이들의 얼굴도 보였다. 설명이 다 끝나자 어깨띠를 두른 추레한 장교복 차림의 청년 한 명이 앞으로 걸어나왔다. 프루는 처음 보는 얼굴이었다. 아무래도 미망인 여왕과 전쟁을 치른 후 새로운 산적을 대거 채용한 모양이었다.

"하지만 대장. 그놈들이 여기로 쳐들어오면 어떻게 합니까?" 젊은 산적이 머뭇거리며 물었다.

뒤이어 다른 여자의 목소리가 들려왔다. "맞아요. 우린 이제 겨우 여기에 정착했어요. 우리더러 또 이사를 가라는 건가요?"

"놈들은 우릴 찾아낼 수 없어. 아니 근처에 얼씬거리지도 못할 거다. 이곳은 우리 산적들의 역대 캠프 중에서도 최고야. 여기서 태어난 아이들이 노인이 될 때까지 떠날 일은 없겠지. 하지만 조금이라도 불안하다면 보초를 더 세우겠다. 설령 요괴가 침입한다고 해도 결코 살아서 나가지 못하게 만들겠다는 말이다. 모두 알겠나?" 브렌든의 태도와 음성이 근엄했다. 산적들이 마지못해 알았다고 대답하자 산적왕이 말을 이었다. "그리고 모두 주목. 여기 먹이고 입혀야 할 입이 하나 더 늘었다고 생각할 수도 있을 것이다. 당연한 걱정이다. 창고에 식량이 얼마 남지 않았다는 사실도 잘 안다. 강도질을 해도 별 소득도 없고. 하지만 우리는 강할 뿐만 아니라 이보다 더한 시련도 겪었다. 나의 증조할아버지 벤은 풀과 이끼밖에 먹지 못한 부하들을 데리고 산적 전쟁에서 살아남아 승자로 이름을 떨쳤다. 우리에게는 그런 피가 흐른다. 따라서 지금의 역경은 얼마든지 헤쳐나갈 수 있다."

산적들은 다시 수군거렸지만 이내 의견의 일치를 보았다. 프루는 그곳에 머물 수 있게 되었다. "모두 고맙습니다." 프루는 사람들을 향해 미소지으며 지친 목소리로 간신히 말했다. 참으로 긴 하루라는 생각이 밀려왔다.

그 사실을 눈치챈 커티스가 팔꿈치로 친구를 쿡 찔렀다. "이제 그만 가자. 내가 훈련생 막사로 데려다줄게."

두 아이는 사람들에게 작별인사를 한 뒤 공동구역을 나와 절벽을 따라 구불구불하게 난 널빤지 길을 걸었다. 커티스가 랜턴을 들고 앞장서서 걸었다. 프루는 걸으면서 커티스를 유심히 살폈다. 뽀얗고 동그란 랜턴 불빛에 예전에는 몰랐던 커티스의 모습이 보였다. 얼굴은 더 길어진 듯했고 의젓해 보였다. 그가 예전에도 입었던 건지 기억도 안 나는 누더기 제복을 꽉 채울 정도로 어깨가 딱 벌어져 있었다. 금테 안경의 왼쪽 렌즈는 코 쪽으로 가느다랗게 금이 갔는데, 안경 너머 눈동자는 왠지 세상 경험을 많이 한 것처럼 보였다.

프루가 자신을 응시하고 있음을 눈치챈 커티스가 쑥스러워하며 웃었다. "왜 그래?"

"응, 아냐. 아무것도. 그냥 어쩐지 네가 변한 것만 같아서."

"당연하지. 이래 봬도 산적이야. 아직 초단이지만."

프루는 커티스가 쓰는 전문용어에 피식 웃음이 나왔다. "오, 커티스. 네가 이렇게 될지 누가 알았겠니?"

"프루, 난 여기 사람이야. 생활터전도 여기고."

널빤지를 이어붙인 길이 끝나고 암벽 골짜기를 가로지르는 밧줄 다리가 나타났다. 그들은 계속해서 다리를 건넜다.

"부모님은 어떠셔? 여동생들은?"

"잘 지내셔. 얼마 전에 이동하는 두루미한테 저공비행하면서 아무 일도 없는지 살펴보라고 했어. 두루미 말이, 가족끼리 휴가를 가는지 짐을 싸고 있더래. 그래서 그분들이 나 없이도 잘 지내고 있다고 믿었지."

프루는 커티스가 말은 이렇게 하면서도 가족의 안전을 확신하지 못한다는 느낌이 들었지만 꾹 참고 고개를 끄덕였다. "언제쯤 가족들과 연락할 거야?"

"나도 모르겠어. 아마 언젠가는. 좀 복잡한 문제야. 난 가족들이 나를 찾으러 여기에 오는 것을 원치 않아. 그들은 변방에서 실종될 거야."

"만약 네가 혼혈아라면, 나처럼 말이야. 그러면 너희 부모님도 변방을 통과할 수 있지 않을까?" 밧줄 다리를 건너 널빤지 계단을 오르며 프루가 넌지시 말했다.

"내가 누구한테 그런 피를 받았는지 어떻게 알겠어? 게다가 한 분은 이쪽 사람이고 한 분은 아닐 수도 있잖아. 어쩌면 내 여동생들도 혼혈아일지 몰라. 그렇지 않아?" 커티스는 잠깐 생각에 잠겼다.

그들은 어느덧 계단 끝에 다다랐다. 심연을 향해 또 다른 목조 돌출부가 툭 튀어나왔다. 높은 기둥 꼭대기에 매인 케이블은 바로 앞 어둠 속으로 자취를 감추고 멀리 가물거리는 모닥불만 보였다. 커티스는 손가락을 입에 대고 날카롭게 휘파람을 불었다. 잠시 후 뭔가 금속과 마찰을 일으키며 미끄러지는 듯한 소리가 들렸다. 이윽고 도르래 장치에 구리 철사로 연결시킨 십자가 모양의 나무토막이 케이블을 타고 내려와 막대에 시끄럽게 부딪혔다. 커티스가 그것을 손으로 잡았다. "너 먼저 탈래?"

"좋아." 프루는 다소 두려웠지만 나무 손잡이를 잡았다.

"꽉 잡아." 커티스가 가르쳐주었다.

"알아? 난 산적 체질이야. 어쩌면 내가 너한테 한 수 가르쳐줄 수 있을지도 모른다고." 프루는 바닥에서 발을 들어올린 뒤 롱 갭을 놀라운 속도로 건넜다. 넓은 암벽 골짜기 사이로 얼굴과 손을 에는 차가운 바람이 소용돌이쳐 불어왔다. 냉랭한 공기에 얼굴이 달아오르는 느낌이었다. 일단 처음의 두려움이 사라지자 프루는 스스로 뺨이 아플 정도로 웃고 있다는 사실을 깨달았다.

❧

겨우 눈을 감고 간신히 선잠이 든 것 같은데 숙소의 기상벨이 시끄럽게 울렸다. 스피커에서는 이상하게 짖는 소리가 또 한바탕 흘러나왔다. "기상! 아침 체조 시작!" 숙소는 잠이 덜 깬 소녀들의 투덜대는 소리와 서른 개의 양모 이불이 펄럭거리는 소리로 가득했다. 엘시도 다른 아이들을 따라 하기 시작했다. 하지만 레이첼은 스피커의 명령을 일부러 못 들은 체하며 계속 누워있었다. 그 사실을 안 엘시가 "언니! 빨리 일어나!"라며 외쳤지만 레이첼은 반응이 없었다.

잠시 후 회색 실내복 차림의 부인이 숙소로 들이닥쳤다. 그녀는 나무지팡이처럼 생긴 막대를 이용해 동쪽 벽면에 매달아둔 흰색 스크린을 끌어당겼다. 그 다음 멀리 방 한쪽으로 걸어가 작은 받침대 위에 드리워진 천을 벗기니 낡은 영사기가 드러났다. 영사기를 켜자 흔들리는 광선이 스크린에 맺히더니 이내 몸에 딱 붙는 타이즈 차림 여자의 흐릿한 흑백 영상이 나타났다. 아주 오래된 필름처럼 보였다. 필름 속 여자가 움직이자 숙소의 여자아이들도 동작을 따라 하기 시작했다. 엘시 역시 여자가 발가락을 만지면 똑같이 했다. 여자가 연달아 두 발로 깡충깡충 뛰며 머리 위에서 손뼉을 치면 엘시도 그렇게 했다. 필름은 10분쯤 지속되었고 방을 가득 채운 소녀들이 몸을 움직이고 점프할 때마다 숙소 바닥이 진동했다. 그런데도 레이첼은 꿈쩍도 하지 않고 잠을 잤다. 동작과 동작 사이에 엘시가 침대 다리를 발로 차 깨우려 했지만 소용없었다. 마침내 체조가 끝나고 영사기가 딸깍딸깍 부딪치는 소리를 내며 작동을 멈췄다.

"23번 침대." 스피커에서 다시 소리가 흘러나왔다.

아무 반응이 없었다. 엘시는 발바닥을 비비적거리며 조심스럽게 언니 침대로 다가가 침대 다리를 걷어찼다. "언니!"

"으음?" 레이첼이 베개에 얼굴을 묻으며 잠꼬대했다.

"23번 침대! 당장 기상!"

드디어 얇은 담요 밑에서 레이첼의 팔이 꾸물거리며 밖으로 나왔다. 그리고 침대 옆을 더듬어 없는 자명종을 찾으며 중얼거렸다. "엄마! 10분만 더 잘게

요.” 주위의 여자애들이 키득거렸다.

“탤보트 부인!” 스피커가 꽥꽥거렸다.

영사기를 담당하는 머리가 희끗희끗한 부인이 23번 침대를 향해 잰걸음으로 달려왔다. 그녀는 한숨을 내쉰 뒤 철제 침대를 옆으로 기울여 레이첼의 잠든 몸을 딱딱한 바닥에 떨어뜨렸다. 레이첼은 허둥지둥 다리를 모으며 이 기묘한 현실로 돌아오려고 애를 썼다. 아이들이 웃음을 멈추고 자신의 발만 내려다보았다.

“아침식사는 7시다. 그 다음에는 공장에 업무 보고를 한다.”

고아원의 양순한 영혼들은 양모 내복 위에 기름때가 묻은 회색 작업복을 주섬주섬 입기 시작했다. 어떤 아이들은 친구들과 소곤소곤 말을 나눴다. 또 어떤 아이들은 묵묵히 하루 일과를 준비했다. 겁에 질린 레이첼과 엘시는 꼼짝않고 구경만 했다. 그때 마서가 잠옷 차림인 엘시의 발을 차며 속삭였다. “얘! 넌 왜 작업복 안 입니?”

"뭐, 이거?" 엘시가 지난밤에 건네받은 위아래가 붙은 옷을 가리키며 물었다. 그 옷들은 아직 비닐 봉지에 싸여있었다.

마서가 눈알을 희번덕거리며 답했다. "그래, 그거. 내가 손 붙들어줄까?"

마서의 옆 침대에 앉아있던, 나이가 좀 들어보이는 아이가 앞코가 금속으로 된 장화 끈을 꼼꼼하게 매며 빈정거렸다. "새로 온 아이들에게 엄청난 자비를 베풀어주는군. 그렇지 않아, 마서?"

"난 원래 자비로운 사람이거든." 마서가 신랄하게 되받아쳤다.

"우리도 일하러 가야 해?" 엘시가 물었다.

안전화를 신은 소녀가 나오려는 웃음을 참았다.

"물론이지. 너희들도 일해야 해. 우리 모두 일을 해." 마서가 대답했다.

엘시가 당혹스러워하며 방안을 두리번거렸다. "하지만 난 한 번도 일해본 적이 없는데. 난 그냥 엄마를 도와 집안일밖에 안 해봤어. 직장 같은 델 다녀본 적이 없다고."

"뭐, 어쨌든 일터에 온 것을 환영한다." 마서가 마지못해 대꾸했다.

아직 잠이 덜 깬 레이첼은 말없이 이 모든 상황을 파악하는 중이었다. "야, 고글." 마침내 레이첼이 입을 열었다.

마서가 레이첼을 힐끗 보았다.

"네가 누구한테 무슨 말을 들었는지 모르지만, 우린 여기 2주일 정도만 있을 거야. 게다가 우린 정식 '고아'도 아니야." 이 대목에서 레이첼은 손가락을 허공에 대고 따옴표를 찍었다. "그러니까 우린, 정말 다행스럽게도 일을 하지 않아도 된다고. 특히 공장에서는."

"누구나 그런 식으로 말하지." 마서 옆에 앉아 안전화의 마지막 구멍에 끈을 끼우던 아이가 말했다.

“그런 식이라니?”

“새로 들어오는 아이들 말이야. 새 원생들은 모두 똑같이 말해. ‘난 일하지 않을 거야. 부모님이 며칠 후면 데리러 와.’라고. 아니면 ‘난 오늘 입양될 거야! 공장에서 노닥거릴 시간 없어.’ 이렇게 말하지. 두고 봐. 내 말이 틀리는지. 두고 보라고.” 소녀의 목소리는 속이 텅 빈 고사목처럼 깊이 울렸다.

“안 하면 어떻게 되는데? 내가 거부하면? 법을 어기기라도 하는 거야?” 레이첼이 반발했다.

그러자 마서가 끼어들었다. “그럼 벌점을 받게 돼.”

“말도 안 돼! 벌점이라니? 벌점을 받으면 어떻게 되는데?” 레이첼이 손바닥으로 이마를 치며 놀라는 척했다.

“벌점이 뭐야?” 엘시가 작은 소리로 물었다.

마서는 엘시의 질문을 무시하고 점점 더 화를 내는 레이첼만 상대했다. “벌점이 어느 정도 쌓이면 넌 ‘입양불가’가 돼.”

“입양 뭐라고?” 레이첼이 얼굴에서 손을 떼며 되물었다.

“입양부적격자가 된다고. 알다시피, 너처럼. 그럼 입양을 못 가는 거지.”

“그게 무슨 말이야? 난 고아가 아니라니까! 그러니까 입양 갈 필요도 없어!” 레이첼의 말투는 비난 대신 절망하는 투로 바뀌었다.

“여기에선 누구나 고아야. 물론 여기에 들어온 아이들이 똑같은 것은 아니지. 하지만 네가 입양부적격자가 되면, 넌 원장님의 서재로 불려가. 그럼 우린 다시는 널 볼 수 없게 되지.”

엘시가 더듬거리며 물었다. “뭐, 뭐라고? 다시는?”

"응. 다시는." 마서가 힘주어 말했다.

레이첼은 여전히 잠을 털어내느라 머리를 흔들며 두 아이를 번갈아 봤다. "말도 안 돼! 그럴 순 없어. 우리는 그냥 여기 잠시 지내러 온 것뿐이야. 엄마 아빠가 2주일 후에 데리러 온댔단 말이야."

"하지만 어제 언니가 엄마 아빠는 안 올지도 모른다고 했잖아." 엘시가 기억을 더듬었다.

레이첼이 동생을 노려보았다. "그냥 해본 말이야. 진심이 아니었다고. 엄마 아빤 틀림없이 오셔."

마서가 회색 작업복을 입고서, 고글 렌즈에 묻은 기름얼룩을 닦은 뒤 이마에 걸쳤다. "그래, 너희들은 별일 없을 거야. 그냥 벌점이나 쌓지 마." 마서가 자매의 절망스러운 마음은 관심도 없다는 투로 말했다.

레이첼은 슬슬 화가 나 얼굴색이 늦여름의 잘 익은 토마토 색깔로 바뀌고 있었다. 엘시는 전에도 이런 모습을 본 적이 있었다. 엄마가 레이첼 방에 몰래 들어가 검정색 립스틱을 몽땅 버렸을 때 언니의 뺨이 꼭 그런 색깔이었다. 엘시는 곧 폭발할 레이첼로부터 자신을 보호하려는 듯 티나를 꼭 껴안았다.

"저 사람들… 절대로… 그렇게 할 수… 없어." 레이첼이 단어 하나하나를 천천히 힘주어 크고 또렷하게 발음했다. 그리고 마지막으로 목이 터져라 악을 쓰며 이렇게 말했다. "여긴 미국이란 말이야!" 레이첼은 최후 선언을 한 다음 방 앞으로 걸어나갔다(빨간색 내복이 너무 큰 탓에 연신 옷자락을 끌어올렸다). 그리고 마침내 스피커 아래 서서 도대체 누구 목소린지 모를 정도로 불같이 화를 내며 소리를 질렀다. "이봐요! 난 아시다시피 당분간만 여기에서 지내는 거예요. 나와 내 동생, 우리 둘은 고아원에 버려진 게 아니란 말이에요. 부품 공장에서 일하지 않을 거라고요!" 레이첼이 고래고래 소리를 질렀다.

하지만 반대편에선 아무 반응이 없었다.

"가만 보니 여기 아이들은 제대로 보살핌을 받지 못하는 게 틀림없어요. 아이들이 공장에서 일하는 거 불법인 줄 다 알고 있어요. 틀림없어요."

여전히 침묵만 이어졌다.

"이건 전혀 정당하지 않아요. 전화를 걸게 해준다든지 어떻게든 조치를 취해줘야죠."

숙소 뒤편에서 소곤거리는 소리가 들렸다.

레이첼은 약이 잔뜩 올라 스피커에 바짝 다가가 말했다. "좋아요, 그럼. 이건 어때요? 제가 공장에서 일하지 않겠다면요?" 그 다음 레이첼은 혀를 길게 내밀고 당당하게 침대로 걸어왔다. 방안의 아이들이 말없이 레이첼을 바라보았다. 마서는 머리의 고글에 손을 얹은 채 꼼짝 않고 서있었다. 엘시는 뭐라고 말해야 할지 몰라 난감해하다 무의식중에 용감무쌍한 티나의 등에 달린 버튼을 눌렀다. "언제나 균형 잡힌 아침식사로 건강하게 하루를 시작해야지." 인형이 유익한 말을 늘어놓았다.

레이첼이 침대에 다다르기 전 스피커가 지지직거리며 되살아났다. 레이첼이 걸음을 멈췄다. "23번 침대." 스피커에서 절대로 동요하지 않은 로봇 같은 목소리가 흘러나왔다. "벌점 1점."

모두가 스피커에서 나오는 비난에 숨을 죽였다. 레이첼의 얼굴 표정은 몇 초 사이에 당당함에서 분노로 바뀌었다. 엘시는 그 모든 것을 지켜보았다. 레이첼이 다시 말대꾸를 하려는 찰나 엘시가 언니의 팔을 붙잡았다.

"제발, 언니. 아무 짓도 하지 마. 제발 가만히 있자!" 엘시가 애원했다.

레이첼이 동생의 손을 노려보았다. 마침내 레이첼의 표정에서 흩어지는 구름처럼 분노가 사라지고, 흐트러졌던 앞머리가 다시 눈을 가렸다. 엘시는 움켜쥔 언니의 팔에서 긴장이 빠지는 것을 느꼈다. 엘시는 손을 풀고 언니를 바라보았다.

"겨우 2주일이야, 알지? 그냥 기다리자." 엘시가 말했다.

"알았어, 알았다니까." 레이첼이 체념하며 침대에 털썩 주저앉았다.

그러고 몇 분이 지났을까, 숙소에서 드라마 같은 분위기는 사라졌다. 엘시는 순순히 회색 작업복을 입다가 모든 시선이 자신과 언니를 향하고 있음을 눈치챘다. 탤보트 부인이 자매가 고아원에 들어올 때 입었던 옷을 수거하기 위해 지키고 서있었다. 그 옷은 입양을 하려는 예비 양부모가 방문했을 때 돌려주게 돼있었는데 실제로 그런 방문이 있었다는 말은 어디에서도 들어보지 못했다. 이윽고 멜버그 자매는 다른 아이들과 함께 줄을 서서 눅눅한 팬케이크와 묽은 오렌지주스가 차려진 식당을 향해 천천히 걸어갔다. 그리고 얼마 후 다른 방의 아이들도 더해졌다. 회색 작업복 차림의 시무룩한 남자아이들은 식당으로 들어오자마자 말없이 아침밥을 꾸역꾸역 먹었다. 엘시와 레이첼은 다른 아이들과 떨어져 래미네이트 상판의 긴 식탁 건너편에 앉았는데, 일부러 그렇게 앉은 것은 아니었다. 아무도 그들 옆에 앉으려고 하지 않았다. 레이첼은 앞에 놓인 음식을 간신히 두 입 먹고 나서 체념한 듯 포크를 내려놓았다. 숙소에서 보였던 불꽃은 사그라지고, 엘시가 아는 감상적이고 말없는 예전의 레이첼로 되돌아와 있었다.

음식을 다 먹은 아이들이 지저분한 식기수거대에 철제 식판을 갖다놓기 시작할 무렵, 식당 스피커에서는 귀청을 찢는 소리로 아이들에게 한쪽 벽에 줄지어 서라고 지시했다. 아이들은 그곳에서 일렬로 문을 통과해 널찍한 계단을 내려갔다. 가는 동안에도 일정한 간격으로 쉿쉿 하는 소리가 들려왔다. 계단을 내려가자 긴 복도가 나왔다. 작업자들이 한 줄로 서서 지나갈 때 그들의 엇박자 발걸음 소리가 복도에 울려퍼졌다. 아이들은 마침내 높다란 여닫이문 앞에 도착했다. 대열의 맨 앞사람이 도착하자마자 유압식으로 쌕쌕 소리를 내며 활짝 열리는 모습이 자동문임에 틀림없었다. 엘시는 문틈으로 보이는 광경에 가슴이 덜컹 내려앉았다.

아주 커다란 방이었다. 사실 엘시는 고아원에 도착했을 때 이렇게 큰 방이 있을 만한 건물을 본 기억이 없었다. 하지만 그 방은 틀림없이 존재했고, 그 안에는 기계라고밖에 표현할 수 없는 것들이 천장 끝까지 가득 들어차 있었다. 작은 기계, 큰 기계, 청동 기계, 구리 기계, 목조 기계, 나팔처럼 생긴 관에서 증기가 나오는 기계, 연기와 불꽃을 내뿜는 기계, 양 옆에 다이얼과 측정기가 달린 주전자처럼 생긴 기계, 촉수처럼 생긴 구리 파이프가 양 옆으로 툭 튀어나온 상자 모양의 기계, 빙글빙글 도는 기계, 정지된 기계, 휘파람 소리를 내는 기계, 뽕뽕 방귀 소리를 내는 기계. 게다가 색색의 철사와 전선으로 연결된 거대한 방 전체가 마치 오빠가 언젠가 분해했던 텔레비전 수상기의 내부 같았다. 그 무수한 나사못을 풀자 나타난 것은 알 수 없는 회로와 전선으로 이루어진 복잡미묘한 하나의 우주였었다. 공장 안에서 묘하게도 산딸기 냄새가 났다. 방안의 많은 기계들 주위로 기다란 컨베이어벨트가 구불구불 뱀처럼 지나갔고, 대부분의 아이들이 이 벨트 옆에 서서 손을 씻으며 작업을 준비했다.

조프리 언생크는 갓을 씌운 몇 개의 전구가 둥그런 천장에 매달려 빛을 뿜어내는 방 한가운데 서있었다. 그는 한 손에 머그잔을 든 채 멍하니 음료를 홀짝거렸고, 아이들은 저마다 컨베이어벨트를 따라 자리잡았다. 엘시와 레이첼이 도착하자 조프리가 다가왔다.

"너희가 새로 온 아이들이지? 성이 멜버그?"

엘시가 대답하려는데 레이첼이 동생을 보호하려는 듯 앞으로 한 걸음 나갔다. "네. 아저씨는 고아원 원장님이시죠?"

조프리는 음료를 홀짝인 뒤 대답했다. "그래, 내 이름은 조프리 언생크란다. 고아원 원장 겸 공장 관리인이지."

"그런데 이거 불법인 것 같은데요." 레이첼이 쏘아보며 대들었다.

“허허, 놀랐나보구나.” 조프리 씨가 인자한 미소를 지으며 받아넘겼다.

“저, 전화 좀 쓰고 싶은데요.” 조프리의 말을 무시하며 레이첼이 물었다.

“넌 벌점을 받았기 때문에 안 된단다. 다른 부탁은 없니?”

엘시가 언니의 팔꿈치를 쿡쿡 찔렀다. 레이첼이 뒤로 물러서자 조프리가 말했다. “어디, 손 좀 보자.”

“네?” 레이첼이 어리둥절해했다.

“손 좀 봐도 되겠냐고 물었다.” 그러자 레이첼이 고분고분 손을 내밀었다. 조프리가 손을 살펴보며 말했다. “3호 컨베이어벨트로 가렴. 다른 아이들이 네가 빨리 적응할 수 있도록 도와줄 게다.” 그가 로마자로 Ⅲ이라고 적힌 나무 표지판 너머의 컨베이어벨트를 가리켰다.

왠지 모르게 주눅이 든 레이첼은 엘시를 바라본 뒤 주춤주춤 걸어갔다.

이윽고 조프리가 엘시를 내려다보며 말했다. “자, 꼬마 숙녀님. 손 좀 보여 주겠니?”

엘시가 손을 내밀었다. 늘 함께하는 용감무쌍한 티나는 침대맡 사물함에 안전하게 보관돼 있었다.

“오, 예쁘구나!” 조프리는 눈이 휘둥그레져 감탄했다. 그는 머그잔을 내려놓고 다시 엘시의 손을 자세히 살폈다. “오오… 자그맣기도 해라!” 조프리는 엘시를 바라보며 자상하게 말했다. “얘야! 넌 기계부품에 꼭 맞는 손을 가진 걸 자랑스럽게 여겨도 된단다. 요 몇 년간 이런 손은 처음 보는구나.”

엘시는 자기도 모르게 “고맙습니다.”라고 중얼거렸다.

조프리가 엘시의 어깨에 팔을 두르며 번쩍거리는 알루미늄 통처럼 생긴 기계로 데려갔다. 기계 옆면에 빨간색과 파란색 플라스틱 관이 어지럽게 나있었다. 앞면에는 세 개의 측정기가 각각 ACK, UZ, 그리고 아이스크림콘을 뒤집은 것 같은 상형문자가 적힌 비상전등과 함께 장착돼 있었다. 조프리가 이 기계 옆면을 두드리며 말했다. "이 녀석은 롬보이드 버니싱 오실레이터 2.0Rhomboid Burnishing Oscillator 2.0, 짧게 RBO라고 부르는 기계란다."

"어떻게 작동하는데요?"

"기계가 진동하면서 광택을 내지. '롬보이드'라면 누구나 추측하듯 마름모꼴이고."

엘시는 오실레이터가 무슨 뜻인지 몰랐지만 묻지 않았다.

"자, 이 기계의 작동법은 아주 간단하단다. 귀띔하자면 1.5보다 훨씬 향상된 기계야. 여기 이 버튼을 누르고 10초쯤 기다렸다가 이 레버를 당기면 조그맣게 철컥 소리가 날 거야." 조프리는 엘시를 데리고 여러 공정을 단계적으로 설명해주었다. 덜컹거리는 잡음에 이어 부드럽게 팽팽 도는 소리가 났다. "이 소리가 들리면 여기 이 금속판을 그냥 열어… 자, 그러면 봐라!" 기계 안, 섀시를 단 작은 문 너머로 8각형의 작은 금속 너트가 보였다. "저걸 꺼내라. 되도록 빨리." 그가 엘시에게 지시했다. 엘시는 시키는 대로 작은 문으로 손을 집어넣어 너트를 꺼내 언생크에게 건넸다. 언생크는 엄지와 검지로 너트를 잡고 계속해서 말했다. "잘했다. 이게 바로 고합금 롬보이드 진동 볼트너트란다. 모든 자동식 다이키리(럼주에 과일 주스나 설탕 등을 섞은 칵테일. —옮긴이) 제조 기계에 들어가지. 너나 할것없이 모든 제작자들이 더 좋은 기계를 만든답시고 예전에 나왔던 제품을 반복해서 내놓는데, 글쎄 내가 보기에 그걸로는 부족해. 내 경우에는 몇 가지만 살짝 바꿔 새 제품이라고 내놓는단다. 예컨대 케이크 위에 체리를 하나 얹는 거지. 무상보증 따위는 당연히 해주지 않고."

그때 기계에서 시끄러운 소리가 나며 한 쌍의 금속 이빨처럼 보이는 칼날이 너트가 놓여있던 곳으로 내려와 게걸스럽게 먹어치우듯 작동했다. 엘시가 조프리를 쳐다보았다. 그러자 조프리는 멋쩍게 웃고서 헛기침을 한 뒤 말했다. "아, 저건, 사실 기계의 효율을 극대화하기 위해… 뭐라고 해야 할까… 어느 정도의 위험은 감수해야 했단다. 그래서 기계가 너트를 뱉는 대신 손이 작은 누군가가 직접 꺼내는 방식을 채택했지. 네가 했던 것처럼 말이다."

"네. 무슨 말씀인지 알 것 같아요."

"네가 알아야할 것은… 오, 이런. 미안하구나. 이름이 뭐지?" 그는 갑자기 말을 멈추고 물끄러미 엘시를 바라보았다.

"엘시요."

"그래, 아주 예쁜 이름이구나. 엘시, 네가 명심해야 할 건 말이다. 기계가 너트를 찍어내기 위해 재조정할 때 자칫 너의 소중한 손이 기계 안에 머무르면 생산공정상 어쩔 수 없이 사라지게 될 거라는 점이다."

"네? 뭐라고요?" 엘시는 그가 말한 마지막 구절의 의미를 이해하려고 애썼다.

"아무튼 네 손은 최근 2~3년 사이 만난 아이들 중 틀림없이 열손가락 안에 들어갈 게다. 정말 예쁘고 작은 손이야."

"기계가 제 손을 자른다고요?" 엘시는 숨이 턱 막혔다.

조프리가 다시 헛기침을 한 뒤 말을 이었다. "그렇단다. 하지만 기계가 내려오기 전까지 손을 넣어 너트를 꺼낼 수 있게 5~6초의 시간이 주어지잖니. 네 손의 경우는 2~3초 안에 충분히 꺼낼 수 있다."

엘시는 머릿속으로 시간이 늦어질 경우 생길 결과를 상상했다. 그 순간 자신에게 두 손이 있다는 사실이 얼마나 소중한지 실감했다. 손이 하나라도 없는 생활, 부엌에서 갈고리 손으로 땅콩버터와 젤리 샌드위치를 만드는 자신의 모습을 그려보았다. 상상만으로도 울고 싶어졌다.

조프리가 검지손가락과 엄지손가락을 맞부딪쳐 딱 소리를 냈다. "나와 함께 일하자! 엘시. 그리고 또 한 가지 네가 알아야 할 점은 이 너트가 매우 비싸다는 사실이다. 게다가 기계가 작동 중인데 너트가 아직도 그 안에 들어있으면 바로 망가져버린단다. 이 비싸디비싼 너트가 하나라도 망가지면 우리 공장과 고아원, 나아가 더 큰 공동체는 고합금 롬보이드 진동 볼트너트 한 개가 없는 세상에 놓이는 거야. 나아가 자동 다이커리 기계 주인의 만족도도 떨어지고. 생각만 해도 끔찍하지 않니? 내 말 이해하겠니?"

"네, 언생크 씨." 엘시가 마지못해 대답했다.

"그리고 이런 말을 해서 유감이지만, 만약 네가 하나라도 망가뜨리거나 세계적인 기계부품 회사의 명예를 훼손시킨다면 난 너에게 벌점을 줄 수밖에 없단다. 이건 내 잘못이 아니다. 또 벌점 3점을 받으면 어떻게 되는지 알고 있겠지?"

두려움이 엘시의 가슴을 예리하게 관통했다. "입양을 갈 수 없다고요?"

"그렇단다. 하지만 엘시 넌 똑똑한 아이니까 금방 배울 거야. 영리한 아이들은 우리 공장에서 오랫동안 일하면서 좋은 성과를 거두었단다."

"고맙습니다, 언생크 씨."

"자, 그럼. 요 녀석을 너에게 맡기마. 잊지 마라. 버튼을 누르고, 좀 기다렸다, 레버를 당기고 철컥 소리를 듣는 거야, 알았지?" 그가 리듬을 실어서 되풀이했다. "버튼을 누르고 기다렸다 레버를 잡아당기고 철컥 소리!" 조프리는 엘시 곁을 떠나면서 오케스트라 지휘라도 하듯 손가락을 까닥거리며 노래를 불렀다. 이윽고 그는 공장 한가운데 이르러 오전의 생산량을 점검했다. 기계들이 저마다 내보내는 금속성의 철컥 소리, 붕붕 삑삑 신음 소리가 어우러져 교향곡을 만들어냈다. 아이들은 열심히 일했다. 몇 명은 엘시처럼 기계 컨트롤을 맡았고, 어떤 아이들은 레이첼처럼 기다란 컨베이어벨트 뒤에 서서 조그만 볼트와 너트, 못 따위를 골라냈다.

"얘들아, 다 함께 외쳐보자. 기계부품이 모여서… 무엇을 만든다고?"

"기계요." 아이들이 복창했다.

"기계는 어떻게 한다고?"

"편리하게 해줘요."

"편리하면 어떻게 되지?"

"자유를 줘요."

"자유를 주면……? 자, 나를 도와다오. 셋을 세마. 하나, 둘. 셋!"

"가정을 줘요." 아이들이 입을 모아 문장을 완성했고, 조프리도 함께 외쳤다.

"그렇지! 가족! 자, 너희들 중에 뭐가 필요할지 모르니 나는 저기 저곳에서," 조프리는 공장 안이 훤히 보이는 넓은 창문을 가리켰다. "바쁘게 일하는 너희들을 지켜보고 있다가 짜잔! 하고 나타나마." 그러고 나서 그는 어울리지 않게 날랜 몸짓으로 머그잔을 앞으로 내민 채 공장을 빠져나갔다.

엘시는 RBO 2.0을 돌아다보았다. 쌍둥이 측정기 ACK와 UZ가 자신을 노려보는 두 개의 눈 같았다. 엘시는 언생크 씨가 가르쳐준 구호를 되뇌면서 기계를 작동하기 시작했다. 간단한 공정에 따라 조그맣게 철컥 소리가 들리고 나서 장식용 반짝이처럼 생긴 너트가 기계 안 조그만 상자 속에 떨어졌다. 엘시는 심장이 목구멍까지 뛰는 것 같았다. 재빨리 상자에 손을 넣어, 이빨 같은 칼날이 내려오기 전에 너트를 꺼냈다. 그리고 감사기도를 중얼거린 뒤 RBO 기계에서 나가는 컨베이어벨트 위에 너트를 올려놓았다.

옆 기계에 고글을 쓴 마서의 모습이 보였다. 마서는 형광등이 달린 인공관절처럼 생긴 팔을 방금 생산해낸 너트 위로 당겼다. 마서가 엘시를 발견하고 손짓했다. 그리고 공장의 기계음 너머로 "계속해."라고 소리쳤다. 잘한다는 듯 엄지를 들어보이고 나서 마서는 자기 자리로 돌아갔다. 엘시는 똑같은 동작을 반복했다. 빨간색 버튼을 누르자 금속 물체의 배 속에서 철컥 소리가 났다.

CHAPTER 8

선명한 꿈;
대단한 경주

이피게니아는 침대에 걸터앉아 발목을 문질렀다. 발목이 무척 아팠다. 날이 갈수록 점점 더 통증이 심해졌다. 세월은 나이든 신비주의자의 어깨에 무거운 망토를 걸쳐주었다. 하지만 그녀는 그 사실이 조금도 마음에 들지 않았다. 호롱불 불빛이 그녀의 소박한 침실에 어른어른 그림자를 드리웠다. 아직 첫새벽이라 창밖이 어두웠다. 노인은 깊이 숨을 들이마신 뒤 가운 안에 양모 레깅스를 신었다. 냉기 때문인지 약해진 뼈가 욱신욱신 쑤셨다. 그때 아래층에서 문이 활짝 열리고 안으로 들어오는 발소리가 들렸다. "누구세요?" 이피게니아가 물었지만 아무 대답이 없었다. 이피게니아는 신음을 내뱉으며 침대에서 몸을 일으켜 층계참까지 절뚝거리며 걸어갔다. "거기 누구 있어요?"

끙끙 소리가 난 후 누군가 응답했다. "죄송해요, 어르신. 불 좀 피우려고요."

시종의 목소리를 알아들은 이피게니아가 안도의 한숨을 내쉬며 말했다. "잘 잤어요? 발터자르." 그녀는 층계참 난간까지 걸어가 통나무를 한 아름 안고 난로로 걸어오는 시종을 바라보았다.

발터자르는 철제 받침대에 장작을 내려놓고서 이피게니아를 올려다보며 물었다. "물 좀 드시겠어요?"

"그래요, 발터자르." 이피게니아는 이렇게 대답한 뒤 조용히 침대로 돌아가 낡은 슬리퍼를 벗고 허리를 쭉 폈다. 슬프게도 등뼈에서 뚜두둑 소리가 길게 났다. *몸이 영 예전 같지 않아, 특히 자고 일어나면.* 그녀는 이렇게 생각하며 고개를 절레절레 저었다. 그러고는 일어나 계단을 천천히 내려갔다.

발터자르가 난로에 뭉쳐놓은 불쏘시개에 기다란 성냥을 갖다대고 있었다. 잠시 후 난로에서 후끈한 열기가 올라왔다. "안녕히 주무셨어요?" 발터자르가 이피게니아를 돌아보며 반갑게 물었다.

"아니, 별로. 통 못 잤다네. 하지만 예상한 일이지. 요즘은 깊이 잠들지 못하겠어. 더 이상 내 장기가 아닌 것 같아."

"저런, 너무 낙담하지 마세요." 발터자르가 활활 살아나는 불꽃을 보며 위로했다. 벽난로 시렁에 시커먼 철제 주전자가 걸려있었다. 시종은 점점 커지는 불길 위에서 주전자의 방향을 돌렸다. 이피게니아는 난로 앞 의자에 편안히 앉았다. 물이 끓고 발터자르가 장작을 더 가지러 간 사이 이피게니아는 비로소 잠에서 깨어나기 직전에 꾼 꿈을 떠올렸다. 복잡하고 이해하기 힘든 꿈은 그녀를 어딘지 알 수 없는 숲속 공터 한가운데로 이끌었다. 꿈속에서 그녀는 정체 모를 무언가를 두 손으로 감싸고 있었다. 이유는 알 수 없지만 뭔가 소중한 것 같았고, 꽤 긴급한 상황이었다. 그 순간 공터 저편에 어두운 그림자가 스쳤다. 이피게니아는 손에 든 것을 품에 안고 빠르게 숲을 내달렸다. 그림자가 가까이 쫓아왔다. 그녀는 한참을 달려 막다른 언덕 기슭의 좁다란 길에 다다랐다. 그 골짜기는 위험으로 가득 찬 게 어쩐지 불길해보였다. 그때 갑자기 그녀의 이성적인 자아가 꿈속을 비집고 들어왔다. 이피게니아는 가슴에 품은 것이 뭔지 간절히 알고 싶었다. 움켜쥐었던 손바닥을 펴자, 반짝거리는 작은 금속 고리처럼 생긴 물건이 나타났다. 작은 조약돌만한 크기에 가장자리에는 울퉁불퉁 조그만 돌기가 나있었다. 그것도 잠시, 그림자가 어느새 바짝 다가왔음을 느낀 이피게니아는 다시 어두운 골짜기 사이 바윗길을 헤치며 점점 아래로 내려갔다. 그리고 마침내 칠흑 같은 어둠 속으로 들어섰다.

그 순간, 잠에서 깼다. 이피게니아는 난롯가 의자에 앉아 참으로 희한한 꿈이라고 생각했다. 뒤쫓던 그림자들을 이해하기란 어렵지 않았다. 어떤 유령들이 자신을 뒤쫓았는지 충분히 짐작이 갔다. 다만 언덕 기슭의 좁은 길과 자신이 들어간 땅속 구멍은 알 수 없었다. 그녀는 신비주의자로서 꿈의 영향력과 지혜를 절대 과소평가해서는 안 되며, 온갖 상징이 암시하는 의미를 알아야 한다고 생각해왔다. 그녀가 믿고 의지하는 교리에서는 꿈 해몽 시 땅에 생긴 구멍은 죽음을 암시했다. 내가 곧 죽는 것일까. 이피게니아는 몸을 떨었다.

그런데 손에 쥐었던 이상한 물체는 무엇일까? 도대체 무슨 일일까? 또렷하지는 않지만 자꾸 혀끝에 맴도는 단어처럼 정체 모를 그 물건이 뇌리에서 떠나지 않았다. 책장 옆 큰 괘종시계가 둔탁한 종소리를 낼 때 발터자르그가 장작을 더 가지고 돌아왔다. 그가 난로 옆 장작더미에 통나무를 내려놓았을 때, 이피게니아가 갑자기 소리쳤다. “바로 그거야!” 환한 표정의 이피게니아는 시계와 그 안에 든 톱니바퀴와 체인, 차임벨 따위를 응시했다.

"그게 뭔가요, 어르신?" 흠칫 놀란 발터자르가 물었다.

"톱니바퀴! 시계에 들어가는 톱니. 내가 쥐었던 게 바로 그걸세!" 이피게니아가 어린아이처럼 웃으며 답했다. 시종이 어리둥절해하자, 이피게니아는 미안해하며 설명했다. "꿈속에서. 꿈에서 그랬다는 거네."

"아, 네. 전 혹시 큰일인 줄 알고요." 발터자르는 안심하며 시렁에서 주전자를 내려 뜨거운 물을 찻잔에 따른 다음 이피게니아에게 내밀었다. 난롯불이 활활 타오르자 방은 열기와 빛으로 가득 찼다.

"발터자르. 오늘 회합 나무와 상의할 일이 생겼네. 다른 신비주의자들에게 좀 와달라고 알리게. 이따 정오에." 차를 한 모금 마신 이피게니아가 부탁했다.

"그러죠, 이피게니아." 발터자르가 답한 뒤 서둘러 방을 나섰다.

나이든 신비주의자는 그대로 앉아 난로 속 장작을 할짝할짝 느긋하게 핥는 불길을 바라보았다. 이제 어느 정도는 이해했지만 아직 수수께끼 같은 부분이 남아있었다. 그녀는 통찰력이 뛰어난 회합 나무가 어떤 단서를 줄 거라 생각했다. 한편으로는 회합 나무가 그 꿈을 통해 어떤 계시를 주려는 것만 같았다. 매우 중요해서 차마 말로 할 수 없는 무언가를……. 이피게니아는 그것이 생을 송두리째 뒤흔들 만큼 중요한 의미가 담겨있을 거라고 확신했다.

❦

프루는 믿기지 않았지만 이 위태로운 절벽 캠프에도 도서관이 있다는 사실에 감탄했다. 산적들로부터 격리돼 닷새를 보내는 동안 미로 같은 길과 밧줄 다리를 탐사하다 우연히 발견한 것이다. 도서관은 높고 좁다란 동굴 속에 있었는데 임시로 만든 책장이 다섯 개쯤 되었다. 검은 피부에 덩치가 크고 인자하게 생긴 사서는 나무 책상에 앉아 책을 읽고 있었다. 그 옆에는 배불뚝이 난로가 놓였는데, 사서는 가끔 책을 찢어 통나무 대신 불쏘시개로 썼다. 프루가 들어서자 그의 얼굴이 환해졌다. "너 바깥세상에서 온 아이지?"

"아마 그럴 거예요. 하지만 제게는 엄연히 프루라는 이름이 있답니다." 프루가 싱긋 웃으며 답했다.

"그래, 프루. 산적 도서관에 온 걸 환영한다. 시간 있으면 마음껏 둘러보렴."

"이 책들은 모두 어디에서 났어요?" 프루가 주변을 빙 둘러보며 물었다.

"음, 너도 알다시피 여기저기에서. 우린 원래 책을 훔치는 부류가 아니잖니. 하지만 가끔 무더기로 있으면 눈에 띄게 마련이니까……. 흠흠, 하지만 대부분은 합법적으로 들여놓은 것이란다. 우리가 한 권 두 권 모아 어느 정도 갖추어 놓은 상태에서 책장수가 지나가면 새 책을 몇 권 들여놓는 식이지." 그가 말을 멈추고 얼굴을 찡그렸다. "그러고 보니 새 책을 들여놓은 지도 꽤 됐구나. 너나 할것없이 힘든 시기란다. 심지어 사서들에게도." 그는 넋두리를 하다 문득 정신이 들었는지 프루를 쳐다봤다. "특별히 찾는 책이라도 있니?"

"아니요. 그냥 둘러보고 있어요."

프루는 책장으로 천천히 걸음을 옮겨 책등을 살폈다. 아주 어렸을 때부터 도서관에 가면 마음이 편안했다. 심지어 자신이 가본 어느 도서관과도 닮지 않은 이곳조차 마음을 달래주었다. 책은 선반에 아무렇게나 놓여있었다. 어떤 책은 옆으로 누웠고, 어떤 책은 세로로 가지런히 꽂혀있었다. 또 어떤 책은 번쩍거리는 표지의 글자가 밝게 빛나 새 책처럼 보였고, 어떤 책은 오랜 세월 여러 독자의 손을 거친 듯 가죽 장정이 낡아 안쪽의 판지가 드문드문 드러났다. 프루는 책을 훑어보다가 도무지 이해가 안 가는 제목들을 발견했다. 《나무의 법칙》《슬립쇼드 씨의 아르카니아》《사우스우드에서 오소리가 좋아하는 10가지 행동》《어떤 우드 사람의 바깥세상 체험기》……. 그중 손때 묻은 표지의 마지막 책이 시선을 잡아챘다. 표지의 흑백사진으로 판단하건대 수십 년 전에 출판된 책 같았다. 개버딘 정장 차림에 위가 납작한 포크파이 해트를 쓴 노신사가 포틀랜드 시가지로 보이는 거리에서 웃으며 서있었다. 뒷배경에 차가 몇 대 보였는데, 1950년대 영화에서나 볼 수 있는 모델이었다. 프루는 흥미가 생겨서 무작위로 책장을 펼쳐 읽었다.

우리 사우스우드의 부유한 도시에서 기대할 수 있는 모습과는 사뭇 다르다. 이 도시의 많은 주민들은 나무를 장식용 이외에는 별로 이용하지 않는다. 나는 자전거를 탄 청년을 불러세워 물었다. 바깥세상 사람들은 왜 이런 혐오스러운 콘크리트 구조물을 짓느라 건강에 이로우면서도 무성하게 잘 자라는 자연을 없애는 겁니까. 친애하는 독자 여러분, 그때 날 이상한 눈으로 쳐다보던 청년의 눈빛을 어떻게 표현해야 할지. 청년은 그 건물을 '주차장'이라고 불렀는데, 필자가 이해한 바로는 창문이 없는데다 여러 층으로 돼 높으며, 자동차를 세우는 건물을 뜻하는 말이 틀림없었다. 어쨌든 나는 이런 가르침을 준 청년에게 고맙다고 말한 뒤 서둘러 길을 떠났다. 내 불쌍한 위장이 오후 분량의 초콜릿 무스를 달라고 아우성쳤기 때문이다. 기억하겠지만 전날 밤 그 '난리'를 겪은 후 나는 통 먹지 못했다.

프루는 책을 도로 책장에 끼우고 《잃어버린 편지: 와일드우드의 루이스와 클라크》라는 흥미로운 제목의 책을 꺼내려 했다. 그때 누군가 "프루!" 하며 밝고 경쾌하게 자신을 부르는 소리를 들었다.

고개를 돌려 동굴 입구를 보니 커티스가 붉게 상기된 얼굴로 해맑게 웃고 있었다. 커티스는 그날 아침 일찌감치 산적 훈련을 받으러 떠났다 돌아온 길이었다. 프루는 산적 선서를 하지 않아 함께 가지 못했지만 상관없었다. 오히려 아침 기상나팔 소리에 깬 다른 아이들의 투덜거림을 들으며 조금이라도 더 잘 수 있어서 기뻤다. 훈련받으러 나간 아이들은 오후 휴식시간에야 캠프로 돌아왔다. 프루가 이곳에 도착한 후 그들의 일과는 대체로 이런 식이었다.

"오늘은 일찍 끝내줬어요." 커티스가 사서에게 손을 흔들며 인사했다. 그러고는 프루를 향해 말을 이었다. "네가 여기에 있다는 얘기를 들었지. 그럴 줄 알았다니까, 으이구, 책벌레 같으니."

"정말 대단해. 이런 곳에 도서관이 있다니. 게다가 우드에서 출판된 책은 모두 여기 있대. 이것 좀 봐. 루이스와 클라크야! 그것도 여기 있어!" 프루는 조금 전에 눈여겨둔 책을 서가에서 꺼냈다.

커티스는 책을 건네받아 잠깐 훑어본 다음 다시 책꽂이에 꽂았다. "그건 그렇고, 가자! 협곡 달리기가 시작될 거야!"

"뭐라고?" 프루가 코를 찡긋하며 물었다.

"협곡 달리기는 매주 목요일마다 열리는 일종의 경주야. 산적 훈련생들이 참가하는데, 장애물 달리기와 비슷해. 방금 시작됐어!" 커티스가 다급하게 설명하고는 프루의 손을 잡아채어 도서관 밖으로 이끌었다.

프루는 사서에게 재빨리 손을 흔든 뒤 한낮의 햇빛 아래로 끌려나왔다. 연무가 끼어 뽀얀 햇빛 아래 나온 뒤 프루는 눈이 적응할 때까지 가늘게 떠야만 했다. 이른 아침에 휘날린 눈보라에 산적 캠프의 온갖 목조 구조물에 엷고 희끗희끗한 카펫이 깔렸고, 깔쭉깔쭉한 바위 절벽에는 칼로 얇게 새긴 도랑 같은 자국이 생겨났다. 바람소리가 귀에 거슬렸다. 프루는 커티스를 따라 지그재그로 놓인 돌계단을 올라가는 동안 옷깃을 세웠다.

캠프의 서쪽 끝 암벽을 이용해 만든 둥근 탑 꼭대기에는 열 명 남짓의 산적 훈련생이 브렌든을 둘러싸고 있었다. 프루와 커티스가 탑을 에워싸듯 만들어진 계단을 겨우 올라갔을 때, 산적왕은 지시사항 전달을 거의 마쳐갔다.

"커티스, 늦었구나." 브렌든이 퉁명스럽게 말했다.

"프루를 데리고 오느라고요. 이 경기를 보여주고 싶었어요." 커티스가 숨을 헐떡이며 대답했다.

"왜? 네가 바보 되는 꼴을 보여주려고?" 조잡한 목책에 기대어선 프루와 커티스 또래의 여자아이가 비꼬았다. 그 아이는 가죽 끈을 이용해 금발을 뒤로 묶고, 몸 앞에서 두 개의 견장을 엇갈리게 찬 근위척탄병 제복 차림이었다.

"천만에! 애슐링, 내가 너라면 바닥에 굴러다니는 나뭇가지나 찾겠다." 커티스가 발끈해서 방어했다.

이 말이 여자아이의 기를 꺾은 듯했다. 나머지 훈련생들이 애슐링을 훔쳐보며 숨죽여 킥킥거렸다. 브렌든이 아이들을 제지했다. "자, 자, 늦게 온 아이들을 위해 규칙을 다시 간단히 설명하마. 동쪽 탑에 초록색 깃발이 꽂혀있다. 길잡이만 따라 가라. 싸움은 금지다. 정정당당하게 겨뤄라. 그렇지 않아도 누구나 자기 이익이 우선이니. 깃발을 먼저 잡는 사람이 승자다. 알겠지?"

"네! 대장." 커티스가 우렁차게 외쳤다.

"그리고 주인으로서 손님을 경주에 초대하지 않는 건 예의에 어긋난 일 같구나." 브렌든이 프루를 돌아보며 말했다. 참가자들의 시선이 일제히 프루에게 쏠렸다.

"네? 아뇨, 전 못해요."

"네가 이기면 부엌일 일주일 면제야." 훈련생 중에 낡은 톱 해트를 쓴 어린 남자애가 끼어들었다.

아직 부엌일을 경험하지 않은 프루는 그 일이 정말로 목숨을 걸어야 하는 이런 경주의 참여 이유가 되는지 판단하기 어려웠다. 프루는 결정을 내리지 못하고 망설이다 헛기침을 하고 말했다.

"저, 초대해주신 건 고마운데요. 제가 해도 되는지 어떤지 잘 모르겠어요. 달리기를 해본 지도 오래고, 다른 사람들 방해나 할 것 같아요. 괜찮다면 전 구경이나 하겠어요."

"좋다. 그럼 어쩔 수 없지." 브렌든이 대답했다.

"알았어. 하긴 네 말이 맞아. 나도 네가 타고난 산적이니 뭐니 그런 말을 할 때 어처구니없다고 생각했거든. 이 경주가 바깥세상 사람에게는 어려울 수 있어. 넌 잠시긴 하지만 와일드우드를 떠나있었어. 분명 약해졌을 거야." 옆에 있던 커티스가 의도적으로 프루를 자극하기 시작했다. 프루가 아무 대꾸도 없이 가슴 앞으로 팔짱을 끼는데 커티스가 다시 한 번 약을 올렸다. "물론, 넌 혼혈아라고 하지만 그 절반의 피에 반드시 배짱이 들어있다고 장담하기는 어렵잖아?"

꾹 참던 프루가 외쳤다. "하! 나도 경주에 참가할래. 하나도 겁 안 난다고!"

탑 꼭대기에 있던 참가자들이 와! 하며 웃음을 터뜨렸다. 브렌든이 프루의 등을 두드렸다.

"잘 생각했다, 자전거 소녀. 하지만 한 가지 경고하마. 발판의 널빤지가 오늘따라 아주 미끄럽단다. 자칫 발을 헛디뎠다가는 눈 깜짝할 새 아무도 모르는 곳으로 굴러떨어질 수 있다. 그리고 내 말 잘 들어라. 코스는 빨간색 깃발로 표시됐는데 어떤 것은 잘 보이지만 어떤 건 눈에 쉽게 안 띈단다. 특히 이렇게 눈이 내릴 때는 찾기가 더 어려워. 이런 경우, 직감은 때로 산적의 최고이자 유일한 친구라는 점을 잊지 말거라. 내 말 알아들었니?"

프루는 고개를 끄덕였지만 갑자기 두려워졌다. 먼저 신발 바닥으로 널빤지를 점검해보았다. 고무 밑창이 삑삑 소리를 내며 눈에 미끄러졌다.

"좋다! 태양이 정오 높이까지 올라왔을 때 출발 신호를 하겠다." 브렌든이 허리춤에서 단도를 꺼내 하늘 높이 쳐들었다. 그의 발밑에 칼날의 그림자가 비쳤다. 프루는 그 장면을 흥미진진하게 바라보았다. 어떻게 저런 기초적인 방법으로 시간을 알 수 있을까. 그때 브렌든이 외쳤다. "자, 정오다. 모두 준비됐지? 경주를 시작한다!"

세간에 전해오는 말에 의하면 회합 나무는 우드 최초의 나무였다. 실제로 사람들은 세상이 아직 불로 뒤덮여 있었을 때 처음으로 싹을 틔우고 자라난 최초의 묘목이라 믿었다. 마찬가지로 세상이 얼음으로 둘러싸였을 때에도 그 나무는 굳건히 서있었다. 대홍수가 밀려와 거대한 얼음댐(눈이 많이 내린 후 얼음이 댐처럼 형성되고 그 위쪽으로 녹는 물이 갇히는 현상. ―옮긴이)이 무너지고, 콜롬비아 분지가 물로 가득 찼을 때조차 살아남아 번성했다. 나무는 주변에서 일어나는 생명의 분출을 혼자서 도왔다. 마법을 지닌 생물 종들이 폭증했다. 사람들은 그 마법이 회합 나무의 목질 근육에서 샘솟은 거라고 믿었다. 이런 이야기의 많은 부분이 아직도 수수께끼와 신화에 싸여있지만 이피게니아는 회합을 준비할 때면 나무의 기원에 대한 명상을 빠뜨리지 않았다. 나무는 자신의 기원에 대해 말하지 않았다. 그런 일들이 워낙 오래 전에 일어났을 뿐만 아니라 나무 스스로 기억을 들추기에는 한참 멀리 거슬러 올라가야 했다. 게다가 회합 나무는 우드에 있는 여느 식물들과 마찬가지로 단어로 말하지 않았기 때문에 문제가 복잡해졌다. 단어보다는 인상과 이미지, 은유와 상징 따위로 의사를 전달했다. 이런 감각과 이미지를 해석해 나무가 알리려는 메시지를 전달하는 일이 나이든 신비주의자 이피게니아의 역할이었다.

들판에 도착한 이피게니아는 열 명의 다른 신비주의자들이 경건하게 나무를 에워싼 모습을 발견했다. 이피게니아는 따뜻한 인사를 건넸는데 그들 역시 간밤에 꾼 불안한 꿈 이야기를 나누고 있었다. 물론 누구도 그 꿈을 제대로 설명하지는 못했다. 그 이미지가 순식간에 나타났다 사라진데다 추상적이었기 때문이다. 꿈을 기억하지 못하는 경우든 회합 나무의 의사전달 방식을 이해하지 못하는 경우든 곤혹스럽기는 마찬가지로 보였다. 이피게니아는 이런 공통점이야말로 자신들을 꿈꾸게 만든 이가 회합 나무임을 드러내는 분명한 증거라고 여겼다. 그녀는 회합 나무의 울퉁불퉁하고 뒤틀린 거대한 나뭇가지로 시선을 돌렸다. 나뭇잎이 죄다 떨어진 나무는 뼈만 남은 앙상한 팔 다리와 비슷했다.

무엇을 원하세요?

나무는 아무 반응도 하지 않았다.

왜 우리를 부르셨나요?

그때 웃음소리가 들렸다. 고개를 돌리자 수련을 끝낸 어린 시동들이 눈밭에서 놀고 있었다. 서로 눈뭉치를 던지거나 떨어지는 하얀 눈폭탄을 요리조리 피하며 천진난만하게 즐거워했다. 구름 틈으로 비집고 나온 태양은 가장 높은 지점을 향해 움직이고 있었다. 나이든 신비주의자가 열 명의 동료를 둘러보며 말했다. "자, 시작합시다."

❧

출발 신호가 떨어지자 산적 훈련생들과 딱히 목표도 없는 프루 매킬은 서쪽 탑 벽면을 두른 원형 계단을 뛰어 내려갔다. 마음이 급한 프루는 계단 난간 너머로 튀어나갈 것처럼 돌진했지만 이내 친근한 손길에 붙잡혔다.

커티스가 웃고 있었다. "프루, 출발이 너무 거칠어." 그는 프루의 잘못을 지적한 다음 잡은 팔을 놓아주고 남은 계단을 한 번에 여러 계단씩 뛰어 내려갔다. 프루는 심호흡을 한 뒤 뒤따라갔다.

서로 밀치락달치락하며 발판에 도착한 산적들은 길잡이를 찾기 위해 주변을 두리번거렸다. 프루도 산적들을 밀치고 앞으로 나아가 찾기 시작했다. 그때 누군가 소리쳤다. "저기다! 저쪽이야!" 정말로 협곡 건너편에서 빨간색 깃발이 바람에 나부끼고 있었다. 몇 명의 산적들이 무리에서 떨어져나와 지프라인(케이블 선으로 연결해 협곡이나 강을 건널 때 이용하는 교통수단. —옮긴이)을 향해 달려갔다. 커티스를 포함한 나머지 아이들은 다른 방향에 있는 밧줄 다리로 뛰었다.

프루는 친구를 따라 하는 것처럼 보이기 싫어 지프라인 쪽으로 향했다. 미리 간 산적들 사이에 서로 밀치는 등 반칙행위가 벌어지고 있었다. 그 틈을 타 프루는 앞으로 나아갔다. 막 손잡이를 잡으려는 순간, 누군가 뒤에서 프루를 밀며 소리쳤다. "저리 비켜, 이방인." 애슐링이었다. 프루가 몸의 균형을 잡으려는데 애슐링은 먼저 지프라인에 올라타고 다리를 번쩍 들었다.

"내 차례야!" 프루도 맞받아쳤다. 프루는 자신이 먼저 도착했음에도 애슐링이 발판에서 출발하려 하자 그녀의 다리를 붙잡고 매달렸다.

케이블 선이 두 아이의 무게 때문에 축 늘어졌다. 애슐링은 비명을 질렀다. 둘이 무시무시한 속도로 협곡을 건널 때 프루는 겁이 나면서도 어마어마하게 시커먼 아가리를 똑바로 내려다보았다. 지프라인이 드디어 협곡 맞은편에 도착하자 프루는 소녀의 다리를 놓고 비틀거리며 착지했다. 이어서 눈앞에 보이는 깃대를 낚아챈 뒤 자신이 가장 먼저 길잡이를 손에 넣은 주인공이라는 사실을 확인하고 나서 오른편을 바라보았다. 커티스가 다른 산적 훈련생들 틈에 끼어서 밧줄 다리 계단을 내려오는 중이었다. 프루는 첫 번째 성공을 자축할

우드의 상호연결성을 상징하듯 만다라에 놓인 각각의 물체들이 연한 황금빛 줄로 연결돼 있었다.

틈도 없이 다른 길잡이를 찾아 협곡을 두리번거렸다. 하지만 좀체 찾을 수가 없었다. 산적들이 달려오는 소리가 가까이 들려오자 프루의 절박함은 커져갔다. "도대체 어디 있는 거야?"

"아래쪽을 봐!" 커티스였다. 커티스는 위에 있었기 때문에 발밑 철제 계단 아래의 조그만 발판에 꽂힌 빨간색 깃발을 볼 수 있었다. 그는 날렵하고 능숙하게 미끄럼 타듯 계단을 내려와 프루를 앞지른 뒤 깃대 바로 앞에서 정지했다. 다른 산적들도 차례로 커티스를 뒤따라왔다. 프루는 이제 경주에서 맨 꼴찌가 됐음을 깨달았다.

참가자들은 거인 이빨처럼 절벽 밖으로 툭툭 튀어나온 바위 사이의 구불구불한 길을 달리기 시작했다. 프루는 최선을 다해 따라잡으려고 애썼지만 날렵한 산적 훈련생들은 프루보다 한 수 위였다. 프루는 얼마 전 체육시간에 게으름을 피우며 수업 대신 장비목록을 만드는 일을 했던 기억이 떠올랐다. 체력이 떨어진 게 확실히 느껴졌다. 한편 어린이고 어른이고 할 것 없이 산적들이 코스에 있는 바위 틈새나 동굴 밖으로 나와 선수들을 응원했다.

"저기다!" 한 참가자가 소리쳤다. 짧은 밧줄 다리를 건너 작은 바위 틈에 또 하나의 빨간색 깃발이 펄럭였다. 그런데 벌써 무리를 앞질러 나가 다리를 먼저 건넌 두 소년이 있었다. 그들은 길잡이 옆에 서서 싱글싱글 웃다 각자 웃옷에서 칼을 꺼냈다. 그러고는 다리를 붙들어맨 밧줄을 자르려고 했다.

"야! 그건 반칙이야!" 프루 옆에 있던 소녀가 소리쳤다.

"원래 그런 건 없어!" 소년 한 명이 대꾸했다. 한쪽 밧줄이 끊어졌다.

"누구나 자기 이익이 우선이라고!" 끊어진 다리 한쪽이 굉음을 내며 절벽 바위에 부딪힐 때 다른 한 아이가 거들었다.

대부분의 참가자들이 너비가 3미터쯤 되는 바위 틈을 허망하게 내려다보고 있을 때 커티스가 허겁지겁 달려왔다. 그는 밝은 눈으로 길잡이를 발견해 "왼쪽이다!"라고 소리친 뒤 좁은 바위 틈새를 훌쩍 뛰어올랐다. 그러고는 "아악!" 비명을 지르며 건너편으로 뛰어내렸다. 커티스를 따라가던 아이들도 점프를 했다. 체력이 떨어지고 숨이 차서 포기한 훈련생도 있었다. 하지만 프루는 이대로 단념할 수 없었다. 초등학교 체육시간에 턱걸이를 한 개도 하지 못해 주눅이 들었던 친구의 모습을 기억하는 프루는 자신도 할 수 있다고 믿으려 애썼다. 프루는 온 힘을 다해 달려가 점프를 했다. 하지만 한 발이 땅에 닿는 순간, 미끄러져 떼굴떼굴 구르며 바위 틈으로 떨어졌다.

❧

이피게니아는 시커먼 구멍을 한참 동안 내려다보았다. 실은 갈라진 틈새였다. 잠시 후 이피게니아는 그 구멍이 꿈에서 본 것과 같다는 사실을 깨달았다. 언덕 기슭에 생긴 균열은 바닥이 보이지 않는 저 깊은 곳까지 뚫려있었다. 마음의 눈으로 보려 해도 볼 수 없었다. 하지만 그 진공 속에 머물면서 숨을 쉬고 자라나는 것들을 감지할 수 있었다. 알려지지 않은 수 세기 동안 그곳에 존재했던 크고작은 생명체들. 어둠이 그녀에게 손짓했다. 이피게니아는 그저 이끌리는 대로 따라갔다.

컴컴한 시야 속 한 점의 빛이 가물거렸다. 마치 반짝이는 모래알 같았다. 이피게니아는 손을 뻗어 그것을 만져보았다. 서로 얽혀서 빙글빙글 중심축을 도는 세 개의 고리였다. 그때 어디선가 빛이 들어와 시야가 밝아졌다. 이피게니아는 그 빛나는 물건이 꿈에서 본 시계의 톱니바퀴라는 사실을 깨달았다.

다시 보았을 때 그 황금빛 물건은 커다란 패턴 한가운데 있었다. 그런데 갑자기 시점이 바뀌어서, 이피게니아는 더 이상 이 물체의 관찰자가 아니었다. 이제 스스로 빛을 발하는 만다라(불교 등에서 우주 법계의 온갖 덕을 나타내는 둥근 그림. ― 옮긴이)의 중심에 자리했다. 그녀는 그 물건을 심장 높이로 든 채 가부좌를 틀고 앉았다. 그러자 그녀를 중심으로 네 개의 물체가 궤도를 돌았다. 이피게니아는 마음의 눈으로 그 중 세 개를 단번에 알아보았다. 우드에 위치한 세 그루의 나무였다. 목질의 결이 따스한 회합 나무는 그녀의 왼편에, 나뭇가지가 구부러지고 쭈글쭈글한 '황폐한 나무'는 오른편에 있었다. 위쪽에는 신비주의자들이 죽었을 때 올라가는 납골당 나무가 존재했다. 지붕처럼 우거진 나무 위에서 은은하게 빛이 고동치듯 뿜어져나왔다. 아래쪽 나무의 정체는 수수께끼였다. 어찌되었든 우드의 상호연결성을 상징하듯 만다라에 놓인 각각의 물체들이 연한 황금빛 줄로 연결돼 있었다. 그리고 그 핵심에 자신이 손에 쥔 물체가 놓였다는 사실을 이피게니아는 비로소 깨달았다. 그녀가 꿈에서처럼 손바닥을 펼쳤다. 하지만 톱니바퀴는 없었다. 대신 살아서 고동치는 심장이 있었다.

분명 남자아이의 심장이었다.

그때 다시 시야가 어두워졌다. 만다라는 소멸하고 그 자리에 시커먼 물체가 스멀스멀 기어들어오는 느낌이 들었다. 그녀가 손에 쥔 물건을 파괴하거나 어떤 사악한 목적을 위해 이용하려는 것 같았다. 시커먼 물체는 주위를 빙빙 돌다 돌연 달려들며 그녀의 평정심을 흐트러뜨렸다. 이피게니아는 온 힘을 다해 눈에 보이는 것을 떨쳐버리고 의식의 수면 위로 헤엄쳐 나오려고 애썼다.

이윽고 어둠이 찾아왔다.

프루는 비명을 질렀다. 팔이 마구 흔들렸다.

다리의 고정 장치에 연결돼 달랑거리는, 끝이 너덜너덜한 밧줄을 붙잡았다. 그 순간 암벽 틈새에 세게 부딪혔다. "아아악!" 프루의 입에서 고통스러운 비명이 터져나왔다. 누군가 어깨 관절에서 팔을 억지로 잡아 빼는 느낌이었다. 프루는 현기증 나는 발밑 심연을 내려다보지 않으려고 두 눈을 질끈 감았다. 그리고 자유로운 손을 위로 뻗어 바위 틈새에 넣었다. 그렇게 바위를 단단히 잡은 다음 절벽 위로 기어오르려고 했다. 그때 누군가 프루를 향해 손을 내밀었다. 어린 소년 훈련생이었다. 프루는 감사히 손을 잡았고, 둘은 함께 목조 발판의 안전한 곳으로 나동그라졌다.

잠시 후 소년은 벌떡 일어나 점점 줄어드는 경쟁자를 뒤로하고 달리기 시작했다. 프루 역시 손바닥을 비벼 손에 묻은 흙을 털고 뒤쫓았다.

커티스를 포함해 여섯 명가량의 남은 선수들은 절벽에 자리한 수많은 집들의 공중 현관 같은 발판들을 펄쩍펄쩍 뛰어다녔다. 가장 먼저 가려면 위험을 무릅써야 했다. 사다리는 건너뛰고 이 돌출부에서 저 돌출부로 곧장 뛰어야 했다. 프루는 이 지점에 이르자 숨을 쉴 수가 없었다. 추락할 뻔했던 경험 때문에 배짱이 약해진 탓이었다. 프루가 이 발판들 중에서 세 번째 발판으로 막 기어올랐을 때 다른 선수들은 암벽 모퉁이로 사라지고 없었다. 그때 누군가 속삭였다.

"프루."

돌아보니 키가 큰 아치 그림자 속에 예닐곱 살쯤 되는 어린 여자아이가 서있었다. 그 아이는 프루에게 따라오라고 손짓했다. 더 이상 잃을 것도 없다고 생각한 프루는 아이를 따라갔다. 아치는 사실 절벽에 난 동굴이었는데, 좁은 동굴 터널을 빠져나가자 절벽 맞은편에 닿았다. 어린 소녀가 암벽에 난 널빤지 길을 가리켰다. 절벽 틈새를 따라 저 멀리 돌계단까지 연결된 길이었다. 그런데 돌계단 꼭대기에서 뭔가 펄럭거렸다. 세 번째 빨간 깃발이었다! 프루는 어린 소녀에게 고맙다고 말한 뒤 조심스럽게 널빤지 길에 발을 디뎠다.

한 발 한 발 그야말로 조심스럽게 걷지 않으면 안 되었다. 널빤지 두 쪽을 서로 맞붙인 뒤 그 끝에 작은 갈고리를 걸어 연결시켰기 때문에 균형 잡기가 쉽지 않았다. 그 길은 산적 캠프의 많고많은 구조물보다 더 오래돼 보였다. 표면이 이끼로 뒤덮였고 발을 디딜 때마다 오싹한 신음 소리가 나며 아래로 푹 꺼졌다. 이윽고 맞은편에 도착한 프루는 얼른 돌계단을 뛰어 올라갔고(바위를 빙 돌아가며 정으로 쪼아서 만든 계단이었다), 기쁘게도 자신이 세 번째 길잡이에 최초로 도착한 주인공이라는 사실을 알아챘다. 얼마 후 나머지 선수들도 하나 둘, 같은 지점에 도달하기 위해 엄청나게 기다란 사다리를 기어오르기 시작했다. 하지만 워낙 멀리 떨어져 있어서 프루는 그 사이에 숨도 고르고 경치도 감상했다.

그 높이에 오르자 롱 갭의 생김새가 한눈에 들어왔다. 수직선으로 곧게 깎아지른 듯한 땅 위의 마른 협곡이 아니라 지류와 좁은 시내까지 갖춘, 바닥이 안 보이는 깊은 강이었고 작은 만에는 가늘게 피어오르는 모닥불 연기도 보였다. 그러니까 프루는 협곡 절벽과 이끼 낀 땅이 만나는 높은 곳, 바위의 정상에 서있었다. 아래를 내려다보자 바위로 된 탑 다른 쪽에 지그재그로 내려갔던 돌계단이 보였다. 문득 그런 돌계단은 산적들이 만든 게 아닐 수도 있다는 생각이 스쳤다. 이런 수준의 구조물을 만들기 위해서는 오랜 세월 공을 들였을 것이다. 산적들의 임시 목조건물들에도 푸른 잎이 자랐지만 돌계단에는 연한 초록색 이끼가 수염처럼 나고, 아주 오랜 세월 이용한 듯 군데군데 닳아있었다. 이미 여러 세기 동안 그 자리에 있었던 것처럼. 게다가 뱀처럼 구불구불한 계단이 내려가는 곳에 자리한 절대적인 어둠은 프루의 흥미를 끌었다. 계단이 어디까지 나있는지 확인하려면 경주를 포기해야 할 판이었다.

프루는 계단 위로 가장 먼저 올라온 아이들에게 자신이 유리한 고지를 점했다는 사실을 알려준 뒤 심연 깊숙이 들어가 보려고 암벽 아래쪽의 모퉁이를 돌아갔다. 그런데 바위 틈 깊숙한 곳에 네 번째 깃발이 나부끼고 있었다. 믿을 수가 없었다. 자신은 여전히 경주를 하는 중이었다.

❧

"신비주의자 어르신!" "이피게니아!"

잔뜩 동요하고 다급한 목소리였다. 그녀는 그들이 왜 그렇게 걱정하는지 알고 싶었다. 눈을 뜨자 자신이 평소와 달리 등을 대고 반듯하게 누워있음을 깨달았다. 정확히 열 명의 신비주의자들이 그녀를 내려다보고 있었다.

"완전히 탈진하셨어요!" "전에는 이러신 적이 없었는데."

눈 덮인 땅에 누워있던 탓에 등이 몹시 차가웠다. 게다가 내리자마자 녹는 눈이라 축축하기 그지없었다. 그녀가 애원하듯 손을 위로 뻗자 동료 신비주의자들이 부축해 일으켜주었다.

"어떻게 된 겁니까?" 마빈이라는 이름의 토끼가 물었다.

이피게니아가 손가락을 관자놀이에 갖다댔다. 두통이 극심했다. 풀밭에서 뛰놀던 시동들이 이 소란을 목격하고는 놀이를 멈췄다. 이피게니아는 아이들을 바라보았다. 갑자기 근심이 울컥 솟았다.

"알았어요. 우리가 무엇을 해야 하는지 알았어요."

자리에 모인 신비주의자들이 어리둥절한 얼굴로 이피게니아를 바라보았다.

이피게니아가 무겁게 한숨을 내쉰 뒤 말을 이었다. "내심 이 일이 불가능하지 않을까 걱정했지만… 우린 제대로 준비가 돼있지 않으니까요."

그녀는 거친 삼베옷에 묻은 눈과 흙을 털어내며 회합 나무를 바라보았다. 그리고 나서 들판 가장자리에 있는 나무들로 눈길을 돌렸다. 나무 사이의 공간에 어둠이 내려앉아 있었다. "게다가 난 그걸 볼 때까지 살 수 없을 거예요."

"그럼 우린 어떻게 해야 합니까?" 희끗희끗한 털을 지닌 호리호리한 코요테가 물었다.

이피게니아는 새로운 확신을 얻은 표정으로 신비주의자들을 둘러보았다. "아이들, 우리 아이들을 안전하게 보호해야 해요. 마빈, 던, 아나톨리아, 다미아노스! 시동들을 불러모아요. 아이들은 볼 수 없게 해야 해요. 니카노르, 히드란지, 에라스투스! 주민들이 들판에 오지 못하게 해줘요. 어떤 일이 있어도 여기에 들어와선 안 됩니다."

신비주의자들은 지시를 따랐다. 이피게니아가 남은 세 명을 바라보았다.

"비온, 에우트로피아, 티몬." 이피게니아가 회색 여우와 낙타 색깔 피부의 여인, 마지막으로 나긋나긋한 영양을 불렀다. "무슨 일이 있어도 암살자들을 막아내야 해요."

✿

그것은 착시였다. 프루의 예민한 눈에 펄럭이는 네 번째 깃발이 보였지만 쉽게 잡을 수는 없었다. 깃발이 있는 곳까지의 암벽 틈새가 족히 6미터는 되었다. 두 발로 건너뛰기에는 너무 멀었다.

깃발은 암벽 틈새 저편 조그맣게 드러난 바위 위에 꽂혀있었다. 프루는 숨을 죽이고 찬찬히 살펴보았다. 분명히 저 바위까지 가는 방법이 있을 텐데. 그렇지 않으면 어떻게 깃발을 꽂았단 말인가? 프루는 주위를 살폈지만 다리도 지프라인도 보이지 않았다. 마치 누군가 저기까지 날아가서 꽂은 것 같았다. 하지만 그건 말도 안 되는 일이었다. 새한테 도와달라고 했을 가능성은 전혀 없고, 훈련생들도 저기까지 비행할 수는 없을 것이다. 프루가 이런 수수께끼를 풀고 있을 때 나머지 무리도 속속 도착했다. 남은 산적들은 이제 겨우 다섯 명뿐이었다. 밧줄 다리를 끊은 심술궂은 남자아이 둘과 커티스, 애슐링 그리고 또 한 명의 여자아이가 숨을 헐떡이며 절벽 가장자리에 선 프루와 합류했다.

"저기 있다!" 한 소년이 외쳤다.

"난 네가 낙오된 줄 알았어! 도대체 어떻게……." 커티스는 깃발을 보지도 않은 채 프루에게 물었다.

"거봐! 난 산적 기질을 타고났다니까." 프루가 자랑스럽게 말했다.

애슐링이 팔짱을 끼고 입을 뾰로통하게 내민 채 깃발을 노려보았다. "저걸 가져올 방법은 없어. 대체 어떻게 저기에 갖다놨지? 이건 규칙 위반이야. 아니면 뭔가……."

"그런 규칙은 없어." 커티스가 대꾸했다.

“빌어먹을, 난 간다!” 소년 하나가 이렇게 외친 뒤 절벽 아래로 내려갔다. 그의 파트너도 따랐다.

“쟤네들 어디 가는 거야?” 제일 나이가 어려보이는 여자아이가 물었다.

“나도 몰라. 하지만 자기들대로 생각이 있는 것 같아. 얘들아, 나중에 저쪽에서 만나!” 그렇게 말한 뒤 애슐링도 두 소년을 따라갔다. 어린 여자아이도 프루와 커티스를 흘끗 쳐다본 뒤 얼른 애슐링을 뒤쫓았다.

“흠, 무슨 좋은 수 없어?” 프루가 남은 커티스에게 물었다.

“없지는 않아. 그런데 그 길이 맞는지 확신이 없어. 전에도 이쪽으로 지나간 적이 있는데, 그냥 급식소로 내려가는 길일 거야.” 커티스는 자신 없는 듯 고개를 갸우뚱하며 대답했다. 그러고는 엉덩이에 손을 얹고 절벽을 바라보았다. “아니다. 저애들은 돌아가서 다른 길로 건넜을 거야. 퉷!” 그는 땅에 침을 뱉었지만 몹시 서툴러서 길고 가늘게 늘어진 침은 입에서 천천히 떨어졌다.

“이야, 멋진 걸.” 프루가 조롱했다.

커티스는 얼굴이 빨개져서 턱에 묻은 침을 닦았다. “요즘 열심히 연습하고 있는데…….”

“잠깐, 너 저 소리 들리니?” 프루가 커티스의 말을 막았다.

커티스의 얼굴이 굳어졌다. “뭐?”

“저, 신음소리.” 프루는 이렇게 말하며 커티스를 바라보았다.

커티스가 어깨를 으쓱했다. “아무 소리도 안 들리는데?”

프루는 그제야 환하게 웃었다. “참, 넌 못 듣지!” 프루는 계속해서 그 소리를 의식했다. 그러고는 소리나는 곳을 찾으려고 절벽 아래를 살피다 커다란 바위 저편, 날카롭게 꺾어지는 절벽 모퉁이에서 난간처럼 생긴 작은 돌출부를 발견했다. 프루는 엉금엉금 기어 조심스럽게 바위를 넘은 다음 절벽에 등을 기대고 난간을 걷기 시작했다. 얼마쯤 갔을까, 바위에서 툭 튀어나온 어린 큰잎단풍나무를 만났다. 단풍나무는 좁은 난간에서도 특히 좁은 지점에 일종의 다리처럼 걸쳐져 있었다. 그 나무가 서럽게 울었다.

"누군가 다리를 만들려고 불쌍한 나무를 여기까지 잡아당긴 게 틀림없어." 프루는 이렇게 말하며 나무에게 다가갔다. 그러고는 위로하듯 나무껍질을 쓰다듬었다.

어느새 커티스가 등 뒤에 다가왔다. "뭐야? 너, 나무 말을 들었단 말이야?"

"나도 가능해. 플린스에서의 그 일 이후로, 식물의 말을 알아들을 수 있어."

커티스가 손으로 제 이마를 탁 쳤다. "정말? 정말이야, 프루 매킬? 너도 식물과 말할 수 있어?"

"식물은 알아들을 수 있는 말을 하지 않지만 적어도 들을 수는 있어. 좀 이상하지? 이 말은 아무한테도 하지 않았어."

"와! 대단하다. 너 그럼 모든 식물의 소리를……. 아니다! 지금은 일단 다음 깃발, 다섯 번째 길잡이를 찾으러 가자." 커티스는 멈칫하더니 생각에 잠긴 얼굴로 나무 위에 걸터앉았다. 그리고 프루를 돌아보며 앞으로 가라고 손짓했다. "네가 앞장서. 어쨌든 네가 길을 발견했잖아."

"얼씨구, 친절하기도 해라." 프루가 이렇게 말한 뒤 속으로 나무에게 고맙다고 말하며 나무를 조심스럽게 건너갔다.

오후의 하늘이 불길한 잿빛으로 변해갔다. 이피게니아는 다른 신비주의자들에게 시동 한 명 한 명을 안전하게 안내하도록 지시했다. 그중 한 어린 남자아이가 이피게니아를 유심히 바라보았다.

"그들이 오고 있나요?" 아이는 감정을 전혀 드러내지 않은 채 물었다.

이피게니아는 그 질문에 놀라 소년을 천천히 훑어보았다.

"그들이 오는 소리가 들려요." 소년이 이피게니아의 팔에 제 손을 갖다댔다. "강해지세요."

이피게니아는 고개를 끄덕인 뒤 다른 신비주의자의 손에 이끌려가는 소년을 유심히 바라보았다. 이피게니아는 이 엄중한 상황에서도 빙그레 웃었다. 아이들은 스스로 아주 강하다는 사실을 증명하고 있었다. 다음 세대의 신비주의자들이 참으로 강인한 존재가 될 거라는 사실을 그녀는 조금도 의심하지 않았다. 그들의 미래가 이피게니아에게 큰 위로가 되었다. 그녀는 아이들이 나무 뒤로 사라질 때까지 지켜본 뒤 어두운 하늘을 올려다보았다.

그들이 왔다.

하늘을 찌를 듯한 더글러스 전나무 꼭대기에서 우람한 줄기를 타고 내려와 나무들 사이의 컴컴한 바닥으로 사라졌다. 이피게니아는 어둠 속에서 나타난 세 개의 형체를 보았다. 그들은 성인남자 둘과 여자 하나였다. 노스우스 주민이 아닌 것만은 분명했다. 남자들은 양복 재킷 같은 옷을 입고, 가운데 선 여자는 무늬가 화려한 다시키(아프리카 민속 의상에서 영감을 받은 칼라가 없는 반소매의 헐렁한 리조트 셔츠. —옮긴이) 차림이었다.

"어서 와라. 먼 곳에서 온 것처럼 보이는군. 대접할 것은 별로 없지만 괜찮다면 따뜻한 난로와 조촐한 음식이 있는 우리 집으로 초대하고 싶은데." 이피게니아가 차분하게 말했다.

"입 다물어, 신비주의자. 우린 당신을 찾아왔다." 여자가 소리쳤다.

이피게니아가 체념한 듯 고개를 끄덕이고는 여자를 정면으로 응시하며 말했다. "그래, 알고 있다. 너희들이 오는 것을 느꼈지. 넌 틀림없이 달라겠지."

여자는 잠시 싱글거리더니 인간의 것이 아닌 게 분명한 양쪽 송곳니를 드러냈다. "언젠가 당신과 당신 친구들이 날 공격했지. 이번에는 절대로 내 일이 늦어지지 않게 하겠어." 여자의 양쪽에 선 남자들이 연빨강 넥타이를 반듯하게 펴고 목을 쭉 당겼다. 이윽고 셋은 눈 덮인 들판을 가로질러 걸어왔다.

이피게니아는 동료 신비주의자 세 명에게 옆에 있어달라고 손짓했다. 그들은 거대한 회합 나무를 에워싼 채 방어하듯이 그 앞에 버티고 섰다. 어디선가 불어온 바람이 누런 풀잎을 흔들어 눈가루가 사방으로 흩날렸다.

"그 아이들을 찾아낼 수는 없어. 너희들이 모르는 곳에 꽁꽁 숨었거든." 이피게니아가 당당하게 말했다.

"흥! 할망구, 우릴 과소평가하지 마." 달라가 콧방귀를 뀌었다.

그들이 점점 더 가까이 왔다. 그들의 동작은 조용하고 치밀했다. 신비주의자들은 자기 자리에서 꼼짝도 하지 않았다.

"누가 보내서 왔지?" 이피게니아가 동료들에게 한 걸음도 물러나지 말 것을 부드러운 손짓으로 당부하며 물었다.

"그건 당신이 알 바 아니야." 남자 한 명이 말했다. 구부정한 그의 어깨는 말쑥한 쓰리피스 정장 안에서 부들부들 떨고 있었다.

"누구나 자신의 암살범과 마주치면 그 짓을 사주한 장본인을 알고 싶어하지. 그뿐이야. 내 생각에는 그게 너희 같은 것들이 곧 죽을 영혼에게 베풀 수 있는 마지막 호의라고 생각하는데." 이피게니아가 설명했다.

"사실은 정반대야. 진정한 암살자는 결코 후원자를 배신하지 않지." 달라가 냉정하게 말했다.

"참으로 명예로운 직업이군. 아이들을 살해하는 일이 얼마나 명예로운 일인지 의문이지만 말이야." 이피게니아가 좀처럼 감정을 드러내지 않는 얼굴에 쓴웃음을 지으며 대꾸했다.

달라는 이 말을 못들은 척 무시하고 이빨을 드러내며 으르렁거렸다. "네 목숨은 이제 끝났어. 새로운 체제를 위해 길을 비켜줘야지."

달라가 손목을 살짝 꺾어 남자들에게 신호를 보냈다. 그러고 나서 셋은 갑작스러운 통증을 느끼기라도 한 듯 돌연 허리를 낮게 구부렸다. 그들의 몸이 부르르 떨리고 격렬하게 흔들리더니 입은 옷까지 물결처럼 흐늘거리며 변신하기 시작했다. 다른 신비주의자들이 놀라워하며 이 모습을 구경했지만 이피게니아만은 침착했다. 몇 초쯤 흘렀을까, 셋은 걸치고 있던 옷 대신 목덜미의 털이 곧추선, 검은 여우의 모습을 한 반인반수가 되었다.

이피게니아는 두 팔을 허공으로 뻗어 우드의 살아있는 초목에게 기도할 준비를 했다.

❦

"준비됐니?"

"응, 너는?"

"뭐. 그럭저럭."

그들의 일시적인 휴전은 끝났다. 프루와 커티스는 자칫 서로 발이 걸려 넘어질 뻔하면서도 쓰러진 단풍나무를 타고 넘어 절벽의 좁다란 난간을 조심조심 걸어나왔다. 그런 다음 서로 팔꿈치로 밀치며 계단을 허겁지겁 내려간 뒤 마지막 길잡이가 보이는 바위 꼭대기를 향해 달려갔다. 캠프의 서쪽 탑 꼭대기에서 깃발이 펄럭였다. 다른 산적 훈련병들은 절벽 골짜기 후미진 곳 어딘가에 있는 것 같았다. 이제 남은 참가자는 단 두 명이었다.

프루와 커티스는 서로 흘끔거리며 흔들리는 밧줄 다리를 건넌 뒤, 탑 옆면을 타고 올라가는 둥근 계단에 올라섰다. 조금 전까지는 서로를 배려했지만 이제부터는 달랐다. 프루는 커티스의 견장에 달린 술을 움켜쥐었고, 커티스는 기회가 닿을 때마다 팔꿈치로 프루의 목을 찔렀다. 그들은 그렇게 탑 정상까지 무자비하게 앞을 다투었고, 넘어지다시피 해서 탑 꼭대기에 오른 뒤에도 서로 잡아당기고 밀치며 나부끼는 깃발을 향해 몸을 던졌다.

우승의 주인공은 프루였다. 프루는 필사적으로 친구를 밀치고 앞으로 나아가 간발의 차이로 최후의 깃발을 손에 넣었다. 하지만 그 순간 어떤 일이 일어났다. 이해할 수도, 설명할 수도 없는 어떤 일이. 몸 전체를 훑고 지나가는 절대적인 공포와 절망을 느끼며 프루는 그 자리에서 굳었다.

변신을 마친 뒤 이전의 옷을 벗어던진 검은 여우 세 마리는 신비주의자들을 향해 슬금슬금 다가왔다. 신비주의자들은 마치 검푸른 하늘에서 한가롭게 떨어지는 눈송이를 잡으려는 듯 두 팔을 앞으로 뻗었다. 목숨이 경각에 달리면 으레 울부짖거나 빌며 애원하는 희생자들에게 익숙한 암살범들로서는 낯선 모습이었다. 하지만 그런 것은 중요하지 않았다. 이런 일이야말로 일단 시작했으면 신속하게 처리할 필요가 있었다. 달라가 동료 여우 두 마리를 흘끗 보았다. 자, 지금이다.

그때 갑자기 땅이 살아났다.

여우들의 발아래 풀밭이 갑자기 몸을 떨며 미끄러지듯 움직이는 생명의 온상이 되어 놈들의 발가락 사이와 발목 둘레에 구불구불 길을 내기 시작했다. 그렇게 주변에서 꿈틀거리다 다리를 옭아매어 꼼짝 못하게 만들었다. 두 마리의 수컷은 이빨을 딱딱 부딪치고 으르렁거리며 빠져나오려고 몸부림을 쳤다. 그중 한 녀석은 야자수 잎처럼 생긴 잎사귀가 연신 털에 달라붙어 나중에는 작은 소귀나무처럼 되어버렸다. 달라는 온몸을 죄는 풀잎에 꼼짝없이 포위된 채 신비주의자들을 향해 큰 소리로 짖었다.

이피게니아가 소귀나무를 향해 두 손을 쳐들고 눈을 감았다. 잠시 후 굉음과 함께 땅이 갈라지며 땅속에서 허연 덩굴 모양의 뿌리가 솟아나 여우의 몸뚱이를 휘감았다. 여우의 컹컹 짖는 소리가 절박한 비명으로 바뀌었다. 뿌리는 땅에 일종의 골을 만들며 그를 아래로 끌어당기기 시작했다. 눈 깜짝할 사이, 여우가 서있던 곳에는 흙덩이와 검은 털 뭉치만 남았다.

달라와 나머지 여우는 동료가 산 채로 파묻히는 것을 그저 멍청히 바라만 봤다. 그러다 어느 순간 다시 기력을 되찾은 듯 으르렁거리며 엉덩이를 잔뜩 움츠렸다. 그리고 갑자기 발로 풀을 가르며 양쪽으로 갈라지는가 싶더니 이빨을 드러낸 채 신비주의자들의 목덜미를 향해 날아올랐다.

"도망치세요! 어르신!" 회색 여우 비온이 이렇게 외친 뒤 달려드는 요괴를 향해 몸을 날렸다. 두 짐승의 몸뚱이가 부딪치며 이빨과 털, 살점이 떨어졌다. 명상에서 깨어난 이피게니아는 분노의 비명을 지르며 뒷걸음질치다 땅바닥에 쓰러지고 말았다. 만약 풀잎들이 받쳐주지 않았더라면 다시는 일어서지 못했으리라. 신비주의자 에우트로피아는 얼른 이피게니아를 부축해서 일으켜 세웠다. 뒤편에서 여우들은 맹렬히 싸우고 있었다.

"나무로 갑시다! 우리의 유일한 희망이에요." 이피게니아가 힘겹게 말했다.

두 신비주의자는 들판 가장자리에 늘어선 나무 쪽으로 이피게니아를 옮겼다. 뒤에서는 세 마리의 여우가 벌이는 난타전 소리가 들려왔다. 비온의 입에서 비명이 터져나왔다. 이윽고 그가 후퇴하는 신비주의자들에게 소리쳤다. "어서 도망치세요!"

이피게니아가 뒤를 돌아다보았다. 비온이 코에서 피를 흘리며 진흙탕에 주둥이를 처박고 쓰러져 있었다. 이빨을 드러낸 두 마리의 요괴가 그들을 뒤쫓았다. 에우트로피아는 이피게니아의 팔을 내려놓고 암살범들과 맞섰다.

이 모습을 본 달라가 동료에게 속삭였다. "풀을 조심해!"

에우트로피아는 두 손을 앞으로 뻗은 뒤 땅을 향해 손바닥을 펼쳤다. 황갈색 풀잎이 그녀의 명령에 살아나 곤두서더니 요괴의 팔과 다리를 마구 휘갈기기 시작했다. 하지만 암살자들은 적수를 판단하는 데 한 수 위였다. 그들은 재빨리 움직여 풀숲을 빠져나갔고, 관목 숲도 요리조리 피했다. 몸을 떠는 풀들은 먹이를 놓쳐버렸다. 이피게니아가 손을 쓰기도 전에 여우들은 이빨을 부드득 갈며 오싹할 정도로 유연하게 공중으로 날아 에우트로피아를 덮쳤다.

이피게니아와 영양 티몬은 나무숲으로 도망치다 동료 신비주의자의 찢어지는 비명을 들었다. 그들은 얼마 안 되는 추격자들과의 거리가 더 좁혀질까 두려워 뒤도 돌아다보지 못했다.

“어서요, 어르신. 제 등에 올라타세요.” 영양 티몬이 말했다.

이피게니아는 시키는 대로 티몬의 등에 올라타 가느다란 목에 팔을 둘렀다. 영양은 기합을 넣어가며 들판 가장자리를 향해 박차를 가했다. 뒤에서는 여우들이 달라붙는 풀잎들과 사투를 벌이며 쫓아오는 소리가 들렸다.

이피게니아는 암살자들을 훼방놓을 수 있는 방법을 총동원했다. 목초지의 다양한 식물들은 달리는 여우들에게 마구 달라붙었다. 하지만 녀석들은 이내 나무숲에 다다랐다. 이피게니아는 전나무, 단풍나무, 솔송나무의 죽죽 뻗은 가지를 올려다보며 도와달라고 간절히 청했다.

잠시 후 두 마리의 여우가 들판 가장자리에 이르렀을 때 나뭇가지가 번개처럼 빠르게 내려와 녀석들을 후려치기 시작했다. 그들은 고통스러운 비명을 질렀고, 옆구리에는 붉은 핏자국이 생겼다. 티몬은 옆으로 휘어져 땅바닥에 착 달라붙은 솔송나무 가지를 펄쩍 뛰어넘었다. 나무 맞은편으로 착지를 했을 때 충격으로 이피게니아의 입에서 신음이 흘러나왔다.

달라는 휘어진 삼나무 가지를 가뿐하게 피한 뒤 솔송나무를 건너뛰었고, 다른 요괴는 몸을 구부려 나뭇가지 아래를 빠져나갔다. 그 모습을 본 이피게니아는 심호흡을 한 뒤 마법을 부렸다. 수컷 요괴가 나무 아래를 반쯤 지날 때 나뭇가지가 쉭 소리를 내며 재빨리 내려와 여우를 힘껏 짓눌렀다. 여우는 나뭇가지에 눌려 꼼짝 못하고 크게 울부짖었지만 달라는 도와줄 수가 없었다. 식물 뿌리의 작은 손가락들이 허연 그물이 되어 여우의 머리를 감싸더니, 꿀꺽꿀꺽 삼키는 아가리처럼 땅속으로 끌고 들어갔다.

나무와 풀들이 협력해 암살자의 추격을 막는 유리한 전략을 썼음에도 달라는 두 신비주의자와 점점 가까워졌다. 티몬은 이피게니아의 무게 때문에 전력 질주를 할 수 없었다. 티몬이 버드나무 가지 앞에서 멈칫했을 때였다.

이피게니아가 등에서 내리더니 티몬의 귀에 대고 속삭였다. "두 명의 혼혈 아이한테 가요. 가서 경고를 해줘요."

티몬은 걱정스럽게 그녀를 바라보다 알겠다는 듯 고개를 끄덕이고는 나무 사이로 사라졌다. 이피게니아는 돌아서서 공격자를 정면으로 응시했다. 그리고 부르르 떠는 풀과 나무들을 진정시켰다. 식물들이 움직임을 멈췄다.

달라는 갑자기 바뀐 상황을 의심하며 발소리가 나지 않을 정도로 속력을 줄였다. "이제 끝이군. 그렇지, 할망구?" 달라가 노인 주위를 빙글빙글 돌며 위협했다.

"그래, 끝이구나." 이피게니아는 이렇게 말한 뒤 푹신한 살랄 넝쿨 위에 앉아 능숙하게 가부좌를 틀었다. 그녀의 눈이 편안하게 감겼다.

여우가 공중으로 펄쩍 뛰어올랐다. 이윽고 표적을 덮쳤을 때 주변의 숲은 그 어떤 명령이나 요청이 없었음에도 애처롭게 경련을 일으켰다.

프루는 탑의 널빤지 바닥에 고꾸라지며 지금까지 한 번도 경험하지 못한 참기 힘든 고통에 몸부림쳤다. 몸속의 피가 순환을 멈추고 말초신경 하나하나가 불타는 것처럼 느껴졌다. 비명을 지르느라 입을 벌렸지만 목소리는 나오지 않았다. 아주 작은 이끼 뭉치부터 키 큰 나무들까지 주위의 온갖 수목이 끔찍한 수모를 목격한 듯 비명을 질렀다. 프루는 그 비명이 자신의 두개골을 뚫고 들어오는 것 같았다. 아무리 귀를 틀어막아도 소용없었다.

프루는 겨우 눈을 뜬 뒤 왜, 어째서 이런 일이 일어나는지 알아내려고 주변을 둘러보았다. 커티스가 위에서 내려다보고 있었다. 그의 입술이 움직였지만 목소리는 들리지 않았다. 커티스의 손이 자신의 어깨를 잡아 흔드는 것 같았다. 하지만 프루의 몸은 점점 마비되고 있었다. 게다가 무의식의 경계 위에 아슬아슬하게 서있는데도 비명 소리는 지난번 낭떠러지에서 들었던 것보다 훨씬 강렬했다. 프루는 퀭한 눈으로 커티스를 올려다보며 그의 팔을 잡았다. 잠깐 비명이 잠잠해진 침묵 상태가 되었을 때 갑자기 프루의 목소리가 돌아왔다.

"커티스, 이피게니아 할머니가." 프루는 목이 메었다. "그분이… 그분이……."

하지만 정확히 무엇 때문인지 프루는 알 길이 없었다.

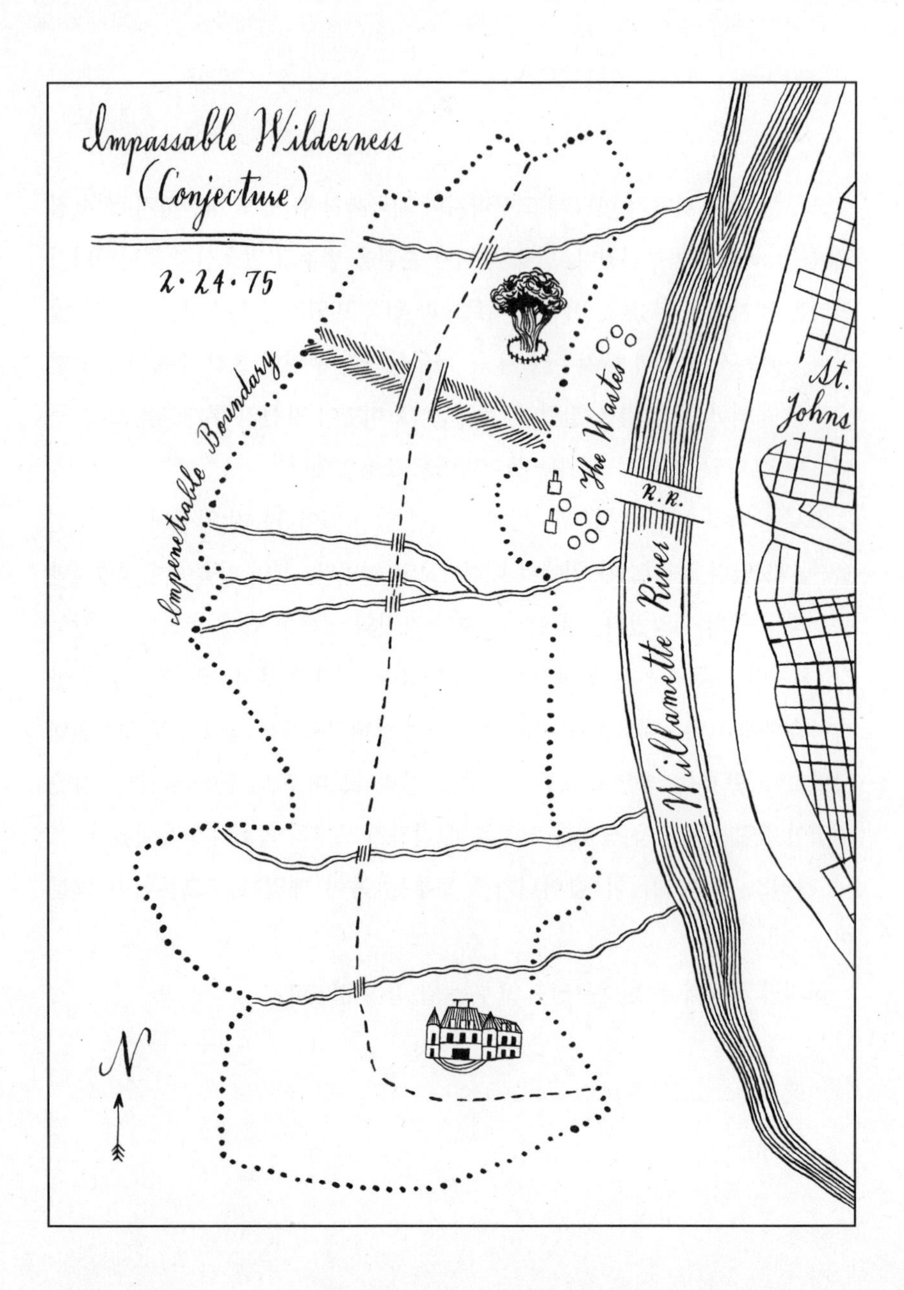
Impassable Wilderness
(Conjecture)
2·24·75
Impenetrable Boundary
The Wastes
R.R.
Willamette River
St. Johns
N

PART TWO

CHAPTER 9

입양부적격자

그들은 이 상황을 모두가 목격하게 했다. 분명히 그럴 만한 의도가 있었다. 그렇게 하면 소년이 모든 아이들에게 본보기가 될 거라고 여긴 것이다. 그 일은 순식간에 일어나 순식간에 끝났다. 그 사건이 있고 나서 부품 공장의 아이들은 별다른 동요 없이 맡은 작업을 재개했고, 칙칙 철커덕거리는 기계 소리도 변함없이 계속되었다. 아이들은 여러 번 겪은 일이었다.

소년의 이름은 칼이었다. 엘시는 식당에서 딱 한 번 이야기를 나눈 적이 있었다. 붉은 곱슬머리에다 엘시보다 한 살 많은 뚱뚱한 소년이었다. 그는 엘시에게 친절하게 대해주었다. 엘시의 용감무쌍한 티나 인형을 보더니 부모님과 함께 살던 시절 자기도 그 TV 프로그램을 즐겨 시청했다고 말했다. 부모님이

제트스키 사고로 황당하게 돌아가셨다는 말도 했다. 엘시는 그렇게 단 한 번 이야기를 나누었다.

그 사건은 말 그대로 훌쩍거리는 소리로 시작되었다. 기계가 윙윙 시끄럽게 돌아가는데도 공장 전체에 그 소리가 울렸다. 칼한테서 나는 소리였다. 칼은 자기 몸집보다 100배는 더 큰 기계를 맡았다. 바이퍼케이티드 U볼트 벤더(각종 형강, 파이프, 철판, 철근 등의 굽힘 가공에 사용하는 성형기. —옮긴이)라는 기계로, 하는 일은 이름 그대로 금속을 구부려 양 갈래로 갈라지는 U자형 볼트를 만드는 것이었다. 그런데 검정색 단추를 누르지 않고 자주색 단추를 누른 것을 보면 정신이 나간 게 틀림없었다. 칼은 뒤늦게 자신의 실수를 깨닫고 훌쩍훌쩍 울기 시작했다. 그때 이미 바이퍼케이티드 U볼트 벤더는 두 갈래의 U자형 볼트를 만들지 않고 그저 구부리기만 했다. 뻥! 뻥! 두 차례 굉음이 울린 뒤 기계는 덜컹대며 멈추었고, 큼직한 대갈못으로 접합한 부위에서 연기가 솟구쳤다.

그 순간 일종의 비상전원 차단장치가 작동된 듯했다. 모든 기계가 갑자기 삑 소리를 내며 멈추고, 공장을 밝혔던 형광등 불빛이 악령 들린 것처럼 번쩍이는 불빛으로 바뀌었기 때문이다. 모두들 갑자기 기계가 멈춘 이유를 알아보려고 이리저리 흩어졌다. 그러다 연기 나는 바이퍼케이티드 U볼트 벤더 옆에 죄지은 표정으로 선 칼을 발견했다. 컨베이어벨트 뒤 마서는 하얗게 질린 얼굴로 고글을 벗었다. "오, 맙소사." 마서가 중얼거렸다.

"왜 그래?" 엘시가 작동을 멈춘 기계 뒤에서 속삭였다. 거꾸로 뒤집어놓은 아이스크림 콘 모양의 비상전등이 성난 것처럼 번쩍거렸다. 엘시는 그게 작동하는 모습을 그때 처음 보았다.

"잰 벌써 2점인데." 마서가 수수께끼 같은 말을 했다.

그때 공장에 불빛이 흘러넘치고 기계에선 이상하게 웅웅 소리가 났다. 이윽고 쿵쿵거리며 계단을 뛰어내려 공장으로 걸어오는 발소리가 들렸다. 언생크였다. 그가 다시 전원을 넣은 게 틀림없었다. 염소처럼 생긴 얼굴은 벌겋게 상기됐고, 점심을 먹다 말고 달려온 듯 윗입술에 토마토 스프가 묻어 또 다른 수염처럼 보였다.

"무슨 일이냐?" 언생크가 물었다.

아무도 대답하지 않았다. 그는 사단을 낸 장본인임이 분명한 칼과 기계 쪽으로 걸어갔다.

"무슨 짓을 한 게냐?" 언생크가 칼을 잡아먹을 듯 노려보며 말했다.

"정말 죄송해요, 언생크 씨. 일부러 그런 건 아니에요. 전 그저……." 이쯤에서 칼이 침을 꿀꺽 삼켰는데, 그 소리가 얼마나 큰지 공장 맞은편 엘시의 귀에까지 들렸다. "검정 단추를 눌러야 하는

데 그만 자주색 단추를 눌렀어요."

"자주색? 검정을 눌러야 하는데?" 언생크가 사태를 파악하기 위해 확인할 필요라도 있는 듯 되물었다.

"에, 예." 칼이 겁먹은 표정으로 고개를 조아렸다.

언생크가 의미심장한 표정으로 조그만 수염을 문질렀다. 손가락에 토마토 수프가 묻자 흠칫 놀라 혀로 깨끗이 핥고는 아가일 스웨터에 닦았다. "너 이름이 뭐지?"

"칼이에요."

"칼. 이 기계가 얼마짜린 줄 아니, 으응? 엄청나게 비싼 거야!" 언생크가 소리를 버럭 질렀다. 그러고는 심호흡을 깊게 한 뒤 말을 이었다. "그뿐이 아니다. 수리를 하는 데 시간이 얼마나 걸릴지도 알 수 없어. 이 기계가 양 갈래 볼트 하나 찍어내는 데 걸리는 시간을 계산해봐."

"죄송해요, 원장님." 소년이 떨리는 목소리로 대답했다.

"칼, 이번 잘못으로 너에게 벌점을 줄 수밖에 없다."

칼이 울먹울먹했다. 눈물이 떨어져 뺨을 타고 흘러내렸다. 언생크는 칼이 실망할 거라고 짐작한 듯했다. "무드락 양?" 그가 소리쳐 불렀다.

스피커에서 잡음이 들리더니 목소리가 흘러나왔다. "왜요, 조프리?" 데스데모나의 목소리였다.

"칼의 기록표에 적힌 벌점이 얼마나 되는지 봐주겠소? 칼……." 그가 말을 멈추고 소년을 바라보았다.

"칼 렌퀴스트예요."

언생크는 동정을 표현하려는 듯 고개를 끄덕였다. 그가 스피커를 향해 소리쳤다. “칼 렌퀴스트.”

기계가 다시 천천히 작동을 준비하는 소리만 이따금 들릴 뿐 공장 안에는 정적이 흘렀다.

“그 아이는 벌점이 2점이에요.” 스피커에서 답변이 흘러나왔다.

칼의 울음소리가 점점 크고 높아졌다. 언생크가 얼굴을 찡그렸다. “칼, 아무래도 벌점 3점이 된 것 같구나. 무슨 뜻인지 알지?”

소년은 울먹이는 중간중간 숨을 몰아쉬며 어렵게 대답했다. “흑흑, 네. 입양 불가능이에요.”

“이 공장 안의 아이들이 모두 들을 수 있게 말해보겠니.” 언생크가 음흉하게 속삭였다.

“입양불가능이요.” 칼이 더 큰 소리로 말했다.

“맞다. 잘 들어라, 얘들아. 너희도 내 기계를 고장내면 그 벌로 자유를 반납해야 하는 거야, 알았니?” 언생크가 공장 전체를 둘러보며 경고했다.

공장 안 아이들이 알았다는 듯 웅성거렸다.

“자, 너만 괜찮다면, 칼.” 언생크가 소년의 어깨를 감싸더니 공장 밖으로 이끌며 말했다. “위층으로 올라가서 좀 씻는 게 좋겠다. 그 다음에는 무드락 양이 널 내 방으로 안내해줄 게다.” 그러고 나서 언생크는 다시 다른 아이들을 돌아보았다. “자, 어서 일들 해라. 그리고 너희 모두 이 일을 교훈으로 삼기 바란다.”

그렇게 해서 기계공이자 고아이며 용감무쌍한 티나의 팬이었던 칼 렌퀴스트는 공장을 나갔고, 불우한 아이들을 위한 언생크 고아원의 원생들을 떠나게 되었다.

그날 밤 레이첼은 분노를 감추지 못했다. 무릎을 가슴에 끌어당긴 채 침대에 앉아 어스름한 불빛을 노려보았다. 다른 아이들은 수다를 떨며 고된 하루 끝에 얼마 안 되는 자유 시간을 만끽하고 있을 때였다. "믿을 수가 없어. 그냥 그렇게 끌려간 거야? 그들이 그애한테 무슨 짓을 했을까?" 레이첼이 고개를 가로저으며 중얼거렸다.

엘시가 어깨를 으쓱했다. 엘시는 용감무쌍한 티나의 머리카락을 빗기는 중이었다. 이 일은 엘시의 잠들기 전 일과였다. 마음이 몹시 불안할 때 이 행동을 하면 항상 진정됐는데, 요즘 그런 불안은 매일 계속됐다. 특히 이런 저녁이면 신경이 곤두섰고, 엘시는 거의 광적으로 티나의 머리를 빗겼다. 멜버그 자매가 공장에 나가기 시작한 지도 일주일이 다 되어갔고, 엘시는 궁금하거나 그다지 묻고 싶은 기분도 아니었다.

"얘, 넌 궁금하지도 않니?"

"응, 나도 궁금해. 칼을 다른 고아원이나 양부모 집 같은 데 보낸 거 아닐까? 그럼 괜찮은 거라잖아?" 엘시가 머리 빗기기를 멈추고 언니를 바라봤다.

"그럴 수도 있지. 난 잘 모르지만." 엘시의 침대 저편에서 마서가 끼어들었다. 깍지 낀 손으로 머리를 받친 채 침대에 누워있었다. "저들은 모두 언생크 씨 사무실로 데리고 가. 그 다음에는… 누가 알겠어? 하지만 난 입양부적격자들이 여길 나가는 걸 한 번도 본 적이 없어."

"바로 그거야, 고글!" 레이첼이 침대 위에서 빙그르르 한 바퀴 돌아 바닥에 발을 떨어뜨렸다. 그러고는 뭔가 꿍꿍이라도 있는 듯한 눈으로 엘시와 마서를 번갈아 보았다. "그애들은 돌아오지 않았어. 너희는 뭐 짐작 가는 거 없어? 응?" 레이첼이 이렇게 말한 뒤 손가락으로 목을 긋는 시늉을 했다. "끽! 몸을 잘게 조각낸 다음, 이 주변의 길 잃은 고양이들한테 먹이로 주는 거지."

"으으, 엘시! 너희 언니 좀 이상하다." 마서가 얼굴을 찡그리며 대꾸했다.

정말일까? 얼굴이 하얗게 질린 엘시가 언니를 보며 입모양으로 물었다.

"그런 일이 없을 거라고 생각한다면 너희는 자신을 속이는 거야. 아니라면 언생크 씨 방에 마법의 미끄럼틀이라도 있어서 아이들을 집어던지면 쌩! 하고 바깥으로 나간다고 생각해? 어쨌든 우린 여기에서 일주일만 버티면 돼. 그러니까 어떻게 해서든 벌점을 받지 않아야 해." 레이첼이 다시 돌아앉았다. "하지만 난 이미 1점 받았어. 찍힌 거나 다름없지. 언제든지 칼처럼 될 수 있다고." 레이첼은 눈에 띄게 몸을 떨었다. 목소리는 갈수록 착 가라앉고 심각해졌다.

"언니, 기운 내. 우린 조금만 더 버티면 돼."

"그래. 너희는 운이 좋은 편이라고 생각하렴." 마서가 애써 위로했다.

세 아이는 말이 없었다. 잠시 후 레이첼이 입을 열었다. "안 되겠다! 나 거기 가볼래!"

"뭐라고?" 엘시와 마서가 동시에 눈을 동그랗게 떴다.

"언생크 씨 사무실에. 칼이라는 아이, 아니면 그애의 흔적이라도 찾겠어. 이 정신병원 같은 곳의 실체를 밝혀내고야 말겠어."

"그럼 언닌 또 벌점을 받게 될 거야." 엘시가 떨리는 목소리로 붙잡았다.

"2점, 아니 5점? 게다가 입양자격 박탈에 해당되는 점수보다 더 많은 벌점을 받으면 어떻게 될지 아무도 몰라." 마서가 거들었다.

레이첼은 그 말들을 못 들은 체하며 엘시의 침대로 옮겨갔다. 그 다음 무릎을 꿇고 앉아 마서에게도 가까이 오라고 손짓했다. "난 몰래 들어가볼 거야.

실은 너희가 잠들었을 때 나는 안 자고 뭔가를 보고 있었어. 엊그제 밤에 말이야. 오줌을 누고 돌아오는데 거기 문 앞에 아무도 없는 거야. 탤보트 부인이 자정에 퇴근하고 다음 사람이 오기 전까지 15분쯤 비어있었던 거지! 언생크 씨 사무실에 들어가볼까 하다가 너무 무서워서 돌아왔지만 말이야."

"하지만 문이 잠겨있을 텐데?" 엘시가 호기심 어린 눈으로 물었다.

레이첼이 회심의 미소를 지으며 뒤로 손을 뻗어 노란 끈에 달린 작은 황동 열쇠를 베개 밑에서 꺼냈다. 레이첼은 두 아이 눈앞에서 장난스럽게 열쇠를 흔들었다.

마서가 기겁을 했다. "너, 너! 그거 어디서 났어?"

"경비실 책상 서랍에서. 숙소로 돌아오는 길에 그 앞을 지나쳤어. 나도 어쩔 수 없었다고. 탤보트 부인이 서랍을 열어놨나봐. 방마다 여분의 열쇠가 있었어. 이 열쇠에는 '언생크 씨 방'이라는 이름표가 붙어있었고."

"와! 보기랑 다르게 대단하다, 레이첼." 마서가 감탄했다.

"그럼 훔친 거잖아, 언니. 이런 걸 훔치면 어떡해." 엘시는 감탄 대신 한껏 혼란스러운 표정으로 말했다.

"훔치다니! 난 그냥 빌렸을 뿐이야."

"그래도……."

"언제 갈 거야?" 마서가 엘시의 말을 끊으며 눈을 반짝였다.

"오늘 밤에." 레이첼이 열쇠를 손바닥으로 단단히 그러쥐었다. 그리고 문 위의 스피커를 흘끗 올려다보았다. "불이 꺼진 후. 그때 탤보트 부인이 퇴근을 하거든."

마서는 레이첼의 계획을 자세히 듣기 위해 자신의 침대에서 엘시의 침대로 옮겨와 몸을 기울이며 말했다. "나도 갈래!"

엘시가 마서와 레이첼을 번갈아 보았다. "너도? 이건 미친 짓이야. 너도 벌점을 받게 될 거야! 언니는 두 번째 벌점을 받는 거고!"

레이첼이 마서를 향해 한 눈을 찡긋했다.

마서가 말했다. "난 깨끗해. 벌점 받은 적이 없거든. 내가 여기 온 지 얼마나 됐더라… 5년? 그동안 난 언제나 말 잘 듣는 착한 애였어. 하지만 솔직히 지긋지긋해. 이제 말썽 좀 부려도 돼."

레이첼이 마서에게 손을 내밀었다. 마서는 그 손을 굳게 잡고 흔들었다. "오늘 밤이야."

"아, 어떡해." 엘시가 둘을 보며 나지막이 탄식을 내뱉었다.

마서 송은 5년 전 언생크 고아원 숙소로 처음 걸어 들어오던 기억이 생생히 떠올랐다. 마서는 레이첼 멜버그와 살금살금 어두운 복도를 지나 문이 잠긴 원장 방으로 가는 중이었다. 참 이상했다. 5년 동안 수없이 복도를 걸어다녔지만 지금처럼 그때 일이 생생하게 기억난 적은 없었다. 마서는 지금 자신의 손을 잡았던 아빠의 굳은살 박인 손길과 엄마에게서 나는 오렌지 꽃 향수 냄새를 느끼고 있었다. 부모님은 한국으로 돌아가게 됐다고 설명했다. 때가 되면 데리러 오겠다고…….

이런 기억에 빠져있느라 마서는 레이첼이 갑자기 걸음을 멈춘 것을 못 봤고, 그 바람에 레이첼과 세게 부딪쳤다.

"야! 앞 좀 똑바로 봐." 레이첼이 화를 내며 목소리를 낮춰 말했다.

"미안해."

"도대체 그 고글은 왜 쓰고 다니는 거야?"

"행운이 있으라고."

"뭐라고? 눈에 쓰지 않고 이마에 걸쳐도 행운이 있어?"

"아마 그럴 걸."

"그럼 어디 한번 볼까."

그들은 텅 빈 계단을 계속해서 걸어갔다. 잠시 후 사무실 문 앞에 다다랐다. 마서가 어두컴컴한 복도를 감시하는 사이 레이첼은 주머니에서 열쇠를 꺼내 구멍에 꽂았다. 철컥, 낮게 자물쇠 열리는 소리가 들렸다. 레이첼이 삐그덕 소리나는 문을 살짝 열었다. 방안에서 희미한 불빛이 새어나와 바둑판무늬 타일

이 깔린 복도 바닥에 길고 가느다란 기둥 같은 빛을 드리웠다. 레이첼이 방안을 들여다보며 침을 삼켰다.

"뭐야? 뭐가 보여?" 마서가 레이첼의 어깨 너머로 고개를 들이밀고 문틈으로 보았다.

"저게 다 뭐야?" 레이첼이 자기도 모르게 큰 소리로 말했다.

레이첼이 문을 더 열자 마서가 문 안으로 고개를 들이밀었다. 놀라운 광경이었다. 커다란 목조 책상 맞은편으로 가죽 소파가 들어갈 정도로 넓은 방이었다. 책상에는 서류뭉치와 유리병처럼 보이는 것들이 흩어져 있었다. 그런데 특이하게도 사방 벽을 에워싼 높다란 선반에 단지와 유리병, 약병 따위가 아찔할 정도로 많이 진열돼 있었다. 마서는 마법사의 약제상이라든지 고대 중국의 제약실을 떠올렸다. 그런데 선반 한 곳에 유리병 대신 서른 개쯤 되는 흰색 철제 상자가 놓여있었다. 게다가 상자마다 달린 빨간색의 작은 불이 고장난 크리스마스 장식 램프처럼 제멋대로 반짝였다.

철제 상자가 놓인 선반 바로 앞, 방 한가운데에는 어느 시절에 사용했는지 모를 치과진료실의 의자처럼 보이는 물건이 자리해 있었다. 뒤틀린 검정색 철제 틀에 딱딱해 보이는 흰색 쿠션을 이어붙인 위풍당당한 의자였다. 불길하게도 양쪽 팔걸이에는 철제 수갑이 아가리를 벌린 채 붙어있고, 의자 발치에도 비슷하게 생긴 족쇄가 달려있었다. 아무리 그 옛날 치과의사가 이 의자를 사용했더라도 환자를 강제로 앉혀야만 했으리라. 마서는 겁이 난 듯 고글을 눈위로 내려 썼다.

"세, 세…상에나." 마서가 입을 다물지 못했다.

레이첼은 아무 말이 없었다. 두 아이는 서로 말은 하지 않았어도 같은 생각을 하고 있었다. 조프리 언생크의 사무실은 온갖 놀라운 *물건*들로 가득했지만, 없는 것이 하나 있었다. 칼 렌퀴스트였다.

레이첼이 손을 흔들어 경보해제 신호를 했다. 두 아이는 사무실 안으로 살금살금 들어간 다음 조용히 문을 닫았다. 방안의 빛이라고는 책상 위 희미한 램프 불빛뿐이었다. 마서가 책상 뒤편의 창문으로 걸어갔다. 창문 밖으로 작동을 멈춘 공장 내부가 보였다. 레이첼이 손목시계를 들여다보며 말했다. "10분 남았어."

조프리의 책상은 교장선생님의 것과 비슷했다. 초록색 페인트를 칠해 광택이 나는 철제 책상. 마서는 책상에 놓인 유리병을 느긋하게 구경하며 병 안을 들여다보았다. 모두 깨끗이 비어있었다. 이윽고 마서의 시선이 책상 한가운데 놓인, 지도처럼 보이는 종이뭉치로 향했다. 마서는 종이를 한 장 한 장 넘겨보았다. 다양한 시대의 지도 같았다. 종이가 황갈색으로 바래고 가장자리에 흰 곰팡이가 핀 지도는 오래된 듯했다. 어떤 지도는 거미줄처럼 그려진 등고선으로 보건대 요즘의 지형도 같았지만 어느 지역을 나타내는지 알 수 없었다. 어떤 지도는 중앙에 산 정상이 있고, 남동쪽으로 산맥이 넓게 뻗어 마치 유럽 대륙 같은 모양을 나타냈다. 또 어떤 지도는 북쪽 경계선에 암벽으로 둘러싸인 좁은 길이 나고, 기다란 반도 모양의 땅이 표시돼 있었다. 이 이상하게 생긴 지역을 이웃과 연결해주는 유일한 교통수단은 협곡 사이로 난 철로뿐이었다. 이렇게 많은 지도 중에 한 귀퉁이를 접은 지도가 마서의 눈길을 끌었다. 그 지도를 꺼내보니 더 오래된 지도였고(1975년 2월 24일이라고 적혔다) '지날 수 없는 숲(추정)'이라는 제목이 붙어있었다. 지도 한쪽에는 세인트존스처럼 반듯반듯한 격자무늬 도로가 자세히 나타나고 도로 옆으로 굽이쳐 흐르는 윌라메트 강과 산업폐기물장의 높은 굴뚝, 화학물질 탱크도 명기돼 있었다. 하지만 지도 대부분을 차지하는 것은 '뚫리지 않는 변경'이라고 점선으로 표시한 곳부터 시작되는 '지날 수 없는 숲'이었다. 마서는 전에도 지도에서 I.W.라는 글자를 본 적이 있다. 특별한 지명이나 특색도 없고 길쭉한 네모 모양의 초록색으로만 존재하는 곳이었다. 그런데 이 지도에는 흥미로운 내용들이 담겨있었다. 원시림을 관통하는 협곡처럼 생긴 좁은 암벽 길이었다. 또 남쪽 중앙에는 망루처럼 보이는 이상하게 생긴 집이 한 채 위치했다. 북쪽에는 옹이가 박힌 뒤틀린 나무 한 그루가 섰고, 조그만 사람들이 그 나무를 둥글게 에워쌌다. 북쪽 땅에서 남쪽 국경선까지는 아무렇게나 그린 듯한 길이 표시돼 있었다. 마서의 눈에는 치매에 걸린 사람이 그린 그림 같았다.

마서는 책상을 떠나 치과진료실 의자 주변을 어슬렁거리며 수갑을 관찰하다 목이 멨다. 잠시 후 선반으로 가서 수많은 유리병과 깡통 따위를 구경했다. 그곳에 붙은 딱지 표에 필기체로 적힌 글자를 읊조렸다. "보빈 아드레날, 몰약 수지, 벨라돈나, 마전자……." 마서는 선반에 진열된 유리병 하나를 꺼내 뚜껑을 열었다. "웩! 이건 도대체 뭐지?" 역겨운 냄새가 훅 끼쳐왔다. 겨드랑이 냄새 제거제를 생산하는 공장에서 젖은 개 냄새를 맡는 것 같았다. 재빨리 뚜껑을 꽉 닫았다.

레이첼은 쪼그려앉아 작은 철제 상자와 반짝거리는 붉은 불빛을 살펴보았다. 마서도 그 옆으로 와서 함께 무릎을 꿇고 앉았다. 상자 겉면에 유리 보호막이 있고, 그 안에 일종의 계량기가 달려있었다. 마서의 머릿속에 자동차의 주유 게이지가 떠올랐다. 계량기 바늘은 '비었음'을 뜻하는 위치에 단단히 고정됐고, 계량기를 가로질러 부챗살처럼 퍼진 가느다란 검은 선 위에 1, 1.5, 3,

5, 10 같은 숫자가 씌어있었다. 이따금 계량기 위의 바늘이 파르르 떨리고, 그 아래 붉은 불빛이 희미하게 깜빡였다. 상자마다 계량기 위쪽에 두 개의 알파벳이 적힌 작은 견출지가 붙어있었다. 어떤 곳엔 H.K., 어떤 곳엔 G.W.라고 적힌 식이었다.

"도대체 뭐가 뭔지 모르겠어." 마서가 머리를 좌우로 흔들었다. 레이첼은 아무 대꾸도 하지 않았다. 그저 생각에 잠긴 표정으로 윗입술을 손가락으로 톡톡 쳤다. 그때 갑자기 레이첼의 눈빛이 환해지며 상자 하나를 가리켰다.

"이것 봐!" 레이첼이 가리킨 상자에 C.R.이라고 적힌 견출지가 붙어있었다. 게다가 그 글씨는 다른 상자에 적힌 것보다 훨씬 최근에 씌어진 듯했다.

"뭐지?" 마서가 수수께끼를 풀려고 애썼다.

"이게 뭘 뜻한다고 생각해? C.R.이?"

마서는 궁금했다. "크랭키 로봇?"

레이첼이 눈을 흡떴다. "이건 약자야! 칼 렌퀴스트를 뜻하는 게 틀림없어." 레이첼이 견출지를 손가락으로 쓸었다.

마서는 등골이 오싹하면서 우울해졌다. 자신도 모르게 바늘이 파르르 떨리면서 불빛이 깜빡이는 다른 상자들에게 눈길이 갔다. 마서가 거기에 적힌 이름의 암호를 풀기 시작했다. "해럴드 클라인," 마서가 낮게 읊조렸다. "레슬리 브럼. J… 조쉬? 조쉬 테니슨. 그렉 휠러. 신시아… 스미스? 아니, 슈미트. 신시아 슈미트." 마서는 그 약자의 이름들을 모두 기억해냈다. "오, 세상에! 레이첼. 이 아이들은 모두 입양부적격자야. 내가 알기론 그래. 어쩌면 내가 여기 오기 전부터 이게 있었는지 몰라."

그때 복도에서 무슨 소리가 났다. 마서와 레이첼은 재빨리 시선을 주고받았다. 손잡이 돌리는 소리가 들렸다. 두 아이는 날렵하게 방 저편 책상을 향해 몸을 날렸다. 허겁지겁 뛰어가는 소리가 문 여는 소리에 묻혀 들리지 않았음이 분명했다. 그들이 들키지 않게 책상 아래 무사히 몸을 숨긴 뒤 서로 부둥켜안고 방 한가운데로 걸어와 멈추는 발소리를 들었다. "누구요?" 야간 경비원 그림블 할아버지의 목소리였다. "언생크 씨?"

마서와 레이첼은 숨을 죽였다.

그림블은 그르렁거리며(그의 버릇이라서 아이들도 그를 그르렁 할아버지라고 불렀다. 그 소리는 겨울잠을 자는 곰의 코골이 소리와 비슷했다) 방안을 둘러보았다. 그러고는 마음이 놓였는지 돌아서서 요란하게 문을 닫고 방을 나갔다. 두 아이는 발소리가 멀어질 때까지 기다렸다가 한숨을 내쉬었다.

"빨리 여기서 나가자." 마서가 말했다.

레이첼이 고개를 끄덕였다. "그래! 이따 홀에서 봐."

마서는 방 밖에 신경을 곤두세우면서 살금살금 걸어가 천천히 문을 열었다. 복도 끝까지 고요한 어둠에 묻혀 인기척이 없음을 확인한 뒤 밖으로 나와 바둑판무늬 마루가 깔린 복도를 까치발로 걸었다. 잠시 후 마서는 레이첼이 뒤따라오지 않는다는 걸 눈치챘다.

"레이첼! 오고 있는 거야?" 마서가 속삭였다.

그제야 레이첼이 나타나 조용히 열쇠로 문을 잠갔다. 그리고 마서를 돌아다보며 고개를 끄덕였다. 이윽고 둘은 숙소로 돌아왔고, 마서는 담요 속에 들어가자마자 감사기도를 올렸다. 하지만 서둘러 나오느라 레이첼이 조그맣고 네모난 물건을 겨드랑이에 감추고 나온 사실은 몰랐다.

엘시가 RBO 기계에서 반사적으로 너트를 꺼내려는 순간, 언생크가 이상한 하얀색 상자를 들고 계단을 뛰어내려왔다. 굽 높은 하이힐을 신은 데스데모나 무드락도 함께였다. 처음에 그 모습을 보았을 때는 아무 생각도 나지 않았다. 하지만 이내 머릿속에 여러 생각이 떠오르며 상황을 추측하기 시작했다. 그날 아침 마서와 레이첼 둘 다 밥을 먹으면서 유난히 말이 없었다. 지난 밤 정찰에서 아무 단서도 찾지 못한 것 같았다. 지난 밤 마서가 주위에 보는 눈이 별로 없을 때 엘시에게도 모든 일을 알려주기로 약속했었기 때문이다.

"여러분! 여기 주목해봐요." 데스데모나가 외쳤다.

언생크가 공장 가운데로 걸어와 모두가 볼 수 있게 상자를 높이 쳐들었다. 상자에 붙은 검정색 전선이 꼬리처럼 달랑거렸다. 데스데모나는 나무로 된 클립보드를 들고 옆에 서 있었다.

엘시가 마서를 흘끗 바라보았다. 고글을 벗은 마서는 레이첼과 바닥을 번갈아 보았다.

"누구 이런 거 본 사람 있어요?" 기계 소음 때문에 목청을 높인 언생크의 목소리는 널찍한 공장 안을 울릴 만큼 쩌렁쩌렁했다.

아무런 대답이 없었다. 언생크가 손에 든 철제 물건을 흔들자 짤랑거리는 소리가 났다.

"이걸 가져간 사람에게 말하겠다! 지금 앞으로 나

와 실토하면 이 공장의 모두가 3시간의 연장근무를 하는 벌을 면제해주겠다. 또한 이 규칙 위반이 단 한 번만으로도 입양부적격자가 될 수 있는 중대한 잘못이지만, 정직하게 말한 대가로 자비를 베풀어 2점의 벌점만 주겠다. 자! 누가 이걸 가져갔지?" 그가 아이들을 빙 둘러보았다. 작업시간이 늘어날 수 있다는 말에 아이들은 일제히 툴툴거렸다.

엘시가 레이첼과 마서를 바라봤다. 마서는 원망 어린 눈으로 레이첼을 흘기고 있었다. 하지만 아무도 나서지 않았다. 웅성거리는 소리 말고 방안은 여전히 조용했다.

얼마나 정적이 흘렀을까.

"저예요. 제가 원장님 방에 몰래 들어갔어요. 제가 그걸 선반에서 꺼냈습니다. 잘못했어요, 원장님." 마서가 앞으로 나서 순순히 자백했다.

엘시의 입이 떡 벌어졌다. 레이첼은 놀란 표정으로 마서를 바라보았다.

언생크는 미소를 지었다. 그의 염소수염이 몸을 한껏 늘인 한 쌍의 미어캣처럼 턱수염과 코밑수염으로 쫙 갈라졌다. "훌륭하구나, 마서 송. 너의 정직함을 감안하여 기쁜 마음으로 2점의 벌점을 주겠다. 잘 알겠지만 넌 벌점을 받는 게 이번이 처음이다."

마서가 낙담한 얼굴로 고개를 끄덕였다.

잠시 말을 멈추었던 언생크는 방안을 휘둘러보았다. 그리고 더욱 큰 소리로 외쳤다. "하지만 나는 네가 범인이 아니라는 걸 알고 있단다." 이 말에 아이들은 헉! 소리를 내뱉었다. 레이첼은 여전히 신발만 바라봤다. 엘시는 심장이 터질 것만 같았다. 언생크는 상자를 시끄럽게 흔들어대며 말했다. "무단으로 침입한 진범이 끝까지 입을 다물어서 매우 실망스럽구나. 이 비싼 장치는 23번 침대 발치에서 발견되었다. 그리고 23번 침대의 주인은 다름 아니라……."

"레이첼 멜버그." 데스데모나가 언생크의 말을 자르며 나섰다. 엘시는 짧고 날카로운 신음을 흘리며 레이첼을 쳐다보았다. 레이첼의 어깨가 살짝 들썩였다. 고개를 푹 숙인 레이첼을 바라보며 데스데모나가 싸늘하게 말했다. "나로서는 이유를 모르겠지만, 멜버그 양은 내 방에 몰래 들어가 이 값비싼 물건을 훔침으로써 고아원 직원, 나아가 전체 원생을 속였다. 여러분에게 묻겠다. 어느 가정이 이런 못된 짓을 한 아이를 입양하고 싶어할까?"

"저는 입양갈 생각 *없어요.*" 레이첼이 고개를 발딱 들고 대들었다.

"그래, 그렇지 않아도 넌 이제 가려야 갈 수가 없다. 이왕 말이 나온 김에 확실히 해두어야겠구나. 넌 입양부적격자다." 언생크는 자신의 표현이 재치 있다고 생각하는지 피식 웃었고 데스데모나도 그를 따라 싱긋 웃었다.

레이첼의 머리카락이 얼굴 앞으로 흘러내렸다.

"안 돼요!" 엘시가 그렁그렁한 눈으로 소리쳤다.

조프리는 이런 감정의 동요 따위는 아랑곳하지 않은 채 아직까지 꼼짝 않고 선 마서를 공격하기 시작했다. "그리고 마서, 너의 거짓말은 정말이지 실망스럽다. 거짓말을 한 벌로 벌점을 추가할 수밖에 없구나. 따라서 너 역시 3점으로 입양부적격자다!" 조프리는 단호하게 선언했다. 옆의 데스데모나가 종이에 뭐라고 받아쓰는 것 같았다.

엘시가 마서를 바라보았다. 뺨에 묻은 검은 얼룩과 대조적으로 얼굴이 종잇장처럼 하얗게 질려있었다. 마서 옆에 선 소년이 화가 난 목소리로 속삭였다. "원장이 너를 속인 거야!" 이 말을 들은 데스데모나가 소년을 노려보았다.

언생크는 레이첼과 마서에게 공장 가운데로 나오라고 손짓했다. 두 아이는 머뭇거리며 그와 데스데모나에게 걸어갔다. 언생크는 두 아이의 어깨를 각각 두 팔로 감싼 채 다른 아이들에게 선언했다. "우리 언생크 기계부품 공장에서는 노동자의 연대감을 신뢰한다. 최고의 기계부품을 만든다는 연대의식이지. 하지만 이런 기본 가치가 부정행위자! 거짓말쟁이! 도둑! 따위에 의해 무너진다면 어떻게 되겠는가! 회사의 이익을 위해 무엇보다 정의구현이 시급하다."

그의 양쪽에 선 두 소녀의 모습은 너무도 달랐다. 겁먹은 표정으로 머리를 꼿꼿이 든 마서의 이마는 그녀를 더욱 기품 있어 보이게 했다. 반면 레이첼은 머리카락을 커튼처럼 내려뜨려 눈을 가리고 있었다.

"나는 이 불행한 사건이 우리의 생산성을 더욱 높여줄 거라고 확신한다. 벌점을 자주 부과하고, 입양부적격자가가 늘어날수록 우리의 절제력은 더욱 커질 것이다. 자, 그럼. 오늘 하루도 보람차게 보내길." 이 말을 끝낸 뒤 언생크는 마서와 레이첼을 데리고 나갈 준비를 했다.

그때 엘시가 자신의 기계로 몸을 돌려 옆면에 있는 손잡이를 잡아당겼다. 기계 주둥이로 철제 너트가 떨어지자마자 엘시는 손잡이를 다시 잡아당겼고, 기계의 이빨이 아래로 내려와 *철커덕* 소리를 내며 새 너트를 뭉개버렸다.

언생크가 계단에서 걸음을 멈추고 고개를 돌렸다. "무슨 소리냐?" 공장 안을 두리번거리던 그의 시선이 엘시에게로 향했다. "너 방금 뭐 했니?"

"으윽." 엘시는 이렇게 중얼거린 뒤 다시 손잡이를 잡아당겼다. 기계가 새 너트를 만들어냈다. 하지만 엘시는 다시 기계의 이빨이 내려오게 해 너트를 망가뜨렸다.

언생크의 얼굴이 점점 붉으락푸르락해졌다. 그는 마서와 레이첼을 내팽개친 채 엘시에게 저벅저벅 다가왔다. "방금 한 짓은 벌점 2점짜리다." 그가 으르렁거렸다.

엘시의 손이 다시 손잡이로 향했다. 레이첼이 머리카락 사이로 동생을 바라보았다. "엘시! 그만해!"

"미안해, 언니. 하지만 언니 혼자 보낼 순 없어." 엘시가 다시 손잡이를 잡아당겼다. 고합금 롬보이드 진동 볼트너트는 몇 초 사이에 만들어졌다가 다시 뭉개졌다.

"*벌점 3점! 입양부적격자!*" 언생크가 침을 튀기며 소리쳤다. 그러고는 엘시의 어깨를 세게 움켜쥐고 계단으로 끌고가 마서와 레이첼이 있는 곳으로 떠밀었다. 그는 분을 삭이지 못하겠다는 듯 쩌렁쩌렁 모든 아이들에게 윽박질렀다. "또 있나? 나한테 도전하려는 녀석 또 있어?" 공장 안이 조용했다. 언생크는 움직이느라 심하게 구겨진 아가일 스웨터 앞면을 반듯하게 폈다. 이마로 내려온 머리카락 몇 가닥도 뒤로 넘겼다. 잠시 뒤 그는 비로소 안정을 찾은 듯 억지 미소를 지으며 지시했다. "좋다. 다시 작업하도록."

염소수염 사내는 인내심이 바닥까지 동난 상태였다. 그는 마서와 레이첼, 엘시더러 숙소로 돌아가 몸을 씻고 소지품을 챙기라고 지시하지 않았다. 대신 아이들을 계단으로 거칠게 밀어 공장 밖으로 나가게 한 뒤 바둑판무늬 마루가 깔린 복도를 지나 자신의 사무실로 끌고 갔다.

CHAPTER 10

주저앉은 영양; 기나긴 여행

그 여자는 오히려 롱로드의 행인들로부터 동정을 샀다. 흙탕물이 튄데다 어깻죽지가 찢어진 꽃무늬 다시키 셔츠 차림이 딱 갈 데 없는 방랑자처럼 보였으리라. 집시 마차를 몰던 마부가 마차를 세운 뒤 손뜨개 목도리를 건네주자 그녀는 우물우물 고맙다고 말하며 그것을 받았다. 그녀를 본 몇 안 되는 행인들은 이렇게 형편없는 옷차림으로 추운 겨울에 롱로드를 걸어오느라 얼마나 고생했을까, 생각한 게 틀림없었다. 동전 몇 닢을 쥐어주려던 한 순례자는 찢어지고 피가 흐르는 그녀의 얼굴을 발견하고는 멈칫했다. 그러고는 얼른 은화를 던져준 뒤 가던 길을 재촉했다. 하지만 여자는 동전을 주우려고 걸음을 멈추지도 않았다.

도로 꼭대기에 이르자 눈발이 더욱 거세졌다. 여자는 행인이 건네준 목도리를 목에 단단히 둘렀다. 이곳은 지형이 가파르고 만만치 않은데다 눈이 수북하게 쌓여 더미를 이루고 있었다. 시야는 점점 흐려졌다. 여자는 투지를 불태우며 이를 부득부득 갈았다. 드디어 노스우드와 와일드우드의 경계선을 표시하는, 글씨가 바랜 나무이정표가 나타났다. 여자는 거기서부터 도로를 벗어나 숲속 오솔길로 접어들었다. 오래가지 않아 산중턱에 위치한 동굴이 나타났다. 동굴 안에서 따뜻한 모닥불이 타닥타닥 소리를 냈다. 여자는 사람들에게 따뜻한 환대를 받으며 동굴로 들어갔다.

"해치웠어, 달라?" 모닥불가에 앉은 사람 중 한 명이 물었다. 검정색 쓰리피스 정장을 입은 검은머리 남자였다.

여자는 불가에 앉으며 고개를 끄덕인 뒤 두 손을 내밀어 불을 쬐었다. 손가락이 검게 말라붙은 피로 얼룩져 있었다.

"잘했군." 모닥불 맞은편에 앉은 여자가 말했다. 짧게 자른 머리에 타월로 된 운동복을 입고 있었다.

어느덧 동굴의 온기가 몸을 감싸자 여자는 안도의 한숨을 내쉬었다. 그녀는 길고 검은 머리칼에 묻은 눈송이를 털어낸 후 동굴에 있는 제4의 인물을 바라보았다. 한쪽 눈에 안대를 한 늑대였다.

"상병, 산적이 어디 사는지 정확히 알려줘야 보상해줄 수 있어." 달라가 낮게 읊조렸다.

늑대는 씩씩대며 그러겠다고 한 다음 맥주를 병째 길게 들이켰다.

“이게 좋은 생각인지 아닌지 난 잘 모르겠어, 프루.” 서둘러 2~3일치 식량을 배낭에 넣는 친구를 보며 커티스가 말했다. 그들은 산적단의 부엌에 있었다. 프루는 부엌에서 일하는 산적들이 지켜보는 동안 조잡한 식품저장고에서 식량을 꺼냈다. “우린 널 안전하게 보호해야 한단 말이야. 숨겨야 한다고!”

“이것 좀 들고 있어.” 프루가 반쯤 찬 배낭을 커티스의 팔에 안겼다. 그러고는 사과를 입에 문 채 변색된 은제 식기 바구니를 뒤지기 시작했다. 이윽고 손잡이가 참나무로 된 사냥칼을 찾은 뒤 칼집에서 빼낸 칼날을 살펴보았다. 칼날 상태가 마음에 들자 프루는 칼을 접어 커티스가 든 배낭에 던져넣었다.

프루가 입에 문 사과를 빼고 대꾸했다. “난 해야만 해. 그 여자를 찾아야 한다고.”

“하지만 그 여잔 떠났어. 너도 그렇게 말했잖아.” 커티스가 얼굴을 찡그렸다.

“그래도 가야 해. 무슨 일이 일어났는지 알아야 한다고. 나무도 봐야 하고.”

“나무? 무슨 나무?”

“회합 나무. 낌새가 느껴지고 비명이 멈춘 후 이상한 끌어당김을 감지했어. 일종의 향수병 비슷했는데 그건 아니었어. 난 집에 가고 싶지 않았거든. 이건 마치 내가 하지 않으면 안 될 것 같은 의무감이랄까……. 무엇보다 이피게니아 할머니는 아직 살아계실 거야. 어쩌면 내 도움이 필요할지도 몰라.” 프루는 커티스가 든 배낭 안을 이리저리 살펴보며 빠뜨린 물건이 없는지 점검하고는 낚아채듯 빼앗아 어깨에 둘러멨다.

“한데 대장한텐 뭐라고 하지?” 커티스는 남들이 눈치채지 못하도록 목소리를 낮췄다. 부엌에서 일하는 산적들은 돌아서서 감자 껍질을 벗기거나 그릇에 담긴 당근을 탁탁 타오르는 장작불 위 김 오르는 냄비에 넣고 있었다. "우리가 받은 지시는 어떻게 하고? 너를 안전하게 보호하겠다고 약속했단 말이야. 너도 알다시피 그런 부탁을 한 건 이피게니아 할머니야."

"갈게." 프루가 담담히 말한 뒤 동굴을 나서 흔들거리는 밧줄 다리로 향하자 커티스가 뒤쫓았다.

"잠깐 멈춰봐." 그가 소리쳤다.

"내 힘으로는 도저히 설명할 수 없어, 커티스." 프루가 재빨리 움직이며 하소연했다.

"그러니까 넌 비명 소리를 들었고……. 거의 의식을 잃었어. 이제는 은신처를 떠나 나무를 만나러 이 눈보라를 뚫고 먼 거리를 걸어가겠다고 하잖아. 둔갑술이 뛰어난 암살범이 노리는데도!"

"모두 맞아."

"그럼, 나도 함께 가겠어. 널 혼자 보낼 수는 없어." 커티스가 의젓하게 말하자 두 아이는 말 대신 눈빛을 교환했다.

커티스와 프루는 산적 캠프 안에 있는 여러 개의 길과 다리를 요리조리 빠져나왔다. 그리고 얼마 후 캠프로 들어오기 위해 밧줄을 타고 내려왔던 절벽 밑에 다다랐다. 절벽 꼭대기에서 밧줄이 두 개 내려왔는데 그 끝에 고리가 달려있었다. 커티스와 프루는 서로의 등반용 안전벨트를 채워주었다. 그들이 절벽 위로 막 올라갔을 때 익숙한 목소리가 그들을 맞았다.

"무슨 일이니, 얘들아?" 쥐 셉티무스가 아이들과 눈높이가 맞는 낮은 나뭇가지에 선 채 궁금해했다. 그는 이빨로 잔가지를 물어뜯고 있었다.

"지금 노스우드에서 돌아오는 길이야?" 절벽을 올라오느라 숨이 찬 커티스가 헉헉대며 물었다.

셉티무스는 고개를 끄덕였다. "우리 같은 종한테는 비행이 영 자연스럽지가 않아서 말이야. 뭐, 걷는 것도 즐거웠어. 오는 도중에 여기저기 들러 사람들도 돕고 착한 일도 하고 그랬지. 내가 필요한 곳이라면 어디든 달려갔거든!" 쥐가 가슴을 한껏 부풀렸다. 그때 프루의 배낭이 셉티무스의 눈을 끌었다. "너희 근데, 어디 가는 거야?"

"노스우드로 돌아가려고." 커티스가 대답했다.

"뭐, 돌아간다고? 넌 숨어있어야 하는 거 아니었어?" 쥐가 잔가지로 프루를 가리켰다.

"괜찮을 거야. 운에 맡겨보려고." 프루가 자신있게 말했다.

"브렌든도 알아?" 쥐가 물었다.

"아니. 대장한테 알리지 않는 편이 좋을 것 같아." 커티스가 속삭였다.

셉티무스는 잔가지를 다시 입에 물고 질겅질겅 씹으며 생각에 잠겼다. "음, 난 비밀을 잘 못 지키는 성격인 걸? 아무래도 함께 가야 할 것 같다. 대장이 이 사실을 알았을 때 그와 함께 있고 싶진 않아. 보나마나 성질을 부릴 게 뻔해." 쥐는 나뭇가지에서 민첩하게 뛰어올라 커티스의 어깨로 정확히 내려앉았다. "자, 전진!" 셉티무스는 잔가지가 검이라도 되는 양 북쪽으로 찌르며 외쳤다.

엉겁결에 삼총사는 살랄나무 덤불을 헤치며 걸어갔다. 풀밭을 뒤덮은 눈 위를 걷자 뽀드득 소리가 났다. 입김이 보일 정도로 추웠지만 일단 움직이기 시작하니 몸에서 열이 났다. 그들은 말없이 걷고 또 걸었다. 프루는 나무들의 비명과 발아래 세상이 마치 무너질 듯 이상하게 울리는 소리들을 털어버리느라 바빴다. 노스우드로 돌아가도록 끌어당기는 힘은 정말이지 강했다. 자신은 물론 친구들의 목숨까지 위험에 처할 가능성이 큰 것을 알면서도 강행할 정도였다. 프루는 자신의 직관만 믿었다. 걷다가 이따금 숲의 식물들이 떠드는 소리에 귀를 기울였지만 여전히 알아들을 수 없는 언어의 아우성만 들려와서 실망하기 일쑤였다.

그러다 어느 순간 마침내 아우성을 뚫고 알아들을 수 있는 소리가 들렸다. "우리가 노스우드로 가는 이유가 도대체 뭐야?" 셉티무스의 목소리였다. 사실 여기까지 오는 내내 수다쟁이 쥐가 입을 다물고 있었다는 것 자체가 놀라운 일이었다.

"부름이야." 아리송한 말이었지만 프루가 할 수 있는 최선의 설명이었다.

"전화로 부르는 것과 비슷한 거야?"

셉티무스의 질문에 프루는 잠깐 머뭇거리다가 대답했다. "비슷해. 다만 내 영혼의 부름이야."

"근사하다, 영혼이 부른다니." 쥐가 눈을 반짝였다.

하늘이 어두워졌다. 가파른 언덕을 오르기 시작할 때쯤 눈이 내리기 시작했다. 프루의 눈에는 나무 우듬지에서 순백의 불똥이 튀는 것처럼 보였다. 작은 불똥은 뺨에 닿자마자 타 없어졌다. 프루는 산적 캠프에서 선물받은 청록색 뜨개 모자를 눈썹 근처까지 잡아당겨 썼다. 어느새 평평한 길이 나오자 프루가 걸음을 멈추었다.

"내 생각에 우린 숲 가장자리로 가야 할 것 같아. 롱로드로 가면 의심을 받을지도 몰라. 그런데 여기서 어느 쪽으로 가야 하지?" 프루가 경계하듯 주변을 살폈다.

"잠깐! 그건 여기 사는 사람한테 맡기라고." 커티스는 당당하게 프루를 제치고 평평한 땅으로 간 다음 가파른 경사면을 미끄러지듯 내려갔다. 프루도 얼른 뒤따랐다. 얼마 가지 않아 빽빽한 들장미 덤불이 나왔고, 그곳을 헤쳐나오자 고사리숲 사이로 사냥길이 나타났다. "이래 봬도 지난 3개월 동안 와일드우드 지형 읽기 훈련에서 '최우수상'을 받은 몸이라고." 커티스가 히죽거렸다.

그들은 좁은 길을 말없이 걸었다. 두 아이가 꼬불꼬불한 길을 가는 동안 셉티무스는 높은 나뭇가지에서 그들이 지나온 길을 정찰했다. 그렇게 몇 시간 걸었을 때 머리 위쪽 나뭇가지에서 쉿! 하는 소리가 들렸다.

"애들아! 숨어! 뭐가 와!" 셉티무스의 다급한 목소리였다.

프루와 커티스는 구불구불한 사냥길 옆 관목 숲으로 재빨리 뛰어들어 울창한 붉은 줄고사리숲 뒤로 몸을 숨겼다. 저 멀리 앞쪽으로 사냥길이 끝나고 탁 트인 목초지가 나타났다. 모처럼 눈이 시원해졌다. 고사리밭을 헤치고 오느라 프루의 외투 등짝에는 눈이 떨어져 있었다. 프루는 갑작스런 한기에 눈을 질끈 감았다.

그때 덤불의 앞쪽, 멀리 목초지 가장자리의 나무에서 부스럭 소리가 들렸다. 무언가 네 발로 걷는 소리 같았다. 프루는 머리를 숙여 땅에서 나는 소리에 귀를 기울였다. 이빨을 드러낸 검은 여우가 떠올랐다. 너무 놀란 나머지 프루의 가슴이 따끔따끔했다.

그러나 그것은 영양이었다. 아주 피곤한 기색의 동물은 목초지 가장자리에서 언 땅에 코를 대고 킁킁거렸다. 영양이 고개를 돌렸을 때 프루는 그가 노스우드 신비주의자처럼 거친 천으로 만든 옷을 입었음을 발견했다. 누가 밀치기라도 한 듯 프루가 덤불 속에서 갑자기 튀어나오자 영양이 소스라치게 놀랐다.

"안녕하세요! 저예요, 프루!" 프루가 가슴께에 왼손을 얹고 인사했다.

긴장한 영양은 언제라도 튀어나갈 듯 다리를 앞으로 꺾고 경계태세를 갖추었다. 하지만 프루를 본 순간 놀라 굳었던 표정이 풀어졌다. "아, 혼혈아 소녀! 이렇게 만나다니!"

프루는 고사리숲에 숨은 커티스에게 나오라고 손짓하며, 영양에게 물었다. "와일드우드에서 뭐하시는 거예요?"

"이렇게 만날 줄은 꿈에도 몰랐구나! 하늘이고 땅이고 가리지 않고 와일드우드를 온통 뒤질 각오를 했는데."

"우릴 찾으러 오셨다고요?" 커티스가 바지에 묻은 눈을 털며 물었다.

"그렇단다." 영양의 얼굴에 반가움이 사라지고 어둠이 깔렸다. "내 이름은 티몬이란다. 신비주의자 어르신이 너희를 찾아 경고하라고 보내셨어."

프루는 뭔가 짚이는 데가 있어 꼼짝도 못 했다. 영양이 더 말할 필요도 없었다. 무슨 말을 할지 프루는 예상을 했다. 나무들로부터도 직감한 바가 있었다.

"이피게니아 할머니는……." 프루가 어렵게 입을 뗐다.

영양이 애처롭게 고개를 끄덕였다. 그리고 무릎을 꺾으며 바닥에 그대로 주저앉아버렸다. 그가 고개를 저으며 중얼거렸다. "이런. 오, 이런."

"괜찮으시죠?"

"프루야. 오, 이런." 신비주의자는 슬퍼하며 말을 잇지 못했다.

프루는 커티스를 흘끗 본 뒤 영양에게 다가갔다. 그리고 영양 옆에 무릎을 꿇고 앉아 빗자루 같은 목덜미 털을 쓰다듬었다. "진정하세요." 애완견이 죽었거나 장난감을 잃어버려 슬퍼할 때 따뜻하게 등을 쓸어주던 부모님을 떠올리며 프루는 그를 위로하려고 애썼다. "괜찮을 거예요. 괜찮을 거예요."

영양이 앞발을 눈가로 당겨 뺨에 흐르는 눈물을 닦았다. "뭐라고 말해야 할지 모르겠구나. 지금까지 애써 생각하지 않았는데……. 오직 너를 찾아서 어르신이 당부한 말씀을 전해야 한다는 생각뿐이었어. 그리고 모든 게 가망없어 보였지만, 적어도 그 끔찍한 장면만은 머릿속에서 지우려고 했단다."

"무슨 장면이요?" 프루가 물었다.

뒤늦게 도착한 커티스는 한동안 어리둥절해서 프루를 바라보았다. "이피게니아 할머니는… 괜찮아요?"

"나도 잘 모른단다. 쫓기시는 걸 보면서 그대로 떠나와야 했거든. 어르신은 나에게 너희를 꼭 찾으라고 당부하셨어. 경고해주라고 하셨단다. 그게 내게 남기신 마지막 말씀이었지. 하지만 얼마 가지 못했을 때 나무들의 흐느낌으로부터 무시무시한 직감을 했단다. 그분께서 세상을 떠났을지도 모른다는……." 영양은 울음을 터뜨리며 바닥에 주저앉았다.

커티스는 화가 나서 발로 땅을 굴렀다. "그 여우 짓이야, 그렇지 않아? 여자로 둔갑한 여우!"

정신을 차린 티몬이 고개를 끄덕였다. "정말 무시무시하더구나. 그 여자의 동료들은 물리쳤는데, 그 여자만은 어찌나 힘이 센지 제 발로 도망쳤단다."

"그 무리가 총 몇 명이었나요?" 프루가 무언가 떠오른 듯 물었다.

"셋. 남자 둘에 여자 하나였다."

"그럼, 그 여잔 달라예요. 달라 데니스. 우리 학교 과학선생님이었어요."

티몬은 당혹스러운 표정으로 프루를 쳐다봤다.

"그 여자는 아직 살아있나요?" 커티스가 궁금해했다.

"그렇단다. 그리고 그런 자들은 더 있겠지. 요괴는 세 명이 한 조가 되지 않

으면 절대 움직이지 않거든. 삼각전법이라는 전략을 중심으로 수행하기 때문이야. 그러니 둘을 잃더라도 틀림없이 어딘가에 더 있을 거야."

"음, 그럼 됐네요." 커티스는 이런 불길한 소식을 듣고 오히려 마음이 놓인 듯했다. "우린 캠프로 돌아가도 되겠다."

프루는 그 말을 무시한 채 영양에게 손을 뻗었다. "좀 어떠세요. 기운 좀 차리실 수 있겠어요? 노스우드로 무사히 돌아가실 수 있겠어요?"

신비주의자는 헉헉대며 콧김을 내뿜더니 두 발로 몸을 일으켰다. "그래, 괜찮아. 힘은 충분하단다."

"혹시 아이 둘을 태우실 수 있겠어요?"

"잠깐만! 프루, 티몬이 방금 한 말 못 들었어? 요괴들이 노스우드에서 우리를 찾고 있다잖아. 그런 자들에게 '나 여기 있어요.' 광고하려는 거야?" 커티스가 프루를 가로막았다.

"커티스, 내가 말했잖아. 나에겐 선택의 여지가 없어. 꼭 가야 해. 과학선생님 아니 그 누구라도 상관없어. 싫으면 넌 여기서 돌아가." 프루는 다시 영양에게 고개를 돌렸다. "저를 데려다주시겠어요?"

영양은 모호하게 헛기침을 한 다음 발로 바닥을 긁었다. "네가 정 가고 싶다면 그렇게 하마. 하지만 심각한 위험에 처할지도 모른다."

"가고 싶어요. 아니, 꼭 가야만 해요."

"좋다." 영양은 몸을 낮춰 프루를 자신의 날씬한 등에 태웠다. 커티스는 안절부절 못하고 있었다.

"넌 안 갈 거지?" 프루가 다급하게 물었다.

커티스는 원망스러운 듯 손가락으로 친구를 가리켰다. "그거 알아? 너 진짜

짜증나!" 커티스는 짧고 굵게 한마디 내뱉고는 바로 영양의 등에 올라탔다. 영양이 북쪽을 향해 터벅터벅 걷기 시작하자 커티스는 허리를 꼿꼿이 펴고 두 팔로 프루의 허리를 잡았다. 위쪽 나뭇가지에 앉아있던 쥐는 이 가지에서 저 가지로 날렵하게 뛰어 일행보다 앞서 나갔다.

❧

회합 나무에게 가까워질수록 노스우드로 반드시 가야 한다는 프루의 결의는 더욱 굳어졌다. 물 잔을 손으로 잡으면 갈증이 더욱 커지는 것처럼, 와일드우드와 노스우드 사이의 경계선을 넘자 나무에게 가고 싶은 욕망이 더욱 간절해졌다. 지금까지 온 길은 결코 만만치 않았다. 폭풍우가 높은 언덕과 캐시드럴 산 정상을 휩쓸었고, 지독한 소나기가 지날 때까지 걸음을 멈추고 기다린 적이 여러 차례였다. 영양은 강인하고 다리 힘도 좋았다. 산비탈의 움푹한 곳을 통과할 때도 조심하되 결코 지치지 않았다.

언덕 오두막에 사는 오소리는 여행객들에게 깨끗한 물과 음식을 주었다. 물 위를 유유히 거니는 눈처럼 흰 백조는 노스우드 계곡에서 길을 묻자 상세히 일러주었다. 영양의 옷차림을 본 두 동물은 힘 닿는 데까지 도와주었다. 여행길은 몹시 힘들었다. 사람들이 많이 다녀 단단한 길은 본능적으로 피했고 안전하게 몸을 숨길 수 있는 울창한 숲을 벗어나지 않으려고 애썼다. 두 아이는 가끔 영양을 쉬게 하려고 등에서 내려 직접 걷곤 했다..

그들은 너른 들판을 건널 때만 영양의 등에 다시 올라탔다. 얼마쯤 갔을까, 나무의 끌어당김이 어찌나 강하고 머리를 혼란스럽게 하는지 프루는 영양 위에 똑바로 앉아있기도 힘들었다. 커티스가 가슴을 쭉 뻗어 프루를 단단히 받쳐주었다. 프루는 두 번인가 신비주의자의 등에서 떨어질 뻔했다. 이윽고 죽 늘어선 나무 사이로 넘쳐흐르는 햇빛이 보이자 그들은 드디어 회합 나무를 둘러싼 넓은 목초지 가장자리에 이르렀음을 알았다.

그렇지 않아도 프루는 그 전날부터 기묘한 끌어당김이 한 줄기 연기처럼 갑자기 사라졌음을 감지한 터였다. 드디어 근원에 다다른 것이다.

지금껏 이렇게 거대한 나무를 본 적이 없는 커티스는 회합 나무를 마주한 순간 숨이 탁 막혀버렸다. 마침 해가 저물녘이라 넓은 들판에는 엷은 잿빛 햇살이 내리쬐었다. 이울어지는 들판의 햇빛 위로 울퉁불퉁하게 뒤틀린 고목이 이파리를 떨군 가지를 드리우고 서있었다. 그런데 거대한 나무 밑동에 이끼와 돌로 만든 단상이 놓여있었다. 이 모습을 본 영양의 입에서 슬픔에 겨운 신음이 흘러나왔다. 프루와 커티스가 등에서 내리자 영양은 비틀거리며 나무 쪽으로 걸어갔다. 잠시 후 두 아이도 영양을 뒤따라갔다. 프루는 단순한 모양의 단상이 만들어진 이유를 단번에 추측했다. 프루는 휘청휘청 영양을 따라가며 속으로 '안 돼.' 하고 중얼거렸다.

단상은 부모의 팔에 안긴 아기처럼 뿌리 중에서도 밖으로 가장 많이 드러난 뿌리 안에 아늑히 안겨있었다. 표면에는 두툼한 이끼가 담요처럼 덮이고 소박한 색깔의 겨울꽃이 뿌려져 있었다. 스노베리의 동글동글 하얀 꽃과 호랑가시나무의 빨간색 열매, 엉겅퀴의 연둣빛 꽃망울. 이렇게 사랑스러운 꽃들로 일종의 침대를 꾸며놓았다.

단상에 도착한 프루는 티몬을 보며 절망스럽게 물었다. "이건……?"

티몬이 글썽거리는 눈으로 고개를 끄덕였다.

바로 그때 멀리 들판 가장자리에서 가물거리듯 움직이는 형체가 그들의 시선을 끌었다. 긴 행렬이 다가오고 있었다. 수도복을 입은 사람들이 횃불을 들고 나무 사이에서 나타났다가 들판으로 쏟아져 들어오더니 줄을 맞춰 단상으로 걸어왔다. 행렬 중간의 몇몇은 천으로 감싼, 여자의 몸처럼 보이는 것을 누인 들것을 높이 들고 있었다. 프루와 커티스는 엄숙한 행렬을 보면서 그 자리에 얼어붙었다. 잠시 후 가장 먼저 도착한 행렬의 앞줄부터 바깥쪽으로 움직이더니 단상을 둘러싸고 반원 모양으로 자리를 잡았다. 그들 모두는 시선을 내리깔고 침묵 속에서 움직였다.

이끼로 뒤덮인 단상에 들것이 내려졌다. 한 신비주의자가 그 몸을 감싼 소박한 조각이불을 잡아당기자 이피게니아의 얼굴이 드러났다.

나이든 신비주의자의 눈은 평안하게 감겨있었다. 창백하고도 고요한 얼굴에는 조용한 기품이 서렸다. 마치 방금 맛있는 음식을 들고 여운을 즐긴 듯한 표정이었다. 프루는 의식이 시작되자 눈물을 쏟았다.

시신이 단상에 놓이고 횃불 든 신비주의자들이 주위를 에워싸자 들판 가장자리에 새로운 추모객들이 나타났다. 저마다 손에 담요와 옷가지, 종이와 식물 따위를 든 시동들이었다. 프루는 그 물건이 이피게니아의 집에서 가져온 그녀의 소지품일 거라고 추측했다. 시동들은 각자 가져온 물건들을 고요한 이피게니아 주위에 조심스럽게 내려놓았다. 그런 다음 수의 옷자락을 가만히 쓸어본 뒤 인파 속으로 되돌아갔다.

"믿을 수가 없어. 그녀를 봤어. 꼭… 살아계신 것 같았는데." 커티스가 나지막이 속삭였다. 그들은 그곳에 모인 신비주의자들과 시동들 틈에 섞여있었다.

프루는 외투 소매로 눈물을 닦았다. "이피게니아 할머니의 눈빛을 한 번만 볼 수 있다면, 단 한 번만이라도 이야기를 나눌 수 있다면 얼마나 좋을까."

커티스가 프루의 어깨를 감쌌다. 두 아이는 오랫동안 울었다.

머리를 길게 땋고 희끗희끗한 턱수염을 기른 나이든 신비주의자가 단상으로 걸어가 이피게니아의 시신에 가만히 손을 올려놓은 뒤 군중을 돌아다보며 연설을 시작했다. "오늘 우리는 이피게니아의 육신을 숲으로 돌려보냅니다. 그녀의 영혼은 이미 우주라는 천의 한 올이 되었습니다. 우리는 이제 그녀와 함께 그녀가 이승에서 사용했던 세간을 땅으로 보내려고 합니다." 그의 목소리는 차분하고도 자비로웠다.

말을 마친 그가 주위 신비주의자들을 향해 고개를 까딱거리자 사람들은 이피게니아를 에워싸고 반원으로 섰다. 이윽고 반원 중앙에 어린 남자 시동이 서자 신비주의자들은 차례로 바닥에 앉아 가부좌를 틀었다. 명상이 시작되었다. 프루는 자기도 모르게 손으로 입을 막고 흐느꼈다.

시간이 얼마나 흘렀을까, 단상 밑에서 땅이 갈라지는 소리가 나더니 주위의 풀과 고사리가 파도처럼 천천히 일어나기 시작했다. 프루는 발밑에 전기가 흐르는 것 같았다. 들판의 식물들이 일제히 통곡하기 시작했다.

아아아아아아아.

그 소리는 모든 풀잎과 나뭇가지, 넝쿨에서 흘러나왔다. 이끼 뒤덮인 단상이 흔들리고, 그 아래 땅이 들썩였다. 단상 옆에서 작은 덩굴뿌리가 솟아나더니 거미줄 치듯 단상을 통째로 얽어매 고치처럼 보호했다. 이어서 그 아래 땅이 하품하듯 갈라지며 노스우드의 나이든 신비주의자, 이피게니아의 시신을 순식간에 삼켰다.

세상은 조용했다.

시동과 신비주의자들이 명상에서 깨어났다. 프루는 이끼 단상이 놓인 곳에 새로 생겨난 처녀지를 마비된 사람처럼 멍하니 바라보았다. 반원형의 명상가들 한가운데에 있던 소년은 지금 추모객들을 호위하는 횃불의 둥근 불빛이 닿지 않는 곳에 서있었다. 프루는 자신을 바라보는 그 아이의 시선을 모른 체할 수 없었다.

잠시 후 둥글게 모였던 신비주의자와 시동들이 자리를 떠나 추모객들과 어울렸다. 많은 동네 주민과 농부들은 어느 정도 떨어진 거리에서 예를 갖춰 식을 참관했었다. 이제 그들이 한데 어울렸고, 지금까지의 엄숙한 분위기가 일순 유쾌하게 바뀌었다. 사람들의 얼굴마다 미소가 피어올랐다. 서로 다정하게 악수와 따뜻한 포옹을 나누었다. 고개를 돌리자 멀지 않은 곳에서 시동 몇 명과 이야기를 나누는 티몬이 보였다. 프루가 다가가 영양의 옆구리를 쓰다듬었다.

"앗, 프루. 무슨 말을 해야 할지 모르겠구나. 마음이 많이 아프지만 시간 맞춰 와서 얼마나 다행인지 모르겠다. 이런 슬픔을 겪게 된 것과는 별개로 말이다." 그가 미소지으며 이야기했다.

"저도 그래요. 저희를 이렇게 멀리까지 데려다주셔서 고마워요." 프루는 다음 말을 뭐라고 해야 할지 생각나지 않아 잠시 뜸을 들인 뒤 덧붙였다. "전 뭐가 뭔지 모르겠어요! 전 어떤 이끌림, 부름을 받고 여기에 왔어요. 이피게니아 할머니가 뭐랄까, 저를 여기로 끌어당긴다고 믿었어요. 그런데 그분이 떠나고 저만 여기 있다는 게 믿기지 않아요. 저는 이제 어떻게 해야 하죠?"

"곧 알게 되겠지. 곧……. 난 그렇게 믿는단다."

그때 커티스가 프루 옆에 나타났다. "우린 이제 어디로 가야 하죠?"

"사람들이 대회당으로 음식을 가져오기로 했단다. 아무리 배급받는 시절라고 해도 장례식에 온 조문객은 대접해야지. 거기에 참석하는 건 안전하겠지?" 티몬이 대답했다.

커티스의 어깨에 앉은 셉티무스가 끼어들었다. "놈들이 아무리 너희를 찾아내려고 혈안이 됐어도 여기는 생각해내지 못할 거야. 제정신이라면 너희처럼 하지 않을 거라고. 그러니까 내 말은, 암살당할지도 모를 곳에 왔다고 해서 그리 심각할 필요는 없다는 거지."

"고마워." 프루가 싱긋 미소지었다.

"그냥 있는 그대로 말했을 뿐이야."

"아니면 함정일 수도 있잖아? 놈들은 우리가 이곳에 올 거라고 추측했을지도 몰라. 하지만 셉티무스의 말도 일리가 있어. 우리가 여기에 온 것은 도무지 이해할 수 없는 일이지. 놈들은 우리가 *왜* 왔는지 모를 거야." 커티스가 다른 의견을 내놓았다.

"네 말도 맞아. 난 아직 해야 할 일이 있어." 프루는 들판에서 어슬렁거리는 사람들을 지나 나무에게로 갔다. 울퉁불퉁 옹이가 진 나뭇가지에 가물가물한 횃불의 연노란색 불빛이 비쳤다.

왜 절 여기로 부르셨어요?

추모객들이 돌아가면서 들판은 텅 비어가고 있었다. 횃불 든 사람들이 들판 동쪽으로 가는 길을 비추었다. "먼저 가세요. 저는 조금 있다 갈게요. 저 혼자 찾아갈게요." 프루가 외쳤다.

셉티무스와 티몬, 커티스는 음식을 가져온 사람들을 따라 장지를 떠났다. 프루는 그들이 떠날 때까지 아무 말 않고 지켜보았다. 가슴 속에 무거운 바윗덩이가 들어앉은 기분이었다. 이윽고 프루는 나무 저편으로 빙 돌아 나무뿌리가 긴 팔처럼 아득하게 뻗어나온 곳으로 갔다.

도대체 왜죠? 왜 저를 이곳으로 부르셨어요?

반응이 없었다. 설령 나무가 지금 프루와 의사소통을 한다고 쳐도 프루는 자신의 생각을 잘 전달하지 못했다.

저보고 어떻게 하라고요?

"넌 지금까지 잘해왔어."

프루의 눈이 휘둥그레졌다. 머릿속이 아니라 현실에서 들려오는 소리였다. 뒤돌아보자 일곱 살쯤 된 아이가 불 켜진 양초를 들고 서있었다. 아이는 신비주의자들의 갈색 삼베옷 차림이었다.

"넌 지금 엄청난 위험에 직면해 있어." 소년이 말을 이었다. 신비주의자들이 명상할 때 한가운데 앉았던 아이! 그의 위치는 그만한 권한에 걸맞을 만큼 높은 게 분명했다. 소년이 다가왔을 때 프루는 아이가 멀리 어딘가를 응시하고 있음을 눈치챘다. 마치 프루의 어깨 너머 먼 곳을 바라보는 듯했다.

"너도 신비주의자니? 이렇게 어린데." 프루가 묻자 소년이 고개를 끄덕였다.

"난 시동이야. 사람들이 그렇게 불러." 소년이 여전히 먼 곳을 바라보며 대답했다. "그리고 내 이름은 앨리스터야. 넌 프루지?" 프루는 고개를 끄덕이면서도 시동의 태도에 왠지 불안함을 느꼈다. 하지만 소년은 거리낌 없이 시원시원하게 자신을 소개하며 물었다. "나이든 신비주의자와 가까웠니?"

"응, 그래. 그분은 뭐랄까, 나에게는 친구였어. 그녀와 이야기를 많이 나눈 것도, 오랫동안 알고 지낸 것도 아니지만 나에게는 매우 특별한 분이었어." 프루가 고개를 떨구었다.

"나에게도 그래. 하지만 그분은 이제 돌아가셨어." 소년은 얼굴에 아무런 감

정도 드러내지 않으면서 불쑥 이렇게 말했다. 먼 곳을 응시하던 아이의 시선이 나무에게로 향했다. 그는 잠깐 그렇게 말없이 나무의 윤곽을 살폈다. "너한테 뭔가 할 말이 있나봐."

프루는 놀랐다. "뭐라고? 누가?"

"나무가. 알다시피 너를 이곳으로 부른 것도 나무잖아."

"어떻게 알아? 넌 어떻게 들을 줄 아는데?"

소년이 어깨를 으쓱했다. "난 항상 들을 수 있는 걸. 이유는 나도 몰라. 스승인 신비주의자들한테는 지금까지 말하지 않았어. 그들은 나에게 그런 힘이 없을 거라고 말씀하셨지. 난 그분들이 틀렸다고 얘기할 생각이 없었어."

프루가 소년에게 더 가까이 다가갔다. "나무가 뭐라고 말해?"

소년은 대답하지 않았다. 프루의 질문을 들었는지조차 알 수 없었다. 프루가 다시 물었지만 소년은 여전히 묵묵부답이었다. 얼마나 흘렀을까. 마침내 소년이 뒤돌아 프루의 발을 주시하며 말을 전했다. "네가 분리된 셋을 하나로 모을 수 있대."

"그게 무슨 뜻이야?" 프루가 눈을 파르르 떨었다.

"우드에 있는 세 그루의 나무. 네가 그걸 하나로 통합할 수 있대. 그런데……." 소년이 말을 멈추고 하늘을 올려다보았다. 얼굴 표정을 보아하니 교신을 받는 듯했다. 그 표정이 사라진 후 소년은 이해하겠다는 듯 조용히 고개를 끄덕였다. "하지만 그건 먼훗날 일이고." 소년은 프루의 왼쪽 뺨 옆 허공을 응시하며 천진하게 웃었다. "넌 아주 유명해질 거야. 어쩌면 여왕이 될지도 몰라." 프루는 어안이 벙벙해졌다. 소년이 말을 이었다. "그런데 우선, 진정한 후계자를 반드시… 반드시……." 깊이 집중하느라 앨리스터의 이마에 잔뜩 주름이 잡혔다. 그가 누구와 교신을 하는지 몰랐지만 해독에 어려움을 겪는 듯했다. 그 모습이 마치 영어를 잘 알아듣지 못해 힘들어하는, 프루가 학교에서 본 몇몇 외국인 학생들을 떠올리게 했다. 그들의 머릿속은 온갖 생각으로 흘러넘치겠지. 다만 그 생각을 언어로 표현하기 어려웠을 뿐. 이윽고 만족스럽게 이해하게 된 듯 소년이 눈을 반짝였다. "재생시켜라. 진정한 후계자를 재생시켜라." 그는 확신에 찬 목소리로 이 전언을 들려주었지만 프루와 마찬가지로 당황한 듯했다. "이 말이 무슨 뜻인지 알아?"

"재생시키다. 되살아나게 하는 거 아닐까? 죽었다가?"

앨리스터가 고개를 가로저었다. "아니, 꼭 그렇지도 않아. 기계 같은 걸 수리한다는 의미 아닐까? 거기에 맞는 인간의 언어가 있는지 잘 모르겠네. 음… 진정한 후계자를 재생시켜라. 일종의 기계 같은……. 그렇다면 진짜 후계자가 어딘가에 있다는 말인데?" 소년은 이렇게 말하고는 어깨를 으쓱했다.

전구 주변의 나방처럼 무언가가 소년의 의식에 닿을 듯 말 듯하며 생각의 언저리를 빙빙 돌았다. 거기 어딘가에 답이 있었다. 시동은 계속해서 머뭇머뭇 머릿속 이야기들을 떠오르는 대로 쏟아냈다. "이거야말로, 이거야말로 평화를 가져올 수 있는 유일한 방법이래. 너와 네 친구의 목숨을 구하는 방법이기도 하고. 하지만 네가 유일한 사람은 아니야. 그들도 알고 있어. 다른 사람들도 그렇고. 그들 역시 시도할 거야. 만약 그들이 성공하면 모든 걸 잃게 돼." 잠시 호흡을 고르던 소년은 낮은 목소리로 다음 말을 전했다. "진짜 후계자를 재생시켜라. 두 번 죽은 소년."

프루는 마지막 말을 잘 듣지 못했다. 수수께끼 같은 구절들에 빛을 밝혀줄 단서를 찾느라 머릿속을 뒤지기 바빴던 것이다. *진짜 후계자를 재생시켜라.* 일

종의 기계. 두 번 죽은 소년. 아, 그게 무슨 뜻이지? 그때 뭔가 빠르게 머리를 스쳤다. "알렉세이! 맞다! 알렉세이, 그 소년 왕자!" 프루가 큰 소리로 외쳤다.

"나무는 인간들의 어휘를 잘 몰라." 앨리스터가 놀라며 대답했다. 프루가 그를 향해 눈썹을 치켜세웠다.

"*어쨌거나.*" 프루가 말했다. "알렉세이를 뜻하는 게 분명해. 알렉산드라, 그러니까 미망인 여왕의 아들! 그가 죽었을 때 여왕은 아들을 기계로 만들어 살려내려 했어. 그래 그거야! 그런데……." 그때 문득 이빨과 관련한 기괴하고 역겨운 이야기들이 프루의 머리에 떠올랐다. 프루가 올빼미 렉스를 만난 지도 꽤 오래되었다. 대저택을 몰래 빠져나와 사우스우드의 올빼미 집무실에 도착한 날 밤, 그들은 훨훨 타오르는 난로 앞에 앉아서 차를 마셨다. 올빼미는 프루에게 미망인 여왕과 세상을 떠난 그녀의 남편 그리고르 스빅에 관해 믿기지 않는 이상한 이야기를 들려주었다. 그리고 뭐라고 했지? 사냥을 나갔다 사고로 죽었다던가 하는 아들 알렉세이도 있었지. 자세한 내용은 기억나지 않지만 아무튼 그랬다. 알렉산드라는 슬픔을 이기지 못하고 결국 아들을 되살려냈다. 올빼미의 표현에 따르면 뭐라더라? 자동인형. 그래! 여왕은 아들을 똑같이 복제한 기계를 만들었다. 그리고 몰래 보관해온 아들의 이빨을 기계의 입안에 심고 생명을 불어넣었다. 그렇게 엄마와 아들은 다시 만났다. 하지만 얼마 후 알렉세이가 자기 존재의 비밀을 발견하고, 절망에 빠져 강철로 만들어진 몸에서 없어선 안 될 중요한 부품을 제거해버렸다. 그는 결국 죽었다. 이번에는 영원히 잠들었다. *두 번 죽은 소년이라.* 그후 사우스우드의 주민들은 알렉산드라에 저항해 봉기를 일으켰고, 그녀는 와일드우드로 추방되었다. 그렇다면 지금 나무는 누군가가 알렉세이를 되살리기를 바라는 걸까? 프루의 머릿속이 옛 기억들로 가득 차는 동안, 소년은 프루를 지켜보며 서있기만 했다.

"맞아, 그게 맞아." 한동안 침묵하던 소년이 마침내 입을 열었다.

"잠깐만, 너 내 생각을 읽었니?" 프루가 기겁하며 물었다.

"아니. 나무가 읽었어."

프루는 키가 크고 뒤틀린 회합 나무의 가지를 올려다보며 생각했다. *페리윙클 수자폰.*

"뭐라는 거야?" 소년이 의아해했다.

"그냥 시험해본 거야."

"아하."

"그럼 이제 어떻게 해야 하는데……." 소년에게 말을 하던 프루가 문득 머릿속 생각으로 나무에게 물었다.

어떻게 그를 재생하죠?

그러자 소년이 엄중하게 대답했다. "제작자를 찾아. 그가 진짜 후계자, 두 번 죽은 자를 재생시켜야 해. 그러면 평화가 찾아와. 하지만 네 앞길은 평탄하지 않을 거야. 이따금 위로 가기 위해 아래로 갈 필요도 있어." 이런 행동강령을 전하던 소년의 얼굴이 일순 멍해졌다. 소년은 말을 멈추었고 시선은 마치 잃어버린 뭔가를 찾는 것처럼 나무로 향했다. "이거야. 나무가 말한 건 이게 전부야."

"그게 전부라고? 아니, 제작자가 누군데? 어떻게, 어디서 찾으라고!" 프루는 황당한 나머지 점점 목소리를 높여갔다. 소년은 고개를 내저을 뿐이었다. "정말 미치겠네." 프루는 이렇게 말하고는 나무를 바라보며 생각했다. *정말 미치겠군.*

들판으로 바람이 불어왔다. 이제는 불빛이라고 해봐야 나무 저편 몇 개 안 되는 횃불에서 번지는 빛이 고작이었다. 그 불빛에 비친 나무가 으스스한 분위기를 풍겼다. 소년은 저 멀리 무언가에 시선을 고정한 채 서성거렸다.

"기다려!" 프루가 몇 걸음 떨어져서 소년을 따라가며 애타게 불렀다.

"제작자를 찾아. 진짜 후계자를 재생시켜." 소년은 혼잣말을 하듯 계속 중얼거렸다.

"난 어떻게 해야 하는지 모른다고!" 프루가 소리쳤다. 소년은 횃불의 동그란 불빛 너머로 걸어가더니 이내 어둠 속으로 사라졌다.

"제작자를 찾아." 소년의 목소리가 울렸다. "진짜 후계자를 재생시켜."

프루는 어느새 혼자였다.

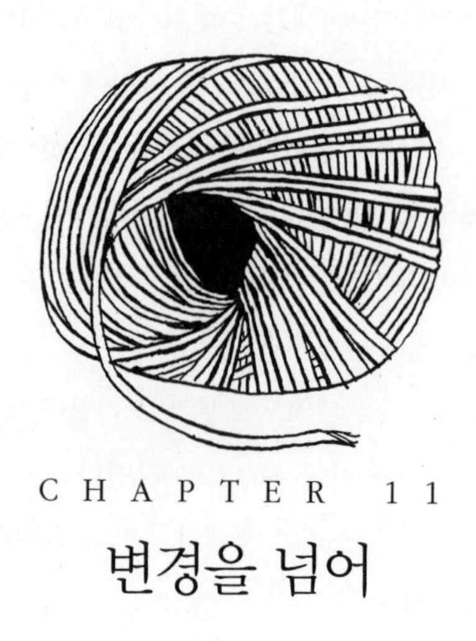

CHAPTER 11

변경을 넘어

언생크는 세 아이를 사무실로 데려간 뒤 철컥 문을 잠갔다. 엘시는 날카롭게 들리는 그 소리에 자신도 모르게 움찔했다. 용감무쌍한 티나 인형을 가지러 숙소에 갈 수도 없어서 손이 허전하기 이를 데 없었다. 공장을 나선 후로 아무도 말을 하지 않았다. 숨 막힐 듯한 침묵은 불길한 느낌을 주었다. 오직 복도를 울리는 발소리만 침묵을 깨뜨렸다. 엘시는 사무실 안에서 아주 기이한 광경과 맞닥뜨렸다. 방 한가운데 놓인 기괴한 철제 의자와 작은 유리병과 약병이 진열된 선반, 불빛이 깜빡거리는 조그만 흰색 상자. 언생크가 공장에서 아이들을 야단칠 때 들고 있던 것과 똑같은 상자였다.

공장에서의 언생크는 정말로 까무러칠 것처럼 굴었다. 그런데 지금은 차라리 들떠보였다. 그는 아이들을 사무실로 몰아넣은 뒤 엘시, 레이첼, 마서를 책상 앞에 한 줄로 세워놓고 손바닥을 비벼댔다.

"너희 셋은 살아있는 견본이란다. 이런 기회 자체가 그야말로 흔치 않지." 그가 음흉하게 미소지으며 말했다.

데스데모나는 관심 없다는 듯 새침한 얼굴로 세 아이를 내려다보았다.

"칼은 어떻게 하셨어요?" 레이첼이 좀처럼 보기 드물게 당돌한 목소리로 물었다.

"그리고 다른 아이들은요?" 마서도 덧붙였다.

"쉿, 애들아. 이렇게 생각해보렴. 너희는 과학의 발전에 엄청난 공헌을 하고 있는 거야. 아니 과학뿐만 아니라 인류의 발전에도. 너희는 영원히 기억되고 칭송받을 게다. 사람들이 우주비행에 대해 말할 때도 위험을 무릅쓴 이들을 가장 먼저 떠올리잖니. 우린 러시아의 과학자에 대해서는 잘 모르지만 처음으로 우주비행을 한 주인공은 잘 알고 있어. 그렇지 않니?" 언생크는 대답을 기다리지 않았다. "라이카 말이다!"

"그건 개예요." 마서가 조롱했다.

"그건 중요하지 않아. 아주 유명한 개지."

"그 개는 죽었잖아요!"

언생크는 말없이 마서를 노려보기만 했다.

"도대체 무슨 말을 하고 싶은 거예요? 우리를 어떻게 하려는 거죠?" 레이첼이 성난 목소리로 따졌다.

언생크가 생각을 정리하는 듯 말을 멈췄다. 그러고는 학예회를 성공적으로 끝낸 아이가 자랑스러워 어쩔 줄 모르는 부모처럼 세 아이 앞에 무릎을 꿇고 앉았다. "얘들아, 얘들아."

엘시는 이렇게 돌변한 분위기가 의아했다. 조금 전의 좌절과 분노는 이제 완전히 사라진 것처럼 보였다.

"나에게는 꿈이 있단다. 원대한 야망이지. 너희가 도와주면 난 그 꿈을 이루게 될 거야." 이렇게 얘기하고 나서 언생크는 겨울 잿빛 햇살이 들어오는 오른편의 두 쪽짜리 창문을 바라보았다. 뿌연 유리창으로 멀리 몇 그루 나무가 보였다. 그는 일어서서 창가로 걸어가 밖을 내다보았다. 짧은 침묵 뒤에 그가 나무 쪽을 가리키며 말했다. "저기에 그 누구의 손과 발도 닿지 않은 *엄청난 자원*의 보고가 있단다. 나무와 광물을 지천으로 품은 *땅!* 수천수만 에이커에 이르는 땅이지. 이른바 '지날 수 없는 숲'이라고 불리는 원시림인데, 지금까지 그 누구도 저 숲을 정복하려는 배짱이나 야망을 품지 못했단다. 하지만 나는 훗날 온갖 난관을 극복하고 마침내 그 땅을 내 것으로 만든 인물로 역사에 기록되고 싶단다." 언생크의 얼굴이 점점 흥분으로 달아올랐다. 그는 곧 높이 쌓아올린 서류더미가 놓인 책상으로 성큼성큼 걸어갔다. "이것 좀 봐라. 그러니까 내 말은, 저기에는 소유권증서란 것도 없고, 납세기록도 없고, 토지관리국의 측량 따위도 없단다. 세상에 이런 곳이 존재할 수 있다니! 한데 바로 저기! 우리가 사는 도시의 끝에 보란 듯이 실재한단다. 살살 약을 올리면서 말이야. 마치 그 땅 전체가 우리를 향해 거대한 초록색 혀를 날름거리는 것 같지 않니?"

세 아이들은 우두커니 그를 바라보기만 했다.

"난 이제 거의 근접했다! 이 정도까지!" 그는 검지와 엄지를 살짝 벌려 위로 쳐들었다. "지난주에 몇 가지 아이디어가 떠올랐단다. 과학자들의 표현을 빌리면 '유레카'의 순간이 몇 번 있었지. 하지만 더 많은 아이들이 '입양불가' 판정을 받을 때까지 몇 주일쯤 기다리면서 이런 아이디어를 연구해야겠다고 생각했다. 그런데 이렇게 갑자기 한꺼번에 세 명이나 생긴 거야. 내 연구 성과를 시험해보는데 안성맞춤인 입양불가의 아이들 셋이." 언생크는 흡족한 듯 빙그레 웃었다.

엘시는 더 이상 입 다물고 있을 수 없었다. 소녀는 언생크에게 두 손을 모아 애원했다. "원장님, 부모님이 우리를 데리러 오신다고 한 게 일주일도 안 남았어요. 제발, 우리를 내보내주세요. 부모님은 우리가 여기에서 잘 지내는 줄 알고 계신단 말이에요."

"부모님이." 언생크가 말을 하다 말고 단어의 의미를 애써 떠올리려는 듯 멈췄다. 그러고는 비아냥거렸다. "너희를 데리러 오신다고?"

"그애 말이 맞아요." 옆에 선 데스데모나가 차갑게 말했다.

레이첼도 거들었다. "그래요! 부모님은 우리를 여기에 잠깐 맡기신 거예요. 오빠를 찾으러 터키에 가셨거든요. 정말로 곧 돌아오실 거예요. 게다가 당신은 모르겠지만 우리 아빠는 덩치도 크고 칼싸움도 잘한다고요."

"칼싸움을 잘하셔?" 엘시가 궁금함을 참지 못하고 물었다. 언니는 눈치 없는 동생을 째려보았다.

"오오, 이거 무시무시한 걸. 너는 어떠니? 네 부모님도 겁나는 분들이시냐?" 언생크가 짐짓 무서운 듯 손가락을 꼼지락거리며 마서에게 물었다.

데스데모나가 대신 답했다. "이 중국 아이는 고아예요."

"제 이름은 마서예요. 전 한국인이고요." 소녀가 발끈했다. 하지만 이내 목소리가 한 옥타브 내려갔다. "우리 부모님은 날 데리러 오지 않을 거예요."

"그래, 그 점은 간편하구나, 적어도." 언생크는 이렇게 말한 뒤 멜버그 자매를 돌아다보았다. "너희 둘은 이런 말해서 안됐지만, 부모님이 너희를 맡기면서 이런 조건과 합의조항에 동의하셨단다. 내가 보여주마." 그는 책상으로 걸어가 캐비닛을 뒤지더니 서류 한 장을 들고 왔다. 일종의 동의서처럼 보였다. 서류 맨 위에 엘시와 레이첼의 이름이 씌어있었다. 그리고 아래로는 엄마와 아빠의 서명이 또렷하게 보였다. 언생크는 서명란 아래, 잘 보이지도 않는 작은 글씨로 인쇄된 구절을 손으로 짚었다.

"여기 서류 맨 밑에 뭐라고 적혀있는지 봐라. 원생이 자신 또는 다른 원생을 위태롭게 하는 행동을 할 경우 원장의 재량으로 벌을 줄 권한을 가진다. 다음 세 가지 규칙 위반 시 입양불가 판정을 내리고, 원장은 그런 원생을 다른 입양 가능한 원생들로부터 격리시킬 권한이 있다." 그가 서류에서 시선을 뗐다. "명확하게 적혀있지. 안 그런가, 무드락 양?"

"잘 닦은 유리창처럼 깔끔하네요."

"그리고 여기 이 아래 이름 첫 글자가 보일 게다, D.M. 너희 아빠가 틀림없잖니?" 언생크는 글씨를 해독하기 위해 얼굴을 들이밀었다.

"데이비드. 맞아요. 하지만 이 말이 무슨 뜻인지 모르겠어요. 하물며 우리 아빠는 어떻게 아셨겠어요?" 엘시가 심드렁하게 대답했다.

"더구나 부모님은 비행기를 놓칠까봐 정말 바쁘셨어요. 그래서 이 말에 동의하지 않을 수 없었을 거예요. 부모님이 오시면 알게 되겠죠." 레이첼이 거들었다.

"흠, 흠. 그러면 알게 될 거라고? 아마도 법정에서 우리의 힘이 얼마나 대단한지 알게 될 게다." 언생크는 아이들 얼굴 앞에서 장난치듯 서류를 잠깐 흔들어보인 뒤 캐비닛에 다시 넣었다. 그리고 아이들 앞으로 걸어와 손뼉을 쳤다. "자, 시작해보자! 내게는 지원자가 필요하단다."

아이들은 아무 반응도 보이지 않았다. 그러자 언생크는 치과의자 앞에 서서 보이지도 않는 시트 쿠션의 먼지를 털어내는 척했다. "누가 먼저 할까?" 그는 손가락으로 아이들을 가리키며 번호를 매겼다. "어느 애를 고를까요, 알아맞춰 봅시다."

마지막 말과 함께 손가락이 마서에게 멈췄다. 마서는 단단히 마음을 먹고 말했다. "준비됐어요."

"아주 용감하구나. 자, 이 의자로 올라올래? 그래야 시작할 수 있단다."

데스데모나가 레이첼과 엘시를 막아서는 동안 마서는 원장이 시키는 대로 의자에 앉았다. 마서의 얼굴이 어두워졌다.

언생크가 마서의 손과 발목에 차가운 수갑과 족쇄를 채웠다. 언생크가 멋쩍게 웃었다. "그저 예방 차원이란다. 한 번 물려보면 두 번째는 움츠러든다는 말이 있지. 몸부림치는 아이는 당최 감당할 수가 없어서 말이다." 언생크는 자신의 견본을 의자에 묶고 나서 벽에 죽 늘어선 선반으로 걸어갔다. 그리고 신이 난 듯 알 수 없는 말을 중얼거리며 선반에 진열된 것들을 살펴보기 시작했다. 한 손에 귀퉁이를 접은 노트를 들고 다른 손가락으로 밑줄을 그어가며 거기에 적힌 글을 읽고 열심히 책장을 넘겼다. 그러고는 다시 선반을 살피더니 두 손 가득 여러 개의 병을 쥐고 책상으로 돌아왔다. 그가 병 속의 내용물을 절구에 넣고 절굿공이로 섞기 시작했다.

"뭐하는 거야?" 겁에 질린 엘시가 혼잣말하자, 데스데모나가 즉시 "쉬-잇!" 하고 조용히 시켰다.

언생크는 빛이 나는 초록색 반죽(그는 절구를 들고 그 안의 혼합물을 자세히 들여다보았다. 자신이 만든 것에 만족하는 듯했지만, 엘시의 눈에는 아무리 좋게 봐주려도 해도 역겨운 색깔의 치약 같았다)을 들여다보며 흡족한 표정으로 마서에게 되돌아왔다. "자, 이걸 네 귀에 넣겠다."

마서는 경악을 금치 못하며 몸서리를 쳤다. "그, 그게 뭐예요?"

"아냐아냐, 긴장을 풀어라. 나무딸기와 타니스 뿌리, 다람쥐 담즙. 거기에다 걸쭉하게 만들려고 땅콩 버터를 조금 섞었단다."

레이첼이 구역질을 해댔다.

"결코 몸에 해롭지 않단다, 전혀. 비록 나의 견본들을 족족 집어삼키는 절대 '뚫리지 않는 변경'에 어떤 생물학적 변화를 일으킬 수 있을지 의심스럽지만……. 고막은 너도 알다시피 몸의 균형과 평형을 잡는 데 중요한 역할을 하고, 따라서 방향과 움직임을 좌우하지. 그래서 고막에 닿도록 이 연고를 귓속에 넣으려는 거란다. 그럼 이 연고가 너에게 변경을 넘는 능력을 갖게 *해줄 거야.*" 그가 마서의 귓속에 반죽을 채워넣으며 말했다. 마서는 얼어붙은 채 눈물을 글썽이며 얼굴을 찡그렸다.

"변경이 뭐예요?" 레이첼이 이 이 단어를 입에 올리자마자 데스데모나가 다시 한 번 "쉬-잇!" 하며 입을 다물게 했다. 언생크가 손을 들어 데스데모나를 제지했다.

"아주 좋은 질문이다." 그가 그릇에서 반죽을 긁어내며 말했다. "지난 몇 년 동안 내가 크게 관심을 기울여온 곳이지. 우리는 아득한 옛날부터 저 '지날 수 없는 숲'을 개발은커녕 탐험할 엄두도 내지 못하는 울창한 숲으로만 여겼다. 이런 무지함에는 우리 모두 공모자인 셈이지. 물론 호기심이 넘쳐서 그곳으로 들어간 사람들도 있었지. 하지만 영원히 실종되지 않으면 몇 날 며칠 같은 곳만 빙빙 맴돌다 튕겨져 나가서 결국 자기가 처음 들어온 곳으로 돌아왔다는 걸 깨달았단다." 그는 마서의 다른 쪽 귀에도 나머지 반죽을 넣고 나서 뒤로 몇 걸음 물러나 자신의 작품을 감상했다. "나는 그런 얘기를 들었고, 심지어 살아서 돌아온 사람들을 만나보기도 했단다. 그래, 거기 간 사람들 중에 아직도 그 근처에서 맴도는 사람들도 있지. 아무튼 그들을 조금만 설득하면 방법을 알아낼 수도 있지만 내게는 나만의 방법이 있단다." 그는 마서의 귀에 충분한 양의 약을 넣었다고 생각했는지 책상으로 가서 광택 나는 총처럼 보이는 물건을 가져왔다. "자, 움직이지 말고 가만히 있거라."

귀가 먹먹해진 마서의 눈이 휘둥그레졌다. 언생크는 마서의 귓불 높이까지 총을 들어올린 뒤 방아쇠를 당겼다. 조그맣게 탕 소리가 난 뒤 마서의 입에서 날카로운 비명이 흘러나왔다. 언생크가 손을 치우니 마서의 귓불에 은색 줄로 연결된 작은 꼬리표가 달려있었다.

언생크가 수갑을 풀자 마서는 의자에서 비틀거리며 일어섰다. 엘시와 레이첼이 있는 곳으로 온 마서는 방금 피어싱을 한 줄로만 알고 있었다. "이게 뭐야?" 자신의 귀에 달린 것이 보이지 않는 마서는 두 아이에게 물었다.

"가격표처럼 생겼어." 엘시가 대답했다.

"조심해라. 감염될 수도 있어. 만지지 마." 데스데모나가 말렸다.

이윽고 언생크가 엘시에게 의자로 오라고 손짓했다. "*아가씨?*" 그가 점잖게 목소리를 꾸며 말했다.

레이첼이 엘시를 옆으로 밀었다. "내가 할게."

"착한 언니구나." 언생크는 레이첼을 의자에 앉혔다. 그런 다음 이것저것 섞어 새 반죽을 만드는 동안 혼잣말을 계속했다. "그 금지된 숲에서 살아나온 사람들은 하나같이 똑같은 얘기를 하더구나. 숲속으로 아무리 걸어가도 여전히 그 자리에 있는 것 같은 묘한 느낌이 든다고. 이상하지 않니, 으응?"

이 질문은 의자에 묶인 레이첼에게 던진 것이었다. 언생크는 책상에서 갈색의 곤죽이 든 그릇을 가지고 돌아와 그것을 레이첼 얼굴 높이로 든 채 말했다. "후각! 아주 중요하지." 그가 콧구멍으로 요란하게 숨을 들이마셨다. "우리는 그 고마움을 모르고 당연하게 생각하지. 사실 인간의 다른 감각에 비하면 덜 중요할 수도 있어. 하지만 나는 후각의 중요성에 관해 광범위하게 연구했고, 콧속이 관을 통해 뇌와 *곧장* 연결된다는 사실을 알아냈단다. 우리가 인식하는 것의 93퍼센트는 냄새를 통해서란다. 넌 알았니? 나는 몰랐단다. 하지만 그 사실을 알고 난 뒤 어떻게 해서든 금지된 숲에서 수확한 천연물질로 그 관을 *치료하면* 간힘에 대한 인식이 완전히 바뀌어, 희망사항이지만 내 견본이 '뚫리지 않는 변경'이라고 부르는 곳을 통과할 수 있을 거라는 생각이 들었단다."

언생크는 장황하게 이야기하고 나서 즉시 갈색 반죽을 한 숟가락 떠 레이첼의 얼굴을 그악스럽게 붙잡고 막무가내로 콧구멍에 부었다. 레이첼은 고개를 거칠게 도리질쳤지만, 어쩌지도 못한 채 콧속으로 들어오는 걸쭉한 액체를 마셔야만 했다.

"이게 뭐예요?" 코가 막혀 숨이 차오른 레이첼의 목소리가 기이했다.

"모두 천연재료란다. 100퍼센트 유기농이지. 느타리버섯 삶아서 간 것, 민달팽이 찌꺼기, 나무껍질 톱밥."

레이첼이 기겁했다. "밍당팽이 찌꺼기요?"

"자, 이제." 언생크가 피어싱 총을 들며 말했다. "다소 모호한 추측일 수도 있지만 나는 변경 너머에도 세상이 존재한다는 말을 직접 들었단다. 활기 넘치고 생명체가 있는 완전한 세상이라더구나. 우리가 눈을 똑바로 뜬다면 볼 수 있는 세상이지. 그 망각 속 세상이 어떻게 굴러가는지, 누가 통치하는지 잘은 모르지만 나는 그들에게 자유시장, 자본주의 경제라는 현대 기적을 소개하고 싶단다. 내 이 원대한 꿈을 싫어할 사람은 아마 없을 걸. 내가 산업계의 거물, 위그먼 씨한테 배운 한 가지가 있다면 인간은 누구나 자본주의를 좋아한다는 사실이다." 그는 말을 마친 뒤 경고 한 마디 없이 레이첼의 귀에 총을 쏘았다. 탁! 레이첼의 귓불에는 마서와 똑같이 은색 줄의 노란색 꼬리표가 달렸다. 레이첼이 고통에 입을 앙다문 사이, 언생크는 "제대로 보상만 받는다면 말이다." 라는 단서를 달았다.

의자에서 풀려난 레이첼은 콧구멍을 거무튀튀한 반죽으로 잔뜩 채우고 오른쪽 귓불에 노란색 꼬리표를 달랑거리며 마서와 엘시에게 돌아갔다. 처참한 몰골이었다.

언생크는 고객을 위해 좌석을 준비하는 이발사처럼 의자를 엘시 쪽으로 돌렸다. 데스데모나는 엘시의 어깨를 가볍게 떠밀었다. 공포에 질린 어린 소녀가 울먹이며 의자로 올라가자, 언생크는 다시 수갑을 채웠다. 그러고는 등을 돌리고 서서 선반에 진열된 유리병을 살폈다. 이윽고 그가 작은 파란색 물약병을 꺼내 엘시 곁으로 가져왔다. 그 다음 병뚜껑을 열어 케이크 위에 뿌리는 스프링클만한 흰색 구슬을 꺼낸 뒤 검지와 엄지로 집더니 엘시의 눈높이로 들어 올렸다.

"울지 마라. 금지된 숲에서 주워온 날개의 깃가지에 붙은 흙먼지 한 톨을 1,000배쯤 되는 증류수로 희석시켰단다. 그리고 그 물을 이 흰색 설탕 알갱이에 한 방울 떨어뜨렸지. 흙 한 톨에 간직된 저 곳에 대한 기억을 불어넣어주기 위해서란다. 물론 확실한 과학적 근거가 있지. 다른 실험이 실패로 돌아가더라도 이 방법만은 틀림없이 너에게 변경을 넘어 원시림으로 들어갈 힘을 줄 거라고 믿는다. 자, 입 벌려라." 그는 알약처럼 생긴 것을 엘시의 입가로 가져갔다.

엘시는 이를 앙다물었지만, 결국 언생크의 그악스러운 손에 굴복하고 말았다. 그가 엘시의 입안에 알약을 떨어뜨렸다. 알약은 순식간에 녹아 혀에 뭔가 달콤한 맛이 감돌게 했다. 잠시 후 엘시도 오른쪽 귓불에 꼬리표를 달고 (따끔하고 날카롭게 찌르는 느낌이었다) 마서와 레이첼이 있는 곳으로 왔다.

"데스데모나, 미안하지만." 언생크는 이렇게 말하며 가까운 곳에 있는 천에 손을 깨끗이 닦았다.

데스데모나가 얼른 선반으로 가서 이름표가 붙지 않은 흰색 상자 세 개를 가져다 언생크에게 내밀었다. 그는 상자 표면의 검정색 작은 손잡이를 조작했

다. 그 다음 동그랗게 말린 흰색 견출지를 가져와 상자마다 붙인 뒤 검정색 마커로 뭐라고 썼다. 그가 상자를 조심스럽게 아이들 옆 책상에 올려놓았다.

"난 그게 뭔지 알아요. 원장님이 쓴 건 이름의 머릿글자죠." 코에 갈색 반죽을 쑤셔넣은 레이첼의 말소리는 코감기에 걸렸을 때와 비슷했다.

"대단한 직감이구나."

"칼 렌퀴스트는 어디 있죠?" 마서가 물었다.

"칼 렌퀴스트?" 언생크가 잠깐 생각에 잠겼다.

"아시잖아요. C.R."

"맞아, 칼. 지난주 일이지, 그렇지?" 그는 기억을 떠올리려는 듯 흰색 상자가 진열된 선반을 두리번거렸다. 그리고 마침내 말했다. "그래, 구리. 구리전선으로 만든 왕관. 그애는 그걸 머리에 썼지. 안타깝게도 잘 안 됐다." 언생크가 검정색 공책을 집어들고 뒤로 몇 장 넘긴 뒤 읽어 내려갔다. "신시아 슈미트: 송진 흡입제, 전망이 있어 보임. 가만 보자, 윌리엄 하트필드. 그래, 이건 꽤 괜찮아. 포도 잎사귀로 만든 속옷. 한번 해볼 만함. 제니 터멜, 무거운 신발. 정말로 믿었던 제품인데, 만들기가 너무 힘들었단다. 실패했지만." 그는 공책을 덮고 책상에 도로 내려놓았다. "물론 실수할 때마다 진정한 해답에 한 걸음 더 다가가게 해주었지."

"정말 멋져요, 달링." 데스데모나가 감탄했다.

언생크는 얇게 웃으며 찬사를 받아들였다. 이윽고 그는 소대원을 점검하는 소대장처럼 세 아이를 찬찬히 살폈다. "너희들은 과학과 탐험의 일선에 서있는 거야. 나는 너희에게 경의를 표한다." 당당히 말한 그는 돌연 이마에 손을 갖다대고 등을 꼿꼿이 폈다. "자, 이제 돌파구를 향하여!"

언생크가 앞장서고 데스데모나가 뒤따르는 가운데 아이들은 한 줄로 서서 걸어갔다. 두 어른 사이에 낀 세 아이는 언생크 고아원을 떠나 자갈길로 무거운 발걸음을 옮겼다. 길 양쪽으로 거미 다리처럼 기괴하게 구부러진 관이 밖으로 돌출된 화학물질 탱크들이 나란히 늘어서있었다. 저 멀리 보이는 몇 개의 배기관에서는 이따금 공중으로 거대한 불덩이가 치솟았고, 아이들은 그때마다 들리는 굉음에 등골이 오싹해졌다. 대기는 플라스틱 타는 냄새로 매캐했다. 화학물질에서 나온 연기가 허공에 머무르며 두꺼운 담요처럼 그들을 감쌌다. 엘시는 열 걸음쯤 걸을 때마다 기침을 했다. 연기가 얼마나 지독한지 폐를 랩으로 꽁꽁 싸맨 것처럼 느껴졌다.

마침내 그들은 철망 위에 슬링키slinky(용수철 모양의 장난감. ―옮긴이)처럼 납작하게 찌부라뜨린 코일이 올려진 높다란 울타리에 이르렀다. 출입문은 사용하지 못하도록 굳게 잠겨있었다. 언생크는 자물쇠를 돌려 문을 열고 일행을 통과시킨 뒤 다시 잠갔다. 산업폐기물장의 인공적인 풍경은 울타리를 넘으면서 갑자기 끊겼다. 그 너머는 온통 초록색이었다. 그들은 지금 지날 수 없는 숲의 경계선에 서있었다.

나무가 하늘을 완전히 뒤덮은 것 같았다. 엘시는 식물이 그렇게 높이 자랄 수 있다고 상상해본 적이 없었다. 그 사이의 공간은 식물원에서나 볼 수 있을 법한 다양한 농도의 초록색 이파리가 달린 것들로 가득했다. 숲 전체가 뭔가 거칠지만 친근한 품에 안긴 듯한 모습이었다. 마치 흰 눈을 먹고 자라난 풀과 나무들이 갖가지 모양과 색깔을 뽐내는 느낌이랄까.

언생크는 맨 앞줄에 늘어선 나무들 바로 앞 배수로 위로 걸어가 섰다. 그리고 엉덩이에 양손을 얹은 채 숲을 바라보았다. 엘시는 그가 잃어버린 견본 즉, 금지된 숲과 일명 '뚫리지 않는 변경'에 제물로 바친 아이들을 찾는 줄 알았다. 하지만 그는 발아래 고사리밭에서 언 땅에 박아놓은 나무말뚝을 찾았다. 그 다음 언생크는 주머니에서 공처럼 감은 노끈뭉치를 꺼낸 뒤 팔뚝으로 길이를 재어가며 노끈을 풀었다. 똑같은 방식으로 노끈을 세 개 자른 다음 말뚝에 붙들어맸다. 잠시 후 데스데모나 곁으로 돌아온 그는 흰색 상자 세 개 중 첫 번째 상자를 손에 들고 다이얼을 맞췄다. "R.M.—레이첼 멜버그. 앞으로 나와라."

레이첼은 이 임무를 위해 얻어입은 군용 트렌치코트 차림으로 부들부들 떨며 걸어나갔다.

"이 실험에서 견본은 한 가지 임무만 수행하면 된다. 숲으로 50미터만 들어갔다가 다시 나오는 것이다. 이 노끈은 거리를 재는 것뿐 아니라 네가 돌아올 때 길잡이로 쓰일 게다. 나는 위성중계기를 가지고 너를 추적할 거고. 만약 네가 엉뚱한 곳으로 도망치려 하면 너의 위성중계기를 이용해 널 뒤쫓을 거라는 뜻이다. 만약 그런 짓을 하면 매우 유감스러운 사태를 맞을 줄 알아라. 넌 다시는 바깥세상으로 나올 수 없다. 길 잃은 아이가 되는 거지. 그러면 고아원 입원 기록 등 너에 대한 모든 것이 매장된다. 그러니 도망갈 생각은 애당초 하지 않는 게 좋다. 반대로 네가 이 노끈을 갖고 50미터를 걸어 들어갔다 돌아오면 기꺼이 너에게 자유를 주마." 언생크의 말을 듣는 동안 레이첼과 엘시는 서로 시선을 주고받았고 마서는 한숨을 내쉬었다. 그의 회유가 계속되었다. "또한 언생크 고아원에 있는 동안에도 족쇄를 풀어주마. 크기는 작아도 정말 값비싼 기계부품을 닦고 폐기하고 조립하는 일을 더 이상 하지 않아도 된다. 다른 고아원에 가도 좋아! 오랫동안 못 본 마이러 이모의 쇼를 봐도 좋다! 너희가 하고 싶은 건 뭐든지 해도 좋아. 뿐만 아니라 내가 이 광활한 천연자원을 이용해 얻은 수익의 50퍼센트를 뚝 잘라 너희에게 주마. 너희 이름으로 신탁을 해주지. 너희만 돈을 찾을 수 있게. 이 막대한 과학적, 문화적 돌파구가 열리도록 도와준 대가로! 자, 어떠냐?"

아이들은 그저 장벽처럼 늘어선 원시림을 바라보기만 했다.

"아무 말 없으면 동의한 것으로 알겠다." 언생크가 흰색 상자 하나를 높이 들고 말했다. "자, 레이첼 멜버그. 노끈 하나를 잡고 앞으로 곧장 걸어가거라. 너에게 행운과 성공이 깃들기를."

레이첼은 걸어가기 전 마지막으로 동생을 돌아다보았다. 엘시는 내려뜨린 앞머리 사이로 언니와 눈을 마주쳤다. 겁에 질렸지만 또렷한 눈이었다. "언니, 내가 언니 찾으러 갈게." 엘시가 중얼거렸다. 레이첼은 부들부들 떨며 등을 돌렸다. 그리고 끝이 너덜너덜한 노끈을 쥐고 숲으로 걸어갔다.

C H A P T E R 1 2

초대받지 않은 손님

프루가 도착했을 때 파티가 열리는 홀은 흥청대는 사람들로 넘쳐났다. 한쪽 귀퉁이에 자리잡은 단출한 저그밴드(주전자 등 악기 대용품으로 연주하는 밴드. ―옮긴이)는 마침 시끄럽고 빠른 곡을 연주하기 시작했다. 빨래통 베이스를 맡은 회색 곰은 흥겨운 리듬을 둥둥 연주하고, 밴조를 든 소녀는 길고 여유로운 발치 계곡에 관한 노래를 불렀다. 프루가 문가에 서있는데 누군가 안으로 들어오라고 손짓하더니 김 나는 사과술이 든 큰 잔을 건넸다. 프루는 나무와 낯선 시동을 만난 일로 아직까지 얼떨떨한 상태였다. 커티스가 다가와 어깨를 쳤을 때 비로소 정신이 들었다.

"프루! 어서 와. 믿기 힘들 정도로 위대한 삶을 *이런* 식으로 기리나봐." 커티스가 술잔을 높이 쳐들어 건배를 했다.

여러 명의 파티 참가자들이 테이블을 홀 한쪽 구석으로 밀어놓고 무도장을 만들기 시작했다. 한 소년은 낡은 마룻장에 톱밥을 뿌리고, 더 어린 아이들도 신이 나서 모여들었다. 프루는 웃으면서 음료를 한 모금 마셨다. 따뜻한 액체가 혈관 구석구석까지 스며들며 춥고 노곤한 사지에 온기를 전해주었다. 그때 누군가가 프루를 불렀다. 돌아다보니 여우 스털링이 굳은 얼굴로 서있었다.

"프루 매킬. 너 여기서 *뭐하는* 거니?" 스털링은 이렇게 묻고는 커티스를 흘끗 쳐다보았다. "그리고 너! 산적 커티스! 프루를 산적 캠프에 숨겨줘야 하는 거 아니냐."

커티스는 아무 말 못하고 프루에게 지원을 바라는 눈빛을 보냈다.

"어쨌든 만나서 반가워요, 스털링 서장님." 프루가 인사했다. 스털링이 여전히 근엄한 눈길로 커티스를 노려보자 그녀가 웃으며 덧붙였다. "괜찮아요. 우린 이렇게 무사해요. 아무 일도 없어요. 이피게니아 할머니를 보러 왔어요. 회합 나무도 좀 살피고요."

나이든 신비주의자 얘기가 나오자 스털링은 손에 든 백랍 머그잔을 내려다보았다. "주여, 그녀의 영혼이 고이 잠들게 하소서. 물론 이피게니아는 신이니 뭐니 하는 시시껄렁한 말을 좋아하지 않을 거야. 그렇더라도 말해야겠다. 오, 편히 잠드소서. 그녀는 정말 아름다운 분이었다."

"그래요. 그랬죠." 커티스는 여우가 딴 생각을 하지 못하고 계속 울적한 기분에 젖기를 바라며 맞장구를 쳤다.

하지만 스털링의 목소리는 이내 단호해졌다. "그렇다고 해서 상황이 달라지는 건 아니다." 그는 어깨 너머로 걱정스러운 시선을 던진 뒤 발했다. "그건 이피게니아의 지시였어. 간단명료하게 말씀하셨지. 아이들을 산적 캠프에 숨기라고."

프루가 말을 가로막았다. "커티스 잘못이 아니에요. 제가 우겼어요. 가만히 있을 수 없었어요. 설명할 수 없지만 이피게니아 할머니의 죽음을 *느꼈어요.* 그러고 나서 노스우드로 가야 한다는, 나무를 만나러 가야 한다는 강한 끌림이 전해졌어요."

"그래, 그래서 그렇게 했니? 나무를 만났어?"

"네, 만났어요."

"그렇다면 이제 볼 일은 다 봤으니, 어서 산적 캠프로 돌아가거라. 어서! 필요하면 타고 갈 말을 준비해주마."

"갈 거예요. 약속할게요, 서장님. 정신 좀 차리고, 짧은 휴식이라도 취한 다음에 돌아갈게요." 커티스가 말했다.

여우가 두 아이를 곁눈질했다. 그리고 마침내 결론을 내렸다. "좋다, 그럼. 오늘 밤만이다. 내일 아침이 되면 떠나야 한다."

"알았습니다!" 프루가 명랑하게 대답했다.

커티스는 여우한테 손을 흔들어 보인 뒤 프루를 따뜻한 난롯가로 이끌었다. 돌로 만든 난로에서는 모닥불이 훨훨 타올랐다. 프루는 난롯가 의자에 자리잡고, 커티스는 그 옆 바닥에 털썩 주저앉았다. 여기저기서 나지막하고 부드러운 목소리로 서로 위로하는 사람들, 눈물이 그렁그렁한 눈으로 미소짓는 사람들로 인해 간간이 파티의 흥겨움이 깨졌다. 방 한쪽 꽃으로 장식한 테이블 위에는 연필로 그린 나이든 신비주의자의 초상화가 놓여있었다. 주변은 이 계절에 새로 난 초록색과 흰색 알뿌리 화환으로 장식돼 있었다. 셉티무스는 난로 맞은편에서 어떤 아가씨 쥐에게 플린스 전투 이야기를 각색해서 즐겁게 들려주었다. 아가씨 쥐가 수줍게 웃었다. 프루와 커티스는 노란 불꽃을 가만히 들여다보았다.

"왜 그래?" 커티스가 물었다.

프루가 눈을 비볐다. "나도 모르겠어. 아주 기이한 상호작용을 경험했어. 그게 무슨 의미인지 알아내려 하고 있어."

"무슨 일 있었어?"

"나무와 말을 했어. 아니 나무가 내게 말을 걸었어. 어떤 아이를 통해서."

"정말? 나무가 뭐라고 했는데?"

"진짜 후계자를 왕으로 옹립하라고. 진짜 후계자를 되살려내래."

"정말, 이상하네." 커티스가 머그잔의 음료를 한 모금 마셨다.

"그게 무슨 뜻인지 아니?"

"전혀 모르겠는데." 커티스는 그 말의 의미를 헤아리려는 듯 프루에게서 잠깐 시선을 뗐다가 말했다.

"알렉세이. 알렉세이를 다시 데려와야 할 것 같아." 프루가 고개를 갸우뚱하며 말했다.

"그래, 맞아! 그러니까 알렉산드라의 아들 말이지? 하지만 그 사람은 죽었잖아. 그런데 어떻게? 그래서 무얼 하려고?" 커티스가 끊임없이 질문했다.

"나도 몰라. 평화를 위해서라나봐. 세 개의 나무를 하나로 결합하려고."

"세 그루의 나무? 회합 나무 같은 건가?"

"그런 것 같아. 그래야 나와 내 친구의 목숨을 구할 수 있대." 프루가 컵에 든 구리 색깔의 액체를 가만히 응시했다.

"음, 그럼 나도 도와야겠네." 커티스가 미소지었다.

"나도." 프루 역시 애써 웃었다.

어느새 밴드의 연주곡은 중간 템포의 왈츠로 바뀌고, 바이올린이 고조되는 멜로디를 연주했다. 톱밥 깔린 플로어를 휩쓸며 오가는 발소리는 노래에 엄숙한 리듬을 더해주었다.

잠깐 침묵이 흐르는 사이 커티스는 생각에 잠겼다가 입을 열었다. "네게 그런 얘기를 했다면, 반드시 완수해야 하는 일일 거야, 그렇지? 그런데 어떻게 해야 할까."

"제작자를 데려와야 해. 나무가 그렇게 말했어. 기계로 만든 왕자를 수리할 수 있는 사람을 찾아야 한다고."

커티스는 난감한지 손바닥으로 얼굴을 쓸어내렸다. "그 나무가 우두머리인

셈이네. 그건 그렇고, 알렉세이는 어디에 있어? 그의 몸 말이야."

"어느 지하실엔가 처박혀 있겠지."

"웩!" 커티스가 역겹다는 표정을 짓다 이내 정색을 하며 대꾸했다. "그래도 기계니까 썩거나 하지는 않았겠다. 그냥 사우스우드로 가서 관련된 사람들에게 이렇게 저렇게 하라고 알려주면 우리 일은 거기에서 끝나는 거 아냐?"

프루는 고개를 가로저었다. "내 생각은 그렇지 않아. 나무도 말했지만 다른 사람들도 그 일을 할 거래. 만약 그들이 성공하면 우리와 나무는 실패하는 거지. 사우스우드에 관해 네가 들려준 이야기처럼 그곳에 가서 우리 일을 광고하는 건 전혀 현명하지 않아. 그곳에는 훼방놓으려는 사람들이 많을 거야."

"하지만 네가 누군데! 자전거 소녀 영웅이잖아! 자전거 소녀야. 어서 상황을 바로잡아줘! 사람들은 틀림없이 네가 시키는 대로 할 걸." 커티스가 자신의 가슴에 손을 얹고 열렬하게 친구를 응원했다.

프루는 쑥스러워하며 커티스의 손을 가볍게 톡 내려쳤다. "꼭 그렇지만도 않을 거야. 분명한 점은 이제 거기에도 내 적이 많아졌다는 사실이지."

커티스가 동의한다는 듯 휴! 하고 한숨을 내쉰 뒤 말했다. "어른들이란. 마법의 왕국을 제멋대로 주무르더니 여전히 엉망으로 만들고 있어."

"더구나 거기에는 우리를 뒤쫓는 암살범과 관련된 자들도 있어." 프루가 거들었다.

말을 마치자마자 약속이라도 한 듯 그들은 동시에 사과주를 꿀꺽꿀꺽 들이켰다. 셉티무스의 이야기를 즐겁게 듣던 아가씨 쥐는 뭐가 그렇게 재미있는지 연신 까르르 까르르 웃음을 터뜨렸다. 그때 방 한쪽 저그밴드가 스퀘어 댄스를 선언했고, 춤을 추려는 커플들이 줄을 맞춰 서기 시작했다.

커티스가 친구를 바라보았다. "할래?"

"뭘?" 프루가 눈을 동그랗게 떴다.

"때때로 주변의 세상이 무너져내릴 때, 할 수 있는 일은 춤추는 것뿐이야. 그렇지 않아?" 커티스가 정중하게 목례한 뒤 손을 내밀었다.

프루는 수줍게 웃은 뒤 의자에서 일어나 무릎을 살짝 굽혀 절했다. 평생 할 거라고 생각해본 적 없는 인사법이었다. "좋아." 두 아이는 손을 잡고 댄스플로어로 걸어나갔다.

플로어는 춤을 추려는 커플들로 가득했다. 바이올린을 켜는 젊은 남자가 오른팔 밑에 악기를 끼고 손가락에 건 활을 달랑거리며 앞으로 걸어나왔다. 그가 낭랑한 목소리로 말했다. "신사, 숙녀, 그리고 동물 여러분. 다음은 〈콜톤 판타지〉라는 곡을 지그 춤곡으로 연주하겠습니다. 자, 파트너를 정하십시오." 그가 바이올린을 목으로 들어올린 뒤 빠르고 생기발랄한 곡조를 켜기 시작했다. 뒤에 위치한 합주단도 뒤따라 연주를 했다. 곰은 빨래통 베이스의 하나뿐인 현을 힘껏 튕겨 독특한 저음을 만들어냈다. 밴조를 든 금발머리 소녀는 손가락을 현란하게 움직여 스타카토로 현을 뜯듯이 연주했다. 하지만 그 리듬은 사과상자를 엎어놓고 앉아 어쿠스틱 기타를 연주하는, 작업복 차림에 콧수염을 기른 젊은 남자의 소리에 가려 잘 들리지 않았다. 그가 연주하는 가락은 사람들 머리 위로 솟구쳐 올라가 요정들의 재잘거림처럼 홀의 서까래 사이를 구불구불 누비며 나아갔다. 첫 음이 연주되자마자 사람들 사이에 생기가 돌았고, 프루와 커티스는 밴드의 리드로 빙글빙글 도는 댄스 속으로 빨려 들어갔다.

바이올린 연주자는 이따금 악기를 턱에서 뗀 다음 큰 소리로 지시했다.

"자, 프롬나드(댄스의 기본자세를 가리키는 용어. 남자 몸의 좌측과 여자 몸의 우측

이 접촉한 상태에서, 그 반대쪽이 V자 형태로 열린 자세를 말한다. — 옮긴이)!"

"도시도(등을 맞대고 추는 춤. — 옮긴이)!"

"파트너를 돌려요, 한 바퀴 또 한 바퀴!"

프루와 커티스는 체육시간에 더 많은 기본 동작을 배웠고 스퀘어 댄스도 자주 추어보았다. 그래도 보조를 맞추지 못할 때면 사람들이 주위에서 열심히 이끌어주었다. 드디어 음악이 멈췄을 때 둘의 얼굴은 빨갛게 달아올랐고 프루의 앞머리는 땀에 젖어 이마에 찰싹 달라붙었다. 바이올린 연주자는 사람들에게 숨 돌릴 틈도 주지 않고 다른 곡을 소개하기 위해 앞으로 나왔다.

그때 홀 뒤편이 소란스러워졌다.

문가에서 일종의 몸싸움이 벌어진 듯했다. 밴드는 소동을 무시한 채 연주를 계속하려고 했지만 사람들의 관심은 온통 그쪽으로 쏠렸다. 하는 수 없이 밴드가 연주를 중단했다. 건물 밖 찬바람이 홀로 들어왔다. 광란의 폭풍과 함께 눈보라까지 반갑지 않은 술꾼마냥 방안으로 쳐들어왔다. 프루와 커티스는 동네 경찰 둘과 드잡이 중인, 한쪽 눈에 안대를 찬 늙은 늑대를 발견했다. 경찰 한 명은 머리에 소쿠리를 쓰고 있었다.

"손대지 마, 이 독사 같은 놈들! 건드리지 말라고!" 늑대가 악다구니를 쳤다.

저녁 내내 만찬 테이블 옆에 붙박이처럼 서있던 스털링이 총알처럼 튀어나갔다. "무슨 일인가? 새뮤얼, 이 늑대는 왜 이러는 건가?"

토끼가 앞으로 나와 소쿠리를 바로 쓴 다음 보고했다. "서장님, 롱로드 옆 도랑에서 큰 소리로 떠들며 남들에게 피해를 주는 이 자를 발견했습니다. 저는 공공장소에서 적당한 행동이 아니라고 판단했습니다. 술 냄새를 풍기고 말입니다. 아무래도 제정신이 아닌 것 같습니다. 계속 엉뚱한 소리를 지껄입니다. 양귀비 맥주를 너무 많이 마셔 환각상태에 빠진 것 같습니다. 어쨌든 유치장에 처넣고 술이 깰 때까지 재울까 하다 서장님이 한번 보시는 게 좋을 것 같아서 데려왔습니다."

두 경찰은 무릎을 꿇고 주저앉은 늑대의 팔을 잡아 일으키려 안간힘을 썼다. 늑대는 울기까지 했다. 흐느끼는 소리가 몹시도 구슬펐고 안대를 하지 않은 쪽에서는 그렁그렁 눈물방울이 떨어졌다.

스털링은 순간 술주정뱅이의 정체를 알아차리고 분노를 억눌렀다. 그는 대뜸 늑대의 낡은 군복 상의를 움켜쥐고 자신의 눈높이로 끌어올렸다. 그러고는 나직이 물었다. "도널바인 상병, 어디 변명할 말 있으면 해보지 그래?"

경찰서장과 맞닥뜨린 늑대의 울음이 발작적인 웃음으로 바뀌었다. "하! 어디 마음대로 해보시지. 죽이든 살리든 마음대로 해봐. 난 당신이 둔갑한 여우라고 해도 무섭지 않아." 말투는 심하게 꼬부라졌고, 말할 때마다 침이 튀었다. 이야기를 마친 그는 스털링의 손길을 뿌리치고 비틀거리며 두세 걸음 뒤로 물러난 뒤 주먹질이라도 하려는 듯 여우를 향해 앞발을 쳐들었다.

"도대체 무슨 말을 하는 거야? 당신 제정신이 아니군." 스털링이 꾸짖었다.

"잠깐만요! 둔갑한 여우라고요? 요괴를 말하나봐요! 저 사람이 그들을 어떻게 알죠?" 플로어에서 이 소동을 지켜보던 프루가 끼어들었다.

커티스가 프루 옆으로 다가왔다. 커티스는 상병을 측은하게 바라보았다. "우리한테 암살범에 관해 경고했던 그 늑대군요. 진짜로 묻고 싶은 건 이거예요. 왜 하필 지금 그런 말을 꺼내는 거죠?"

"대답해라, 늑대! 어디 숨어있다 나타난 거냐?" 스털링이 명령했다.

하지만 상병은 여우의 명령을 알아듣지 못한 것 같았다. 그는 갑자기 겁먹은 표정으로 프루와 커티스를 쳐다보았다. 그리고 비틀거리며 근처의 테이블로 손을 뻗다 은제 머그잔이 담긴 쟁반을 뒤엎었다. 그가 다시 소리치기 시작했다. "이봐! 너희! 너희 말이야!"

"왜 그러죠?" 커티스가 몇 걸음 앞으로 다가가서 대답했다.

"안 돼! 너희는… 너희는 *죽게 돼 있어!*" 늑대가 날카롭게 소리쳤다.

프루와 커티스는 걱정스러운 얼굴로 서로를 바라보았다. "도대체 무슨 말씀이에요?" 프루가 물었다.

"꺼져! 꺼지라고! 추악한 놈들! 너희가 온 지옥으로 돌아가!" 그는 테이블에서 구멍 뚫린 커다란 스푼을 집어 검처럼 마구 휘두르기 시작했다. 근처에 있던 사람들이 안전한 곳으로 도망쳤다. 스털링이 허리 벨트에서 전지용 가위를 빼들었다. 새뮤얼은 작은 꽃삽을 빼들었다.

"진정해요. 진정하라고, 노인 양반." 스털링이 양손을 위아래로 흔들며 막아섰다.

도널바인은 프루와 커티스에게서 눈을 떼지 않았다. 하나뿐인 그의 큰 눈은 퀭하게 충혈된데다 두개골에서 금방이라도 튀어나올 듯했다. 입술은 으르렁거리느라 뒤로 말려있고, 코와 주둥이에 엉겨붙은 잿빛 털 사이로 누런 이빨이 드러났다. 그러다 얼굴이 갑자기 변하기 시작했다. 뭔가 깨달은 듯한 표정이 떠오르고 주둥이가 일그러지면서 심하게 튀어나왔다. 늑대는 눈물을 쏟으며 다시 바닥으로 쓰러졌다.

"미안하다. 정말 미안해. 정말." 그가 중얼거렸다.

스털링이 빈정거렸지만 프루는 얼른 늑대에게 달려갔다. 그리고 팔로 도널바인의 어깨를 부축했다. "무슨 일이에요?" 프루가 침착하게 물었다.

늑대가 눈물을 글썽이며 프루를 올려다봤다. "제기랄! 나 같은 놈은 죽어야 마땅해. 난 양귀비 맥주 한 병에 너를 팔아넘겼어."

"무슨 뜻이에요, 저를 팔아넘기다니요?"

"너와 남자아이. 그리고 그 노인도. 난 모두를 배신했어. 영원히 속죄해도 모자랄 거야." 늑대는 말을 잇지 못하고 다시 흐느꼈다.

"이봐, 정신 차려!" 스털링이 소리쳤다. 프루는 인상을 쓰며 서장에게 가만히 있으라고 손짓했다.

늑대가 다시 이야기를 시작했다. "모두 그놈의 술 때문이야. 달콤한 독배. 내가 얻은 건 그게 다야. 내 잘못이야. 그 검은 여우들이 하필이면 술이 간절해 죽을 것 같을 때 나에게 접근했어. 그땐 별 것 아닌 줄 알았어. 그래서 난 놈들이 듣고 싶어하는 말을 해주었지. 그게 그렇게 중요한지 몰랐어. 양귀비 맥주만 있으면 온 세상을 가진 기분이 들 것 같았다니까. 그래서 말해주었어. 그 아이들이 갭 협곡에서 깊숙이 들어간 산적 캠프로 갔다고. 거기에 숨어있다고, 산적왕도 함께."

프루는 놀라서 아무 말도 할 수 없었다.

"그래서 어떻게 했어요?" 옆에 선 커티스가 떨리는 목소리로 물었다.

"그래서 그랬다니까!" 늑대의 목소리는 어느새 미친 사람의 넋두리처럼 변해있었다. "난 말만 해주면 됐어. 그땐 별 것 아닌 줄 알았지. 그런데 그거 한 모금 얻어마시고 이 꼴이 된 거야. 이렇게 비참하고 형편없을 줄이야. 양귀비 맥주가 갈증을 풀어주기는커녕 내 손에 피만 잔뜩 묻혔어." 그는 앞발을 쭉 뻗어 후회스럽게 바라보았다. "봐!" 그가 소리쳤다. "이 피를! 새빨간 피를! 아이들의 피를!"

하지만 보이는 것은 흙 묻은 잿빛 털뿐이었다.

그들에게는 여행 준비를 하느라 지체할 시간이 없었다. 스털링은 근처 농장의 마구간에서 안장 얹은 말 두 필을 급히 구했다. 물론 이 과정에서 두 아이에게 끊임없이 잔소리를 늘어놓으며 만류했다. "이건 미친 짓이야. 제 발로 적의 아가리 속으로 들어가는 것과 마찬가지라고. 탈주범이 탄 기차를 타고 터널을 지나서, 가장 끔찍한 악몽에나 나올 법한 일당들이 반갑다며 환영 인사하는 역으로 들어가는 꼴이라고."

"저도 서장님 말씀에 동의해요. 특히 마지막 말씀." 셉티무스는 커티스의 어깨에 매달린 채 거들었다.

이런 반대를 무릅쓴 것은 커티스였다. 커티스는 가능하면 빨리 산적 캠프로 돌아가고 싶었다. 한시 바삐 브렌든과 다른 산적들에게 경고를 해줘야 했다. 대장의 명령을 어긴데다 그 때문에 어렵게 마련한 캠프는 물론이고 산적 가족까지도 위험에 처하게 만든 것이다. 한편 쥐는 쥐대로, 비록 산적이 되겠다고 맹세한 몸은 아니지만 커티스의 의견에 동의했다. 둔갑술에 능한 여우들이 사냥감을 손에 넣기 위해 무슨 짓을 벌일지 알 수 없었다. 게다가 밥값을 하려는 의리의 산적들은 죽으면 죽었지 프루의 행방에 대해 절대로 발설하지 않을 게 뻔했다. 이것 또한 중요한 걱정거리였다.

커티스는 길 떠날 준비를 하는 동안 프루에게 별다른 말을 하지 않았다. 프루는 그의 눈에서 불만스러운 감정을 읽었고, 자신을 비난하고 싶은 충동을 누르느라 애쓴다는 사실을 알아챌 수 있었다. 어쨌든 은신처를 떠나온 건 자신의 탓 아니던가. 그렇다고 해서 도널바인이 그들의 은신처를 누설한 사실이 달라지는 건 아니었다. 하지만 이제 와서 어쩌라고? 아니, 그보다 커티스는 꼭 필요한 때 동료들과 함께하지 못한 자신에게 화가 난 거라고 프루는 이해했다. 가족을 버려두는 건 산적답지 않은 행동이었다. 지금 그에게는 산적이 가족이었다.

멀리 캐시드럴 산 정상 위에서 폭풍우가 만들어지고 있었다. 검은 구름에 가려 산봉우리가 잘 보이지 않았다. 그들은 말에 올라탄 채 배웅해주려고 홀 밖에서 서성이는 사람들에게 작별인사를 했다. 어깨에는 한 농부가 선물해준 두툼한 양모 스톨을 둘렀다. 자정이 가까운 시각이었다. 은색 달이 구름 골 사이로 창백한 흰자위처럼 빠끔히 내려다보고 있었다. 그들은 말 옆구리를 발로 차 롱로드를 향해 박차를 가했다.

그들은 눈보라가 휘몰아치는 도로를 빠르게 달렸다. 낮에 오가던 차들도 끊겨 텅 빈 도로였다. 프루는 친구와 나란히 달리려고 애썼지만 그럴 때마다 커티스가 박차를 가해 앞지르는 바람에 뒤처졌다. 그들은 달리는 동안 서로 입을 꾹 다물었다. 말에게 물을 먹이고 프루의 배낭에 싸온 음식을 먹기 위해 쉴 때에야 한숨을 돌렸지만 둘은 말없이 어색했고 커티스는 내내 시선을 내리깔았다.

"커티스. 괜찮을 거야. 제 시간에 닿을 수 있을 거야." 프루가 용기내 말을 걸었다.

하지만 커티스는 아무 대꾸 없이 반쯤 먹다 만 사과를 풀숲으로 던지고는 밤색 암말에 올라탔다. "가자, 셉티무스." 쥐는 프루를 흘끗 본 뒤 어깨를 으쓱하고는 커티스의 말 등에 펄쩍 뛰어올라 탔다. 프루는 친구의 침묵을 슬퍼하며 묵묵히 뒤를 따랐다.

노스우드와 와일드우드를 가르는 산등성이를 넘어갈 때 길을 가기 어려울 정도로 눈보라가 휘몰아쳤다. 게다가 길 앞으로 흰 구름이 짙게 끼어 거의 한 치 앞도 보이지 않았다. 그들은 휘몰아치는 눈보라를 피하려고 긴 목도리로 얼굴을 감쌌다. 마침 길가 한쪽에 돌탑으로 만든 키 큰 이정표가 있고, 햇볕이 잘 들어 추운 몸을 녹일 만한 오두막이 한 채 보였다. 그 앞을 지나는데 어떤 남자가 추위를 피해 잠깐 들어왔다 가라고 권했다. 프루는 커티스를 불러세워 오두막 주인의 말대로 하자고 권했지만 대답 없는 커티스의 눈빛을 보고는 그가 어떤 생각을 하는지 곧바로 알아챘다. 프루는 남자에게 고맙지만 사양하겠다고 말한 뒤 목도리를 뺨까지 올려두르고 계속해서 길을 갔다.

그들은 밤새 달렸다. 프루가 안장 위에서 꾸벅꾸벅 졸고 있을 때 앞에서 정찰하던 셉티무스가 머리 위쪽 나뭇가지에서 소리쳤다. 그가 있는 곳은 산적단의 제2 보급로였다. 그들은 말없이 도로를 벗어나 나무 사이로 들어갔다. 어느새 어둠이 가시고 눈 덮인 주변 세상을 으스스한 빛이 막처럼 뒤덮었다. 이른 시간에 주변 숲을 살피며 달리는 커티스는 어느 때보다도 다급해 보였다. 말에게도 휴식이 절박했지만 소년은 옆구리를 발로 차며 계속 길을 재촉했다.

"저게 뭐지?" 피곤 탓에 프루의 눈은 안개가 깔린 것처럼 침침했다. 커티스는 대꾸가 없었다. 얼마쯤 사냥 길을 달려서 살랄나무와 검은딸기나무 넝쿨이 벽처럼 빽빽하게 선 곳에 이르렀다. 그곳에 산적 캠프로 가는 출입구가 숨겨져 있었다. 셉티무스는 이미 그곳에서 아이들을 기다리고 있었다.

"이것 좀 봐." 셉티무스가 손가락으로 무언가를 가리키며 말했다.

누군가 (혹은 무언가) 푸른 잎과 갈색 줄기를 잡아뜯어 구멍을 내놓았다. 커티스는 그 모습을 보자 말에 앉은 채로 벌떡 몸을 일으켰다. 대기에는 매캐한 연기 냄새가 진동했다. 말은 없었지만 세 사람 모두 같은 생각을 했다. 너무 늦었다.

장벽 같은 나무 넝쿨을 지나자 초록색 이끼로 뒤덮인 땅이 나오고 이어서 떡 버티고 선 시커먼 절벽이 보였다. 그 절벽 깊은 골짜기에서 시커먼 연기구름이 피어르고 있었다. 그들은 시간 낭비할 것 없이 곧장 밧줄을 이용해 밑으로 내려갔다. 그곳에 넓은 협곡을 가로지르는 밧줄 다리가 놓여있었다. 그런데 다리 맞은편에 불빛이 전혀 보이지 않았다.

"무슨 일이 있나? 다들 어디 있는 거지?" 프루의 목소리가 떨려왔다.

그들이 서둘러 다리를 건넜을 때, 방문객이 왔음을 알리기 위해 사용하던 랜턴이 바닥에 내동댕이쳐진 것을 발견했다. 금속은 찌그러지고 유리는 깨진 채 나뒹굴었다. 프루는 목조 발판 난간을 손가락으로 훑다 낡은 표면이 까져서 지저깨비가 허옇게 일어난 것을 발견했다. 피도 묻어있었다. 통로로 연결된 캠프 저편에서도 아무런 소리가 들리지 않았다.

"말도 안 돼. 아니야, 그럴 리가 없어." 커티스가 쉼 없이 중얼거렸다.

자신들을 기다리는 사람이 있기를 간절히 바라며 통로를 따라 발걸음을 옮겼지만 동쪽 탑의 꼭대기에서 얼마 가지 못해 끊어진 밧줄 다리를 보고 걸음을 멈췄다. 건널 수가 없었다. 간밤에 내린 눈으로 협곡 가장자리 어디에나 흰 눈이 담요처럼 뒤덮여 발자국들이 거의 보이지 않았다. 그들이 선 위치에서 보이는 바위 절벽 사이 동굴 속에서 검은 연기가 계속 위로 올랐다. 멀리 목조 건물에서는 날름거리는 혀처럼 불길이 솟았다. 계단은 무너져 검은 잿더미가 되고, 차가운 대기는 검은 연기로 가득 찼다. 그때 탁! 하는 소리가 들려 뒤돌아보자, 협곡의 많은 지프라인 중 하나가 덜커덕 소리를 내며 떨어졌다. 이어서 지프라인을 고정시키는 앵커의 죔쇠에도 불이 붙어, 그 역시 허공으로 떨어졌다.

"대장!" 커티스가 두 손을 모아 입에 대고 외쳤다. 대답이 없었다. "애슐링! 거기 누구 없어요!" 여전히 정적만 감돌았다.

셉티무스는 삼을 꼬아 만든 밧줄을 타고 더 아래 절벽으로 뛰어내렸다. 잠시 후 그의 목소리가 메아리처럼 울렸다. "모두 사라졌어! 한 명도 없어!" 프루는 그때 처음 쥐가 진심으로 걱정스러워하는 소리를 들었다.

"어쩌면 여우들이 오기 전에 여기를 떴을지도 몰라." 프루가 애써 위로했다. 커티스는 계속해서 프루의 말을 못 들은 체했다. "커티스. 넌 지금까지 산적들이 그 요괴보다 더 똑똑하다고 믿었잖아. 틀림없이 여우들이 오는 것을 눈치챘을 거야. 이건 그냥 유인하려는 작전인지도 몰라."

"유인하는 거라고?" 커티스가 프루를 돌아다보며 되물었다. "농담하는 거야? 이 캠프를 짓는 데 얼마나 오래 걸렸는지 알기나 해? 쉬지 않고 일해서 몇 달이 걸렸어. 이건 유인용이 아니야. 전투의 잔해라고. 전투로 인해 집들이 파괴된 거야. 우리 집이." 커티스는 난간에 기대어앉아 팔짱을 낀 다음 그 안에 숨으려는 듯 턱을 목도리 안으로 깊숙이 넣었다. 프루는 자기도 모르게 커티스와 떨어져서 섰다.

"미안해. 정말 미안해."

"아니, 내 잘못이야. 나는 이곳에 머물러야 했어. 그들 곁에 있어야 했어." 커티스가 읊조렸다.

"나도 네가 따라오지 못하게 해야 했어. 이피게니아가 부를 때 어쩌면 나도 그냥 여기에 머물렀어야 했는데……."

"그래. 넌 여기 있어야 했어! 모두 네 잘못이야. 내가 말했잖아. 우린 여기에 있어야 한다고! 하지만 넌 갈 수밖에 없었어. 그렇지 않아?" 커티스는 얼굴을 붉히며 화를 냈다.

가만히 듣고 있던 프루도 맞받아 소리쳤다. "하지만 넌 그냥 여기에 남을 수도 있었어. 내가 너한테 억지로 오라가라 한 적은 없잖아!"

"하지만 넌 나한테 선택권을 주지 않았잖아?" 커티스가 벌떡 일어나 프루를 정면으로 노려봤다. "넌. 뭐든지 네 위주지, 그렇지 않아? 잘난 프루 매킬 양. 넌 뭐든지 잘 알고, 책임지려고 하지. 다른 사람 생각 같은 건 관심도 없어. 내 말이 틀려?"

"천만에. 그건 너도 알 거야."

"하!" 커티스가 비웃었다. "우리가 이곳에 들어온 이후 난 언제나 네 그늘에 가려 보이지 않았어. 넌 앞에 뭐가 있든 밀어버리고 그냥 돌진하지."

이런 비난을 듣자 프루는 눈물이 글썽해졌다. 커티스는 좀처럼 누그러들지 않았다. "더구나 모두 너를 도와야 한다고 생각하지. 지금처럼 말이야. 내 가족은 여기에 있었어. 친구들도. 그런데 이제 그들은 없어. 난 가족을 버린 거야." 그 말을 하면서 커티스는 자기 가슴을 심하게 쳤다. "내 말이 무슨 뜻인지 알 거야. 네 친구들은 어디 있지? 그렇게 갖고도 더 갖고 싶어? 내가 너의 유일한 친구야, 응?" 프루가 대꾸하지 않자 커티스가 절망하며 말했다. "그럴 리가 없지."

기분이 상한 프루는 젖은 눈으로 커티스를 노려봤다. "아니, 말을 하려면 똑바로 해. 산적들은 네가 처음 버린 가족이 아니라고." 프루는 이 말을 내뱉고 나서 금방 후회했다.

커티스가 말없이 프루를 응시했다.

프루는 돌이킬 수 없는 데까지 왔음을 깨달았다. 그래서 더 크게 말했다. "네 진짜 가족은 어떻고? 여동생들은? 엄마 아빠는? 그분들 생각한 적은 있어? 넌 그저 네 생각만 하지?" 프루는 눈물을 닦으며 씩씩거렸다.

커티스의 아랫입술이 삐죽 나왔다. "그 말 취소해! 그 말 취소하라고!" 커티스가 프루에게 삿대질을 했다.

"진정해!" 난간 너머로 셉티무스의 주둥이가 보였다. "친구랑 싸울 때 지켜야 할 규칙은 없어? 산적단 강령 중에 그런 건 없느냐고?"

"네가 아는 대로야." 커티스가 팔짱을 끼며 발끈 성을 냈다. "좋아, 잘하고 있어. 계속 공격해. 내가 받아줄 테니."

커티스는 화가 좀 누그러진 듯 잠자코 서있었다. 프루는 눈물이 그렁그렁한 눈으로 커티스를 바라보았다. 쥐는 연기가 나는 캠프의 잔해를 애잔하게 둘러보았다. 이윽고 그가 손가락으로 한가롭게 이빨을 톡톡 쳤다. "끔찍해. 세 마리가 아니라 열댓 마리쯤이 한 짓 같아."

프루는 커티스를 돌아다보며 말했다. "우리도 어서 떠나야 해." 커티스는 대답하지 않았다. 셉티무스가 커티스의 안색을 찬찬히 살폈다. 프루가 혼잣말하듯 중얼거렸다. "커티스, 우린 그 제작자를 찾아야 해. 나무가……."

"제발, 그 나무 얘기는 그만해! 난 여기에 있을 거야. 산적들과 함께." 커티스가 화가 나서 소리를 질렀다.

"산적들은 떠났어, 커티스." 프루가 커티스에게 다가가 팔을 잡았다. 커티스가 움찔했다.

"나 좀 혼자 있게 내버려 둬."

그때 협곡 건너편에서 여자의 목소리가 들려왔다. "얘들아, 싸우지 마."

프루와 커티스는 얼핏 검은 여우 한 마리를 본 듯했다. 이윽고 군데군데 피 얼룩이 묻은 검은 여우 한 마리가 바람에 털을 휘날리며 동굴 입구에서 나타났다. 뒤따라 나온 검은 여우는 누런 이빨을 드러냈다.

프루는 허둥대며 뒤로 물러났다. 커티스는 허리 벨트에 찬 투석기로 손을 뻗었다.

"어쩔 수 없이 엿들었는데, 그렇게 하찮은 일로 다투다니 참 철이 없구나." 여우의 목소리가 어쩐지 프루의 귀에 익었다. 꽃의 수술 해부도를 자세히 설명하던 여자의 음색이 떠올랐다. "누가 뭘 하고, 누가 누구를 버리는 문제를 가지고 너희들의 마지막 남은 소중한 시간을 허비하지 말란 얘기야." 프루와 커티스, 그리고 여우 두 마리는 한때 짧은 밧줄 다리가 놓여있던 좁은 협곡을 사이에 두고 서있었다. 동물들은 쉽게 협곡을 건너뛰어 탑 외벽을 타고 올라가는 둥근 계단 아래로 사뿐히 내려앉았다. 커티스는 투석기에 돌멩이를 재운 다음 휘휘 돌리기 시작했다.

"꺼져! 가까이 오지 마." 커티스가 소리쳤다. 셉티무스는 커티스의 어깨에 앉아 견장을 단단히 쥐었다.

달라가 비웃듯이 말했다. "뭘 하려고? 나한테 돌멩이를 던지려고?"

두 여우가 계단을 반 바퀴쯤 올라왔을 때 커티스는 명중시킬 만한 지점을 찾아 돌멩이를 날렸다. 돌멩이는 휘이익 소리를 내며 두 번째 여우의 옆구리를 맞혔다. 여우는 펄쩍 뛰어올랐다가 깨갱 소리를 내며 계단에서 균형을 잃었다.

"잘했어." 셉티무스가 응원했다.

"다시는 이 따위 짓 하지 마라, *꼬마야.*" 달라가 냉소했다. 커티스는 허리춤의 주머니에서 돌을 하나 더 꺼내 투석기에 재웠다. 그리고 조준하기 위해 앞으로 몇 걸음 나아갔다.

"그런 놈들은 얼마든지 있을 텐데, 그래." 커티스가 도전적으로 말했다. "그나저나 네 임무를 완수하려면 처치해야 할 산적이 한 명 더 있지."

프루는 커티스의 외투 소매를 잡아 뒤편 통로로 이끌었다. 그 절벽길로 내려가면 그들이 처음 깨진 랜턴을 발견했던 발판이 나왔다. 프루는 아직 도망칠 시간이 있다고 생각했다. 산적단 전체에게 어떤 일이 일어났는지 상상할 수는 없지만, 아직 10대 초반의 나이로 암살범 여우들에게 당하고 싶지는 않았다.

여우는 탑 계단에 쌓인 눈 위에 선명한 발자국을 남겼다. 커티스는 또다시 돌멩이를 쏘았다. 달라는 목덜미 털을 곤추세우고 돌멩이를 피했다.

달라가 으르렁거렸다. "내가 말했지. *또* 던지면 가만히 있지 않겠다고!"

달라는 그렇게 소리친 뒤 몸을 한껏 웅크렸다가 마지막 남은 계단을 단번에 뛰어올랐다. 그리고 천천히 주도면밀하게 두 희생자를 뒤쫓기 시작했다. 프루는 커티스를 끌고 눈 덮인 통로로 퇴각하는 중이었다. 그 와중에도 커티스는 또다시 투석기에 돌멩이를 재우려 했다. 하지만 손가락이 곱아서 돌멩이를 놓쳤다. 돌멩이는 탑 꼭대기 목조 바닥에 툭 하고 떨어졌다.

"어서, 커티스!" 프루가 커티스를 잡아끌었다.

"뛰어갈 것 없다, 얘들아." 달라는 사냥의 최후 단계를 즐기는 게 틀림없었다. "아무리 해도 도망칠 수 없을 걸. 이쪽, 아니면 저쪽? 너희들은 결국 우리 손에 잡힐 거야. 너희를 찾아내려고 얼마나 힘들었는지 아니? 이 마지막 순간은 힘들지 않게 해줬으면 좋겠다."

커티스는 욕설을 내뱉으며 주머니에서 또 다른 돌멩이를 찾았다. 그때 프루가 널빤지에서 미끄러지며 비명과 함께 1미터쯤 되는 평평한 바닥으로 떨어졌다. 비명 소리를 들은 커티스는 난간을 잡은 채 돌아서서 프루가 떨어진 곳으로 몸을 날렸다. 커티스는 프루를 일으켜세웠고, 두 아이는 다가오는 여우를 피해 계속해서 퇴각했다.

"산적들한테 무슨 일이 있었지? 당신들 무슨 짓을 한 거야?" 커티스는 투석기로 싸우겠다는 생각은 진작 접었다. 그것으로는 여우들의 진격을 막는 데 별 효과가 없었다.

"일부는 죽었어." 달라가 무심하게 대답했다. "일부는 도망치고. 워낙 지리멸렬한 족속이라, 그에 맞게 대접해주었지. 하지만 결국 힘보다는 머리더군. 커티스, 이런 말해서 안됐지만 그들은 너희 둘을 금방 포기하더구나. 아무래도 제 가족이 먼저 아니겠니?"

"거짓말이야!" 커티스가 소리쳤다. 그들은 나무로 된 발판에 도착해있었다. 돌돌 말린 밧줄이 놓여있는 협곡 너머로 건너가려면 밧줄 다리를 건너야만 했다. 둘은 걸음을 재촉해 금방이라도 무너질 듯한 다리 널빤지 위로 올라섰다. 협곡 사이로 바람이 불어와 다리가 삐걱거리며 흔들렸다. 셉티무스는 커티스의 어깨에서 뛰어내려와 앵커 로프를 타고 달려갔다. 그렇게 거의 맞은편까지 다다랐을 즈음 셉티무스의 비명이 들렸다. 초록색 등산복 차림의 여자가 밧줄이 매달린 절벽을 타고 내려와 다리 맞은편에서 그들을 향해 다가오고 있었다.

"아, 칼리스타. 합류해서 반갑군." 달라가 여자를 발견하고 말했다.

"움직이지 마! 우린 포위됐어." 셉티무스가 두 아이들 쪽을 보며 속삭였다.

달라와 한 여우는 이쪽에서, 또 다른 여자는 다리 건너에서, 세 암살범이 천천히 간격을 좁혀왔다. 그들은 말없이 신중하게 걸음을 뗐다. 커티스와 프루는 다리 중간에 꼼짝없이 붙들려 다가오는 암살범들을 번갈아보았다.

"이제 다 틀렸어. 프루. 아까 그렇게 말해서 미안해." 커티스가 힘겹게 말을 내뱉었다.

"나도. 난 네가 이기적이라고 생각하지 않아. 사실 넌 대단한 애야."

"정말? 그렇게 생각해?"

"으응."

요괴가 가까이 다가왔다.

"응, 난 정말 네가 대단하다고 생각해." 프루가 말했다.

"고마워." 커티스는 애틋한 눈빛으로 답했다.

요괴는 이제 한 번만 뛰면 닿을 거리에 있었다. 프루는 그 순간 절망에 빠져 주위를 두리번거렸다. 다가오는 암살범들을 피해 도망칠 데가 없었다. 유일한 탈출구는 아래뿐이었다.

프루는 다리 난간 너머 컴컴한 협곡을 내려다보았다. 절벽 아래 무자비한 바위들은 깜깜한 어둠의 베일에 가려 보이지 않았다. 문득 손에 쥔 밧줄이 낡아서 가닥가닥 성긴 것을 발견했다. 촘촘하게 붙은 가닥은 몇 군데 되지 않았다. 프루는 어깨에 멘 배낭을 흔들어 접이식 칼을 꺼냈다. 그러고는 칼날을 펼쳐들고 과장된 팔 동작으로 칼날을 밧줄 위에 갖다댔다.

"가까이 오면, 다리를 자르겠다!" 프루가 위협했다.

"뭐라고?" 커티스와 셉티무스가 동시에 놀라 물었다.

등산복 차림의 요괴 칼리스타는 천천히 다가오던 걸음을 멈췄다. 그녀는 비웃으며 말했다. "설마, 네가? 못할 걸."

"그래. 넌 못해, 그렇지?" 커티스가 떨리는 목소리로 말했다.

"두고 봐!" 프루는 이렇게 소리치고는 고개를 돌려 달라를 쳐다보았다. 달라는 다리의 네 번째 널빤지 위에 서있었다.

"허세부리지 마." 달라가 말했다.

"천만에." 프루가 되받아쳤다.

"정말 아니야?" 셉티무스가 몸을 떨며 물었다.

프루는 칼날을 들어 낡은 밧줄에 가까이 가져갔다. 달라는 프루에게서 시선을 떼지 않았다. 이윽고 달라가 칼리스타를 향해 고개를 끄덕이자 칼리스타는 뒤로 물러나기 시작했다.

"칼 내려놔, 프루. 바보 같은 짓이야. 이건 어때. 네가 우리에게 항복하면 너를 살려두는 쪽으로 고려해보겠다." 달라가 구슬렸다.

그러자 프루가 조롱했다. "내가 들어본 말 중에 가장 새빨간 거짓말이군. 당신은 이피게니아 할머니를 죽였어. 악독하기 짝이 없는 여자. 아니, 여우던가. 어느 쪽이든. 그런 당신이 우리를 살려주겠다고?"

"그야 우린 교착상태에 빠졌으니까. 그렇지 않아?" 여우가 한숨을 내쉬었다. 여우는 아이들 쪽으로 발 하나를 내밀었다. 프루는 그녀의 궁둥이 쪽이 부르르 떨리는 것을 보았다. 자신들을 덮치려는 의도가 더욱 분명해졌다.

"꽉 잡아, 얘들아!" 프루는 이렇게 외친 뒤 심호흡을 하고 밧줄을 잘랐다.

누군가 비명을 질렀다. 워낙 순식간이라 누구의 목소리인지 알 수 없었다. 커티스가 비명 지르는 소리를 들어본 적은 있지만 이번에는 여자의 목소리였다. 그게 누구였든 세상이 발밑에서 빙글빙글 돌고, 다리는 한쪽으로 기울어지면서 나무 널빤지가 빠르고 격렬하게 옆으로 떨어졌다. 그때 마치 사랑하는 사람을 잃어서 슬퍼하는 것처럼 혹은 일생 중 가장 충격적인 일을 목격한 것처럼 누군가가 "안 돼!"라고 크게 소리쳤다. 잠시 후 그게 달라의 목소리임을 깨달은 프루는 여우로 둔갑한 여자에게 일말의 동정을 느꼈다. 프루의 팔은 마치 누군가의 조종을 받기라도 하는 것처럼 반사적으로 쑥 뻗어나가 다리가 끊어지면서 생긴 밧줄 한쪽을 움켜쥐었다. 그 꼴은 줄에 매달린 꼭두각시 같아서 밧줄이 움직이는 대로 프루의 몸뚱이도 빙글빙글 돌았다. 프루는 칼리스타가 비명을 지르며 발아래 컴컴한 허공으로 떨어지는 것을 보았다.

게다가 배낭끈이 세게 당겨지며 덩달아 프루의 목덜미도 홱 젖혀졌다. 커티스였다. 커티스는 셉티무스와 함께 프루의 배낭 버클 끈 하나에 의지해서 안간힘을 쓰며 허공에 달랑달랑 매달렸다. 소년과 쥐는 동시에 비명을 질렀다. 프루는 그 순간 조금 전에 들린 여자 목소리 비명이 셉티무스의 것이었음을 깨달았다. 가느다란 밧줄에 매달린 자신과 커티스의 무게로 인해 프루의 손가락은 순식간에 루비 같은 빨간 색에서 핏기 없는 흰색으로 변했다.

"커티스! 난 못 버텨!" 프루가 거칠게 외쳤다.

그 순간 프루는 달라를 돌아다보았다. 다시 인간의 모습이 된 달라는 프루를 향해 두 손을 마구 뻗고 있었다. 꽃무늬 셔츠는 소맷부리가 찢어지고 흙과 피가 묻어있었다. 흉측하게 일그러진 얼굴에는 분노에 찬 시선이 아직 남아있었다. 변신이 도중에 멈춘 듯 인간과 동물 사이에 양다리를 걸친 모양이었다.

그녀가 프루를 향해 손을 뻗었다. 검은 털이 숭숭 난 손목과 손톱 아니, 날카로운 발톱이 보였다. 세상이 느릿느릿 기어가는 것 같았다.

다리를 마지막으로 지탱하던 밧줄이 끊겨 두 쪽으로 나뉜 것은 바로 그때였다. 프루와 커티스는 이쪽에 매달리고 달라는 저쪽에 매달려 빙빙 돌았다. 커티스의 견장에 달린 술 한 가닥을 붙잡은 셉티무스의 여자 같은 울부짖음은 외마디 비명으로 바뀌었다. "아, 아, 아, 악, 악, 악." 프루는 달라가 맞은편 절벽에 세게 부딪히는 것을 보았다. 비록 자신도 절벽에 부딪혀서 이런 상황 변화를 즐길 형편이 못되었지만 말이다. 지금껏 겁도 없이 주인이 명령하는 대로 따랐던 프루의 손가락도 자꾸만 힘이 빠져갔다. 프루와 커티스, 셉티무스는 빙글빙글 돌며 어둠 속으로 떨어졌다.

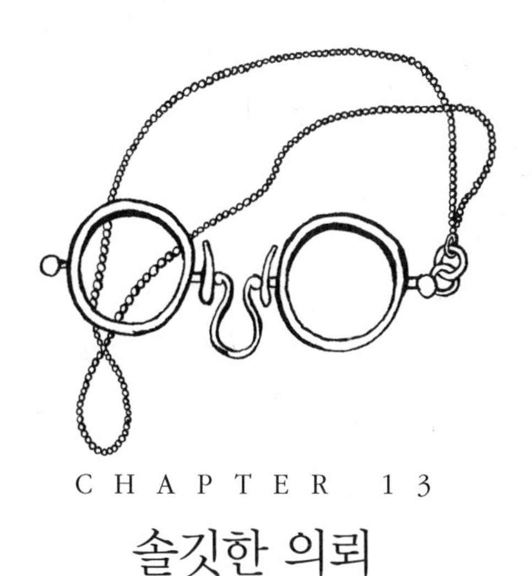

CHAPTER 13

솔깃한 의뢰

언생크 뒤로 문이 세게 닫혔다. 그는 문설주 옆에 서서 말없이 절망스러운 눈빛으로 사무실의 잡동사니를 바라보았다. 단단한 목조 문짝에 등을 기대자 머리에 쓴 페도라 모자 테가 앞으로 밀리더니 바닥에 떨어졌다. 그는 놀라서 얼른 모자를 주워들고 책상으로 걸어와 의자에 몸을 던졌다. 의자가 끼익 하며 신음을 내뱉었다. 언생크는 페도라 모자를 원반던지기 하듯 던져 옷장 옆 모자걸이에 걸려고 했지만 안타깝게도 빗맞았다. 모자는 근처 쓰레기통으로 들어갔다. 언생크는 한동안 마비된 듯 멍하니 앉아있다 책상 위에 손바닥을 대고 고개를 숙였다.

그때 노크 소리가 들렸다. "조프리, 거기 있어요?" 데스데모나였다.

"잠깐만, 기다려요." 언생크는 허리를 곧게 펴고 막 나오려던 눈물을 얼른 닦았다. "들어와요."

문이 삐거덕 소리를 내며 열렸다. 반짝이 원피스를 입은 데스데모나가 서류가방을 들고 들어왔다. "괜찮아요?"

"괜찮아요. 그냥 잠깐, 잠깐 그랬을 뿐이오." 조프리가 대답했다.

"여기 장비 가져왔어요."

"그래요. 어서 줘요."

데스데모나는 서류가방을 들고 방을 가로질러 걸어와 버클을 연 뒤 흰색 상자 세 개를 비슷한 상자가 진열된 선반에 올려놓았다. 상자에는 R.M., E.M., M.S.라고 적힌 이름표가 붙어있었다. 데스데모나는 그것들에게 애잔한 눈길을 준 뒤 돌아서서 언생크를 바라보았다.

"그애들이 뭔가 보여줄 거예요. 난 믿어요." 데스데모나가 응원했다.

언생크가 숨죽여 피식 웃었다. "그래야지, 아마 그럴 거요."

"그 중국인 아이가 스크린에 더 오래 보였어요. 그 아이의 깜빡이는 그렇게 일찍 꺼지지 않았어요."

"그래요?"

"내가 보기엔 그랬어요."

"내 사랑, 데스데모나. 눈에 넣어도 아프지 않은 당신, 하지만 당신이 틀렸소." 언생크가 갑자기 주먹으로 책상을 내리쳤다. "그 아이들 셋 모두! 깜빡이 세 개 모두 꺼졌단 말이오. *깜빡, 깜빡, 깜빡.* 처음 20미터 정도는 잘 갔지. 하지만 그러고 나서 사라졌소."

데스데모나는 갑자기 감정을 폭발시키는 언생크를 보며 놀랐다. "너무 자책하지 말아요. 다음번에는 잘될 거예요."

"다음번? 지난번에는 어땠지? 그 아이 이름이 뭐더라… 칼. 그래, 칼 렌퀴스트라는 통통한 아이. 난 그야말로 몇 주일 동안 작업했소. 구리를 가지고 그 왕관 같은 걸 만드느라. 구리의 속성과 구리의 자구磁區 효과라든지 포화도, 강자성強磁性에 관한 논문을 몇 권이나 읽었는지 모르오. 그런데 그 노력이… 모두 허사가 됐어!" 언생크가 속사포같이 짜증을 부렸다.

"진정해요, 달링." 데스데모나가 위로해주었다.

언생크가 의자에서 벌떡 일어나 흰색 상자가 진열된 선반으로 걸어갔다. "도대체 왜! 왜 한 명도 다시 안 나타나는 거지? 설령 연고든 반죽이든 삽입물이든 제대로 작동하지 않는다고 해도 그중에 한 명은 길을 찾아야 하는 게 아니냔 말이오. 그 노인들과 살아나온 사람들 말은 대체 뭐란 말이야! 어떻게든 밖으로 나온 사람들은? 내가 어렵사리 면담한 사람들은? 그들이 모두 나한테… 이 언생크한테 거짓말을 했단 말인가?"

"너무 좌절하지 말아요." 데스데모나가 담담하게 대꾸했다.

언생크는 손가락을 쳐들었다. "그래! 바로 그거야. 모두 정교한 농담이었어. 그 술집에 있던 사람들, 정신병원에 있었다던 사람들, 19세기 군복을 입은 코요테 밴드에게 열광하던 그놈들 모두 그냥 나를 가지고 논 거야. 그렇지 않소? 난 거기에 속아넘어간 거고. *제기랄,* 멍청하게 당한 거야." 그는 책상으로 걸어가 그 위의 서류더미를 흐트러뜨리기 시작했다. "하하하, 언생크를 갖고 놀다니. 모두가 사람 되기는 글렀다고 말하던 아이. 그런데 그 아이는 어떻게 됐지? 나는 해냈소. 거물이 되었어. 기계부품 공장 대표. 그들에게도 뭔가 보여줬소, 그렇지 않아요? 그런데 항상 최후에 웃는 건 다른 녀석들이었지. 이걸 만든 녀석처럼.” 그는 뭔가를 찾으려고 서류를 뒤졌지만 찾지 못하자 횡설수설하는 것을 멈추고 주머니에 두 손을 찔러넣었다. 그러고는 방안을 둘러보았다. “그거 어디 있지?”

“뭐요?”

“*빌어먹을* 지도 말이오, 데스데모나. 그 노인이 나한테 준 지도.”

조프리가 화났음을 눈치챈 데스데모나는 문 쪽으로 걸음을 옮겼다. “무슨 말을 하는지 모르겠어요, 지도라니.”

언생크는 서류를 마구 넘기다 버럭 소리를 질렀다. “지도! 그 지도 말이야! 커다란 나무와 대저택이 표시된 지도!”

“거기 없어요?”

“없어. 여긴 없어.” 그때 문득 어떤 생각이 스쳤다. “그애들 짓이야. 위성중계기를 가지고 간 그 아이들. 그 중 하나가 틀림없어…….” 언생크가 말꼬리를 흐렸다.

“틀림없어요…….” 데스데모나가 맞장구를 쳐주었다.

언생크는 손가락으로 무드락을 찔렀다. “어서 가서 그 여자애들 사물함을 뒤져봐요. 틀림없이 가져간 거야. 훔쳐간 거라고.”

“알았어요, 달링. 내가 가볼게요. 한데 흥분 좀 가라앉혀요. 당신 너무 보제빌니боЖевіjiНий(제정신이 아니라는 뜻의 우크라이나어. —옮긴이)해요.” 데스데모나는 크게 한숨을 내쉰 뒤 돌아섰다. 그리고 문을 나서기 전에 소리쳤다. “그건 그렇고 고함 좀 지르지 말아요. 신사답지 못하게.” 그 말과 함께 조프리 언생크는 다시 혼자가 되었다.

그는 의자에 털썩 주저앉아 차가운 책상 위에 이마를 내려놓았다. 장광설을 늘어놓는 동안 착 가라앉았던 많지 않은 머리숱이 공작새 깃털처럼 정수리에서 툭 튀어나왔다. 코끝에서 콧물이 떨어졌다. 그는 옷소매로 코를 닦았다. 지난 몇 년간 시도했던 실험의 기억이 떠올라 괴로워하며 꽤 오랫동안 그렇게 앉아있었다. 귓전을 때리는 시끄러운 소리가 났을 때 그는 벌떡 일어나 선반으로 달려가서 유리병과 약병을 모두 깨부수고 금지된 숲으로 들어가는 길을 찾고자 하던 필생의 노력을 끝내버릴까 하는 생각을 하고 있었다. 만약 누군가가 문 두드리는 소리를 듣지 못했으면 정말 그랬을지도 모른다.

"뭔가?" 몹시 짜증난 언생크가 물었다.

"원장님, 누가 찾아오셨어요." 탤보트 부인이었다.

그는 다시 코를 닦고 구겨진 스웨터 앞을 반듯하게 쓸어내렸다. "지금은 만날 수 없어요, 탤보트 부인. 수고해줘서 고마워요."

"남자분입니다. 본인 말로 매우 중대한 일이랍니다."

언생크가 문을 노려봤다. "*말했잖아요!* 손님을 만나지 *않겠다고.*"

얼마나 정적이 흘렀을까, 또다시 문 밖에서 탤보트 부인의 목소리가 들려왔다. "그 신사분이 그래도 원장님을 꼭 만나뵈어야 한답니다."

"변호사인가?" 언생크가 툴툴거리며 물었다. 전에도 그의 부도덕하고 다소 태만한 사업 관행을 눈치채고 법으로 걸고넘어지려는 비열한 변호사들을 겪은 적이 있었다. 물론 돈을 갈취당하거나 국회의원에게 전화를 건다는 협박을 들었어도 오래된 자신의 습성을 고칠 수 없었지만 말이다.

"잘 모르겠는데요. 그런데… 좀 이상해보였습니다. 딱 꼬집어 말로 설명할 수는 없지만요."

언생크는 책상 위에서 손을 쫙 펼치고 바라보았다. 멜버그 씨네 딸들이 뭐라고 그랬지? 자기 부모가 금방 데리러 온다고 했던가? 드물지만 부모가 아이를 데리러오는 일이 있었다. 그건 언생크가 항해를 하는 데 있어 아주 큰 암초였다. 설령 자신을 고아원에 맡긴 죄책감에 찌든 부모라 해도, 목소리 톤만 바꾸면 쉽게 용서하는 게 아이들이라는 사실을 그는 잘 알았다. 언생크는 등받이에 기대앉아 침착하게 행동하려고 애썼다. "좋아. 들여보내요."

몇 분이 흘렀다. 삐거덕 문이 열리고 탤보트 부인이 느릿느릿 들어왔다. 뒤에는 말쑥한 정장 차림에 키가 크고 호리호리한 남자가 서있었다. 그 모습을 본 조프리의 뇌리에 한때 안락했던 시절의 구닥다리 스타일이라는 생각이 스쳤다. 머리는 기름을 발라 깔끔하게 뒤로 넘기고 수염을 적당하게 기른 모습이었다. 코에는 안경 비슷한 것을 걸치고 있었다.

"그러니까 그게……." 조프리는 쉽게 단어가 떠오르지 않았다. "코안경이라는 겁니까?"

남자는 언생크를 무시하고 당당하게 방안으로 들어섰다. 겨드랑이에 낡은 서류가방을 낀 그 남자에게서는, 조프리가 나중에 별세계에서 온 사람 같았다고 표현한 그런 후광이 비쳤다. 그를 흘끔거릴 때마다 마치 이상하고도 신기한 꿈을 꾸다 깨어난 기분이었다. 미동도 없이 남자를 한참 동안이나 감탄의 눈으로 바라보던 조프리는 문득 그가 찾아온 목적이 무언지 궁금해졌다.

언생크는 호리호리한 남자가 말하기 전에 먼저 물었다. "저, 선생님. 뭐라고 말해야 할지, 아마 자식을 *떼어놓겠다는* 결정을 내리면서 마음이 편치 않으셨으리라는 걸 압니다만, 저는 자신 있게 말씀드릴 수 있습……."

호리호리한 남자가 말을 가로막았다. "조프리 언생크 씨죠? 기계부품 공장 대표?"

“그렇습니다만.” 조프리가 탤보트 부인과 수상쩍어하는 시선을 교환한 뒤 대답했다. 탤보트 부인은 자신의 임무는 끝났다고 판단한 듯 즉시 돌아서서 방을 나가 문을 닫았다. 호리호리한 남자는 그녀가 나갈 때까지 기다렸다가 용건을 말했다.

“어떤 물건 제작을 의뢰하고 싶습니다.”

“아… 뭐죠?” 언생크가 당황해서 물었다.

“기계부품입니다. 당신이 전문가라고 들었는데요?”

“아, 그렇습니다. 잠깐만요. 누구라고 하셨죠? 성함이 어떻게 되시는지?”

“제 이름은 중요하지 않습니다.”

언생크가 묘한 웃음을 지었다. “그러시겠죠. 하지만 저는 거래하는 상대에 대해 알고 싶군요.” 그는 의자에 등을 기댄 채 남자의 대답을 기다렸다.

“좋습니다, 정 그러시다면. 제 이름은 로저입니다. 로저 스윈든. 기계부품을 하나 의뢰하고 싶습니다.”

“만나서 반갑습니다, 로저 씨. 자, 이쪽으로 앉으시죠.” 조프리는 책상 앞에 있는 가죽의자를 손으로 가리켰다.

로저는 서류가방을 발 옆에 내려놓고 검정색 재킷 뒷자락을 활짝 펼친 채 의자에 앉았다. 그러고는 서류가방을 들어 무릎에 올려놓았다. 언생크는 여전히 그의 옷차림만 살폈다. “지금 입은 그 옷 아주 멋지군요. 가면무도회라도 가시는 겁니까?”

그러나 이 말은 간단히 무시되었다. “이 부품 제작에 아주 중대한 일이 달려 있습니다. 최대한 빨리 제작했으면 좋겠습니다.” 그 말을 하면서 로저는 가죽 서류가방의 버클을 끄르기 시작했다. “제가 어떤 설계도를 하나 입수했습니다. 결코 만만하지 않은데, 전체 공정이 아주 간단해야 합니다. 믿을 만한 소식통에 의해 선생이 이 분야의 최고라는 얘기를 들었습니다." 그는 말을 멈추고 코안경으로 언생크를 살폈다.

언생크는 조심스럽게 웃었다. "그 소식통 마음에 드는군요. 그가 누군지 여쭤봐도 될까요?"

"그건 중요하지 않습니다." 남자는 계속해서 서류가방을 열었다. 가방의 버클이 지나치게 많았다. "이 시점에서 말씀드리는 게 좋을 것 같군요. 이 일은 극비로 진행해주시기 바랍니다. 선생이 이 물건을 만든다는 사실을 남들이 모르게 해주셔야 합니다. 저하고만 상의하셔야 합니다."

언생크는 남자의 태도에 점점 짜증이 났다. "이보시오, 당신이 나를 만나겠다고 고집을 부려서 지금 여기 있는 겁니다. 내 일을 방해하고 있단 말입니다. 그런데도 자신의 정체를 밝히기를 꺼리고. 그러면서 내가 그 뭐냐, 당신이 원하는 *물건을* 기꺼이 수고해서 만들 거라고 생각하는 겁니까? 이런 식으로는 안 됩니다. 난 주요한 가전제품 업체와 계약을 맺고 지난 몇 년간 열심히 일해서 그들과의 관계를 유지해왔습니다. 지금도 충분히 바쁩니다. 당신이 말한 물건을 만들기 위해 지금 하는 작업을 당장 중단할 수 없단 말입니다. 계약한 물건부터 만들어줘야 하는 것이 내 고객에 대한 당연한 의무란 얘기지요. 게다가 난 비밀을 좋아하지 않습니다. 몰래 일하는 걸 싫어한단 말입니다. '몰래'라는 건 불법을 의미하고, 지금은 그럴 필요를 느끼지 못합니다."

언생크는 가운데 책상서랍을 열어 그 안에 든 것들을 뒤적이기 시작했다. "선생께 소규모 제작자의 이름과 전화번호를 가르쳐드리죠. 내 제품만큼의 질은 담보할 수 없지만 드라이어 매니폴드(내부에 배관 통로가 있고, 외부에 다수 기기機器 접속구接續口를 갖춘 다기관多岐管. —옮긴이)든 교체형 블렌더 날이든 원하는 제품을 충분히 얻을 수 있을 겁니다."

남자는 언생크의 설명을 조용히 듣고만 있었다. 조프리가 말을 끝내고 금박 입힌 조그만 명함을 내밀자 그가 다시 말했다. "수고해주신 대가는 섭섭지 않게 받을 겁니다. 언생크 씨. 그리고 나는 당신이 이 의뢰에 틀림없이 관심을 가질 거라고 믿습니다."

언생크가 조급하게 명함을 흔들었다. "고맙지만 됐습니다. 자, 여기 명함 받으십쇼. 이 사람이 꽤 괜찮습니다."

"제가 아주 매력적인 거래조건을 제시할 텐데요, 언생크 씨."

"난 흥정 따위 하지 않소. 아마 이 사람은 할 겁니다." 그가 여전히 명함을 흔들 때 호리호리한 남자가 그의 손짓을 멈추게 할 만한 말을 했다.

"접근권입니다, 언생크 씨. 접근권을 드리죠."

조프리는 오른쪽 눈을 치켜떴다. "접근권이라뇨? 무슨?"

"언생크 씨, 당신이 찾고 있는 접근권입니다."

언생크는 자꾸만 자기 이름을 부르는 남자의 태도가 왠지 불편했다. "도대체 무슨 말을 하는 겁니까?"

"우리는 선생을 오랫동안 지켜봤습니다. 선생이 기울여온 수고의 산증인이라고 할 수 있죠. 언생크 씨, 우린 당신을 도울 수 있습니다. 당신을 '지날 수 없는 숲'에 들어가게 해드리죠."

조프리는 명함을 책상에 떨어뜨렸다. 마치 근육이 기능을 멈춘 것처럼 갑자기 움직일 수 없었다. 그는 앙증맞은 검은 턱수염에 금테 코안경을 쓴 남자를 빤히 쳐다보았다. 그러다 마침내 입을 열었다. "도와줄 수 있다고요?" 그가 갈라진 목소리로 물었다.

로저가 고개를 끄덕였다. "자, 그럼 계속해도 될까요?"

"잠깐만요! 어떻게?"

"그 또한 지금 당장은 별로 중요하지 않습니다."

"나에게는 아주 중요한 문제입니다. 당신은 어떻게 들어가죠? 나를 어떻게 들여보내줄 겁니까? 당신의 의뢰에 동의하기 전에 나도 뭔가 확신이 서야 할 것 아닙니까?"

로저는 체념한 듯 한숨을 내쉬었다. "저와 동행하면 변방의 곤경에 빠질 염려가 전혀 없다는 정도로만 말씀드리죠. 전 숲의 마법에 의해 태어난 사람입니다."

"당신이 *어떻다고요?*"

"사실, 언생크 씨. 시시콜콜한 얘기까지 하는 건 우리의 시간을 최선으로 이용하는 게 아니라고 생각합니다."

"변방의 곤경이라면 그 경계선을 말하는 겁니까?"

남자는 고개를 끄덕였다.

조프리가 등받이에 등을 기댄 채 눈을 크게 떴다. 손가락으로 머리카락을 빗어넘기자 번들거리는 머리카락이 머리통에 착 달라붙었다. "오, 이런." 그가 말을 제대로 잇지 못하고 중얼거렸다. "오, 이런……."

마침내 서류가방의 버클이 모두 열렸다. 로저는 가방에서 꺼낸, 4분의 1로 접은 노란색 서류 한 장을 무릎에 올려놓은 다음 반듯하게 폈다. 그러고는 조프리의 책상에 가만히 내려놓았다. "설계도를 잘 보십시오. 얼마나 빨리 만들 수 있는지 말씀해주십시오."

조프리는 멍한 상태에서 벗어나려고 고개를 저으며 눈을 깜빡거렸다. 이윽고 시야가 밝아지자 눈을 가늘게 뜨고 서류를 살펴보았다. 어떤 형태가 눈에 들어왔다. 조프리는 그게 무엇인지 이해하려 애쓰며 눈썹을 찌푸렸다. 그리고 마침내 정체를 알게 됐을 때 그의 입은 충격으로 다물어지지가 않았다.

알다시피 조프리 언생크는 기계부품 설계도에 훤했다. 타고났다고 해도 과언이 아니었다. 증조부 라이너스 모티머 언생크는 제1차 세계대전이 발발한 1914년에 언생크 기계부품 공장을 세웠다. 지금도 공장 본관 건물에 초상화가 걸려있다. 조프리는 잠깐이지만 그 할아버지를 본 적이 있었다. 증조부가 임종하는 자리였다. 다섯 살의 언생크는 증조부와 작별인사를 나누기 위해 누군가의 손에 이끌려 침대 옆으로 갔다. 조프리는 그 순간을 아직도 생생하게 기억한다. 방안의 냄새는 친근하면서도 숨막힐 듯 답답했다. 재처럼 창백한 증조부의 피부는 풀 먹인 흰색 시트와 거의 구분이 되지 않았다. "언생크 사장님?" 그의 아버지는 증조부를 언제나 그런 식으로 불렀다. "증손자인 조프리 좀 보세요." 노인은 힘겹게 고개를 겨우 틀어 손자를 보았다. 그의 입술이 일그러지며 말을 했다. "부디, 그걸 죽이지 마라." 그 말을 간신히 내뱉고 증조부는 숨을 거두었다. 아무도 증조부가 말씀하신 '*그것*'(증조부가 아끼던 치자나무 화분이 그 무렵 말라죽을 지경이었다)이 정확히 무엇을 가리키는지 알지 못했지만 조프리는 항상 마음속으로 '공장'을 뜻하는 거라고 생각했다. 언생크는 먼 훗날 가업을 물려받을 자신감이 생기자 진정한 기업가의 열정을 품고 사업에 뛰어들었다. 그는 차츰 쇠약해지는 고객과 결별해 예산을 절감했다. 생산성 낮은 고용인 대신 유능한 직원을 채용했다. 그리고 근처 고아원을 사들여 원생들을 값싼(공짜라고 알아들으면 된다) 노동력으로 이용했다. 시간이 날 때마다 고

고학자처럼 무역의 역사를 연구하고 눈이 피곤해서 충혈될 때까지 상세한 기계부품 설계도를 들여다봤다. 공장에 새로 들이는 기계란 기계는 모두 공부했고, 작동원리를 철저하게 연구했다. 그의 삶은 언제나 공장 위주로 돌아갔다. 심지어 재계 거물 순위 5위 안에 뽑혔을 때도 수상식 행사에서 일찌감치 몰래 빠져나왔다. 그 즈음 20세기 초반 매니폴드 설계도 컬렉션을 구한 지 얼마 안 되었을 때였는데, 얼른 사무실로 돌아가 그걸 연구하고 싶어서였다. 직접 검토하지 않은 청사진이라든지 스펙시트, 회로도는 하나도 없었다. 지금까지도 그랬다.

"이게 뭐죠?" 언생크가 숨죽여 물었다.

"뫼비우스 톱니바퀴입니다. 이런 건 처음 보시죠?"

언생크는 자기도 모르게 대답했다. "네."

로저가 얼굴을 찌푸렸다.

"이게 어, 어떻게……?" 언생크는 설계도에 온통 정신이 팔려 말을 더듬었다. 그의 손가락은 종이의 부드러움을 느끼며 그 위를 날아다녔다. 군청색 잉크로 그려진 것은 언생크가 지금까지 본 설계도 중 가장 정교하고 세심한 기계부품 설계도였다. 곡선 하나하나 정성들여 측정하고 묘사했으며, 모든 각도는 따로 도표를 첨부해 초안을 만들었다. 설계자의 펜대를 내려놓게 할 정도로 거의 모든 설계도를 섭렵한 당사자이니만큼 언생크가 그 설계도를 보자마자 이해했을 거라고 생각할지 모르겠다. 하지만 아니었다. 그 점이 언생크를 좌절시켰다.

뾰족뾰족한 고리 세 개로 이뤄진 톱니바퀴는 공처럼 생긴 핵심 주위를 도는 일련의 기어에 가까웠다. 세 개의 링 자체는 스퍼기어처럼 삐죽삐죽한 이빨이 있지만, 마치 각각의 바깥 면이 동시에 기어의 안쪽 면인 것처럼 논리에 맞지 않게 틀어졌다. 어쨌든 그렇게 뒤틀린 (설계도에 의하면) 기어 세 개의 이빨은 적절한 지점에 왔을 때 서로 맞물려 매끄럽게 움직이게 되었다. 언생크는 얽힐 듯 맞물리는 톱니의 절단면을 살펴보며 혼잣말을 중얼거렸다. 마침내 그가 단념한 듯 비참한 표정으로 방문객을 바라보았다. "이건 불가능합니다."

호리호리한 남자는 물러서지 않을 태세였다. "그 정도는 아닐 텐데요. 틀림없이."

"논리에 맞지 않기 때문입니다. 이 청사진을 그리는 데 얼마나 많은 노력을 기울였을지 상상할 수도 없지만, 실제로 만들 수 있을지는 더욱 의문입니다. 불가능합니다. 그럴듯해 보이지만, 순전히 추측한 겁니다! 아름답지만 존재하지 않는 유니콘과 같은 거죠."

"추측이 아닙니다."

언생크는 로저의 말을 귀담아 듣지 않았다. 대신 설계도에 찬사를 보냈다. "다만 매우 인상적이라는 점은 인정하지 않을 수 없군요. 가히 천재적이라고 말하고 싶습니다. 이런 것을 만들려면 상상력이 풍부한 사람에게 맡기셔야 할 겁니다." 그는 혀를 끌끌 차며 고개를 내저었다.

"언생크 씨. 다시 한 번 말씀드리는데, 이건 상상이 아닙니다. 전에도 만들었던 물건입니다."

"누가요?"

"아주 재능이 뛰어난 기계기술자입니다. 그들은 아무것도 없이 망치와 끌 몇 개뿐인 형편없는 제작소에서 외롭게 작업한 것으로 압니다. 선생께선 이런 부품 공장을 운영하고 계시니 톱니바퀴 하나 만드는 건 일도 아니라고 생각했습니다."

언생크는 단 한 번 아주 크게 웃었다. 그는 설계도를 내려놓고 로저의 눈을 똑바로 응시했다. "이 부품은… 내가 본 것 중에 가장 믿을 수 없게 설계된 기계부품입니다. 심지어 우리 공장 전체가 이 부품 제작에 투여된다고 해도……." 그는 설계도에 적힌 단어를 흘끔거리며 조심스럽게 그 의미를 분석했다. 글자를 읽으면서 그는 낮게 중얼거렸다. 그리고 다시 로저를 쳐다봤다. "그러니까 이 기술자들이 망치와 끌을 가지고 제품을 만들었단 겁니까? 아무래도 당신네 늪의 마법인가 뭔가가 이것과 관련 있다고 생각할 수밖에 없군요."

"숲의 마법이죠." 호리호리한 남자가 고쳐주었다.

"그래요. 그게 정확히 뭡니까?"

"우드의 핵심이라고 할 수 있습니다. 우드에서 태어난 사람들의 피에는 마법이 흐릅니다. 그래서 우리는 나무에게서 태어났다고 믿죠. 그런데 당신네 바깥세상 사람들은 변경 너머 즉, 당신들이 그저 '지날 수 없는 숲'이라고 부르는 곳에서 어떤 일이 일어나는지 부끄러울 정도로 무지합니다. 그곳은 강렬하고 생기 넘치는 땅입니다. 그런데 제가 그 배타적인 접근권을 당신에게 제공하려는 겁니다. 제가 알기로, 역사상 어떤 우드 사람도 바깥세상 사람에게 그것을 제공한 적이 없습니다."

"당신이 말한 그 접근권을 가지면 정확히 어떤 혜택이 따릅니까?" 언생크가 눈을 빛냈다.

"절대적으로 자유로운 접근이죠. 당신이 원할 때 보호자의 안내로 변경 안으로 들어갔다 나올 수 있습니다. 변방의 곤경에 빠질 염려가 전혀 없습니다.

그럼 당신은 당신의 제품을 완전히 새로운 세상의 구매자에게 팔 기회를 얻게 될 겁니다. 오래된 숲에 지천으로 널린 자원도 손에 넣고요. 수령이 수천 년에 이르는 나무들이죠. 아마도 우리 정부와의 관계가 공고해지면 정부 일도 할 수 있을지 모릅니다. 도핀 왕실에 납품하는 기계부품 제작자. 어떠십니까?"

언생크는 다시 설계도를 들여다보며 말했다. "구미가 당기는군요. 내 말은 그러니까, 이게 혹시… 사실 성급하게 확답을 드리고 싶지 않습니다. 과거에도 이런 실험적 프로젝트를 시도해본 적이 있습니다. 과연 그것을 위해 공장을 가동해야 하는지는 신만이 아시겠죠. 다만 이 물건이 예전에도 이 세상에 존재했던 거라면 그래서 누군가 이 물건을 다시 만들게 된다면 그건 나여야 한다고 생각합니다. 하지만 절대 만만치 않은 물건이라고 말씀드리고 싶군요." 그는 잠깐 말을 멈췄다. "그런데 돌핀 뭐라고 하셨죠?"

남자는 당황한 표정으로 언생크의 말을 고쳐주었다. "아니요, 돌핀이 아니고 도핀이요. 황태자입니다."

"그러니까 내가, 그분의 신하가 되는 겁니까?"

"선생이 원하시면."

"그 도핀이라는 사람이 누구죠? 왜 이런 물건을 주문한 겁니까?"

"현재 그의 몸에 이상이 생겼기 때문입니다. 하지만 그 점은 별로 중요하지 않습니다. 선생께 다시 묻겠습니다. 이 톱니바퀴를 만들어주실 수 있습니까, 언생크 씨?"

조프리는 의자 팔걸이에 팔꿈치를 얹은 채 입술 앞에서 손가락을 꼬았다. 그는 뫼비우스 톱니바퀴 설계도와 로저를 번갈아보았다. 긴 침묵 뒤 마침내 입을 열었다. "시간은 얼마나 주실 거죠?"

"닷새."

언생크가 손바닥으로 책상을 내리쳤다. "*닷새라고요?* 농담하십니까? 금속을 보존처리하는 데만도 그 정도 걸립니다. 최소한 일주일은 주셔야 합니다."

"일주일은 선택사항에 없습니다. 언생크 씨, 다른 사람들도 이 제품을 만들려고 할 겁니다. 만약 그들이 성공한다면 모든 것을 잃게 되죠. 전 당신의 노력을 지켜봤습니다. 당신의 능력을 높이 평가해왔죠. 당신 정도라면 5일을 넘기지 않을 겁니다."

"내 말은, 만약 내가 밤 새워 작업을 하면, 다른 작업을 모두 중단한다면……."

"만약 그래야 한다면 그렇게 해야죠."

"하지만 이 일에만 모든 기계를 투입하면 그 손해가 막심할 겁니다. 게다가 내 고객들은 어떻게 하고요? 난 화요일까지 1만 5,000개의 식기세척기 흡입밸브를 만들어야 합니다."

로저가 예의바르게 헛기침을 했다. "언생크 씨, 누적된 손해가 얼마든 보상받고도 남습니다. 틀림없이 그만한 가치가 있을 겁니다. 난 지금 당신 마음대로 주무를 수 있는 세상을 약속하는 겁니다. 부디 그 점을 잊지 마십시오."

언생크는 손가락을 입가로 가져와 입술을 톡톡 쳤다. "그렇다면 당신이 말한 내 경쟁자들은 어떻습니까? 그 사람들도 이걸 만들고 싶어하겠죠. 만약 그들이 저보다 먼저 만들면 어떻게 되는 거죠? 그럴 땐 어떡하죠?"

"그것도 선택사항이 아닙니다. 하지만 저는 뭐랄까요, 그들의 진행을 방해하기 위해 조치를 취해뒀습니다. 언생크 씨, 그 문제는 당신이 걱정할 게 아닙니다. 당신이 할 일은 그저 이 제품을 만드는 겁니다. 그게 다예요."

조프리는 가죽의자에 앉은 이상한 남자에게서 시선을 돌려 깜빡거리는 위성중계기가 놓인 선반 위쪽 창문을 바라보았다. 장벽처럼 늘어선 나무들, 매일 이 방으로 들어올 때마다 보이는 그 광경은 잿빛 햇살 속에 경계근무를 서듯 언제나 그 자리에 있었다. 새 한 마리가 높다란 침엽수 위를 선회했다. 숲 속 어딘가에 그가 멋대로 들여보낸 소녀 셋이, 마찬가지 운명을 겪은 수십 명의 다른 아이들과 함께 있을 거라고 생각했다. 언생크는 다른 세상의 치명적인 매력에 희생양이 되어, 그 자리에 꼼짝없이 붙들린 아이들의 모습을 상상했다. 아니 운이 없으면 그 나무들한테 서서히 잡아먹혔을지 모른다. 대체 무엇 때문에? 지난 세월은 조프리 언생크에게 몹시 고되고 오랜 여정이었다. 하지만 자신이 마침내 그에 대한 보상을 받는다고 느꼈다. 비록 허황된 꿈에서라도, 전혀 예상하지 않았던 방식이기는 하지만…….

"좋습니다, 만들어보죠."

"레이첼."

숲은 결코 포기하지 않았다.

"레이첼!"

여전히 아무 소리도 들리지 않았다. 엘시는 엄청난 공포감에 휩싸였다. 살면서 이렇게 겁난 적이 없었다. 키 큰 나무들이 오목거울에 비친 것처럼 자신을 에워싸고 일제히 절하는 듯했다. 가벼운 열기와 현기증을 느끼며 아이는 뛰기 시작했다. 지금 어디로 가는지조차 몰랐다. 아는 거라고는 자신이 한 약속

뿐이었다. 언니를 찾아야 한다는 것! 여기 들어오기 전에 얻어입은, 너무 크고 두꺼운 모직 트렌치코트와 씨름하면서 짧은 다리로 최대한 빠르게 빽빽한 덤불을 헤치며 달렸다. 예전에 이런 꿈을 꾼 적이 있었다. 몸은 지치고 머리는 혼란스러운 상태에서 끝없이 펼쳐진 원시림을 달려가는데 당밀을 바른 것처럼 다리가 꿈쩍도 하지 않는 꿈이었다. 엘시는 문득 이게 어쩌면 꿈일지도 모른다고 생각했다. 그때 유난히 성난 가시에 왼손을 긁혔고, 통증이 느껴졌을 때에야 자신이 깨어있음을 실감했다.

엘시는 다시 한 번 시도했다. 이번에는 숨을 참았다가 두 손을 동그랗게 말아 입에 대고 "레이첼!"이라고 외쳤다. 그리고 조용한 정적에 귀를 기울였다. 바람이 속삭였다. 살랑거리는 바람에 나뭇가지가 흔들리며 서로 부딪쳤다. 엘시는 자신이 처한 상황을 정리해보았다. 지금 모든 탐험가를 집어삼켰다고 알려진 빽빽한 숲 한가운데 서있었다. 하지만 얼핏 살펴보아도 자신에게는 아직 아무 일도 일어나지 않았다. 발이 시리고 코가 튼 것처럼 느껴졌지만 그 외에는 멀쩡했다. 손을 살펴보았다. 얼어서 빨간데다 젖은 눈이 묻어 번들거렸다. 두 손을 호호 불자 손끝에 따뜻한 기운이 감도는 것 같았다. 언생크 씨가 손에 꼭 쥐라던 긴 갈색 끈은 언제 떨어뜨렸는지 기억도 나지 않았다. 아니, 기억이 흐려진 것 같았다. 노끈을 일부러 떨어뜨렸는지, 단순히 손에서 놓쳤는지 그것도 의문이었다. 하지만 자신의 목적만은 또렷했다. 언니를 찾아야 했다.

"레이첼!" 엘시가 다시 외쳤다. 여전히 대답이 없었다. 엘시는 눈을 가늘게 뜨고 먼 곳을 바라보았다. 나무 틈새로 탁 트인 전망이 드러났다. 그쪽으로 가보니 나무 건너에 숲 사이로 난 너른 목초지가 나타났다. 그리고, 목초지 한가운데 작고 흰 토끼가 있었다.

토끼는 식물 뿌리를 우적우적 씹고 있는 듯했다. 그러다 동작을 멈추고 엘시를 빤히 쳐다보았다. 엘시는 동물병원과 친구 카르마네 집 뒷마당에서 토끼를 구경한 적이 있지만, 이상하게도 이 토끼에게는 특별한 구석이 있었다. 다른 동물과는 달리 이 토끼의 눈은 왠지 총명한 게 지능이 있어보였다. 토끼는 코를 몇 번 옴쭉거리고 귀를 쫑긋거린 뒤 목초지 가장자리로 깡충깡충 뛰어갔다. 다만 시야에서 사라지기 전에 걸음을 멈추고 마치 자신을 따라오라는 듯 엘시를 뒤돌아보았다. 엘시는 토끼를 따라갔다. 마치 최면에 걸린 느낌이었다. 지금으로서는 이게 최선의 선택이었다. 미로 같은 나무 사이를 헤매는 동안 엘시는 이미 절망적인 상태가 되어서 자신이 어느 방향으로 가든 중요하지 않았다. 그런데다 자신을 기다려주는 듯한 토끼에 자꾸 마음이 쓰였다. 한참 뒤처져서 토끼의 흔적을 잃어버렸다고 생각할 때면 어김없이 양치식물을 움켜쥐고 코를 옴쭉거리며 자신을 쳐다보고 서있는 토끼를 발견했다. 엘시가 다가가면 토끼는 다시 움직이기 시작했다.

그들이 멀리 가지 않았을 때 주변 숲에서 어떤 소리가 감지됐다. 엘시는 귀에서 나는 맥박 소리조차 들리지 않게 하려고 숨을 참았다. 흰 토끼도 걸음을 멈추고 소리를 듣는지 귀를 쫑긋 세웠다. 다시 그 소리가 들렸다. 누군가 엘시의 이름을 부르는 것 같았다. 깜짝 놀란 토끼가 덤불로 뛰어들더니 이내 시야에서 사라졌다.

"가지 마!" 엘시가 불렀다. 엘시는 이상하게도 토끼를 따라가고 싶은 충동을 느꼈다. 토끼가 자신에게 뭔가 보여주고 싶어한다는 직감이 들던 터였다. 그때 다시 소리가 들려왔는데, 이번에는 더 또렷했다. 레이첼의 목소리였다. 엘시는 무릎까지 올라오는 고사리밭 한가운데서 걸음을 범췄다. 언니의 목소리가 들려오는 쪽과 이상하게 끌어당기는 토끼 사이에서 어쩌지 못한 채.

"엘시!" 목소리가 다시 소리쳤다.

"레이첼!" 엘시는 몸을 돌려 자신을 찾는 목소리를 향해 뛰어갔다.

두 아이는 어린 소나무 숲에서 트렌치코트와 두 팔을 부딪치며 재회했다. 한참을 그렇게 부둥켜안고 있다 떨어졌다.

"괜찮아?"

"응. 그런 것 같아, 언니."

레이첼은 동생의 얼굴을 더듬었다. 엘시의 뺨에는 긁힌 상처가 나고 손등에는 조그만 피딱지가 앉아있었다. "온통 까졌구나."

“무작정 달렸어. 너무 무서웠어. 줄곧 언니를 찾았어.” 엘시는 자신이 몹시 떨고 있다는 것을 깨달았다.

“이제 괜찮을 거야, 엘시.” 레이첼은 엘시의 머리카락을 쓸어주며 위로했다. 숲을 헤치고 달려오느라 머리카락이 마구 헝클어졌다. 그리고 잔가지들이 여기저기 더듬이처럼 박혀있었다. 레이첼은 조심스럽게 그것들을 빼주었다. “잘 들어, 엘시. 나와 함께 고글을 찾아야 해. 우린 숲에 들어오자마자 너를 찾자고 함께 계획을 세웠어. 둘이 숲을 헤매다가 네가 날 부르는 소리를 듣고 그 방향으로 걸어갔지. 그런데 어느 순간 뒤따라오던 마서가 없어진 걸 알았어. 쥐도 새도 모르게 사라져버렸어.”

엘시는 언니를 돌아다봤다. “그거 아직 하고 있네?”

레이첼은 동생이 무슨 말을 하는지 짐작이 갔다. “웩. 내 코에 처박은 끈적끈적하고 불쾌한 반죽 말이지? 난 다 빼버린 줄 알았는데.” 레이첼은 이렇게 말하고 나서 뒤로 돌아섰다. 그리고 손가락으로 한쪽 콧구멍을 잡고, 아빠가 ‘코딱지 발사'라고 부르던 동작을 했다. 그러자 작은 갈색 반죽 덩어리가 근처 고사리 잎으로 떨어졌다.

“자, 어서, 마서를 찾으러 가자.” 레이첼이 엘시의 손을 잡아끌었다.

그들은 서로 바짝 붙어 친구를 찾았다. 주변 나무를 향해 마서의 이름을 부르면 똑같은 목소리가 메아리가 되어 들렸다. 그들은 소리 하나라도 놓치지 않으려고 체계적으로 천천히 움직였다. 혹시 마서가 쓰러져서 다치기라도 한 건 아닐까? 엘시는 마서가 쓰러진 나무 밑에 다리가 깔린 채 누워있는 모습을 상상했다. 저절로 몸이 떨렸다.

“애들아!” 근처 층층나무 숲에서 어떤 목소리가 들려왔다.

"마서?" 레이첼이 소리쳤다.

천만다행으로 나뭇잎이 떨어져 앙상한 층층나무의 붉은 가지가 벌어지더니 뺨 아래로 찐득거리는 초록색 반죽이 흘러내린 마서가 이마에 고글을 걸치고 나타났다. "너희들 어떻게 된 거야?" 마서가 물었다. 그녀는 무심하게 손가락을 귀에 넣어 언생크가 집어넣은 혼합물을 파냈다.

"너 내 뒤에 있었잖아! 도대체 어떻게 된 거야?"

"난 네가 나를 두고 간 줄 알았어. 계속해서 네 이름을 불렀는데 그냥 숲으로 들어가 버리더라. 난 완전히 길을 잃었었어."

"몸은 괜찮아?" 나무에 깔린 마서의 모습이 아직 머릿속에 남아있는 엘시가 물었다.

"응, 괜찮아." 마서는 자신의 트렌치코트에 손을 쓱쓱 문질렀다. "어쨌거나 우리 모두 임무를 띤 이상 너희 손목에 있는 줄 아무거나 길잡이 삼아 언생크 씨한테 돌아가면 돼. 자유는 우리 가까이에 있어, 얘들아." 마서는 자신의 말을 강조하려는 듯 고글을 눈에 쓰고 씩 웃었다. 레이첼이 엘시를 바라보았다.

"네 줄은 어쨌어?" 레이첼이 마서의 손을 훑어보았다.

"나도 물어보려던 참이야." 엘시가 거들었다.

마서는 고글을 쓴 눈으로 두 아이를 뚫어져라 쳐다봤다. "너희 줄 갖고 있지 않아?"

"뭐야, 둘 다 갖고 있지 않잖아." 레이첼이 소리쳤다.

"어딘가에 떨어뜨렸어. 아니, 그렇지 않아도 뭔가를 떨어뜨린 것 같았어." 마서가 변명하듯 이야기했다.

"그러니까 나한테 짜증내지 마." 레이첼이 대꾸했다.

세 아이는 말없이 언덕 꼭대기에 이르렀고, 발아래 좁다란 계곡을
내려다보다 그곳에 자리잡은 오래된 오두막을 발견했다.

"너한테 짜증낸 거 아니야." 마서가 쏘아붙였다. "나는 그저 둘 중에 한 명은 정신이 있는 줄 알았지."

그러자 레이첼은 마서의 화를 돋우기 시작했다. "이렇게 정신 드는 건 어때. 난 지금 당장 너의 코를 한 대 치고 싶어."

"때리려면 때려봐." 마서는 두 손을 털듯 비벼댔다.

"이봐! 미쳤어? 둘 다 그만해." 엘시는 두 소녀 사이에 끼어들어 두 팔을 휘저었다. 그들이 진정하자 엘시가 다시 말을 이었다. "알다시피 용감무쌍한 티나는 이렇게 경고했어. 티나가 뭐라고 했는지 알아? 티나 말이……." 엘시는 인형이 들려주는 경구 중 적절한 구절을 찾아내려고 애썼다. 그리고 마침내 알맞은 말을 찾아냈다. "티나 말이 친구는 함께 있어야 진정한 친구래." 사실 티나는 그런 말을 하지 않았지만 엘시 생각에 티나라면 그렇게 말할 것 같았다.

"티나는 그런 말 하지 않아." 레이첼이 비웃었다.

"그래도 그 말은 맞아. 여기에서 흥분하면 안 돼. 침착하고 냉정해져야 해." 마서가 말했다.

"맞아. 침착하고 냉정해야 해." 엘시가 따라 했다.

"그럼 이제 어떻게 해야 하지?" 레이첼이 물었다.

"우선 여기를 빠져나가 언생크 씨한테 돌아갈 방법을 찾아야지. 보상을 요구해야 하잖아. 단지 어느 길로 갈지만 결정하면 돼." 마서가 결론을 내렸다.

세 아이는 걸음을 멈추고 서서 흰 눈으로 뒤덮인 초록색 나뭇가지 사이를 살폈다. 어느 방향으로 가야 밖으로 나갈 수 있는지 알기 위해서였다. 바로 그때 엘시의 머릿속에 토끼가 떠올랐다.

"이상하게 들릴지 모르지만 아까 저기 작은 오솔길에서 흰 토끼를 봤어. 그런데 도망가지도 않고, 마치 길을 알려주려는 것처럼 나를 기다렸어.”

레이첼은 의심스러운 눈으로 엘시를 바라보았다. “너 여름 내내 우리가 읽은 그 책에 너무 빠져있는 거 아니니?”

“농담 아니야. 난 진지하다고. 그 토끼가 나한테 따라오라고 말하는 것 같았단 말이야. 어쩌면 밖으로 나가는 길을 가르쳐주려고 했을지도 몰라.”

마서는 어깨를 으쓱했다. “좋은 방법이다. 그 길이 어딘지 가르쳐줘.”

처음 토끼를 발견한 목초지로 돌아가는 건 엘시에게 식은 죽 먹기였다. 심지어 가볍게 쌓인 눈 여기저기에서 자신의 발자국을 찾을 수도 있었다. 엘시는 일단 레이첼이 자신의 이름을 불렀던 지점을 찾아낸 다음 수풀 사이로 난 토끼의 작은 발자국을 따라가기 시작했다. 엘시가 어느 정도 갔을 때 등 뒤에서 언니의 목소리가 들렸다.

“엘시, 잠깐만. 마서가 어디 갔지?” 엘시는 언니를 돌아다보았다. 레이첼 옆자리가 휑하니 비어있었다. 자매는 눈을 껌벅거리며 그 지점을 바라다보았다. “여기에 있었는데. 조금 전까지만 해도.” 레이첼이 고개를 갸우뚱했다.

두 아이는 마서의 이름을 부르며 왔던 길을 되짚어가기 시작했다. 눈 위에 찍힌 자신들의 발자국을 따라가는데, 이상하게도 거기에는 두 사람의 발자국만 찍혀있었다. 마서는 그들이 목초지에 도착하기 한참 전에 어디론가 이탈한 게 분명했다. 얼마 후 두 아이는 처음 출발했던 곳에 이르렀다. 어지럽게 뒤얽힌 발자국이 눈 위에 커다란 구덩이를 만들었다.

“야, 고글!” 레이첼이 외쳤다.

그때 저쪽 쓰러진 미루나무에 앉아있는 마서가 보였다. 마서는 부츠에서 진흙을 떼어내는 중이었다. 두 아이가 다가가자 마서가 항의했다. “야! 어쩌면 그렇게 날 버리고 가는 거야."

"우린 버리지 않았어. 바로 뒤따라오는 줄 알았다고." 엘시가 말했다.

"난 그냥 있었는데 너희가 사라졌어. 내가 애타게 이름까지 불렀는데. 내 목소리 못 들었어?"

레이첼과 엘시가 눈을 맞추고는 동시에 대답했다. "아니."

"너 목초지 봤어? 거기까지 왔더랬어?" 레이첼이 물었다.

"아니, 너희들은 이 나무 앞에서 그냥 가버렸어." 마서가 씩씩거렸다.

"다시 한 번 가보자." 레이첼의 목소리에 뭔가 불안한 기색이 묻어있었다.

"그냥 달아나면 안 돼." 마서가 통나무에서 몸을 일으키며 경고했다.

하지만 그다지 멀리 가지도 않았는데 마서는 또다시 사라졌다. 레이첼은 마서한테서 눈을 떼지 않기로 마음먹고 2~3초마다 뒤를 돌아다보았다. 하지만 일행이 잠깐 나무 뒤로 들어간 사이 마서는 또 사라져버렸다. 자매는 왔던 길을 다시 돌아갔다. 그리고 쓰러진 버드나무 옆 작은 공터에 선 마서를 발견했다.

"너희 또 그랬지?" 마서가 원망스럽게 물었다.

"*어떻게 된 거지?*" 레이첼은 당황해서 손가락으로 관자놀이를 문질렀다.

바로 그때 개 한 마리가 그들 옆을 지나갔다. 세 아이는 그 자리에 얼어붙었다. 개는 숲속 생물의 망령을 뒤쫓는 것처럼 오직 개만이 낼 수 있는 스피드로 정신없이 들판을 헤집고 뛰어다녔다. 그러다 아이들에게는 두 번 다시 눈길도 주지 않고 쓰러진 버드나무를 훌쩍 뛰어넘어 덤불 속으로 사라졌다.

"봤어?" 마서의 눈이 휘둥그레졌다.

"응. 내가 보기에는 리트리버 사냥꾼 같은데. 난 정말 개가 싫어." 레이첼이 고개를 가로저었다.

"정말 이상한 개야." 마서가 말했다.

그 개가 어디에서 나타났고 또 그토록 바쁘게 어디로 갔는지 궁금해할 틈도 없이 다른 개가 (이번에는 연한 잿빛 털의 커다란 맬러뮤트였다) 들판을 가로질러 달려왔다. 그 개 역시 버드나무를 펄쩍 뛰어넘어 먼젓번 개가 사라진 곳으로 갔다. 이어서 순식간에 세 번째, 네 번째 개도 나타나서 두 개를 따라 사라졌다. 다섯 번째 개가 나타났을 때 엘시는 개 앞으로 뛰어들었다.

"멍멍아! 착하지, 이리 와봐." 엘시가 개를 불렀다.

콜리종인 개는 그저 엘시 주위를 미친 듯이 돌다가 순식간에 사라졌다.

잠시 후 개가 떼로 몰려들었다. 엘시는 우르르 몰려오는 물소떼를 떠올렸다. 가장자리에서 들판을 가로질러 질주해오는 시끄러운 개떼는 그렇게밖에 표현할 수 없었다. 상상할 수 있는 종이란 종이 모두 모인 개들은 족히 서른 마리쯤 돼보였는데, 신이 나서 침을 질질 흘리고 제멋대로 날뛰다 앞선 개들을 따라갔다.

마서는 비명을 지르며 하마터면 앉아있던 통나무에서 굴러떨어질 뻔했다. 레이첼은 엘시가 처음 보는 탁월한 운동 능력을 발휘해서 단숨에 버드나무를 뛰어넘어 밀려오는 개들을 피해 도망치기 시작했다. 엘시는 꼼짝 않고 서있었다. 주변에 털들이 높이 날아올랐다 떨어졌다. 개들은 세 여자아이에게 관심 없는 게 분명했다. 그보다 앞서 다섯 마리 개를 유인했던 유령을 뒤쫓느라 바쁜 것만 같았다. 그중에 통통한 다리 때문에 줄곧 엉덩이를 쳐든 것처럼 보이는 검은 퍼그종이 엘시의 부츠 앞에 멈춰서서 침을 흘렸다. 엘시가 쓰다듬어주자 개는 만족스러운 듯 낑낑거리다 제 갈 길을 갔다.

"언니!" 충격에서 벗어난 엘시가 소리쳤다. "마서!" 쓰러진 통나무를 건너자 숲속 덤불 사이에서 고글에 묻은 흙을 닦고 있는 마서가 보였다.

"*그게* 뭐지?" 마서가 물었다.

"나도 몰라. 그나저나 어서 언니를 따라가야 해. 개를 무서워하거든."

두 아이는 추적을 시작했다. 개의 흔적을 따라가는 것은 엄청 쉬웠다. 개들이 지나간 눈밭은 풋볼 팬들이 패스트푸드점으로 우르르 몰려간 흔적과 비슷했다. 수많은 개가 지나간 길에는 풀들이 몽땅 누워있었다. 얼마 가지 않았을 때 낮게 훌쩍이는 소리가 들려왔다. 겁에 질린 레이첼이 나지막한 단풍나무 가지에 매달려서 울고 있었다.

"괜찮아, 언니?" "이제 모두 갔을 거야." 엘시와 마서가 차례로 위로했다.

"맙소사, 어떻게 된 일인지 제발 나한테 설명 좀 해줄래?" 레이첼이 나뭇가지에서 내려오며 말했다.

"개들이 몰려왔어." "그것도 엄청나게 많은 개들이."

바닥으로 내려온 레이첼이 코트에 붙은 이끼를 털어냈다. 얼굴에는 땟국물이 흐르고, 코트자락에는 진흙 얼룩이 졌다. 레이첼은 허공을 향해 코를 벌름거렸다. "이거 연기 냄새 아니야?"

아니나 다를까, 엘시도 훅 끼쳐오는 냄새를 맡았다. 장작 타다 만 냄새 같기도 하고, 이웃 세상의 늦가을 냄새 같기도 했다. 개들이 달려간 방향에서 날아오는 듯했다. 세 소녀는 말없이 그 냄새를 따라갔다. 개떼에 짓밟혀 풀들이 넓게 누워있는 곳만 추적하면 됐다. 연기 나는 곳으로 가자 누군가 거주하는 흔적이 보였다. 쓰러지고 베인 나무들이 곳곳에 널려있었다. 넓은 벌목장 옆에 금방 팬 장작더미가 보였다. 아이들의 목소리도 들렸다. 세 아이는 말없이 언덕 꼭대기에 이르렀고, 발아래 좁다란 계곡을 내려다보다 그곳에 자리잡은 오래된 오두막을 발견했다. 굴뚝에서 가느다란 하얀 연기가 피어올랐다.

오두막 옆 커다란 채소밭 근처를 다양한 연령의 열다섯 명쯤 되는 아이들이 돌아다녔다. 여덟 살부터 열여덟 살쯤 돼보였는데 갖가지 동작을 하고 있었다. 어떤 아이들은 장난을 치고, 어떤 아이들은 빨랫줄에 빨래를 널거나 장작을 패며 집안일을 도왔다. 채소밭에서 일하는 아이들도 여럿이었는데 잡초를 뽑거나 노루발풀의 가지치기를 했다. 그런데 그 아이들에게는 한 가지 공통점이 있었다. 모두 귓불에 조그만 꼬리표를 달고 있었다.

CHAPTER 14

찬물, 어디에나 물

끊긴 밧줄 다리에서 깊이를 알 수 없는 롱 갭으로 추락한 그날은 프루 매킬과 커티스 멜버그에게 행운의 여신이 미소를 보낸 것 같았다. 아니, 미소뿐만 아니라 두 아이의 이마에 각각 끈끈하고도 진한 키스를 퍼붓기 위해 손수 납시기까지 했다.

다리가 끊어졌을 때 그들이 떨어진 심연의 절벽은 완전한 수직이 아니었다. 절벽 가장자리에서 비스듬하게 경사가 졌는데 아래로 내려갈수록 경사는 더욱 급해졌다. 이 말은 두 아이가 곧장 떨어지거나 추락한 게 아니라 빠른 속도로 암벽의 경사면을 미끄러졌다는 의미였다.

하지만 두 아이와 같은 경사면으로 떨어진 요괴 칼리스타는 그다지 안녕하지 못했다. 협곡으로 떨어져 경사면에 닿았을 때 그녀의 상태는 이미 너무 늦었다. 잠깐 의식을 잃었다 깨어난 커티스의 눈앞에 그녀의 주검이 적나라하게 놓여있었다. 커티스는 자신이 있는 곳에서 3미터도 안 되는 거리에 생명이 끊긴 채로 누운 칼리스타의 잠잠한 몸뚱이를 보았다. 요괴는 고통 속에서 원래의 모습으로 돌아와 있었다. 검은 여우의 사체였다.

쥐 셉티무스의 경우 단정짓기에는 아직 일렀다. 커티스가 아는 한 생존한 사람은 자신이 유일했다. 커티스는 이게 현실인지 확인하려고 뺨을 툭툭 쳤다. 심하게 긁힌 백악질을 만지는 느낌이었지만 그 결과는 만족스러웠다. 만약 자신이 살아있지 않으면 아무 느낌도 없었을 테니 말이다.

"프루?" 커티스가 쉰 목소리로 찾았다. 협곡의 어둠은 무엇이든 집어삼켰다. 저 위로 가느다란 은색 햇빛이 비행운(푸른 바다같이 깊고 넓은 창공에 한줄기 흰 선을 이어나가며 나는 비행기의 꼬리구름. —옮긴이)처럼 보였지만 바닥까지의 거리가 어느 정도인지 가늠이 안 됐다. 누운 상태에서 보이는 절벽은 그렇게 끔찍할 정도는 아니었지만 조금도 매끄럽지 않았다. 절벽의 경사면은 가파른 미끄럼틀 역할을 했고, 가끔 계단처럼 수직 낭떠러지가 나왔는데 커티스는 추락하는 동안 여러 번 뼈가 으스러지는 고통에 죽을지도 모른다고 생각했다. 다행히 마지막 수직 낙하 때에는 뼈를 부딪히지 않고 흙과 돌로 이루어진 작은 바위 끄트머리에 떨어졌다.

"프루! 셉티무스!" 그는 더욱 큰 소리로 불렀다. 멀리 저편에서 고통

스러운 신음 소리가 들렸다. 커티스는 굳이 몸을 일으키지 않고(뼈가 전혀 부러지지 않았다고 장담할 수 없었다) 좁은 난간을 엉금엉금 기어 웅크린 여우의 몸뚱이를 넘은 뒤 소리 나는 곳으로 갔다. 가장자리까지 갔을 때 그가 다시 소리쳤다. "프루! 너니?"

"응, 나야."

너무 어두워서 프루가 어디에 있는지 보이지는 않았다. "괜찮아?"

"발목을 삔 것 같아. 지난번 그 자리야." 지난번이라 함은 몇 달 전 독수리를 타고 가다 코요테 병사의 화살에 맞아 떨어졌던 그때였다. 커티스는 얼굴을 찡그렸다.

"많이 아파?" 커티스가 물었다.

금세 대답이 돌아오지 않았다. 커티스는 프루가 아픈 부위에 힘을 주는 모습을 상상했다. 이윽고 프루의 대답이 돌아왔다. "괜찮은 것 같아. 셉티무스는 너랑 함께 있니?"

커티스는 셉티무스를 찾아 주변을 두리번거렸다. 주위가 한층 어두워졌다. "아니. 셉티무스!" 커티스는 큰 소리로 불렀지만 아무런 대답이 없었다. 소년은 나지막이 욕설을 중얼거렸다. "쥐는 작고 유연하잖아. 어쩌면 저 위 밧줄에 아직 매달려 있는지도 몰라. 무사할 수도 있어." 커티스는 혼잣말을 했다.

"넌 괜찮니?" 어둠 속에서 프루가 물었다.

커티스는 마음의 준비를 한 뒤 추락하면서 혹시 입었을지 모를 상처를 확인하려고 각각의 근육과 관절을 점검해보았다. 다행스럽게도 몇 군데의 타박상 말고 큰 상처는 없는 듯했다. "난 괜찮은 것 같아."

"나머지 여우들은?"

"달라는 모르겠고, 다른 여우는 죽었어. 셉티무스는 어떻게 된 걸까……."

짙은 어둠 속에서 알 수 없는, 뭔가 긁히는 소리가 들렸다. 옷이 스치는 소리였다. 곧 누군가의 신음 소리와 버클 푸는 소리가 들렸다. 잠시 뒤 도드라진 표면에 성냥 긋는 소리가 나더니 노란 불꽃이 번쩍했다. 커티스는 평평한 바위 가장자리 밖으로 내다보다 성냥을 들고 캠핑용 랜턴 앞에 무릎을 꿇은 프루를 발견했다. 배낭에 작은 랜턴을 넣고 다닌 게 분명했다. 프루는 불이 붙기를 기다렸다가 잠시 후 성냥불을 흔들어 껐다. 동그란 불빛이 중심에서 뻗어나가 주위를 밝게 비췄다.

"여기가 어디지?" 커티스가 중얼거렸다. 랜턴 불빛은 주변의 어둠에 겨우 흠집 내는 정도였지만 두 아이의 목숨을 구해준 너럭바위와 그걸 에워싼 작은 집채만한 바위 한 쌍을 발견하기에는 충분했다. 커티스는 자신이 프루와 겨우 3미터 남짓 되는 거리에 떨어져있음을 알았다. 협곡 절벽은 이쯤에서 아주 좁아져서 서로 닮은 양쪽 벽 사이가 1.5미터 정도밖에 되지 않았다. 문득 자신들이 롱 갭에서도 가장 깊은 틈바구니에 떨어졌을지 모른다는 생각이 스쳤다. 얼마나 깊숙이 내려왔는지 알 길이 없었다. 다만 한 가지는 분명했다. 올라갈 길은 없다는 것. 그는 두 손을 입에 모으고 다시 외쳤다. "셉티무스!"

프루는 조용히 일어서서 아픈 발목에 체중을 싣고 절뚝거리며 주변을 조심조심 걸어다녔다. 하지만 그리 오래 걸리지 않았다. 탐험하려고 해봐야 백화점의 회전문 공간 정도밖에는 안 됐다. "커티스." 프루가 고개를 들어 컴컴한 허공 사이로 가느다란 흰색 줄처럼 반짝거리는 햇빛을 올려다보았다. "나도 뭐가 뭔지 모르겠어."

"프루, 잠깐만 기다려봐." 커티스는 너럭바위 가장자리에서 1미터 남짓 되는 밑으로 내려가 프루 쪽으로 갔다. 그는 프루의 재킷 어깨에 묻은 흰색 모래를 털어주면서 말했다. “발목 좀 보자.”

커티스는 프루를 도와 함께 발에서 부츠를 벗겼다. 프루 말대로 삐었을 뿐 심하게 다치지는 않았지만 빨갛게 부어올랐다. “이대로 걸을 수 있겠어?”

프루가 고개를 끄덕였다. 체념한 듯 담담한 표정이었다. 서글픔이 차오른 듯했다.

“우리 여기에서 나가자.”

“어떻게?” 프루가 물었다.

커티스는 절벽을 둘러보았다. “기어서 올라갈 수 있을 거야.” 커티스는 가망이 없다는 것을 알면서도 그렇게 말했다. 마치 그런 생각을 허공으로 날려보내는 주문을 속삭이는 것 같았다. 프루도 다 안 다는 듯 고개만 끄덕였다.

둘은 너럭바위 아래쪽에 서로 쪼그려 앉았다. “거긴 아무것도 없어?” 프루는 커티스가 떨어진 쪽으로 고갯짓을 하며 물었다. 죽은 여우가 누워있는 곳이었다.

“응. 그냥 저편으로 떨어졌어.”

“진짜 웃긴다. 이 절벽 아래에서 서서히 죽어가려고 추락에서 살아남은 꼴이잖아?” 프루가 쓴웃음을 지었다.

“그러게, 누구는 정말 신랄한 유머감각을 지녔어. 신인지 누구인지 모르지만.” 커티스가 대꾸했다.

둘 사이에 정적이 흘렀다. 별안간 프루가 훌쩍거리기 시작했다. “아이 참, 내가 모든 걸 엉망으로 만들었어.”

“그게 무슨 말이야?” 커티스가 위로하며 프루의 어깨에 손을 얹었다.

“이 계획 모두를……. 이제 나무의 지시는 어떻게 되는 거지? 다른 사람들이 하기 전에 우리가 진짜 후계자를 살려내야 하는데. 그들이 누구든. 그런데 여기 이런… 구덩이에 갇혔으니 이제 어쩌지? 틀림없이 다른 사람들이 지금쯤 그를 되살려내고 있을 거야.”

“그래서? 결과가 중요하지 아무려면 어때. 아마 나무도 그걸 원할 거야. 그냥 *아무나* 그를 되살리면 되지. 알렉세이가 아무리 기계라고 해도 본심은 훌륭한 사람일 거야. 누가 하든 그는 평화를 가져올 거야.”

“내 생각은 달라. 그렇다면 왜 나무가 그런 말을 했겠어? 안 돼, 우리가 해야만 해. 그런데 내가 망치고 말았어.” 프루는 말수가 줄어들더니 손으로 입을 막고 깊은 생각에 잠겼다.

“자책하지 마. 어쩌면 돌아온 산적이 있을지도 몰라. 우리가 크게 고함을 지르면 들을 거야.” 커티스는 눈에 보이는 한 줄의 햇빛을 노려봤다. 그런 일이 일어날 것 같지는 않았다.

“그럴 가능성은 없어.”

“아니야, 난 그렇게 생각하지 않아.” 커티스는 뺨을 한껏 부풀렸다가 입술을 부르르 떨며 숨을 내뱉었다. “내가 저 위에서 이제 끝장이라고 말했잖아.” 그는 머리 위 절벽 틈새로 들어오는 햇빛을 가리켰다. “그런데 내 생각이 틀렸어. ‘지금이 끝장’이야. 어쨌든 재미있다. 이렇게 몇 분 간격으로 ‘이제 끝장’이라고 말하는 경우도 흔치 않을 테니. 아니, 어쩌면 이런 일은 누구에게나 일어나는지도 몰라. 끊임없이 ‘이제 끝장이야’라고 생각하다가 마침내 죽음을 맞는 거지.”

“도와줘요!” 그때 들려온 어떤 목소리가 커티스의 섬뜩한 명상을 방해했다.

너럭바위 바로 아래 컴컴한 곳에서 나는 소리였다. "앞이 안 보여. 눈이 멀었나봐!"

겁에 질려 목청을 높인 그 목소리의 주인공은 틀림없이 쥐 셉티무스였다. 커티스는 바위에 배를 깐 채 가장자리로 조금씩 움직여갔다. 그리고 프루에게 손짓해 랜턴을 건네받았다. 커티스는 어둠 속에서 랜턴을 흔들다 10미터쯤 아래, 이 좁은 절벽의 아래쪽에 있는 또 다른 바위에서 어떤 움직임을 목격했다.

"맙소사. 됐어. 이제 잘 보이니까 그만 흔들어도 돼." 셉티무스는 커티스가 흔드는 랜턴 불빛에 눈을 껌벅거리며 말했다.

커티스가 무사한 옛 친구를 보며 반갑게 웃었다. "괜찮아?"

"그래 보이는데. 넌 어때?"

"우린 모두 괜찮아. 프루가 발목을 좀 다쳤지만. 그것만 빼면 괜찮아. 일종의 기적이지."

"그 여우 여자는 어떻게 됐어?"

프루는 얼굴을 찡그리며 대답했다. "우리도 몰라. 또 다른 여우는 죽었어. 칼리스타라고 불렀던 여우. 세 번째 여우는 아직 저 위에 있을 거야."

"우리가 데리러 내려갈까?" 커티스가 셉티무스에게 물었다.

"아니, 안 그래도 돼. 여긴 진짜 아무것도 없어. 잠깐, 그 불빛 좀 아래로 내려보내줄래?"

프루는 가방에서 긴 끈을 찾아 꺼냈다. 그리고 랜턴 손잡이에 끈을 매달아 쥐가 있는 곳까지 내려보냈다. 가물거리는 불빛 속에서 쥐가 몸을 부르르 털자 작은 심연이 먼짓가루로 가득 찼다. 프루와 커티스가 있는 곳에서 봤을 때보다 바위는 더욱 넓었다. 여백은 온통 어둠 차지였다.

"거긴 급경사야. 다른 쪽으로 와. 이 바위 아래 다른 바위가 있을 거야." 두 아이는 날렵하게 절벽을 기어오르는 쥐를 지켜보며 아래로 돌멩이를 떨어뜨렸다. 탁 하는 작은 소리가 다음 바위까지 거리가 얼마 되지 않는다는 정보를 알려주었다. "알아. 이 절벽은 내려가는 길밖에 없어." 셉티무스가 말했다.

커티스는 욕설을 내뱉으며 머리 위에서 빛나는 은색 빛줄기를 간절하게 바라보았다. "우린 갇혔어. 이젠 끝장이야. 뼈와 해골만 남게 될 거야."

"만약 그렇지 않다면?" 프루가 끼어들며 아래쪽 어둠을 내려다보았다.

"그렇지 않다니?"

"나무가 어린 소년을 통해 들려준 말이 있어. 셉티무스! 네가 있는 바위로 우리가 내려갈 수 있는지 좀 봐줘."

"알았어. 하지만 우리 처지가 아무리 어려워도 위로 올라가는 것이 맞다고 봐." 셉티무스가 말했다.

그러자 프루가 싱긋 웃었다. "바로 그거야. 그 아이가 나한테 말해준 게."

"도대체 무슨 뚱딴지같은 소리야?" 커티스가 이상하다는 눈으로 프루를 바라보았다.

"*위*로 올라가기 위해서는 이따금 아래로 내려가야 한다는 것."

커티스는 못 믿겠다는 듯 손을 입에 갖다댔다. "네 말은, 지금 더 아래로 내려가자는 거야?"

"내 생각에는 그런 뜻 같아, 그렇지 않니?"

커티스가 눈을 홉뜨며 되물었다. "그 남자애가 너한테 그렇게 말했다는 거야, 나무 대신에? 아니, 그 나무가?"

"하나의 대안이지." 프루가 자신들을 에워싼 절벽 끝을 가리켰다.

"아냐, 프루. 우린 기다려야 해. 어쩌면 생존자가 있을지 모르잖아."

"커티스, 우린 너무 아래에 있어. 살아있는 것만도 기적이야. *산적 캠프*에는 아무도 없어. 설령 목숨이 붙어있다 하더라도 어떻게 소리를 듣겠어? 어떻게 우리를 끌어낼 수 있느냐고. 더구나 달라는 저기 위에서 우리가 올라오기만 기다리고 있어. 어쩌면 그런 여우들을 더 많이 거느리고 있을지도 몰라."

"모르겠어, 프루. 저 아래가 어떤지 잘 모르겠다는 뜻이야, 알아?" 커티스는 이내 자신이 반대하는 이유가 산적들이 아직 살아있을 거라는 믿음에서 나온 것임을 깨달았다. 그들이 암살자들에 의해 전멸하지 않았을 거라는 실낱같은 믿음.

프루는 별 대꾸하지 않고 랜턴을 끌어올린 뒤 손잡이에 묶었던 끈을 풀었다. 그런 다음 밧줄 한쪽 끄트머리를 커티스에게 던지고 다른 한쪽을 자신의 허리에 묶었다. "단단히 잡아." 프루는 이렇게 지시한 다음 천천히 바위 아래로 내려갔다. 커티스는 그 무게에 잔뜩 긴장하며 이를 악물고 바위와 절벽 사이 틈에 발을 단단히 끼웠다. 어느 정도 시간이 흐르자 마침내 무게가 가벼워졌고, 밧줄을 몇 차례 잡아당기는 프루의 손길이 느껴졌다. 커티스는 더 이상 고집부릴 재간이 없었다. 그래서 조용히 욕설을 내뱉고 너럭바위에서 좀 떨어진 까칠까칠한 바위에 밧줄을 걸었다. 그런 다음 자신도 프루가 매달린 밧줄을 타고 아래로 내려갔다.

"환영한다." 두 아이가 도착하자 셉티무스가 외쳤다.

그들은 계속 그런 식으로 해서 이 바위에서 아래 바위로 천천히 내려갔다. 배에서 수심을 잴 때처럼 매번 돌멩이를 떨어뜨려 돌멩이가 바닥에 닿는 데까지 걸리는 시간으로 칠흑 같은 심연의 깊이를 가늠했다. 아래로 내려갈 때마다 자신들이 얼마나 운이 좋은지 놀라워했다. 하지만 내심 이런 행운이 언제까지 갈까 의문이었다.

그런 식으로 열 번에 걸쳐 내려온 후 그들은 마침내 협곡의 절벽 양쪽이 V자 모양으로 만나는, 조그맣게 움푹 들어간 바위틈에 섰다. 앞쪽에는 위에서 굴러떨어져 V자 안에 처박힌 돌무더기가 놓여있었다. 프루는 돌무더기를 살펴보다 느슨하게 놓인 돌을 발견하고 옆으로 치웠다. 커티스도 도왔다. 그 돌을 치우자 마침내 조그맣고 각진 구멍이 나타났다. 커티스는 이게 상상인지 아닌지 실감이 나지 않았다. 하지만 바위 사이로 드러난 그 구멍에서 훅하고 불어오는 바람이 느껴졌다.

세 모험가는 아무것도 없이 뻥 뚫린 구멍 안을 들여다보았다.

"저 아래 뭐가 있을까?" 커티스가 눈빛을 반짝였다.

"나도 몰라. 혹시 대장이 이곳에 대해 뭐라고 말한 적 없어? 여기 사는 사람들에 대해? 오래 전에 살았던 사람이라도?"

"맞아, 절벽 사람들. 흔적이 남아있다고 했어. 내 생각에는 벽화라든가 뭐 그런 것을 발견한 같아. 하지만 여기보다 훨씬 위였어. 내가 아는 한 이곳까지 내려와 본 사람은 아무도 없어."

프루는 커티스의 어깨에 앉은 쥐에게로 시선을 돌렸다. "셉티무스, 여기에서는 네가 여러 모로 쓸모가 있겠다."

"가만히 있어 보자. 너 나한테 지금 저기 가보라는 거지?" 쥐가 초조하게 수염을 뒤로 넘겼다.

"부탁이야." "어서, 셉티무스. 네가 필요해." 프루와 커티스가 애원했다.

프루는 구멍 안으로 불빛을 비췄다. 셉티무스가 투덜거렸다. 그러나 이내 커티스의 어깨에서 팔꿈치로 뛰어내린 뒤 틈새 밑바닥을 향해 내려갔다. 쥐는 구멍 입구에서 잠깐 걸음을 멈추고 의심스러운 듯 바닥을 킁킁거렸다.

“진정한 산적이라면 당연히 해야 해.” 커티스가 재촉했다.

“난 산적이 되겠다고 맹세한 적 없어. 자유로운 몸이라고. 순전히 내가 선택해서 가는 거야.” 쥐는 그 말을 하고 구멍 속으로 사라졌다.

프루와 커티스는 참을성 있게 기다렸다. 시간이 째깍째깍 흘렀다. 커티스는 동굴 같은 절벽의 냉기 때문에 찢어지고 더러워진 장교복 아래 피부가 바늘로 찌르는 것처럼 따끔거렸다. 얼마나 지났을까, 셉티무스의 발톱이 돌에 긁히는 듯한 소리가 들려왔다. 그리고 잠시 후 잿빛 흙먼지를 뒤집어쓴 셉티무스가 구멍 밖으로 다시 나타났다. 그는 앞발을 앞으로 쭉 내민 채 일그러지고 움츠러든 표정을 지었다.

“뭘 봤어?” 커티스가 놀라서 물었다.

쥐는 계속해서 앞발을 내밀었다. 그리고 미친 듯이 휘저었다. 눈을 꼭 감고 머릿속에서 무언가를 쫓아버리려는 듯 주둥이를 앞뒤로 흔들었다.

“셉티무스!” 프루가 소리를 질렀다.

이윽고 셉티무스가 동작을 멈췄다. 하지만 떡 벌어진 입을 다물지 못하고 손가락으로 제 코를 마구 때렸다. “미안해. 재채기가 나오려고 해서.”

프루와 커티스는 동시에 안도의 한숨을 내쉬었다.

겨우 정신을 차린 쥐가 계속해서 말했다. “거기에 터널이 있었어. 우리 셋이 들어가도 될 정도로 엄청나게 커!”

그들은 아래로 내려갔다.

한 아름 정도의 돌멩이만 치우자 그들이 한꺼번에 지나갈 수 있을 정도로 커다란 입구가 나타났다. 입구 너머에는 석판 따위를 맞물려서 만든, 바위 속 텅 빈 정맥 같은 터널이 나왔다. 터널 군데군데 갑자기 좁아지는 통로, 특히 좁은 틈새들에서는 어쩔 수 없이 배밀이를 해서 미끄러지듯 가야 했다. 또 이따금 기어올라야 하는 부분이 나오기도 했는데, 그럴 때면 가슴이 덜컹 내려앉았다. 하지만 대부분은 오르막 경사가 별로 높지 않았고 그 다음에는 내리막이 나왔다. 커티스가 판단하기에 오르락내리락 하더라도 전체적으로는 고도가 내려가는 느낌이었다. 게다가 그들이 내려가는 시간이 길어질수록 진정한 여행 목적으로부터 더욱 멀어지는 셈이었다. 어서 위로 올라가서 산적들이 어떻게 되었는지 알아보는 게 급선무였다. 커티스는 프루가 자신과 같은 생각을 하지 않는 듯해 걱정스러웠다.

터널은 계속해서 밑으로 내려갔다.

커티스는 몇 년 전 학교에서 근처 동굴을 견학했던 일이 기억났다. 그때 탐험가들이 절벽에서 우연히 작은 틈새를 관찰하다 동굴을 발견했다고 들었다. 그중 어떤 사람은 동굴을 따라서 들어갔다가 지형을 제대로 읽지 못해 사고로 죽었다. 그들의 시신은 일주일이 훨씬 지나서 발견되었다. 커티스는 이런 생각을 머릿속에서 떨쳐버리려고 했지만 자꾸만 떠올랐다. 커티스가 프루의 부츠를 잡고 흔들었다. “이봐, 우리가 언제 이 미친 짓을 하기로 한 거야?”

잠깐 침묵이 흘렀다. “난 이미 결정한 걸로 알았는데. 여기 출구가 있는 한 계속해서 갈 수밖에 없어."

"그냥 그때 그 생각이 나서……."

프루가 커티스의 말을 가로막았다. "몇 년 전 학교에서 체험학습 갔던 그 동굴에서 갇혀 죽었다는 동굴탐험가?"

"어떻게 알았어?"

"나도 같은 생각을 했거든."

"우리 하지 말자, 응?"

그때 셉티무스의 목소리가 동굴에 울려퍼졌다. 친구들보다 더 날렵하게 움직일 수 있는 쥐는 남는 시간을 이용해 앞으로 지나가게 될 통로를 사전 답사했다. "통로가 점점 넓어져. 앞으로 곧장 와." 쥐가 소리쳤다.

다행스럽게도 그 말은 사실이었다. 터널은 점점 넓어져서 나중에는 쪼그려 앉아서 지나가도 될 정도였다. 그들은 걸음을 멈추고 프루의 배낭을 열어 남은 식량을 꺼냈다. 양피지에 싼 육포 세 조각, 사과 두 개, 식빵 끄트머리 몇 개……. 우선 육포 한 장을 갈가리 찢고 프루의 사냥칼로 사과를 조각냈다. 밧줄 다리에서 떨어졌을 때 기적적으로 살아남아 프루의 머리 근처에 떨어진 사냥칼이었다. 갈증의 고통을 느끼기 시작했던 커티스는 얼른 사과 조각을 베어 물어 과즙 한 방울까지 몽땅 빨아먹은 다음 푸석푸석해진 과육를 입안에 털어 넣었다. 프루는 부츠를 벗고 발목을 살펴보았다. 약간 부어올랐다.

"적어도 이런 다리로 걸을 필요는 없게 됐네." 프루가 희미하게 웃었다.

그들은 계속해서 갔다. 커티스가 랜턴을 들고 앞장서고, 프루는 엉금엉금 기어서 뒤따랐다. 터널은 아직까지 일어설 정도로 높지 않았다. 무릎과 손바닥이 쓰라리기 시작했지만 여전히 두 손과 두 다리로 기어가야 했다. 잘 보이지 않을 만큼 한참 앞선 셉티무스는 마치 그곳이 제2의 고향이라도 되는 양 좁은 터널을 폴짝거리며 뛰어갔다.

한동안 그렇게 가던 중 쥐가 갑자기 방향을 돌려 이리로 달려왔다. 셉티무스는 고개를 빳빳이 들고 두 아이를 쳐다보았다. "들어봐, 저 소리 들려?"

프루는 귀를 곤두세웠다. "아니. 무슨 소린데?"

"글쎄… 잘은 모르게지만, 질퍽질퍽한 진흙탕을 걷는 소리 같아." 셉티무스가 애매하게 말했다. 쥐는 어깨를 으쓱하고는 계속해서 어둠 속을 걸어갔다.

몇 미터쯤 더 기어갔을 때 커티스는 갑자기 무릎 아래 땅이 꺼지는 느낌이 들었다.

커티스는 떨어졌다.

프루가 그 광경을 목격했다고 말하기에는 무리일지 모른다. 그보다는 커티스가 분명 앞선 것을 보았는데, 어느 순간 더 이상 그가 보이지 않았다는 말이 정확했다. 그가 사라진 것이나 마찬가지였다.

"커티스!" 프루가 소리쳤다. 프루는 두려운 나머지 그대로 얼어붙었다.

첨벙 소리가 났다.

"내가 들은 소리가 저거야. 물소리!" 셉티무스가 터널 구멍을 내려다보면서 말했다.

프루는 쥐의 말을 듣는 둥 마는 둥 했다. 다시 목청껏 커티스를 불렀다. 터널이 쩌렁쩌렁 울렸다. 놀란 비명과 프루의 울음이 만났다.

"물이야! *차가운* 물!" 커티스가 아래쪽에서 날카롭게 소리쳤다.

다행스럽게도 랜턴은 커티스와 함께 아래로 떨어지지 않았다. 랜턴은 좁은 터널 끝에 모로 놓였다. 프루는 랜턴을 쥐고 앞에서 흔들며 자신의 위치를 확인하려고 애썼다. 바로 앞 바위에 틈이 나있었다. 커티스의 몸집만한 틈새였다. 그런데 이상하게도 구멍 가장자리가 각진 것처럼 보였다. 그 이유는 쉽게 떠오르지 않았다. 프루는 그저 친구가 무사한지 궁금할 따름이었다.

"괜찮아?"

"어… 어!" 커티스가 머뭇거렸다. 그의 목소리는 으스스하게 울렸다. 아주 넓은 공간에서 울려퍼지는 소리 같았다.

"어떻게 된 거야?"

"여기로 떨어졌어. 물웅덩이야! 근데 너무 차가워!" 커티스가 다시 소리쳤다. 더 힘껏 참방참방 물 튀기는 소리가 들렸다.

"가라앉지 마. 방법을 찾아볼게." 프루가 셉티무스를 보며 눈을 찡긋거렸다. 놀란 마음에 혀가 마비된 것 같았다. 프루는 재빨리 배낭에서 밧줄더미를 꺼내 풀었다. 그리고 밧줄을 손에 쥔 다음 쥐한테 이리로 오라고 손짓했다.

"이거 꼭 쥐어." 프루는 쥐에게 랜턴을 건네주었다.

셉티무스는 프루가 시키는 대로 했다. 프루가 자신의 배에 밧줄 끝을 묶은 뒤 바위 틈새로 밀 때, 경계하는 눈빛을 내뿜었지만 말이다.

"괜찮아. 알았어." 셉티무스는 프루를 안심시켰다.

쥐가 달랑거리며 구멍으로 들어가자 아래에 있는 방이 환히 빛나기 시작했다. 셉티무스는 허리에 맨 밧줄이 불편한 듯 꿈틀거렸지만 랜턴을 꼭 잡았다.

"여기야, 셉티무스! 계속 내려와!" 물의 냉기에 커티스의 이가 딱딱 부딪쳤다. 프루는 구멍 너머 시커먼 물 한가운데에서 미친 듯이 바둥거리는 친구를 찾았다. 그가 떨어진 구멍에서 점점 멀어져가는 불빛에, 오래된 폐가의 무너진 벽에서나 봄직한 벽돌무늬가 비쳤다.

"얘들아, 이것 좀 봐." 셉티무스가 소리쳤다.

프루는 구멍 사이로 고개를 들이밀고 살펴보다 흔들거리는 쥐를 보았다. 랜턴 불빛은 희미했지만 쥐가 랜턴을 이리저리 돌린 덕분에 공간 구석구석을 볼 수 있었다. "일종의 방 같은데? 사람이 만들었나봐!" 프루는 터널 바닥의 틈새에서 차갑고 축축하고 거친 벽돌을 느꼈다. 하지만 조사하는 데 지나치게 정신이 팔린 탓에 자신이 엎드린 회반죽 바닥이 부서지기 시작한 것을 몰랐다. 어느 순간 프루는 쥐와 밧줄, 배낭, 랜턴 모든 것과 함께 거대한 물웅덩이로 추락했다.

물은 정말로 얼음장 같았다. 커티스의 비명은 장난이 아니었다. 프루는 동굴 웅덩이로 떨어지는 순간 번개 맞은 양 머리부터 발끝까지 찌릿찌릿했다. 랜턴은 금방 꺼졌다. 누군가 세상에 검은 장막을 드리운 듯했다. 검은 액체 속에 둥둥 뜬 잠깐 사이에 얼음장 같은 물이 옷 겹겹이 스며들었다. 호박 속에 갇힌 고대 곤충이 이런 느낌이었을까. 이윽고 프루는 수면 밖으로 튀어나오며 어푸어푸 숨을 쉬었다.

"프루! 여기야!" 커티스가 외쳤다.

프루는 폐에 공기를 불어넣느라 힘겨웠다. 냉기가 온몸을 찔러 따가웠다. 딸꾹질과 함께 숨 쉴 수 없었다. 소리 난 곳으로 있는 힘을 다해 헤엄쳤다.

"아무것도 안 보여!"

"여기야! 내 목소리를 따라와!"

되는대로 아무렇게나 팔을 휘젓던 프루는 손끝에 단단한 바위가 닿았다. 이어서 커티스가 자신의 손을 잡아끄는 것을 느꼈다. 프루는 웅덩이 가장자리로 끌려갔다. 프루의 머리카락에서 물이 쏟아져 내렸다. 얼음장 같은 냉기로 인해 피부에는 수많은 소름이 돋았다. 추워서 온몸이 떨리고 진저리가 났다.

"셉티무스!" 커티스는 프루를 일단 안전하게 옮긴 뒤 외쳤다. 웅덩이 한가운데에서 미친 듯이 첨벙거리는 소리가 들려왔다.

"도와줘. 랜턴이야!" 쥐가 소리쳤다.

커티스는 다시 물속으로 뛰어들었다. 잠시 후 그는 어푸어푸 숨을 내뱉으며 다시 나타났다. 커티스의 등에 매달린 셉티무스는 심하게 재채기를 하며 물을 뱉어냈다. 밧줄은 여전히 배에 묶였고, 불은 꺼졌지만 랜턴은 아직 손에 들려 있었다.

셋은 차가운 지하 공기 때문에 심하게 몸을 달달 떨었다. 어떻게 해서든 체온을 빼앗기지 않으려고 최대한 가깝게 몸을 붙였다. 커티스는 곱은 손가락으로 랜턴 뚜껑을 열어 물 먹은 심지를 살펴보았다. 프루는 성냥이 담긴 왁스 처리된 헝겊 주머니를 손에 꼭 쥐었다. 놀랍게도 헝겊 주머니 안에 든 성냥갑이 젖지 않았다. 프루는 커티스에게 성냥갑을 건넸다. 커티스는 겨우 성냥을 꺼내 불을 붙였지만 랜턴의 심지는 가망이 없을 정도로 축축했다.

"내가 한 번 해볼게." 프루는 배낭에서 작은 등유 깡통을 꺼낸 다음 랜턴의 등유통에 든 물을 깨끗이 털어냈다. 그리고 그 통에 등유를 넣고 심지를 적신 뒤 성냥불을 붙였다. 다행스럽게도 불이 붙었다. 유리등에서 따뜻한 불빛이 새어나왔다.

가물거리는 불빛에 그들이 앉아있는 동굴이 모습을 드러냈다. 웅덩이를 둘러싼 시커먼 벽과 아치 모양의 천장까지 오래 된 이끼로 뒤덮였고, 천장 맨 위에는 커다란 구멍(그들이 떨어진 바로 그 구멍)이 뚫려있었다. 한 가지는 틀림없어 보였다. 이 방은 인간, 혹은 동물에 의해 만들어졌다는 점이었다. 랜턴 불빛을 따라가자 방의 더 많은 부분이 보였다. 불빛이 비치는 곳마다 지금은 잊힌 예전의 석공들이 손수 만든 벽돌 작품이 서서히 모자이크처럼 드러났다. 이윽고 그들이 앉은 자리에서 멀지 않은 곳에 있는 아치로 된 문가에 불빛이 비쳤다.

CHAPTER 15

구원과 위안의 집

현관 벽장 깊숙한 곳에서 레코드플레이어가 나오고, 소파 옆 작은 테이블에 갇혔던 스피커는 풀려나서 방안을 마주보고 섰다. 애창곡인 베티 웰즈의 〈영원한 애창곡 두 걸음〉 레코드판이 캐비닛에서 나와 턴테이블에 올라간 뒤 빙글빙글 돌기 시작했다. 페달 스틸 기타의 쓸쓸한 선율이 신음처럼 흘러나오자 조프리 언생크는 데스데모나 무드락의 손을 잡고 춤을 추며 다정하게 사무실 한가운데로 이끌었다.

"왜 그래요?" 이제 막 여자 원생 숙소에서 돌아온 데스데모나가 의아해서 물었다. 언생크가 찾던 지도가 23호의 사물함에 없다는 사실을 보고하러 온 참이었다. 사실 그녀는 언생크가 불같이 화를 낼 거라고 예상했다. 그런데 난

데없는 컨트리 음악이 흘러나왔다.

"허니, 그냥 내가 이끄는 대로 따라와요. 앞으로, 앞으로. 그리고 뒤로. 앞으로, 앞으로……." 언생크가 달콤하게 말했다.

"이 투스텝 동작은 저도 알아요." 그녀는 오데사(우크라이나 남부의 흑해안 항구도시. —옮긴이)에서 찍은 우크라이나인 전기 영화에서 여자 명사수 애니 오클리 역할을 맡았는데, 그때 미국인 교포에게 춤을 배웠다. "내가 물었잖아요, 도대체 왜 이러는 거예요?"

그녀의 남자친구는 열세 살짜리 아이처럼 연인의 눈을 똑바로 쳐다보며 대답했다. "내가 해냈소."

데스데모나의 눈이 휘둥그레졌다. 두 사람이 발을 질질 끌며 방안을 돌아다니는 동안 그녀는 발이 걸려 넘어질 뻔했다. "그애들이 돌아왔나요?"

"아니, 아니오. 그 일은 모두 끝났소. 다 과거일 뿐이지."

"그럼 미래는 어떻고요?" 무드락은 뭔가 캐내려는 눈빛으로 바라봤다.

"이거요." 언생크는 박자를 놓치지 않고 스텝을 밟으며 책상으로 전진했다. 그곳에 뫼비우스 톱니바퀴의 설계도가 놓여있었다. 데스데모나가 상형문자가 휘갈겨 적힌 듯한 수수께끼 도해를 들여다보려는 순간, 언생크는 그녀를 프리첼 모양으로 빙빙 돌려 다른 쪽으로 이끌었다.

"저게 뭐예요?" 데스데모나가 숨을 고르며 물었다.

"나도 몰라요. 하지만 난 저걸 만들 거요." 언생크가 싱글벙글 웃었다.

"허니, 뭐가 뭔지 하나도 모르겠어요." 데스데모나가 아양을 떨었다.

"걱정하지 말아요, 베이비. 저 동네의 고기를 먹고 살게 되면 당신은 걱정할 게 없어서 걱정일 테니. 내가 분명히 말하지. 당신은 금지된 숲의 고기을 먹고 살게 될 거요."

"네? 무슨 일 있었어요?"

언생크는 여자를 뱅그르르 돌려 나란히 앞을 보게 했다. 그런 다음 방 한가운데 치과병원 의자 둘레를 프롬나드 자세로 빙글빙글 돌았다. "미래에서 온 크리스마스 유령이 다녀갔다는 말만 해두겠소. 아마 내년엔 양말이 미어터질 거요."

"전 아직도 이해가 안 돼요."

"앞으로 두 달만 있으면 우리는 호화롭게 살게 될 거요. 모든 패가 공개되면 늙은 위그먼도 나한테 도와달라고 싹싹 빌겠지."

"빙빙 돌려서 말하지 말라니까요!" 데스데모나가 채근했다.

언생크가 빙그레 웃었다. "저 톱니바퀴를 의뢰한 신사가 날 금지된 숲으로 데려가겠다고 했어요. 그곳에 들어갈 뿐만 아니라 내가 개발을 하도록 도와준다고. 내가 말할 수 있는 건 여기까지요. 그렇게 되면 더 이상 서러움 당하는 기계부품 공장도 필요없고, 더 이상 징징대는 아이들도 불평하는 부모들도 만날 일이 없을 거야. 와인과 장미, 언제라도 마실 수 있는 샴페인만 있을 거요. 한마디로 좋은 시절이 온다는 거지."

데스데모나는 애써 미소를 지었다. "그럼 영화 스튜디오는요? 영화 스튜디오는 어떻게 되는 거죠?"

"하하, 데스데모나. 당신은 이 땅의 여왕이 되는 거요. 그런 어린애 같은 영화는 더 이상 찍지 않아도 돼요. 잘난 체하는 감독들, 온갖 특혜를 누리는 제작자들 따위가 왜 필요하단 말이오? 더럽고 케케묵은 로스앤젤레스가 무슨 소용이오? 당신이 그동안 얼마나 고생했소. '지날 수 없는 숲'에 가게 되면 야자

나무 아래에서 캐비어를 먹느라 바쁠 거요. 이를테면…….”

아직도 음악이 흘러나오고 있었다. 데스데모나가 서서히 댄스 스텝을 멈췄다. “바보 같은 영화라고요? 잘난 체하는 감독이요? 더럽고 케케묵은 로스앤젤레스? 조프리, 영화는 나한테 생명과 같아요.”

“내 말 들어봐요, 난…….”

“아뇨, 당신이 내 말 좀 들어봐요. 난 ‘지날 수 없는 숲’ 따위는 관심도 없어요. 나에게는 아무것도 아니라고요. 그저 흙덩이, 나무에 불과하죠. 요 몇 년 동안 허구한 날 그 숲 얘기를 들었어요. 난 그게 당신 취미라고 생각했죠. 누구에게나 취미는 있으니까. 위대한 우크라이나의 배우 보리스 누드닌크에게도 취미가 있었어요. 레고로 소비에트 시대의 기념물을 똑같이 만드는 거였죠. 어린애 같은 짓이라고요? 그걸 누가 판단하죠? 자기가 좋으면 되죠. 난 당신의 ‘금지된 숲’도 그런 식으로 생각해요. 레고로 만든 스푸트니크(소련이 쏘아올린 인공위성. —옮긴이) 동상 같은 거라고. 난 위성중계기를 들고 당신을 따라다니며 아이들에게 도망치지 말라고 다짐을 받죠. 그게 당신의 취미생활을 위해 내가 할 수 있는 거니까요.”

언생크는 침묵에 빠져들었다. 그는 힘없는 애완견처럼 고분고분하게 비난 공세에 귀를 기울였다. 음악이 잔잔하게 흐렀다.

데스데모나가 말을 이었다. “내 희망은 언젠가는 당신이, 13년 전 내가 당신을 처음 만났을 때 했던 약속을 지키리라는 거예요. 데스데모나, 언젠가는 이 기계부품 공장을 그만두고 로스앤젤레스에 가서 삽시다. 난 그곳에 영화 스튜디오를 열 거요. 우리 함께 위대한 영화, 장대한 미국 영화를 만듭시다. 스콜세지와 타란티노, 베이 감독처럼 나는 영화를 만들고 당신은 스타가 될 거요.

로스앤젤레스에서. 포틀랜드, 이 산업폐기물장이 아니고. '지날 수 없는 숲'도 *아니고.* 당신은 이렇게 약속했어요."

"나도 알아요, 허니. 하지만 난 그저……."

"아뇨, 당신은 그게 문제예요. 그럴 생각조차 없는 것. 오직 자기 생각만 하죠." 그 말을 하고 나서 데스데모나는 발꿈치로 빙그르르 몸을 돌린 뒤 라벤더 향수 냄새를 남기고 방을 떠났다.

베티 웰즈는 서부 텍사스 카우보이에 관한 아련한 추억을 노래하고 있었다. 조프리 언생크가 턴테이블에서 바늘을 들어올려 그녀의 노래를 끊었다. 스피커에서 조그맣게 툭 소리가 났다. 언생크는 면바지 주머니에 손을 찔러넣고 어슬렁어슬렁 책상으로 걸어가 그 위에 놓인 톱니바퀴 설계도를 들여다보았다. 악기 없이 악보만 가지고 손가락으로 연주하는 작곡가처럼, 조프리는 설계도를 보며 머릿속으로 실물을 그려보았다. 군청색의 펜 자국이 회전하는 톱니바퀴 속으로 일시에 스며들자, 조그만 기어들이 축을 중심으로 조용히 부드럽게 돌기 시작했다. 데스데모나가 한 말은 이미 잊어버렸다. 그의 머릿속은 온통 기계 부품 세상이었다. 어떠한 방해거리도 과제에 대한 이 집착을 돌릴 수 없었다.

❧

나무에서 내려온 엘시와 레이첼, 마서는 어느 집의 마당을 돌아다니는 아이들에게 다가갔다. 그들은 조용했다. 체념과 굴복의 고요였다. 아이들은 세 소녀의 귓불에 달린 꼬리표를 보았다. 왜 여기에 있는지에 대해서는 굳이 설명할 필요가 없었다. 아이들의 얼굴을 보자마자 마서는 옛 기억이 물밀 듯 떠올랐다. 깔개의 먼지를 터는 소년은 뚱보 칼 렌퀴스트였다. 빨강머리에 여드름투성이 신시아 슈미트도 보였다. 그애는 장작더미에서 장작을 덜어내어 집 근처에 차곡차곡 쌓고 있었다. 언제나 쥐처럼 말이 없는 데일 터너는 현관 앞에서 책을 읽었고, 그의 어깨 너머에서 어린 루이스 엠버솔과 사티 키넌이 책을 들여다봤다. 마서와 멜버그 자매가 꿈꾸는 듯한 표정으로 마당에 들어서자 아이들은 웅얼웅얼 환영 인사를 건넨 뒤 각자 맡은 일로 돌아갔다.

집 자체는 언덕만큼이나 오래돼 보였다. 강에서 주운 돌로 쌓은 기단 위에 대충 자른 통나무로 만든 집이었다. 통나무는 세월과 비바람에 시커멓게 변색되어었다. 삼나무 널을 잇대어 비스듬하게 만든 지붕에는 눈이 엷게 뒤덮였고, 지붕 위 높다란 박공 위에는 세월을 보여주듯 푸르스름하게 변색된 구리로 만든 수탉 풍향계가 당당하게 서있었다. 널따란 현관 포치에는 의자 몇 개와 빨래통이 자리했다.

세 아이는 마치 벙어리처럼 그 집에 가는 동안 아무 말도 하지 않았다. 그러다 가장 먼저 마서가 침묵을 깼다. "마이클!" 음식물 쓰레기가 든 양동이를 들고 오두막을 나오는 소년을 보며 마서가 외쳤다. 거무스름한 피부에 빨간색 손수건을 목에 자랑스럽게 두른 소년이 마서를 보고 활짝 웃었다.

"마서!" 소년이 마서를 아는 체하며 양동이를 바닥에 내려놓았다. 소녀는 얼른 남자아이에게 달려가 힘껏 포옹했다.

"도대체 어쩌다… 어떻게 된 거야." 마서가 머뭇거렸다.

소년이 대답하려는데 개들의 컹컹 짖는 소리로 골짜기가 일순 활기를 띠었다. 그동안 보이지 않았던 개떼가 내리막을 내달려 마당으로 들어왔다. 일하던 아이들은 침을 흘리거나 반갑게 짖는 개들을 돌보기 위해 손에 든 일거리를 내려놓았다. 엘시가 잠깐 쓰다듬어준 적이 있는 퍼그종은 엘시의 다리 쪽으로 달려왔다. 소녀는 무릎을 꿇고 개의 목덜미 아래쪽을 긁어주었다. 개는 기분이 좋은지 혀를 길게 뺐다. 레이첼은 몸을 움츠리고 자신을 방어하듯 가슴 앞으로 두 팔을 모았다.

"여긴 뭐하는 데야?" 마서가 마이클에게 물었다. 골든 리트리버가 그들 옆에 드러누웠다. 마이클이 개의 황갈색 털을 열심히 쓰다듬어주었다.

"우리가 사는 곳이야, 마서."

"하지만 너희들은 '입양부적격자'가 됐잖아. 그러니까, 3년 전에!"

"그렇게 오래됐나?" 소년은 리트리버의 배를 쓰다듬으며 생각에 잠긴 표정을 지었다.

"너도 여기 살아? 이 오두막에?"

"우리 모두 이곳에서 살아. 여기가 우리의 집이야."

마서는 여전히 뭐가 뭔지 이해할 수 없었다. "그럼, 너희가 이걸 지었단 말이야?"

"아니, 그저 발견했을 뿐이야." 마이클은 이렇게 말한 뒤 엘시와 레이첼을 다정하게 바라보았다. "네가 그런 것처럼. 네가 친구들과 함께 온 것도 다 알고 있어."

"그래, 맞아. 얘네들은 엘시와 레이첼 멜버그야. 들어온 지 일주일밖에 안 지났는데 '입양부적격자'가 됐어."

아이들은 서로 조그맣게 중얼거리며 인사를 나눴다. 마이클이 마서를 따뜻한 눈길로 바라보며 말했다. "마서 송, 나는 네가 언제쯤 여기 올까 궁금했어. 매정한 말 같지만 (처음에는 좀 힘들다는 거 알아) 네가 빨리 '입양불가'가 되기를 바라고 있었거든. 정말 보고 싶었어."

마서가 웃었다. "그래. 나도 네가 보고 싶었어, 마이클." 마서가 엘시와 레이첼을 돌아다보았다. "마이클과 난 거의 같은 시기에 언생크 고아원에 들어왔어. 우린 어릴 때부터 정말 친하게 지냈지." 마서가 다시 소년을 향했다. "네가 떠났을 때 난 얼마나 슬펐는지 몰라. 3일 밤낮으로 울기만 했지."

"알아, 마서. 어쨌든 다시 만나서 기쁘다."

마서가 소년을 찬찬히 뜯어보더니 싱그럽게 미소지었다. "너 별로 달라지지 않았어. 예전 모습 그대로야."

마이클은 웃기만 했다. 이윽고 마이클은 엘시와 레이첼을 돌아다보며 말했다. "먼저 캐롤을 만나야 해."

"캐롤이 누군데?" 마서가 물었다.

"이를테면 이곳에서 우리 아빠야. 대식구의 가장이지." 마이클이 일어서서 오두막 문을 연 다음 그를 불렀다. "이 골짜기에 환영해줘야 할 식구들이 더 왔어요!"

그 남자가 나오기를 기다리는 동안 마서는 마이클에게 몇 가지를 더 물었다. 엘시, 레이첼과 마찬가지로 마서도 그날 오후에 겪은 일 때문에 몹시 어리둥절했다.

"여기 왔을 때 나도 너희처럼 무서웠어. 나를 믿어. 우리 모두, 똑같은 일을 겪었어. 원장은 나에게 이상한 분홍색 물약을 마시게 했어. 그걸 먹자 속이 아팠어. 나는 숲에 들어오자마자 뱃속에 든 걸 토했지. 그리고 일단 주위 환경에 익숙해지자 숲을 돌아다니기 시작했어. 나는 자유를 찾겠다는 생각뿐이었어. 게다가 말할 필요도 없이 그 끔찍한 기계부품 공장에서 풀려나서 정말로 기뻤어. 그런데 다른 아이들처럼 길 어디에선가 언생크가 준 밧줄을 잃어버렸다는 사실을 알았고, 오래 걸어도 늘 같은 지점이라는 걸 깨달았어. 점점 겁이 났지. 그래서 밖으로 *나가려고* 할 게 아니라 정신을 집중해 걸어서 숲으로 *들어왔어.* 그게 내가 설명할 수 있는 전부야. 결국 나는 여기, 이 집까지 오게 된 거고. 나를 기꺼이 받아들여준 이곳 아이들 중 몇 명이 아는 얼굴이었지. 이곳에는 아이들 몇 명 외에 개들이 아주 많았어. 어쩌면 언생크는 더 오래 전부터 입양불가 딱지를 붙였는지도 몰라."

"그렇구나. 그럼 개들은 어떻게 된 거야?" 레이첼이 여전히 방어하듯 팔짱을 낀 채 물었다. 검은색 래브라도가 레이첼의 팔꿈치를 핥으려고 했다.

"이 개들은 이웃에 사는 개야, 저리 가! 이곳은, 그러니까 집을 나와 돌아다니다가 숲으로 들어온 고양이와 개들도 받아들여. 우리는 몇 달에 한 번씩 새로운 동물들을 맞지."

"와! 여기 혹시 포틴브라스도 들어왔을까?" 엘시가 언니를 돌아다보며 중얼거렸다. 멜버그 자매가 키웠던 얼룩 고양이 이름이었다. 고양이는 지난 여름 이후로 자취를 감추었다.

"원하면 마음껏 찾아봐. 있을 거라고 장담은 못하지만. 어쨌든 캐롤은 줄곧 여기에서 지냈어. 숲에 들어온 것은 그보다 몇 년 전인데, 이 집을 찾아내 살기 시작했지. 그는 우리처럼 길 잃은 고아들을 데려다 진짜 가정을 만들어주었어. 바깥세상에서 내가 살던 집보다 훨씬 좋아. 정말로."

그때 집 안에서 다정하면서도 쩌렁쩌렁한 목소리가 들려왔다. "누가 내 애기를 하는 게냐, 응?"

마이클이 그 목소리를 듣고 밝게 웃었다. "그분이야."

방충망을 댄 문이 활짝 열리고 머리가 희끗희끗한 노인이 문가에 나타났다. 어린 소녀가 그를 부축해서 포치로 걸어나오도록 도왔다.

"누가 왔니, 마이클?" 노인이 말했다. "누가 우리의 새 식구가 된 거냐?"

노인의 얼굴은 창백하고 검버섯이 잔뜩 피어있었다. 이마와 뺨에는 주름이 깊게 팼고, 눈 아래 피부가 여물통처럼 늘어졌다. 사실 엘시의 시선을 끈 것은 그의 눈이었다. 몸은 이쪽을 향했지만 시선은 자신들의 머리 건너 저편을 응시하는 듯 보였다. 자세히 살펴보니 눈동자가 인형의 눈처럼 생명이 없고 색을 입힌 것 같았다. 엘시는 노인의 팔꿈치를 부축해 현관 밖으로 안내한 소녀를 보았다. 노인의 발이 널빤지 바닥에 단단히 고정돼 있었다. 그는 허공을 향해 몇 번 헛손질을 하다 마이클의 어깨를 짚었다.

"장님이시네요!" 엘시가 자기도 모르게 내뱉었다.

다른 때였으면 레이첼은 동생의 무례한 태도를 나무랐을 것이다. 하지만 레이첼 역시 노인의 외모를 보고 혼이 나간 상태였다.

노인은 그 말을 듣고 껄껄 웃었다. "그래. 하지만 필요할 때 이용할 수 있는 눈이 서른다섯 쌍이나 있는데 뭘 더 바라겠니? 여기, 이 아이들이 내 눈이란다." 그는 팔을 휘저어 마당에 있는 아이들을 가리켰다.

그가 고개를 갸우뚱하게 기울이고 세 아이의 머리 너머를 응시할 때 두 눈이 살짝 움직였다. 엘시는 두 눈이 나무라는 것을 눈치챘다. 반질반질한 표면에 페인트로 아무렇게나 푸른색의 홍채를 그려넣은 것 같았다

"이런, 내 소개가 늦었구나. 내 이름은 캐롤이란다. 캐롤 그로드. 버림받았

든 길을 잃었든 우리 집에 온 것을 환영한다. 몇 명이 왔니?" 노인이 마이클 쪽으로 몸을 돌렸다.

"세 명이요, 할아버지. 여자아이 세 명이에요. 그중 한 명은 제가 잘 아는 친구예요. 바깥세상에 살 때 친구였거든요. 이름은 마서고요. 다른 아이들은 엘시와 레이첼." 마이클이 대답했다.

"아하!" 노인이 말했다. "세 명이라! 풍작이로구나. 언생크 영감이 너희들을 거두느라 매우 바빴겠구나." 그때 콜리종과 독일 셰퍼드 두 마리가 노인에게 달려와 장난치듯 끙끙거렸다. 노인은 마이클의 어깨에 얹었던 손을 내려 개들을 다정하게 쓰다듬었다. 현관 난간에 웅크리고 있던 오렌지색 줄무늬 고양이가 개들을 보고는 슬금슬금 도망갔다. "너희 세 명, 이리 가까이 오거라. 내가 잘 볼 수 있게." 엘시와 레이첼, 마서는 노인이 시키는 대로 따랐다. 그는 개를 쓰다듬던 손을 들어 아이들의 얼굴을 차례로 만졌다. 그의 손이 엘시의 얼굴에 닿자 움직임을 멈췄다. 노인의 얼굴이 살짝 찌푸려졌다. "이 아이는 누구지?"

"전 엘시예요."

노인의 눈썹이 치켜 올라갔다. 그러고는 계속해서 엘시의 뺨에 손바닥을 갖다댔다. "엘시라고? 예쁜 이름이구나. 누가 네 언니니?"

"제 바로 옆에 있어요."

노인은 손을 들어 살며시 레이첼의 뺨을 만졌다. 더 자세히 평가하는 듯 그의 눈썹이 한층 휘어져 보였다. "엘시와 레이첼." 그는 낮게 가르랑거리는 목소리로 중얼거렸다.

"뭐 잘못됐어요, 할아버지?" 마이클이 나섰다.

"아니, 아무것도 아니다." 노인은 갑자기 정색하며 레이첼의 얼굴에서 손을 뗐다. 그러고는 레이첼의 어깨를 따뜻하게 토닥였다. "너희 세 명 만나서 반갑구나. 행복한 우리 집에 온 것을 환영한다. 지난날 우리에게 닥친 불행은 여기에서 잊힌단다. 구원과 위로의 장소지. 너희들은 여기에서 행복할 거야." 노인이 오두막의 열린 문을 가리키며 말했다. "들어가자. 집 구경을 시켜주마. 산드라가 렌즈콩 스튜를 만들고 있단다. 너희 배고프지?"

솔직히 그들은 배가 고팠다, 정말로 많이.

따뜻한 채소 스튜(엘시는 배가 차지 않아 사워도우빵 조각으로 마지막 국물 한 방울까지 적셔 먹었다)를 먹은 뒤 세 아이는 의자에 기대 포만감을 즐겼다. "맛있게 먹는 소리가 정말 듣기 좋구나." 캐롤은 그들 곁에 앉아 식사 소리를 들으며 즐거워했다. 식탁이 치워지자 캐롤은 자신의 파이프를 갖다달라고 부탁했다. 퇴비를 만들기 위해 채소 쓰레기를 모으던 어린 소년이 파이프를 가져왔다. 노인은 파이프에 담배를 채우며 새로 온 세 아이에게 말했다.

"너희에게도 일거리가 있어야 할 텐데. 하지만 걱정 마라. 예전 같은 식은 아니란다. 여기에서는 누구나 자신의 능력에 맞춰 일하지. 우린 혹독한 노예 감시인이 아니거든. 가정이 제대로 돌아가야 누구나 행복한 법이란다."

마서 옆에 앉은 마이클이 의기양양하게 대화에 끼어들었다. "정말 그래. 아무도 게으름 피울 생각을 하지 않아. 우리는 각자, 그게 무엇이 됐든 잘하는 것으로 집안일을 도와."

"산드라는 맛좋은 스튜를 만들지. 그애는 스튜 만드는 걸 좋아하고 재주도 있어. 마찬가지로 신시아는 뛰어난 화가란다. 그래서 너희가 우리 집에서 보는 예술작품을 만든단다." 엘시는 맛좋은 스튜가 묻은 입술을 혀로 핥으며 집 안의 벽을 둘러보았다. 아닌 게 아니라 벽마다 캔버스에 그린 유화를 나뭇가지로 대충 얽어만든 액자에 끼워 걸어놓았다. "또 마이클, 피터, 신시아는 덫을 놓는 솜씨가 좋아서 저녁이나 이른 아침에 밖으로 나가 만찬 때 쓸 사냥감을 잡아온단다. 어린 마일즈는 뛰어난 이야기꾼이고. 그애는 어린애들을 일찌감치 재우는 일을 맡고 있단다." 캐롤이 파이프를 뻐끔거려 소용돌이 모양의 연기를 오두막 서까래로 날려보냈다.

"모두가 잘 해내가고 있어. 우리는 일하는 가족이야." 마이클이 빵 덩어리를 떼어내며 거들었다. 어려보이는 여자아이 둘이 개수대에서 접시를 닦고 있었다. 그들은 일을 하면서 노래를 불렀고, 낭랑하고 경쾌한 목소리가 집 안 가득 울려퍼졌다. "우린 이곳에서 만족해." 마이클은 이렇게 말한 다음 주머니에서 하얀색의 조그만 파이프를 꺼냈다. 그리고 캐롤의 행낭에서 갈색 담배를 한 줌 덜어 자신의 파이프에 채운 뒤 피우기 시작했다. 이 모습을 본 신참자들의 얼굴에 놀라움이 번졌다. 마이클은 당당하게 그들의 반응을 살폈다.

그 모습을 보고 마서가 가장 먼저 입을 열었다. "지금 뭐하는 거야?"

마이클은 어깨를 으쓱할 뿐이었다. "우린 이곳에서 원하는 대로 할 수 있어. 우릴 보고 뭘 해라 하지 마라, 잔소리하는 부모가 없으니까. 이거야말로 꿈 아니니!" 그는 파이프를 뻐끔거리며 작은 연기 고리를 공중으로 날려보냈다.

배불리 음식을 먹은 뒤 별 말이 없던 레이첼이 입을 열었다. "여기가 어디죠? 당신들은 왜 여기에 있나요? 우리는요?"

캐롤이 레이첼을 향해 몸을 돌린 뒤 의자에 등을 편안히 기댔다. 의자에서

삐걱 소리가 났다. "여기는 변방이란다. 오래 전 늙은 신비주의자들이 나무들에 마법을 걸어놓았지. 너와 나 같은 사람들이 접근하지 못하게 말이다. 그러니 너희들이 여기에 갇힌 이상 익숙해지는 게 좋을 게다."

마서는 손에 쥔 숟가락을 쨍그랑 소리가 나도록 테이블에 떨어뜨렸다. 소녀는 얼른 사과하고 나서 말했다. "죄송해요, 뭐라고 하셨어요? 마법이라고요?"

캐롤이 파이프를 몇 모금 빨고 나서 말을 이었다. "그래. 내가 아는 대로만 말해주면 이렇단다. 수 세기 전 여기 이 숲과 바깥세상이 더 이상 평화롭게 조화를 이루며 살 수 없다고 판단한 신비주의자들은 우드를 띠처럼 두른 나무들에 주문을 걸었단다. 바깥세상 사람들이 우드로 들어오려고 하면 숲의 미로에 갇혀 길을 잃도록 말이다. 한 평의 땅이 두 배가 되고, 그 땅이 다시 두 배가 되어 무한하게 커지고, 이쪽으로 돌아가면 방금 전에 있던 자리와 비슷한 곳이 나오지. 게다가 시간은 정지해서 태양이 지고 달이 뜨는 식으로 흘러가더라도 절대 다음날로 바뀌지는 않는단다."

마지막 말에 이르자 마이클이 마서를 보며 코를 찡긋했다. "이제 알았니? 우린 절대 늙지 않아."

세 소녀는 할 말을 잃었고, 그 사실을 상기하려는 듯 두 손으로 머리를 감싸쥐었다.

"말도 안 돼." 레이첼이 중얼거렸다.

캐롤이 덧붙였다. "그럴 게다. 우린 시간상으로 이곳에 유예된 거란다. 계절이 바뀔 때 먹을 것이 부족해지는 일도 없지."

"여기에 온 지 얼마나 되셨어요?" 마서가 황당한 얼굴로 물었다.

"아마 몇 년쯤. 그야 시간이 흘러도 어떤 영향이 없으니 아무도 시간의 흐름에 관심을 기울이지 않지만."

"그런데 어떻게 그렇게 많이 알고 계세요? 아까 뭐라고 하셨죠. 변방이라고 하셨나요? 그리고 '지날 수 없는 숲'이라고요?" 레이첼이 캐물었다.

"나에게도 잘 나갈 때가 있었단다. 그들과 교류도 했었지. 사우스우드 사람들 말이다. 하지만 곧 버림받았단다."

"사우스우드요? 그게 뭐죠?" "왜 버림받았는데요?" 엘시와 레이첼이 차례로 물었다.

캐롤은 껄껄 큰 소리로 웃은 뒤 파이프를 몇 모금 빨고 나서 차근차근 대답해주었다. "애들아, 한꺼번에 너무 많은 걸 묻는구나. 첫째, 사우스우드는 사람들이 사는 곳이란다. 그곳에는 왕이 사는 대저택이라든가 행정부도 있지. 온전한 세상이야. 그리고 나라 곳곳이 기이하고 마법적인 것들로 가득 차 있단다. 한마디로 너의 눈을 튀어나오게 할 곳이란다. 어쨌든, 나는 바깥세상에서 그곳에 불려갔단다. 그런데 그들은 나를 이용해먹고 내쫓았지."

"내쫓아요?" 레이첼이 되물었다. 아이는 앞머리를 뒤로 넘기고, 오로지 노인만 빤히 바라보았다.

캐롤이 신음을 내뱉으며 파이프 끝을 잘근잘근 씹었다. "그렇단다. 나를 쫓아냈지. 이 말까지 하고 싶지는 않은데, 사우스우드 사람들 중 일부는 낡고 쓸모없는 쓰레기를 버리기에 여기 이 변방보다 좋은 곳은 없다고 생각한단다. 물론 그렇지 않은 사람들도 있지. 여하튼 나는 이곳에 버려졌단다. 죽은 몸이나 다름없었지." 마이클은 미간을 찌푸리며 엘시와 레이첼을 흘끔거렸다. 그들이 더 이상 꼬치꼬치 캐묻지 않기를 바라는 눈빛이었다. 노인은 낮은 목소리로 이야기를 계속했다. "그래서 여기로 오게 됐단다. 나의 새로운 집. 연옥과 같은 곳이지. 처음에는 친구도 없었단다. 첫 번째 아이가 여기 들어온 게 지금으로부터 2년 전일 거야. 어린 에드문드 카터. 현관에 앉아 개들에게 말을 걸고 있는데… 당시에는 개들이 유일한 친구였고, 대화 상대였지. 언덕 너머에서 그 아이가 나타났단다. 며칠쯤 헤맨 것 같더구나. 우리를 유난히 빨리 알아보는 아이들이 있지. 나는 그 아이를 데려와 음식을 먹였고, 그후로 우리 가족은 계속 불어났단다."

"하지만 밖으로 나가는 길이 있을 텐데. 우리는 언제까지 여기에 갇혀 지내야 하나요?" 엘시가 눈을 반짝였다.

"맞아요, 그렇다면 여기를 빠져나간 사람은 어떻게 된 거죠? 언생크가 그런 사람들 얘기를 해줬어요. 지날 수 없는 숲에서 살아나온 사람들이라고 그랬어요." 레이첼이 가세했다.

"글쎄다." 캐롤이 의자에서 몸을 뒤척였다. "그런 얘기는 금시초문인데. 신화나 전설일지 모르지. 물론 사실일 수도 있다. 우리 역시 지금껏 밖으로 나가는 길을 찾으려고 애썼지만, 강철 같은 의지로도 할 수 없는 일이 있다는 사실만 확인했단다."

마이클이 끼어들었다. "그리고 우린 여기에서 행복해. 너희도 곧 깨닫게 될 거야. 여긴 규칙도 없어. 자기가 하고 싶은 대로 하면 돼. 원하면 하루 종일 잠만 자도, 또는 늦게 자도 돼. 더러운 농담도 상관없어!" 이 말을 강조하려는 듯 마이클이 난데없이 욕설을 해서 엘시의 얼굴이 빨개졌다.

캐롤이 웃었다. "그렇단다. 지금은 이곳을 뜨겠다는 생각을 별로 하지 않는단다. 우리는 잘 지내거든. 바깥세상에 있을 때 나는 외톨이였단다. 우드에서는 그 낯선 사람들 사이에서 무시당했고. 그런데 여기에서는 계속해서 늘어나는 착한 아이들의 아버지란다. 모두가 집이 필요하고 가족이라 불리는 사람들이 필요한 아이들이지."

엘시는 곁눈질로 동의하듯 천천히 고개를 끄덕이는 마서를 보았다. 레이첼도 그 모습을 놓치지 않았다. 레이첼이 입을 열었다. "그러니까 모두 이곳에서 계속 살 거라는 말이죠? 지금처럼?"

마이클이 어깨를 으쓱했다. "여기 아니면 안 된다는 마음으로." 그의 파이프는 천천히 허공을 향해 둥그런 연기를 잇달아 뿜어냈다.

레이첼이 웃음을 참았다. “모두 제정신이 아닌 것 같아요. 게다가 마법의 세상은 또 뭐야? 모두, 여기 ‘지날 수 없는 숲’에서 일어나는 일인가?”

“그래, 맞아!” 마이클이 레이첼을 째려보았다.

“난 아무리 생각해도 헛소리 같아.” 레이첼이 고개를 가로저었다.

“그렇다면 너는 왜 여기에 갇혔다고 생각하지?” 맹인도 그게 가능하다면 ‘의도적’이라고 표현할 수 있을 만큼 레이첼을 빤히 보며 캐롤이 말했다. 고개를 돌릴 때면 그의 나무눈은 얼굴뼈 속에서 아래로 돌아갔다.

“모르겠어요. 아무튼 저는 여기에 잠깐만 머물 거예요. 틀림없이 밖으로 나가는 길이 있을 거예요.”

“나가는 길은 없어. 우린 알고 있다고.” 마이클이 대꾸했다.

“그래. 난 이들을 믿고 싶어.” 이렇게 말하고 나서 마서는 뒷주머니에 손을 넣어 네모 모양으로 접은 조그만 쪽지를 꺼냈다. 조심해서 반듯하게 펼치자 손으로 그린 커다란 지도가 나왔다. 접힌 한쪽을 펼치니 손글씨로 ‘지날 수 없는 숲, 추측도.’라고 적은 글자가 보였다.

“언생크의 방에서 가져온 지도구나!” 레이첼이 외쳤다.

“응, 맞아. 내가 훔쳤어.” 마서는 자랑하듯 지도를 보여주었다.

“마이클 그게 뭐냐? 저 아이가 가져왔다는 게 뭐야?”

“지도예요.” 마서가 지도를 더 펼치자 마이클이 덧붙여 설명했다. “우드의 지도예요, 맞아요. 할아버지가 말씀하신 대저택도 있어요. 북쪽에는 커다란 나무 세 그루가 그려져 있고요.”

“들었어? 할아버지는 마이클이 하는 이야기를 이미 다 알고 계셔. 그러니 언니는 함부로 말하면 안 돼.” 엘시는 손을 뻗어 테이블 건너편 캐롤의 늙은 손가락 관절을 만졌다. 마음속에서 오랫동안 잠복해온 뿌리 깊은 의혹, 혹시 사실이 아닐까 줄곧 의심했던 어떤 일이 마침내 확인된 느낌이었다. 더욱이 캐롤의 이야기 속에 오빠의 실종에 관한 단서가 들어있었다. "이곳에 대해 더 얘기해주세요."

캐롤이 허허롭게 웃었다. 그는 파이프 속 남은 재를 손바닥에 쏟아 옹이진 마룻바닥에 뿌린 뒤 이야기를 이어갔다. 우드, 와일드우드, 노스우드, 사우스우드에 대해 노인은 찬찬히 들려주었다. 그곳에 어우러져 사는 동물과 인간, 그리고 신비주의자에 대해. 속속들이 이해하기에는 한계가 있지만, 그럼에도 세 아이가 지금껏 지녔던 세계관을 뒤엎어, 다시는 똑같은 시각으로 세상을 바라볼 수 없게 할 만한 이야기들이었다.

CHAPTER 16

언더 와일드우드

커티스에게는 똬리를 튼 뱀처럼 보였다. 프루는 동의하지 않았다. 자신은 애보리진처럼 보인다고 했다. 커티스가 '애보리진'이 뭐냐고 묻자, 호주의 원주민이라고 프루는 설명했다. 그러자 커티스는 퉁명스럽게 자신도 애보리진이 무슨 뜻인지 안다, 자기가 궁금한 건 왜 하필 태평양 북서쪽 한가운데 애보리진과 관련된 게 만들어졌느냐는 거라고 대꾸했다. 그러자 프루는 하도 이상한 일을 많이 겪어서 여기에 왜, 어떻게 그런 게 있는지 따져보고 싶지도 않다고 심드렁하게 대답했다. 커티스는 그런 논평에 아무 말도 하지 않았다. 한 가지는 확실했다. 높은 아치형 터널 입구 주춧돌에 새겨진 문양은 틀림없이 *누군가*가 만들었다는 사실이다.

“정말로 뱀이 튀어나올 것 같아.” 셉티무스가 진저리를 쳤다.

단순히 여러 겹으로 둥글게 감긴 모양이 바위에 새겨져 있었다. 아치 아래, 아주 키가 큰 남자 두 명을 합친 정도로 높은 터널은 잘 보이지 않은 어두운 곳까지 뻗어나갔다.

“잘은 모르지만 내가 보기에는 일종의 생명 순환선 비슷하게 보여…….”

“도대체 누가 만들었을까?” 커티스가 생각에 잠겼다.

“그게 궁금하단 말야. 누가 새겼든 여기에 오랜 세월 있던 것 같아.” 프루가 대답했다.

“적어도 누군가 이 아래로 내려왔었다는 사실은 틀림없어. 그러니까 위로 올라가는 길도 있을 거야.” 커티스는 양말을 벗은 뒤 물을 짜느라 바빴다.

“그래. 하지만 설령 그럴 수 있다고 해도 지금 당장 어디로 갈 건데?”

커티스는 선선히 친구의 말에 동의했다. “네 말이 맞을지도 몰라.”

“그리고 달라가 추락해서 죽었다고 쳐도 그 위에 더 많은 여우들이 있는지 누가 알겠어. 그렇다고 이 밑에는 어떻게 제작자를 찾아내 알렉세이를 되살려 놓을 수 있는지… 그것도 확실하지 않고.”

“아직도 그 목표를 버리지 않았어?”

“물론이지!”

커티스는 셉티무스를 흘끗한 뒤 말했다. “산적들은 어떻게 됐을까? 무슨 일이 있었는지 알아내야 하는데.” 커티스의 양말에서 물이 졸졸 떨어졌다. 그의 맨발은 생명과학실 선반의 유리병에 든 돼지 태아 색깔과 감촉을 띠었다.

“우린 죽을 뻔했어. 그것도 두 번씩이나. 너도 알다시피 이런 일을 겪었으면 우선순위를 손봐야 하지 않을까.” 셉티무스가 덧붙였다.

"두 번이라고?" 커티스가 물었다.

"여자로 둔갑한 여우가 공격했을 때 한 번, 그러고 나서 추락했을 때 또 한 번."

"맞아." 커티스가 맞장구치며 덧붙였다. "나야 이런저런 일들을 통틀어서 죽을 뻔했던 하나의 사건으로 생각했지만."

프루가 화가 나서 둘을 쏘아봤다. "그건 안 돼. 우선순위를 재조정하다니."

"캠프 전체가 날아갔어, 프루. 우리가 추락에서 살아남은 건 일종의 기적이라고. 내가 아는 한 셉티무스와 난 와일드우드에 남은 마지막 산적이야. 우린 사태를 규명해서 다른 산적들에게 진 신세를 갚아야 해."

프루는 진즉 커티스가 반대할 거라 예상한 듯했다. "나는 나무가 이 모든 일을 알았을 거라는 확신이 들어. 그러니까 어떻게 해서든 알렉세이를 되살리는 것이 모두에게 두루두루 도움이 된다고 생각해. 산적들을 포함해서. 우린 롱갭으로 추락했고, 그건 틀림없이 우리의 계획에 들어있던 것은 아니었지만 결국 이 터널까지 오게 됐잖아. 그 꼬마가 나에게 '위로 올라가려면 아래로 내려가야 한다'고 말한 것처럼 말이야. 맹세해. 나는 그 아이의 말을 그대로 인용했을 뿐이야."

"알아, 네가 그런 말을 했어."

"게다가 나무, 혹은 그 꼬마는 우리의 생명과 친구들의 생명을 구하려면 진짜 후계자를 되살려내야 한다고 했어. 어떻게 해석하든 의미는 명확해. 우린 *반드시* 그 일을 해야만 해."

"꼭 신탁을 받은 것처럼 말하네. 그 목소리를 듣기라도 했나보지?"

프루는 이런 사소한 조롱일랑 무시해버렸다. 머리카락 사이로 손가락을 넣어 물기를 짜내며 생각에 잠겼다. "이런 지하에서 어떻게 실행해야 하는지 명확하게 떠오르지 않을 뿐이야. 알다시피 지금 우리가 처한 상황에서는 나무가 부탁한 일을 수행하기 어려울 거야. 사우스우드는 멀고도 멀어. 게다가 거기에 얼마나 많은 암살자가 있는지 알 수도 없고. 하지만 한 가지만은 분명해. 우리는 여기, 보이지 않는 이 지하에서 가장 안전하다는 사실이야."

"아니 지상에서도." 이 말을 하는 커티스의 얼굴에 한 줄기 빛이 떠올랐다. "내 말 좀 들어봐. 만약 사우스우드 사람들이 초조하게 충성심 경쟁을 벌이고, 그에 편승한 누군가가 우리를 죽이려는 게 사실이라면 차라리 공개된 곳에 있는 게 여기 아무도 모르는 구덩이에 있는 것보다 더 안전하지 않을까? 여기 있다간 아무도 모르게 죽어갈 게 뻔해. 내가 농담으로 말했지만 너는 자전거 영웅 소녀야. 혁명의 상징이라고. 그러니까 누가 알겠어? 네가 나타나면 모두가 널 기쁘게 해주려고 진지하게 노력할지. 너는 물론이고 희망사항이지만 나까지 덤으로 무사할지 모르잖아."

"그래서 우리가 제작자를 찾아 알렉세이를 되살려야 하는 거야." 프루가 줄기차게 주장했다.

"그들에게 우리 산적들한테 일어난 일을 알려야 해. 누군가 도와줄 거야." 커티스도 자신의 의견을 굽히지 않았다.

그러자 셉티무스가 끼어들었다. "거기엔 아직 우리 밀사가 있잖아? 대장이 얼마 전에 앵거스를 보냈잖아. 그가 아직 거기에 있어."

프루가 고개를 끄덕였다. "어쩌면 그게 최선의 방법일지도 몰라." 프루는 말을 멈추고 이끼로 뒤덮인 벽을 노려보았다. 랜턴 불빛에 비친 초록색 이끼가 거의 형광빛을 띠었다. 아치로 된 동굴 입구 너머가 으스스하게 느껴졌다. "우리가 여기를 빠져나갈 수만 있다면, 게다가 이 터널이 막다른 길로 이어질 수도 있어. 그래, 기억나는데…….” 프루는 손톱을 물어뜯으며 지난 가을의 기억을 떠올리려고 애썼다. “그래, 페니. 대저택의 하녀. 그녀가 올빼미 렉스를 만나러 가는 나를 이런 으스스한 터널로 데리고 갔어. 그때 그녀가 대저택이 세워지기 전부터 그 터널이 거기 있었다고 말했어. 어쩌면 그런 터널이 우드 전체에 뻗어있을지도 몰라!”

“그럴 수도 있겠지.” 커티스는 털양말을 있는 힘껏 비틀어 물을 짜낸 뒤 다시 신었다. 그런 다음 부츠까지 신고 조심조심 일어섰다. 두 발을 번갈아 디디자 신발에서 약간 철벅거리는 소리가 났다. “이 정도면 됐어. 너희도 이제 준비됐어?”

프루는 몇 걸음 걸으며 다친 발목을 시험해보았다. “그런 것 같아.”

“너희 둘이 앞장서. 너희는 뱀의 비위를 맞출 줄 알잖아.” 쥐의 말에 커티스는 프루를 보며 손으로 길을 가리켰다. 그들은 함께 아치문을 지나 터널로 들어갔다.

축축한 습기가 몸을 휘감았다. 피부까지 흠뻑 젖을 정도는 아니지만 물기 가득한 공기가 엄습해왔다. 다행스럽게도 터널 안으로 들어갈수록 따뜻해져서 차츰 편안하게 걸을 수 있었다. 프루는 협곡에서 추락하면서 다친 발목이 아파와 조심스럽게 걸었다. 터널의 양쪽 벽체는 그들의 머리 위로 올라가 농구골대 백보드 정도 높이의 아치 등뼈 부분에서 만났다. 석조 벽은 고대의 연장을 이용해 손으로 정교하게 다듬은 뒤 쓸모 있는 형태로 만든 듯했다. 프루는 누가 이런 건물을 만들었을까 궁금했다. 터널의 아주 작은 부분을 만드는 데에도 얼마나 많은 시간이 들어갔을지 가늠이 안 될 정도였다. 이런 깊숙한 지하에 동맥을 뚫기 위해 수 세기에 걸쳐 동물과 인간이 힘을 합쳐 일하는 모습이 그려졌다. 그들의 노랫소리와 작업 소리가 함께 흘러나왔으리라.

한편 커티스는 셉티무스와 뒤처져 걸으며 혹시나 쥐를 두려움에 떨게 하는 뱀이라는 녀석이 뒤에서 공격하지 않나 이따금 돌아보았다. 커티스는 어릴 때 아빠와 본 〈코난〉 오리지널 영화에 나오는 거대하고 이빨이 무시무시한 뱀으로 변신하던 제임스 얼 존스James Earl Jones(1931년 1월 17일~. 존경받는 아프리카계 미국인 배우. 〈스타 워즈〉(1977)에서 다스 베이더 목소리와 다른 3개의 SF 영화에서 성우를 맡아 유명해졌다. —옮긴이)의 모습이 잊히지 않았다. 혹시 그가 몰래 슬금슬금 다가와 (커티스가 상상한 유령은 무엇이건 간에 사실은 제임스 얼 존스였다) 독을 품은 독사로 변신하는 것은 아닐까. 그러면 정말 멋질 거라고 커티스는 생각했다. 게다가 그가 말까지 한다면 커티스는 제임스 얼 존스의 목소리를 실제로 듣게 되는 것이다. 커티스는 상상에 빠져 제임스 얼 존스의 목소리를 최대한 비슷하게 흉내내 큰 소리로 중얼거렸다. "제독, 당신은 끝까지 나를 실망시키는군."

"뭐라고?" 프루가 걸음을 멈췄다.

"아, 미안. 잠깐 딴 생각을 하느라." 커티스는 아무리 터널의 자연적인 음향이 진짜 같은 느낌을 준다고 해도 자신의 생각이 종잡을 수 없이 헤매고 있음을 깨달았다.

"커티스, 저기 뭔가 있는 것 같아." 프루가 손가락으로 앞을 가리켰다.

터널은 그들이 선 자리에서 10미터 좀 못 되는 곳에서 T자로 갈라졌다. 석조 벽돌 틈에서 물이 똑똑 떨어졌다. 회색 바위에 끝없는 반복 무늬가 새겨진 돌이 또 하나 놓여있었다. 이제는 익숙해진, 여러 겹으로 감긴 동그라미였다.

그 돌 아래에 터널 설계자들이 놓았을 법한 오래된 장식 돌 두 개가 나란히 놓여있었다. 그중 하나에는 동그라미가, 다른 하나에는 세모가 새겨져 있었다. 프루와 커티스는 한동안 이 돌들을 관찰하고 각자가 번갈아 앞으로 나아가 돌의 새김부분에 쌓인 흙먼지를 털어냈다.

"나는 세모를 생각하고 있어. 동그라미도 마음에 끌리지만." 커티스가 말했다. 프루는 조용히 랜턴을 쳐들어 두 방향을 살펴보았다. 교차지점에서는 어느 방향이나 똑같아 보였다. "동그라미가 목욕탕을 뜻한다고 생각하지 마. 알았지? 아, 그 웅덩이에서 실컷 놀아야 했는데, 또 그러기에는 물이 너무 차가워서 말이야."

"넌 지금 버려진 터널 안에 있어. 차라리 세상이 너의 변기라고 말하는 게 낫겠다." 열심히 뒤따라온 셉티무스가 커티스를 비꼬았다.

말없이 갈림길을 탐색하던 프루가 '동그라미' 길을 따라 걷기 시작했다. 커티스가 얼른 뒤따르자 셉티무스는 커티스의 견장에 올라탔다.

"그리로 가서 뭐 하려고?" 커티스가 프루를 불러세웠다.

"그저 직감을 따르는 거야."

그들은 더 많은 갈림길을 만났다. 그리고 갈림길마다 선택할 수 있는 길이 점점 더 많아졌다. 몇 번인가 추락한 곳과 비슷하게 생긴 막다른 곳에 들어섰다. 그럴 때는 그저 주위를 둘러보다 다른 방향을 선택했다. 사실 그들은 정식 통로가 아니라 기어오를 수 없는 갱도와 연결된, 대충 만든 터널에서 추락했기 때문에 프루는 어느 방향으로 가든 중요하지 않다고 여겼다. 교차지점에 앉아 육포를 나눠먹는 동안에도 커티스와 셉티무스에게 이 점을 누누이 얘기했다. 그 말에는 음식이 떨어져 굶어죽거나 밖으로 나가는 출구를 찾을 때까지, 어떤 일이 먼저든 기본적으로 계속 걸어야 한다는 뜻이 담겨있었다. 그런 생각만 해도 등골이 서늘해질 지경이었다.

그들은 멈추지 않고 걸었다. 미로를 힘겹게 헤매던 어느 순간, 터널 벽이 사라지고 어디에선가 서늘한 바람이 불어왔다. 셋은 랜턴을 멀찌감치 비추어 자신들이 선 커다란 방을 둘러보았다. 그곳에는 천장도 없고 바닥도 없었다. 게다가 자신들이 걷는 돌바닥은 알고보니 맞은편으로 건너가는 다리였다. 절망스럽게도 랜턴 불빛에 드러난 것은 발아래 심연과 그를 가로지르는, 똑같이 생긴 아찔한 십자로였다. 위쪽에도 똑같은 광경이 펼쳐져 있었다. 커티스는 문득 바깥세상에서 살 때 지역의 과학박물관에서 본 비디오가 떠올랐다. 인간의 뇌를 구성하는 덩굴손 같은 거대한 연결조직.

"오, 맙소사." 커티스의 어깨에서 셉티무스가 기겁했다.

"그냥… 그냥 계속해서 가자." 프루가 두렵고 체념한 목소리로 말했다.

자신들이 처한 심각한 상황을 조롱하기라도 하듯 커티스의 배 속에서 꼬르륵 소리가 났다. "못 들은 걸로 해줘."

그들은 조심스럽게 다리를 건넜다. 그리고 잠시 후 터널에서 또다시 갈림길을 만났다. 양쪽 다 짧은 계단으로 연결된 갈림길 중 왼쪽으로 향했다. 다시 터널은 두 갈래로 나뉘었고, 어느 순간 그들은 거대한 심연을 또다시 건너고 있음을 깨달았다.

그들의 위아래로 수없이 많은 다리가 존재했다. 그래서 자신들이 어디에서 이쪽으로 오게 되었는지, 같은 심연을 반복해서 건너는 것인지 아닌지조차 가늠할 수 없었다. 프루는 점점 더 눈에 띄게 다리를 절었다.

"잠깐 쉬었다 가자. 너 많이 아파 보여." 커티스가 프루를 걱정스럽게 살피며 제안했다.

하지만 프루는 입술을 앙다문 채 터널의 무수히 많은 통로를 묵묵히 걸었다. "길이 나와야 하는데." 커티스의 귀에 프루의 중얼거림이 들렸다.

그들은 경사가 점점 더 급해지는 계단을 오르다가 마침내 불가사의하게도 계단이 돼버린 돌벽의 발판을 오르고 있다는 사실을 깨달았다. 또 어느 지점에서는 한 발로 지나야 할 정도로 좁아지는 다리를 건너기도 했다. 그리고 도무지 들어갈 수 없을 것처럼 빙글빙글 도는 터널로 들어섰다. 터널은 돌연변이의 키 큰 거인들도 쉽게 지나갈 수 있을 만큼 넓어졌다 갑자기 천장이 낮아져서 엉금엉금 기어야 하는 통로로 바뀌었다. 거대한 나선형 계단을 내려가자 벽이 원통 모양인 거대한 방이 나타났고, 방 아래쪽에 부서진 사다리가 놓여 어두컴컴한 아래를 향하게 되었다. 그 지점, 아치 모양의 다리 꼭대기에서 그들은 걸음을 멈추고 요기를 했다. 커티스는 마지막 남은 사과 조각을 우적우적 씹다가 꾸벅꾸벅 조는 프루를 발견했다. 커티스가 프루에게 몸을 기대자마자 둘은 깊은 잠에 빠져들었다. 그들이 돌아다닌 지 얼마나 됐는지, 또 얼마나 오래 잠을 잤는지 알 수는 없었지만 셉티무스가 쿡쿡 찌르는 바람에 둘은 잠에서 깨어났다. 이 어두운 지하세계에서 시간의 흐름은 자신들과 무관한 일처럼 느껴졌다.

일행은 남은 음식을 점검해보았다. 하루치 정도였다. 커티스는 손가락으로 관자놀이를 눌렀다. 이 지하의 미로 속에서 죽을지도 모른다는 생각이 점점 현실감 있게 다가왔다. 나는 산적 동료들로부터 얼마나 멀리 떨어져 있는 것일까? 그날 밤 숲속의 이상한 제단에서 자신이 했던 맹세 중 산적들과 영원히 함께 하겠다는 내용에는 뭔가 특별한 의미가 있을 거라고 믿었다. 그들의 곁을 떠나지 않는다는 뜻만은 아니리라. 겨우 몇 달 동안 산적이었을 뿐인데 이미 동료들을 실망시켰다. 브렌든, 애슐링, 다른 산적 가족들…….

커티스는 거기에서 멈췄다. 가족은 무슨 가족? 그들은 자신의 가족이 아니었다. 프루의 말이 옳았다. 그는 진짜 가족을 진작 떠나왔다. 아빠는 지금 뭘 하실까? 엄마는? 그는 오빠가 처한 끔찍한 상황은 상상도 못한 채 하루를 보낼 두 여동생을 떠올렸다. 그동안은 막내 여동생이 애지중지하는 용감무쌍한 티나의 쉬지 않는 재잘거림이 거의 생각나지 않았다.

그때 프루의 손이 그의 얼굴 앞에서 왔다갔다 했다. 프루의 얼굴은 지치고 무덤덤해보였다. "자, 어서. 그만 가자."

그리고 얼마 가지 않아서, 아마도 한두 시간쯤 흐른 후 프루가 불쑥 걸음을 멈췄다. 커티스는 하마터면 프루의 등에 부딪힐 뻔했다.

"왜 그래?"

"쉿, 들어봐."

커티스는 숨을 죽였다. 들리는 거라고는 사방에 깔린 이끼에서 떨어지는 물방울 소리뿐이었다.

"아무것도 안 들……."

"쉿! 또 들린다!" 프루는 검지손가락을 입으로 가져간 뒤 랜턴을 높이 쳐들었다.

커티스는 다시금 청각 신경을 바짝 긴장시켰다. 이번에는 뭔가 들렸다. 똑똑 떨어지는 물소리 말고 다른 소리. "저게 뭐지?" 돌 위로 끌려가는 금속 소리, 하지만 열쇠처럼 작은 물건이 벽을 긁는 소리 같았다. 그 소리는 터널 속에서 울려퍼져서 어쩐지 불길함을 자아냈다.

프루는 대답하지 않았다. 앞에 펼쳐진 공간을 관찰하느라 바빴다. 그들은 그때 막 Y자 교차지점에서 왼쪽 통로로 접어들었는데 지금껏 지나온 터널보다도 훨씬 긴 통로 중간에 있었다. 그 소리는 앞쪽 어둠 속에서 들려오는 것 같았다.

바로 앞 땅바닥에 랜턴 불빛을 비췄다. 커티스는 촉수와 번들거리는 눈알에다, 도끼 같은 것들을 가지고 다니는 소름끼치는 생명체를 상상했다. 더구나 바닥을 질질 끄는 소리. 그 모습을 떠올리자 진저리가 났다. 그때 뭔가가 계속해서 귀를 잡아당겼다. 셉티무스가 곰인형을 찌그러뜨리는 어린아이처럼 커티스의 귓불을 잡고 흔들다 끌었다. 그리고 속삭였다. "뱀이야. 난 뱀 지나가는 소리를 잘 알아."

"누구야!" 프루가 소리쳤다.

소리가 멈췄다.

프루는 랜턴을 앞으로 쭉 뻗어 더 멀리, 이리저리 터널을 비추었다.

짙은 어둠 속에서 어떤 목소리가 흘러나왔다.

"거기 누구야?" 그 목소리가 말했다. 커티스가 들어본 어느 목소리와는 달랐다. 마치 수 세기 동안 지하에 묻혀서 따스한 햇살이라고는 쬐어본 적이 없는 듯한 목소리였다. 만약 그런 것이 소리를 낼 수 있다면 말이다. 음침하고도 낮은 위협적인 목소리. 그 목소리가 다시 들리며 터널 벽에 메아리쳤다. "언더우드를 지나는 자들은 이름과 용건을 말하라. 만약 데니스의 대리인이라면 너의 목을 칠 수밖에 없다."

놀란 셉티무스는 비명을 지르며 커티스의 코트에서 뛰어내려 방금 지나온 통로로 허겁지겁 내뺐다. 커티스는 프루의 어깨를 세게 붙잡았다. 뱀으로 변신한 제임스 얼 존스가 어둠 속에서 나타나는 경우보다 더욱 나빴다. 그 경우에는 적어도 크기를 짐작할 수 있었겠지. 그런데 이 녀석은 도가니에 녹여서 벼린 존재로, 땅속에서 나오는 것 같았다.

다시 금속음이 들렸다. 이번에는 녀석이 발 부근에 있는 것 같았다. 프루는 그 소리가 어디에서 나오는지 찾으려고 랜턴 불빛으로 발쪽을 비췄다. "어디쯤에 있을까?" 프루가 속삭였다.

"나도 몰라!" 커티스가 몸서리를 치며 대답했다. 그 목소리가 시끄럽게 헉헉대자 프루는 랜턴으로 바닥을 비춰보았다. 그들이 선 곳 바로 앞에 털로 뒤덮인 조그만 두더지가 보였다. 커티스는 허리를 구부리고 물었다. "아까 그 말을 한 게 *너니?*"

길이가 3인치 정도밖에 안 돼 보이는 두더지가 그들 쪽으로 주둥이를 돌렸다. 두더지는 참 이상하게도 낡은 병뚜껑처럼 생긴 일종의 갑옷 차림이었다. 작은 허리에 검이 달린 벨트를 차고 있었다. 검이라기보다는 월그린스 사에서 나온 평범한 바늘이었다.

"오, 세상에!" 그가 묘하게 애처로운 목소리로 외쳤다. "위 세상에 사는 사람들이라니!"

커티스와 프루는 당황스러운 시선을 교환했다.

두더지는 제법 위풍당당하게 벨트에서 바늘을 잡아빼 터널의 돌바닥에 바늘 끝을 꽂았다. 그러고 나서 경기 전 기도하는 축구선수처럼 무릎을 꿇고 다음과 같이 물었다.

"위대하고 신성한 위 세상 사람들이여, 우리의 노력이 위 세상 신들의 축복을 불러온 건가요? 그대들은 강탈자 데니스와 싸워 그를 물리치고, 독이빨 요새를 탈환하려는 우

리를 돕기 위해 오신 겁니까? 위 세상의 신성한 어머니에게 간청했던 기도의 응답을 주시는 겁니까?"

커티스는 이 작은 동물이 열렬히 들려주는 정보의 세례에 경악해서 멈칫했다. 그는 조용히 상의하려고 프루에게 손을 뻗었다. 이 이상한 두더지가 횡설

수설 떠드는 말은 뭔가 심각하게 들렸고 그래서 더 신중하고 조심스럽게 응답해야 할 것 같았다.

하지만 그럴 틈조차 없었다.

프루는 잠깐 망설인 뒤 대답했다. "네, 맞아요."

그리고 그것으로 끝이었다.

❦

저 멀리 안개 사이로 사원의 박공지붕이 가장 먼저 눈에 들어왔다. 박공지붕에는 경사진 윤곽을 따라 눈이 두툼하게 쌓였다. 처마를 장식한 용머리도 하얀 가루를 뒤집어 써 허연 수염을 기른 듯한 인상을 주었다.

여자는 이 건물을 보자마자 내심 안도의 한숨을 쉬었다. 주위의 정원도 눈에 덮여 어린 수도승이 조약돌을 이용해 정교하게 치장한 모습이 보이지 않았다. 사원까지 가는 자갈길의 눈을 깨끗이 치우던 새끼 거위는 그녀가 다가가자 동작을 멈췄다. 겁에 질린 거위의 표정을 보며 여자는 자신이 얼마나 끔찍해 보일지 짐작했다. 더욱이 아주 무겁기라도 한 듯 팔을 옆으로 축 늘어뜨린데다 나뭇가지로 대충 얽어만든 지팡이를 짚어 더욱 그럴 거라고 생각했다. 그녀는 왼쪽 다리가 쿡쿡 쑤셨다. 허벅지 피부에는 카멜레온의 무지개 색깔처럼 바뀐 옅은 멍이 자리했다. 다시키 셔츠는 찢어져서 너덜너덜했다. 그녀는 자기 얼굴이 마른 피딱지와 검고 흰 얼룩투성이라는 것을 알고 있었다.

노인은 계단 꼭대기에서 그녀를 기다렸다. 여자가 다가서자 그는 아무 내색도 하지 않았다. 그저 우편배달부를 맞거나 길거리의 행인 대하듯 덤덤했다. 사원

의 계단 중간쯤 올라온 여자가 무릎을 꿇었다. "해치웠더구나." 노인이 말했다.

달라는 눈을 제대로 마주치지 못했다. "늙은 신비주의자의 경우에는 끝냈습니다만, 혼혈 아이들은… 하지만 죽었을 겁니다."

"의뢰인이 만족을 표시했다."

달라는 노인을 올려다봤다. "만족이요?" 달라는 뭐라고 대답해야 할지 몰라 잠시 말을 멈췄다. "솔직히 말씀드리면 죽었는지 확신할 수 없습니다."

"무슨 일이 있었느냐?"

"아이들이 롱 갭으로 추락했습니다. 저는…, 그 아이들을 끝까지 추격하지 못했습니다."

"그래, 좀 쉬도록 해라."

안에서는 빨갛게 달궈진 화로 안의 석탄이 열을 냈다. 탑에서 가장 안쪽에 위치한 방은 고풍스럽게 꾸며졌다. 벽을 따라 몇 개의 의자가 자리했고, 바닥에는 돗자리 몇 개가 나란히 깔렸다. 진홍색 천을 몸에 휘감은 노인이 돗자리 끝으로 걸어가 옷자락을 펄럭이며 의자에 앉았다. 달라도 뒤따라 가서 그의 앞에 어렵사리 무릎을 꿇었다.

"의뢰인이 어떻게 알았을까요?" 달라가 물었다.

"숲의 소리를 들을 줄 아는 직감주의자들이 더 이상 그들에 관해 아무 말도 듣지 못했다고 하더구나."

"그럼 우리는 석방되는 건가요?"

노인이 손가락 관절을 주무르며 대답했다. "그렇다. 네가 다시 필요할 때까지는."

달라는 가슴 앞에서 힘들게 손뼉을 쳤다. 전해오는 통증에 저절로 얼굴이 찌푸려졌다.

"고맙습니다. 영주님." 달라는 이렇게 말한 뒤 사원을 떠나기 위해 자리에서 일어섰다. 하지만 문가에 이르기 전에 다시 목소리가 들려왔다.

"달라."

"네, 영주님."

"어떻게 확신하겠느냐?"

그들의 시선이 부딪쳤다. 달라는 말이 없었다. 노인이 고개를 까닥했다.

"의뢰인이 만족했다고 해서 우리의 임무가 끝난다는 뜻은 아니다. 방심해서는 안 된다."

"알았습니다, 영주님." 그녀가 돌아서서 방을 나갔다.

칠판은 깨끗이 지워졌다. 들어오는 주문은 모두 보류되고, 받아둔 주문에 대해서는 고객들에게 최고의 기계부품 공장으로 도약하기 위해 중요한 점검을 받게 됐다고 양해를 구했다.

모든 기계가 생산을 중단해서 언생크가 판단하기에 당면한 과제 외에는 꼭 해야 할 일이 없어보였다. 금형은 작업대에서 내려 창고에 보관했다. 공장 구석구석 틈새마다 제작공정에 지장을 줄 만한 오염물을 찾아 샅샅이 문질러 닦았다. 고아들은 평소에 작업하던 장소에서 끌려나갔다. 언생크는 꼬맹이들에게 업무를 맡길 여유가 없었다. 뫼비우스 톱니바퀴 같은 정교하고 까다로운 무언가를 만들려면 각 단계를 절대적으로 완벽하게 마무리해야 했다. 만약 이

부품을 완성한다면, (그는 여전히 그것이 가능하기나 할까 의심스러웠지만) 물을 것도 없이 최고의 업적이 될 것이다.

데스데모나는 이 과정을 말없이 지켜보았다. 물론 이 과제는 언생크 혼자 해결해야 할 일이었지만 가능한 한도에서 도왔다. 공장 바닥 물병에 물을 채워놓거나, 언생크의 책상에서 반쯤 먹다 만 샌드위치를 치워주었다. 그가 메모 쪽지를 보다 그대로 곯아떨어지면 매일 새벽 3시에 깨워주는 일도 잊지 않았다. 그동안 공유했다고 믿었던 그녀의 꿈을 언생크가 배신한 사실에 대해 투덜거리는 대신 말없이 속으로 삭였다.

아이들의 왁자지껄한 소리가 사라진 기계부품 공장은 영혼이 빠져나간 껍데기 같았다. 지금 공장에는 언생크만이 남아, 자신이 연구한 서류더미를 옮기는 등 하찮은 일을 돕는 몇몇 고아들에게 둘러싸였다. 그는 이른 새벽 작업을 시작해 톱니바퀴 자기 코어의 궤도를 빙글빙글 도는 비틀어진 세 개의 기어를 내놓고, 녹아서 없어질 밀랍 거푸집을 만들었다. 공장 한쪽 구석에서는 연기를 내며 부글부글 끓는 구리물이 세라믹 금형에 조심스럽게 부어질 순간을 기다렸다. 밖에서는 고아원의 창문들이 밝은 오렌지색으로 빛나고 안에서는 종교적인 광신자가 열기와 불꽃을 보며, 불경스러운 자에게 영겁의 징벌이 가해지는 저승의 이미지를 만들어냈다. 헤파이스토스(불, 대장장이 일, 수공예를 담당하는 고대 그리스 신. — 옮긴이)에게는 쨍그랑거리는 쇳소리와 치직거리는 유압기계 사이에 있는 이 불가마 솥이 제격이었다.

날이 흐르고, 쇳물처럼 밤이 녹아 없어지자 언생크는 자신을 신성한 빛 가운데 자리한 존재로 여기기 시작했다. 창조자이자 조물주였다. 자신이 이 차가운 원료에 호흡과 성스러운 생명을 불어넣는다고 생각했다. 유대 기독교도의 신이 우주를 창조했다면 언생크는 온갖 이빨과 곡선, 각도를 조금씩 변화시켜 수많은 톱니바퀴를 만들었다. 신은 우주를 만드는 데 7일이 걸렸다. 언생크에게는 5일이 주어졌다.

언생크는 패를 맞춰보기로 했다.

THE UNDERWOOD
TO WILDWOOD
THE CAVERN POOL
FORTRESS OF FANGGG (LATER PRURTIMUS)
MOLE ARMY ENCAMPMENT
THE GREAT POOL
TO THE OUTSIDE

PART THREE

CHAPTER 17

위 세상 사람들의 귀환

동굴 바닥은 살아있었다.

적어도 그렇게 보였다. 저마다 다른 장비를 들고 움직이는 수많은 생명들로 인해 바닥은 마치 물결치는 듯했다. 바늘 검과 병뚜껑 갑옷으로 똑같이 무장한 두더지 기사 군단은 족히 수천 마리는 돼보였다. 두더지 기사 군단의 우두머리를 따라 모퉁이를 돌던 프루는 이 광경을 보고 놀라 자빠질 뻔했다. 두더지는 '엎드림'을 중단하고 도저히 흉내낼 수 없는 목소리로 자신을 '헨리 몰 경'이라고 소개했다.

"내 이름은 프루예요. 얘는 커티스." 프루가 응답했다.

"그리고 얘는 셉티무스." 커티스는 어깨로 되돌아온 익숙한 쥐의 발걸음을 의식하며 이렇게 덧붙였다.

"프루, 커티스, 셉티무스. 그 이름을 찬양합니다. 지상의 종소리가 천상의 음악으로 가득 울려퍼지고, 이 몸은 신께 무릎을 꿇습니다."

"제발 그러지 마세요. 그렇게까지 할 필요 없단 말이에요." 커티스가 당황했다.

"이미 충분히 경의를 표하셨어요." 프루가 덧붙였다.

"이건 두더지야." 자신이 뱀들에게 공격당할 위험이 없다는 걸 깨달은 셉티무스가 그제야 말했다.

"숭고한 분들이 임하셨으니 지극히도 황송해서 달리 행동할 수가 없습니다. 오, 위대한 지상의 주민들이여." 하지만 두 아이의 당부를 경전처럼 받아들인 두더지는 굽실거리고 설설 기던 행동을 중단했다. "언더우드 기사들이 존경하는 지도자이자 최고사령관인 티모시를 접견하기 위해 이 보잘것없는 기사와 전선까지 동행해주시겠습니까?"

"물론이에요." 프루가 싱긋 웃었다. 커티스는 이 점에 대해 전혀 관여하지 않았다. 프루에게 모종의 계획이 있을 거라고 짐작했다. 그들이 작은 두더지를 따라 틀어지고 꼬인 통로를 걷는 동안 프루는 자신에게 다른 꿍꿍이가 있음을 인정했다. "괜찮은 생각 같아. 게다가 두더지잖아. 잘못될 일이 뭐가 있겠어?"

하지만 그들을 기다리는 것은 어두운 방에서 보이지 않는 곳까지 빽빽이 들어찬 작고 검은 털투성이 군인들이었다. 두더지들은 두 명의 인간과 쥐를 감지하고는 그들을 향해 주둥이를 들이밀었다. 세 명은 무수히 많은 '헉' 숨죽이는 소리와 '와아' 하는 함성 그리고 (비록 그들은 모두 장님이었지만) 당도한 신에 대한 놀라움 가득한 탄성을 접했다. 눈이라고 할 만한 것이 있었지만 작고 뾰족한 털투성이 얼굴에서 제 역할을 못하는 것 같았다.

헨리 경이 5인치 정도의 비계 위로 단숨에 뛰어올라 부하들을 상대로 연설했다. "동포이자 전우들이여, 우리의 기도가 응답을 받았다. 신이 우리를 위해 위 세상에서 세 명의 데미갓을 보내주셨다. 지상의 주민이신 프루, 커티스, 셉티무스. 이 분들이 보우하사 우리는 승리할 것이다!"

"와아!" 하는 함성이 또다시 터져나왔다. 커티스는 그들이 모두 헨리 경처럼 이상한 음색의 사투리를 쓴다는 사실을 알아챘다.

"안녕하세요." "안녕." "처음 뵙겠습니다." 커티스, 셉티무스, 프루가 살짝 손을 흔들며 차례로 인사했다.

두더지 군단은 말없이 서있었다. 프루는 두더지들이 자신의 입에서 좀더 신성한 한 말씀이 나오리라 기대했다는 걸 눈치챘다. 하지만 "만나서 반갑습니다!"가 생각나는 인사의 전부였다.

"혹시 지상에서 온 주민들을 위해 먹을 것 좀 주시지 않을래요?" 셉티무스가 물었다.

프루가 그를 쏘아봤다. 커티스는 손가락으로 셉티무스의 가슴을 콕 찔렀다. 아무리 해도 신이 할 수 있는 말은 아니었다.

"지상에서 오신 분들이 음식을 달라신다! 어서, 그래놀라 바를 대령하라!" 군중 뒤편에서 누군가 소리쳤다.

"거봐, 괜찮잖아." 정당함을 인정받은 셉티무스가 어깨를 으쓱했다.

두더지 군인들이 병뚜껑 갑옷을 쩔렁거리면서 양쪽으로 갈라져 길을 터주자 한 무리의 두더지들이 떨어져나와 어딘지 모를 곳으로 달려갔다. 잠시 후 그들은 흰곰팡이가 핀 갈색 상자를 끌고 왔다. 그러고는 그것을 프루와 커티스의 발치에 내려놓고 뒤로 물러나 바닥에 엎드렸다.

"지상에서 오신 분들이여. 음식을 대령했습니다. 신이 드시는 음식입니다. 아주 오래 전 웅덩이가 비워졌을 때 당신들과 비슷한 어떤 분이 저장해둔 상자가 여럿 있습니다." 헨리 경이 설명했다.

프루가 상자를 집어들었다. 세월이 흘러 상자에 인쇄된 글자가 거의 지워지다시피 했지만 〈자연의 친구〉에서 나온 그래놀라 바 꾸러미였다. 프루는 상자를 뒤집어 유효기간 날짜를 살펴보았다. 10/23/81이라고 적혀있었다.

"1981년이 만료일이야." 프루가 낙담했다.

두더지 군인들은 아무 반응이 없었다.

"나도 좀 보여줘." 커티스는 친구에게서 상자를 건네받았다. 그리고 초록색 비닐 포장을 하나 뜯었다. 하지만 그 안에 든 그래놀라 바를 살펴볼 겨를도 없이 어깨에 있던 쥐한테 과자를 빼앗겼다.

"괜찮아 보이는데?" 셉티무스는 부스러기까지 몽땅 먹어치우며 중얼거렸다. "꽤 맛있는 걸!"

군인들이 한 번 더 찬사와 칭찬 세례를 퍼부었다. 커티스는 상자에서 과자 하나를 꺼내 프루에게 건넸다. 프루는 그걸 받아들고 꺼림칙한 눈으로 바라보았다.

군대 뒤편이 또 한 차례 왁자지껄해졌다. 다시 한 번 길이 열리더니 두더지 기사 수행단이 길 가운데로 들어왔다. 그들 중 몇 명은 마분지를 정사각형으로 만든 일종의 제복을 걸친 채 도롱뇽처럼 보이는 동물의 등에 타고 있었다. 선두에 선 두더지 역시 파충류 위에서 병뚜껑 갑옷을 입었는데 어쩐지 대열을

지은 다른 군인들보다 훨씬 인상적이었다. 머리에는 골무를 쓰고, 가느다란 분홍색 고무줄로 벗겨지지 않게 고정했다.

그는 프루와 커티스의 발밑에 도착하자 비탄에 잠긴 하녀를 맞으려 말에서 뛰어내리는 에롤 플린Errol Flynn(1909년 6월 20일~1959년 10월 14일. 미국의 유명 배우. —옮긴이)처럼 단숨에 도롱뇽 등에서 착지해 돌로 된 바닥에 무릎을 꿇었다. 그가 움직일 때마다 갑옷이 땡그랑, 철커덕 소리를 냈다.

"위 세상에서 오신 분들이시여! 저는 언더우드 기사단의 최고사령관 티모시 경이라고 합니다. 저는 당신들께 복종할 것입니다. 위대한 지상의 신들이시여, 당신들의 신성한 드러내심에 무한한 감사를 올립니다."

레이건 시대의 그래놀라 바로 허기를 달랜 커티스는 기꺼이 미끼를 물었다. 처음에 두더지 군단의 기이한 시도에 동조하는 게 꺼림칙했던 그는 이제 한결 능숙해졌다. "경, 그대들의 헌신에 우리도 기쁘오. 지상의 성모께서는 그대들을 위해 중보기도를 해주시고 계십니다."

"잠깐만. 우리는 사실 신이 아니에요. 우리는 그저……." 늘 신중을 기하는 프루가 끼어들었다.

방안의 시선이 일제히 소녀를 향했다. 프루는 설명할 말을 찾았다. 깜짝 놀란 커티스가 프루를 쳐다봤다. 프루는 소리가 나도록 침을 꼴깍 삼켰다. 문득 이렇게 독실한 동물에게 사기를 쳤을 때의 결과가 어떨지 떠올랐다. 소인국에서처럼 무장한 설치류가 자신들에게 몰려드는 모습을 그렸다. 바늘 자체는 별로 위험하지 않지만 대규모로 공격해올 경우 무시무시했다. 커티스는 프루의 심경 변화를 직감했다.

"데미갓. 다시 말해 반인반신으로, 신과 비슷한 역할을 수행하지." 커티스가 프루를 대신해 말을 이었다. 방안의 군인들은 이런 선언에 안도하는 듯했다. 프루는 커티스가 계속해서 말을 하도록 내버려두기로 했다. 커티스는 신들이 쓰는 언어를 완전히 체득한 듯했다. 그가 계속했다. "우리는 그대들의 전투를 도와주는 임무를 띠고 왔노라. 하지만 지상의 성모님은 그대들이 승리를 거둔 후 한 가지 조건을 지킬 것을 요구하셨노라."

"말씀해보십시오. 위대한 분이시여." 티모시 경이 고개를 조아렸다.

"그대들의 독실함을 보여주려면 우리를 언더우드 터널을 통해 사우스우드, 그러니까 지상 남쪽의 도시까지 성대한 행렬로 안내해야 하느니라."

티모시 경은 여전히 돌바닥에 무릎을 꿇은 채 동작을 멈췄다. 그는 커티스의 제안을 곰곰이 생각해보았다. "신이시여 그것은…. 저희는 남쪽의 지상민이 사는 도시에 한 번도 가본 적이 없습니다. 따라서 길을 모릅니다." 그의 목소리는 보복이 두려운 듯 떨렸다.

그때 갑자기 뒤에서 어떤 두더지가 외쳤다. "길이 있소!" 특유의 이상한 울림은 여전하지만 늙고 메마른 목소리였다. 티모시 경이 소리 난 곳을 돌아다보았다. 긴 옷을 걸치고 옹이가 울퉁불퉁한 지팡이를 짚은 두더지가 군중 사이로 걸어오고 있었다. 게다가 희한하게도 기다란 흰 수염을 손으로 쓸어내렸는데, 커티스가 보기에 두더지들의 전형적인 행동 같지는 않았다.

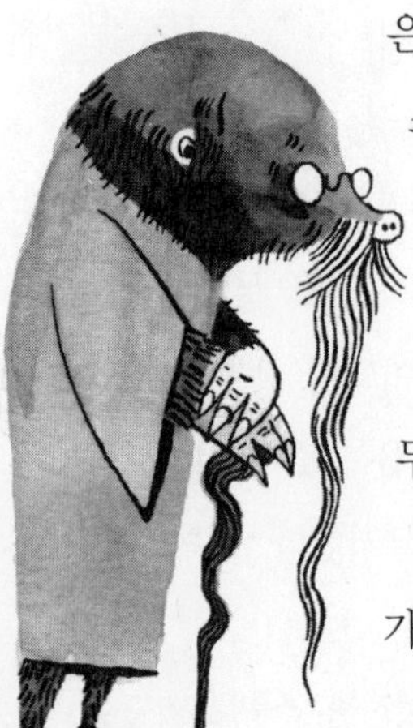

"길이 있습니다. 길이 있어요. 길이……." 늙은 두더지가 계속 같은 말을 되풀이했다.

방에 모인 수천 마리의 두더지 기사들은 잠자코

그의 말을 경청했다.

마침내 티모시 경이 끼어들어 되물었다. “길이 있다니요, 노인장?”

늙은 두더지는 입술을 살짝 깨문 뒤 앞발로 수염을 쓸었다. “최고사령관의 누이이자 찬탈자 데니스에 대해 예언을 했던 주술사는 위 세상의 남쪽 땅으로 가는 길을 알고 있소. 그녀는 천리안을 지녔소.”

“맞아요! 찬탈자에게 붙잡혀 노예가 된 내 여동생 그웬돌린, 내가 왜 그 생각을 못했지? 감사합니다.” 티모시 경이 소리쳤다.

긴 옷을 입은 늙은 두더지는 겸손하게 어깨를 으쓱한 다음 발을 질질 끌며 뒤로 물러났다. “대단치도 않은 걸 가지고.”

“잠깐만요!” 프루가 외치며 앞으로 한 발 내디뎠다. 그때 발 아래쪽에서 비명 소리가 났다. 잘못해서 최고사령관의 종자인 두더지를 밟은 것이다.

“아이고, 나 터져죽어요!” 종자가 소리쳤다.

프루는 얼른 그의 등에서 발을 떼고 뒤로 물러나며 사과했다. “어머, 미안해요. 괜찮아요?”

두더지 몇 마리가 재빨리 종자 옆으로 달려왔다. 그는 동료들의 도움으로 겨우 몸을 추슬렀다. “괜찮습니다, 괜찮아요.”

“*일부러* 그런 건 아니에요. 그런데 데니스가 도대체 누구죠?” 프루가 멋쩍게 웃은 뒤 물었다.

“우리의 탄원을 듣지 못했나요? 위 세상 신들을 모신 제단에 공물도 바쳤는데요?”

“아, 깜빡 잊었어요.” 셉티무스가 얼른 대답했다.

두더지는 다행스러워하며 전지전능한 그들의 허점을 비난하지 않았다. 늙은 두더지는 팔짱을 낀 채 추억에 잠긴 표정을 짓더니 떨리는 저음으로 이야기를 시작했다. "오래 전 커다란 웅덩이가 세 번 비워졌을 때, 그러니까 과거 세 번의 공백기 무렵입니다. 지상의 건축가가 설계한 두더지들의 도시가 건축가의 눈에도 흡족할 정도로 멋지게 완성되자 그 건축가는 더 이상 이곳을 방문할 필요가 없어졌지요. 그런데 이 틈을 타, 데니스라는 자가 영사 자격으로 두더지 왕을 돕겠다고 찾아왔습니다. 그러고는 두더지 왕이 임종할 때 거기 모인 시민들에게 자신이 왕권을 물려받았다고 선언했지요. 한데 대관식 날 데니스는 동료 두더지들에게 갑자기 전쟁을 선포했고, 자신의 등극에 반대하는 두더지들을 내쫓았습니다. 그러고는 자기 멋대로 만든 법에 반대하는 무리를 투옥했죠. 그러자 위대하고 강력한 호흐마이스터 티모시 경이 가장 먼저 왕궁 다리 건너편 언더우드 황무지로 달려와 군대를 소집하고, 왕위 찬탈자 데니스에게 저항할 것을 선언했지요. 나아가 의견을 같이 하는 동료들과 뜻을 모아 합법적인 계승자이자 언더우드의 두더지 세계를 하나로 단합할 만한 인물에게 두더지 도시의 왕권을 돌려주기로 맹세했습니다."

조그만 몸집의 나이든 동물이 연설을 끝내자(커티스의 귀에는 고대의 경전을 큰 소리로 낭송하는 것처럼 들렸다) 침묵이 이어졌다. 위 세상에서 온 세 명은 방금 들은 정보를 소화하려고 애썼다. "그렇군요. 데니스가 그런 자였군." 셉티무스가 늙은 두더지의 말에 동조했다.

두더지의 이야기는 계속되었다. "우리의 탄원으로 위 세상 사람들이 이곳에 도착하다니, 이 얼마나 상서로운 일인지요. 우리의 기도가 지상에 계신 성모님의 응답을 받은 것입니다! 어서 패애앵 요새의 포위작전을 개시해야 합니다. 지상의 위대한 신이신 커티스, 프루, 셉티무스 님의 신성한 도움을 받아 우리는 승리하리라 믿습니다!"

이윽고 방안에 함성이 터졌다. 호전적인 두더지들의 외침이 돌로 된 터널에 쉬지 않고 울려퍼졌다. 바늘을 꺼내 허공에 대고 마구 휘두르는 바람에 동굴

바닥이 따끔따끔한 카펫으로 뒤덮인 것 같았다.

"잠깐, 몇 가지 궁금한 점이 있어요. 그 말인즉슨 여러분이 찬탈자 데니스를 물리치도록 우리가 도와야 한다는 거죠? 팽 요새에서?" 커티스가 환호하는 군중을 향해 손사래를 치며 반문했다.

"패애앵입니다. 그것이 우리가 탄원한 내용의 골자입니다." 최고사령관 티모시 경이 고쳐주며 말했다.

"좋습니다. 우리가 도와준다면, 여러분은 우리를 위 세상의 남쪽 땅까지 안내할 겁니까?"

"주술사를 석방시킬 수만 있다면 그녀가 당신들의 행차를 안내할 겁니다."

"좋아요. 주술사! 그녀가 방향을 알고 있군요." 커티스는 말을 멈추고 프루와 두더지들을 차례로 둘러보았다. "제가 묻고 싶은 건 그게 전부입니다."

그때 프루가 끼어들었다. "여러분, 조금 전에 또 한 명의 위 세상 사람에 대해 말씀하셨는데요. 건축가? 그가 누구죠?"

다시 노쇠한 두더지가 설명했다. "일곱 차례 웅덩이의 물이 빠지는 전쟁을 치른 후 왕권이 심각한 타격을 받았을 때, 우리가 필요해서 지상에서 건축가를 모셔왔습니다. 데니스가 찬탈자로 부상하기 전에 여러 번 웅덩이가 비워졌다가 다시 채워졌지요. 두더지 도시는 폐허가 되고, 다리들은 산산이 부서지고, 시민들은 바람에 쓸려갔습니다. 언더우드에 대규모 다툼이 있던 시대죠. 무수한 기도에 대한 응답으로 지상의 성모님이 보내주신 건축가는 지상에서 자신이 수집한 재료를 가지고 두더지 도시를 재건한 뒤 패애앵 요새를 쌓았습니다. 그분은 자신의 노고가 결실을 맺자 흡족한 마음으로 두더지 도시와 패애앵 요새를 둘러본 뒤, 작별인사를 하고 지상의 성모님 품으로 돌아갔습니다. 이상은 선견지명이 있는 두더지 역사가 바솔로뮤가 기술한 역사입니다." 늙은 두더지는 잠깐 멈췄다가 말을 이었다. "아, 그게 바로 접니다."

프루는 생각에 잠겼다. 커티스는 프루의 머릿속을 가늠하려 눈을 바라보았지만 무엇을 그리 골똘하게 생각하는지 짐작할 수가 없었다.

그때 최고사령관 티모시 경이 군중을 향해 바늘을 높이 쳐들고 목청껏 외쳤다. "지상에서 오신 건축가의 영광을 위해 진군한다. 두더지 도시 시민들의 영예를 위해 싸운다! 지상 사람의 은혜로 얻은, 그러나 빼앗긴 두더지들의 권리를 되찾기 위해 전진한다! 언더우드의 기사들이여, 패애앵 요새로 돌진하자!"

다시 환호성이 울려퍼졌다. 두더지 군단은 위대한 진군을 위해 대열을 정비하기 시작했다. 프루와 커티스는 꼼짝도 할 수 없었다. 발아래 두더지들이 벌이는 광란의 행동 때문에 자칫 잘못했다가는 의도치 않게 그들을 또 밟을 수 있었다. 둘은 그 자리에 선 채 두더지 군단이 커피테이블 높이의 공성탑을 만드는 모습을 숨죽여 지켜보았다. 그들은 연필을 고무줄로 묶은 것처럼 보이는 파성추(성벽 파괴용 대형 망치. — 옮긴이)를 적당한 위치로 옮겼다. 몇몇은 아이들 장난감 크기의 투석기를 가지고 뒤따랐다. 두더지 기사들은 이런 대규모 전투에 대비해 훈련을 충분히 한 것 같았다. 그들은 재빨리 정해진 위치에 자리잡았다. 미늘창 두더지(주석 조각을 젓가락처럼 보이는 막대 끝에 끼운 것을 휘둘렀다)들이 그 뒷자리에 섰고, 이어서 옷핀과 바늘로 무장한 보병 두더지들이 바다를 이루었다. 그러고 나서 도롱뇽을 탄 기사들이 요란스럽게 이 두 개의 군단 끝으로 이동했다. 두더지를 태운 도롱뇽들은 말처럼 히힝거리고 겅둥겅둥 뛰었다. 수천 마리의 강력 군단이 일사불란하게 행군 대열을 짜고 나자, 방 안 전체에 정적이 감돌았다.

최고사령관 티모시 경은 윤기가 나고 거뭇거뭇 얼룩이 진 붉은 도롱뇽을 타고 당당하게, 도열한 군인들 옆을 지나갔다. 들리는 거라고는 하나뿐인 북(씹는 담배가 담겨있던 빈 깡통)소리뿐이었는데, 고수는 주석으로 된 깡통 윗면을 장중하고 느린 박자로 둥 둥 둥 둥 간헐적으로 두드렸다. 두더지 군인들은 지위고하를 막론하고 꼿꼿하게 선 채 작고 까만 주둥이를 높이 쳐들었다. 티모시 경은 비록 앞은 보이지 않지만 힘차게 부하들을 치켜세웠다. 위 세상 사람들의 랜턴 불빛에 깡통 뚜껑으로 만든 갑옷이 (뚜껑 표면에 '레모니 집'이라고 적혀있었다) 번쩍거렸다.

"정말 멋지다!" 군인들의 대열에 넋이 나간 커티스가 중얼거렸다.

"으응, 그러게." 프루도 군인들에게서 눈을 떼지 못한 채 답했다.

티모시 경이 선두에서 도롱뇽의 고삐를 당기며 힘차게 외쳤다. **"언더우드의 기사여! 진군하라!"**

고수가 담배 깡통 북을 마구 두드리기 시작했다. 백파이프를 부는 군인들은 군가를 연주했다. 수백만 개의 작은 발걸음 소리가 방안에 쩌렁쩌렁 울려퍼졌다. 두더지 군단이 두더지 도시로 향했다.

❧

데스데모나는 소파에 앉아있었다. 그녀는 멍하니 탁자 위에 놓인 잡지들을 뒤적이다가 문득 자신이 어느 잡지도 읽어볼 마음이 없다는 것을 깨달았다. 〈1% 저널〉? *대체 무슨 뜻이지?* 기업가의 머릿속은 도무지 이해할 수가 없었다. 지금까지 그녀는 돈에 이끌렸기 때문에 대중들의 의견에 따랐다. 뉴욕에 사는 그녀의 사촌 드미트리가 이메일로 전한 조언 역시 그러했다. "네가 이 땅에서 성공하려면, 돈을 따라야 해." 데스데모나는 그 말을 충실히 따랐다. 돈 때문에 조프리 언생크와 5대 기업가에게 끌렸다. 그때는 사촌 드미트리의 조언이 타당하다고 여겼다. 지금이야 성공하고 만족하려면 맹목적으로 돈을 따르기보다 그 이상의 무엇이 있어야 한다고 생각하지만, 그게 뭔지는 아직도 불확실했다. 하지만 알아내리라 결심했다.

접수대의 여자는 데스데모나가 30층 타이탄 타워 로비에 들어설 때부터 그녀를 주시했다. 새파랗게 젊은 아가씨였다. 데스데모나 역시 그녀를 보며 꿈 많고 아름다웠던 자신의 20대를 떠올렸다. 그 시절 데스데모나는 〈오데사 드리프터스〉와 〈대부 2〉를 비롯해 자신이 출연한 영화 목록을 기입한 이력서를 들고 포틀랜드에 도착했다. 〈대부 2〉는 우크라이나에서 무허가로 리메이크한 작품이었지만(그러나 별일 없었다) 이력서에 올리기에는 그럴듯했다. 그리고 그 꿈은 여전히 살아있었다. 하지만 데스데모나는 자신을 이따금 흘끗거리는 접수원의 눈길이 어쩐지 깔보는 것처럼 여겨졌다. '내가 저런 꼴이 되지 않는다면 모두 하느님의 은총이야.'라는 식의 비웃음이었다. 하지만 어찌 접수원을 탓하겠는가? 사실 접수원 나이 때 중고 드레스 차림에 나이의 위협을 두꺼운 화장으로 가린 불쌍한 여인을 본다면, 그녀와 똑같이 거만하지 않겠는가?

다행히 얼마 지나지 않아 접수원의 책상에서 전화벨이 울렸다. 수화기를 든 접수원은 껌을 딱딱 씹으며 중간중간 상대방에게 말했다. "네. 여기 계세요, 위그먼 씨. 손님을 들여보낼까요?"

전화선 저편의 목소리가 긍정적으로 대답했음이 분명했다. 젊은 접수원이 일어나서 스커트를 반듯하게 펴며 데스데모나에게 걸어왔기 때문이다. "지금 만나고 싶으시답니다, 미스……."

"무드락이에요."

"아, 네. 위그먼 씨가 지금 뵙고 싶으시답니다. 이리 오시죠."

데스데모나는 속으로 부아가 났다. *두고 보자! 너도 언젠가는 나이를 먹을 테니.*

두 사람은 나란히 로비 저편 커다란 황동 문을 향해 걸어갔다. 접수원은 어렵사리 문을 연 다음 데스데모나에게 손짓했다. 이어서 쩌렁쩌렁 익숙한 목소리가 그녀를 맞았다.

"데스데모나! 어서 와요! 도대체 어디 있다가 지금 나타난 거요?" 위그먼이 반겼다.

"안녕하셨어요, 위그먼 씨." 데스데모나가 앵앵거렸다. 매력적으로 보이기 위해 아양을 떠는 것. 이것은 오랫동안 갈고닦은 그녀만의 연기 기법이었다.

"브래드라고 불러줘요. 자자, 우리 사이에 격식 같은 건 내려놓자고." 위그먼은 거대한 타원형 테이블 상석에 섰다. 그의 거대한 몸집 뒤로 산업폐기물장터가 내려다보이는 창문이 나있었다.

"그래요, 브래드. 물론이에요. 우린 오랜 친구사이니까."

재계의 거물 브래드 위그먼이 가슴이 들썩이도록 웃어젖혔다. 그 소리에 회의실의 공기에 물결이 일었다. 그 웃음소리는 사실 전 산업계에서 부러움의 대상이었다. 실제로 〈과세 등급〉 9월호에도 같은 주제의 기사가 자세히 실렸다. 헤드라인은 이랬다. "브래드 위그먼의 웃음 : 번영의 전조인가? 그의 웃음을 당신 것으로 만드는 요령." 데스데모나는 그 기사를 떠올릴 때마다 낯이 뜨거워졌다.

웃음의 진동이 가라앉자 위그먼이 말했다. "옛 친구라… 맞는 말이지. 그래,

내가 뭘 도와줄까요, 데스데모나?"

"네, 조프리 때문에요. 문제가 생겼어요."

위그먼의 밝은 얼굴에 서서히 깊은 주름이 파였다. "그래요?"

"당신은 만날 때마다 뭐든 필요하면 말하라고 하셨잖아요. 돈이든 도움이든, 아니면 그저 위로의 말이라도. 그래서 찾아왔어요. 분명 그러셨죠?"

"기억해요, 데스데모나. 그리고 진심이었소." 위그먼은 데스데모나에게로 걸어와 어깨에 손을 얹었다. "당신은 괜찮은 여자요. 아니, 아주 멋진 여자지. 그런데 그 친구한테 무슨 일이라도 생겼소?"

"그는 여전히… '지날 수 없는 숲' 타령이에요."

브래드가 눈을 희번덕거리며 조롱했다. "그 친구 절대 포기하지 않을 걸, 그렇지 않소?"

데스데모나가 고개를 절레절레 흔들며 돌연 시선을 내리깔았다.

"배머, 지미." 위그먼이 이렇게 소리치며 데스데모나의 어깨 너머로 두 손가락을 딱 하고 부딪쳤다. 빨간색 비니를 맞춰 쓴 두 인부가 육중한 몸을 이끌고 나타났다. "이 아름다운 여인에게 레몬 탄산수 한 잔 갖다드리게." 그러고는 데스데모나에게 다정하게 물었다. "괜찮죠, 레몬 탄산수?"

데스데모나는 말없이 고개를 끄덕였다.

"여기 아름다운 여인에게는 레몬 탄산수. 난 에스프레소 한 잔. 알겠지만 둘 중 하나는 작은 잔이네." 그는 두 손을 앞으로 뻗어 조그만 커피잔과 받침을 묘사했다.

"네, 위그먼 씨." 두 인부가 동시에 대답했다.

위그먼은 고개를 돌려 데스데모나를 노골적으로 바라보았다. "그래, 요즘 어떻길래?"

"그게… 조프리는 온통 그 생각뿐이에요. 허구한 날 같은 얘기만 해요. 그 원시림 말고 다른 건 생각조차 못하는 것 같아요."

"그것 참 문제군. 우린 지금까지 그 문제에 대한 논의를 가급적 피하려고 노력해왔소." 브래드 위그먼이 한숨을 내쉬며 동조했다.

"그러게 말이에요. 한동안은 괜찮았어요. 기계부품 공장에만 신경쓰는 것 같았죠. 그런데 그때부터……."

"그때라니?" 위그먼이 말을 가로챘다.

"그때, 그 사람이 방문한 후로……."

위그먼이 왼쪽 눈썹을 치켜세웠다. "방문이라니?"

"네, 어떤 정체 모를 신사에요. 예전 스타일의 옷을 입었더라고요. 코안경을 걸치고요."

"그러니까, 코에 이렇게 말이오?"

위그먼은 콧대 근처를 왼손으로 쓸며 물었다. 사실 그는 코안경을 사업 품목에 포함시키면 어떨까 고려한 적이 있었다. 너무 케케묵은 것 같아 배제시켰는데 이 신사가 그것을 착용했다니. 그에게 새로운 희망을 주었다. "그도 재계 거물이요? 사업가?"

데스데모나가 고개를 저었다. "그런 것 같지는 않아요. 좀 묘한 데가 있었어요. 설명하기 힘든 야키스티A якість(특징, 속성이라는 뜻의 우크라이나어. ―옮긴이)"

"여키yucky(구역질나다, 비위에 거슬린다는 뜻의 영어. ―옮긴이)라고 했소?"

"그래요. 안개나 그림자처럼 설명하기 힘든 데가 있어요." 데스데모나는 그가 우크라이나어를 알아듣는 줄 알고 말을 이었다. "이 남자를 만나고 난 후 공장이 완전히 멈춰버렸어요. 몽땅. 고객들도 다 돌아섰죠. 지금은 조프리 혼자서 모든 것을 만들어요."

"잠깐만. 지금 뭐라고 말했소? *공장이 모두 섰다고?*" 브래드의 얼굴이 갑자기 심각해졌다.

"그렇다니까요. 한때 볼트라든가 이것저것 만들었던 기계 모두요. 지금은 그것만 만들어요. 그 기계부품만요. 아이들은 일을 중단했어요. 하루 종일 침대에 앉아 카드놀이나 해요." 그녀는 긴 손가락으로 카드 섞는 흉내를 냈다.

위그먼이 초조하게 허공을 향해 손을 쳐들었다. "잠깐만. 뭘 만드는데?"

"그 신사가 부탁한 거예요. 아! 톱니바퀴예요." 데스데모나는 재계 거물이 관심을 보이자 뿌듯했다.

"톱니바퀴라…. 그걸 만들려고 공장 기계를 세웠단 말이오?"

"네, 믿을 수 없다니까요." 데스데모나는 지금 잘하고 있었다. 붉게 상기된 위그먼의 뺨을 보면 알 수 있었다.

두 인부, 배머와 지미가 작은 에스프레소 잔과 거품이 이는 투명한 액체가 담긴 유리잔을 들고 왔다. 위그먼은 에스프레소 잔을 건네받아 고개를 뒤로 젖힘과 동시에 마셔버린 다음, 빈 잔을 일꾼에게 내밀었다. 데스데모나는 예의 바르게 레몬 탄산수를 받아 조금씩 홀짝거렸다.

그녀는 음료로 목을 축여가며 이야기를 계속했다. "이게 모두 '지날 수 없는 숲' 때문이에요. 위그먼 씨, 그 신사가 부품을 만들어주면 조프리를 숲으로 데려간다고 했대요."

"그래요? 그를 들여보내 준다고? 그랬단 말이오?"

"정말이에요. 하지만 그런 일이 가당키나 하겠어요. 위그먼, 아니 브래드. 그래서 제가 옛 친구인 당신을 찾아온 거예요. 당신과 베시는 제가 미국에 온 후 줄곧 친절하게 대해주셨죠(베시는 위그먼의 부인으로 다섯 아이의 어머니이자 트라이애슬론 선수이며, 교육위원회 위원이다). 부탁이에요, 제발. 조프리에게 그 숲에 관한 모든 미친 짓을 그만두라고 충고해주세요. 지금 사업은 엉망이에요. 분명 재계 5인에게도 손해나는 일이에요. 물론 *저*한테도요." 그녀는 자신이 하려는 이야기의 핵심이 제대로 전달됐는지 확인하려고 연신 위그먼을 곁눈질했다.

위그먼은 혼란스러워 보였다. 그는 아랫입술을 잘근잘근 씹었다. 데스데모나가 애원하며 말을 끝냈을 때 그는 놀란 표정을 지었다. "그랬군요. 그래, 알겠소." 위그먼은 넥타이 매듭을 단단히 조인 다음 반듯하게 폈다. "안 그래도 그 친구한테 말했어요. 그 빌어먹을 '지날 수 없는 숲' 생각일랑 집어치우라고.

수도 없이 말했지. 하지만 귀담아 듣지 않더군요. 데스데모나 그래서 말인데 내가 만약 공장에 찾아가서 이야기를 나눠보면 일이 잘 해결될 것 같소? 그가 정신을 차리겠소?"

데스데모나가 금이빨을 드러내며 환히 웃었다. "그럼요. 되다마다요."

"좋아요, 좋아. 그럼 당장 거기에 가는 계획을 잡겠소. 우리끼리 말인데, 데스데모나. 모든 게 바로잡힐 거요. 당신이 '환경 규제법의 구멍'에 관해 술술 말할 때쯤 그 친구도 정상으로 돌아올 거요."

"환경 규제의 구멍이라고요?" 데스데모나가 장난스럽게 대꾸했다.

위그먼이 웃었다. "자, 됐죠? 바로 그런 정신을 갖는 거예요. 내가 끝까지 도와줄게요."

둘은 함께 황동으로 된 높은 문을 지나 로비로 나왔다. 걷는 동안 위그먼은 데스데모나의 어깨에 다시 손을 얹었다. 접수원의 책상까지 오자 위그먼이 지시했다. "비서, 될 수 있으면 내가 빨리 기계부품 공장을 방문할 수 있게 시간을 잡아줘요." 그러고는 데스데모나를 보며 눈을 찡긋했다.

"알겠습니다, 위그먼 씨." 접수원이 말했다. 그녀는 분홍색 매니큐어를 칠한 검지손가락으로 컴퓨터 마우스를 클릭해 상사의 일정표를 찾았다. 그동안 위그먼은 데스데모나의 등을 가볍게 다독였다.

"자, 데스데모나. 그만 고아원으로 돌아가서 좀 쉬어요. 이런 골치 아픈 생각은 그만하고. 조만간 정리될 거요."

"오, 브래들리." 데스데모나는 자신들이 친근하게 이름 부르는 사이라는 것을 접수원이 보고 있는지 확인하려고 흘끔거렸다. "정말 친절하세요. 고마워요. 당신은 진정한 친구예요. 어떻게 해서든 그이가 다시 공장 일에 전념하게 된다면 모두 당신 덕분이에요."

"게다가 우리가 해야 할 일이오. 자, 이제 가봐요. 곧 다시 봅시다." 그는 다시 데스데모나의 등을 토닥거렸다.

데스데모나는 순하게 웃으며 고맙다고 인사한 뒤 방 반대편 엘리베이터 문으로 발걸음을 옮겼다. 위그먼은 그녀가 사라질 때까지 지켜보았다. 엘리베이터 문이 닫히자 그는 자신의 각진 턱에 손을 대고 갓 면도한 피부를 문질렀다. 이윽고 로비 서쪽의 천장까지 난 창문을 흘끗 바라보다 이내 유리창 너머 나무숲을 가만히 응시했다. 전에는 좀처럼 이런 적이 없었다. 하지만 지금은 벽처럼 빽빽한 나무숲이 새삼스럽게 (그녀가 뭐라고 했더라?) '*여키*'했다. 머릿속을 전에 없던 식으로 자꾸만 어지럽혔다.

"수요일에 가실 수 있습니다, 위그먼 씨." 비서의 말에 몽상이 깨졌다.

"수요일. 좋아요, 기록해둬요." 위그먼은 돌아서서 화려한 황동 문으로 걸어갔다.

❧

위그먼은 까맣게 몰랐다. 지금은 온통 눈으로 뒤덮여 나뭇잎만 무성한 숲 가장자리에 수상한 끈이 하나 놓여, 바깥세상 사람은 그 안으로 들어갈 수 없다는 사실을……. 엘시와 레이첼 멜버그가 서른여섯 명의 아이들과 수십 마리 개와 고양이 그리고 나무 눈알을 박은 장님 할아버지와 함께 꼼짝할 수 없이 갇힌 곳도 그곳이었다. 그들이 연옥과도 같은 변방으로 들어온 지 이틀이 지났다. 이곳을 집이라고 부르는 아이들은 즐기는 것 같았지만 엘시와 레이첼은 이상하게도 마음이 편치 않았다. 무엇보다 날짜가 문제였다. 실종된 오빠를 찾으러 이스탄불에 간 부모님이 돌아올 날이 며칠 안 남았기 때문이다. 한 아이를 찾는 동안 두 아이를 잃어버린 사실을 알게 되면 얼마나 슬퍼하실지 상상조차 하기 싫었다. 엘시와 레이첼은 부모님 때문에라도 그곳에 있어야 했다.

하지만 선택의 여지가 없었다. 숲의 마법은 너무도 강력했다. 그렇지 않고서야 왜 이 아이들과 동물들이 벗어나지 못하는 걸까. 엘시는 문득 오빠가 이스탄불에 없을지도 모른다는 생각이 들었다. 이런 예감은 처음이 아니었다. 지난 가을 호박 농장에서 오빠의 학교 친구를 만났을 때도 그랬다. 물론 지금에야 당시의 예감을 이곳, 숲의 마법이 깃든 변방과 연결시키게 됐지만 말이다. 게다가 자매는 다른 아이들과 마찬가지로 자신들이 내던져진 이 공동체를 위해 스스로 일거리를 찾아야 했다. 그게 이곳의 규정이었다.

레이첼은 처음 반발심으로 시작한 장작 패기가 집짓기를 좋아하는 자신에게 잘 맞고 흥미를 돋운다는 걸 깨달았다. 장작 패기는 절망스럽고 답답한 마음을 달래주는 한편, 장작을 옮겨쌓는 일은 마치 테트리스 게임 같았다. 엘시는 육체노동을 하기에 너무 어려 옷 수선을 맡았다. 또한 막대기 몇 개와 이끼를 이용해 용감무쌍한 티나를 대신할 인형을 만들었다. 일단 완성하자 다른 여자아이들(그리고 몇몇 남자아이들까지)도 부러워했고, 그런 나무 인형을 갖고 싶어하는 아이들로부터 꾸준히 주문이 들어오는 바람에 물량을 소화하기 바빴다.

밤마다 아이들은 오두막 거실에 모였다. 난로에는 불이 평온하게 타올랐다. 캐롤은 삐걱거리는 흔들의자에 앉았고, 아이들은 그의 주변에 널찍이 자리잡았다. 그럴 때면 그는 늘 피우는 파이프를 빼끔거리며 '지날 수 없는 숲'에서

(그는 그곳을 '우드'라고 불렀다) 지내는 동안 겪은 일들을 들려주었다. 아이들은 말하는 동물이나 자연과 교감하는 신비주의자, 왕과 조류계의 공작이라든지 섭정 여왕의 흥망성쇠에 관한 매혹적인 이야기를 들으며 전율했다. 다만 노인은 자신이 어쩌다 변방에 들어왔으며, *어떤 이유로* 우드의 주민들을 화나게 하고 이 이상한 연옥으로 추방당했는지에 대한 대답은 회피했다.

아이들은 피곤해지면 발을 질질 끌며 대충 만든 잠자리로 갔다. 비록 털로 된 침낭 속에 들어가 몸 누일 공간밖에 없었지만 모두 편안하게 잠들었다. 일단 몇 개 안 되는 침대가 아이들로 가득 차면 그 다음에는 오두막으로 모여들었다. 그 커다란 방 역시 수용능력이 한계에 다다르자, 아이들은 아무 데나 작은 침대를 놓았다. 변방에서 일어나는 시간 정지 현상 덕분이었다. 실제로 부엌 선반 정도의 공간에 침대를 들여놓아도 될 만큼 아주 작은 아이들은 절대 침대보다 몸이 더 자라는 법이 없었다.

그렇게 하루를 접어 다른 날 속에 넣는 식으로 시간이 흘렀다. 아니면 엘시와 레이첼이 그렇게 계산했는지도 모른다. 아무튼 그러다 그들은 아주 이상한 점, 그 순간에는 도저히 설명하거나 이해할 수 없는 어떤 사실을 깨달았다.

그 일은 어느 오후에 일어났다. 장작도 잔뜩 쌓아 놓고, 청소도 깨끗하게 마친 후였다. 대부분의 아이들은 눈 덮인 마당에서 사방치기 놀이를 하면서 오후를 보내고 있었다. 엘시와 레이첼은 오두막 포치에 앉아 그 모습을 구경했다. 마이클과 신시아는 주변의 나무숲에 덫을 놓을 준비를 하

고 있었다. 레이첼은 그들에게 무엇을 하느냐고 물었다. 마이클은 대답 대신 함께 가자고 제안했다.

"좋아. 너도 갈래?" 레이첼은 흔쾌히 대답하며 동생을 바라보았다.

"응." 엘시는 조금 찜찜했다. 이 변방으로 처음 들어오던 날 보았던 토끼가 떠올랐기 때문이다. 철사로 된 덫에 걸릴지도 모른다는 생각에 마음이 아팠다.

그들은 나이가 많은 두 아이를 따라 (신시아는 마이클보다 한 살 더 많은 열여덟이었다) 골짜기 너머 숲으로 향했다. 신시아는 허리춤에 철사로 만든 고리를 몇 개 찼으며, 마이클은 주운 철사와 나무로 만든 여러 개의 덫을 옆구리에 걸었다. 둘은 자신들의 발자국으로 다져진 익숙한 길을 따라 걸었다. 그러다 어느 지점에 멈춰서 주변 숲을 살폈다.

"바로 저기에서 끝나." 마이클이 멀리 나무가 빽빽하게 늘어선 곳을 가리켰다. 그곳에서부터 오르막 경사가 시작됐다. "우린 한 번도 저 길을 건넌 적이 없어. 그냥 저기에서 끝내고 돌아왔지."

"참 이상해." 레이첼이 말했다.

"저기만 가면 방향이 헷갈려. 나 같으면 가보라고 권하지 않을 거야." 신시아의 말이었다. 그녀는 불그스름한 머리카락을 뒤로 넘겨 머릿수건을 쓰고 있었다.

"난 뱃멀미를 하는 것처럼 느껴져. 메스껍고, 처음 있던 곳으로 되돌아가게 돼. 그러다 길을 잃게 마련이지." 마이클이 배를 문지르며 아픈 시늉을 했다.

신시아는 고개를 끄덕인 다음 말했다. "우린 넷이니까 반으로 나뉘어서 어떤 짐승의 발자국이라도 있나 찾아보자. 사람이 더 많아졌잖아. 그냥 저 나무 틈새를 살피면 돼. 만약 변경을 넘어가게 되면 그냥 고함을 질러. 그럼 우리가 널 찾을 수 있으니까."

"알았어." 레이첼이 고개를 끄덕였다.

엘시는 언니와 간단히 작별인사를 했다. 너무 매달리는 것처럼 보이고 싶지 않아 그랬지만, 또다시 변경에서 길을 잃을지 모른다는 생각에 겁이 났다. 처음 숲에 들어오던 때가 떠올랐다. 그때 다시는 언니를 못 보는 줄 알았다. 그런데 며칠 후 똑같은 상황이 반복되다니 이상했다. 하지만 새로운 가족을 위해 협조하기로 했다. 뭔가 할 수 있다는 생각을 하자 기분이 좋아졌다.

엘시는 비탈진 언덕으로 걸어가다 나이든 아이들의 경고가 떠올라 왼쪽으로 둘러갔다. 간밤에 눈발이 약해졌고, 기온도 다소 올라갔다. 작은 덤불 속 눈이 녹아 짙푸른 나뭇가지가 드러났다. 바닥은 녹은 눈으로 질척하고 경사진 얕은 골짜기를 가로질러 흐르는 작은 시냇물도 보였다. 쓰러져 말라버린 통나무에서는 버섯이 조그맣게 자랐다. 머리 위 나뭇가지에서 새 한 마리가 노래를 불렀다. 엘시는 지극한 평화로움에 휩싸이는 기분이었다. 부모님이 외국으로 떠나야겠다는 결심을 털어놓은 후 한동안 맛보지 못한 평화였다. 이런 기분을 한 단어로 표현한다면 '싱그러움'이었다.

그때 문득 번쩍 하고 흰색 물체가 눈앞을 스쳐갔다. 두리번거리다 부러진 삼나무 그루터기 위에 선 하얀 토끼를 발견했다. 토끼도 이쪽을 보고 있었다. 엘시는 그 토끼가 며칠 전 숲에 처음 들어오던 날 본 녀석이라는 걸 알아차렸다. 엘시가 다가가자 토끼는 길을 가로막고 서서 귀를 쫑긋거렸다. 토끼도 엘시를 아는 것처럼 보였다.

"안녕, 작은 토끼야." 엘시가 말을 걸었다.

엘시는 토끼가 대답을 하기 위해 입을 열었다고 맹세할 수 있었다. 비록 아무 말도 나오지 않았지만 말이다. 마치 하려던 말을 잊은 것 같았다. 대신 코를 옴쭉거렸다. 토끼는 엘시의 관심을 끌어서 기쁘다는 듯 그루터기에서 뛰어내려 언덕을 향해 깡충깡충 뛰기 시작했다. 그러다가 멀리 가지 않아 걸음을 멈추고 엘시를 돌아다보며 손짓했다.

엘시는 단단히 결심하고 말했다. "좋았어. 어디로 가는데?"

엘시는 엉덩이 높이까지 자란 고사리숲을 헤치며 토끼를 따랐다. 다행스럽게도 토끼는 엘시를 배려해 천천히 갔다. 험한 지형을 갈 때는 멈추고 기다리기를 반복했다. 소녀는 어디로 가는지 전혀 몰랐다. 마이클과 신시아가 경고한 변방의 가장자리인지조차 종잡을 수 없었다. 호기심 때문에 두리번거리다 가끔 토끼의 발자취를 놓쳐서 깜짝 놀랐을 뿐이다.

그들은 바위언덕을 가로질러 작은 급류 쪽으로 계속해서 내려갔다. 흙탕물이 시끄럽게 흐르는 계곡이 있었다. 그들은 뱀처럼 구불구불한 가장자리를 따라 돌다 담요처럼 뒤덮은 눈 사이사이에 풀잎이 새로 돋은 널따란 목초지를 가로질렀다. 그러는 동안 엘시는 똑똑하고 지능도 있는데다 이렇게 예쁜 동물을 어떻게 사냥하고 덫을 놓을 수 있을까 의아했다. 마이클이나 신시아에게는 토끼 만난 일을 비밀로 해야겠다고 결심했다. 그들이 자신보다 인정머리가 없을 수도 있기 때문에 그런 모험은 피하는 게 상책이었다.

그때 토끼가 사라졌다. 어지럽게 얽힌 어린나무 뒤로 내려갔지만 보이지 않았다. "토끼야! 어디 간 거야? 난 여기 있다고!" 엘시가 토끼를 불렀다. 그러면서 자신에게 놀랐다. 어떻게 토끼한테 돌아오라고 말을 한 거지? 토끼를 찾느라 정신을 놓은 동안 엘시는 어딘지 모를 곳으로 계속 걸어가다 끈덕진 담쟁이덩굴에 발이 걸려 자갈밭으로 고꾸라졌다.

엘시가 고개를 들었다. 그곳은 길이었다. 빽빽한 숲 사이로 구불구불하게 난 기나긴 길. 저 멀리 돌로 만든 일종의 이정표도 보였다. 수백 년 동안 그 자리에 있던 것 같았다. 엘시는 몹시 불안한 눈빛으로 주변을 살폈다. 다른 사람들은 왜 이 길을 지금까지 발견하지 못했을까? 사람이 들어올 수 없는 변방에 왜 길을 만들었지? 퍼뜩 어떤 생각이 스쳤다. 그렇다면 여기는 변방이 아니다. 어떤 영문인지 모르지만 자신은 곤경에 빠지지 않고 지금 이 '지날 수 없는 숲'의 품에 들어와 있었다. 아니, 캐롤의 표현에 따르면 이곳은 와일드우드였다.

CHAPTER 18

위대한 포위작전; 엘시와 롱로드

그들은 통로에서 기다리라는 지시를 받았다. 앞날을 볼 줄 아는 바솔로뮤 옹이 기습작전을 이용하는 게 좋을 거라고 조언했기 때문이다. 포위작전을 개시했던 최고사령관도 노인의 말에 동의했다. 선지자는 다시 터널의 구부러지는 지점에 진을 치라고 조언했다. 두더지 군단은 이틀 꼬박 행군한 터였다.

그들은 매끄러운 화강암이 점판암으로, 다시 화강암으로 바뀌는 모습을 보며 끝없이 뻗어있는 터널을 행군했다. 커티스는 평생 경험했던 것보다 더 많은 다리를 건넜다. 다리는 저 깊은 땅속까지 이어지는 듯한 심연에 자리했다. 그들은 드러난 바위 위에 막사를 치고, 이끼에서 쉬지 않고 떨어지는 물방울 소리를 들었다. 두더지 기사단이 지핀 작은 모닥불이 벽에 기이한 그림자를 드리웠다.

이틀쯤 지났을 때 (지상의 시간으로 치면 일주일쯤 된다고 세 명의 신에게 설명했다) 티모시 경이 군대의 선봉에서 자랑스럽게 선언했다. "패애앵 요새로의 진군은 역사에 길이 남을 것이다. 두더지 군단이 임한 최장의 진군일 것이다."

아침이 찾아왔다. 세 시간가량 지났을 때 흰색 천 일색의 텐트 아래 모닥불을 피운 두더지 진영이 부산하게 움직이기 시작했다. 마침내 그 순간이 왔다. 장군들은 모여서 작전을 논의했다. 군대는 도시의 관문까지 진군한 뒤 시민들에게 "언더우드 기사단과 함께 무기를 들고 싸워라, 그렇지 않으면 우리의 검에 쓰러지리라." 엄포할 예정이었다. 그런 다음 티모시 경은 아주 먼 곳에서 찬탈자 데니스와 대결을 벌일 것이다. 데니스가 쉽게 굴복하지 않을 경우를 가정해서 두더지 군단 전체가 두더지 도시와 패애앵 요새를 습격할 때, 프루와 커티스는 은신처에서 대기하고 있다 신호를 받게 될 것이다(그들은 전투 시 연락을 취할 수 있게 염소 뿔을 단 바퀴달린 수레를 갖췄다). 몸집이 큰 지상인 두 명은 되도록 포악하게 두 팔을 휘두르고 (비록 장님 두더지들은 볼 수 없지만) 이를 부드득 갈며 쳐들어갈 것을 제안했다. 후자의 제안은 하마터면 프루의 발에 깔려죽을 뻔했던 두더지 종자가 했다. 다른 두더지들도 대대적으로 동의했다. "맞아요, 아주 효과적일 거예요!" 프루는 시범을 보이다 혀를 깨물 뻔했다. 그 동작이라면 커티스가 더 노련했다.

"아니, 이렇게." 커티스는 눈을 부라리며 뽀드득 소리를 냈다.

"정말 기괴하다." 프루가 미간을 찌푸렸다.

셉티무스는 나름대로 군인들의 대형에 관심이 많았다. 그는 대다수의 두더지 기사들보다도 몸집이 컸기 때문에 자신만의 소대를 지휘하리라 결심했다. 고위급의 군인들은 모두 동의했다. 위 세상 지휘관이 거느린 선봉대는 요새 안의 방어자들에게 엄청난 공포심을 불러일으킬 것이다. 셉티무스, 커티스, 프루가 어두컴컴한 구석에서 작전회의를 하고 있을 때 기사 수행단이 쥐에게 제공할, 깡통과 자전거 체인의 연결부품으로 만든 맞춤 갑옷을 가져왔다. 커티스의 견장 위에 선 셉티무스는 온갖 예의를 갖춰 갑옷을 받아들었다. 이어 세 명의 종자가 달라붙어 다루기 까다로운 갑옷을 입히기 시작했다. 다 차려입은 셉티무스의 모습은 마치 잡동사니를 넣어두는 서랍 바닥에서 찾아낸 버려진 부품에 생기를 불어넣은 것 같았다.

"정말 멋지다." 프루가 감탄했다.

반쯤 따다 만 깡통 속에서 셉티무스의 목소리가 흘러나왔다. "음, 설령 내가 누군가를 *죽인다* 해도 반밖에 보지 못할 거야." 셉티무스가 팔을 움직였지만 영 불편해 보였다. "그냥 적진에 앉아있어야 할까봐." 열다섯 마리의 두더지 종자가 그를 도롱뇽에 태워 끈으로 묶었다. 셉티무스는 즉석에서 노란 도롱뇽에게 샐리라는 이름을 붙여주었다.

위대한 언더우드 기사단은 눅눅한 통로를 따라 진군을 시작해 비스듬한 바닥으로 나아갔다. 터널이 서서히 땅속으로 내려갔다. 동굴에 울리는 발걸음 소리로 판단하건대 돌로 만들어진 거대한 공간에 들어선 것이 분명했다. 이때 프루와 커티스에게 기다리라는 지시가 떨어졌다. 구부러진 나사받이 군모에 빨간색 벌새 날개 깃털을 꽂은 정식 군복 차림의 티모시 경이 보였다. 그는 이미 모퉁이를 돌아간 바람에 보이지 않는 염소 뿔을 단 수레와 거기에 타고 있는 연락병을 따라갔다.

잠시 후 티모시의 음성이 들려왔다. 염소 뿔에 의해 증폭된 목소리가 아주 넓은 방에서 들려오는 것 같았다.

"두더지 도시의 두더지 시민들이여, 언더우드 기사단이 성문 밖에 당도했다. 언더우드에 사는 모든 시민을 해방시키러 왔다. 왕위를 강탈한 독재자 데니스의 손아귀에서 여러분을 구할 것이다. 독재자에게 등을 돌리고 우리에게 협력하라. 그렇지 않으면 불에 타고 검에 찔려 죽을 각오를 하라."

잠시 정적이 흘렀다. 이윽고 수많은 사람들의 함성이 들려왔다. 일부는 당혹해하고 일부는 반발했지만, 대부분이 환호성이었다.

티모시 경의 음성이 다시 울렸다. "데니스, 심판의 날이 왔다! 권좌에서 물러날 준비를 해라!"

또다시 침묵이 흘렀다. 잠시 후 멀지만 또렷한 어떤 목소리가 나타났다. 같은 장치에 의해 증폭된 목소리였다. "계속해보거라!" 커티스는 찬탈자 데니스의 목소리일 거라고 추측했다. 사려 깊은 두더지의 목소리와 전혀 다른 것이었기 때문이다.

"좋다, 이 폭군아!" 티모시 경이 프루와 커티스 발치에 대기하던 언더우드 기사단에게 우렁찬 목소리로 작전개시 명령을 내렸다. 그들이 두더지 도시의 관문을 향해 달려갔다. 그렇게 위대한 포위작전이 시작되었다.

프루와 커티스는 터널 구석, 자신들의 진지에서 떠들썩한 전투 소리를 들었다. 염소 뿔 소리가 짧게 세 번 울리면 행동을 개시하라는 귀띔을 받은 터라 들려오는 소리에 잔뜩 귀를 기울였다. 다만 포위작전이 시작되자 귀를 멍하게 하는 깡통 소리 때문에 소리를 구별해내기가 쉽지 않았다. 커티스가 동굴 벽 뒤에서 몰래 밖을 내다보고 있을 때 *뿍–뿍–뿍* 공격 개시 신호가 떨어졌다. 커티스는 프루에게 주먹을 내밀었다. 프루는 내키지 않지만 주먹을 쥐어 커티스의 주먹과 부딪쳤다. 이윽고 위 세상에서 온 그들은 두더지들의 기대에 걸맞게 최대한 무시무시하고 분노한 신처럼 행동하며 은신처에서 나왔다.

동굴 모퉁이를 돌아갈 때 프루는 자신의 행동이 쑥스러웠다. 한 손으로 랜턴을 들고 다른 손은 손가락을 날카롭게 세워 크게 휘둘렀다. 물론 이 갈기도 피할 수 없었다. 반면에 커티스는 기회를 마음껏 즐기며 제 역할을 수행했다. 앞서 말한 행동을 쉬지 않고 하는 건 물론, 한 발 한 발 뗄 때마다 "위 세상에서 온 사람이 화가 났다!"라든지 "네놈에게 유황불을 뿜어주겠다!"라고 으르렁거렸다.

하지만 은신처에서 나와 터널의 경사진 바닥으로 몇 걸음 떼지도 않았을 때, 그들은 마주한 광경에 할 말을 잃었다.

그들이 들어선 방은 천장과 둥근 하늘이 구분되지 않을 정도로 거대했다. 게다가 놀랍게도 랜턴이 필요없을 정도로, 벽에 부착한 작은 전구에서 흘러나오는 불빛이 방안에 흘러넘쳤다. 얼마 만에 보는 환한 빛이던가. 눈이 적응하는 데도 시간이 걸렸다. 아무리 은신처에 있었다지만 어떻게 이런 빛을 눈치조차 못 챘는지 어리둥절할 따름이었다. 아무래도 랜턴 빛 때문에 못 봤던 것 같았다.

하지만 이 방에서 제일 놀라운 점은 그곳이 바로 두더지 도시라는 사실이었다. 지금까지 살면서 이와 비슷한 광경은 한 번도 본 적이 없었다. 커티스나 프루가 먼 훗날 이 모습을 설명할 기회를 갖게 된다면 둘 다 할 말을 찾지 못해 애를 먹을 것이다. 아마도 어휘의 부족함을 절감하며 주섬주섬 장황한 설명을 늘어놓으리라.

프루는 두더지 도시를 향해 조심스럽게 발걸음을 뗐다. 유혈이 낭자한 대혼란에 피를 더 보태고 싶지는 않았다.

그 모습은 마치 기계와 엔지니어링에 밝은 어떤 똑똑한 사람이 크레인에 커다란 진공청소기를 부착해 전 도시를 천천히 굽어보면서 온갖 조각과 부스러기, 정체 모를 쓰레기(금속이라든지 플라스틱, 나무토막 따위)를 몽땅 빨아들인 것 같았다. 그 다음 모든 잡동사니를 바닥에 쏟은 뒤 애초에 저마다 정밀하게 설계된 목적에 따라 각 쓰레기를 꿰어맞추며 의미 있는 구조물을 만들기 위해 애쓴 모양이었다.

알루미늄과 돌을 이용한 거대한 벽은 장방형의 독특한 구조물이 격자무늬를 이루며 뒤덮었다. 그 사이에는 트랙과 활송 장치가 연달아 어지럽게 얽혔다. 그중 어떤 것은 기차놀이 세트와 경주용 자동차 코스 잔해로 만든 게 틀림없었다. 외벽 성문은 납작한 체처럼 생긴 물체를 이용해 내리닫이 쇠창살문을 만들어 막았다. 그 너머로 보이는 도시에는 상자 같은 건물이 바둑판처럼 쌓였는데 위태롭기 짝이 없어 보였다(커티스는 담배 깡통으로 만든 교외 주택가를 구경했다). 도시 중심부로 더 들어가자 미로 같은 건물들이 더욱 빽빽하게 다닥다닥 붙어있고, 평평한 꼭대기까지 나선형으로 올라가 거의 원뿔 모양을 이루는 도심이 나타났다. 게다가 도심 오르막은 도시를 둘러싸고 빙 돌아가며 난 등반로 같은 난간 때문에 여기저기 끊겼다. 180센티미터쯤 되는 꼭대기에는 잡동사니 위로 원통 모양의 탑이 있고, 일련의 다리에 의해 도시의 다른 부분과 연결됐다. 탑의 기둥은 단순히 알루미늄 배관처럼 보였지만, 올라갈수록 둥그런 기둥 벽에 조그만 탑과 포탑이 부수적으로 잔뜩 붙어있었다. 탑에는 양파 모양의 지붕이 얹혀있었다. 그 위로 이니셜 D자를 찍은 깃발이 산들바람에 펄럭거렸다.

"와!" 프루는 자기도 모르게 경탄했다.

커티스는 자신의 행동을 그만두지 않았다. 심지어 두더지 도시를 보고 놀란 상황에서도 분노의 동작을 계속했다. "프루, 어서 화난 신처럼 행동해."

"알았어." 프루는 랜턴을 내려놓고 두 팔을 휘두르며 기적 같은 지하도시로 접근했다.

두더지 마을에서 겁에 질린 비명 소리가 연이어 터졌다. 알루미늄 호일 군복 차림의 수비군들은 다가오는 위 세상 사람들 소리에 놀라 갑옷 입은 몸을 부들부들 떨었다.

"샐리! 이랴!" 둘의 발밑에서 이런 호령도 들렸다. 도롱뇽에 올라탄 셉티무스가 머리에 쓴 깡통 갑옷 위로 바늘을 호기롭게 휘둘렀다. 그의 지휘에 한 무리의 보병대가 진격해 들어왔다. 그들은 길에 있는 모든 것을 파도처럼 휩쓸어버렸다. 셉티무스가 도롱뇽을 뒷다리로 세워 난투를 벌이는 거인인 양 적을 향해 몸을 높이 쳐들자, 도시의 방어자들이 깡통 뚜껑을 쩔렁거리며 반격해왔다.

"자, 내 검을 받아라!" 셉티무스는 잔뜩 예스러운 말투로 외치며 싸움을 걸었다. "칼날을 빼지 마라, 멍청아!" 대충 이런 말투도 썼고, "너희들을 위 세상으로 끌고 가겠다, 이 악당들아!"라고도 했다. 헬멧 때문에 얼굴은 안 보였지만, 프루는 핑크색 털이 난 양쪽 귀까지 걸리도록 입이 찢어지게 웃는 셉티무스의 표정을 상상할 수 있었다.

그렇게 교전을 벌이는 동안 언더우드 기사단은 수비군의 1차 방어선을 뚫고 재빨리 탑을 포위하여 외벽에 대치한 뒤, 도시의 첫째 단으로 기사단을 쉬지 않고 침투시켰다. 연필을 여러 개 묶어 만든 공성망치로 납작한 체 성문을 내리치는 동안 수많은 기사들이 뒤에서 초초하게 대기했다. 굳게 닫힌 성문은 좀처럼 열리지 않았다. 그때 도롱뇽을 탄 병사 한 명이 커티스를 돌아보며 외쳤다. "위 세상에서 온 신이시여!"

전투를 벌이는 수많은 두더지의 아우성 속에서 그 목소리를 식별하기까지는 시간이 조금 걸렸다. "왜 그러느냐?"

"당신의 신성한 힘을 이용해 성문을 부숴주시옵소서."

"아, 그러지. 그 까짓것!"

무릎보다도 높지 않은 성벽에 도착한 커티스는 철망 문 가장자리를 찾아낸 뒤 허리를 구부려 납작한 금속 조각을 잡아뗐다. 언더우드 기사단은 승리의 함성을 내질렀다. 기사단은 열린 문을 통해 안으로 돌진하며 길에 선 자들을 닥치는 대로 넘어뜨렸다. 커티스는 그 현장에서 손을 떼려다 손가락이 따끔거리는 것을 느꼈다. 그의 엄지와 검지 사이 살갗에 빨간 구슬이 달린 시침바늘이 꽂혀있었다.

"아얏!" 커티스는 조그맣게 비명을 지르며 아래를 내려다보았다. 맞은편에서 두더지 한 마리가 바늘 없이 커티스를 향해 주둥이를 내밀었다. 겁에 질려 훌쩍이는 듯했다. 커티스는 순간 그를 집어들어 벽으로 던져버릴까 생각했지만 너무 잔인하고 비인간적인 것 같았다. 솔직히 말하자면 혼란스러웠다. 대신 그는 손에 박힌 바늘을 빼 저편으로 던졌다. 그리고 "조심해라."라고 두더지에게 으름장을 놓았다. 두더지는 얼른 전장으로 도망쳤다.

그러나 두더지 기사단은 별로 자비롭지 않았다. 찬탈자 데니스에게 등을 돌리지 않을 경우 기사의 검에 죽을 거라던 티모시 경의 경고는 거짓이 아니었다. 커티스는 적을 향해 우르르 몰려가 온갖 무기와 장비를 마구 휘둘러 혼비백산하며 흩어지게 만드는 두더지들을 보고 얼굴이 하얗게 질렸다. 도시의 좁다란 도랑에는 피가 철철 흘러넘쳤고, 대기는 괴로운 고통의 비명으로 얼어붙었다. 부모와 떨어진 어린 두더지들은 길가에 앉아 겁에 질려 울음을 터뜨렸다. 어떤 두더지는 핏방울이 튄 옷차림으로 불타는 건물 앞에 서서 쓰러진 병사를 향해 큰 소리로 울부짖었다. 커티스는 프루를 흘끗 바라봤다. 프루는 위협적인 행동을 벌써 중단한 채 혐오와 동정 섞인 시선으로 이 과정을 지켜보고 있었다.

"으으, 정말 잔인해." 프루가 말했다.

커티스는 프루가 선 가장자리로 돌아가서 함께 이 광경을 바라보았다. 두더지들은 이 도시의 두 번째 방어벽을 뚫었다. 여러 채의 집과 교회에서 가느다란 연기가 피어올랐다. 전투의 불협화음, 병뚜껑과 바늘이 쨍그랑 부딪치는 소리가 대기를 뒤흔들었다.

"우리가 멈추게 할 수 있을까?" 프루가 물었다.

커티스는 주위를 둘러보았다. 도시의 거리는 광분한 전사 두더지들로 우글거렸다. "모르겠어. 그냥 내버려두는 수밖에 없을 것 같아." 그가 말했다.

세 번째 벽이 파괴되었다. 생명을 잃은 몸뚱이들이 성벽 위에 아무렇게나 쌓였다.

"그래야겠지." 프루는 자신의 임무로 돌아가 두더지 도시를 향해 조심스럽게 발걸음을 뗐다. 가뜩이나 유혈이 낭자한 대혼란에 피를 더 보태고 싶지 않았다. 첫 번째 벽은 쉽게 넘을 수 있었다. 그곳의 도로들은 몇몇 신음하는 부상자들만 빼고 거의 파괴되었다. 전투의 물결이 밀려들면서 대부분의 주민들은 도시 꼭대기로 피신했다. 프루는 세 번째 벽에 도착했다. 이곳의 도시는 너무 빽빽해서 사람의 발은 하나도 들어갈 틈이 없었다. 프루는 걸음을 멈추고 싸우는 두더지들을 향해 소리쳤다. "그만 해!" 프루가 소리쳤다. 그들은 듣지 않았다.

프루는 깊이 숨을 들이마신 뒤 최대한 큰 소리로 외쳤다. "그만 하라니깐!"

이번에도 반응이 없었다. 폭력과 충동으로 이성이 마비된 두더지들에게는 프루의 말이 들리지 않았다. 수비군들이 공격해오는 군대에 불화살을 쐈다. 증강된 병력이 나선형의 길을 타고 내려와 난투 중인 수비대원들에게 합류했다. 프루는 도시 중심부의 탑 꼭대기를 살피다 파자마처럼 보이는 옷차림에 무심한 표정을 짓고 있는 두더지를 발견했다.

"네놈이구나!" 프루가 소리쳤다. 아무리 두더지 도시의 공간이 축소되었다고 해도 프루는 탑 꼭대기로부터 족히 150센티미터는 더 떨어져 있었다.

두더지가 프루의 목소리를 들은 듯 움찔하더니 주둥이를 프루 쪽으로 돌렸다.

"전쟁을 멈추게 하라!" 프루는 이 두더지가 지닌 권한을 짐작만 할 뿐이었다. 그가 전투에 참여하지 않을 뿐만 아니라, 밑에서 사망자가 늘어나는데도 심드렁한 것을 보고 중요한 인물일 거라 믿었다. 프루의 말을 들은 두더지가 어깨를 으쓱했다. 전쟁을 멈출 기미가 보이지 않았다. "어서, 당장!" 프루는 차오르는 분노 때문에 자신의 얼굴이 일그러지는 것을 느꼈다. 탑 속 두더지는 프루의 노여움을 감지한 듯 조그맣게 찍찍거렸다. 그러고는 탑 안의 방으로 사라졌다.

"안 돼! 도망치지 마!" 프루는 씩씩거리며 뿔처럼 생긴 두더지 도시를 오르기 시작했다.

발을 건물 뼈대에 내려놓자 건물이 기우뚱했다. 도시는 사람의 무게를 견디지 못하도록 만들어진 게 분명했다. 발 한 걸음이면 모든 건물이 파괴되지만 프루는 진정한 평화를 위해서 그렇게 하지 않기로 마음먹었다. 발아래에서는

동맹군인 두더지 군인들이 자기들 머리 위를 지나 패애앵 요새로 향하는 프루의 발바닥에 기겁하며 전투를 내팽개치고 도망치기에 바빴다. 이윽고 탑 바로 아래에 도착한 프루는 알루미늄 기둥에 몸을 기대고 섰다. 프루의 눈높이가 탑의 둥근 지붕 높이와 같았다.

지붕 안으로 장식이 화려한 침실이 보였다. 벽에는 눈부시게 아름다운 벽걸이가 있었다. 프루는 방 한가운데 네 기둥이 세워진 미니어처 침대로 눈길을 돌리다 파자마 차림의 두더지를 발견했다. 두더지는 이불을 뒤집어쓴 채 두려움에 떨고 있었다.

"어서 썩 나오지 못할까. 나는 너를 다 볼 수 있다."

"안됐지만, 난 여기서 한 발짝도 움직이지 않을 거야." 두더지가 입을 뗐다.

"아니, 그렇게는 안 될 걸." 프루는 손을 침실로 뻗어 이불을 걷어냈다. 몸을 잔뜩 웅크린 두더지가 나타났다. 프루는 손가락으로 두더지의 바짓자락을 잡아 비명 지르는 그를 집어올렸다. 그리고 더 자세히 관찰하기 위해 손가락 끝에서 달랑이는 그를 눈 가까이 가져왔다.

"네가 찬탈자 데니스냐?"

"아니, 아니다." 두더지는 겁에 질려 목소리도 제대로 내지 못했다.

"아닙니다. 그가 맞아요." 프루의 발밑에서 누군가 소리쳤다. 내려다보니 두더지 기사였다. 양쪽 모두 프루의 심문을 구경하느라 전쟁은 중단되었다. "그가 맞습니다. 목소리를 알고 있어요."

두더지 데니스는 욕설을 퍼부었다. 그는 프루의 손가락에 붙잡힌 채 무기력하게 발버둥쳤다.

"이쯤에서 중단해라. 너의 병사들에게 전투를 그만두라고 명령해라." 프루는 비록 앞이 보이지 않는 두더지지만 눈을 맞추려고 애쓰면서 말했다.

"지금에 와서 그럴 순 없… 없다."

그러자 프루는 빠르고 유연하게 팔을 빙빙 돌렸다. 두더지가 엉망이 된 도시 위로 높이 들어올려졌다. 파자마 바지 앞섶에 조그맣게 젖은 흔적이 점점 번져갔다.

"그렇다면 내가 그만두게 해주지. 도시 전체의 이익을 위해 기꺼이 한 마리를 희생시키겠다."

"알았어, 알았어." 데니스가 헉헉댔다. 그가 아래 모여든 군중 위로 조그만 팔을 흔들었다. "항복하겠어! 이 엉터리 같은 패애앵 요새를 돌려주겠다."

이 한마디 선언에 조그만 동물인 두더지들 입에서 터져나온 환호성은 그야말로 장관이었다. 포위작전 당시 전사들이 냈던 함성은 진정 기쁜 마음으로 일제히 내지르는 환호성에 비하면 아무것도 아니었다. 언더우드 기사단이 검과 미늘창을 높이 쳐들었다. 찬탈자 데니스의 군인들이 내던진 무기는 소나기처럼 쌓여 작은 금속더미를 이루었다. 평화선언에 양쪽이 달려와서 서로 얼싸안았다. 오랫동안 헤어진 가족이 다시 합쳐졌다. 분단에 의해 뿔뿔이 흩어졌던 친구들은 포옹과 악수를 나누었다. 그 장면이 어찌나 감동적이었던지 프루는 자신이 아직 데니스를 들고 있다는 사실조차 깨닫지 못했다.

"이제 나를 내려줘야지?"

"아, 물론이야." 프루는 말을 멈추고 예전의 폭군을 찬찬히 뜯어보았다. "그렇더라도 너를 관계당국에 넘겨야 할 것 같은데. 티모시 경은 어디 있지?"

그때 발아래 군중 틈에서 누군가 외쳤다. "비켜요! 비켜요!"

들떴던 목소리가 돌연 심각해진 듯했다. 프루는 소리 나는 곳으로 고개를 돌렸다. 군인들이 임시로 만든 들것을 어깨에 들쳐멘 충직한 기사들에게 길을 터주느라 양쪽으로 갈라졌다. 들것에 누운 이는 바로 최고사령관 티모시 경이었다. 셉티무스가 행렬의 앞으로 나아갔다. 누운 자의 누더기 갑옷은 피로 물들어 있었다. 행렬의 실체를 파악한 두더지들은 슬픔에 겨워 침묵한 채 차례로 무릎을 꿇었다.

"그는 괜찮은 거야?" 프루가 손으로 입을 틀어막으며 말했다.

셉티무스는 헬멧을 벗어 바닥에 내려놓았다. 이마가 땀으로 번들거렸다. 쥐는 프루의 물음에 고개를 가로젓는 것으로 대답했다.

"부상이 심각해요." 셉티무스 옆에 선 선지자 바솔로뮤가 대답했다.

군중 사이에서 울음소리가 점점 커졌다. 몇 명이 소리쳤다. "안 돼요, 티모시 경!"

"우리는 저기 끝에 나란히 서있었어. 진짜 영웅처럼 싸웠지." 셉티무스가 말했다.

들것이 세 번째 방호벽 너머 광장 한가운데 놓였다. 생존한 기사들이 들것 주위로 몰려들었다. 프루는 손가락으로 두더지 데니스의 파자마 바지를 단단히 쥔 채 무릎을 꿇었다. "우리가… 우리가 이겼나?" 티모시 경이 숨넘어가는 소리로 겨우 물었다.

옆의 기사가 눈물을 삼키며 대답했다. "그렇습니다, 티모시 경. 우리의 시대가 왔어요."

부상당한 두더지의 입가에 희미한 미소가 피어올랐다. "위 세상에서 온 전사가 아직 내 옆에 있는가?"

셉티무스가 앞으로 나아가 그의 손을 잡았다. "그래요, 티모시 경."

기사는 전우를 향해 따뜻하게 웃어보였다. "당신의 동료 신들은 어떻게 됐소? 살았어요?"

프루는 외벽 너머에서 서성이는 커티스를 흘끗 보았다. 프루가 고갯짓으로 신호를 보냈다. 그도 이 말을 들은 게 분명했다. 커티스는 고개를 끄덕인 다음 폐허가 된 도시가 더 파괴되는 상황을 막기 위해 조심스레 두더지 도시로 들어왔다. 그리고 함께 무릎을 꿇기에는 공간이 좁았지만 프루 곁으로 다가왔다.

그때, 또다시 소동이 일어났다. 패애앵 요새 안에서 함성이 터져나왔다. 잠시 후 언더우드 기사단이 길고 흰 옷을 입은 두더지를 앞세우고 아래쪽 문에 나타났다. 티모시 경을 에워싼 군중이 삽시간에 조용해졌다. 누군가 소리쳤다. "주술사다!" 긴 옷을 입은 두더지는 부상당한 티모시 경을 보자마자 자신을 석방시켜준 군인들을 뒤로 하고 달려왔다.

"그웬돌린!" 티모시 경은 그녀의 앞발이 자신의 피 묻은 갑옷을 만지는 것을 느끼며 이렇게 소리쳤다.

"오빠, 저예요." 암컷 두더지는 눈물을 참았다.

"내 동생, 드디어 풀려났구나. 내가 가장 바라던 일이었다. 나는 이제 간다. 위 세상, 지상인들의 품으로."

"오빠, 티모시 오빠. 오빠는 용감하고 다정한 분이에요. 당신의 목숨은 헛되지 않았어요. 압제자의 손아귀에서 국민들을 해방시켰어요. 노예였던 저를 구해주셨어요. 오빠의 삶은 용맹스러웠어요. 명예스럽게 위 세상으로 가실 거예요." 그웬돌린이 울먹였다.

티모시 경은 기침이 자꾸 나와 고개를 숙이면서도 웃으려고 애썼다. 갑옷에 작은 핏방울이 튀었다. "위 세상에서 오신 분들, 가까이 와주십시오." 그가 프루와 커티스를 향해 말했다. 두 친구는 시키는 대로 했다. 셉티무스는 죽어가는 기사 옆에 무릎을 꿇었다. "신성한 당신들의 존재가 우리에게 이 날을 선사했습니다. 내가 우리 노력의 정당함을 단 한 번도 의심하지 않았을 때, 당신들의 등장이 나의 가장 큰 소망에 확신을 주었어요. 내가 위 세상으로 가 신들 사이를 거닐다보면, 언젠가 우리 넷이 다시 만날 날 오겠지요."

"물론이에요, 티모시 경. 꼭 그럴 거예요." 프루는 눈물을 꾹 참으며 약속했다. 위 세상의 진짜 실체를 고백하기에는 시기가 적절치 않았다. 용맹스러운 기사의 위안을 짓밟고 싶지 않았다.

기사는 손가락을 서로 얽히게 해서 누이의 앞발을 꼭 쥔 채 고개를 돌려 하늘을 올려다봤다. 벨벳처럼 부드러운 그의 얼굴 털이 오그라드는 모양새가 마치 눈을 뜨려고 안간힘을 쓰는 것 같았다. 미간이 찌푸려지자 얼굴에 두 개의 조그만 검은 점이 나타났다. "보인다! 보여!" 그가 숨을 헐떡이며 헛소리를 했다.

그 후 아무 말이 없었다.

❧

그것은 틀림없는 도로였다. 레이첼은 팔짱을 끼고 도로 한가운데 섰다. 진짜 도로인지 확인하려고 발로 흙을 찼다. 그러고는 동생을 돌아다보았다. "맞아. 이건 도로야."

"그럼 이제 어떻게 해야 하지?" 엘시는 바짝 마른 사과를 한 입 베어물며 그루터기에 앉았다.

"이 도로가 어디로 향하는 걸까?" 레이첼이 동생의 질문은 못 들은 체하며 말했다.

엘시는 제 물음에 스스로 대답했다. "우선 마이클과 신시아를 찾아야 해."

"맞아. 찾아야 해." 레이첼이 몽상에서 깨어나며 동의했다.

엘시는 숲의 미로에 갇힌 언니를 찾느라 꽤 시간을 썼다. 발견한 후에는 언니의 등을 밀며 쉽게 도로까지 올 수 있었다. 토끼를 따라오는 동안 나뭇가지에 담쟁이덩굴을 묶어두는 식으로 길을 표시해둔 것이다. 도로의 존재를 확인한 자매는 베일처럼 가려진 숲으로 다시 발길을 돌려 변방 지역 안으로 들어섰다. 그리고 숲을 돌아다니며 동료 사냥꾼의 이름을 불렀다. 오래 걸리지 않아 덥수룩한 나뭇가지 아래 작은 철사 덫을 치는 마이클과 신시아를 찾아냈다.

"어떻게 된 거야?" 자매가 다가갔을 때 마이클이 빨개진 얼굴로 씩씩거리며 물었다.

“저기 도로가 있어!” 엘시가 불쑥 내뱉었다.

“엘시가 찾아냈어. 여기에서 멀지 않아.” 레이첼이 덧붙였다.

신시아는 마이클을 흘끗하고는 대답했다. “말도 안 돼. 그럴 수는 없어.”

“정말이야. 정말 거기에 있어.” 엘시가 강조했다.

“우린 신도 저버린 이곳을 안 가본 데 없이 샅샅이 누볐어. 하지만 그런 도로는 본 적이 없어.” 마이클이 말을 하며 엉덩이 쪽 철사를 비틀었다. 그는 사실 ‘신도 저버린’이라는 단어를 쓴 게 아니라 엘시가 전에 딱 한 번 들어본 어떤 말을 썼다. 아빠가 발등에 네덜란드 식 오븐 뚜껑을 떨어뜨린 적이 있는데, 그때 그 단어가 집 안에 쩌렁쩌렁 울렸다.

“뭐야, 그럼 내 동생이 거짓말했다는 거야?” 레이첼이 발끈했다.

“흥분하지 마. 난 그저 거기 도로가 있다면 우리가 지금까지 몰랐을 리 없다는 뜻이었어.”

“햇빛이라든지 다른 것 때문에 잘못 봤을 수도 있어. 가끔 하루 중 어떤 때는 숲이 재미난 모양으로 보이기도 하거든.” 신시아가 거들었다.

“그렇지 않아. 내가 이 두 눈으로 똑똑히 봤다고.” 레이첼이 힘주어 말했다.

“이리 와봐. 같이 가보면 알잖아. 정말로 여기에서 멀지 않아.” 엘시가 손짓했다.

마이클은 두 아이에게서 뭔가를 알아내려는 듯 찬찬히 뜯어보았다. 그러다 결국 고개를 저으며 계속 철사를 꼬았다. “들어봐, 얘들아. 시간이 점점 흘러. 우린 오두막으로 돌아가야 해. 캐롤이 기다릴 거야. 저녁 시간이 다가온다고.”

“정말? 정말 가서 안 볼 거야?” 레이첼이 못 믿겠다는 듯 물었다.

“내일 아침 일찍 가보자. 약속할게.” 마이클은 엘시의 어깨에 팔을 두르며 손등으로 머리카락을 살짝 쓰다듬었다. “더구나 네가 만드는 인형을 기다리는 아이들이 줄을 섰잖아. 너에게는 할 일이 있다고.”

“정말 내일 보러갈 거지?” 엘시는 못내 아쉬웠지만 어쩔 수 없었다.

“진짜, 약속할게.” 마이클이 미소지었다.

“도로라니? 포장도로 같은 거 말이냐?”

캐롤이 담배를 피우다 말고 두 아이의 이야기 소리가 들리는 쪽으로 고개를 돌렸다. 그의 파이프가 입술에서 살짝 떨어졌다. 그리고 그대로 얼어붙었다. 변방 지역 시간의 움직임처럼 담배는 그 상태로 정지했다.

엘시는 머뭇거리며 언니를 쳐다봤다. 레이첼은 민트차를 조금씩 홀짝거렸다. 엘시와 레이첼, 그리고 10대 사냥꾼 둘은 캐롤을 걱정시켰다. 다섯 개의 식탁에서 다 먹은 접시를 가져다 싱크대 옆 개수대에 담근 후의 일이었다. 남자아이 둘이 농담을 하고 킥킥 웃으며 개수대 비눗물에서 접시를 꺼냈다. 어린 아이들은 일찌감치 침대로 갔다. 나이든 아이들은 각각 흩어져서 저녁 시간을 즐겼다.

“그렇게 많이 포장되지는 않았고요. 자갈길에 더 가까웠어요. 돌도 몇 개 있었을 거예요. 어쩐지 오래된 길처럼 보였어요.” 레이첼이 설명했다.

나무로 만든 캐롤의 두 눈동자가 움직였다. 연푸른 홍채에 어두운 촛불이 비쳤다. 엘시의 눈에는 심지어 붓 자국까지도 보였다.

“거리 표지판 같은 기둥도 있었어요. 반대편에도요.” 엘시가 덧붙였다.

마이클은 대화 내내 거의 침묵하다가 파이프에 담배를 쑤셔넣고는 입을 열었다. “거기에 뭔가 적혀있지는 않았니?”

레이첼이 고개를 끄덕였다. 엘시의 안내를 따르면서 그녀는 주변에 새겨진 표식 등을 주의 깊게 살폈기 때문이다. “새 그림과 화살표를 봤어요.”

캐롤은 한숨을 훅 내뱉었다. 그 소리가 마치 “후우우!” 하는 것처럼 들렸다. 아이들이 모두 그를 바라보았다. “아마 맞을 게다. 방향 표지다. 내 기억이 맞다면 아비앙 공국으로 가는 표지판을 봤을 거야.” 그는 파이프를 입으로 가져와 길게 한 모금 빨았다. 마이클이 노인을 빤히 올려다보았다. 신시아는 차에 넣은 크림을 젓고 있던 찻숟가락을 내려놓았다. “너희들이 변방의 곤경을 빠져나가는 길을 찾아낸 것 같구나. 일종의 틈새 같은 거지. 특별히 어디로 향했는지 기억하느냐? 통로라든지 뭐 그런 것처럼 생기지 않았더냐? 사람들이 그런 얘기를 하는 걸 들은 적이 있단다. 이를테면 균열 같은 거라던데. 하지만 난 절대로 존재하지 않는 줄 알았는데…….”

“꼭 그렇지도 않아요. 그러니까 제 말은 그런 게 기억나지 않는다는 거예요. 저희는 돌아올 때 똑같은 길로 오지 않았어요. 제가 나뭇가지에 담쟁이넝쿨을 묶어놨거든요. 그런데 언니한테 도로를 보여주려고 다시 갈 때는 그 길로 가지 않았어요.”

레이첼은 동생의 말이 옳다는 듯 고개를 끄덕였다. 그러고는 손가락으로 귓불에 붙은 노란색 꼬리표를 톡톡 쳤다.

“음, 아무래도 네가 찾아냈다는 그 길을 나도 한번 가봐야겠구나.” 의미심장한 침묵이 흐른 후 캐롤이 말했다.

마이클이 놀란 표정을 지었다. "아주 멀리 떨어져 있어요, 할아버지. 정말 가실 수 있겠어요?"

캐롤은 다정하게 손을 들어 소년의 말을 가로막았다. "괜찮을 게다. 어쨌든 이 주변은 조금씩 걸어다닐 수 있으니까. 이 낡은 뼈로 너무 오래 앉아만 있었어." 그가 다시 파이프를 빨았다. 어느새 개수대에서 접시 부딪히는 소리도 잠잠해졌다. 아이들은 모두 침대로 돌아간 듯했다. 물감으로 그린 캐롤의 눈동자에 불빛이 반사됐다. "이제 어두워졌구나. 동이 트면 가는 게 좋겠다. 어린 아이들은 이런 일에 신경 쓰지 않게 하자. 아이들이 아무것도 아닌 데에 희망 거는 걸 원치 않는다. 빛의 속임수일 수도 있어. 변방을 자주 들락날락하는 짐승들의 길일 수도 있고. 레이첼과 엘시에게 악의가 있는 것은 아니란다. 이 숲에 들어오면 누구나 혼란스러워지기 쉽지. 이곳에는 속임수가 너무나 많거든." 노인은 무명천에 파이프를 털어 바닥에 재를 버렸다. "물론 우리를 밖으로 데려다줄 길일 수도 있고."

마이클은 연기를 내뿜으며 두 여자아이를 보았다. 신시아는 차를 저었다. 캐롤이 발꿈치로 바닥에 떨어진 재를 흐트러뜨렸다.

"그럴 수도 있지……." 노인이 말을 삼켰다.

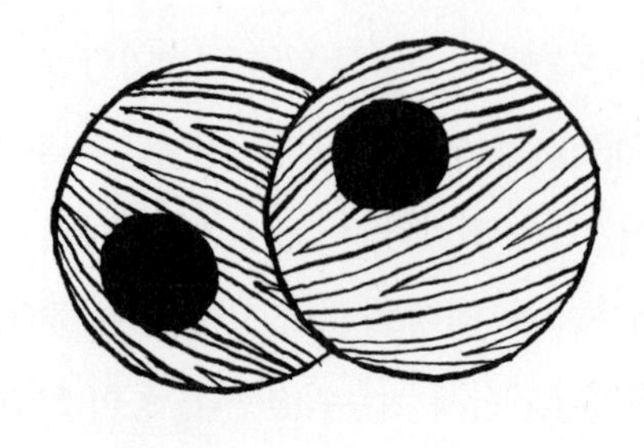

CHAPTER 19
티모시 경의 장례 행렬

두더지들은 최고사령관 티모시 경의 장례에 비용과 수고를 아끼지 않았다. 티모시 경은 조부모의 유품인 예식용 갑옷을 입고, 진초록 이끼로 뒤덮인 받침대에 누워 요새를 빠져나갔다. 시민들은 미로 같은 도로에 늘어서서 장례 행렬이 지나가는 모습을 지켜보았다. 사방이 시민들의 통곡 소리로 가득했다. 압제자 데니스의 치하에서 자신들을 구해준 티모시 경과 그의 용맹스러운 언더우드 기사단에 대한 시민들의 고마움은 대단했다. 찬탈자 데니스는 패애앵 요새의 지하 감옥에서 종신형을 살고 있었다. 장례 행렬 앞에는 소규모 브라스 밴드가 자리잡았다. 그들은 경쾌하면서도 애잔한 느낌의 느린 팡파르를 연주했다. 위 세상에서 온 두 사람은 도시 외벽 너머 탁 트인 광장에서 이 모습을 지켜보았다.

장례 행렬은 사람들의 발길이 잦은 길을 지나 커티스가 한 번도 본 적이 없는 방 한쪽으로 이어졌다. 도시 성벽에서 10미터쯤 떨어진 곳에, 어두운 천장에서 떨어진 물방울이 모여 이룬 거대한 물웅덩이가 있었다. 커티스는 이 물웅덩이가 어쩌면 두더지들이 역사의 흐름을 설명할 때 언급했던 그 웅덩이일지도 모른다는 생각이 들었다. "여러 번 웅덩이가 비워졌다 다시 채워졌지요." 웅덩이 정문으로 이어지는 길가에 남녀노소 할것없이 많은 두더지들이 서서 기다렸다. 행렬이 도착하자 죽은 기사의 여동생인 주술사 그웬돌린이 시신을 물에 띄우기 전 추도사를 몇 마디 했다. 기사의 시신은 소용돌이치는 물살에 실려 추모객들로부터 방의 가장 어두운 곳으로 떠내려갈 것이다. 그 영혼은 위 세상에 있는 그의 동포들 곁으로 가리라.

군중이 방금 해방된 패애앵 요새에서 잔치를 벌이기 위해 도시로 돌아간 후 (다시 열린 두더지 의회는 요새의 이름을 위 세상에서 온 세 명의 이름을 따 프루티무스로 바꾸었다) 주술사는 프루와 커티스의 발치에서 머뭇거리다 다가오며 그들을 향

해 고개를 끄덕였다. 마침내 갑옷을 벗은 셉티무스가 그녀를 보며 고개를 숙였다.

"정말 경건한 장례식이었어요." 프루가 침묵을 깨고 말했다.

두더지는 엄숙한 표정으로 고개를 끄덕였다.

"오빠를 잃은 데 대해 뭐라고 위로의 말씀을 드려야할지 모르겠습니다." 커티스가 덧붙였다.

"오빠는 지금쯤 위 세상에서 편안할 거예요." 이 말을 한 사람은 프루였다. 주술사의 몸짓에서 깊은 슬픔을 엿본 프루는 장례식 내내 무슨 말을 해야 할지 고민했다.

하지만 그웬돌린은 놀랍게도 경멸하는 태도를 보였다. "흥, 모두 엉터리예요. 오빠가 어디로 갔는지 알 게 뭐예요. 오빠의 영혼이 지극히 물질적인 지상으로 갔다는 증거는 별로 보지 못했어요. 내가 알기로는 모두 미신이에요. 나보고 무도회에 함께 가자고 말하지 않아도 돼요."

커티스는 예상과 다른 반응에 흠칫했다. "당신은 종교적인 지도자가 아니었던가요?"

"난 예언자에요. 비슷하면서도 다르죠. 내 역할은 사실을 밝혀 나의 지도자들에게 더 나은 조언을 해주는 거예요. 그렇게 연구하는 동안 나는 위 세상이 존재한다는 따위의 믿음에 대한 증거를 하나도 발견하지 못했어요. 적어도 우리 지하 세상의 두더지들이 보기에는 그래요."

"그런데 왜……." 프루가 말을 흐리자, 커티스가 대신 나서서 물었다. "모두 그의 사후에 대해 그렇게 말했죠?"

"전통일 뿐이에요. 맹목적인 믿음이죠. 정말 아름다운 믿음 아니에요? 난 그런 시적인 면이 마음에 들어요. 사람들에게 해가 되지 않는 이상 그런 베일을 벗길 이유를 찾지 못하겠어요. 게다가 난 한 번도 당신네 세상에 가본 적이 없어요. 내 눈으로 증거를 보기 전까지는 다르게 말할 수 없을 거예요." 주술사는 두 아이의 혼란스러움을 눈치챘다. "복잡하죠. 내가 하는 일이 그래요. 하지만 확실히 말할 수 있는 건 동굴에 다시 깨끗한 공기를 불어 넣어주는 게 좋다는 점이에요. 난 저 멍청한 두더지 데니스의 명령으로 너무도 오랫동안 지하 감옥에 갇혀있었어요."

"맞아요. 적어도 그건……."

커티스가 대꾸하려 하자 두더지가 말을 가로막았다. "나와 함께 가요. 우리 두더지 음식이 당신들 입맛에 맞을 거라고 생각하진 않지만 잔치가 열리고 있어요. 당신들이 참석하기를 바랄 거예요. 이번 일에서 대단한 역할을 한 영웅들이니까."

두더지와 나란히 걷는 일은 슬로모션으로 걷는 느낌이었지만 그들은 기꺼이 응했다. 셉티무스는 허리춤에 여전히 바늘을 찬 채 주술사 옆에서 당당히 걸었다. 그의 전투장비 중 유일하게 남은 것이었다.

"당신들이 지상의 남쪽 왕국으로 가는 길을 알고 싶어한다고 들었어요. 맞나요? 바솔로뮤가 그러더군요. 그게 조건이었다고." 그웬돌린이 물었다.

"그렇습니다. 기억해줘서 고맙군요." "위 세상에 사는 우리 친구가 실종됐어요. 이야기하자면 긴데, 우리는 그들을 찾아야 해요. 어떻게 해서든." "당신은 길을 알죠?" 커티스와 셉티무스, 프루가 차례로 대답했다.

"그래요. 아까 말했듯이 조사를 하거나 여행을 하면서 언더우드라고 부르는 이곳에 숨겨진 많은 비밀을 알아냈어요. 사실 그 건축가를 처음 발견해서 폐허가 된 두더지 도시로 데려온 것도 나예요. 주술사가 되기 전 나는 그저 세상에 대해 호기심 많은 방랑자였을 뿐이에요."

"그가 누구죠? 건축가라는 사람이요." 프루가 재촉했다. 사람이 버린 쓰레기를 재활용해 만든 건물이며 기념물, 도로 등이 놀라울 정도로 멋지게 배치된 두더지 도시를 본 후, 프루의 머릿속에서 떠나지 않고 줄곧 맴돌던 궁금증이었다.

"그는 당신들처럼 위 세상 사람이었어요. 언더우드의 깊고 후미진 곳에서 그를 발견했죠. 그렇게 어두운 심연 속에 생명체가 있으리라고는 꿈에도 생각하지 못했어요. 탐험할 때 그렇게 깊은 곳까지 간 적이 없으니까요. 내가 얼마나 놀랐을지 상상이 갈 거예요. 몰골이 끔찍했어요. 동포에게 추방당했다고 하더군요. 더욱이 그의 운명을 결정지은 자가 누군지 모르지만 손을 자르는 잔인한 짓을 저질렀더라고요."

"우웩!" 프루는 자신도 모르게 이런 소리를 냈다.

"난 그에게 음식을 먹여 건강하게 만들었어요. 내가 아는 한도에서 당신들이 먹을 만한 음식을 비슷하게 만들었죠."

그 말에 셉티무스의 배에서 꼬르륵 소리가 났다. "미안해요." 쥐가 멋쩍게 웃었다.

그웬돌린이 말을 이었다. "일단 여행을 해도 될 만큼 건강해지자 그를 두더지 의회에 초대했어요. 생명을 구해준 내게 아주 고마워하면서, 두더지들에게 은혜를 갚겠다고 약속했어요. 일곱 차례나 물웅덩이가 마르는 전쟁 끝에 거의 돌무더기만 남을 정도로 폐허가 된 도시를 재건해서 말이죠. 지상에서 비슷한 일을 했으며, 직접 도시를 건설해본 적도 있다고 하더군요. 놀라울 정도로 아름다운 도시를 말이에요. 하지만 가장 필요한 장비, 바로 손이 없었어요. 대신 두더지들이 도와주면 가능하다고 하더군요. 그건 사실이었어요. 그에게는 손이 없고, 우리에게는 눈이 없죠. 우린 서로 협력해서 일했어요. 밖으로 나가는 길을 발견한 것도 그때였어요. 두더지 길 곳곳을 몇 주 동안 탐험하던 중 위 세상 사람들이 '햇빛'이라고 부르는 걸 느꼈어요. 길이 동쪽으로 길게 뻗었지만 정말로 땅 위로 향하더군요. 내 얘기를 들은 건축가는 그 길을 이용해 위 세상 사람들이 버린 물건들을 주워왔어요. 지금처럼 전등으로 이 방을 비추기 위해 지상에서 전선으로 전기를 끌어오기도 했죠. 두더지들에게는 아무 쓸모도 없지만요. 그러느라 또 몇 주가 흘렀고, 우리는 그의 손이 되어 쉬지 않고 일했어요. 물웅덩이의 물이 한 번 비워졌다 채워질 동안 이 도시를 세웠어요. 누구도 상상할 수 없을 만큼 훌륭하게 해냈죠. 건축가는 도리를 한 것뿐이라고 말했지만, 우린 최고의 두더지 목수에게 부탁해 금으로 된 갈고리를 만들어줬어요. 손을 대신하라는 의미였죠. 작별인사를 나눌 때 난 건축가의 눈물방울 소리를 들었어요. 이윽고 그는 자신이 끌어온 전선을 따라 땅 위 햇빛 속으로 나아갔어요. 그 후로는 그에 대한 소식을 더 이상 듣지 못했고요."

"와, 감동적인 이야기네요!" 커티스가 탄성을 질렀다. 일행은 두더지 도시의 관문에 도착했다. 커티스에게 이제 도시는 전혀 다르게 보였다. 경이로움 그 자체인 건물 하나하나가 눈에 들어왔다. 그야말로 100만 개쯤 되는 버려진 작은 부품들이 정교하게 조합돼 매끄럽게 작동하는 완전체였다.

프루가 아랫입술을 잘근잘근 씹었다. 머릿속에 뭔가 더 큰 생각이 무럭무럭 피어오른다는 뜻이었다. 커티스가 의아하게 쳐다봤다. 프루는 무릎을 꿇고 주술사에게 더욱 가까이 다가갔다. "그가 땅 위에서 왜 추방당했는지 혹시 말해 주었나요?"

"그래요. 해줬어요."

"이유가 뭐였죠?"

"아무리 좋게 보려고 해도 이상한 이유였어요. 위 세상 사람들의 욕망은 도무지 이해가 안 가요. 글쎄, 위 세상에 사는 어느 정신 나간 여왕이 자신의 죽은 아들을 기계로 복제해달라고 주문했다는 거예요." 셉티무스가 요란하게 딸꾹질했다. 프루는 하마터면 넘어질 뻔했다. "그런데 임무를 완수하자 그 여왕은 자기 아들의 정체가 세상에 알려지지 못하게 하려고 그를 추방했대요. 비슷한 물건을 다시는 만들지 못하도록 아예 손을 잘라버리고요."

"세상에." 프루의 얼굴이 환해졌다. 셉티무스의 딸꾹질은 멈추지 않았다. 주술사의 말에 흠뻑 빠진 커티스는 계속해서 말해달라고 보챘다.

"그게 다가 아니에요." 주술사가 위 세상 사람들의 어리석음에 고개를 절레절레 저으며 말을 이었다. "건축가와 함께 기계를 제작한 사람이 한 명 더 있었대요. 그 역시 추방을 당했는데, 여왕은 그의 눈을 뽑아 장님으로 만들어버렸다더군요."

도시의 성벽 너머에서 시끄러운 잔치 소리가 들려왔다. 누군가 고음의 노래를 애절하게 부르고, 흥청거리는 사람들은 그 소리에 맞춰 고함을 질렀다. 주술사는 아직까지 고개를 가로저었다. "눈이 멀었대요, 글쎄. 두더지처럼."

❦

식탁에 캐롤의 눈알이 놓여있었다. 엘시는 그 눈을 바라보며 기분이 야릇해졌다. 버터 칼로 툭 건드려보았다. 눈이 식탁 위에서 살짝 흔들렸다. 그 눈이 자꾸만 역겹게 느껴지는 이유가 몇 가지 있었다. 잃어버린 눈을 대신하는 인공눈이어서가 아니라, 인형의 눈 같았기 때문이다. 게다가 엘시는 그 눈이 언제나 자신을 의심스럽게 살핀다는 느낌을 받았다.

아침이 왔다. 엘시가 보기에는 어제와 똑같은 날이, 세상의 틈새로 태양이 떠오르며 다시 시작되었다. 밤과 낮이 지나면서 시간은 흐르지만, 그것이 앞으로 움직이지 않는다는 사실을 이해하느라 엘시는 머리가 핑핑 돌 지경이었다. 아직까지는 몸에 아무런 영향을 끼치지 않은 것 같았다. 비록 머리가 지끈지끈 아프고 조용히 흔들려서, 앞으로의 상황이 생각대로 되지 않으리라는 걸 암시했지만 말이다. 그 눈은 여전히 엘시를 응시했다.

"잘 잤니!" 등 뒤에서 캐롤이 인사했다.

"안녕히 주무셨어요? 여기 식탁 위에 두고 가셨더라고요."

엘시는 캐롤의 팔을 끌어 손으로 두 눈을 잡을 수 있게 도왔다. "아하! 고맙구나. 이게 있다고 크게 달라지는 건 없지만." 그는 코 양쪽, 불그레하고 혈색 좋은 피부의 구멍에 담담하게 두 눈을 밀어넣었다. 눈은 살짝 흔들리다 자리 잡았다. 노인이 웃었다. "됐다. 하루를 위한 준비가 끝났구나."

"더 잘 보이세요?" 엘시는 말을 내뱉자마자 자책했다. 더 잘 보일 리가 없었다. 그는 장님이니까.

다행히도 노인은 엘시의 질문을 당연하게 받아들이며 웃었다. "꼭 그렇다고 할 순 없지만, 이게 있으면 조금 더 잘 보이는 것처럼 느껴진다고 할까. 잠은 잘 잤니?"

"네, 그런 것 같아요." 사실 엘시는 어깨가 뻐근했다. 엘시의 침대는 부엌 서랍장의 서랍 한 칸이었다. 위아래 서랍에서도 다른 아이들이 잠을 청했다. 그래서 서랍을 꼭 닫고 잠을 자야 했는데, 마치 관 속에 들어간 느낌이었다. "할아버지는요?"

"불평이 있을 리가 없지." 캐롤이 대답했다. 그때 계단 꼭대기에 레이첼이 나타났다. 새둥지처럼 헝클어진 머리를 반듯하게 정리하는 중이었다. 소나무 바늘잎으로 만든 빗을 사용했지만 별로 도움이 되지 않는 듯했다.

"준비되셨어요?" 레이첼이 부엌으로 내려오며 물었다.

"언제라도 떠날 수 있단다. 게다가 너희처럼 예쁜 아이들이 부축해준다면 더할 나위가 없겠지." 노인이 두 팔을 구부리자, 엘시와 레이첼이 각각 하나씩 잡았다. "자, 이제 됐다. 그럼 이제 그 대단한 멜버그 도로를 보러 갈까."

마이클과 신시아가 현관 계단 양쪽 난간에 기대서 기다리고 있었다. 마서도 의기양양하게 고글을 걸치고 그 옆에 자리했다.

"여기서 뭐하는 거야?" 레이첼이 엘시와 함께 할아버지를 부축해 현관을 나서며 물었다. 아직 이른 아침이었다. 새벽의 푸르스름한 빛에 의지해 나무 사이를 걸어야 할 참이었다.

"함께 가려고. 나도 그 도로를 보고 싶거든." 마서가 대답했다.

마이클과 신시아가 서로 눈빛을 교환했다. 엘시가 말했다. "아무도 그 도로에 대해 관심 없는 줄 알았어. 그런데… 어린 애가 가도 될까?"

"가자. 나도 너희만큼 컸어. 더구나 다른 아이들도 너희가 도로를 찾아냈다는 걸 알고 있고, 어쩜 변방을 빠져나갈 수 있는 길인지도 모르잖아."

캐롤이 얼굴을 찡그렸다. "아이들의 기대치를 낮추는 게 좋겠다. 아직 그 '도로'가 있다는 것도 확인되지 않았잖니."

"그러니까 빨리 가요. 모두 깨어나서 소식만 기다리고 있어요."

"신시아, 너는 남아서 아이들에게 얘기를 해주는 게 어떠니? 이 상황을 설명해주렴." 캐롤이 낡은 신발을 바꿔 신었다. 엘시는 노인의 팔을 붙잡아 마당의 풀밭에 발을 디디게 도왔다. 캐롤은 신시아의 실망을 눈치챘다. 신시아가 마이클을 보며 푸념 어린 한숨을 내쉬었기 때문이다. 캐롤이 다시 한 번 나직하게 타일렀다. "신시아, 그러도록 해라. 어린 애들이 너를 따르잖니."

"알았어요, 할아버지." 신시아가 마지못해 대답했다.

"마서, 너는 우리의 정찰대가 되어주렴. 자, 어서 움직이자. 난 예전만큼 날렵하게 걷지 못하니까. 그곳에 닿기도 전에 도로가 사라져버리면 안 되잖니. 그렇지?" 캐롤은 나무 눈동자로 엘시를 향해 눈을 찡긋했다.

그렇게 그들은 길을 나섰다.

얼마 가지 않았을 때 미루나무 숲속 들판이 나타났다. 레이첼과 엘시, 마서가 처음으로 개떼를 본 풀밭이었다. 엘시는 거기에서부터 앞장서서 하늘로 뻗은 침엽수와 축 늘어져 헐벗고 연약한 단풍나무 가지 사이를 요리조리 빠져나갔다. 캐롤의 움직임이 자유롭지 못하기 때문에 모두가 천천히 걸었지만 열성적인 엘시는 자신도 모르게 다른 사람들보다 저만치 앞서나가곤 했다. 마침내 엘시는 캐롤의 곁에서 걷는 편이 낫겠다고 판단했다. 엘시는 레이첼에게 캐롤의 팔을 잡게 했다. 마서는 반대편 팔을 붙잡았다. 마이클은 이빨로 파이프를 단단히 문 채 뒤따랐다.

지금 가는 길에 토끼는 없었다. 엘시는 동물의 도움 없이 두 번이나 도로를 발견했지만 어느 나무부터 담쟁이넝쿨을 묶어두었는지 정확한 지점을 찾기 어려웠다. 그러다 야트막한 배수로 가장자리에 닿는 바람에 엘시는 걸음을 멈추고 기억을 더듬어야 했다. "그땐 이게 없었는데… 이건 기억나지 않아." 엘시가 머뭇거렸다.

무리 뒤편에서 체념하는 한숨 소리가 들렸다. 마이클이었다. "도대체 어디야? 그만 철수해야 하는 거 아니야? 온종일 변방을 뒤져야 하는 거냐고? 솔직히 난 저 여자애를 따라가는 게 마음이 놓이지 않아. 이상한 곳에 처박혀서 영원히 빠져나오지 못하게 되는 건 아니냐고."

"내 동생이 가는 길을 알아." 레이첼이 쏘아붙였다. "나도 봤어. 내 눈으로 똑똑히 봤다고. 엘시, 어서 기억을 떠올려봐. 어느 쪽이야?"

"참을성 있게 기다려라, 얘들아. 싸운다고 무슨 소용이 있니? 착각하는 건 부끄러운 일이 아니다. 그렇지 않아도 이 숲에는 함정이 아주 많아." 캐롤이 꾸짖었다.

"착각이 아니에요. 이쪽이에요. 확실해요." 엘시가 캐롤의 팔꿈치를 잡고 배수로 밖으로 끌어당겼다.

그때 초록색 담쟁이넝쿨을 단단히 묶어둔 전나무 묘목이 눈에 띄자 엘시는 뒤도 돌아보지 않고 소리쳤다. "저기 있어요!" 엘시는 얼른 캐롤을 그리로 잡아끌었다. 캐롤이 조심하라고 중얼거렸지만 아랑곳하지 않고 그의 팔꿈치를 잡아 나무의 물결을 헤치고 갔다. 그들은 표시해둔 나무를 차례차례 따라갔다. 길을 잃었다고 생각할 즈음 저 멀리 또 다른 길이 보였다. 잠시 후 불룩한 지형이 나타났고, 그 꼭대기에 다다르자 캐롤은 자신의 발이 단단한 자갈길

도로를 디뎠음을 깨닫고는 놀라서 소리를 질렀다.

엘시는 숨도 쉬지 못하고 활짝 웃었다. "보세요! 착각이 아니잖아요!"

캐롤은 큰 웃음을 터뜨리고는 엘시의 머리를 다정하게 쓰다듬었다. "장난이 아니었구나, 응?" 그는 처음으로 공기를 마시는 듯 깊게 심호흡했다. "도로 길이가 얼마나 되니? 설명할 수 있겠니?"

엘시는 씩씩거리며 자신의 표현력을 총동원해 도로 여기저기를 상세하게 설명했다. "아주 길고, 온통 눈으로 뒤덮였어요. 어떤 부분은 차가 다니는 것 같고요. 간밤에 내린 눈 위로 바퀴 자국이 났어요. 그리고 정확하진 않지만 말발굽 자국도 있어요." 엘시는 등 뒤로 보이는 풍경도 묘사했다. "무슨 뱀이 기어가는 것 같아요. 끈 같기도 하고. 시골길이에요. 저걸 보니 생각나는 일이 있어요. 어느 여름에 우리 가족은 시스터스 숲에 오두막을 빌렸어요. 그 오두막까지 가는 길이 꼭 저렇게 생겼어요. 정말로 비슷해요. 길 건너편에 돌을 쌓은 탑처럼 생긴 게 있고, 그 위에 표지판이 붙어있어요. 새 그림과 화살표예요. 우리가 말씀드렸던 대로."

캐롤은 엘시의 긴 조잘거림을 들으며 내내 미소지었다. "그래. 그렇구나. 착시가 아니었구나. 빛의 속임수가 아니었어. 엘시, 넌 재능을 타고났구나."

"네! 2학년 때 선생님도 제가 묘사를 잘한다고 하셨어요."

"아니, 변경을 통과할 수 있는 능력 말이다. 너는 그 규칙에 통제를 받지 않아. 엘시야, 너는 *숲의 마법*으로 태어난 아이다."

엘시가 끈처럼 생겼다고 한 도로에서 바람이 불어왔다. 엘시가 갑자기 입을 다물었다. 도롯가에서 어떤 소리가 들렸다. 돌아다보니 언니가 흙투성이 모습으로 고사리 숲을 헤치며 걸어오고 있었다. "미안해. 난 거기에서 뒤로 밀려났어. 너를 찾게 돼 얼마나 다행인지." 레이첼은 동작을 멈추고 아무 말이 없는 두 사람을 빤히 쳐다봤다. "왜 그래? 도로를 발견했구나. 잘했어."

"레이첼이구나. 네 언니!" 캐롤이 말했다.

"네." 엘시는 그 말만 겨우 했다.

"그렇다면 레이첼도!" 사기충천한 노인이 외쳤다. "내 그럴 줄 알았다! 너희 둘을 보자마자, 아니 느꼈다고 해야겠구나. 딱 꼬집어 설명할 수는 없지만 어떤 감이 왔다. 이제는 분명해졌다. 수정처럼 빤해. 너희 둘의 몸에, 아니 너희 집안에 숲의 마법이 흐르는 거야. 틀림없어! 그런데 어떻게……." 캐롤은 갑자기 말을 중단했다. 그의 얼굴이 심각하게 찡그려지기 시작했다. "어떻게 네가……." 노인의 손이 웃옷을 타고 미끄러져 내려와 팔꿈치를 잡은 엘시의 손 쪽으로 갔다. "너… 네가 나를 이곳으로 데리고 들어왔구나. 나를 붙잡고!" 다시 캐롤의 입가에 미소가 흘렀다. "그래, 그거야! 지금까지 날 죽 잡고 온 거야!"

노인은 도움의 손길을 뿌리치고 도로 한가운데에서 비틀거리며 축하 댄스를 추었다. "간단해! 아주 간단한 거야!" 쩌렁쩌렁한 목소리가 대기를 뒤흔들었다. 캐롤은 손을 뻗어 두 아이의 몸을 찾았다. "엘시, 레이첼. 이리로 와봐라! 이리로!"

두 아이는 노인이 시키는 대로 했다. 그는 아이들의 어깨를 잡고 사랑스럽게 힘껏 껴안았다. "너희가 우리를 구했다! 어떻게 알았겠니? 자기 몸속 깊은 곳에 특별한 힘이 있는지 누가 알 수 있겠어?"

엘시는 얼굴 가득 웃음기를 띠었다. 머릿속으로 수많은 생각이 스치는데, 확실히 이해하기는 불가능했다. 뭐라고 했지, 숲의 마법? 우리 집안에 어떻게? 그때 커티스가 떠올랐다. 오빠에게도 틀림없이 숲의 마법이 흐를 것이다.

그런 생각이 미치자 수많은 가능성이 떠올랐다. 엘시는 문득 주변을 둘러봤다. “마서는 어디 있어? 마이클은?” 엘시는 그들과도 이 기쁨을 함께 나누고 싶었다.

“마서는 너와 함께 있었잖아. 캐롤 할아버지의 팔을 잡고 있었는데.” 레이첼이 말했다.

캐롤은 이해하겠다는 듯 손가락을 코에 얹었다. “그 아이들은 변방으로 돌아갔단다. 모르겠니? 아주 간단한 거야. 완벽할 정도로 간단해.”

“저는 이해가 안 가요.” 레이첼이 고개를 갸우뚱했다.

“마지막 순간에는 엘시만 나를 부축했단다. 마서는 뒤로 나가떨어지고. 그러니까 경계선을 넘기 직전에 그렇게 된 거야. 내 추측이 옳다면, 그리고 내 머리가 정상이라면, 우리 뒤쪽 어딘가에 있을 게다. 우리가 지금까지 집이라고 불렀던 바로 그곳과 똑같이 굴절된 무한 공간에 갇혀서 말이다. 자! 그애들을 데리러 가자!” 캐롤은 이 말과 함께 부축도 받지 않고 발을 질질 끄며 혼자서 도로 끝으로 향했다. 일시적으로 자신의 장애를 잊은 것 같았다. 그가 돌연 걸음을 멈추더니 손가락을 딱 하고 튕겼다. “미안하다. 내가 왜 이렇게 나섰지. 앞도 못 보면서.” 레이첼과 엘시는 새로 알게 된 자신들의 비밀에 할 말을 잃고 멍하니 노인의 팔꿈치를 잡았다. 그렇게 세 사람은 다시 숲으로 들어갔다.

CHAPTER 20

초록색 전선을 따라가라

"이제 됐습니까, 사장님?"

그 목소리는 진공 상태인 어느 거대한 공간을 뚫고 들리는 것 같았다. 부엌 식탁에 앉아있는데 다락방에서 들려오는 약한 볼륨의 라디오 소리 같기도 했다. 틀림없이 거기 있는데, 너무 멀리 떨어져 거의 감지가 되지 않는 소리……. 잠시 후 그 소리가 또 들렸다.

"사장님, 제가 도와드릴 일이 더 이상 없으면 이제 자러 가도 될까요?"

영원처럼 느껴지는 순간 동안 조프리 언생크는 손에 쥔 것에서 시선을 떼고 허리를 쭉 편 다음 주위를 살폈다. 자신은 기계부품 공장에 있었다. 다양한 기계에서 나오는 연기들이 대기에 색깔을 입혔다. 창밖은 어두웠다. 지금 몇 시쯤 됐는지, 얼마나 이 자세로 있었는지 알 수 없었다. 사실 머릿속 모든 것이 잠깐 사이에 완전히 지워진 듯했다. 아래를 내려다보고는 자신이 오만한 목사처럼 배 높이에서 두 손바닥을 단단히 오므린 채 선 것을 발견했다. 그때 현실로 돌아왔다.

"사장님?" 다시 그 목소리가 들렸다.

"네, 그림블 씨." 조프리가 대답했다.

"그럼, 아침에 오겠습니다."

"네, 아침 일찍이요." 모든 게 도도한 물줄기처럼 그를 여기까지 끌고 왔다. 조프리는 꼭 쥔 자신의 손을 흘끔거렸다. 천천히 손을 벌려 안에 든 것을 보았다. 동으로 만들어진 거의 완벽에 가까운 물건이었다. 제작자 겸 기계부품 장인으로서 자신이 지금까지 만든 것 중 가장 까다롭고 무결한 작품이었다. 존재 자체로 지극히 무정한 기술자로 하여금 감정을 주체하지 못해 눈물을 흘리도록 만들 지경이었다. 다이아몬드로 절삭한 톱니와 매끈한 포물선의 모양새까지 흠잡을 데가 없었다. 이 물건이 작동하는 걸 상상해보았다. 그건 마치 이웃한 기어들과 춤을 추고, 부드럽게 나는 듯 유려한 모습이었다. 신기에 가까웠다.

그러나 단지 완벽에 *가까울* 뿐이었다. 충분히 완벽한 것은 아니었다. 언생크는 돌아서서 그것을 가까운 쓰레기통에 던졌다. 슬프게도 *딱* 하는 소리가 조그맣게 났다. 완벽을 꿈꾸던 물체는 기어 무더기 속에서 부서져버렸다.

"사장님, 내일은 더 운이 좋기를 바랍니다."

"그래요, 그림블 씨. 내일이 무슨 요일이죠?"

"음, 수요일이요."

"수요일이라." 조프리는 그 말이 마법의 주문이라도 되는 양 조그맣게 되풀이해서 음미했다. 특별한 울림이 느껴지는 단어였다. 고생이 끝나는 마지막 날이었다. 코안경을 쓴 이상한 신사가 완성된 작품을 기대하며 찾아오리라. 언생크는 지금껏 고객을 실망시킨 적이 없었다. 품질이나 속도 면에서 언제나 경쟁자를 앞질렀다. 그런데 이 하나의 제품을 만드는 데 들어간 무수한 시행착오가 그를 불안하게 했다. 온갖 생각이 꼬리에 꼬리를 물었다. 내가 왜 만들겠다고 동의했지? 어처구니없는 기한이었다. 온갖 최첨단 기계를 사용해 근접했지만 충분하지 않았다. 그는 현실적이고 부지런한 사람이었다. 도대체 뭣 때문에 이런 터무니없는 제안을 받아들였던가?

한마디로 편집증 때문이었다. 학교 다닐 때 이 용어를 배운 기억이 났다. 선생님은 칠판에다 백묵으로 "모비딕"이라고 적었다. 멜빌의 소설에 나오는 선장은 이름뿐인 흰 고래를 잡겠다는 편집증적 욕망에 사로잡혔다. 그가 내렸던 온갖 결정은 하나같이 온 마음을 빼앗긴 집착과 관련 있었다. 결국 일은 실패로 돌아갔다. 언생크는 냉철하고 신중하게 그 사실을 깨달았다. 누군가 갑자기 자신의 얼굴에다 매정하게 환한 스포트라이트를 비춘 것 같았다. 그의 허영이 적나라하게 드러났다. 자신은 선장이었고, 흰 고래는 지날 수 없는 숲이었다. 되돌리기에는 너무 늦었다. 작살은 이미 던져졌다. 줄이 팽팽하게 당겨지고 있었다.

그 다음 일어난 일은 이랬다.

셉티무스는 바늘 자루를 쥐고 고개를 절레절레 저었다. 프루는 주술사를 공중으로 들어올린 다음 기뻐서 마구 흔들었고, 커티스는 멍청히 그 모습을 바라보았다. 하지만 두더지 얼굴에 피어난 공포를 읽은 프루는 얼른 주술사를 내려놓았다. 그러고는 손가락 끝으로 유쾌하게 그웬돌린의 어깨를 톡 쳤다.

"정말 믿을 수가 없어요! 엄청나요." 프루가 감탄했다. 위 세상 사람들의 갑작스러운 흥분에 아직도 어리둥절한 주술사는 이어지는 질문 공세를 기꺼이 받아주었다. "그러니까 그 건축가가 기계제작자라는 말이죠? 소년의 복제품을 만들었고." 프루는 흥분한 감정을 주체하지 못했다.

"그 미치광이 여자를 위해서 말예요. 그 여왕." 커티스가 덧붙였다.

주술사가 또다시 그렇다고 대답했다.

"그웬돌린, 당신은 여기에 어떤 우연의 일치가 있는지 모를 거예요. 우리는 그 건축가를 찾아야 해요." 프루는 입이 귀에 걸리도록 웃었다. 나무의 조언은 사실로 밝혀졌을 뿐만 아니라 그들이 가야 할 방향을 여러 모로 교묘하게 일러주는 것 같았다.

"그는 어떻게 생겼어요?" 커티스가 물었다.

그웬돌린은 보이지 않는 눈으로 생각에 잠긴 표정을 지었다.

커티스는 잘못을 깨닫고 얼굴이 붉어졌다. "이런, 미안해요."

그래도 프루는 계속해서 물었다. "하지만 볼 수는 없더라도 뭔가 특징이 있을 게 아니에요? 우리가 그를 알아볼 수 있는 뭔가가."

"음, 아까 말했듯 그의 손에 황금으로 된 두 개의 갈고리가 있을 거예요. 그런데 도대체 우연의 일치라는 게 다 뭐예요? 건축가를 왜 찾아야 하는 거죠?" 시간이 지나면서 잔치에 참석했던 사람들은 떠나갔다. 울퉁불퉁한 지팡이를 짚고 다리를 절며 천천히 지나가던 선지자 바솔로뮤가 이들의 환호성을 듣고 걸음을 멈췄다.

"설명하려면 이야기가 길어요." 커티스가 말했다.

프루는 그의 말을 무시했다. "저기… 위 세상에 문제가 있어요. 보통 큰 문제가 아니죠. 그런데 회합 나무가 어떤 낯선 소년을 통해 조언을 해주었어요. 진정한 후계자를 찾아 되살려놓아야 한다고요. 진정한 후계자는 미망인 여왕으로 알려진 미치광이 여자의 아들 알렉세이에요."

커티스는 미치광이를 설명하기 위해 손가락 하나를 세워 관자놀이 근처에서 빙빙 돌렸다. 하지만 눈이 멀어서 그 모습을 보지 못한다는 사실을 깨달은 순간, 다시 한 번 자신의 건망증에 부끄러워졌다.

"그랬어요?" 주술사가 조금은 어리둥절한 얼굴로 반문했다.

"여왕은 담쟁이한테 잡아먹혔죠. 계속해." 커티스는 이렇게 거든 후 프루를 돌아다보았다.

"나무의 말이 제작자를 찾아야 한댔어요. 그 소년을 복제한 사람이요. 그리고 이제 적어도 둘 중 한 명은 누군지 알게 되었어요."

한동안 질문이 계속되었다. 그웬돌린과 바솔로뮤는 최선을 다해 도와주려고 했다. 그들의 말에 따르면 건축가는 조용한 성품의 소유자였다. 남과 어울리지도 않았고 터널의 많은 보루 중 한 곳에서 홀로 기거했다. 그러나 도시를 재건하기 위해 쉬지 않고 일했다. 두 손은 없었지만 눈빛만은 형형했다. 그리고 어느 날 아침, 자신이 작업장으로 전기를 끌어오려고 설치했던 초록색 전선을 따라 새로운 주소도 알리지 않고 떠났다. 더 많은 건축자재를 가져오기 위해 매일 오가던 길이었다. 그는 이 지하세계가 완벽하게 현대적인 도시의 기능을 하도록 전선을 두고 갔다. 덕분에 두더지들은 영원히 그를 고마워했다.

"그의 이름은 에스벤 클램페트였어요. 아주 다정한 사람이었죠." 그웬돌린이 설명했다.

프루와 커티스는 두더지 도시의 새 여왕인 그웬돌린의 대관식을 보기 위해 프루티무스 요새에 머물면서 기다리기로 의견을 모았다. 대관식은 그날 저녁에 열릴 예정이었다. 만장일치 합의 추대였다. 그웬돌린은 죽은 승리자 티모시 경의 여동생이었다. 그녀의 왕권에 이의를 제기하는 사람은 없었다. 사실 갇혀 있는 동안 찬탈자 데니스에게 무시무시한 예언을 함으로써 부당하게 기소당한 많은 두더지들의 사형을 막아준 덕에 인기가 매우 많았다. 그웬돌린은 시민들의 찬사를 온몸에 받았다. 그녀를 여왕으로 추대하자는 아이디어가 나왔을 때 시민들은 물론 두더지 의회에서도 모두 찬성했다.

대관식은 아름다웠다. 하지만 위 세상의 세 여행자는 출발하고 싶어 안달이 났다. 두꺼운 초록색 전선을 따라 나가기만 하면 의심할 여지없이 알렉세이를 만든 두 명의 제작자 중 한 명을 만나게 될 터였다.

"너 그거 알아?" 프루는 또다시 불안한 운명 앞에 놓인 세상을 떠올리며 말을 꺼냈다. 셉은 떠날 채비를 하고 있었다. 프루는 참으려고 했지만, 신비주의자 소년이 전한 나무의 예지력에 거듭 감탄하면서 자꾸만 그 말을 되풀이하게 됐다. "아무래도 나무가 우리를 여기로 인도한 것 같아. 우리의 운명을 알고서 말이야. 위로 가려면 아래로 내려가야 한다. 그 말이 이상하게도 맞아떨어지고 있어."

셉티무스는 두더지들이 가져다준 그래놀라 바를 또 하나 먹었다. 쟁여둔 양이 대단했다. 위 세상 사람들이 먹는 식품을 저장해둔 먼 동굴에는 다른 식료품도 있었다. 돼지고기와 땅콩 통조림, 토마토 스프, 호르멜 칠리. 그들은 지하터널에서 흰곰팡이가 잔뜩 핀 노란색 팸플릿도 발견했는데, 거기에는 이렇게 적혀있었다. *당신은 핵 홀로코스트에서 살아남았다. 다음은 어떻게 할 것인가.* 이곳을 누가 만들었든 이 방사능 낙진 대피소는 지상으로부터 가장 멀리 피할 수 있는 곳이었다.

"그래, 맞는 말이야." 셉티무스가 꿀 바른 귀리 과자를 입안 가득 넣은 채 우물거렸다.

"산적은 어떻게 됐을까?" 배낭에 여행 식량을 채우는 프루 옆에서 커티스가 걱정했다.

프루는 커티스의 말은 못 들은 것처럼 입술을 잘근잘근 씹으며 화제를 돌렸다. "네가 옳았어. 사우스우드에 가면 우린 더 안전할 거야. 일단 제작자만 찾아내면 사우드우드로 가자. 거기 도착하면 우리를 도와줄 사람이 많을 거야. 누가 알겠어, 대저택의 누군가가 또 다른 제작자의 행방을 알고 있을지. 어쩌면 그가 추방당한 곳을 알려줄 기록도 남아있을지 몰라." 커티스가 얼굴을 찌푸렸다. "물론 산적이 어디에 있는지도." 프루는 커티스를 안심시켰다.

커티스가 잠깐 생각에 잠겼다가 말했다. "우리가 있어야 할 곳은 와일드우드야. 아니 내가 있어야 할 곳."

"캠프로 돌아갈 거야?"

커티스가 말없이 고개만 끄덕였다.

"그 다음에는 뭘 할 건데?" 프루가 따지듯 물었다.

"음, 그 다음엔… 나도 모르겠어. 수색대를 조직할까봐. 생존자를 찾게."

"넌 거기 가면 안전하지 못해, 커티스. 요괴가 아직도 도사리고 있어. 달라도 살아있을지 모르잖아."

"그건 내가 감당해야 할 위험이야. 난 맹세했어."

"나도 그 점은 알아. 게다가 넌 나를 도와줌으로써 그 맹세를 지키고 있어. 하지만 너 자신을 위태롭게 하면서까지 다른 사람을 이롭게 하지는 마. 대장도 그렇게 말할 거야."

커티스는 대답 없이 프루를 멀뚱히 바라봤다.

"이건 우드를 위한 거야. 내가 알기로는 그래. 이 점에 관해서만큼은 넌 나를 믿어야 해." 프루의 목소리가 점점 다급해졌다.

커티스가 셉티무스를 흘끔거렸다. 쥐는 그래놀라 바 한 개를 다 먹어치우고 두 번째 것을 막 한 입 베어물려고 했다. 셉티무스는 커티스와 눈이 마주친 순간 그대로 얼어붙었다. 쥐는 두 아이를 번갈아 쳐다보더니 어깨를 으쓱하고는 계속 먹었다. "내가 보기에는 어느 쪽이든 다 위험해."

"맞아. 너를 안전하게 지키겠다고 맹세했지. 난 그 약속을 꼭 지킬 거야. 하지만 그 제작자를 찾을 때까지야. 그 후에 넌 집으로 돌아가. 난 캠프로 갈 테니까."

"좋아." 프루는 함께한다는 친구의 말에 안심했다.

그들은 비축해놓은 식품 중 가장 덜 찜찜한 식품과 깡통따개가 필요없는 식품을 골라 프루의 배낭에 담았다. 얼마나 여행해야 할지 알 수 없었다. 두더지를 발견하기 전 며칠 동안 허기져서 괴로웠던 시간의 그림자가 아직도 눈앞에 어른거렸다.

대대적인 송별행사가 마련되었다. 프루, 커티스, 셉티무스는 각각 두더지들이 장만한 최고의 기념품을 받았다. 그들은 언더우드의 스타였다. 기념품이란 바깥세상에서 주워온 두더지들의 소장품 중에서 찾아낸 낡은 배지에 녹슨 철사를 칭칭 감아 만든 메달이었다. 프루 것에는 펼쳐진 책 위로 무지개가 핀 조잡한 그림에다 '나는 레인보우 독자!'라는 글자가 씌어있었다. 셉티무스의 배지에는 지금은 잊힌 어떤 식품회사의 로고가 자랑스럽게 박혔다. 커티스의 메달에는 중년 남자가 카메라를 향해 엄지를 치켜든 모습이 담겨있었다. 얼굴 밑에는 단순하고 굵은 글자체로 ZEKE라고 적혔다. 셋은 정중하게 메달을 받았다.

세 여행자는 도시를 떠나 터널 바닥에 깔린 초록색 전선을 따라갔다. 넓은 우물을 가로질러 놓인 길고 가느다란 다리를 건너기도 하고, 계단을 올라갔다가 비스듬한 바닥으로 내려오기도 했다. 쇠사다리를 타고 내려가다 나무 사다리를 타고 다시 오르기도 했다. 어찌나 돌아가고 휘어지는 데가 많은지 두더지와 그녀의 위 세상 친구가 길을 표시할 때 들였을 엄청난 집중과 부지런함이 놀라울 뿐이었다. 프루는 이 미로 같은 터널에서 길을 잘못 들어섰을 때 벌어지는 최악의 경우를 상상했다. 무조건 초록색 전선만 따라가는 것이 최선이었다.

길은 아주 멀었다. 그들은 가는 동안 몇 번이고 쉬어야 했다. 얼마쯤 지나자 터널 벽이 대충 다듬은 돌에서 더 거친 벽돌로 바뀌었다. 확연하게 더 현대적인 산물들이 나타났다. 프루는 문득 사우스우드를 가로질러 올빼미 렉스를 만나러 갈 때 지났던 통로가 떠올랐다. 그 경험만으로도 자신들이 지금 앞으로 나아간다는 희망을 품을 수 있었다. 하지만 건축가가 두더지 도시를 건설하려고 가져온 쓰레기 자재로 보건대, 그는 우드 건너편 바깥세상에서

재료를 조달한 것이 분명했다. 그게 맞다면 자신들은 바깥세상과 지날 수 없는 숲 사이의 도관을 통과하고 있다는 의미였다. 프루는 자신이 만나본 우드의 노인들조차 도관의 존재를 모를 거라고 생각했다. 어쨌든 도관의 존재가 암시하는 내용은 엄청나 보였다. 프루가 변방의 곤경이라는 마법이 과연 지하까지 미칠지 막 궁금해하려는 찰나, 시끄럽게 *쨍그랑* 하는 소리가 생각을 방해했다.

"무슨 소리야?" 프루가 물었다.

앞에 가던 커티스가 허리를 구부리고 터널 바닥에 있는 뭔가를 살폈다. 걷다가 우연히 그것을 발로 찼던 것이다. "음, 맥주병이네." 커티스는 병을 들어 프루에게 건넸다. 프루는 랜턴 불빛으로 비춰보았다.

"팹스트 블루 리본." 프루는 찢어진 라벨을 읽었다. 우드 사람들이 마시는 맥주가 *아니었다.*

커티스 어깨에 앉은 셉티무스가 시원한 맥주 한 잔에 대해 가여울 정도로 상상의 날개를 펼치고 있을 때, 갑자기 저 앞 어둠 속에서 휘파람 소리가 들렸다. 프루는 랜턴을 위로 쳐들었다. 랜턴의 동그란 불빛 가장자리에 대충 열어 놓은 듯한 출입구가 보였다. 휘파람 소리는 지속적으로, 점점 가깝게 들렸다. *딸깍.* 빛이 쏟아져 들어왔다.

희미한 랜턴에 익숙했던 프루는 강렬하고도 선명한 빛 때문에 마치 태양을 정면으로 응시하는 상황처럼 눈을 똑바로 뜰 수 없었다. 몸이 움츠러들고 눈이 가늘어졌다. 무언가 시야에 들어왔다. 한 남자가 상자를 들고 있었다.

셋은 조심스럽게 앞으로 움직였다. 휘파람 소리가 갑자기 끊긴 것으로 미루어 그 형체가 이쪽 소리를 들은 게 틀림없었다. 가까이 다가가자 남자의 모습이 더 잘 보였다. 20대쯤 돼보였는데 앙증맞은 중산모에 말쑥한 조끼 차림이었다. 기름을 발라 양쪽 입가로 조그맣게 말아붙인 작은 코밑수염 외에 말끔히 면도한 모습이었다. 겉모습만으로는 다른 시대에서 온 듯했지만, 사우스우드의 시민과 아주 비슷하게 보이기도 했다.

"안녕하세요?" 프루가 인사했다.

남자는 걸음을 멈추고 두 아이가 선 통로를 빤히 바라보았다. 아이들이 거기에 있는 이유를 이해하지 못하는 듯했다. "너희들 거기서 뭐하니?" 남자가 의아해하며 물었다.

"우리도 묻고 싶은 말이에요." 커티스가 대답했다.

"나야 일하지." 남자가 설명했다.

"여기가 사우스우드예요? 대저택이 여기에서 얼마나 멀죠?" 프루는 온종일 걷기만 했더니 피곤했다. 인내심도 거의 바닥을 드러내고 있었다.

이 질문이 젊은 남자를 당황스럽게 만든 것 같았다. "뭐라고?" 그의 반응은 그게 다였다.

"사우스우드요. 우리가 지금 사우스우드 아래 있는 건가요?" 커티스는 얼이 빠진 듯한 남자의 태도가 짜증스러워 다시 물었다.

"무슨 말을 하는지 모르겠구나. 여기는 포틀랜드 도심에 있는 올드타운이야. 난 냉장고를 채우는 중이고."

이제 프루와 커티스가 당황할 차례였다. "뭐라고요?"

"술집에 들여놓을 맥주를 가지러 온 거야." 아이들이 이 대답만으로는 만족할 것 같지 않자 그가 다른 각도로 애를 썼다. "난 겨우 일주일 전에 시작한 신참이야. 그러니까 뭐랄까, 너희가 나를 자꾸 방해하면……." 순간 남자는 어떤 생각이 떠오른 것 같았다. 대단한 깨달음을 얻은 듯 그의 얼굴이 환해졌다.

"아, 알았다. 너희 상하이 터널 여행, 그런 거 하는 중이로구나. 너희만 따로 떨어진 거니?"

커티스는 아직까지 놀라움에서 벗어나지 못했지만, 프루는 얼른 상황을 파악했다. "맞아요. 죄송해요. 좀 어리둥절해요. 혹시 다른 사람들은 어디로 갔는지 아세요?"

포틀랜드에서 가장 오래된 지역 아래에도 터널이 지나는데 모두가 그것을 상하이 터널이라고 불렀다. 프루는 작년에 부모님과 터널 여행을 다녀온 것을 기억해냈다. 유령 체험 투어였는데, 양쪽 끝이 둥글게 말린 턱수염을 기른 안내인이 지하 통로에 출몰하는 유령에 대해 과장되게 늘어놨었다. 이 터널은 술 취한 선원들을 유괴하는 데 이용됐으며, 만취해 정신없는 술꾼들은 서인도행 쾌속범선에 실려 육지에서 멀리 떨어진 바다 한가운데 도착하고 나서야 술에서 깨어났다, 따위의 이야기였다. 지금 생각해보면 바닥에 난 유괴용 작은 문과 복수를 노리는 시끄러운 유령에 대해 이야기하던 안내인은 사실의 반밖에 몰랐던 셈이다.

"글쎄다. 잘 모르겠는데, 원한다면 나와 함께 위로 올라가자. 술집에 가기에는 너무 어리지만." 그가 셉티무스를 보며 덧붙였다. "게다가 우린 애완동물을 엄격하게 금한단다."

"전 애완동물이 아닌데요." 셉티무스가 말했다.

남자가 하얗게 질리고 혼란스러운 표정으로 되물었

다. "뭐라고?"

커티스는 어깨를 흔들어 쥐를 꾸짖고는 둘러댔다. "왜 안 그렇겠어요. 우린 절대 들어가지 않을 거예요."

남자는 대답이 썩 마음에 들지는 않았지만, 말하는 쥐를 보게 된 것이 흥미로운 듯했다. "너희만 좋다면, 밖으로 나가는 다른 길을 찾을 수도 있을 걸."

프루는 바닥에 깔린 건축가의 초록색 전선을 흘끔 내려다봤다. 전선은 젊은 남자가 선 곳을 지나 또 다른 터널까지 멀리 뻗어있었다. "아니요. 여기에서 찾아볼게요."

"좋다. 재킷이 멋지구나. 어디에서 났니?" 남자는 커티스를 흘깃거렸다.

커티스가 자신을 살폈다. 양단 소매에 금색 견장이 달린 군복이 먼지와 흙을 잔뜩 뒤집어썼다. "아, 산적단이 줬어요." 커티스는 실제로 다른 대답을 생각할 겨를이 없었다.

젊은 남자는 눈도 깜빡거리지 않았다. "그래? 멋지구나." 그러고는 다시 휘파람을 불며 돌아서서 지상으로 통하는, 금방이라도 무너질 듯한 계단을 터벅터벅 올라갔다.

"셉티무스, 너 조심해." 다시 셋만 남게 되자 커티스가 말했다.

"뭘?" 셉티무스가 샐쭉한 표정을 지었다.

"말하는 것. 우리가 바깥세상에 있을 때는 그러지 마. 일이 복잡해져."

쥐가 못마땅해서 헛기침을 했다. "그럼 나보고 어떻게 말하라고?"

"글쎄, 찍찍 뭐 이렇게?"

"*찍찍?* 난 찍찍이가 아닌데." 셉티무스가 불평했다.

프루가 끼어들었다. "그냥 입 다물고 있어. 어쨌거나 우린 여기에서 의심을 사면 안 돼."

"알았어. 찍찍." 셉티무스가 마지못해 반응했다.

커티스는 터널의 벽돌 벽에 손을 대고 거칠거칠하고 차가운 표면을 느꼈다. "그러니까 우린 올드타운에 있는 거로군. 뭔가 이상해."

"그러게 말이야. 문화적 충격이다." 프루가 고개를 끄덕였다.

"게다가 우리가 지나온 이 터널이, 상하이 터널과 연결됐다는 말이지. 난 그 터널이 거짓인 줄 알았는데. 일종의 관광상품처럼 말이야."

프루가 어깨를 으쓱했다. "나도 그랬어. 어쩌면 여전히 그럴지도 모르고. 분명한 건 사람들은 터널이 *실제* 어디로 나있는지 모른다는 사실이야. 더 멀리까지 터널을 탐사해볼 생각을 안 한 거지."

"혹시 변방 때문에……."

"나도 그 점이 궁금했어. 혹시 변방 때문에 터널도 못 들어서는 것 아닐까."

"사람들이 그걸 알게 된다면… 으윽, 끔찍해."

"그래. 우리 이걸 비밀로 하자. 어떻게 생각해?"

"동감이야." 둘은 악수를 나눴다.

그들은 계속 걸어갔다. 갑자기 벽돌 벽이 나오며 터널이 끊겼다. 하지만 초록색 전선은 이내 길을 가리켰다. 전선은 벽 바로 옆에 있는 작은 기둥으로 이어졌고, 기둥 아래 어두운 곳으로 내려가는 철제 사다리가 놓여있었다. 그들은 천장에서 바닥까지 족히 6미터쯤 되는 원통형의 터널을 사다리로 조심스럽게 내려갔다. 그 터널은 도시의 전기 배선이 모이는 장소 역할을 하는 듯했다. 초록색 전선은 기둥을 타고 내려와 아무렇게나 풀어진 채로 터널 바닥을 따라 흩어진 무수한 색깔의 전선과 뒤섞였다. 그리고 원통형의 벽에는 볼트로 접합한 유지보수용 철제 통로가 나있었다. 프루와 커티스가 작은 초록색 전선만 보고 따라온 것도 바로 이 통로 때문이었다.

원통은 화살처럼 직선이었다. 어느 순간 커티스는 위쪽에서, 정확하지는 않지만 물 흐르는 소리를 들었다. 한 가지는 분명했다. 그들이 윌라메트 강 밑을 지나 동쪽으로 가고 있다는 사실이었다. 프루와 커티스 둘 다 포틀랜드 북부 내기였다. 남동부는 과학 및 산업박물관에서 아이맥스 영화를 보며 오후를 몇 번 보냈지만 여전히 낯선 땅이었다. 그 너머는 그들이 아는 한 사람이 살지 않는 땅이었다.

셉티무스가 구불구불한 전선을 주시하면서 미리 정찰했기에 망정이지, 그들은 하마터면 길을 놓칠 뻔했다. 터널의 구부러진 곳에서 전선이 갈라져 원통형 벽에 난 사다리를 타고 구불구불 올라갔다. 사다리를 타고 올라가자 나지막한 터널이 나왔다. 그들은 수 킬로미터처럼 느껴지는 거리를 엉금엉금 기어갔다. 마침내 저 멀리 낡은 목재 문틈으로 빛이 보였다. 다가가 문을 열자 강렬한 햇빛이 쏟아졌다. 바깥세상의 깨끗하고 상쾌한 공기가 코로 들어왔다.

그것만 빼면 위 세상과의 재회는 그다지 목가적이 않았다. 셋은 쓰레기더미 속에 들어와 있었던 것이다. 사방에 버려진 쓰레기가 높은 탑처럼 쌓였다. 녹슬고 텅 빈 자동차 새시, 하품하듯 문이 활짝 열린 냉장고, 휠 캡, 병뚜껑, 〈내셔널 지오그래픽〉 잡지까지……. 주인에게 버려진 것으로 보이는, 외눈박이에 몸이 반쯤 물어뜯긴 동물인형도 있었다. 하얀 비닐봉지는 공중에 해파리처럼 떠있고, 얽은 자국처럼 움푹 팬 땅에는 기름 뜬 물이 찰랑찰랑 고였다. 그나마 녹지 않은 눈은 검댕이가 묻어 시커멨다.

"바깥세상은 참으로 아름다운 곳이네. 고향에 와서 좋아?" 셉티무스가 비아

THIS END UP
THANK
YOU

냥거렸다. 프루가 노려보자 쥐가 말했다. "찍찍."

커티스가 둘을 시큰둥하게 바라보았다. "그 사람을 찾아서 빨리 여기를 떠나자."

주변을 살펴보니 사람이 오랫동안 머물 만한 곳은 아니었다. 지평선은 쓰레기더미에 거의 가려지다시피 했다. 하지만 이곳이 두더지 도시를 건설하는 데 사용한 자재의 원천이라는 사실만은 분명했다. 그들이 지상으로 나올 때까지 생명선이 되어준 초록색 전선은 여기서 끝났다. 땅 위에는 기둥처럼 생긴 그루터기가 튀어나왔는데, 작은 회색 전원 박스와 볼트로 접합돼 있었다. 전선이 도달한 곳이 바로 여기였다.

"분명 여기 어딘가에 있을 것 같은데." 프루가 중얼거렸다.

"그러게, 어디서부터 찾아볼까?" 커티스가 대꾸했다.

"후아, 가까운 곳부터 시작해보자!" 프루가 희망을 가져보려 애썼다.

"좋은 생각이야." 커티스가 힘을 실었다.

그들은 두 손에 황금 갈고리를 달았다는 특징 외에는 아무런 정보도 없이 건축가를 찾기 시작했다. 셋은 그가 복제한 알렉세이의 필수적인 부분을 다시 만들 수 있으리라 믿었다. 선견지명을 지닌 나무의 뜻이었으니까. 프루는 와일드우드에 들어온 후 어떤 일의 세부적인 것에 지나치게 골몰하기보다 닥치는 사건을 그대로 받아들여야 한다는 점을 배웠다. 그렇지 않으면 어처구니없는 일들이 지각 능력을 담당하는 몇몇 중요 뇌 부위를 까맣게 태울 것이 분명했다. 얼핏 그들의 탐색은 어이없어 보였지만 쓰레기더미에서 누군가를 찾는 일은 사실 이상할 게 없었다. 적어도 프루는 그렇게 생각했다.

"건축가 아저씨!" 커티스가 쓰레기 산 하나를 오르며 소리쳤다. 셉티무스는 낼 수 있는 힘을 모두 모아 찍찍거리며 철탑을 들락날락했다.

"에스벤 클램페트 씨!" 프루도 그의 이름을 외치고는 속을 헤집어놓은 포드 자동차 유리창을 들여다보았다.

자동차 잔해 안에는 그가 없었다. 불가능해 보일 정도로 아슬아슬하게 균형을 잡고 있는 세탁기 속에도, 진흙이 두껍게 쌓인 발 달린 욕조에도, 커티스가 보기에 꽤 훌륭한 요새로 쓰였을 법한 A자 모양으로 비스듬히 세운 골이 진 철판 밑에도 없었다. 그것은 한동안 누군가의 은신처 역할을 한 듯했다. 그 아래 땅바닥에 모닥불을 피운 검은 흔적이 남아있었던 것이다.

그렇게 두 시간이 흘렀다. 프루는 부서져 뒤죽박죽으로 놓인 자전거들 사이로 들어가기 위해 찢어진 방충망을 한쪽으로 치우고 있었다. 그때 멀리 떨어진 곳에서 셉티무스가 가냘프게 우는 소리가 들렸다. 프루는 고개를 들었다. 저 멀리 양옆으로 쌓인 건물 높이의 쓰레기 아래쪽에 셉티무스가 서있었다. 그는 기름칠이 필요한 흔들의자처럼 연신 찍찍거리며 저 멀리 지평선을 가리켰다.

프루는 청바지에 손을 닦고 낡은 진공관 텔레비전이 일종의 계단처럼 쌓인 곳으로 달려갔다. "무슨 일이야?"

커티스도 소란한 소리를 듣고 친구들에게 향했다. 셉티무스는 빙글빙글 원을 돌다가 도시 방향으로 작은 팔을 흔들면서 계속 찍찍거렸다.

두 아이는 당황했다. "셉티무스, 네가 뭐라고 하는 건지 모르겠어. 모든 상황을 '찍찍'으로 표현할 필요는 없어." 커티스가 말했다.

마침내 쥐는 몸짓을 그만두고 엉덩이에 두 손을 얹은 채 프루와 커티스를 똑바로 응시했다. "그럼 나 이제 말해도 되는 거지?"

프루는 눈을 희번덕거렸다. "그래, 셉티무스."

"나 그 사람을 찾은 것 같아." 셉티무스가 한 방향을 가리켰다.

그들이 선 자리로부터 30~40미터 떨어진 곳에 고물 자동차가 보였다. 그리고 쓰레기 하치장과 놀이공원처럼 보이는 곳 경계선에 철로가 놓여있었다. 프루는 지금까지 이 소리를 듣지 못했다는 게 의아했다. 이제는 분명해졌다. 펌프 오르간의 단조로운 리듬이 늦은 오후의 대기를 물들였다. 페리스 대회전식 관람차의 불빛이 깜박거리고, 빙빙 돌아가는 놀이기구 소리가 개미처럼 돌아다니는 몇몇 관람객들의 환호성과 뒤섞여서 들렸다. 놀이공원 한가운데에는 노란색과 파란색으로 현란하게 치장한 커다란 서커스 천막이 있었다. 그리고 출입구 앞 안내판에 굵은 글씨체로 그날 저녁의 중요한 행사를 광고했다. 활자가 얼마나 큰지 이쪽에서도 또렷하게 보였다.

믿을 수 없을 정도로 놀라운, 이 세상 어디에도 없는 위대한 에스벤 쇼!

CHAPTER 21

어린 시절로 돌아가다; 손에 쥔 톱니바퀴

오두막에 긴급회의가 소집됐다. 캐롤은 벽난로 선반에 기대서고 어린아이들은 다락방으로 통하는 나무 계단에 층층이 앉았다. 오후 내 자기가 맡은 집안일을 부지런히 해치운 나이 많은 아이들은 커다란 거실에 호기심 어린 표정으로 섰다.

"애들아, 몇 가지 멋진 소식을 전하겠다. 어제 엘시 멜버그가 마이클, 신시아와 함께 덫을 놓으러 갔다가 뭔가를 발견했단다. 변방 너머에서 말이다." 캐롤이 기쁜 음색으로 말했다.

이 말이 끝나자마자 아이들은 일제히 '헉' 소리를 냈다. 난롯가 의자에 앉은 엘시는 자신에게 쏟아지는 시선을 하나하나 느꼈다.

"그건 바로 도로란다." 또다시 숨넘어가는 소리가 들렸다. 놀란 아이들이 부산스럽게 웅성거리는 소리도 흘렀다. 캐롤이 한 손을 쳐들었다. "자, 조용. 너희가 알아야 할 점은 그 도로가 이 나라를 관통한다는 사실이란다. 그렇다고 우리가 당장 그 도로로 나서야 한다는 말은 아니다. 이번에 한 가지 분명해진 건 엘시가 변방의 곤경에 빠지지 않았다는 점이야. 엘시는 물론 언니인 레이첼까지 자유롭게 변방을 걸어서 오갈 수 있는 것 같다."

기쁨과 흥분이 일순간 사라졌다. 엘시 옆의 소녀는 우연히 할리우드 스타 옆에 앉았다 그 사실을 방금 알아챈 듯한 눈빛으로 엘시를 바라보았다. 뒷자리의 나이든 아이들 몇 명은 콧방귀를 뀌었다. 누군가는 "잘해봐. 엘시, 레이첼!"이라고 소리쳤다.

한 아이가 불쑥 끼어들었다. "저애들한테는 잘된 일이지만, 우리는요?"

"내가 말하려는 게 바로 그거란다. 나는 오랫동안 스스로에게 똑같은 질문을 했단다. 변방의 곤경에 빠지지 않는 사람들은 도대체 어떻게 해서 자유롭게 오갈 수 있는 걸까? 내가 처음 여기에 왔을 때, 난 대저택의 경비들에 의해 버려졌단다. 그들이 떠난 후 난 마치 감옥 안에 내던져진 기분이었지. 문이 없는데도 말이다."

캐롤의 말이 끝나자 마이클이 덧붙여 설명했다. "할아버지 말씀의 요점은 엘시와 레이첼이 우리를 밖으로 나갈 수 있게 해준다는 거야. 우리는 저애들과 물리적인 접촉만 하면 돼." 모두가 새로운 연사를 보려고 고개를 돌렸다. 마이클이 말을 이었다. "재네가 할아버지와 함께 숲을 빠져나간 덕분에 알아낸 거야. 그렇지 않았으면 이런 간단한 사실조차 알 수 없었겠지. 저애들은 숲으로 걸어갔는데, 아주 멀리 간 후에야 우리, 그러니까 나와 신시아를 잃어버렸다는 걸 알아차렸어. 만약 우리도 모두 손을 잡았더라면 그 도로에 갈 수 있었을 거야. 아주 간단해."

캐롤이 고개를 끄덕였다. "그렇단다. 그 사실을 몰랐던 것이 당연하다 싶을 정도로 매우 쉽단다. 그러니까 숲의 마법이 흐르는 누군가 여기에 들어와 우리를 해방시켜줘야 했던 거지. 대저택 측은 지금껏 변방으로 아무 문제없이 들어올 수 있는 능력을 가지고 태어난 두 아이가 있다는 사실을 몰랐을 게다."

이제 옆에 앉은 소녀가 엘시를 도깨비 보듯 살폈다. 놀라고 흥미진진한 표정이었을 뿐 두려워하는 기색은 없었다.

"저애들은 그럼, *거기* 출신이에요?" 한 소년이 캐롤 앞에 가부좌를 틀고 앉아 눈을 빛냈다.

"아니, 그렇지는 않아. 그렇지만 어떻게 된 영문인지 우드 사람들이 숲의 마법이라고 부르는 특성을 갖고 태어났단다. 어떤 이들은 '우드의 피'라고도 하지. 내 추측으로는 집안에 그런 피가 흐르는 것 같구나. 멜버그 집안 사람 중 바깥세상 어디선가 조용히 사는 우드 출신이 있을 게다."

엘시와 레이첼은 잠깐 시선을 주고받았다. 부엌 식탁에 앉아있는 레이첼은 새로 알게 된 이런 소식이 불편한 기색이었다. 그저 심드렁하게 손가락으로 식탁의 나뭇결을 따라 빙빙 그림만 그렸다. 방안은 환호성으로 넘쳤다. 저마다 앞으로 어떻게 할지 의견을 내기 바빴다.

"난 집에 가고 싶어. 엘시 또래 여자아이가 애처롭게 말했다.

"어떤 집?" 또 다른 여자아이가 물었다.

"우선 그 도로를 가봐야 하지 않을까? 도로가 어디로 향하는지 알아야지." 그 말을 한 사람은 칼 렌퀴스트였다. 그는 뜨개질을 하고 있었다.

"아니야. 할아버지 말씀이 거기는 좀 이상하대." 신시아 슈미트가 말했다.

"게다가 위험할 거야." 리지 콜린스가 덧붙였다.

"언생크는 어떻게 되는 거지? 돈을 주겠다는 약속은?"

"우리의 자유는!"

"하! 그건 농담일 걸. 우리를 다시 공장으로 돌려보내지 않겠어?" 마이클이 파이프를 빨면서 코웃음을 쳤다.

"엘시와 레이첼한테 언생크를 숲으로 데리고 들어오게 하자."

엘시는 생각만으로도 몸서리가 쳐졌다. 아이들 말이 맞았다. 레이첼과 자신은 틀림없이 변방을 무사통과하려는 조프리의 열쇠가 될 것이다. 언생크를 위한 셰퍼드가 되거나, 다른 기업가들이 줄줄이 들어오도록 물꼬를 터주는 신세로 전락할지 모른다는 생각을 하자 죽음보다 더 끔찍하게 여겨졌다.

"우리 집은 여기야. 우리가 있을 곳은 여기라고. 밖에 나가면 어디로 갈 건데? 바깥세상에서 우린 고아야. 하지만 여기선 서로에게 가족이잖아. 그렇죠, 할아버지?" 마이클의 말에 방안 전체가 침묵에 잠겼다.

노인은 얼굴을 잔뜩 찌푸렸다. 까칠하게 자란 회색 수염과 축 처진 입가를 비비기도 했다. 마침내 그가 입을 열었다. "음, 내가 이곳을 아끼고 사랑한다고 해서 바깥세상을 다시 보고 싶지 않다는 말은 못하겠구나. 내 아들은 지금쯤 마흔이 됐을 거야. 아내가 죽은 후 우리는 거의 대화를 나누지 않았지. 하지만 그저 한번 들러보는 것도 나쁘지는 않을 것 같구나."

한 아이가 동의한다는 듯 고개를 끄덕였다. "난 스타버스트를 한 번만 먹고 싶어." 그 말에 몇 몇 아이들이 킥킥대며 웃었다.

"아니면 초콜릿!" 이 말에 방안은 새로운 열기로 달아올랐다. "난 캐러멜 아이스크림!" "휘핑크림!" "원더랜드에서 동전 비디오 게임을 하고 싶어!" "번사이드 스케이트보드 공원에 가고 싶어!"

"커피! 커피가 마시고 싶어!" 아이들은 이 말에 고개를 돌렸다. 칼 렌퀴스트였다. 이미 어른 세계의 과실을 맛본 그는 더 많은 것을 경험하고 싶은 게 분명했다.

"바로 그거야!" 마이클이 맞받아쳤다. 그가 다시 열을 내기 시작했다. "넌 돌아가면 다시 어린애가 돼야 해. 커피를 마실 수도, 담배를 피울 수도 없다고. 욕하거나 늦게 자도 안 되고. 매일 학교에 가야 해. 그게 규칙이거든."

극히 현실적인 이야기가 나오자 전체 아이들의 기분이 순식간에 가라앉았다. 아이들은 어른들이 매일 자신들에게 제한하는 일들을 나열하면서 투덜거리기 시작했다. 여기, 변방에서는 스스로 규칙을 만들었다.

"게다가 나가면 어디로 갈 건데?" 마이클은 말을 멈추고 자신의 의도가 충분히 전달되기를 기다렸다. "우리가 언생크 고아원으로 돌아갈 수 없다는 것만은 확실해. 그런데 우리에겐 부모나 가족이 없어. 이 숲 너머에서 우리를 기다리는 게 아무것도 없다고." 아이들 중에서 가장 나이 어린 여자아이 애너리사가 훌쩍거렸다. 마이클은 무시하고 계속했다. "우린 여기 그냥 남아야 해. 멜버그 자매는 떠날 테면 떠나라지! 난 여기 남을 거야. 너도 나와 함께할 거지?" 마이클이 자신의 친구이자 사냥 파트너인 신시아를 흘끗 보았다.

신시아는 망설이다 눈을 내리깔고 중얼거렸다. "모르겠어, 마이클. 잘 모르겠다고."

마이클이 자기 편을 들어주지 않는 친구를 책망하기도 전에 마서 송이 앞으로 나갔다. 그애는 방 뒤편에서 모든 과정을 지켜보고 있었다. 마서가 헛기침한 뒤 입을 열었다. "우리 *저쪽에* 나가서도 *이런* 걸 만들면 어때?" 새로운 목소리에 모두 조용해졌다. "누가 우리한테 바깥세상에서도 이런 가정을 가지지 못한다고 말한 적 있니? 바깥이라고 뭐 크게 다르겠어? 학교에 강제로 가게 될까봐 난리들인데 잘 생각해봐. 너흰 매일 자신에게 주어진 집안일을 잘 해냈어. 그건 어른들이 억지로 시킨 일이 아니기 때문이야. 모두 공평하게 일하고, 스스로 어떻게 하느냐에 집안의 평화가 달렸다는 걸 잘 알았기 때문이라고. 그리고 바깥세상에서 담배나 술, 욕을 할 수 없다면 어쩌느냐고? 그 까짓것 뭐 대수야. 어른이 되면 그런 것쯤 얼마든지 할 수 있어. 그리고 또 한 가지! 시간이 멈추는 현상은 근사하고 신기하지만 사실 난 아홉 살이 지났으면 좋겠어. 난 어서 10대가 되었으면 하고 기다렸거든." 여기저기에서 아이들이

맞장구를 치며 웅성거렸다. 마서가 다시 말을 이었다. "그러니까 내 말은 우리 모두 함께 여기를 떠나자는 거야. 그런 다음 시내 변두리에 버려진 근사한 집을 찾아 *이렇게*……." 마서는 이쯤에서 한 팔을 들어 휘휘 젓는 동작을 취했다. "다시 만드는 거야. 다만 이번에는 스타버스트랑 초콜릿, 스케이트보드 그런 것들을 모두 누리는 거지. 어떻게 생각해?"

칼 렌퀴스트는 뜨개질감을 바닥에 떨어뜨리며 벌떡 일어나 요란하게 박수를 쳤다. 하지만 다른 아이들이 소녀의 연설에 그다지 감동받지 않았다는 걸 눈치채고는 얼굴을 붉히며 도로 의자에 앉았다. "난 우리가 꼭 그렇게 했으면 좋겠어." 그가 기어들어가는 목소리로 거들었다.

하지만 마서의 연설은 설득력이 강했다. 오두막에 모인 입양부적격자들은 새로운 희망에 부풀어 서로를 바라보았다. 마서의 제안은 실현가능성이 높아 보였다. 게다가 완벽했다.

캐롤은 나무 눈동자로 아이들의 머리통 위쪽을 멍하니 응시하면서 아이들의 생각을 거의 읽을 수 있었다. 연옥과 개척지의 오두막 중간쯤 되는 이곳을 떠나 완전히 새로운 가정을 꾸리고 싶어하는 마음을 느꼈다. 노인은 목청을 가다듬고 의견을 물었다. "좋다. 손 들어보거라. 몇 명이나 이곳을 떠나 바깥 세상에서 다시 시작하고 싶은지?"

비록 악독한 여자의 무자비한 변덕으로 인해 고통스럽게 시력을 잃었지만, 캐롤은 많은 아이들의 부스럭거리는 옷 소리로 거의 대부분 손들었다는 것을 알았다. 몇몇 아이들의 꼴깍 침 넘어가는 소리도 들렸다. 아이들은 강력한 합의를 이끌어내는 자신들의 능력에 새삼 놀라며 장밋빛 미래를 꿈꾸기 시작했다. 기쁨과 동시에 이 믿기지 않는 상황을 즐거워하는 웃음이 번졌다. 다만 누구도 소년 마이클의 이마에 아로새겨진 새로운 슬픔을 보지 못했다.

마이클은 유일하게 협조를 거부했다. 표결에 붙였을 때 그의 팔은 고집스럽게 옆구리에서 떨어지지 않았다. 아이들이 의기양양하게 서로 등을 치고 하이파이브를 하는 모습을 바라보기만 했다. 환호 속에서 그는 아무 말이 없었다. 내심 슬퍼하고 있었다.

❧

언생크는 톱니바퀴를 손에 쥐었다. 세 개의 기어가 반짝이는 핵심 주위를 부드럽게 돌아갈 때면 신기한 빛이 뿜어졌다. 희미하게 흥얼거리는 소리가 나고 일렁거리는 후광에 에워싸이기도 했다. 쉼 없이 계속되는 자석의 끌어당기고 밀어내는 힘이 손가락에 느껴졌다. 정말이지 아름다웠다. 조프리의 눈가는 안도와 기쁨의 눈물로 촉촉해졌다. 그는 고된 노력의 기적적인 산물을 바라보며 웃다가 조그맣게 훌쩍였다.

"조프리!" 엄마가 불렀다. 그의 얼굴에 당혹스런 표정이 스쳤다. 엄마가 여기에서 뭘 하는 거지? "조프리! 어서 저녁 먹으러 내려와라!" 엄마가 틀림없었다. 다급할 때 나오는 프리실라 언생크의 목소리였다.

조프리는 주위를 둘러보았다. 어린 시절의 침실에 자신이 있었다. 벽은 온통 만화책에 나오는 슈퍼 악당 포스터로 뒤덮였고 책상 위 어항에서는 푸른색 물고기가 조용히 헤엄쳤다. 열한 살 때 얻은 물고기였다. 애완동물을 키우고 싶었지만 고양이털에 대한 지독한 알레르기 때문에 유년시절의 단순한 기쁨조차 누릴 수 없었다. 그는 물고기에게 해롤드라는 이름을 붙였다. 이유는 기억나지 않았다.

“왜 내려가지 않아? 엄마가 네가 좋아하는 걸 만드셨다잖아. 뫼비우스 미트로프.” 물고기가 빠끔거렸다.

“안 돼! 제발!” 냉혹한 현실을 깨달으며 정신이 번쩍 들었다. 손아귀에서는 여전히 아름다운 톱니바퀴가 돌고 있었다.

“조프리! 밥 안 줄 거야!” 엄마 프리실라의 목소리가 돌연 동유럽 사투리 억양으로 바뀌었다. 조프리는 어머니가 오리건 살렘 출신이라는 사실을 떠올리며 의아해했다.

“잠깐만요.” 조프리 언생크는 어리둥절해서 상황을 파악하려고 애썼다. 완성된 톱니바퀴의 환영을 조금이라도 더 간직하고 싶었다. 불가능한 일을 성취했을 때의 느낌이야말로 언제나 그렇듯 참된 행복이었다.

“왜 안 하려는 거죠? 당신이 할리우드 영화를 만들 거라고 했잖아요. 그런데 왜 미트로프를 먹지 않는 거예요!” 엄마의 목소리는 이제 데스데모나의 것으로 완전히 바뀌었다. 물고기가 유리 뒤편에서 그를 향해 눈을 찡긋거렸다. 어떻게 된 일인지 분명해졌다.

“안 돼!” 조프리가 해롤드에게 투덜거렸다. 손을 내려다보았다. 톱니바퀴는 온데간데없고 대신 커다란 소 심장이 들려있었다. 심장이 조용히 팔딱거리며 스타워즈 이불에 피를 뿜어냈다. 따뜻하고 끈적한 액체가 그의 얼굴과 손에 방울방울 튀었다.

“조프리!” 데스데모나가 소리쳤다.

“안 돼!” 그는 점점 더 절박해졌다. 물고기가 웃기 시작했다.

데스데모나의 목소리는 더욱 가깝게 들렸다. 그녀가 침실 문을 세차게 두드렸다. "조프리! 지금 뭐하는 거예요?"

조프리는 잠에서 깨어났다.

노크는 끈질겼다. 조프리는 자신의 사무실에 있었다. 그의 뺨이 축축하게 젖은 이유는 사실 입에서 흘러나온 엄청난 침 때문이었다. 베개 대용으로 사용했던 서류뭉치가 축축했다. 종이뭉치 맨 위의 장은 뫼비우스 톱니바퀴의 설계도였다. 조프리는 놀라서 허겁지겁 넥타이 자락을 잡아 침을 닦으며 중대한 단어라든지 방정식이 지워지지 않은 것을 알고 안도했다.

다시 노크 소리가 들렸다. "조프리! 문이 잠겼어요. 당신 거기 있는 거 다 알아요." 사무실 문 밖에 선 사람은 데스데모나였다.

"잠깐 낮잠을 잤어요. 무슨 일이에요?" 조프리가 잠이 덜 깬 목소리로 대답했다.

"로저가 당신을 만나러 왔어요. 기억나죠?"

언생크의 눈이 번쩍 떠졌다. 책상 위 프래리 홈 컴패니언(미국의 유명한 라디오 버라이어티 쇼. —옮긴이)에서 펴낸 '하루에 농담 한 가지!' 달력을 보니 수요일이었다. 의뢰받은 작업 기한 중 다섯째 날, 톱니바퀴를 완성해야 하는 마지막 날이었다.

"어… 어, 가서 그를 들여보내요." 조프리는 중얼거리며 손으로 책상을 짚은 채 늘어놓은 물건들을 정리했다. 그러고는 넥타이 매듭을 단단히 조이면서 동시에 손끝에 침을 묻혀 헝클어진 머리카락을 뒤로 쓸어넘겼다. 단장을 마친 뒤 책상에서 벌떡 일어나 사무실 문으로 걸어갔다. 손잡이를 돌려 잠금장치를 풀었다.

오래 지나지 않아 문이 열렸다. 데스데모나가 잠깐 그의 표정을 살핀 뒤 방문객을 방안으로 안내했다.

"아, 로저." 조프리는 정신이 맑은 척 보이려고 애썼다. 꿈의 장막이 아직까지 드리워져 있었다. 그가 처한 기묘한 현실로 완전히 돌아오기란 쉽지 않았다.

남자는 예의 구식 양복 차림이었다. 코안경도 여전했다. 약간 뜸을 들인 후 로저가 물었다. "톱니바퀴는 완성하셨습니까?"

언생크는 데스데모나에게 이가 드러나도록 웃어 보인 후 문 밖으로 밀어내고 문을 닫았다. "아, 그게, 거의 비슷하게 만들기는 했습니다."

"비슷하다뇨? 무슨 뜻이죠?" 남자는 사무실 의자 한 곳에 막 앉으려던 참이었다. 하지만 언생크의 한마디가 그를 그대로 얼어붙게 했다.

"말씀드렸다시피 이건 대단히 까다로운 녀석입니다. 평생 한 번 만날까 말까 하는 부품이죠. 이런 부품을 만드는 사람은 당연히 노벨상이든 뭐든 타야 한다고 생각합니다. 제 말은 그만큼 훌륭하다는 거죠." 언생크도 자신이 핑계를 둘러대고 있음을 의식했다.

"이거 보세요, 언생크 씨. 그래서 톱니바퀴를 만들었습니까, 못 만들었습니까? 도대체 어느 쪽이에요?"

"못 만들었습니다." 이렇게 고백하는 조프리의 마음이 이상하게도 홀가분해졌다.

"왜죠?"

"시간이 더 필요합니다."

"시간이 더요? 우린 *더 줄 시간*이 없습니다." 로저의 얼굴이 붉게 상기되고, 말끔하게 다듬은 수염이 뺨 위에서 꿈틀거렸다.

"이건 아주 복잡한 부품입니다. 당신의 경쟁자라고 해서 더 운이 좋기는 힘들 거예요."

"내 경쟁자는 죽었습니다." 로저가 무미건조하게 대꾸했다.

언생크는 아주 큰 소리로 침을 꿀꺽 삼켰다. "그랬군요."

"하지만 그만한 실력을 갖춘 사람이 없다고 장담할 순 없습니다. 지금 당장 만들어야 합니다. 아시겠습니까, 언생크 씨? 그렇지 않으면 다른 기술자를 찾아야 합니다." 이 요상한 남자는 정말로 복수라도 할 기세로 진지하게 해고를 고민하는 듯했다.

"그럴 필요는 없을 겁니다. 제가……."

그때 크게 문 두드리는 소리가 나는 바람에 조프리는 반박을 하려다 말았다. "누구세요?"

데스데모나였다. "조프리, 저예요. 위그먼 씨가 당신을 만나러 왔어요."

로저가 눈썹을 찡그렸다. 조프리의 이마에서 식은땀이 흘러내렸다. "아… 내가 지금 바쁘다고 말해줘요." 재계 수장의 예고 없는 방문은 사면초가에 몰린 언생크에게 엎친 데 덮친 격이었다.

다시 노크 소리가 들렸다. 이번에는 데스데모나보다 주먹이 훨씬 큰 사람이 두드리는 것 같았다. "기계부품 대표!" 우레 같은 남자 목소리가 울렸다. 그 두 마디에 언생크는 사시나무 떨듯 했다.

"빨리! 벽장으로 들어가요!" 언생크가 로저를 보며 낮게 속삭였다.

"도대체 왜……." 로저는 분한 표정을 지었다. 언생크는 말을 가로막고 그를 책상 맞은편 문으로 밀어넣었다.

"언생크, 자네 거기 있는 거 다 아네. 도대체 무슨 일인가! 빌어먹을, 이 문 좀 열게."

언생크는 반발하는 로저의 입을 손으로 막으며 당부했다. “나만 믿어요. 저 사람이 당신에 대해 모르는 게 좋습니다.” 코안경을 쓴 남자가 마침내 체념하자, 조프리는 그를 벽장 안에 구겨넣고 잉크 카트리지 상자와 레모니 집 상자로 가렸다.

바로 그 순간 사무실 문이 활짝 열렸다. 위그먼의 명령에 따라 데스데모나가 열쇠를 가져와 문을 연 것이다. 언생크는 벽장에서 막 돌아서다 거의 문틀에 꽉 들어찰 만큼 어깨가 떡 벌어진 재계의 수장 브래드 위그먼을 발견했다.

“아, 위그먼 씨.” 언생크가 억지 미소를 지었다.

브래드가 수상쩍어하는 눈빛으로 방안을 두리번거렸다. “내게 뭐 숨기는 거라도 있소? 왜 이리 늦게 문을 연 거요.”

“죄송합니다. 문이 빽빽해서요. 진즉 고치려고 했는데.” 조프리는 문으로 걸어가 손잡이를 자세히 살펴보는 척했다. “에잇, 그 사람들이 이렇게까지 망가지진 않을 거라고 했는데…….”

하지만 그의 옹색한 변명은 중단됐다. 재계 수장이 사용하는 구강청결제가 어떤 향인지 맡게 해줄 요량인 양 위그먼이 조프리의 코앞에 바짝 얼굴을 들이댔기 때문이다. 계피 향이었다. “헛소리 집어치우게. 도대체 무슨 꿍꿍인가?” 위그먼이 추궁했다.

두 사람은 이런 식으로 한동안 얼굴을 맞대고 서있었다. 언생크의 키가 상관의 쇄골 높이밖에 안 되기 때문에 얼굴과 쇄골을 맞댄 꼴이었지만 말이다. 조금 전까지 조프리 이마에 맺혔던 땀방울은 구슬 크기로 바뀌어 얼굴 옆면으로 흘렀다. 이마 꼭대기에서 뺨으로 굴러떨어지는 땀방울 하나를 따라 위그먼의 시선이 날카롭게 움직였다. 언생크는 미소를 짓는 것 외에 아무것도 할 수 없었다.

"에… 보시다시피 일을 하고 있었습니다."

"여기에서 무슨 일을 하나, 기계부품 대표?"

"저, 보시다시피… 이것저것. 그야 기계부품을 만들고 있죠."

"어떤 *종류*의 부품?"

"볼트, 스크루, 수도꼭지, 교류발전기 캡, 크랭크 축 하우징……." 언생크가 생각나는 대로 나열했다.

"사실 자네가 요즘 기계부품을 통 생산하지 않는다는 말을 들었네. 믿을 만한 소식통으로부터 들은 소식이지."

"그러세요?" 언생크는 목소리가 잠기지 않게 하려고 필사적으로 노력했다. 비단뱀이 목을 칭칭 감아 조이는 것만 같았다. 그는 아무렇지도 않은 척 힘겹게 침을 삼켰다.

"그렇다네. 그래서 내 비서에게 최근의 실적을 컴퓨터로 보여달라고 했지. 이번 주 생산량이 75퍼센트까지 떨어졌더군. 그래서 여기저기 수소문해봤어. 자네 고객들 중 일부는 지난 목요일 이후 자네와 연락이 닿지 않는다고 하더군. 자기네 물건 납기가 늦어지고 있다던데?"

언생크는 위그먼의 눈초리에 움찔했다. 어떻게 알았지? 누가 귀띔한 걸까? 언생크의 머리는 해답을 찾느라 바쁘게 돌아갔다.

"그래서, 내가 직접 시찰을 나왔네." 위그먼은 계피 향으로부터 조프리를 해방시킨 뒤 선반으로 걸어갔다. 그의 눈이 선반 위 작은 유리병에 적힌 알쏭달쏭한 알파벳 약자들을 훑었다. 이윽고 그가 무릎을 꿇고 흰색의 위성중계기 상자를 향해 까딱까딱 손가락질을 했다. "자네 참 희한한 물건을 갖고 있군 그래, 조프리. 나는 사나이의 집착을 절대로 나쁘게 보지 않네." 이윽고 그는 언생크의 책상으로 발걸음을 옮겼다. 조프리는 퍼뜩 설계도 생각이 나 다급하게 재계 거물의 앞을 가로막고 섰다.

"저기, 산책이나 하러 가실까요? 공장을 보여드리죠. 오랜만에 방문하셨는데 러스티 스프로켓 식당에서 점심식사를 하시는 건 어떨까요? 저는 배가 고파 죽을 지경입니다."

"저게 뭔가?" 위그먼이 무시하며 냉담하게 물었다.

"무얼 말씀하시는지?"

"시치미 떼지 말게, 기계부품 대표. 저 청사진처럼 보이는 게 뭐냐고 물었네." 위그먼이 책상의 서류뭉치를 손가락으로 가리켰다.

언생크는 위그먼의 손가락이 가리키는 방향으로 고개를 길게 빼고 바라보았다. "아, 저거요? 아무것도 아닙니다. 그저 제가 시간 날 때 심심풀이로……."

위그먼이 몸을 홱 돌려 조프리 옆으로 빙 돌아갔다. 설계도를 집어들더니 흔들어서 반듯하게 폈다. 그는 왼쪽 눈썹을 매우 인상적일 정도로 높이 치켜세운 채 설계도를 들여다보았다. 그렇게 한번 훑어본 뒤 돌아서서 조프리를 빤히 응시했다. "이게 대체 무엇이며, 왜 자네 책상에 있는지 말하지 않으면 내 기필코……."

"그건 뫼비우스 톱니바퀴라고 합니다." 갑자기 방 저편 벽장에서 목소리가 흘러나왔다. 조프리와 위그먼은 동시에 소리난 곳으로 얼굴을 돌렸다. 로저 스윈든이 열린 벽장 문가에 서서 구겨진 양복 깃을 반듯하게 폈다. 갑작스러운 그의 등장에 경악한 언생크와 위그먼은 입을 다물지 못했다. 로저는 침묵의 공간을 설명으로 채웠다. "전 여기 당신의 부하에게 무엇을 의뢰하려고 왔습니다. 실은 이곳 사람들이 '지날 수 없는 숲'이라고 부르는 우드의 운명이 경각에 달렸습니다. 그래서 뫼비우스 톱니바퀴가 꼭 필요합니다. 위그먼 씨."

위그먼의 손에서 설계도가 카펫 깔린 바닥으로 떨어졌다. 그는 벽장 속 남자를 멍하니 바라보며 그에게서 발산되는 기묘한 후광을 이해하려고 애썼다. 그는 코안경 때문이라고 생각했다. 그 남자야말로 진정 코안경 쓰는 방법을 알고 있었다.

CHAPTER 22

행렬;
오늘이 마지막 공연!

그들은 손에 손을 잡고 길게 줄지어 섰다. 모두 서른여덟 명이었다. 줄은 오두막 현관에서부터 골짜기 입구 너머까지 이어졌다. 그들은 또한 개들을 찾아 끈으로 묶었다. 레이첼이 줄 맨 앞에 서기로 했다. 숲의 마법이 몸에 흐르지 않는 사람이 앞장설 경우 어떤 영향을 받을지 알 수 없었다. 엘시는 마법이 골고루 분산되도록 뒤에 위치했다. 이런 것들은 오두막 부엌에서 회의한 이후 찬찬히 생각해낸 예방책이었다.

레이첼이 앞에서 소리쳤다. "모두 손잡았어?"

캐롤을 포함해 입양부적격자들은 저마다 힘차게 대답했다. "넵!" "어!" "물론이지!"

"좋아! 이제 움직인다!"

아이들은 변방 한가운데 위치한 외딴 오두막에서부터 구불구불 뱀처럼 움직이기 시작했다. 그들이 수많은 낮과 밤을 함께 보낸 곳이었다. 바깥세상에 서였다면 그런 날이 쌓이고 쌓여서 한 해, 두 해 흘렀으리라. 하지만 여기 연옥에서는 매일 똑같은 날이 되풀이되었다. 아이들은 저마다 숲속 빈터와 허물어진 오두막을 마지막으로 돌아다봤다. 아직 남은 연기가 굴뚝에서 흘러나와 손을 흔들어 작별을 고하듯 꼬리치며 올라갔다.

엘시는 아이들과 걷는 동안 지난 며칠 사이에 일어난 일들을 떠올리며 묘한 기분에 사로잡혔다. 이상하게도 자신과 '지날 수 없는 숲'과의 관계는 그리 놀랍지 않았다. 마치 줄곧 이런 특별하고 기괴한 생각을 품어왔다는 생각마저 들 정도였다. 더욱이 이런 비밀이 오빠의 실종과 모종의 관계가 있을지 모른다는 의구심은 시간이 갈수록 짙어졌다. 엘시는 오빠가 사라진 곳에서 기묘한 울림을 느꼈고, 더 이상 그것을 환청이라고 무시할 수 없었다.

한편 레이첼은 믿기 힘든 집안 내력에 대해 이러쿵저러쿵 말이 들리면 발끈

하기 일쑤였다. 마치 부끄러운 꼬리표를 매단 느낌이었다. 떠나기 전날 밤, 준비를 다 마친 레이첼은 동생이 이야기를 꺼낼 때마다 입 다물라고 주의를 주었다. "대단한 거 아니야. 우린 여기를 빠져나가는 일에만 신경 써야 해."

그런데 모든 아이들이 계획을 세울 때 미처 고려하지 못한 점이 하나 있었다. 아이들은 하나같이 자신의 귓불에 달린 신분증과도 같은 노란색 꼬리표를 깜빡 잊었다. 워낙 익숙해서 누구도 자신들이 뭘 달고 있는지 의식하지 못했던 것이다. 도로를 벗어나 변방의 영향이 미치는 동쪽 가장자리에 당도했을 때는 너무 늦었다.

"도대체 누구십니까?" 충격에서 벗어난 후 위그먼이 물었다. 브래드 위그먼이 자리한 곳에 그가 생판 모르는 주요인사가 있는 경우는 극히 드물었다. 특히 벽장에서 나타난 남자가 꿈에서나 볼 법한, 입고 벗기 까다로운 멋쟁이 의상을 갖춘 신사라는 사실을 생각하면 더욱 그랬다.

“저는 로저 스윈든이라고 합니다. 이곳 사람이 아니죠.”

“그런데 여기서 뭐하시는 겁니까?” 그 신사가 어디 있는지 문득 생각난 듯 위그먼이 언생크를 돌아다보며 다시 물었다. “대체 저분이 왜 여기 계시는 건가?”

“말씀드리자면 긴데…….”

조프리가 설명하려하자 로저가 말을 끊었다. “말씀드렸다시피 저는 톱니바퀴 제작을 의뢰하러 왔습니다. 완성하면 고향으로 돌아가 시험해보려 했죠. 언생크 씨가 성공하리라 믿고 모든 것을 걸었습니다만 패했군요.”

“패하다뇨?” 위그먼이 수상쩍다는 듯 궁금해했다.

“저는 언생크 씨에게 닷새의 시한을 줄 테니 톱니바퀴를 만들어달라고 요청했습니다. 설계도에서 본 그 부품 말입니다. 그런데 조금 전에 못 만들겠다고 통보하더군요.” 이 이상한 남자는 언생크와 위그먼 사이를 의기양양하게 걷다가 바닥에 떨어진 청사진 앞에서 걸음을 멈췄다. 그리고 너덜너덜해진 청사진을 주워 금을 따라 다시 접었다. “안타깝지만 다른 제작자한테 제안해야 할 것 같습니다. 언생크 씨가 최고라고 들었는데, 안타깝게도 오해한 것 같군요.”

위그먼은 고개를 살짝 숙인 언생크를 노려보았다. “이분 말이 사실인가?” 조프리가 고개를 끄덕이자 그가 다그쳤다. “왜 나한테 말하지 않았지, 기계부품 대표?”

“제가 잘못 알았는지 모르지만, 회장님은 ‘지날 수 없는 숲’에 대한 제 관심을… 탐탁지 않게 여기셨죠. 그래서 비밀로 하는 게 최선이라고 생각했습니다. 하지만 나중에는 꼭 말씀드리려고 했습니다. 정말입니다.” 언생크는 재계의 수장에게 거짓말을 했다. 그런데 이상하게도 기분이 좋았다.

“허! 조프리, 이 사람. 이런 일이라면 내게 진작 말했어야지. 그래야 도왔을 게 아닌가. 이 친구가, 참.” 위그먼이 혀를 끌끌 차며 언생크를 책망했다. 조프리는 과거 숲 이야기를 꺼냈을 때 위그먼이 조롱과 비난만 퍼부은 기억을 떠올리며 주섬주섬 항변했지만 그는 귀담아 듣지 않았다. “조건이 뭐였습니까?” 위그먼이 로저에게 물었다.

“톱니바퀴를 제작하면 ‘지날 수 없는 숲’을 자유롭게 드나들며 온갖 자원을 마음대로 개발할 수 있도록 도와주겠다고 했습니다. 아주 간단하죠.”

언생크가 반발했다. “그렇게 간단하지 않습니다. 이 뫼비우스 톱니바퀴는 제가 본 것 중에 가장 복잡하고 까다롭…….”

위그먼이 그의 말을 일축했다. “만약 내가 관여했다고 가정해보게. 우린 두 배로 노력했을 거야. 혹시 우리에게 한 번 더 기회를 주실 수 있습니까?”

로저는 잠깐 고민하는 척하더니 이윽고 대답했다. “당신의 부하 직원에 대한 내 신뢰는 심하게 타격받았습니다. 두 배로 노력하는 것은 기본이고…, 그러나 그것만으로는 불충분하다고 판명날 겁니다. 아뇨, 전 제 요구를 만족시킬 만한 다른 제작자를 찾아야겠습니다.”

조프리는 자기도 모르게 웃음이 나려는 것을 겨우 참았다. “존경하는 스윈든 씨, 아무리 그러셔도…….” 그는 갑자기 어떤 생각이 떠올라 말을 멈췄다. “저, 만약에, 만약에 말입니다.”

“만약에라니? 뜸들이지 말게.” 위그먼이 재촉했다.

“잠깐만, 제 말 좀 들어보십시오. 전 사실상 설계도에 가깝게 만들었습니다. 거의 성공했다고 봐야죠. 얼마나 흡사한지는 제 느낌으로 압니다. 만약 조금만 더 도움을 받았으면 전 분명 성공했을 겁니다.” 그는 로저에게 손을 뻗어 청사진을 요구했다. 상대방은 다소 머뭇거리면서 건넸다. 언생크는 책상 위에 설계도를 반듯하게 편 다음 두 사람에게 손짓했다. 그는 설계도 하단에 휘갈겨 쓴 두 개의 이름을 가리켰다. 그리고 큰 소리로 읽었다. 자신이 처음 그 이름을 발견했을 때 몇 시간이나 감탄하고 경이로워했는지 모른다. 그들이 어떻게 생겼을지 상상해보기도 했다. 이 부품을 제작하는 일 못지 않게 설계하는 기술 또한 한마디로 말해 충격적이었기 때문이다. "에스벤 클램페트, 캐롤 그로드." 그가 낮게 읊조렸다. "전 이 사람들이 필요합니다."

"그들이 어디 있는데?" 위그먼이 짜증을 냈다.

"추방됐습니다." 로저가 무미건조하게 답했다.

"아니, 도대체 왜, 추방을 당했죠?"

"이 정교한 부품으로 인해 생기는 혹시 모를 불상사를 막으려고요. 누구도 그들이 만든 작품을 영원히 복제하지 못하도록 했죠. 그래서 아무도, 심지어 제작자 자신들조차 그 부품을 능가하거나 개량된 부품을 만들 수 없었습니다." 로저가 경멸하듯 허공에 대고 삿대질을 했다. "그들을 고용한 여자는 미치광이였습니다. 제정신이 아니었죠." 남자는 자신의 표현이 적절하다는 듯 고개를 끄덕였다.

위그먼이 숨죽여 웃었다. 그도 예전에 비슷한 경험을 했다. 내쫓은 직원을 꼭 다시 부르지 않더라도 잠재적인 경쟁자들의 눈에 띄지 않도록 접촉 노선만은 확보해두었다. 사실 위그먼의 가장 유능한 장점 중 하나는 경쟁사의 기술자나 화공기술자들을 꾀어 회사를 그만두게 하는 능력이었다. 소위 '가로채기'라고 하는데, 아주 정직한 거래 방식은 아니지만 사업가들의 세계에서 정직이 무언가를 가져다주는 경우는 별로 없었다. "한두 푼 가지고 고칠 수 있는 건 없는 법이죠. 가령 우리가 한 사람이라도 찾아낸다고 칩시다. 그러면 도움이 되지 않을까요?" 산업계의 거물이 제안했다.

언생크는 애원하는 눈빛으로 로저를 바라보았다.

남자는 그의 시선을 무시한 채 냉정하게 말했다. "제 말뜻을 이해하지 못하시는군요. 이건 당신들이 생각하는 일상적인 추방이 아닙니다. 이 제작자들은 상당한 노력 없이는 들어갈 수도 없는 곳에 갇혔단 말입니다. 게다가 두 사람 모두의 위치를 찾아내야 합니다. 그들을 고용했던 사람이, 그 제품을 다시 만들어내려면 둘이 한꺼번에 필요하도록 아주 가혹한 조치를 취했기 때문이죠."

"가혹한 조치라뇨?"

"한 명은 눈이 보이지 않고, 다른 한 명은 두 손이 잘려나갔습니다."

언생크의 얼굴이 하얗게 질렸다. '지날 수 없는 숲'이 갑자기 거칠고 야만적인 곳처럼 여겨졌다. 숲을 향한 자신의 편집증과 이유 모를 집착에 처음으로 회의가 들었다.

그러나 위그먼은 위축되지 않았다. 오히려 정반대였다. "대단하군요. 내가 그 여자를 꼭 만나봐야겠습니다. 그 여자의 방식이 정말 마음에 드는군요."

"담쟁이넝쿨에 잡아먹혔으니 그런 일은 일어나지 않겠군요."

"아쉽군요. 잠깐만, 뭐라고 하셨죠?"

로저가 또다시 오만하게 손짓했다. "여기에도 없고 저기에도 없다는 말입니다." 그러고는 언생크를 보며 물었다. "만약 그들을 찾는다면 성공할 거라고 확신합니까?"

"그렇게 생각하냐고요? 물론입니다. 중요한 신체기관이 없어도 그 두 명의 설계자만 있다면 틀림없이 해낼 수 있을 거라고……." 언생크는 새로운 희망에 젖어 대답했다.

하지만 조프리는 말을 끝맺지 못했다. 그 순간, 언생크의 사무실 선반에 놓인 흰색 상자들이 귀가 멍하도록 날카롭고 짧게 *삐삐* 소리를 냈기 때문이다. 선반은 번쩍거리는 빨간 불과 금속으로 된 상자, 계기판 정상까지 격렬하게 치솟는 바늘의 현란한 집합소였다. 세 남자는 마비된 듯 미동도 하지 않고 그 광경을 응시했다.

입양부적격자들이 돌아오고 있었다.

❧

쓰레기 언덕을 내달려와 녹슨 기찻길을 건너자 숨이 차올랐다. 카니발은 한창 진행 중이었다. 비록 좌우로 흔들리는 놀이기구의 움직임이 꽤 불안해 보였지만 말이다. 아래쪽에선 세 가족이 고함치는 사람들을 구경하며 솜사탕을 사 먹기 위해 잔돈을 세고 있었다. 어지러운 카니발 놀이기구 사이에 파란색과 노란색 대형 천막이 커다란 눈알처럼 박혀있었다. 커티스와 프루는 걸음을 멈추고 숨을 고른 뒤 무대 뒤편 출입구로 보이는 데까지 몇 미터를 한달음에 달렸다. 부루퉁한 표정의 남자가 경비를 서고 있었다.

"우린… 에스벤 씨를 데리러… 아니, 만나러 왔어요." 프루는 숨이 차서 말이 쉽게 나오지 않았다.

남자가 이쑤시개를 잘근잘근 씹다 미심쩍은 눈으로 바라보았다. "누구?"

"말했잖아요. 우린 친척이에요." 커티스는 퍼뜩 구실을 생각해냈다.

프루가 맞장구를 쳤다. "맞아요. 우리 아빠예요. 아빠를 만나러 왔어요."

남자는 두 아이를 빤히 보다 요란하게 웃어댔다. “안 그래도 그런 말을 들은 것 같구나.” 그는 어깨를 쭉 펴고 씹던 이쑤시개를 뱉은 다음 덧붙였다. “어쨌든 이제 곧 쇼가 시작될 거야. 아무도 내보내 주지 않을 거란다.”

프루는 심장이 덜컹 내려앉았다. 셉티무스가 “찍찍.” 하고 말했다. 커티스는 한시도 주저하지 않고 물었다. “표는 어디에서 사죠?”

주변을 둘러보니 멀지 않은 곳에 입장권 판매점이 있었고, 그 위에 **오늘 밤 마지막 공연! 10세 이하 어린이는 무료!**라고 쓴 표지판이 보였다. 프루는 그곳으로 가서 유리창을 두드렸다. 안에 있던 남자가 화들짝 놀랐다. 마치 표지가 너덜너덜한 책을 읽다가, 갑자기 다른 행성으로 순간이동한 것처럼 멍해 보였다.

“입장권 두 개 주세요.” 프루는 손가락 두 개를 펴 보였다.

판매원은 이중초점렌즈로 아이들을 내려다봤다. “몇 살이냐?”

“열 살이요.” 커티스가 말했다.

“열두 살이에요.” 프루가 커티스의 가슴팍을 팔꿈치로 쿡 찌르며 고쳤다.

남자가 아이들을 노려보며 대답했다. “18달러.”

프루의 입이 부스 안의 남자를 향해 딱 벌어졌다. 이런 쓰레기더미 옆 쇠락한 카니발에서 열리는 공연치고는 값이 터무니없이 비쌌다. 프루가 커티스를 향해 난감한 표정을 지었다. 소년은 어깨를 으쓱했다. 프루는 배낭을 열고 동전을 찾아보았다. 한 푼도 나올 기미가 보이지 않았다. 그때 어떤 기억이 스쳤다. 다른 세기에 겪은 일처럼 느껴지는, 좀처럼 머릿속을 떠나지 않는 기억! 프루의 바지 주머니에는 엄마가 난을 사오라며 준 꼬깃꼬깃한 지폐가 있었다. 프루는 안도의 한숨을 내쉬며 주머니에서 지폐를 꺼냈다. 그리고 그 돈을 한 장 또 한 장 반듯하게 펼쳐 판매원에게 내밀었다. 모두 합쳐 10달러였다.

프루는 판매원을 보며 싱긋 웃었다. "이것밖에 없어요." 프루는 이렇게 말하며 부모님을 떠올렸다. 단순히 이웃 동네에 가서 물건을 사오라고 심부름을 시켰던 그분들은 지금 무슨 생각을 하고 계실까? 내가 이런 데 돈을 쓸 거라고 상상이나 하셨을까. 아니 나 자신은 예상이나 했을까?

"우린 이 쇼를 정말 보고 싶어요." 커티스가 간청했다.

남자가 눈썹을 치켜세우며 두 아이를 찬찬히 뜯어보았다. "그래? 그렇다면 특별히 너희만 봐주마. 그들이 오늘 밤 여길 떠나는 걸 신께 감사드려라. 사실 쇼는 아주 형편없어. 에스벤만 빼고 말이지." 그가 가볍게 툴툴거리며 옆에 있는 파란색 입장권 두루마리를 죽 잡아당겼다. 그리고 그중에 두 장을 찢어 유리창 구멍 밖으로 내밀었다. 그러고는 프루가 내민 구겨진 달러 지폐를 마지못해 챙겼다. "쇼 재미있게 봐라." 판매원은 이렇게 말하고 나서 다시 책으로 눈을 돌렸다.

두 아이는 커다란 천막 아래 관객석에서 자리를 찾았다. 버리가 희끗희끗한 부인이 프로그램 팸플릿을 건넸다. 천막 안은 거의 텅 비어있었다. 10대로 보이는 두 명이 뒷줄에 앉아 키득키득 웃었다. 혼자 온 중년 남자는 한쪽 옆으로 비껴앉아 기름 밴 종이봉지에서 구운 땅콩을 꺼내먹었다. 커티스는 의자에 앉아 조금 전 어떤 부인이 건넨 프로그램을 훑어보았다. 누렇고 질 나쁜 종이에 찍어낸 싸구려 팸플릿이었다. 표지에는 무시무시한 이빨이 드러나도록 입을 쩍 벌린 곰 사진이 박혔다. 그 위에는 "야생 동물들! 사나운 짐승들!" 맨 아래에는 "위대한 에스벤!"이라는 광고문구가 적혔다. 팸플릿을 펼치자 속지 한 장이 펄럭이며 발 옆 바닥으로 떨어졌다. 커티스가 허리를 굽혀 종이를 집으려는데 천막 안이 불빛으로 번쩍거렸다.

그들에게 조금 전 입장권을 팔았던 남자가 어기적거리며 안으로 들어와 빈 관객석을 훑어보았다. "신사, 숙녀 여러분." 그가 단조롭고 시큰둥한 목소리로 한 단어, 한 단어 질질 끌며 말했다. "일생일대의 경험을 할 준비가 되셨습니까? 지금부터 갬블링 브라더스가 여러분을 마법과 신비의 세계로 보내드릴 겁니다." 남자는 갑자기 말을 멈추고 새끼손가락으로 코딱지를 파더니 주위를 둘러본 후 바지에 슥슥 문지르고 나서 말을 이었다. "시암부터 시베리아까지 전 세계를 여행하며 차르와 술탄 같은 이들의 사랑을 독차지한 갬블링 브라더스. 다소 충격적일 수 있으니 여성분과 아이들은 조심하시기 바랍니다. 그리고 모두가 기대하고 고대했던……." 남자는 조마조마하고 극적인 효과를 높이기 위해 잠시 멈췄다 외쳤다. "위대한 에스벤 쇼!"

관객석은 원형극장처럼 무대가 위치한 바닥에서부터 올라가는 계단식이었다. 무대 한쪽 끝에는 연한 빨간색 천막이 자리했다. 그 천막 덮개가 갑자기 활짝 젖혀지더니 높은 실크해트에 줄무늬 타이즈, 검정색 연미복을 입은 신사가 활보하듯 걸어나왔다. 그는 쇼에 대한 소개가 성에 차지 않는 듯 입장권 판매인을 잠깐 흘기더니 이내 관객을 향해 활짝 웃었다. 커티스는 주위를 두리번거렸다. 관객은 기껏해야 여섯 명뿐이었다.

그때 프루가 속삭였다. "저 사람일까?"

하지만 둘은 동시에 같은 결론에 이르렀다. 그 남자가 정중히 인사하고 나서 과장되게 손을 흔들었다. 틀림없는 진짜 손이었다. 그때 한 할머니가 느지막이 입장해 자신의 자리를 향해 절룩거리며 걸어가자, 인사를 마친 남자는 참을성 있게 기다렸다.

"신사, 숙녀 여러분! 춤추는 원숭이이이!" 남자는 어디 사투리인지 모를 억양이 강한 목소리로 우렁차게 외쳤다. 발음은 불분명하고 끈끈이를 붙인 것처럼 축축 늘어졌다. 프루는 그가 술에 취했을지도 모른다고 생각했다.

커티스 또래의 소년이 찌그러진 트럼펫, 스네어 드럼, 양철 피리 등 여러 악기로 둘러싸인 무대 한쪽에 자리를 잡았다. 소개말이 떨어지자 소년은 트럼펫을 입술에 대고 어설프기 짝이 없는 팡파르를 연주했다.

소년 뒤쪽으로 텐트 덮개 지붕이 접히면서 시커먼 형체가 붉은털원숭이 두 마리를 조명이 비추는 무대로 떠밀었다. 두 동물은 똑같이 페즈 모자를 쓰고 있었다. 그런데 어딘지 어리둥절해 보였다. 이윽고 원숭이들이 무대 중앙으로 끌려오자 단장은 훌라후프 두 개를 가져와 마구 돌리기 시작했다.

"자, 이 원숭이들이 점프해서 훌라후프를 통과할 겁니다! 뛰어넘어! 어서 뛰어넘어!" 원숭이들은 멀뚱멀뚱 남자를 쳐다보기만 했다. 남자는 알아들을 수 없는 욕설을 내뱉은 뒤, 두 원숭이에게 다가가 조용하고 엄격하게 꾸짖었다. 그런 다음 원래 자리로 돌아와 훌라후프를 높이 들었다. "뛰어넘어! 뛰어!"

보는 사람이 민망해질 만큼 한참이 흐른 후에야 원숭이 한 마리가 느릿느릿 훌라후프에 올라 걸터앉더니 한 발씩 원을 통과했다. 나머지 한 마리는 한동안 바닥에 있는 뭔가를 내려다보더니 그게 무엇이든 상관없다는 듯 가느다란 손가락으로 집어 입안에 넣고 우물거렸다. 무대 옆에 있던 소년이 뿔피리를 입에 대고 삐익 소리를 냈다. 원숭이들이 무대에서 쫓겨났다.

"맥 풀려서 못 봐주겠군." 셉티무스가 커티스에게 소곤거렸다.

"우리가 엉뚱한 에스벤을 찾으러 온 건 아닐까?" 커티스가 고개를 끄덕이며 물었다.

"에스벤은 나중에 나오겠지." 프루가 커티스에게 귀엣말했다.

이어진 쇼는 지금까지 본 것 중 최악의 링 서커스였다. 원숭이들은 묘기를 부리지 않으려고 했지만, 주름이 쪼글쪼글한 코끼리에 비하면 그래도 수고를 많이 한 편이었다. 코끼리는 치과에 끌려가는 어린아이마냥 무대로 느릿느릿 올라왔다. 사자들은 틀림없는 기면증 환자였고, 춤추는 다람쥐들은 어찌나 흥분했는지 텐트 덮개를 열자마자 순식간에 출입구로 달려나갔다. 아마도 천막 밖에 살고 있는 동포들 품으로 돌아간 것 같았다. 잠시 후 꽉 끼는 정장 차림의 뚱뚱한 남자 조련사가 들어와 관객을 향해 이를 드러내며 멋쩍게 웃었다. 프루는 나중에야 그의 손이 지극히 정상이라는 사실을 알아차렸다. 단장은 망신당할 때마다 더욱 좌절했고, 그럴수록 술도 깨 점점 멀쩡해졌다. 그는 동물 하나가 등장했다가 사라질 때마다 화가 나서 발을 구르더니, 마침내 무대 뒤의 조련사(그 역시 손이 멀쩡했다)와 상의해 곧장 메인이벤트를 벌였다.

단장이 무대 중앙으로 나와 관객들(이제는 다섯 명으로 줄어들었다. 10대 두 명은 다람쥐들이 사라진 후 배꼽 빠지게 웃다가 어디론가 가버렸다)에게 과장된 목소리로 말했다. “신사, 숙녀 여러분! 오래 기다리셨습니다. 여러분께 소개합니다. 위대한 에스벤!”

커티스는 두근두근 설레는 마음으로 프루의 손을 꽉 쥐었다. 빨간색 텐트 덮개가 활짝 열리자 아주 커다란 검은 곰이 나타났다. 여느 곰이 그렇듯 네 발로 나왔지만 왠지 몸놀림이 쉬워 보이지 않았다. 곰이 무대 중앙으로 기어와 극적으로 몸을 일으켰을 때 프루와 커티스는 그 이유를 알아챘다. 앞발이 있어야 할 곳에 두 개의 황금 갈고리가 달려있었던 것이다.

커티스는 헉하고 숨이 막혔다. 프루는 조그맣게 비명을 질렀다. 땅콩 봉지를 든 남자는 주위를 두리번거리다 둘을 발견하고는 “쉿!” 하며 주의를 주었다.

"지금부터 에스벤이 여러분에게 놀라운 쇼를 보여드릴 겁니다!" 단장은 이렇게 말한 뒤 곰을 향해 공을 굴렸다. 에스벤은 고분고분하게 공위로 올라가 뒷발로 조심조심 균형을 잡아가며 무대 주위를 빙빙 돌았다. 단장은 별 지시를 내리지 않았다. 에스벤은 혼자서 충분히 묘기를 조정하는 것처럼 보였다. 이윽고 단장의 고함에 곰은 공에서 뛰어내렸고 관객들, 그러니까 프루와 커티스 그리고 두 명의 어른은 우렁찬 박수를 보냈다. 프루는 예상을 뒤엎는 갑작스러운 반전에 아직도 충격에서 헤어나지 못하고 있었다. 지금껏 에스벤을 애타게 찾아헤맸는데 *동물*이라니. 두더지가 장님인데다 위 세상을 너무도 몰랐기 때문이리라. 사실 위 세상에 사는 생물의 *종*을 구분하는 일 따위는 두더지들에게 중요하지 않았을 것이다.

주위를 지나던 카니발 관광객들이 우렁찬 박수 소리를 들은 것 같았다. 잠시 후 더 많은 사람들이 쇼를 보기 위해 천막 안으로 들어왔다. 곰은 단장의 도움을 받아 왼쪽 갈고리 위에 넓은 양철 접시를 올려 아슬아슬하게 균형을 잡은 뒤, 다른 앞발로 접시를 빙빙 돌렸다. 잠시 후 단장이 야단스럽게 과장된 동작으로 에스벤에게 장대 못을 하나 건네자, 에스벤은 빙글빙글 도는 접시 위에 못을 세웠다. 그리고 그 못 끝에 역시 빙빙 돌아가는 또 하나의 접시를 올렸다. 점점 불어나는 관중의 입에서 탄성이 흘러나왔다. "와, 대단하다." 셉티무스도 나지막이 중얼거렸다.

에스벤이 온 감각을 이용해 놀라운 묘기를 연달아 보여주는 식으로 쇼는 진행됐다. 그는 자신이 속한 종에서도 비범한 재능을 가진 것 같았다. 관람객이 이 광경을 보고 환성을 지르고 즐거워할 때 프루와 커티스는 이제야 깨달았다는 듯 의미심장한 표정으로 곰을 바라보았다. 그랬다. 그는 우드 주민이었다.

틀림없었다.

쇼의 대미를 장식하는 묘기는 목숨이 위험할 수도 있을 만큼 놀랍기 짝이 없는 스턴트 묘기였다. 뒤집어 균형을 잡아 차곡차곡 높이 쌓아올린 의자더미와 불붙인 훌라후프, 그리고 천막 지붕에서 바닥까지 내려뜨린 와이어가 등장했다. 에스벤은 의자더미 위로 기어올라가 갈고리로 와이어를 단단히 잡더니, 아찔한 속도로 천장에서 바닥으로 미끄러져 내려와 불붙은 훌라후프 사이를 안전하게 통과했다. 어느새 반쯤 들어찬 관객들은 감탄사를 연발했다. 으레 하는 성공이겠지만 관객들은 이전의 다른 실수들을 용서하고 단장에게 박수를 보냈다. 에스벤이 쇼를 위기에서 구한 것이다. 출연진이 요란한 박수에 감사인사를 하고 나서, 뒤쪽에 있는 텐트 덮개를 통해 사라졌다. 이어서 관객석 위의 조명이 들어왔다. 입장권 판매인이 안으로 들어와 관객들을 천막 밖으로 안내했다.

커티스와 프루는 이제 무엇을 해야 하는지 알고 있었다.

무대 뒤편으로 통하는 출입문에는 아까 그 경비가 빈둥거리며 서있었다. 그는 애완 쥐와 두 아이가 다가오는 모습을 발견하고 미소지었다. 앞니는 부러졌는지 반쯤만 남아있는데다 그마저 울퉁불퉁했다.

“그래, 너희가 두 마리 곰이 아니라면 이제 진짜 아빠를 만나러 가렴.”

커티스가 노려봤다. “우린 열성 팬이에요.”

“저희들을 좀 데려가서 에스벤을 만나게 해주실래요?” 설득력이 좋은 프루가 자신의 장기를 발휘해 부탁했다.

“그들은 떠날 채비를 하고 있을 게다. 아마 펜들턴으로 떠난다지. 어디로 가든, 지금은 팬이랑 노닥거릴 시간이 없을 거야.”

프루는 자기도 모르게 큰 소리로 부르짖었다. “그는 가면 안 돼요!”

“우리에겐 꼭 그를 만나야 할 중요한 일이 있단 말이에요. 이건 죽느냐 사느냐의 문제라고요!” 커티스가 조바심을 치며 말했다.

“그러니까 뭐냐, 내가 정리해보마. 너희는 꼭 곰을 만나야 한다. 그것도 서커스 곰을? 그게 너희 목숨이 달린 문제다?” 남자는 느긋하게 손톱을 살피며 대꾸했다.

“말하자면 길어요. 하지만 다 맞아요.” “부탁이에요.” 프루와 커티스가 애원했다.

경비는 두 아이를 번갈아봤다. 지치고 늘어진 표정은 사라지고 어느새 어리둥절하면서도 안됐다는 얼굴이었다. “안 돼.”

둘은 실망해서 무작정 걸었다. 카니발의 소음은 차가운 밤공기 속으로 사라지고 호객꾼과 노점상도 가게 문을 닫았다. *후두둑*, 빗방울이 떨어지기 시작했다. 아이들은 여기저기 남아있던 눈이 녹아 바퀴자국이 선명하게 찍힌 진흙탕에 요란스럽게 도착했다. 커다란 천막 무대 뒤편에서 몇몇 사람들의 간결한 지시 소리가 들려왔다. 대형천막은 지붕이 옆으로 기울어지면서 바람 빠진 풍선처럼 축 늘어졌다. 땀으로 번들거리는 단원들은 하나같이 욕설을 입에 달고 가래침을 뱉어가며 해체작업에 열중했다. 프루는 옷에 달린 모자를 뒤집어쓰며 얼굴을 찌푸렸다.

“모든 게, 끝장이야. 제작자 한 명은 영영 못 찾게 되는 걸까.” 프루는 고개를 푹 숙인 채 중얼거리며 커티스를 따라갔다. 커티스는 울타리가 있는 곳까지 걸어가다 갑자기 멈췄다. 그 바람에 프루는 그의 등에 부딪힐 뻔했다.

“잠깐. 셉티무스는 어디 있지?”

쥐는 저녁 내내 커티스의 어깨 위에 있었다. 그런데 지금 셉티무스의 발톱이 여느 때와 달리 그의 외투를 움켜쥐고 있지 않았다. 그때 누군가의 비명 소리가 들렸다. 돌아다보니 조금 전에 말을 걸었던 무대 뒤편의 경비가 소름 끼치는 고함을 지르며 모래더미를 겅중겅중 춤추듯 뛰어다니고 있었다. 마치 카페인 중독자 조종사가 조종하는 꼭두각시 인형 같았다. 커티스는 즉시 상황을 알아차렸다. 그 춤은 일주일 전 중절모를 쓴 헨리가 포위된 역마차를 탈출하면서 추던 것과 비슷했다.

“저기 있어.” 커티스의 표정이 밝아졌다.

두 아이가 무대 뒤편의 출입문으로 다시 갔을 때 경비는 비명을 지르며 신사용 화장실로 달려가고 있었다. 자신의 옷 속에 들어온 악마의 설치류가 무엇인지 확인하고 털어버리기 위해서였다. 졸지에 무대 뒤편 출입구가 휀해졌다. 커티스는 주위를 두리번거리다가 경비가 사라진 문으로 프루를 얼른 들여보냈다.

“고마워, 셉티무스.” 프루가 속삭였다.

무대 뒤편은 동물 우리와 나무궤짝들로 인해 미로 같았다. 검정색 작업복에 장화 차림의 단원들은 쇼 장비를 해체하고 짐을 싸느라 분주했다. 어찌나 정신없이 일하는지 열두 살짜리 아이들이 돌아다녀도 눈길조차 안 줄 태세였다.

아이들은 일부러 당당하게 돌아다녔다. 허리를 숙이거나 발끝으로 걸으면 오히려 더 의심을 살 것 같았다. 고집불통 원숭이가 갇힌 쌍둥이 우리를 발견하고는 그 근처에 다른 동물들의 우리도 있을 거라 짐작했다. 과연 꽥꽥거리는 공작이 위치한 나무 널빤지 궤짝이 나왔고, 그 옆을 돌자 철창 위쪽 현수막에 에스벤이라고 적힌, 시커먼 철제 우리가 홀로 우뚝 자리했다.

그곳에 도착한 아이들은 우리 안을 열심히 살폈다. 칠흑같이 컴컴했다.

"에스벤?" 프루가 속삭이듯 불렀다. 서커스 곰에게 말을 거는 모습을 누군가에게 들키지 않도록 조심했다. 발각됐다가는 밖으로 쫓겨나는 것은 물론이고 정신과 병원에서 상담을 받아야 할지도 모를 일이었다.

커티스가 팔꿈치로 프루의 옆구리를 찌르며 우리 깊은 구석을 가리켰다. 어둠 속에서 두 개의 조그만 눈이 무대 뒤편 전등 불빛에 반사됐다. 번뜩이는 노란색 눈이 곧장 두 아이를 노려보았다. 곰의 팔이 미세하게 움직이자 두 개의 갈고리가 빛에 반사돼 번쩍거렸다.

프루는 커티스를 흘끗 본 뒤 어둠 속의 형체에게 다시 시선을 돌렸다. "우린 당신이 누군지 알아요. 여왕이 알렉세이를 만들기 위해 고용한 제작자 중 한 명이라는 사실도요. 당신이 지하세계로 추방당했다는 것까지……. 아주 중요한 일이 생겼어요. 우리와 함께 가야 해요."

곰은 아무 말도 하지 않았다. 검은 털 때문에 어둠과 몸체를 구분할 수가 없었다. 빛나는 눈과 번쩍거리는 갈고리가 우리 뒤편 그림자 속에 떠있는 것 같았다.

커티스가 한 발 앞으로 다가갔다. "할 말은 많지만 짧게 할게요, 에스벤. 우린 당신을 데려가야 해요. 당신을 사우스우드에도 데려갈 수 있어요. 여왕은 이제 없어요. 우린 그녀가…….” 커티스는 죽었다는 표현을 쓰지 못하고 망설였다. 엄격히 말하면 죽은 게 아니었다. 그래서 이렇게 말했다. “사라졌을 때 그 자리에 있었어요.”

곰은 여전히 침묵했다.

“말 좀 해봐요. 왜 안 하죠?” 프루가 더욱 절박하게 물었다. 등 뒤편으로 몇 개의 우리와 궤짝이 트럭에 실리고 있었다. “당신이 말할 수 있다는 거 알아요. 당신이 우드 출신이라는 것도.”

커티스는 달래기 시작했다. “그나저나 아까 거기서 진짜 잘하던데요. 대단했어요. 자신의 처지를 유리하게 이용하는 것 같더군요. 당신의……” 커티스가 말을 멈추고 적당한 표현을 생각했다. “장애를 말이에요.”

번쩍이는 눈이 돌연 커티스를 향했다. 커티스는 끓어오르는 분노를 읽었다. 곰의 숨소리가 더욱 가빠졌다. 커티스는 프루를 힐끔거렸다. 프루는 못마땅한 눈길로 커티스를 째려봤다.

프루가 목청을 가다듬었다. “우린 당신을 사우스우드로 데려가야 해요.”

곰이 낮게 으르렁거렸다. 뱃속 깊은 곳에서 흘러나오는 소리 같았다. 곰이 좀처럼 말을 하지 않자 커티스는 짜증이 났다. 순간 자신들이 대상을 잘못 찾았으며, 두 개의 갈고리는 우연의 일치가 아닐까라는 의심이 들었다. 어쩌면 평범한 곰을 상대하는지도 몰랐다.

프루가 계속 달랬다. “이봐요. 우린 당신이 얼마나 무자비하게 당했는지 알아요. 우릴 믿어요. 여왕이 얼마나 잔인했는지 알고 있어요. 하지만 그녀는 미치광이에요. 자신이 나라를 위해 최선을 다한다고 생각했죠. 전 바깥세상에서 왔지만 우드의 피가 절반쯤 흘러요. 노스우드의 회합 나무가 얘기해줬어요.

우드를 구하려면 당신과 또 한 명의 제작자를 찾아야 한다고요. 우린 꼭 당신이 필요해요."

"알렉세이를 되살려야 해요. 기계인간 황태자 말이에요." 커티스가 끼어들었다. 주위에 돌아다니는 조련사들의 발소리가 들리자 다급해졌다. 언제 발각

될지 알 수 없었다.

그때 돌연 곰이 포악해지며 우리의 철창을 향해 몸을 날렸다. 곰이 내지른 거대한 포효에 커티스의 머리카락은 납작해졌고, 프루는 비명을 질렀다. 진흙 바닥으로 나가떨어진 두 아이의 얼굴은 곰의 침으로 젖었다. 그들 뒤편에 있던 단원들이 곰의 분노에 놀라서 얼른 우리 쪽으로 달려왔다.

커티스는 할 말을 잃고 충동적으로 행동했다. 서커스 단원들의 고함소리가 대기를 진동시키자 그는 다시 어둠 속 곰에게 다가갔다. 그러고는 가슴에 단 메달을 손으로 잡아빼 곰에게 던졌다.

"너희들! 여기에서 뭐하는 짓이냐?" "누가 들여보내준 거야?" 서커스 단원들이 소리쳤다.

셉티무스에게 당했던 경비원의 목소리가 들려왔다. "저 녀석들! 기어이 몰래 들어왔군!"

잠깐 사이에 단원들의 우악스러운 손이 프루와 커티스의 어깨를 움켜쥐어 밖으로 끌어냈다. 프루는 고개를 돌려 어깨 너머로 멀어지는 에스벤의 우리를 바라봤다. 단원 한 명이 에스벤의 우리를 대기하던 화물 트럭으로 밀어넣고 있었다.

그때 들린 종종걸음 소리에 셉티무스가 도착했음을 알았다. 셉티무스는 커티스의 어깨 위로 올라온 뒤 자신의 말소리를 들을 만한 사람이 없다는 확신이 들자 두 아이에게 물었다. "어떻게 된 거야? 에스벤은 어디 있어?"

"그는 안 갈 거야." 커티스가 절망했다.

"왜?"

"그렇게 됐어. 그는 우리에게 말도 안 했어." 프루가 대답했다.

"그게 다야? 이럴 줄 알았으면 내가 왜 그놈의 털투성이 등으로 들어갔는지 모르겠네. 배은망덕한 곰 같으니라고."

기차가 우울한 휘파람 소리를 냈다. 소년과 소녀, 그리고 쥐 한 마리는 낙담하며 쓰레기더미로 발길을 옮겼다.

CHAPTER 23

변경 탈출; 언생크의 달갑지 않은 방문객들

만약 당신이 거기에서 그 모습을 목격했다면 아마도 자신의 눈을 의심했을 것이다. 줄지어 선 잔잔한 나무들과 녹다 남은 눈, 사위어오는 저녁녘의 어스름한 석양……. 또한 길게 기른 검은 직모에, 위아래가 붙은 작업복 차림의 앳된 소녀가 골똘한 표정을 지으며 나무들 사이로 들어가는 모습도 보았을 것이다. 그 아이의 손은 나무 속 무언가를 잡은 듯 뒤로 쭉 뻗어있을 것이다. 하지만 당신은 이내 알게 되었으리라. 아이의 손이 잡은 것은 다른 아이의 손이라는 사실을. 이 소녀는 동굴에서 처음 나온 동물처럼 나무 저편에서 비치는 흐릿한 햇빛에 입을 떡 벌렸다.

곧 더 많은 아이들이 따라왔다. 그 행렬 속에 다리를 절며 아이들의 안내를 받는 노인 한 명이 포함돼있었다. 한없이 이어질 것만 같던 줄 끝에서 마지막 아이가 나타났다. 이 아이는 작고 검은 퍼그종 개의 줄을 잡고 있었다. 소녀의 이름은 엘시였다. 엘시는 끝날 것 같지 않던 줄 맨 마지막에서 바깥세상을 향해 걸어갔다.

모두 말없이 앞에 펼쳐진 경치에 눈만 깜빡였다. 산업폐기물장의 얽히고설킨 파이프와 배관, 탑처럼 솟은 공장 굴뚝, 그리고 덜컹거리는 소리. 강 협곡 아래쪽에 철교의 쌍둥이 첨탑이 보였다. 다리 맞은편에는 그들이 바라는 자유가 기다렸다.

그들은 화학약품 탱크가 여기저기 흩어진 공장 부지와 울창한 초록색 숲 언덕 사이를 지나고 있었다. 더러운 풀들이 자라는 이 빈터는 사람들이 한 줄로 서서 지나야 할 만큼의 너비밖에는 안 됐다. 아이들은 아무 말도 하지 않았다. 캐롤은 환한 미소를 지었다. 다리가 한층 가까워졌다.

산업폐기물장을 지나자마자 바로 철교가 나왔다. 아이들 몇 명은 여전히 옆 친구의 손을 잡고 있었다. 그때 부서진 굴뚝 뒤에서 누군가 나타났다. 아가일 스웨터 차림에 염소수염을 기른 남자였다. 그가 아이들과 철로 사이로 뛰어들었다.

"오랜만이다, 애들아. 귀환을 환영한다." 언생크가 말했다.

옹송그려 모여있던 아이들은 그 자리에 얼어붙은 채 일제히 헉하고 경악했다. 언생크는 아이들이 놀라는 이유를 짐작했다. 그가 자신의 귓불을 톡톡 쳤다. 아이들은 그제야 자신들의 귓불에 매달린 노란 꼬리표를 인식했다. "너희가 저곳에서 나오자마자 감지했단다. 내가 너희 모두에게 꼬리표를 달아주었잖니. 일종의 GPS 위치 탐사장치란다. 정말 간단하지 않니?"

레이첼이 반발하듯 앞으로 나섰다. "저리 비켜요, 이 악당 같으니." 레이첼의 말에 뒤에 서있던 아이들도 맞장구를 쳤다. 그들에게는 서른여덟 명만큼의 힘이 있었다. 부품공장을 벗어난 조프리에게는 아이들을 통제할 힘이 없었다.

"난 너희가 조금이라도 고마워할 줄 알았다. 적어도 내가 넣어준 연고가 도움이 됐을 텐데. 너희가 어떻게 해냈는지 모르지만 난 이른 시일 내에 그 방법을 알고 싶단다. 무엇보다 너희가 알아둬야 할 점은 내가 약속을 지키는 사람이라는 거야. 이제 부와 자유, 모두 너희 것이다. 우선 어떻게 나왔는지부터 설명해줄래?"

"싫어요!" 레이첼 뒤에서 누군가 외쳤다. 마서 송이었다.

언생크는 그애가 늘 쓰고 다니는 고글을 보고 알아차렸다. "우린 더 이상 너희를 부려먹지 않을 거란다." 언생크가 입술을 움직여 억지 미소를 지었다. 그의 등 뒤로 보이는 언생크 고아원 건물이 마치 액자의 틀 같았다. 고아원 창문으로 아이들의 얼굴이 보였다. 그들은 갑자기 멈춰버린 행렬을 지켜보고 있었다. "자, 애들아, 어디로 가는 거냐?"

아이들은 대답이 없었다. 바람이 불어와 아이들 뒤편의 키 큰 나무들을 뒤흔들었다.

"바로 그거야. 너희는 갈 데가 없지. 그러지 말고 우리 옛 일은 다 잊고 고아원으로 돌아가자. 일단 거기에 가면 너희 각자 어떤 효과가 있었는지 살펴볼 수도 있고……."

"말했잖아요, 우린 가지 않는다고. 그리고 거기 서서 화난 고아들에게 두들겨 맞고 싶지 않으면 저리 비켜요." 마서 송이 강하게 반발했다.

언생크가 뭐라고 대꾸할 새도 없이 건물 쪽에서 두 남자가 더 나타났다. 그들은 한눈에도 서로 다른 시대에서 온 사람처럼 보였다. 어깨가 딱 벌어진 건장한 몸에 착 달라붙는 양복을 입은 사람은 현대적인 분위기가 났고, 호리호리한 몸매의 또 한 사람은 19세기 한 귀퉁이에서 뚝 떨어진 듯했다. 가까이 다가왔을 때 보니 후자는 코안경을 걸치고 있었다.

"여기에서 뭐하나, 조프리?" 덩치 큰 남자가 물었다.

"우리 원생들입니다, 위그먼 씨. 이 아이들이 드디어 해냈습니다. 어찌됐든 간에." 언생크는 아이들에게서 눈을 떼지 않고 대답했다. 그러고는 잠시 뜸을 들인 뒤 마지막 말을 나지막이 되풀이했다. "*어찌됐든 간에.*"

위그먼은 그 말이 무엇을 암시하는지 알아내려고 아이들을 찬찬히 뜯어보았다. 그 순간 엘시는 똑같이 더러운 작업복 차림에 귓불에는 노란 꼬리표를 달고, 나무 눈을 가진 노인 주위를 에워싼 자신들이 얼마나 우스꽝스러워 보일까 생각했다. 그러다 엘시는 남자의 표정에서 스친 한 가닥 자비심을 보았고, 언생크의 노력이 허사가 되어버렸음을 직감했다.

"이건 쓸데없는 짓이네, 조프리. 아이들을 보내주게." 바람에 위그먼의 넥타이가 나부꼈다. 완벽하게 다듬은 머리 스타일이 살짝 헝클어졌다. 그는 이렇게 말한 뒤 옆에 있는 신사로부터 지지를 받으려는 듯 돌아다봤다. 남자는 고개를 앞으로 뺀 채 줄곧 안경 초점을 맞추느라 바빴다. 그는 무리 중 어떤 한 사람에게 관심을 가진 듯했다.

"캐롤 그로드!" 갑자기 그 신사가 소리쳤다.

늙은 장님이 귀를 쫑긋 세웠다. 얼굴이 찡그려졌다.

언생크와 위그먼은 동시에 로저를 바라봤다. "저 노인이… 그 사람인가요?" 언생크가 더듬거렸다.

엘시는 캐롤을 쳐다보며 그의 안색이 어두워진 이유를 파악하려고 애썼다.
"저 사람이 누구예요?" 엘시가 이상한 복장의 신사를 가리켰다.

"틀림없이 로저 스윈든이야. 얘들아, 저자가 내 눈을 빼버리라는 명령을 전달한 사람이란다." 캐롤이 경멸하는 투로 말했다.

로저는 그런 비난에 당황하지 않았다. "그건 과거요, 캐롤. 예전 고생 이야기를 끄집어내봤자 무슨 소용이 있다고."

"난 *끄집어내지* 않소, 로저. 매일매일 겪으며 살고 있으니." 노인이 낮게 신음했다.

로저가 언생크와 위그먼을 보며 멋쩍은 웃음을 지었다. 그들은 잠자코 옆에 서있었다. 로저는 다시 아이들을 향했다. "얘들아, 그 노인을 내게 넘기렴." 그는 성마른 들개잡이처럼 아이들을 어르고 달랬다.

언생크는 자신의 몽상에서 빠져나오려고 애썼다. "그럼 노인이 기술자 캐롤 그로드란 말입니까? 그 톱니바퀴를 만든 사람?" 사실이 아니기를 바라는 말투였다. 하지만 언생크는 뜻밖의 행운을 믿을 수 없었을 뿐이다.

"그렇습니다, 언생크 씨. 어쨌든 둘 중 한 명이요. 바로 저기에 우리의 성공 티켓 중 반쪽이 있는 거죠." 로저가 대답했다.

오가는 대화를 잠자코 듣던 위그먼의 눈에 시끄럽게 구는 아이들이 완전히 달라 보이기 시작했다. "얘들아, 저분 말씀을 따라라. 우리에게 노인을 넘겨." 그는 다음 말을 고르면서 아이들을 협박하는 것은 산업폐기물장에서나 효력이 있다고 판단했다. "아무도 너희를 해치지 않을 거야."

"당신들은 해치고도 남을 걸요." 마서가 거세게 나서자 아이들이 웅성거리며 확실하게 동의를 표했다.

레이첼이 마서 곁으로 다가가 세 남자를 호전적으로 노려봤다. "서른여덟 명 대 세 명. 내가 방법을 생각해봤어요. 우린 간단히 저 다리를 건너가기만 하면 돼요. 우리 길을 가로막을 이유가 없다고 생각하는데요."

언생크는 초조하게 침을 삼켰다. 로저는 앞코가 뾰족한 검은 구두 안에서 발가락을 꼼지락거리며 오직 한 사람, 장님에게서 눈을 떼지 않았다. 위그먼은 흔들림이 없었다. 이윽고 주머니에 손을 넣어 휴대전화처럼 보이는 것을 꺼냈다. 그리고 엄지로 덮개를 연 뒤 버튼을 눌렀다. 갑자기 폐기물장의 곡물저장고와 굴뚝에 시끄러운 벨소리가 쉬지 않고 울렸다. 아이들은 모두 손으로 귀를 막았다. 귀가 멍해졌다.

잠시 후 녹슨 파이프와 뒤엉킨 철사 사이로 감쪽같이 숨겨진 문들이 정체를 드러내며 열렸다. 각 문에서 밤색 비니를 쓴 덩치 큰 사내들이 튀어나왔다. 근육질 어깨가 회색 셔츠와 작업복 밖으로 튀어나올 것만 같았다. 그들은 깔쭉깔쭉한 톱니바퀴와 해머, 렌치와 파이프 따위를 들고 있었다. 게다가 툭 튀어나온 턱에는 하나같이 까칠하게 자란 수염을 길러 마치 똑같은 시험관에서 태어난 것 같은 착각이 들게 했다. 이 거구의 사내들이 사방으로 흩어지더니 이내 아이들을 에워쌌다.

위그먼은 시끄러운 벨소리보다 더 큰 소리로 아이들에게 외쳤다. "너희들은 이 재계 거물의 영역에 있다! 그 누구도 여기서 감히 나를 위협할 순 없다!"

❧

빗줄기가 한층 거세졌다. 하루의 마지막 빛도 서쪽으로 소멸하고 있었다.

의기소침해진 프루와 커티스는 서커스단과 그들의 덜컹거리는 소리를 뒤로 하고 쓰레기 언덕을 터덜터덜 걸었다. 머리카락은 차가운 비로 흠뻑 젖었다. 옷이 소름 돋은 피부에 찰싹 달라붙었다. 셉티무스는 커티스 어깨에 섰다. 그의 털은 사용한 뒤 욕실바닥에 내팽개쳐진 수건처럼 홀딱 젖었다. 프루는 지금보다 더 좌절감을 맛본 적도 없을 거라고 생각했다. 앙심 품은 주인을 피해 웅크린 고양이처럼 심장이 갈빗대 안에서 덜컹, 아래로 내려앉은 느낌이었다. 쓰레기더미에서 툭 튀어나온 고물 텔레비전 수상기와 상자 옆을 지날 때는 발걸음마저 무거웠다.

마침내 무거운 절망 속에서 프루가 먼저 입을 뗐다. "우리 그냥 두더지들한테 돌아가야 하는 거 아닐까? 에스벤은 틀렸고……. 두더지들이 우릴 사우스우드로 데려다줄 수 있을 거야. 그럼 거기서 다른 제작자를 찾자, 응?" 이렇게 말하고서도 프루는 앞으로 해야 할 일에 대한 의지를 찾는 일이 우물 깊숙한 곳에서 물이 가득 든 양동이를 끌어올리는 것만큼이나 힘들게 느껴졌다.

그럼에도 이런 확실한 헛발질과는 별개로 자신이 올바른 길을 걷고 있다는 느낌이 들었다. 어쩌면 회합 나무는 이런 난관(에스벤의 비협조와 고집스러움)을 겪더라도 그들에게 유리한 방향으로 상황이 흘러가리라는 것을 예견했는지도 모른다. 엄마는 이런 것을 *숙명*이라고 불렀다. 세상사에 있어서 일종의 마법 같은 균형을 뜻했다. 하지만 프루는 자신들이 언제까지 이런 사건들을 제대로 연결해나갈 수 있을지, 그러다 결국 잘못되는 건 아닌지 확신할 수 없었다. 그저 계속해나가는 것이 최선이었다. 사우스우드로 돌아가자. 사람들을 모으자. 뭔가 방법이 있으리라.

커티스는 내내 말이 없었다. 프루가 보기에 그는 지금 자신의 말을 듣지 않는 것 같았다.

"그러니까 말이야. 우린 제작자 한 명만으로 그걸 만들 수 있는지 알아봐야 해. 어쩌면 한 명으로도 될지 모르잖아. 우리가 그의 눈이 돼줄 수 있으니까. 네 생각은 어때?"

"난 안 가."

"뭐라고?" 프루가 멈칫했다.

"말했잖아. 난 안 간다고. 미안해. 난 맹세했어. 캠프로 돌아가야 해." 커티스는 프루를 지나쳐 쓰레기가 널린 곳으로 걸어갔다.

"무슨 말이야? 나무의 부탁은 어쩌고?"

커티스는 걸음을 멈추고 홱 돌아서서 프루를 노려봤다. "그놈의 나무! 나무! 넌 언제나 나무 얘기만 하지!" 감정이 격앙돼 커티스의 목소리가 떨렸다. "난 식물의 말은 듣지 못해. 내가 아는 건 네가 기괴한 환청으로 들은 내용일 뿐이야. 지금까지는 네가 시키는 대로 했어. 제작자를 찾으라고? 후계자를 되살려내라고? 이게 다 무슨 의미인데? 왜 내가 누군가를 도와야 하느냐고?"

프루는 눈에 눈물이 차오르는 것을 느꼈다. "그건… 이게 그들을 돕는 일이니까. 내가 아는 한 그래." 셉티무스는 커티스의 깃에 앉아 조용히 두 아이를 지켜봤다.

커티스가 다시 강조했다. "말했잖아. 난 맹세한 몸이라고. 캠프에서 멀리 떨어질수록 난 그 맹세를 저버리는 거야."

"그래, 그럼 나를 두고 가."

"그런 식으로 말하지 마. 나는 지금까지 오랫동안 네 곁을 지켰어. 내가 줄곧 원했던 건 어서 이 일을 잘 처리하고, 브렌든과 다른 사람들이 어떻게 됐는지 알아보는 거였어. 알다시피 내가 그러겠다고 맹세했기 때문이야." 커티스는 다음 말의 충격을 가늠해보려는 듯 말을 멈췄다. "프루, 어쩌면 넌 그냥 집으로 돌아가는 게 나을지도 몰라. 부모님께 가. 어쩌면 알렉세이와 관련된 일은 우리 힘으로 감당할 수 없는 일인지도 몰라."

"내가 집으로 돌아가야 한다고? 내가? 커티스, 넌 지금 나에게 편파적인 잣대를 들이대고 있어. 그럼 *네* 부모님은 어쩌고?"

"나도 알아. 하지만……."

"아니, 난 내가 무엇을 해야 하는지 알아. 나무가 소년을 통해 내게 말했어. 지금 당장 다른 것은 중요치 않아. 너도 알잖아? 나도 지금까지 우리 부모님 생각은 안 했어. 어떤 이유인지 내 마음은 더 이상 바깥세상에 있지 않아. 거기 보다 저기! 저 우드에 있다고." 프루는 화가 나서 서쪽 지평선을 손으로 가리켰다. "난 우드 사람이야. 사우스우드, 노스우드, 와일드우드. 지금 내가 하는 일은 나무를 대신하는 거야. 난 부름을 받았어. 그 무엇도 그걸 바꿀 수는 없어. 넌 맹세했지만 난 부름을 받았다고. 바깥세상에서 내 삶은 *끝이야.*"

커티스는 뭐라고 대답해야 할지 몰라 그냥 바라보기만 했다. 그러고는 한 박자 늦게 대답했다. "잘 해봐."

"잘 할게. 너도 네 일 똑바로 해. 산적들도 찾고. 나 때문에 너랑 너희 형제자매들에게 해를 끼친 건 미안하다. 하지만 난 이 일을 꼭 해야만 해." 프루는 부글부글 끓어오르는 감정을 억누르며 말했다. 그러고는 돌아서서 쓰레기 사이를 계속 걸어갔다. 지하로 향하는 계단이 있는 허름한 건물은 그리 멀지 않았다.

커티스는 그대로 서있었다. "야, 프루!" 그는 반발심을 조금 누그러뜨리며 프루를 불렀다. "우리 사우스우드에서 다시 만나. 넌 어때? 산적 캠프에 어떤 일이 생겼는지 너도 알아야 하잖아. 필요하면 거기에 머무르며 재건할 거야. 너한테 합류할 수 있으면 연락할게. 두더지들이 너를 끝까지 도와줄 거야, 틀림없이."

"난 괜찮아. 맥을 찾을 때 네가 필요하지 않았던 것처럼." 프루는 어깨 너머로 외쳤다.

마지막 말에 가시가 돋쳤다. 커티스는 친구가 트랜지스터 라디오 무더기를 돌아 사라질 때까지 지켜보았다. 그때 밟고 있던 녹슨 용수철이 튕겨오르며 화난 듯 커티스의 발을 냅다 때렸다.

"말 좀 해도 돼?" 셉티무스가 물었다.

"물론이지." 커티스가 대답했다.

"프루한테 너무 심하게 하지 마. 그애는 네가 생각하는 것보다 훨씬 마음이 약해."

"그럴지도 몰라. 하지만 절대로 그렇게 보이지 않으려고 하지."

"인간이란 참 이상하다니까. 내가 관찰한 바로는 항상 그래." 쥐는 수염을 뒤로 쓸어넘긴 뒤 손에서 물을 털어냈다. "계획은 있어?"

"캠프로 돌아가서 생존자를 찾아야지."

"그럼 빨리 움직이자. 와일드우드로 돌아가기에는 너무 멀리 왔어."

커티스는 바지 주머니에 깊숙이 손을 찔러넣고 주위를 두리번거린 다음 해체 중인 카니발의 조명등이 비치는 쪽으로 향했다. 각자 처음으로 돌아가는 거야. 커티스는 단단히 결심했다. 오랜만에 바깥세상을 걸을 것이다. 그러고는 몇 달 전처럼 다시 철교를 건너, 잃어버린 형제자매들을 찾으리라.

불우한 아이들을 위한 언생크 고아원의 원생들은 폭동을 일으켰다.

프루는 쓰레기 언덕 맞은편으로 내려가 어둠 속에서 비틀거리며 쓰레기더미 사이 움푹 들어간 곳에 이르렀다. 그곳에 다 허물어져가는 오두막이 있었다. 프루는 걷는 동안 스스로 믿음을 주려고 혼잣말을 늘어놓았다. "난 괜찮을 거야." 그런 다음 그 말을 강조하려는 듯 "넌 괜찮을 거야."라는 식으로. 잠시 후에는 친구도 끌어들여 "커티스는 괜찮을 거야. 당연하지, 커티스는 무사할 거야. 다 컸잖아."라며 중얼거렸다. 프루는 그때 문득 자신이 보이지 않는 수호자와 대화하는 것처럼 연기하고 있음을 깨달았다. 스스로 대리 부모 역할을 하고 있었다.

아까 내가 한 말이 진심일까? 내가 정말로 부모님을 포기했을까? 그런 생각을 하자 묘하게도 프루의 가슴에 조그맣게 후회가 밀려왔다. 자신에게 주어진 엄청난 과제에 대한 책임감과 나무의 은밀한 지시 외에 다른 것들은 싹 사라진 듯했다. 지금껏 자신의 전체적인 사고와 관점의 변화를 이끌었던 가치관에서 벗어난 느낌이었다. 이것이 어른이 되어가는 과정일지도 모른다. 프루의 머릿속은 이러한 생각과 새로운 깨달음으로 가득 찼다. 그러나 오두막이 가까워질수록 아까와 달라진 뭔가가 눈에 들어왔다. 불과 몇 시간 전 커티스와 이곳을 떠났을 때와는 사뭇 달랐다.

문이 열려있었다.

하지만 찬바람이 불어와 문이 덜컹거리며 부딪히지 않도록 일부러 열어놓은 것일 수도 있잖은가. 프루는 처음 이곳에 도착했을 때의 기억을 찬찬히 되살려보았다. 분명히 자신들은 이곳이 다른 사람들에게 발각되지 않도록 문을 꼭 닫고 나서 에스벤을 찾으러 떠났다. 심지어 문이 열리지 않도록 자물쇠에 장대 못을 끼워넣기까지 했다.

그때 어떤 잡음이 났다. 평범하지 않은 외침 소리(서로 다른 대륙 간 전화 통화를 할 때 알아들을 수 없는 사투리로 하는 말 같았다)가 드문드문 들려왔다. 프루는 그 소리가 발밑에서 흘러나온다는 사실을 알았다. 고개를 숙이자 뒤엉킨 녹슨 철사 사이로 잿빛 풀잎이 보였다. 잡음은 점점 커졌고, 음색은 더욱 또렷하고 강렬해졌다. 프루는 풀잎사귀 한편에 쪼그려 앉았다. 무슨 소리지?

ㄱㄱㄱ.

프루는 미간을 찡그리고 소리에 집중했다. 작은 풀잎이 어떤 말, 이를테면 심각하고 중대한 어떤 사실을 전하고 싶어하는 것 같았다. 짙게 낀 안개를 뚫고 모습을 드러내는 배처럼, 말하려는 식물의 욕망이 프루의 머릿속에 점점 더 선명하게 와닿았다.

ㄱㄱㄱㄱ!

그게 무슨 말이야? 프루가 다시 물었다. *도대체 무슨 말을 하고 싶은 거야?*

이번에는 소리가 더 커졌다. *ㄱㄱㄱㄱ!*

풀잎이 최대한 목청껏 말하는 게 분명했다. 그리고 그때 한 소리가 장막을 뚫고 나왔다.

개!

프루는 얼마나 놀랐는지 자빠질 뻔했다. 식물이 프루의 머릿속에서 적절한 하나의 단어를 만들어낸 것이다. 그 의미는 식물이 확성기를 대고 소리친 것처럼 분명했다. 프루가 머릿속에 들려오는 식물의 잡음을 의미 있는 단어로 조합한 것은 이번이 처음이었다. 풀잎은 자신이 말하려는 내용이 전달되었다는 사실에 안도하듯 일종의 한숨을 내쉬었다. 생각해보니 아주 단순했다. 프루는 이제 식물이 의사를 똑바로 전달하지 못하는 게 아니라, 자신의 학습 속도가 느려 이해하지 못했다는 것을 알았다.

난 여기에서 나가고 싶어. 프루는 이제 풀잎의 말을 또렷이 들었다.

풀잎의 소리가 잦아들어 자리에서 일어나려는 찰나, 울부짖는 신음이 들려왔다. 프루는 도망칠 길을 찾기 위해 주위를 살폈다. 마침 뒤집어진 자동차 펜더 한 쌍에 의해 만들어진 터널이 보였다. 하지만 그곳에 도착하기 직전, 프루와 목표물 사이에 검은 형체가 끼어들었다.

"어디 가니, 꼬마야?" 그 형체가 물었다.

프루는 그 자리에서 꼼짝도 하지 못했다. 칠흑처럼 검은 그 형체는 프루의 눈에 일렁거리는 파도 같았다. 사방에 저녁의 어스름이 깔려있었다. 쓰레기 언덕 건너편에서는 길을 떠나는 서커스단의 불빛이 희미하게 시야를 밝혔다. 눈앞에서 그 형체가 갑자기 경련을 일으키자 프루는 잔뜩 겁에 질렸다.

"거기 누구에요?" 프루는 돌아올 대답을 알고 있었지만 일부러 소리쳤다.

"예전 너의 과학선생님이야. 오래된 친구지." 딱히 어떤 모양이라고 규정할 수 없는 달라 데니스의 시커먼 형체(여우도 아니고 인간도 아니었다)가 다시 경련을 일으켰다. 여자 같은 목소리에도 으스스한 떨림이 더해졌다. "꽤 오랜만이네, 그렇지? 이제 난 원한 따위는 없단다. 하지만 넌 네가 아끼는 산적 캠프에서 나쁜 짓을 했어. 아주 고약한 짓을."

프루의 눈이 어둠에 약간 적응했다. 소녀는 흔들리는 검은 형체의 두 눈이 반짝이며 자신을 응시하고 있는 것을 보았다. "그냥 가게 해줘요, 달라."

그 형체가 캑캑 웃었다. "너를 내버려두라고? 칼리스타에게 그런 짓을 했는데? 오, 불쌍한 칼리스타." 뒤틀림이 멈추자 싸움을 거는 두 형체가 하나로 고정돼 프루에게 다가왔다. 구름에 가려진 초저녁 달빛에 그 무시무시한 형체가 온전히 드러났다. 몸은 영락없는 여자(허리가 약간 구부정했지만 똑바로 서서 걸었다)였지만 머리는 확실히 개 형상이었다. 게다가 아랫입술 너머로 두 개의 송곳니가 툭 튀어나왔고, 맨살인 곳만 빼고 비에 젖어 납작해진 검은 털이 온몸을 뒤덮었다. 프루가 살아오면서 본 그 어떤 모습보다 흉측했다. 소름이 오싹 끼쳤다.

"왜 그래? 내가 *무섭니?*"

프루는 슬슬 뒷걸음질쳤다. 그때 구부러진 리바(콘크리트 보강용 강철봉. —옮긴이)에 발뒤꿈치가 걸려 뒤로 나자빠졌다.

"무서워하지 마, 응? 넌 지하에서 아주 영리하게 행동했어. 정말 똑똑했지. 하지만 난 결국 네가 밖으로 나올 줄 알았다. 누구나 그랬거든. 프루, 나는 아주 오랫동안 이 짓을 해왔다. 수많은 생명을 죽였지. 동물, 인간, 심지어 아이들까지. 사실대로 말하면 난 아이들을 죽일 때 특별히 즐겁단다." 이 말을 끝낸 뒤 달라는 입이 찢어지도록 웃었다. "그 과정에서 나는 동족이 어떤 일을 하는 데 원동력이 된다는 점을 간파했다. 참을성을 길러야 한다는 것도 배웠지. 아주, 진득하게. 난 정말로 네가 죽었다고 생각했어. 네가 추락한 곳은 지독하게 깊었으니까. 하지만 넌 제대로 된 *맛*을 본 게 아니란다." 달라는 프루의 주위를 한 바퀴 빙 돌며 약을 올렸다. 그 목소리는 아주 오랜 시간 격리됐던 누군가에게서 나오는 것처럼 들렸다. 반쯤 제정신이 아닌 듯했고 기괴한 억양이 배어있었다. 프루는 바로 서려고 주춤주춤 엉덩이를 사용해 뒤로 물러났다. 쓰레기가 쌓인 울퉁불퉁한 지면이라 쉽지 않았다. 여자로 둔갑한 여우가 입을 열었다. "그래서 난 참고 또 참았지. 서두르지 않았어. 만약 네가 추락에서 살아남았다면 다시 튀어올라올 거라고 생각했다." 그녀는 튀어오른다는 말을 할 때 두 손으로 무엇인가 *폭발하는* 시늉을 했다. 프루는 기겁했다. 까만 털로 뒤덮인 손에서 손톱만 유독 노랗고 길게 튀어나와 있었다. "그리고 봐. 넌 해냈잖아."

"그런데 어떻게 알았죠?" 프루의 손가락이 슬금슬금 배낭으로 움직였다. 배낭은 여전히 어깨에 메여있었다. 걸쇠를 잠가놓지 않아서 다행이었다.

"좋은 질문이구나." 달라는 과학선생님 말투로 대답했다. "어느 모로 보나 합격점이야. 넌 이미 답을 알고 있지 않니? 회합 나무의 프루, 절반은 이미 신비주의자, 와일드우드의 실질적인 여왕, *자전거 소녀!* 나에겐 비책이 있어. 정보원도." 달라가 다시금 손가락을 튕기거나 꼼지락거리며 말을 이었다. "곳곳에 깔려있다. 심지어, 여기 더러운 바깥세상에도."

후줄근하고 반쯤 변신하다 만 몰골로 보아 이 암살범은 자신의 밧줄 끝에 한참 매달렸다 살아남은 것 같았다. 게다가 미쳐 보였다. 프루는 좋은 징조인지 아닌지 종잡을 수 없었다. 손으로 계속 배낭을 뒤졌다.

"자, 우린 빠르고 쉽게 끝내거나 질질 끌 수 있다. 그 불쌍하면서도 신기한 쭈그렁 할망구는 성가실 정도로 엄청나게 저항하더구나. 오늘은 그런 구질구질한 장면을 보고 싶지 않아." 그녀는 목운동을 하듯 고개를 옆으로 비틀었다. 곧 치명적인 암살을 개시할 것 같았다. 하지만 그녀가 뭘 해보기도 전에 입에서 날카롭고 끔찍한 비명이 터져나왔다.

프루가 여우의 발에 칼을 꽂은 것이다.

❧

그들은 하역인부였다. 언생크는 꼭 끼는 정장을 입은 남자에게 다가가 안달하듯, 고맙기는 하지만 인부들을 꼭 이런 일에 끌어들일 필요가 있느냐, 우리 스스로 잘 해결할 수 있지 않느냐고 물었다. 하지만 이상할 정도로 똑같은 옷차림과 행동거지를 하는 인부들은 입양부적격자 아이들에게 서서히 다가갔다. 언생크와 위그먼은 서로 노려보기를 계속했다. 긴장이 흘렀다. 언생크는 하역인부들의 등장이 불쾌했다. 그들이 거기에 있다는 것 자체가 자신의 권위를 깎아내리는 행위 같았다. 하역인부들은 나름대로 어슬렁거리며 멋쩍게 웃거나 주석파이프와 렌치로 자신의 손바닥을 때리며 험악해 보이려고 했다. 엘시가 언니를 쳐다보았다. 레이첼은 얼굴을 찡그리고 있었다.

"우리 이제 어떻게 하지?" 엘시가 언니에게 속삭였다. 부모님에 의해 언생크 고아원에 맡겨진 후 이런저런 모험에 휘말리는 동안, 엘시는 용감무쌍한 티나가 무척이나 보고 싶었다. 그중에도 지금이 가장 간절했다.

"나도 몰라." 레이첼이 대꾸했다.

아이들은 로저가 오만하고 조급한 목소리로 위그먼에게 재촉하는 모습을 지켜봤다. "위그먼 씨, 아이들은 필요없어요. 저 노인만 있으면 됩니다."

양쪽에서 탄원을 받자 위그먼은 언생크와 로저 모두를 손짓으로 제지했다. "내 말 좀 들어봐요. 날도 어두워지고 곧 비가 올 것 같소." 두 가지 모두 사실이었다. 햇빛은 서쪽으로 점점 사라지고, 차가운 보슬비가 사람들의 머리카락과 밤색 비니를 적시고 있었다. "우리 언생크 고아원으로 자리를 옮겨서 논의하는 건 어떻겠습니까? 아무도 다치지 않고, 누구도 해치지 않을 겁니다. 동의합니까?"

하역인부들은 무기로 으르고 있을 뿐 더 이상의 전진은 하지 않았다. 사실 아이들이 도망칠 구멍도 없었다. 수적으로 훨씬 열세였다. 엘시가 보기에 그들은 쉰 명쯤 되는 것 같았다. 마침내 아이들 가운데 있던 캐롤이 입을 열었다. "애들아, 저 사람 말대로 하자. 저항해봤자 소용없겠구나."

아이들은 저마다 심각하게 눈을 내리깔고 알겠다는 듯 고개를 끄덕였다. 고삐 풀린 개들은 산업폐기물장으로 달려갔다. 인부들이 입양부적격자들을 칙칙한 회색 건물로 몰아넣었다. 엘시와 레이첼은 부모님이 데려다주던 날 처음 본 고아원 앞 자갈길을 걸었다. 창문에서 빛이 흘러나오는 건물이 점점 가까워졌다. 원생들이 유리창에 얼굴을 대고 다가오는 행렬을 구경했다.

그때였다. 갑자기 유리창이 깨지기 시작했다.

행렬보다 앞서 가던 대표단이 우뚝 멈췄다. 그리고 유리창 깨지는 쪽으로 고개를 돌렸다. 언생크는 큰 소리로 "안 돼!" 하며 절규했다. 철제사물함 여러 개가 2층으로 보이는 곳에서 폭발음을 내며 아래로 떨어졌다. 이어서 틀만 남은 창문에서 커다란 환호성과 수많은 목소리들이 흘러나왔다. 더 많은 창문에서 더 많은 사물함이 창밖으로 내던져졌다. 그후 침대 틀도 밖으로 떨어졌다. 여러 아이들이 한 매트리스에 들러붙어 넓은 창문으로 겨우겨우 옮긴 뒤 밖으로 내던졌다. 매트리스에는 불이 붙어있었다. 매트리스가 불꽃과 유리 파편을 흩날리며 바닥으로 곤두박질쳤다.

불우한 아이들을 위한 언생크 고아원의 원생들은 폭동을 일으켰다. 소란은 3층 소년 기숙사에도 바이러스처럼 번졌다. 아래 바닥으로 유리 파편이 소나기처럼 쏟아지고, 물건들이 계속 창밖으로 내던져졌다. 활짝 웃는 남자아이들은 깨진 유리창으로 언생크와 인부들을 보며 혀를 내밀거나 조롱했다.

"어서 와, 입양부적격자들! 환영해!" 2층 기숙사에서 한 여자아이가 외쳤다. 또 다른 아이도 소리쳤다. "여기에서 너희의 환영파티를 열고 있어!"

그때 어느 유리창 하나가 파열했다. 그 사이로 네모난 상자가 날아오르는가 싶더니 *펑* 소리를 내며 바닥에 떨어졌다. 스피커였다. 몸뚱이에서 잘려나간 머리에 한동안 생명의 깜빡거림이 지속되듯 스피커는 얼마간 칙칙거리는 잡음 섞인 방송을 내보냈다. 그러다 서서히 침묵했다.

언생크는 광란의 행동이 부품공장의 기다란 창문으로 옮겨가는 모습을 감지하고 낯빛이 창백해졌다. 삽시간에 기계실에서 해방된 금속 파이프 조각이 유리창을 뚫고 바닥으로 떨어졌다. 남녀 가릴 것 없이 이 광란의 복합체는 공장으로 몰려가 기계를 해체했다. 그때 현관문이 활짝 열리며 겁에 질린 데스데모나가 달려나왔고, 그림블 할아버지와 탤보트 부인이 뒤따랐다.

"브래들리. 아이들이 몽땅 파괴하고 있어요. 내가 원했던 건 이게 아니에요!" 데스데모나는 드레스가 허락하는 한 최대한 빨리 뛰어 하역인부들과 그들이 억류한 아이들이 있는 곳으로 왔다. 그녀는 위그먼 앞에 이르러서야 한숨을 돌리더니, 그의 두툼한 두 팔에 안겨 겨우 몸을 지탱했다.

눈앞에서 벌어지는 광란을 보며 충격에 빠졌던 언생크는 위그먼의 팔에 안긴 데스데모나를 어리둥절한 시선으로 바라보았다. "브래들리? 위그먼 씨를 브래들리라고 불렀소?"

데스데모나가 고개를 돌렸다. 그러고는 위그먼에게 더욱 가까이 몸을 기댔다. 위그먼은 그녀를 두 팔로 안아 보호하면서도 계속되는 소동에서 눈을 떼지 않았다.

"잠깐만……." 조프리가 중얼거렸다. 머릿속에서 제멋대로 나뒹굴던 퍼즐 조각이 제자리를 찾았다. 그는 서로 부둥켜안은 데스데모나와 위그먼을 쳐다보았다. "당신이었군!" 그는 반란의 함성 너머로 데스데모나를 보며 소리쳤다. "그에게 제보한 사람이 당신이었어! 당신이 위그먼 씨를 이 일에 끌어들였어!"

그러나 비난만 늘어놓을 시간이 없었다. 커다란 회색 건물 맨 위 유리창에서 오렌지 빛깔 불꽃이 쏟아져내렸다. 불길 사이로 높이 쌓아올린 의자와 여자 기숙사의 탁자에 불을 붙이는 아이들의 모습이 들어왔다. 불꽃이 창문으로 가는 완벽한 길을 찾아냈을 즈음, 언생크 고아원의 아이들은 비명을 지르며 현관문을 통해 자갈길로 쏟아져나왔다. 일단 밖에 모인 아이들은 방향을 틀어(족히 100명은 돼보였다) 입양부적격자와 포획자를 향해 달려왔다. 건물 창문으로 치솟는 불이 불길한 조명 역할을 담당했다. 그 광경은 아이들의 표정에 서린 절대적인 분노와 결합돼 마치 깊숙한 곳에서 해방된 진노가 이 혼란스러운 세상과 싸우는 듯한 착각을 불러일으켰다.

CHAPTER 24

반란이다!

달라는 고개를 뒤로 젖혔다가 참혹한 비명을 내질렀다. 여인의 비명과 동물의 포효를 넘나드는 소리였다. 그 비명은 쓰레기 하치장의 골짜기를 울리고, 버려진 컴퓨터 모니터와 텔레비전 수상기의 스크린을 덜컹이게 했다. 또한 프루의 귓구멍 깊숙한 곳을 찔렀다. 프루는 짐승이 일시적으로 혼란스러워하는 틈을 타 계속 쓰레기더미 위로 올라갔다. 그렇게 몇 미터 가지 않았을 때, 달라가 발에 박힌 칼날을 뽑기 위해 허리를 구부린 모습이 들어왔다. 달라는 고통스러운 듯 얼굴을 찡그리면서도 줄곧 프루를 주시했다.

"넌 실수한 거야. 이건 상황을 악화시킬 뿐이야." 달라는 칼날을 뽑아서 아무렇게나 던졌다.

프루는 두려움을 무릅쓰고 뒤를 돌아다봤다. 쓰레기 언덕 꼭대기까지는 10미터 가까이 돼보였다. 카니발에서 쏟아지는 조명이 그 위에 일종의 하얀 막을 만들었다. 커티스가 그렇게 멀리 가지는 않았을 것 같았다. "커티스!" 프루가 애타게 소리쳤다.

하지만 나지막하게 울부짖는 기차 엔진 소리가 프루의 외침을 삼켰다. 서커스 열차가 떠나려는지 엔진의 덜커덩거리고 삑삑거리는 소리가 대기에 가득 찼다. 프루는 피곤해서 목소리가 쉬었지만 다시 힘껏 부르짖었다.

달라가 오른쪽 다리를 절며 뒤쫓아왔다. 발에 난 상처에서 피가 뚝뚝 떨어졌다. "오, 그래. 제발 부탁이니 네 친구도 데려오렴. 그 녀석이 다음 차례거든. 덕분에 내 작업이 훨씬 수월해질 거야!"

빗방울이 더욱 굵어졌다. 프루는 이마에서 줄줄 흘러내리는 빗물을 느꼈다. 빗물이 입술을 타고 입안까지 들어왔다. 힘겹게 숨을 몰아쉬느라 입이 약간 벌어진 탓이었다. 달라의 검정색 털은 피부에 착 달라붙어, 끊임없이 몸을 타고 흐르는 빗방울이 마치 기름처럼 보였다.

"커티스!" 프루가 다시 울부짖었다.

"커티스! 어서 파티에 와!" 달라는 기다란 두 팔을 입가에 모아 목청을 돋운 뒤 장난스럽게 끼어들었다. 그래도 아무런 인기척이 없자 고개를 갸우뚱하며 프루를 조소했다. "이상하게도 커티스는 못 듣는 모양이다?"

"넌 무사하지 못할 거야. 그들이 널 해치러 올 테니까."

"응? '그들'이 누구지?"

"올빼미 렉스와 산적들."

"오, 프루. 내가 너한테 몇 가지 알려줄까? 올빼미 렉스는 벌써 줄행랑을 쳤어.” 달라는 자신의 재치 있는 표현이 우스운 듯 킬킬대다 말을 이었다. “그는 진작에 행방불명됐다고. 산적들은 우리가 캠프에 갔을 때 이미 어디론가 내뺀 뒤였고. 난 원래 자랑하기를 좋아하는데, 거기에는 우리 요괴 셋밖에 없었단다. 도대체 100명이나 되는 산적들이 어떻게 됐느냐고? 그건 나도 모르지. 몽땅 사라진 뒤 연기와 불길만 치솟고 있더구나. 우리 아닌 누군가가 잡아먹었을지도 모를 일이고. 그러니 우리 셋이 그 캠프를 몽땅 파괴했다고 생각한다면 나를 과대평가한 거란다. 하긴, 이제와 그게 다 무슨 소용이니. 어차피 넌 몇 초 안에 죽을 텐데.”

그때 뭔가 차갑고 날카로운 것이 프루의 손바닥을 찔렀다. 내려다보니 쓰레기더미에서 튀어나온 금속 리바의 일부분이었다. 프루는 재빨리 그것을 잡아당겼다. 길이는 1미터쯤 되고 녹이 슬었지만 든든함을 느끼게 해줄 정도로 묵직했다. 프루는 그것을 다가오는 요괴 앞에서 휘둘렀다. 짐승이 움찔했다.

“그거 치워.” 달라가 으르렁댔다.

“그럼, 나를 내버려둬.” 프루가 다시 리바를 휘둘렀다. 달라가 두 팔을 뻗으려 하자 철봉은 휙휙 소리를 내며 허공을 갈랐다. “절대로 널 가만두지 않을 거야. 어떻게든 막아낼 거야.” 프루가 신경질적인 발작처럼 경고했다. 쿵쿵, 심장소리는 북소리 같았다.

짐승이 씩 웃었다. 프루는 다시 철봉을 휘둘렀다. 달라는 적당히 겁먹은 척하다가 프루를 덮쳤다. 프루는 옆으로 몸을 날렸고 언덕 경사면으로 나가떨어지며 팔꿈치로 몸을 지탱했다. 하지만 이내 달라의 뜨거운 몸뚱이가 프루를 넘어뜨리고 짓눌렀다. 소녀는 자신의 외투자락을 뚫고 허리를 찌른 리바의 끄트머리를 느꼈다. 고통에 비명을 내질렀다. 몸을 압박하는 여우의 숨결에서 시큼한 냄새가 났다.

프루는 본능적으로 발길질을 하다 놀랍게도 자신의 왼발이 짐승의 아랫배에 닿는 것을 느꼈다. 복부를 정통으로 채인 달라는 신음했다. 이윽고 요괴의 몸무게가 일시적으로 가벼워진 틈을 타 프루는 경사면으로 몸을 굴린 뒤 그곳을 빠져나왔다. 그렇지만 리바 조각은 여전히 자신의 옆구리에 달려있었다. 달라로부터 몇 미터쯤 거리를 두고 도망친 후에야 리바 조각이 피부를 관통한 사실을 알았다. 프루의 허리와 면 셔츠 사이가 피로 물들었다.

하지만 그것도 잠시, 프루는 미친 듯이 달리기 시작했다. 발목이 뻣뻣했다. 지하에서 걷는 동안 얼마나 발목을 사용하지 않았는지 새삼 깨달았다. 발목의 고통이 다시 프루를 괴롭혔다. 뒤편에서 저주를 퍼부으며 몸을 일으키는 달라의 목소리가 들렸다. 달라가 다시 쫓아왔다. 쓰레기장 우묵한 곳에 있는 오두막과는 1미터 남짓 거리였다. 프루는 해낼 수 있을 거라고 생각했다. 시간이 조금만 더 있었다면…….

달라의 두 팔이 프루의 어깨를 움켜쥐었다. 두꺼운 모직 코트가 찢어졌다. 소녀는 쇄골을 파고드는 날카로운 느낌에 아악! 소리를 질렀다. 요괴가 온몸을 실어 등을 내리눌렀다. 프루는 어떻게든 앞으로 빠져나가려고 안간힘을 썼다. 둘 다 바닥에 부딪힌 뒤 오목한 곳까지 몇 미터쯤 굴렀다. 그러고는 풀이 비교적 더부룩하게 자란 너른 땅에서 움직임을 멈췄다. 달라가 프루의 가슴팍에 두 팔과 뒷다리를 올려 꼼짝 못하게 만들었다. 소녀는 단단한 바닥에 꼼짝없이 눕게 되었다.

요괴는 가슴이 빠르게 들썩이도록 힘겹게 숨을 쉬었다. 그러면서 검은 털로 뒤덮인 길고 매끄러운 팔을 뻗어 프루의 옆구리를 누르고 무릎으로는 어깨를 아프게 내리눌렀다. 그러고는 화난 듯 바닥에 침을 뱉고 앞발로 돌연 프루의 얼굴을 할퀴기 시작했다. 프루의 뺨에 이내 세 개의 붉은 줄이 그어졌다. 눈에서 눈물이 흘러내렸다. "제발!"

"너무 늦었어." 달라가 다시 공격하려고 팔을 쳐들었다.

제발 살려줘.

풀이 대답했다. 작은 노란색 덩굴손이 달라의 팔을 후려치고 옭아맸다. 순식간에 풀잎의 섬유질이 요괴의 몸통을 칭칭 동여맸는데, 그 모습이 인간의 신경계를 나타내는 특이한 모형과 비슷했다. 달라가 소스라쳤다. 풀잎이 급기야 달라의 목으로 뻗어나갔다. 프루는 이런 상황 반전에 놀라워하면서 달라의 몸뚱이를 빠져나왔다. 그리고 1미터 남짓 떨어진 오두막으로 기어갔다. 얼굴의 발톱자국이 화끈거렸다. 옆구리의 상처는 피로 찐득거렸다.

그때 땅이 갈라지는 소리가 신경을 곤두서게 했다. 고개를 돌리자 풀잎을 억지로 잡아떼는 요괴가 보였다. 달라는 안간힘을 썼지만 표정은 극심한 좌절 그 자체였다. 프루는 발아래 풀들을 보며 속삭였다.

지금이야.

프루의 지시에 살아난 풀들이 달라의 발목 근처로 스르르 움직이더니 발가락을 마구 에워쌌다. 요괴는 연신 저주를 퍼부으며 앞으로 휘청거렸다.

이제는 야생 고사리 목소리에 쓰레기더미 전체가 깨어나기 시작했다. 아마색 잎사귀가 일제히 목청을 높여 하나의 음을 냈다. 모두가 프루를 보며 지시를 기다렸다. 엉겅퀴 가지가 짐승의 넓적다리를 때리고, 더 약한 풀들은 발목을 옭죄었다. 트럭 운전석 안에서 길을 잃은 단풍나무는 가지를 흔들어 프루의 추격자를 휘갈겼다. 그리고 굉음이 울려퍼지며 땅이 갈라졌다. 쓰레기더미

아래 오래 묻혀있던 식물 뿌리들이 짐승의 파멸에 힘을 보태려 구불구불 몰려왔다.

진흙과 흙, 금속 폐기물이 마구 흩날리는 가운데 프루는 일어서서 교향악의 지휘자처럼 식물들을 지휘했다. 공포와 절망에 빠진 달라가 절규했다. 발아래 뿌리들이 달라를 땅속으로 끌어당겼다.

프루는 그 순간 깨달았다. 자신이 이 여자를 죽이려 한다는 것을.

이 찰나의 망설임은 식물들을 혼란 상태에 빠뜨렸다. 프루는 새로 발견한 힘에 눈이 멀어 자신을 잊었음을 깨달았다. 자신이 조종하는 식물들이 달라를 죽이려 한다는 사실을 프루는 미처 몰랐다. 자신의 생명이 극한 위험에 처했으니 당연한 결정일 수도 있지만, 프루는 여전히 주저했다. 결국 달라는 저만치 내동댕이쳐졌다. 프루는 더 이상 식물들의 울리는 듯한 목소리를 분별해낼 수 없으며, 그 결과 그들에 대한 통제력마저 상실했음을 알았다. 격렬하게 요동치며 자신을 옭아매던 족쇄에서 벗어난 달라는 목표물을 향해 다시 움직였다. 그리고 미처 공황 상태에서 빠져나오지 못한 프루의 목을 휘감아 힘껏 졸랐다.

"어리석은 꼬마 같으니. 더 이상 네게 마법은 없어!" 길고 누런 이빨에 피를 묻힌 짐승이 악랄하게 웃었다.

"제발!" 프루가 끽 소리를 냈다. 프루는 다시 식물들과 교감하려고 노력했지만, 이제는 그 소리가 머릿속에서 너무 혼란스럽게 들렸다. 온갖 비명과 고함이 뒤얽힌 소음일 뿐이었다. 풀들은 다시 땅속으로 사라졌다. 나무는 바람에 묵묵히 흔들렸다. 프루는 자신의 의식이 서서히 빠져나가는 것을 느꼈다.

눈 위로 올이 드러난 베일 같은 어둠이 내려앉았다. 세상이 시야에서 지워졌다. 통증도 사라졌다. 몸은 조용히 마비됐다. 머릿속에 들리던 잡음은 정지 상태의 윙윙 소리로 약해졌다. 들리는 소리라고는 이것뿐이었다.

퍽!

퍽!

결코 잊지 못할 두 번의 소리였다. 프루가 마지막 숨을 쉬는 순간까지 머릿속에 각인돼 있을 것이다. 정신이 혼미한 프루는 실제로 목격한 적은 없지만 정육점에서 고기를 매다는 갈고리가 묵직하고 차가운 고깃덩어리를 내리찍을 때 나는 소리와 비슷하다고 상상했다. 프루는 땅바닥으로 풀썩 주저앉았고, 웅크린 채로 쓰러졌다.

눈을 떴을 때, 달라는 여전히 공격 태세로 자신을 내려다보고 있었다. 달라의 흰자위가 번쩍하고 빛났다. 짐승은 괴롭고 놀란 듯 힘겹게 호흡을 토해냈다. 그러고는 땅위에서 공중으로 들어올려졌다.

달라 밑에는 거대한 몸집에 잔뜩 성이 난 곰 한 마리가 서있었다. 그는 앞발에 찬 황금빛 갈고리 집게로 달라를 높이 쳐들었다. 그 다음 고개를 뒤로 젖히며 크고 의미심장한 포효를 토했다. 곰의 손에 붙들린 채 몸이 비틀어지자 달라가 날카로운 비명을 터뜨렸다. 접히고 뒤틀린 달라의 몸뚱이는 인간과 여우의 형체 사이에서 격렬하게 탈바꿈하는 모습 같기도 했다. 갈고리에 찍힌 달라의 몸뚱이에서 흘러내린 피가 곰의 앞발을 적시고 얼굴로 흘러내렸다. 달라의 몸뚱이가 최후의 몸서리를 치며 들썩이자 곰은 거대한 이두박근을 굽혔다. 이제 완전한 인간이 된 달라의 몸뚱이를 쓰레기더미 너머로 던졌다. 잠시 후 토스트 오븐 위에서 쿵 소리가 났다.

“내 공장이! 불타고 있어!” 언생크가 노여움 가득한 목소리로 외쳤다. 오렌지 색깔의 불길이 얼굴 앞에 어른거렸다. 그의 염소수염이 악마 같은 분위기를 자아냈다.

언생크는 고삐가 풀려 몰려오는 엄청난 수의 아이들을 상대할 일보다 부품 공장이 무너지는 것이 더욱 걱정스러운 듯했다. 로저는 캐롤을 예리한 눈으로 주시했다. 노인은 여전히 한껏 방어적인 입양부적격자들에게 둘러싸여 있었다. 데스데모나는 위그먼에게 매달렸고, 위그먼은 다급하게 하역인부들을 더 투입했다.

“한 치도 물러나지 마라!” 덩치 큰 사내들이 임시 무기를 챙길 때 위그먼이 명령했다. 그는 노동자들의 시위를 진압하는 방법에 대해 강의한 적도 있었다. 타고난 성향이 다소 그런 사람이었다. 상대가 아이들이라고 해서 전혀 주저하지 않았다.

“그러니까 저희더러 아이들과 싸우라는 겁니까?” 인부 하나가 물었다.

“아니, 녀석들에게 바짝 파고들란 말이야. 물론 싸울 일이 있으면 싸워야지!” 위그먼이 성을 냈다.

엘시와 레이첼은 가까이 붙어 서로의 팔을 잡았다. 마서는 환호성을 지르며 입양부적격자들 중 첫 번째로 반란에 합세했다. 마서가 인부들에게 다가가자 다른 아이들도 일제히 뒤따라가 주의를 산만하게 만들었다. 그 틈을 타 마서가 사내의 정강이를 세게 걷어찼다. 인부가 놀라서 마서를 내려다봤다. “너 왜

그래?" 그러자 마서는 다른 쪽 정강이까지 똑같이 걷어찼다.

언생크 고아원에서 쏟아져나온 반란군 아이들이 떼를 지어 도착했다. 아이들은 누를 수 없는 원한에 이를 갈고 주먹을 날리며 인부들에게 달려들었다. 인부들은 신체적으로 해를 입히지 않으면서 아이들의 공격을 막아내려고 애썼다. 아무리 본성이 험악한 거구들이라고 해도 양심이 무엇인지는 인식한 듯했다. 한편 위그먼은 눈 하나 깜짝하지 않았다. 어린 남자아이가 달려들자 멱살을 잡고 바닥으로 던졌다. 그러고는 모욕감을 주려는 듯 불쌍한 아이의 등을 짓밟았다.

"이게 봉기를 막는 방법이다." 위그먼이 을렀다.

그러자 아이들이 떼로 그에게 달려들었다.

고글을 쓴 마서는 인부의 몸통을 단단히 껴안고 칼 렌퀴스트는 발목을 공격했다. 인부가 신음을 내뱉으며 기우뚱하더니 바닥으로 넘어졌다. 렌퀴스트는 재빨리 인부에게서 파이프 렌치를 빼앗고, 그 사이 마서는 옆에 선 거인을 향해 돌진했다. 마서는 열정적으로 폭력행사에 참여했다.

이 와중에 엘시는 캐롤이 자신의 팔꿈치를 잡는 것을 느꼈다. 노인은 몸을 낮게 구부려 엘시에게 속삭였다. “나를 저 남자로부터 멀리 피신시켜주렴!” 분명 로저를 뜻하는 것 같았다. 그는 탐욕이 덕지덕지 붙은 얼굴로 둘에게 다가오고 있었다.

엘시가 레이첼에게 소리쳤다. “언니! 어서 여길 피하자!” 자매는 캐롤의 팔을 잡고 얼른 두 개의 화학약품 탱크 사이 작은 길로 이끌었다.

“무슨 일이 일어난 거니?” 그들이 싸우는 무리를 천천히 통과할 때 캐롤이 물었다.

“고아들이 탈출했어요. 기계부품 공장에 불을 질렀고요. 공장이 온통 화염에 휩싸였어요!” 엘시가 질린 듯 대답했다.

“아이들에게는 잘된 일이겠구나.” 캐롤이 희미하게 미소지었다.

“멈춰!” 뒤에서 어떤 목소리가 소리쳤다. 로저였다. 그는 아우성을 피해 금속 파편 위로 기어올라 뼈가 울퉁불퉁한 손으로 탈출하는 세 사람을 가리켰다. 인부 몇 명이 그의 호출을 듣고 느릿느릿 걸어왔다.

대담함으로 치면 아이들은 인부들에게 상대가 안 됐다. 어쩌면 애초에 가망 없는 노력이었을지 모른다. 거인들은 위그먼의 재촉에 어쩔 수 없이 어린 적수들을 마구 때렸고, 고아들은 단체로 도망쳤다. 아이들은 엘시와 레이첼이 장님을 부축해 천천히 걷던 자갈길로 몰려갔다. 고아와 입양부적격자 아이들이 밀물처럼 합류했다. 셋은 갑작스러운 물결 속에서 꼿꼿이 설 수밖에 없었다.

“아이들은 포기해! 나는 그 노인만 있으면 된다! 당장 저 제작자를 잡아요!” 로저가 광분했다.

아이들의 물결이 최고조에 달했다. 몇 명만 다리를 절거나 멍든 팔다리를 살피느라 뒤처졌고, 대부분은 산업폐기물장 심장부까지 들어갔다. 엘시와 레이첼은 캐롤의 발걸음을 재촉했지만, 앞도 보이지 않는 노인의 걸음걸이는 느리고 비틀거릴 수밖에 없었다. 그의 얼굴에 당황한 기색이 역력했다. 자갈길에 들어선 인부들의 우렁찬 발걸음 소리가 점점 가까워졌다.

눈에 멍이 들고 작업복이 너덜너덜해진 마이클이 퇴각하다 멈춰서 소리쳤다. "어서, 서둘러요!"

엘시는 절박함에 눈물을 흘리며 고함을 질렀다. "그럴 수가 없다니까!"

"할아버지, 좀더 빨리 걸을 수 있으세요?" 레이첼이 급하고 놀란 목소리로 애원했다.

캐롤은 슬프게 고개를 저었다. 그는 잠깐 비틀거렸고, 아이들은 안간힘을 쓰며 그를 일으켜세웠다.

인부들의 장화 소리가 점점 크게 들렸다.

그때 앞에서 퇴각하던 고아원 아이들 중 하나가 무리 밖으로 빠져나왔다. 고글을 쓴 마서였다. 그녀는 엘시에게서 캐롤의 팔을 건네받아 강압적으로 잡아끌었다. "어서 가! 할아버지 곁에는 내가 있을게. 너희는 저들한테 잡히면 안 돼!"

멜버그 자매가 놀라서 마서를 바라보았다. 노인을 포기하다니 말도 안 되는 생각이었다. 게다가 마서는 잡히지 않겠는가? 마서가 그들의 생각을 눈치채고 소리쳤다. "너희보다는 내가 나아. 너희에게는 '우드의 피'인지 뭔지가 흐르잖아. 어서 가라고!"

"안 돼, 마서." 엘시가 도리머리를 흔들었다.

"얘들아. 마서 말이 옳아. 그들이 너희를 잡게 할 수는 없다. 너희의 재능은 귀한 거란다." 캐롤이 타일렀다.

레이첼이 엘시의 팔을 잡았다. "자, 엘시. 저 말이 맞아. 우린 특히 안전하지 못해. 도망가야 해." 레이첼은 자신들만 지닌 특별한 점을 처음으로 인정했다.

마서는 겁에 질린 얼굴이었지만 애써 웃어보였다. "난 괜찮아. 내가 할아버지를 보살펴드릴게."

노인의 곁을 떠난 멜버그 자매는 앞서 탈출하는 아이들을 향해 전속력으로 뛰었다. 어느 정도 멀리 왔다고 생각했을 때 엘시는 겨우 용기를 내어 뒤를 돌아다보았다. 노인과 어린 동행인을 에워싼 폭도 같은 인부들의 모습이 들어왔다. 마서는 그들의 우람한 팔에 붙들려 공중으로 들어올려졌고, 그 사이에 인부 둘이 캐롤에게 거칠게 지껄이더니 뒤에서 팔을 결박했다. 나머지 인부들이 더 나타나 그 이상을 볼 수는 없었다. 엘시는 마음이 쓰라렸다. 하는 수 없이 고개를 돌려 앞에 난 길을 바라보았다. 길고 구불구불한 길이 산업폐기물장에서 처음 보는 울타리를 향해 길게 이어졌다. 엘시는 그 어느 때보다도 힘껏 달렸다.

❦

프루가 그 다음으로 안 것은 자신이 양털 덮개 같은 요람 안에 누워있다는 사실이었다. 멀리 도시의 불빛이 어두운 하늘의 짙게 내려앉은 구름에 반사됐다. 빗줄기가 점점 굵어졌지만 자신은 누군가의 팔에 안겨 악천후를 피하는 듯했다. 곰의 얼굴과 그의 지치고 따뜻한 눈이 프루를 내려다봤다. 몸 옆에 닿는, 금속으로 만든 인공 손이 차갑게 느껴졌다.

"에스벤?" 프루가 겨우 입을 뗐다.

곰은 대답하지 않았다. 프루는 엉덩이 바로 위 오른쪽 옆구리를 드릴로 구멍낸 것처럼 느껴졌다. 커다란 바늘로 찌르는 듯한 통증이 얼굴에 고스란히 묻어났다. 멀리서 들려오는 낮은 기적 소리에 곰이 고개를 들었다. 그의 넓은 콧구멍에서 뜨거운 김이 뿜어졌다. 기적 소리는 이내 제 몸을 들썩이며 달려오는 기차의 울부짖는 소리로 바뀌었다.

"서커스단이… 떠나네요." 프루가 힘겹게 말을 내뱉었다.

곰은 고개를 끄덕였다. 그 다음 프루의 몸 아래로 팔을 끼워 들어올리더니 몇 미터쯤 떨어진 양철판으로 만든 조그만 창고로 데려갔다. 그러고는 허름한 담요에 조심스럽게 누인 뒤, 불 피운 흔적이 남은 구덩이에 어디선가 주워다놓은 장작을 쌓았다.

"왜 그들을 따라가지 않았어요? 왜요?" 프루가 거듭 물었다.

곰은 소녀의 질문을 머릿속에 담아두려는 듯 이따금 일손을 멈추고 귀를 기울였다가 다시 불 피우는 일에 집중했다. 갈고리 손이라 다소 서툴렀다.

프루는 몸을 뒤척이다 앓는 소리를 냈다. 고통스러워 움직일 수 없었다. 엉덩이에 조심조심 손을 대보았다. 옷이 피로 젖어있었다. 구출되기 이전의 기억들이 띄엄띄엄 떠올랐다. 식물들을 지배하는 엄청난 힘을 얻었고, 한 음처럼 들리던 그들의 목소리, 인간과 동물 사이를 오갔던 짐승의 포효…….

"달라는… 달라는 어떻게 됐죠? 죽었나요?" 프루가 머뭇거렸다.

곰은 이번에도 고개만 끄덕였다.

"내 말을 이해한 거네요. 그런데 왜 말을 못 하는 거죠?"

곰이 프루를 가만히 응시하더니 갈고리로 쥔 나무토막을 내려놓고 심호흡했다. 그리고 낮지만 또랑또랑한 목소리로 말했다. 마치 15년 동안 달리지 않은 자동차 배기관에서 나오는 목소리 같았다. "아니." 그는 이렇게 말한 뒤 목소리를 가다듬고 말을 이었다. "나는 말을 할 수 있단다. 들을 수도 있지만, 말을 할 필요가 있을 거라고 생각한 적이 없었다. 네가 나타나기 전까지는 그랬단다."

"도대체 왜요?" 프루가 물었다.

"아마도 가끔은 그저 자기 본연의 모습이 되고 싶기 때문일 거야. 나는 곰이 되고 싶었다. 우드 사람이나 위 세상에 사는 생명이 아닌, 그냥 곰 말이다. 내 말이 무슨 뜻인지 알겠니?"

"아뇨, 죄송해요." 프루는 말을 멈췄고, 곰은 다시 모닥불 피우기로 돌아갔다. 불쏘시개로 쓸 장작이 어느 정도 쌓이자 곰은 갈고리 손을 더듬어 성냥상자를 찾았다. "제가 도와드릴게요." 프루가 거들었다.

곰은 간단히 고맙다고 말한 다음 성냥상자를 건넸다. 프루는 꾸깃꾸깃한 종이에 불을 붙여 장작 밑에 쑤셔넣었다. 이내 불길이 타오르며 허름한 창고에 온기를 퍼뜨렸다. 곰의 커다란 얼굴에 불길이 일렁거리는 그림자를 드리웠고, 프루는 가만히 그 모습을 바라보았다. 편안히 앉고 싶었지만 옆구리의 통증을 견딜 수 없었다.

"움직이지 마라. 넌 심하게 당했어. 네가 화나게 한 동물은 성질이 아주 포악했지. 영리한 게 아니라." 곰은 조금 전의 기억을 떠올리며 어깨에 멘 더플백을 뒤져 낡은 티셔츠를 끄집어냈다. "상처 좀 보자. 빨리 처치하는 게 좋아."

"왜 돌아오셨어요? 프루가 조심스럽게 질문했다.

곰은 대답 대신 더플백에 손을 뻗어 뭔가를 더 꺼냈다. 프루의 가물거리는 시야 안으로 배지에 그려진, ZEKE라는 남자가 웃는 얼굴로 엄지를 유쾌하게 치켜든 모습이 들어왔다. "한때 두더지 도시가 내 생명을 구해줬지. 나도 누군가를 똑같이 도와야 할 때가 왔다고 생각했다." 그는 배지를 내려놓고 티셔츠를 집어든 뒤 프루가 누운 곳으로 왔다. 오른손 갈고리를 옷가지로 칭칭 감싼 뒤 그것으로 옆구리의 상처 중에서도 검붉은 부분을 톡톡 쳤다. "나는 스스로 옳다고 주장하기 위해 잘못을 저지르곤 했지. 네 요청을 받아들인 건 앞으로 나아가기 위한 첫걸음이란다. 도망치기만 하는 건 부질없더구나."

통증이 위쪽으로 조금씩 번졌다. 프루는 얼굴을 찌푸리며 가축우리 같은 창고 입구로 고개를 돌렸다. 비가 들이쳤다. 뿌연 안개 사이로 빛이 가물거렸다. 멀리 강가의 철교를 따라 시내를 벗어나는 서커스 열차의 마지막 기적 소리가 들렸다. 단장은 스타가 갇힌 우리가 텅 비었다는 사실을 모르리라. 그 스타는 지금 쓰레기장에서 부상당한 소녀를 돌보고 있었다. 여기, 모닥불이 조용히 짙은 어둠을 밝히는 다 쓰러져가는 창고에서.

CHAPTER 25

계절의 끝

귀 기울여보라.
눈이 그치고 비가 내리기 시작했다.

귀 기울여보라.

한 소년이 예전에 살던 바둑판무늬의 주택가를 걷고 있었다. 멀리서 기적 소리가 울렸다. 어두운 밤이 자신을 숨겨주었지만 소년은 이 세상이 낯설었다. 그는 이 여행을 시작했을 당시 옷차림 그대로였다. 쥐는 여전히 소년의 어깨에 선 채 주둥이를 바깥쪽으로 향하고 있었다. 폭풍우가 휘몰아치는 뱃머리에 선 파수꾼처럼. 소년은 영원히 함께하리라 맹세했던 가족을 떠올렸다. 오랫동안 그 맹세를 등한시했다며 자신을 책망했다. 이제부터는 똑바로 살리라

다짐했다. 잠든 도시 사이로 강 건너 지평선에 늘어선 나무들이 어렴풋이 보였다. 그곳이야말로 소년이 돌아가려는 곳이었다.

귀 기울여보라.

흙과 재가 묻은 아가일 셔츠 차림의 남자는 불길에 휩싸인 건물 앞에 무릎을 꿇었다. 굵은 눈물이 흘러내리며 숯검정이 묻은 뺨에 깨끗한 길을 냈다. 엄청난 대화재로 인한 연기가 하늘로 치솟았다. 멀리 사이렌 소리가 들렸지만 불길이 너무 많이 번져 건물과 자신이 사랑한 기계들을 구하기에는 늦었음을 남자는 직감했다. 그저 젖은 자갈길에 무릎을 꿇고, 불타는 모습을 바라볼 뿐이었다. 그의 친구들은 모두 떠났다. 드레스 입은 여인과 꼭 끼는 정장 차림의 남자, 코안경을 쓴 남자도 불타는 건물을 하염없이 지켜보는 남자를 두고 사라졌다. 대신 그들은 부모 없는 어린 한국계 소녀와 그녀가 끈질기게 놓지 않으려는 노인을 데려갔다. 아마 요긴한 사냥감이었으리라. 세 친구에게 염소수염에 아가일 셔츠를 입은 남자는 더 이상 필요하지 않았다. 버려진 남자는 숨죽여 저주를 퍼부었다. 그의 가슴 속에서 깊은 원한이 자랐다.

귀 기울여보라.

곡물 저장고와 굴뚝이 즐비한 곳으로 들어가자, 외로이 버려진 건물들이 자리한 넓은 터가 나왔다. 유리창은 날아가고 지붕은 무너졌다. 아무도 살지 않아 매우 조용했다. 산업폐기물장 안에서 고생했던 사람들은 이 외딴 곳에 발을 디딜 이유가 없었다. 길은 군데군데 움푹 패여 마마자국 같았고, 도보는 갈라지고 부서졌다. 그런데 은신처를 찾아헤매던 아이들이 지금 막 지친 몸을 이끌고 여기로 들어왔다. 그들은 이곳에 당도하기 전까지 아주 먼 거리를 도망 다녔다. 그들을 추격하던 자들은 오래 전에 포기했다. 아이들은 무거운 발걸음을 터벅터벅 옮겼다. 한국인 소녀와 할아버지를 빼앗겼다는 상실감에 마음이 무거웠다. 무리 맨 앞에 선 두 소녀는 자매였다. 한 아이는 직모였고, 다른 아이는 곱슬머리였다. 두 아이는 서로 손을 맞잡았다. 곱슬머리 여동생은 불타는 건물에서 누군가 구조해준 인형을 꼭 끌어안았다. 인형과의 재회는 정말 기뻤다. 소녀는 인형의 등에 난 단추를 누르지 않고 스스로 말을 걸었다. 하지만 지금은 앞으로 헤쳐나가야 할 일들에 대한 깊은 상념에 빠져있었다. 소녀가 언니를 쳐다보았다. 결연한 표정의 언니를 보며 용기를 얻었다. 자매는 자신들에 대한 이상한 비밀을 알게 되었다. 그로 인해 어쩌면 실종된 오빠를 찾으러 떠날 수도 있었다. 하지만 우선 친구들을 구하기로 마음먹었다. 아이들은 지붕이 불타지 않은 건물을 발견했다. 커다란 광장 한가운데 선 건물이었다. 아이들이 중력에 이끌리듯 그 건물로 걸어갔다. 아마도 그곳이 새 보금자리가 되어줄 것이다.

귀 기울여보라.

버려진 양철판으로 지어진 허름한 지붕 아래 곰이 작은 모닥불을 피워 어린 소녀의 기운 없는 몸을 덥혔다. 아이는 잠에서 깨어나 불길을 바라보았다. 양철지붕 위로 빗물이 떨어졌다. 그들의 작은 창고 밖 쓰레기더미에도 비가 내렸다. 소녀는 자신이 해야 할 일을 떠올렸다. 하지만 어쩐지 모든 게 불가능해보였다. 부모님과 동생의 안부가 궁금했다. 식물들이 자신에게 한 말도 알고 싶었다. 어떻게 하면 식물들의 말을 정확하게 알아듣고 의사소통할 수 있을까. 하지만 무엇보다 아주 멀리, 사뭇 다른 땅에 누워있는 강철과 동으로 된 기계소년을 보고 싶었다. 소녀와 곰에게는 해야 할 일이 많았다. 소녀는 자신의 행동이 옳다고 확신했다. 나무가 그렇게 결정한 일이기 때문이었다.

귀 기울여보라.

도시의 풍경 너머로 어렴풋이 보이는 불타는 건물과 방치된 쓰레기더미, 그리고 폐허가 된 광장은 이제 하늘까지 치솟은 나무들과 드넓게 깔린 이끼와 고사리밭이 펼쳐진 짙푸른 숲의 일부였다. 그 숲에 또 다른 세상이 숨 쉬고 있었다.

이 깊은 원시림 남쪽 끝에는 도시가 잠들어있었다. 대저택의 창문은 굳게 닫혔고, 그 지역 주민인 동물과 인간들에게 조용한 속삭임이 들려왔다. 혁명 끝에 찾아오게 마련인 권력 공백기와 그 과정에 겪는 곤궁한 살림살이, 팍팍한 삶도 참고 기다리면 반드시 내일이 오리라고.

등뼈 같은 산맥을 넘고 조각보처럼 반듯반듯한 밭 저편을 지나면 구름 잔뜩 낀 잿빛 하늘을 향해 울퉁불퉁한 팔을 뻗고 비옥한 땅에 뿌리를 내린 거대한 나무 한 그루가 서있었다. 그 나무뿌리 위에 어린 소년이 앉아 명상을 하며 나무의 영혼과 이야기를 나누었다. 바깥세상을 돌아다니는 소년과 쥐, 불타는 건물 앞에서 울부짖는 남자, 붙잡힌 아이와 그의 장님 친구, 새로운 보금자리를 찾은 실종된 아이들, 기우뚱한 양철 오두막에서 곰과 함께 자신의 앞날에 대해 고민하는 조용하고 사려 깊은 소녀, 그리고 잠든 도시에 관한 이야기……. 소년은 그 모든 내용을 훤히 알고 있었다.

눈이 그치고 비가 내렸다.

겨울이 지나고 있었다.

이제 머잖아 봄이 올 것이다.

옮긴이 이은정

숙명여대 영어영문학과를 졸업한 뒤 전문번역가로 일하고 있다. 옮긴 책으로 《대부》《성채》《허영의 불꽃》《위고 카브레》《크리스마스 캐럴》《보드워크 엠파이어》 등이 있다.

언더 와일드우드

첫판 1쇄 펴낸날 2013년 5월 27일
첫판 3쇄 펴낸날 2013년 12월 1일

지은이 | 콜린 멜로이
그린이 | 카슨 엘리스
옮긴이 | 이은정
펴낸이 | 지평님
본문 조판 | 성인기획 (070)8747-9616
필름 출력 | 스크린출력센터 (02)322-4467
종이 공급 | 화인페이퍼 (031)955-0135
인쇄 | 중앙P&L (031)904-3600
제본 | 다인바인텍 (031)955-3735
후가공 | 이지앤비 (031)932-8755

펴낸곳 | 황소자리 출판사
출판등록 | 2003년 7월 4일 제2003-123호
주소 | 서울시 영등포구 양평동 5가 1-1 선유도역 1차 IS비즈타워 706호 (150-105)
대표전화 | (02)720-7542 팩시밀리 | (02)723-5467
E-mail | candide1968@hanmail.net

값 15800원
03840
9 791185 093000
ISBN 979-11-85093-00-0

ISBN 979-11-85093-00-0 03840

* 잘못된 책은 구입처에서 바꾸어드립니다.
* 이 도서의 국립중앙도서관 출판시도서목록(CIP)은 서지정보유통지원시스템 홈페이지(http://seoji.nl.go.kr)와 국가자료공동목록시스템(http://www.nl.go.kr/kolisnet)에서 이용하실 수 있습니다.(CIP 제어번호: CIP2013004486)

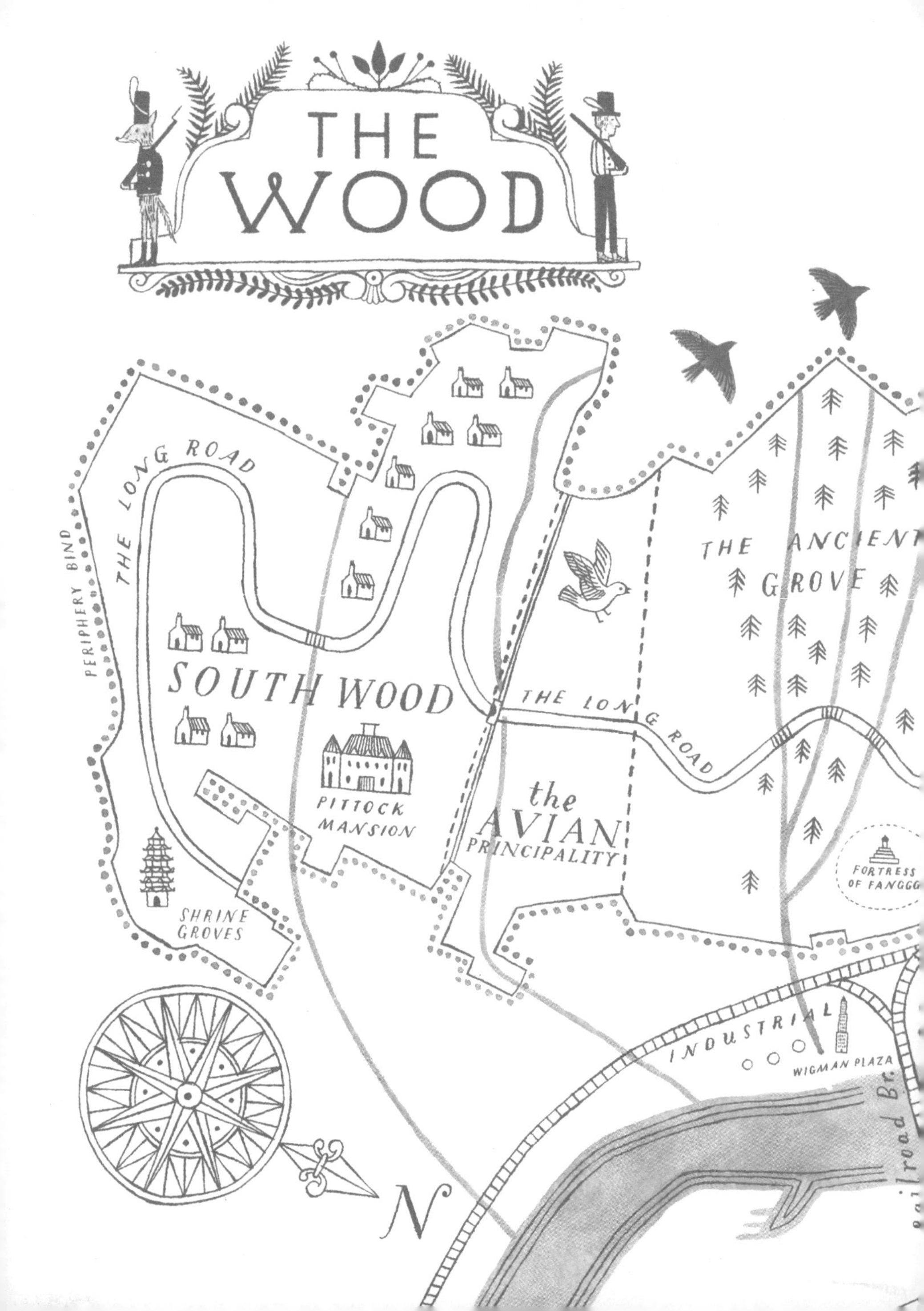
THE WOOD
THE LONG ROAD
PERIPHERY BIND
SOUTH WOOD
PITTOCK MANSION
SHRINE GROVES
THE LONG ROAD
the AVIAN PRINCIPALITY
THE ANCIENT GROVE
FORTRESS OF FANGGG
INDUSTRIAL
WIGMAN PLAZA
N